HEYNE

Das Buch

Lexi ist die jüngste der »Schwestern des Herzens«, jener ungewöhnlichen Frauen mit der besonderen Begabung und der tragischen Vergangenheit, die sich auf einer Farm in Kalifornien ein Refugium geschaffen haben. Nach neun Jahren in der Gefangenschaft einer Sekte, wo der brutale Caine sie immer wieder vergewaltigte, hat sie bei den Schwestern endlich einen Ort gefunden, wo sie zur Ruhe kommt. Aber sie kann das Erlebte nicht vergessen und leidet unter ständig wiederkehrenden Panikattacken. Dann wird der Albtraum wahr: Die Sekte findet sie, und ihr Peiniger fordert sie zurück. Wie aus dem Nichts taucht Gavril Prakenskij auf und rettet sie. Gavril ist anders als alle Männer, die Lexi je begegnet sind. Äußerlich einschüchternd und von der Aura eines eiskalten Killers umgeben, erkennt sie auf Anhieb sein verletztes und verzweifeltes Inneres. Gavril entwickelt eine nie gekannte Zuneigung für Lexi und ist fest davon überzeugt, in ihr seine Seelenverwandte gefunden zu haben. Aber Lexi ist schwer traumatisiert. Zärtlichkeit hat sie nie erlebt, Männer nur als Bedrohung wahrgenommen. Wird sie ihre Angst überwinden und sich auf Gavril einlassen können?

Die Autorin

Christine Feehan wurde in Kalifornien geboren, wo sie heute noch mit ihrem Mann und ihren Kindern lebt. Sie begann bereits als Kind zu schreiben und hat seit 1999 mehr als sechzig erfolgreiche Romane veröffentlicht, die in den USA mit mehreren Literaturpreisen ausgezeichnet wurden und alle auf die New-York-Times-Bestsellerliste gekommen sind.
Mehr Informationen über die Autorin und ihre Bücher finden sich im Anschluss an diesen Roman und auf ihrer Website *www.christinefeehan.com*.

CHRISTINE FEEHAN

Wächterin der Erde

Roman

Aus dem Amerikanischen
von Heinz Tophinke

WILHELM HEYNE VERLAG
MÜNCHEN

Die Originalausgabe EARTH BOUND erschien 2015 bei Jove Book,
The Berkley Publishing Group, Penguin Random House Company,
New York

Der Verlag weist ausdrücklich darauf hin, dass im Text enthaltene externe Links vom Verlag nur bis zum Zeitpunkt der Buchveröffentlichung eingesehen werden konnten. Auf spätere Veränderungen hat der Verlag keinerlei Einfluss. Eine Haftung des Verlags ist daher ausgeschlossen.

FSC
www.fsc.org
MIX
Papier aus verantwortungsvollen Quellen
FSC® C014496

Verlagsgruppe Random House FSC® N001967

2. Auflage
Vollständige deutsche Erstausgabe 09/2016

Redaktion: Birgit Groll
Umschlaggestaltung: © Nele Schütz Design, München
unter Verwendung von © Shutterstock
(Ed Corny, Solominviktor, Helen Hotson)
Satz: KompetenzCenter, Mönchengladbach
Druck und Bindung: GGP Media GmbH, Pößneck
ISBN: 978-3-453-41954-4

www.heyne.de

Für Charlotte, mit Liebe

1.

Der Schmerz war eine seltsame Sache. Er lebte und atmete, existierte in jeder Zelle des Körpers. Er konnte einen lähmen, einem den Atem rauben, Würde und Lebensqualität nehmen. Schmerz konnte das Erste sein, was man fühlte, wenn man aufwachte, und das Letzte, bevor man einschlief. Er war ein heimtückischer Feind. Lautlos. Unsichtbar. Tödlich. Gavril Prakenskij hatte schon vor geraumer Zeit beschlossen, den Schmerz zu seinem Freund zu machen.

Wenn er überleben sollte, sofern das mit dem Schmerz als seinem Gefährten überhaupt möglich war, dann würde er sich damit abfinden – das hatte er ohnehin schon getan. Bis zu diesem Augenblick. Bis der Schmerz kein physischer oder mentaler mehr war, sondern nur noch ein emotionaler. Das war eine vollkommen andere Art von Schmerz – eine, auf die er absolut unvorbereitet war.

Sein Leben bestand aus totaler Disziplin und Kontrolle. Er plante jeden kleinsten Schritt und machte zu seinen Krisenplänen auch noch Ersatzpläne. Es gab nie auch nur einen Moment, auf den er nicht vorbereitet gewesen wäre. Keinen Augenblick, in dem ihn etwas schockiert oder überrascht hätte. Denn nur so blieb er am Leben. Er hatte keine Freunde, und jede neue Bekanntschaft war erst einmal ein Feind. Die wenigen, bei denen er sich erlaubt hatte, auch nur ein Fünkchen Freundschaft zu empfinden, hatten ihn letztlich verraten, und diese schmerzlichen Momente hielt er einfach für wichtige Lektionen, die er gelernt hatte.

An Betrug und Verrat war er gewöhnt. An Blut, Folter, Qual und Tod. Er war es gewöhnt, allein zu sein. Diese Welt verstand er, und deshalb fühlte er sich in ihr am besten. Er war siebenunddreißig Jahre alt und schon sein ganzes Leben lang in dieser Welt. Er kannte mehr Wege, einen Menschen zu töten oder zu foltern, als er aufzählen konnte. Er trug den Tod mit sich wie ein anderer etwa seine Identität. Denn er *war* der Tod. Wenn er aus dem Schatten trat, und wenn es nur für einen Augenblick war, dann um zu einem todbringenden Schlag auszuholen.

Nur wenige bekamen ihn je zu Gesicht. Er lebte in einer Schattenwelt, durch die er sich bewegte wie ein Phantom, ein nächtlicher Spuk, der Leichen hinterließ. Er war unwirklich, nicht mehr als eine Schimäre, von der man einen kurzen Blick erhaschte. Körperlos. Ohne Substanz. Und nun stand er hier, am frühen Morgen, die Dämmerung schnitt lange, helle Streifen in die samtschwarze Nacht, seine wohlgeordnete Welt zerfiel um ihn herum, und er konnte geradezu spüren, wie die Erde unter ihm bebte.

Seine Handfläche juckte. Nicht nur ein wenig, sondern so heftig, dass er etwas dagegen tun musste. Gavril presste sie fest gegen den Oberschenkel; sein Herz pochte plötzlich wie wild. Manchmal machte das Leben die unerwartetsten Wendungen – und er hätte wissen müssen, dass das vielleicht passieren würde.

Er war an einen Kraftort gelangt. Hier schwang Energie in der Luft und stieg aus der Erde empor, sie war im Wind und in dem Wasser, das er unter der Erde fließen spürte. Dieser Ort, diese Farm, war gefährlich, und er hatte die Warnungen nicht beachtet – hatte nicht erwartet, dass die Gefahr ihm galt und welche Form sie annehmen würde. Aber er war hierhergekommen, und nun würde jemand den Preis dafür bezahlen.

Eine junge Frau kam durch ein Maisfeld auf ihn zu, die

hohen Pflanzen überragten sie. Sie wirkte anmutig, ihre Bewegungen waren leicht und fließend, ab und zu blieb sie stehen, um einen Kolben näher zu betrachten.

Er konnte den Blick nicht von ihr abwenden und davon, wie sich die Pflanzen zu ihr neigten, als sei *sie* die Sonne und nicht der goldglänzende Ball, der eben seinen Aufstieg in den Himmel begann. Sie trug ausgefranste Jeans, voller Löcher und vom vielen Waschen gebleicht, dazu ein lässig geknöpftes, dunkelblau kariertes Hemd. Er wusste, dass sie es achtlos geknöpft hatte, denn der erste und der letzte Knopf waren offen, und er verspürte den lächerlichen Drang, sie zu schließen – oder ihr das Hemd vollständig aufzumachen.

Ihr dichtes kastanienbraunes Haar war sehr lang, wahrscheinlich ging es bis zum Po, und es war zu einem lockeren Pferdeschwanz zusammengefasst. Das Gesicht war oval und ziemlich hell, doch ihre Augen, die die Maiskolben inspizierten, waren von einem außergewöhnlichen Grün. Selbst im noch blassen Morgenlicht waren diese von langen, dichten Wimpern umrandeten Augen auffallend, faszinierend. Ihre Lippen waren voll und sinnlich, die kleinen Zähne sehr weiß.

Die Arbeitskluft konnte ihre Figur nicht verbergen. Volle Brüste und eine schlanke Taille unterstrichen ihre ausladenden Hüften. Sie war eine Fee, himmlisch und so unwirklich, wie auch er es war. Und sie war so schön, dass es wehtat.

Er kannte sie. Er hatte sie schon immer gekannt. Er hatte gewusst, dass sie irgendwo auf dieser Welt auf ihn wartete, und das Brennen in seiner Hand und der seine Gedanken lähmende Schmerz sagten ihm, dass diese Frau für ihn und nur für ihn bestimmt war. Wie vollkommen unerwartet und unannehmbar war das denn?

Er war in die kleine Stadt Sea Haven an der nordkalifornischen Küste gekommen, um seinen jüngsten Bruder Ilja zu warnen, dass er auf derselben Todesliste stand wie der Rest seiner Familie, und um seine drei anderen Brüder zu sehen, die sich hier niedergelassen hatten. Sieben Brüder – ihre Eltern hatten sie oft »die Orgelpfeifen« genannt –, die bereits im Kindesalter gewaltsam auseinandergerissen worden waren. Man hatte sie gezwungen, die Ermordung ihrer Eltern mit anzusehen, und dann waren sie gefangen gehalten und getrennt worden. Und nun standen sie alle sieben auf einer Todesliste. Gavril hatte das kommen sehen; er hatte sich nur gewünscht, sie hätten mehr Zeit gehabt, sich darauf vorzubereiten.

Er beobachtete, wie die Frau weiter auf ihn zukam. Er war ganz im Schatten verborgen und absolut reglos, sodass er ihre Aufmerksamkeit nicht auf sich ziehen konnte. Sie hatte soeben alle seine Pläne verändert. Seine gesamte Existenz. Als sie aus dem Maisfeld heraustrat und das Licht auf ihr Gesicht fiel, bemerkte er ihre makellose Haut, den geschwungenen Nacken und die hohen Wangenknochen.

Für einen Mann wie ihn sah sie viel zu jung aus. Das hatte nichts mit dem Alter zu tun, aber alles damit, wer und was er war. Noch immer. Seine juckende Handfläche besiegelte ihr Schicksal. Er würde nicht das Einzige auf der Welt wegwerfen, das er sein Eigen nennen konnte. Er konnte ihr nicht viel bieten. Er war hart und herzlos und verdammt zynisch, wenn es um die Welt um ihn herum ging. Er konnte auch skrupellos und unerbittlich sein, und er wusste, er würde es sein, falls jemand versuchen sollte, sich zwischen diese junge Frau und ihn zu stellen.

In diesem Moment, als der Tag anbrach und ihr herrliches, volles Haar in ein flammendes Rot tauchte, kümmerte es ihn nicht einmal, dass er sie gar nicht verdiente. Oder dass er sie ebenso wenig kannte wie sie ihn … Es war ihm egal, dass er viel älter und ein gefährlicher Killer war und mit einer Frau wie ihr nichts zu schaffen hatte, oder dass sein Körper voller Narben war und er aussah wie eine zusammengeflickte Stoffpuppe. All das war ihm absolut gleichgültig.

Sie gehörte zu ihm, diese Frau. Sie war für ihn geschaffen. Sie war die Eine, die er an sich binden konnte. Gavril presste den Daumen in seinen Handteller. Er war ein gebrochener Mann, für immer zerstört. Er war ein Killer, und auch das war unwiderrufbar. Er bekam keine neue Chance – und diese gefühlsmäßige Einsicht, dieser Schmerz, war eine weit schlimmere Bürde als der physische Schmerz, den er zu ertragen hatte.

Sie war die jüngste Frau auf der Farm, auf der seine Brüder lebten. Ihr Name war Lexi. Sie wandte den Kopf abrupt zur Rückseite des Grundstücks um und änderte ebenso plötzlich ihre Richtung.

Sobald er diesen Grund betreten hatte, die große Farm, auf der seine Brüder und die sechs Frauen lebten, hatte er die Kraft dort gespürt und gewusst, dass dieser Ort beschützt war, nicht nur von seinen Brüdern – die alle ebenfalls gefährlich waren –, sondern von den Elementen. Erde. Luft. Wasser. Feuer. Er spürte sogar eine überirdische Kraft.

Hätte er nicht auch seinerseits über Kräfte und Gaben verfügt, so wäre er ihr auf diesem Pfad durch das Laubwerk mit weitaus mehr Vorsicht gefolgt. Doch nichts konnte ihn von seinem eingeschlagenen Kurs abbringen. Er heftete sich vielmehr seiner Beute an die Fersen und bewegte sich einem Gespenst gleich durch den dichten Bewuchs auf ein geheimes Ziel zu.

Gavril spürte, dass sie zu einem für sie bedeutsamen Ort ging und dass sie das niemanden wissen lassen wollte. Immer wieder warf sie kurze, verstohlene Blicke um sich, als befürchtete sie, beobachtet zu werden. Er wusste, dass er ihr Radar nicht auslösen würde. Dazu gab er nicht genügend Energie ab. Eine Technik, die er gelernt hatte, um einer Beute nahe genug zu kommen und dann zu einem tödlichen Schlag auszuholen.

Und er glitt mehr als er ging. Schon als Junge hatte er in seiner Schule gelernt, sich leise fortzubewegen, doch der Schmerz war als Lehrmeister sogar noch besser. Denn wenn er schwer auftrat, jagten Folterqualen durch seinen ganzen Körper. Sie schritt nun schneller voran, auf ein Fahrzeug zu, einen kleinen offenen Kombi, und sie war ziemlich blass geworden.

Irgendetwas stimmte nicht. Er sah sich um nach irgendwelchem Getier, einem Vogel, einem Eichhörnchen, irgendetwas. Der Himmel war verdächtig leer. Es erregte sein Misstrauen, wenn ein Wald am frühen Morgen stumm war. Sogar das stete Gesumme und Gebrumme der Insekten hatte aufgehört. Irgendetwas stimmte hier ganz und gar nicht. Er spürte es bei jedem Schritt, den er tat. Und er wusste, dass auch sie es spürte, doch sie wollte es nicht glauben.

Lexi Thompson hastete den kaum als solchen erkennbaren Pfad entlang, der zum rückwärtigen Teil des Farmgeländes führte. Dort hatte sie den kleinen Kombi geparkt. Sie wollte noch einmal einen Blick auf das angrenzende Grundstück werfen, das zum Verkauf stand – nun treuhänderisch. Thomas und Levi hatten ein Kaufangebot abgegeben, und die Eigentümer hatten rasch, ohne lange Verhandlungen, verkauft. Sie war sehr gespannt darauf, welche Möglichkeiten dieses Land bieten würde.

Es ging der Farm wirklich gut. Das neue Gewächshaus brachte im ersten Jahr schon viel mehr Ertrag, als sie erwartet hatte. Die Obstgärten versprachen eine reiche Ernte, und die Früchte waren fantastisch. Ihr Salatfeld hatte zwar ein Hubschrauber ruiniert, der darauf gelandet war, als einige Männer ihre Schwester Airiana gekidnappt hatten, aber trotzdem hatte sie einen Teil der Pflanzen retten können. Und Max hatte es geschafft, Airiana zu retten.

Letztendlich brauchte Lexi einfach mehr Platz – und einen Helfer. Die anderen Frauen arbeiteten alle nicht auf der Farm. Das war anfangs gut gewesen, um die Farm über die Runden zu bringen, doch dieses Jahr waren sie von den roten in die schwarzen Zahlen gekommen, und sie wollte, dass das so blieb. Sie arbeitete hart jeden Tag, von Sonnenaufgang bis Sonnenuntergang, manchmal sogar noch länger. Sie gab ihr Letztes, und von Zeit zu Zeit war es frustrierende Knochenarbeit. Sie machte alles allein, aber wenn sie sich weiterhin selbst versorgen wollten, dann brauchte sie Hilfe.

Sie seufzte leise. Das Problem war, dass ihre Schwestern das Landleben zwar liebten und auch immer gerne frisches Obst und Gemüse aßen, aber sie gingen nun einmal lieber ihren eigenen Jobs nach – die jedoch nichts mit Landwirtschaft zu tun hatten. Und sie wusste nicht so recht, wie sie den anderen beibringen sollte, dass sie einfach Unterstützung brauchte.

Lexi biss auf ihrem Daumennagel herum, eine alte Angewohnheit, die aufzugeben sie sich immer wieder vornahm. Als sie es bemerkte, rieb sie mit der flachen Hand über ihre Jeans.

Sie fühlte sich plötzlich unwohl, blieb stehen und sah sich argwöhnisch um. Die Nächte verbrachte sie zumeist in der Hollywoodschaukel auf ihrer Veranda, doch mit der Zeit wurde sie dabei immer ängstlicher. Sie wusste, dass sie paranoid war, vor allem, seit ihre Herzensschwester Airiana und deren Verlobter Max vier schwer traumatisierte Kinder mit nach Hause gebracht hatten.

Die Eltern der vier und eine Schwester von ihnen waren umgebracht und die Kinder von einem Menschenhändlerring verschleppt worden. Wenn Airiana und Max sie nicht gerettet hätten, wären auch sie ermordet worden.

Das Wissen, dass Kinder auf der Farm und sie alle damit ständig erhöhten Risiken ausgesetzt waren, hatte Lexis Paranoia noch beträchtlich gesteigert. Sie bemerkte, dass sie schon wieder an ihrem Daumennagel herumnagte, und seufzte verzweifelt.

Sie hasste es, wegen ihrer Paranoia und Panikattacken die Schwachstelle der Farm zu sein, und versuchte, dies mit hohem Einsatz und guten Erfolgen bei ihrer Arbeit auszugleichen. Aber sie konnte nicht in ihrem Haus und ihrem Bett schlafen. Sie hatte es versucht, doch es hatte einfach nicht geklappt.

Zu ihrer ewigen Schande schlief sie, wenn sie so erschöpft war, dass sie einfach schlafen musste, gewöhnlich in ihrer Hollywoodschaukel oder in dem Schlafsack, der versteckt in einer Ecke der Veranda bereitlag. Manchmal schlief sie sogar auf dem Dach. Sie wusste, dass das dumm war, aber das Haus kam ihr einfach nicht sicher genug vor. Nichts kam ihr sicher vor.

Zum Glück lebte sie allein; niemand wusste also, wie paranoid sie wirklich war. Überall im Haus hatte sie Waffen versteckt, unter den Tisch geklebt und hinter die Kissen von Sitzmöbeln geschoben – so viele, dass sie bereits Angst bekam, wenn sie nur daran dachte, dass die Kinder sie einmal besuchen kommen könnten. Dabei wusste sie nicht einmal, ob sie einem Menschen wirklich Böses antun konnte. Nun – sie hatte genau das getan, aber es hatte sie krank gemacht.

Sie lebte mit Kriegern auf der Farm, aber sie, die am schwersten mit Paranoia zu kämpfen hatte, fühlte sich außerstande, anderen etwas anzutun. Sie schaffte es kaum, eine Schnecke umzubringen, die sich über ihre kostbaren Feldfrüchte hermachte. Sie fühlte sich schwach neben den anderen, das schwache Glied, um das diese sich schützend scharen mussten. Die Lage auf der Farm war angespannt, und es schien, als würden sie Krieger mehr brauchen als Ernährer.

Der Wagen stand noch da, wo sie ihn nach ihrem frühmorgendlichen Rundgang durch die Gärten und Felder abgestellt hatte; der Schlüssel steckte im Zündschloss. Sie schlüpfte hinein und sah sich noch einmal gründlich um. Sie fühlte sich heute einfach noch unwohler als sonst.

Furcht erfasste sie. Sie spürte dieses Gefühl, als sei es ein lebendes Wesen, ein heimtückisches Monster, das sie nicht mehr denken und atmen, nichts mehr tun ließ als still dazusitzen, mit trockenem Mund und rasendem Herzen. Einen Moment lang presste sie sich eine Faust in den Mund – die absolut falsche Reaktion.

Bei einer vollen Panikattacke war sie zu keiner Bewegung fähig. Dann war sie wie gelähmt, nutzlos für ihre Familie. Eine Belastung. Sie trainierte jeden Tag, ging gewissenhaft in ihren Selbstverteidigungskurs. Sie konnte ein Gewehr abfeuern und ein Messer treffsicher werfen – sogar auf bewegliche Ziele. Was war falsch mit ihr, dass sie nicht so sein konnte wie ihre Schwestern?

Sie unterdrückte ein Schluchzen und zwang sich, vernünftig zu denken. *Nichts* war falsch. Nichts. Das Warnsystem ließ niemanden auf die Farm kommen. Jede ihrer Schwestern des Herzens war an ein Element gebunden, und auch die drei Männer, die bei ihnen wohnten, verfügten über besondere Fähigkeiten. Sollte jemand, der ihnen schaden wollte, sich der Farm nähern, würde die Luft Airiana und Max aufmerksam machen. Die Erde würde ihr, Lexi, Bescheid geben, das Wasser Rikki. Judith mit ihrer Verbindung mit dem Geistigen würde jede Störung sofort registrieren, das Feuer Lissa aufrütteln. Und Blythe wusste einfach Bescheid.

Niemand kann es schaffen, das Kraftfeld der Farm zu durchbrechen, nicht wenn die Männer, Judith und Blythe es verstärken, erinnerte sie sich.

Sie presste mit Gewalt Luft in ihre Lunge, froh darüber, dass ihre Familie solche Momente der Schwäche kaum je mitbekam. Sie war sich sicher gewesen, dass die Männer auf der Farm und all ihr Selbstverteidigungs- und Waffentraining gegen ihre Panikattacken helfen würden, dass diese vielleicht sogar ganz aufhören würden. Doch diese Hoffnung hatte sich nicht bewahrheitet.

»Was hast du bloß?«, murmelte sie vor sich hin und ließ den Wagen an. »Du bist so ein verschrecktes Baby.«

Mit entschlossener Miene fuhr sie zur rückwärtigen Einfahrt, dem Tor zu der Straße, die durch einen Wald zu ihrem Grundstück führte. Sie hatte das Gefühl, als seien die hoch aufragenden Bäume Wächter, die die Bewohner der Farm beschützten. Es war wunderbar, dass sie von drei Seiten von Wald umgeben waren. Ein Teil des Grundstücks war nach wie vor mit Mischwald bestanden, und die mächtigen Bäume dahinter waren unberührt. Lexi fuhr die Straße hinunter bis zur Einfahrt des nächsten Grundstücks. Sie hatte dieses Land haben wollen – schon seit es zum Verkauf ausgeschrieben worden war.

Sie stellte den Motor ab, blieb noch einen Moment lang sitzen und nahm den Anblick dieses wunderbaren, unberührten Ackerbodens in sich auf. Noch nie hatte jemand auf diesem Grund gelebt oder gearbeitet, und oft hatte sie ihre Hände tief in Erde gesteckt und den fruchtbaren Lehm gefühlt, der nur darauf wartete, herrliche Früchte hervorzubringen.

Wenn sie hierherkam, verschwanden normalerweise jegliche Angstgefühle, doch heute war es offenbar anders. Sie konnte noch immer nicht richtig atmen, es kam ihr vor, als sei nicht genügend Luft vorhanden. Ihre Lunge brannte, und der Magen drehte sich ihr um. Sie stieg aus, ging an das Tor des Grundstücks und vergrub die Hände in dem fruchtbaren Erdreich – ein weiterer Trick, der half, wenn sich ihre Gedanken nicht beruhigen wollten.

Sobald die Erde ihre Finger umschloss, spürte sie in sich den Frieden, den sie so verzweifelt brauchte. Sie kniete neben dem Tor, drückte ihre Hände in den Boden und spürte eine Verbindung mit der Erde, die ihr Herz höher schlagen ließ. Sie spürte das Wogen und Fließen des unter dem Erdreich strömenden Wassers, den Herzschlag der Erde, ja sogar den Saft, der in den Bäumen aufstieg. Diese Verbindung war stark – tief –, und sie wusste, dass sie immer ihr rettendes Element sein würde.

Der Boden um ihre Hände bebte leicht, und aufgrund eines plötzlichen Entsetzens, das in ihr aufstieg, öffnete sie die Augen. Ihr Herz setzte einen Moment lang aus, und ihr Mund wurde schlagartig trocken, als sie die Stiefelabdrücke in der weichen

Erde sah. Schlimmer noch – am Tor entdeckte sie ein Symbol. Eines, das sie schon Hunderte Male gesehen hatte. Es war ins Holz eingebrannt, eine Weizengarbe, von einer Schnur zusammengehalten. Dasselbe Symbol, das auch in ihren linken Oberschenkel eingebrannt war.

Sie konnte gerade noch die in ihr aufsteigende Galle unterdrücken. Sie würde nicht aufgeben, nicht jetzt, wo es um alles ging, wofür sie gekämpft hatte. Levi, Rikkis Mann, hatte ihr gesagt, sie solle die Farm nicht verlassen – es sei noch nicht sicher genug. Ihre Schwester Airiana wurde von einem Verrückten verfolgt, weshalb die Farm praktisch abgeriegelt war. Ihre vereinten Gaben schützten die Farm als solche, nicht aber sie als Personen, wenn sie diese verließen.

»Du hast wohl gedacht, ich würde dich nicht finden, Alexia?«

Lexi erstarrte, ihr Atem versagte, sie schloss kurz die Augen. Sie kannte diese Stimme – würde sie nie mehr aus dem Kopf bekommen. Manchmal nachts, wenn sie sich hellwach in ihrer Hollywoodschaukel wiegte, hörte sie seine Stimme – diese verhasste, entsetzliche, selbstgerechte Stimme, die ihr befahl niederzuknien, um Vergebung zu betteln und Unsagbares zu tun, um ihre Sünden zu sühnen. Und dann hatte er sie trotzdem oft halb tot geprügelt und dabei gefordert, sie solle ihm dafür danken, dass er sie vor ihrem verderbten, widerwärtigen Körper rettete.

Die Hände noch immer in der Erde vergraben, hob sie langsam den Blick und versuchte, sich zu fassen. Sie hatte sich auf diesen Augenblick vorbereitet, doch jetzt, wo er hier war, reichte allein schon diese Stimme aus, um ihren Körper erstarren zu lassen. Ihr Verstand weigerte sich, über das Grauen hinaus zu denken.

»Da du schon auf den Knien bist, könntest du auch gleich um Vergebung bitten.«

Aus Angst, zu ihm aufzublicken, kniff sie die Augen zusammen, doch sie wusste, sie musste es tun. Ihr Hirn formulierte tausend Pläne und verwarf sie wieder. Duncan Caine. Er gab ihr immer ein Gefühl völliger Ohnmacht. Am schlimmsten waren seine Bestrafungen. Er bestrafte die »Sünder« in der Sekte, die Reverend RJ begründet hatte. Der Reverend und Caine waren Cousins und aus ein und demselben verdorbenen Holz geschnitzt.

Lexi schluckte schwer und versuchte verzweifelt, ihm nicht die Befriedigung zu verschaffen, sich über seine polierten Stiefel zu erbrechen. Sie würde nicht zu ihm zurückgehen. Sie hatte der Polizei gesagt, dass sie nach Caine suchen sollten, dass er noch am Leben war, doch man hatte ihr versichert, er sei bei einer Schießerei ums Leben gekommen – während einer Razzia auf der Farm, bei der mehrere Mitglieder der Sekte festgenommen worden waren.

Dieser Mann war mitten in der Nacht durch ihr Schlafzimmerfenster eingestiegen, obwohl ihre Eltern gleich nebenan schliefen. Er hatte ein Messer an die Kehle ihrer kleinen Schwester gesetzt und gedroht, das Kind zu töten, wenn sie nicht mit ihm ginge. Sie hatte ihm gehorcht und war froh, dass sie sich nicht gewehrt hatte. Caines Männer hatten ihr Zuhause umstellt, bereit, ihre Eltern, ihre älteren Brüder und ihre kleine Schwester zu ermorden. Sie war stillschweigend mit ihm gegangen, um ihrer Familie willen.

Damals, mit acht Jahren, hatte sich ihr Leben für immer verändert. Man hatte sie geschlagen, vergewaltigt und halb verhungern lassen; sie wurde gezwungen, Caine zu »heiraten« und seine »Gemahlin« zu werden. Es war die Farm gewesen, die sie schließlich rettete. Er hatte sie gezwungen, von Sonnenaufgang bis Sonnenuntergang zu arbeiten, und sie war über jede Sekunde froh gewesen, in der sie die Hände in die Erde stecken und zum Gedeihen der Pflanzen hatte beitragen können. So konnte sie ihr Dasein vergessen und sich einbilden, ein normales Mädchen auf einer Farm zu sein – ohne endlose Nächte voller Höllenqualen.

Bald schon stellten Caine und die anderen Mitglieder der Sekte fest, dass es ihnen und der ganzen Farm gut ging, wenn sie dort arbeitete. Dennoch hörten die Prügel und die Grausamkeiten nicht auf; vielmehr wollte Caine sie völlig unter seine Knute zwingen. Er hob ein Erdloch aus und warf sie, nachdem er sie halb besinnungslos geschlagen hatte, hinein. Das »Problem« bei dieser Bestrafung war, wie er feststellte, dass ihre Wunden rasch verheilten und es ihr nichts auszumachen schien, in der Erde vergraben zu sein; also trieb er einen Metallkasten auf, und wenn er besonders betrunken und bösartig war, zwängte er sie dort hinein.

»Hast du wirklich geglaubt, irgendjemand könnte mich von dir fernhalten? Dein Verrat hat Gottes Zorn auf dich gezogen; du musst bestraft werden. Ich habe dich gesucht, du betrügerische, verräterische, schamlose Jezabel. Gott hat mich gesandt, um dich zu retten.«

Er packte sie an ihrem Pferdeschwanz und riss ihren Kopf hoch, sodass sie gezwungen war, ihm ins Gesicht zu sehen. Ein wilder Bart verbarg sein schmales Kinn, und seine Augen funkelten wie die eines Wahnsinnigen. Er war der Dämon all ihrer Albträume gewesen. Er war der Teufel, das leibhaftige Böse.

Er beugte sich so nah zu ihr, dass sie seinen schlechten Mundgeruch abbekam. »Ich habe sie alle umgebracht, einen nach dem anderen. Hab ihnen gesagt, du willst sie tot haben, damit du mit mir zusammen sein kannst. Ich wusste, dass ich da meinen Fehler gemacht habe. Du hast nicht zu deinem Ehemann gehalten, wie du es hättest tun sollen, weil die Sünden deines früheren Lebens so groß waren, dass du sie nicht überwinden konntest, solange diese Sünder noch lebten. Ich musste dir den Weg zeigen. Ich musste dich bestrafen.«

Er schlug ihr so fest ins Gesicht, dass sie nach hinten kippte und ihr Tränen in die Augen schossen. Nur sein Festhalten an ihrem Pferdeschwanz verhinderte, dass sie hintenüber fiel. Mit der Faust und der offenen Hand drosch er auf sie ein.

Nach dem ersten Schlag spürte Lexi kaum noch Angst. Sie schaffte es, um sich zu treten, so wie sie es wieder und wieder im Training mit ihren Schwägern geübt hatte. Mit dem Stiefelabsatz traf sie ihn voll an einem Knie und einem Schenkel, und er krachte fluchend an das Tor. Sie rollte sich zur Seite, verwundert darüber, dass das tatsächlich funktionierte.

Dann rammte sie beide Fäuste so tief es ging in die Erde und richtete die Energie direkt auf den Mann, der ihr Leben in eine leibhaftige Hölle verwandelt hatte. Legte alle Furcht und allen Zorn, all ihre Hilflosigkeit und Verzweiflung, die er sie hatte spüren lassen, in diesen Angriff. Allen Schmerz. Den Kummer über den Verlust ihrer Familie. All dies floss ein in den schrecklichen, auf ihn gerichteten Schlag.

Die Erde zitterte unter ihren Fäusten, die Erschütterung breitete sich in Wellen unter dem Boden aus, direkt auf ihr Ziel zu. Caine rappelte sich auf die Füße, er zog sich am Zaunpfosten hoch.

»Du Miststück! Das wirst du mir büßen!« Er versuchte, einen Schritt zu machen, zuckte aber zusammen, als sein Knie unter ihm nachgab.

Ein Spalt tat sich im Boden auf, bewegte sich schlängelnd auf Caine zu und wurde dabei breiter. Lexis Augen weiteten sich vor Entsetzen, sie zog rasch die Fäuste aus der Erde, doch es war zu spät. Die Spalte wurde zu einer Kluft, die sich direkt unter Caine und dem Tor öffnete und in die beide einsanken. Sie war nicht allzu tief, aber sie schloss sich fest um Caines Beine und presste sie zusammen, sodass er in der Falle saß. Er brüllte wie am Spieß.

Lexi stolperte entsetzt nach hinten. Von der anderen Seite des Zauns kamen zwei Männer herangehastet, sprangen darüber, der eine kam seinem Boss zu Hilfe, der andere, mit einem riesigen Messer in der Faust, hielt auf sie zu. Sie erkannte die beiden. Caine hatte sie damals, als sie bei der Sekte gewesen war, dazu ausgebildet, Mitglieder zu bestrafen, die gegen die Regeln verstießen.

Peter Rogers versuchte verzweifelt, Caine freizubuddeln, Darrin Jorgenson stürzte sich mit dem Messer auf sie.

»Mach sie fertig. Töte dieses Miststück!«, brüllte Caine immer wieder. Tränen liefen ihm über die Wangen. Sein Oberkörper zappelte hilflos über dem Boden, das Gesicht war plötzlich voller Erde.

Sie versuchte, ihre Gedanken in Bewegung zu setzen, sich zu erinnern, was Levi gesagt hatte, das sie tun solle, doch sie konnte nicht denken, sich nicht bewegen. Sie stand da und erwartete den Todesstoß, froh, dass sie es wenigstens geschafft hatte, nicht mit Caine gehen zu müssen.

Nichts war zu hören. Absolut nichts. Später, als sie darüber nachdachte, hatte sie das Gefühl, als hätte die Erde tief durchgeatmet. Die Zeit verlangsamte sich. Sie verfolgte jeden von Darrins Schritten wie in Zeitlupe. Sie konnte tatsächlich seine einzelnen Atemzüge ausmachen und auch die Anzeichen fanatischen Hasses in seiner Miene.

Sie wandte den Blick nicht von ihm ab, beobachtete, wie er näher und näher kam, erwartete ihn, erleichtert, dass es jetzt vorbei war.

Da tat sich ein Loch mitten in Darrins Stirn auf, ein hellroter Krater, der ihn nach hinten stieß, ein Schlag so hart, dass sein Kopf zurückgerissen wurde, sein Körper durch die Luft flog und dann auf der Erde zusammensackte.

Lexi starrte fassungslos auf die Leiche. Ein starker Arm legte sich um ihre Taille, zog sie rückwärts und schob sie hinter einen Mann, den sie nie zuvor gesehen hatte. Er war groß, mit sehr breiten Schultern, einer starken Brust und zottigen Haaren. Zuerst dachte sie, es sei Levi, Rikkis Mann, aber er bewegte sich anders, und er war … stärker. Muskulöser.

Er bewegte sich mit großen Schritten auf Caine und Rogers zu, aber so, als würde er über den Boden schweben, anstatt zu gehen. Mit dem langen, flatternden Mantel wirkten seine Bewegungen geschmeidig und fließend wie die eines Kinohelden. Während er auf die beiden Männer zuging, hob er seine Hand und drückte nur einmal ab. Peter Rogers fiel zu Boden wie ein Stein. Lexi presste sich eine Faust in den Mund, um nicht loszuschreien.

Gavril ging neben Caine in die Hocke, zog dessen Kopf an den Haaren hoch und schaute ihm ins Gesicht. Der starrte hasserfüllt zurück. Seine Beine waren eingequetscht, doch Lexi hatte noch verhindern können, dass die Erdspalte ihn tötete. Er blickte an Gavril vorbei zu ihr und spuckte auf die Erde.

»Du Hure! Du bist tot! Ich werde dich langsam umbringen. Dein Teufel wird dich nicht retten. Niemand kann dich retten. Dein Name steht mit Blut geschrieben im Buch des Todes!«

»Spar dir das für deine Gemeindemitglieder in der Hölle.« Gavril sagte es leise, damit Lexi es nicht hören konnte. Er ließ Caines Kopf absichtlich abrupter los als nötig, sodass dessen Gesicht im Dreck landete. »Ich komme ohne sie nochmal wieder«, fuhr er an Caines Ohr geneigt fort, »und ich kenne mehr Sachen, die dich deinen Tod herbeisehnen lassen werden, als du dir vorstellen kannst. Also, bleib für mich am Leben, ja?«

Er stand auf und wandte sich Lexi zu. Sie war kreidebleich, ihre Augen vor Entsetzen weit aufgerissen. »Alles in Ordnung? Irgendwelche Knochen gebrochen?«

Sie war noch immer nicht in der Lage, sich zu bewegen, nicht einmal, als er vor sie trat, seine Waffe ins Halfter zurücksteckte und dann mit beiden Händen ihren Körper nach Verletzungen abtastete. Sie zitterte heftig und konnte nicht richtig atmen. Sie wagte es nicht, ihn anzusehen aus Furcht, weinen zu müssen.

Und wenn sie Caine oder die beiden Toten anblickte, würde sie sich bestimmt übergeben müssen.

»Lexi, sprich mit mir. Schau mich an. Schau mir in die Augen.« Seine Finger strichen sanft über einen blauen Fleck auf ihrer Wange. Mit dem Daumen entfernte er ein kleines Blutgerinnsel aus ihrem Mundwinkel.

Seine Stimme hatte etwas Bestimmendes, Unwiderstehliches – ganz anders als die von Caine. Ein samtweicher, faszinierender, *besorgter* Ton. Als sei ihr Wohlbefinden das Wichtigste im Leben dieses Mannes. Lexi zwang sich, zu ihm aufzublicken, über seine breite Schulter, wo sich das dünne, schwarze Hemd, das er unter dem offenen Mantel trug, straff über deutlich hervortretende Muskeln spannte. Ihr Blick wanderte weiter aufwärts, über ein markantes, stoppelbärtiges Kinn und eine gerade Nase bis zu einem Augenpaar, das so schwarzblau war wie die Mitternacht. Wunderschöne Augen. Augen, die sie ganz sicher schon einmal gesehen hatte. Ihr Atem stockte.

Sie ließ sich im Blick seiner dunkelblauen Augen versinken, ihrer einzigen Zuflucht. Die Welt um sie herum wich zurück, bis sie nur mehr aus diesem Mann und dem Blick seiner hinreißenden Augen bestand, der ihr Sicherheit suggerierte.

»Weißt du, wer ich bin?« Seine Stimme war unendlich behutsam, ohne eine Spur von Ungeduld oder Bedrohung, aber voller Besorgnis.

Sie schüttelte stumm den Kopf. Ihre Stimme versagte. Ihre Hände zitterten, sie verschränkte die Finger ineinander in dem Versuch, das Zittern unter Kontrolle zu bringen. Sie hatte ganz offensichtlich einen Schock. Gewalt war ihr ein Gräuel, auch wenn sie sich eindeutig nur verteidigt hatte. Sie konnte die Körper der Toten einfach nicht ansehen, und auch Caine nicht, der noch lebte und noch immer eine Bedrohung war.

Wie von selbst wanderte ihr Blick zu *ihm*.

»Hast du den Namen Gavril schon mal gehört? Oder Prakenskij?«

Gavril umfasste ihr Gesicht mit beiden Händen und sprach absichtlich mit einem leicht russischen Akzent. »Schau zu mir, mein Engel, nirgendwo anders hin. Nur zu mir.«

Er bemerkte, dass sie große Augen bekam. Sie nickte, ihr Schockzustand ließ langsam nach. »Ich bin hier, und ich kümmere mich um diese Sache. Schau sie nicht an. Schau ihn nicht an. Ich muss wissen, ob du verletzt bist.«

Sie schluckte schwer, ihr Atem ging noch immer flach und mühsam, die Augen flackerten leicht, aber sie entzog sich ihm nicht, und ihr auf ihn gerichteter Blick wurde steter.

»Nein. Keine Knochenbrüche. Er versteht es sehr gut, eine Frau so zu verprügeln, dass sie am nächsten Tag wieder arbeiten kann.«

»Du kennst diesen Mann?«

»Ich bin der Ehemann dieser Hure!«, kreischte Caine. »Sie ist ein schamloses Weib, eine Jezabel! Schau dir an, was sie mir angetan hat. Sie hat sich mit dem Teufel eingelassen. Sie ist eine Hexe, sie betet Satan an, sie hält ihn zwischen ihren Beinen als Geisel!«

Lexi wurde kreidebleich. Es sah aus, als würde sie gleich ohnmächtig werden. Gavril hielt ihren Kopf fest, damit sie nicht zu dem Mann schauen konnte, der behauptete, ihr Ehemann zu sein. »Schau ihn nicht an. Er ist ein Nichts. Er kann dir nichts tun, nie mehr«, sagte Gavril mit seiner unendlich behutsamen Stimme. »Du musst dich jetzt mal für einen Moment in deinen Wagen setzen. Ich komme dann gleich zu dir. Kannst du laufen?«

Sie nickte, und Gavril drehte sie um, weg von Caine und den Obszönitäten, die er noch immer zwischen Schreien und Geheul von sich gab, wobei er ständig in der Erde buddelte, die ihn gefangen hielt. Gavril wartete, bis Lexi in ihrem Wagen saß, und kauerte sich dann noch einmal neben Caine nieder. Er packte ihn heftig an den Haaren und zog seinen Kopf hoch.

»Wir beide werden uns sehr bald unterhalten, aber nicht jetzt. Und behaupte nie wieder, du seist ihr Ehemann.« Mit seiner freien Hand stopfte er Caine brutal Erde in Mund und Nase. »Ich habe keine Seife dabei, also muss das herhalten.«

Gavril sorgte dafür, dass Caine voll mitbekam, wie leichthändig er ihm die Luft abschnitt, ehe er seinen Kopf wieder auf die Erde plumpsen ließ. Dann hielt er sich zwischen Lexi und Caine, damit sie nicht sehen konnte, was er mit ihm gemacht hatte und wie dieser nun Dreck spuckte und ihn sich aus seiner Nase pulte. Bei ihrem Kombi angekommen, lehnte er sich an den Wagen.

»Er ist nicht mein Ehemann. Sie sagten mir, die Ehe sei nicht legal. Ich war ja erst acht Jahre alt, und er hat mich gekidnappt. Er ist nicht mein Ehemann«, wiederholte sie mit Tränen in den Augen.

»Das ist mir bewusst«, erwiderte Gavril und wischte mit den Fingerspitzen die Tränen ab, die über ihre Wangen rollten. »Ich möchte, dass du nie mehr an ihn denkst. Er ist vollkommen unbedeutend. Ein Wurm. Weniger noch als das.«

»Er wird nie aufhören, hinter mir her zu sein. Niemals. Ich muss sofort den Sheriff anrufen und ihm sagen, was ich getan habe«, sagte Lexi. »Sie werden mich von hier wegbringen, und ich weiß nicht, was ich dann tun werde. Ich kann nicht noch einmal ganz von vorn anfangen. Ich will einfach nicht …« Sie verstummte, Tränen liefen über ihr Gesicht.

»Es ist nicht nötig, den Sheriff zu rufen«, erwiderte er sanft. »Ich möchte, dass du zulässt, dass ich mich um die Sache kümmere. Du fährst nach Hause zurück und gibst Levi, Thomas und Max Bescheid. Sag ihnen, was passiert ist, aber sieh zu, dass niemand mithört. Ich weiß, dass Max Kinder hat. Wir wollen sie nicht erschrecken nach all dem, was sie durchgemacht haben.«

»Sie werden mich rausschmeißen«, flüsterte sie noch einmal und hielt sich schützend eine Hand vor die Kehle.

»Wer? Niemand kann dich rausschmeißen«, beruhigte Gavril sie und versuchte gleichzeitig, sie zu verstehen.

»Ich bin in einem Zeugenschutzprogramm. Ich muss nur eine Nummer anrufen, und dann holen sie mich ab. Sie halten mich von allen Leuten fern, und ich werde meine Schwestern oder die Farm nie mehr wiedersehen.« Ihr Gesicht war tränenüberströmt. »Er hat Anhänger, die nach mir suchen werden. Sie töten ganze Familien. Sie haben auch meine umgebracht.«

Gavril spürte, wie alles in ihm still wurde. Es fiel ihm schwer, nicht zu dem Mann zurückzublicken, der ein Kind gekidnappt, dann seine Familie ermordet und es schließlich gezwungen hatte, seine »Ehefrau« zu werden. »Schau mich an, Lexi. Jetzt gleich. Denk an nichts anderes. Schau mich einfach nur an.«

Ihr Blick aus tränennassen Augen traf den seinen. Er lächelte ihr zu, es war mehr ein Zähnezeigen als ein echtes Lächeln, weil er diesen Hurensohn am liebsten auf der Stelle umgebracht hätte. Er bemerkte, wie sie mit einem tiefen Schaudern ausatmete.

»Wir nehmen das in die Hand. Du wirst diese Männer nie mehr zu Gesicht bekommen. Wir finden heraus, wie sie dich aufgespürt haben, und stellen sicher, dass das nie wieder passiert. Die Farm ist sicher. Sie könnten nicht auf die Farm kommen, ohne dass irgendjemand von euch es mitkriegt.«

Sie schaute stirnrunzelnd zurück zur Farm. »Aber du hast es geschafft, nicht wahr?«, fragte sie, plötzlich begreifend. »Du bist mir gefolgt.«

»Ich gehöre auf die Farm«, erklärte Gavril so behutsam er konnte. Caine plärrte wieder seine Obszönitäten; er lernte einfach nicht dazu. »Das bereits bestehende Warnsystem hat mich erkannt – es hat erkannt, dass ich hierher gehöre.« Er wiederholte es, denn er wollte, dass sie das bald als Tatsache akzeptierte.

Sie nickte langsam. »Danke, dass du mir das Leben gerettet hast. Die hätten mich umgebracht.«

»Tut mir leid, dass ich so lange gebraucht habe. Ich bin nicht mehr ganz so schnell wie früher.« Sein Körper schmerzte, protestierte gegen jeden Schritt, gegen jede Bewegung, die er jetzt unternahm.

Lexis Stirn legte sich noch tiefer in Falten; sie beugte sich zu ihm und strich über sein Kinn. »Du bist verletzt.«

Er wurde innerlich still. Niemand sah je seinen physischen Schmerz. Er ließ nicht zu, dass er in seiner Miene, seinem Körper oder seinen Augen sichtbar wurde. Nur jemand, der in ihn hineinzusehen vermochte, in sein Inneres, konnte Schmerz bei ihm wahrnehmen. Es bestand kein Zweifel, dass diese Frau die seine war. Er ergriff ihre Hand und drückte sie. »Warte in deinem Haus auf mich. Ich komme zu dir. Schick meine Brüder zu mir, und denke nicht mehr an das hier. Ruf niemanden an, und sprich mit niemandem darüber, bis ich bei dir bin.«

»Aber meine Schwestern … Wir haben eine Verabredung, uns gegenseitig alles zu erzählen.«

»Wir geben deinen Schwestern Bescheid«, erwiderte Gavril. »Aber ich werde dabei sein. Vergiss nicht, dass ich es war, der das alles hier angerichtet hat, nicht du.«

»Caine muss ins Krankenhaus«, meinte Lexi. »Und dann weiß die Polizei mit Sicherheit Bescheid.« Sie blickte auf ihre Hand, die er noch immer umfasst hielt.

»Lass das meine Sorge sein. Du sorgst dafür, dass meine Brüder hierherkommen, und wartest auf mich.«

»Gavril, sie werden alle zu meinem Haus kommen. Sie wissen Bescheid. Wir wissen es immer, wenn eine von uns in Schwierigkeiten steckt.«

Er nickte. »Das ist okay. Aber lass nicht zu, dass eine den Sheriff ruft.« Sein Blick ruhte fest auf ihr. »Tust du das für mich?«

Lexi erwiderte seinen Blick. »Das ist das Mindeste, was ich tun kann, nachdem du mir das Leben gerettet hast.« Sie wollte an ihm vorbei zu Caine schauen, doch Gavril verstellte ihr den Blick.

»Tu das nicht. Gib ihm nicht diese Befriedigung. Er bedeutet dir nichts. Schau einfach nur mich an, und fahr dann los.« Sein Griff um ihre Finger wurde fester. »Sieh ihn nicht an. Sieh nur mich.«

Lexi nickte mit zusammengepressten Lippen. Er ließ sie widerstrebend los und schaute ihr nach, als sie davonfuhr. Dann wandte er sich zu Caine um, und mit einem Mal war von dem freundlichen, herzlichen Menschen nichts mehr erkennbar. Der, der nun auf Caine zuschritt, war eisig kalt, innerlich wie äußerlich.

2.

Sie sind wirklich schon lange weg«, sagte Lexi und blickte in die Runde, die sich auf ihrer Veranda versammelt hatte. Diese fünf Frauen waren ihre Familie geworden. Sie waren nicht verwandtschaftlich miteinander verbunden, aber auf jede erdenkliche andere Art zu Schwestern geworden.

»Glaubt ihr, es ist ihnen etwas zugestoßen?« Sie biss stirnrunzelnd auf ihrem Daumennagel herum und schaute dann zum hinteren Teil des Farmgeländes. »Ich hätte nicht wie ein Feigling wegrennen sollen. Immerhin habe ich das Ganze angerichtet.«

»Du bist kein Feigling, Lexi«, beruhigte Rikki Hammond sie. »Hör auf, dir solche Sorgen um sie zu machen. Ich wüsste es, wenn Levi etwas passiert wäre.«

Rikki war mit Lev Prakenskij verheiratet, den sie nun Levi Hammond nannten; sie war autistisch und mit dem Wasser verbunden, einem Element von großer Kraft. Sie liebte das Meer und fuhr mit ihrem eigenen Boot hinaus, um mit Levi als ihrem Gehilfen nach Seeigeln zu tauchen, die sie dann verkaufte und die Farm so mit Bargeld versorgte.

Jetzt beugte sie sich zu Lexi und hauchte einen Kuss auf ihre Wange, eine seltene Geste der Zuneigung bei ihr. »Ich mache uns einen Tee. Es kommt einem länger vor, als es wirklich ist.«

Airiana nickte. »Ich wüsste es auch«, pflichtete sie Rikki bei. »Ich meine, wenn mit Max etwas wäre.«

»Wo sind die Kinder?«, fragte Lexi, der plötzlich bewusst wurde, dass die vier von den beiden adoptierten Kinder allein waren, wenn Max weg und Airiana bei ihr war.

»Ich hielt es für das Beste, sie im Haus zu lassen. Lucia und Benito wissen, was zu tun ist, und sie passen auf Siena und Nicia auf. Sie wissen, dass etwas nicht stimmt, deshalb muss ich auf Benito ein Auge werfen. Er spioniert ganz gern.«

Darüber mussten sie alle lachen. Benito nahm den Schutz seiner Schwestern sehr ernst und war zu Max' Schatten geworden, seit der sie vor einem Menschenhändlerring gerettet hatte. Er ging wie Max und hatte bereits begonnen, dessen Eigenheiten anzunehmen, obwohl er noch keine zwei Wochen auf der Farm lebte.

»Airiana, wenn du zurückmusst, ist das schon in Ordnung«, versicherte Lexi ihr. »Ich möchte nicht, dass sie Angst haben. Es ist nicht gut für sie, nach dem Verlust ihrer Eltern und allem, was sie sonst noch durchmachen mussten, allein zu sein.«

»Lexi«, erinnerte Airiana sie sanft, »sie sind in ihrem neuen Zuhause. Sie kennen alle unsere Sicherheitsmaßnahmen, und sie wissen, dass wir bei dir sind. Sie sind gut aufgehoben. Die ganze Farm ist ihr Zuhause. *Ich* muss jetzt bei *euch* sein.«

Airiana war mit der Luft verbunden und Max offenbar ebenso. Das machte die beiden zu einem sehr starken Paar.

Lexi blinzelte die Tränen zurück. »Das freut mich. Ich hätte die Erde Caine verschlucken lassen sollen.« Die Worte brachen so unerwartet aus ihr heraus, dass sie sich erschreckt eine Hand auf den Mund legte. »Tut mir leid. Das habe ich nicht so gemeint.« Aber sie meinte es genau so und wusste das auch. Was sie so entsetzte, war, dass Caine, solange er am Leben war, sie irgendwann holen würde. Er würde nie aufgeben. Nichts würde ihn aufhalten.

Bei dem Gedanken, jemals wieder mit ihm allein zu sein, drehte sich ihr der Magen um. Sie griff nach ihrem Pferdeschwanz, an dem er sie so heftig gezogen hatte. »Airiana, du hast mich mal gefragt, weshalb ich mir nie die Haare schneide. Ich habe sie nach meiner Flucht wachsen lassen, weil Caine sie mir mehrmals als Strafe abgeschnitten hat, um mich zu demütigen. Einmal hat er mir sogar den Schädel rasiert. Ich habe mir gelobt, wenn mir jemals die Flucht gelänge, dann würde ich meine Haare lang tragen.«

Den anderen Frauen stockte der Atem. Lexi wollte ihr Mitleid nicht sehen – sie wäre sonst kollabiert, und das hätte niemandem geholfen. Und sie verstand nicht, warum sie unaufhörlich an Gavril dachte und sich schuldig fühlte, weil sie ihn damit allein gelassen hatte, mit ihrem Schlamassel fertigzuwerden.

Sie wandte sich von ihren Schwestern ab und schlang die Arme fest um ihren Körper. Die Erinnerungen gingen ihr zu nahe; am liebsten hätte sie sich übergeben, wie ein Embryo zusammengekrümmt und verborgen. Ihr Schutzpanzer, den sie sich hart erarbeitet hatte, war verschwunden; sie fühlte sich wie ein hilfloses Kind.

»Natürlich wünschst du dir, die Erde hätte Caine verschluckt«, meinte Lissa Piner. »Wer würde sich das nicht wünschen? Dieser Mann war … ist …« Sie unterbrach sich; verärgert über ihren Fehler blickte sie zu den anderen Frauen auf Lexis ausladender Veranda. Lissa war mit dem Element Feuer verbunden, und manchmal brach ihr leidenschaftliches Wesen durch, so wie jetzt, wo sie ihre jüngste Schwester schützen wollte.

Lissa hegte keinerlei Zweifel, dass der Mann, der Lexi der Sicherheit ihres Zuhauses entrissen und ihr ein Leben voller Vergewaltigung und Terror bei Nacht und harter Arbeit bei Tag aufgezwungen hatte, es nicht schaffen würde, in irgendein Krankenhaus zu kommen.

Hastig wechselte sie ihre Taktik. »Wie ist denn Gavril so? Es wundert mich, dass er seinen wirklichen Namen so offen benützt, fast so, als wolle er Uri Sorbacov oder dessen Vater herausfordern, ihn zu verfolgen.«

Leicht verwirrt bemühte sich Lexi zu verstehen, was die anderen sagten. Sie wusste, sie wollten sie ablenken, und versuchte, sich daran zu erinnern, wer Uri Sorbacov war. Er war der Sohn des Mannes, der die Eltern der Prakenskij-Brüder ermordet, alle sieben Jungen entführt und voneinander getrennt und sie dann gewaltsam zu Geheimagenten und Killern hatte ausbilden lassen. Er war es auch, der die Mordanschläge auf die meisten der Brüder befohlen und auch versucht hatte, Airiana zu entführen. Eine ganze Litanei von Sünden ging auf sein Konto, doch er war in Russland, unerreichbar für Vergeltungsmaßnahmen.

»Stehen sie nicht alle auf einer Todesliste?«, fragte Lexi, plötzlich besorgt darüber, dass Gavril seinen wirklichen Namen benutzte. Wieder begann sie, auf ihren Daumennagel zu beißen – und nahm ihn dann wütend aus dem Mund.

»Ilja nicht«, antwortete Blythe Daniels. »Er ist der jüngste der Prakenskijs, und irgendwie bringt er es anscheinend fertig, ohne eine Bedrohung leben zu können.«

Lexi empfand Blythes Stimme als unglaublich tröstlich. Diese Frau konnte einfach jede schlimme Situation besänftigen. Sie war nicht mit einem Element verbunden, verfügte jedoch über unglaubliche Gaben und war inmitten eines Sturms immer der ruhende Pol. Blythe hatte sie alle zusammengebracht und die Farm gefunden, als sie zum Verkauf stand. Schon allein dafür war Lexi ihr auf ewig dankbar.

Judith Vincent legte die Füße auf das breite Geländer der Veranda. »Erzähl uns von Gavril. Wenn Thomas oder Levi von ihm sprechen, klingen sie immer irgendwie reserviert.«

Judith war mit Stefan Prakenskij verheiratet; sie war mit dem Geistigen verbunden und konnte alle anderen Elemente verstärken. Stefan hatte den Namen Thomas Vincent angenommen, und die beiden waren nie weit voneinander entfernt.

Airiana nickte. »Fast, als ob sie ihn verehren würden – oder vielleicht auch fürchten. Ich kann mir nicht vorstellen, dass Max, Levi oder Thomas vor irgendjemandem Angst hätten, aber über ihn reden sie definitiv anders.«

Lexi blickte finster in die Runde. »Zu mir war er nett und zuvorkommend. Er hatte keine Wahl, als er diese beiden Männer erschoss. Sie wollten mich umbringen. Ich bin sicher, dass er sie nicht töten wollte, aber hätte er es nicht getan, dann wäre ich jetzt tot. Und er war verletzt. Das habe ich gesehen.«

»Verletzt?«, fragte Judith. »Das hast du uns gar nicht gesagt. Ein Schuss? Eine Stichwunde? Hätten wir Thomas sagen sollen, dass er ihn in ein Krankenhaus bringt?«

Lexi schüttelte den Kopf. »Ich glaube, er ist schon verletzt hier angekommen.«

»Stimmt«, pflichtete Airiana ihr bei. »Gavril wurde so an die sieben Mal mit einem Messer verwundet, als er meinen Vater bewachte, Theodotus Solovjov. Er wäre fast gestorben.«

Judith setzte sich gerader hin. »Thomas hat mir von ihm erzählt. Er *sollte* sterben. Es stand wirklich schlimm um ihn. Und Sorbacov hat ihn auf eine Todesliste gesetzt, weil er eben nicht starb und weil er Sorbacov zufolge für sie nutzlos war. Aber das ist lange her; eigentlich sollten seine Verletzungen längst verheilt sein.«

»Er arbeitete all die Jahre für die Regierung, und sie haben ihn einfach fallenlassen, wie die anderen Prakenskijs auch. Das ist wirklich schlimm.« Lexis Sympathien waren ganz auf der Seite Gavrils gewesen, schon seit sie seinen Schmerz gespürt hatte.

»Wenn er seinen eigenen Namen benützt und weiß, dass Sorbacov ihn auf eine Todesliste gesetzt hat«, erklärte Blythe, »dann ist er gekommen, um sich von seinen Brüdern zu verabschieden. Und er plant, sie von Thomas, Levi und Max wegzulocken.«

Rikki erschien in der Eingangstür mit einem Teeservice auf einem Tablett. Die Frauen blickten ihr erfreut entgegen. Sie hatten sich in einer Gruppentherapie kennengelernt, die für jede von ihnen die letzte Rettung gewesen war; eine Gruppe speziell für Frauen, die Angehörige durch Mord verloren hatten und glaubten, irgendwie am Tod dieser Menschen schuld zu sein. Sie waren sich nahegekommen und hatten erkannt, dass sie zusammen weit stärker waren als jede für sich.

»Danke«, murmelte Lexi und goss etwas Milch in ihre Tasse. Die Stirn noch immer in Falten, wandte sie sich dann wieder ihren Schwestern zu. »Vielleicht hat er mir seinen Namen nur genannt, um mich zu beruhigen.«

»Was auch immer der Grund ist, Liebes«, meinte Judith, »wir sind jedenfalls froh, dass er dir das Leben gerettet hat.« Sie stellte ihre Teetasse auf das Geländer und schaute in die Ferne. »Wir müssen den Männern besser zuhören. Wir verdrehen bloß immer die Augen, wenn sie uns sagen, wohin wir gehen können und wie wir dorthin kommen sollen, aber wir haben alle zu viele Feinde, um so zu tun, als wären wir immer sicher.«

Lexi seufzte. »Am besten ich sage euch gleich die Wahrheit. Ich bin in einem Zeugenschutzprogramm. Das, was ich euch über die Sekte und die Entführung und Ermordung meiner gesamten Familie erzählt habe, das ist alles wahr, aber ich habe gegen einige wichtige Mitglieder der Sekte ausgesagt. Einige von ihnen konnten fliehen, so auch Caine – das ist der Mann, der mich zwang, seine Frau zu werden. Mein richtiger Name ist Alexia Wilson, nicht Lexi Thompson.«

»So was habe ich mir schon gedacht«, meinte Blythe. »Es war in sämtlichen Nachrichten, als es passierte.«

»Du warst nicht seine Frau!«, fauchte Lissa. »Du warst ein kleines Mädchen, das er schlug und vergewaltigte. Da war keine Hochzeit, kein Eheversprechen. Er war auch kein Gottesmann.

Wenn jemand eine Zeremonie veranstaltet, um ein achtjähriges Mädchen mit einem erwachsenen Mann zu vereinen, dann ist das ganz sicher kein geweihter Priester!«

Lexi zog den Kopf ein. »Ich weiß. Das haben sie mir gesagt. Der Punkt ist, Caine hat mich gefunden, und damit wissen wahrscheinlich auch andere Mitglieder der Sekte, wo ich bin. Es war einfach nur Glück, dass Gavril kam. Ich habe meine Familie damals ungefähr drei Stunden lang gesehen, dann brachte mich die Bundespolizei vor dem Prozess in eine sichere Unterkunft. Während ich dort war, drangen diese Leute in mein Zuhause ein, ermordeten meine Eltern, während sie schliefen, meine beiden Brüder und meine kleine Schwester. Wir haben hier Kinder.« Ihr Blick traf jenen von Airiana. »Deine Kinder. Sie haben schon viel zu viel mitgemacht.«

»Nein.« Blythe klang entschieden. »Du gehst nicht weg.«

Airiana ergriff Lexis Hand. »Ich musste mich auch fragen, ob ich hierher zurückkommen soll. Ich arbeite jetzt für die Regierung, und alle sind hinter meiner Arbeit her. Sorbacov wollte mich nach Russland entführen lassen. Ich habe Evan Shackler-Gratsos am Hals, der nur darauf wartet, mich zu kidnappen, und wenn Max nicht wäre, dann wäre ich bereits jetzt bei einem von denen.«

Evan Shackler-Gratsos, erinnerte sich Lexi, war ein Milliardär, der von seinem Bruder nicht nur eine bedeutende Reederei geerbt hatte, sondern auch dessen Anteile an Geschäften im Handel mit Menschen, Waffen und Drogen. Sie umarmte Airiana fest. »Ich bin so froh, dass Max da war.«

»Ich habe Angst davor, dass Evan irgendwie an die Kinder herankommt, nach allem, was sie durchgemacht haben – und wofür er die Schuld trägt«, räumte Airiana ein. »Aber, und du musst mir jetzt zuhören, Liebes, zusammen sind wir besser und stärker als jede für sich. Selbst wenn du verschwinden würdest, kämen sie noch immer hierher. Das weißt du. Du warst in

Schutzhaft, und sie haben deine Familie verfolgt. Also würden sie uns ebenso verfolgen.«

Lexi schüttelte den Kopf. »Ich bin erstarrt. Nachdem ich Caine im Boden eingeklemmt hatte und bemerkte, dass da noch andere waren, konnte ich mich nicht mehr bewegen.«

Lissa umarmte sie. »Du hast dich gerettet. Caine hat dich ganz offensichtlich geschlagen. Sieh dich an, du bist voller blauer Flecke, aber du hast es geschafft, dich zu retten. Du hast getan, was Levi uns beibrachte, und konntest dich so von ihm losreißen.«

Lexi nagte an ihrem Daumennagel und wünschte sich, mehr so sein zu können wie ihre Schwestern. Sie hatten alle Selbstvertrauen, trotz der Dinge, die ihnen zugestoßen waren. »Wenn Gavril nicht da gewesen wäre, wäre ich jetzt tot. Ich will nicht das schwache Glied sein. Was passiert, wenn ich hier auf der Farm mit Lucia und den kleineren Kindern allein bin, und sie kommen?«

»Ich habe keinen Zweifel, dass du die Kinder beschützen würdest«, erwiderte Airiana. »Absolut keinen. Max sagte, Frauen sind oft viel eher bereit, für ihre Kinder zu kämpfen als für sich selbst.«

»Wollt ihr das wirklich riskieren?«, fragte Lexi noch einmal, entsetzt darüber, dass sie anscheinend nicht in sie hineinsehen konnten.

Sie war eine Katastrophe – eine schreckliche, heillose Katastrophe. Auch mit noch so viel Training im Fitnessraum oder auf dem Schießstand ging es ihr nicht besser. Sie hatte die ganze Zeit Angst. Und nun fürchtete sie, sie würde nie mehr vergessen können, dass sie mit ihrer kostbarsten, heiligen Gabe fast einen Mann getötet hätte. Sie fühlte sich unzulänglich und ängstlicher als je zuvor.

Nur einen Moment lang hatte sie keine Angst mehr gespürt – als sie in Gavril Prakenskijs Augen blickte. Diesen Moment bewahrte sie heimlich für sich. Sie hatte sich lebendig gefühlt. Hatte zum ersten Mal wirklich das Gefühl gehabt, atmen zu können. In seinen Augen hatte sie die Welt sehen können. Und sich selbst, so stark, wie sie sich zu sein wünschte.

Das war eigenartig, und ein wenig verrückt – schließlich war er ihr völlig fremd –, aber vielleicht hatte sie sich mit ihm verbunden gefühlt, weil sie gespürt hatte, dass er genauso gebrochen war wie sie. Das Einzige, was sie sicher wusste, war, dass sie Gavril Prakenskij nicht erlauben würde, sein Leben wegzuwerfen, und sie war sich ziemlich sicher, dass er genau deshalb hierhergekommen war.

»Ja.« Airiana beantwortete die Frage felsenfest. »Absolut ja.«

»Ich glaube, dein Gavril hatte recht«, meinte Lissa. »Ich denke nicht, dass wir deswegen irgendjemanden verständigen müssen. Die Jungs können das regeln, und wir arbeiten weiter an der Sicherheit und achten ein wenig mehr auf dich.«

»Vielleicht bleibt Gavril ja und hilft dir auf der Farm«, fügte Judith hinzu. »Er war dein Schutzengel. Vielleicht wird er auch gern dein Bodyguard.«

Lexi schüttelte den Kopf. »Ich will nicht, dass er sich in Gefahr begibt. Bei ihm stimmt körperlich definitiv etwas nicht. Wenn ich ihn dazu bringe, es mich anschauen zu lassen, kann ich ihm vielleicht helfen, und wenn ich nichts tun kann, dann ist immer noch Libby Drake in der Stadt. Die kann ich fragen …« Sie verstummte, als sie merkte, dass die anderen Frauen sie erstaunt ansahen. »Was ist?«

»Du willst ihn dir anschauen?«, fragte Blythe. »Süße, du redest doch nicht mal mit den Leuten, ganz zu schweigen davon, dass du sie dir ansiehst.«

Airiana kicherte leise. »Vermutlich sogar ohne Klamotten. Ihr wisst schon, nur zur Untersuchung.«

Lexi spürte, wie sie knallrot anlief. »Also, wenn ich ihm helfen will, dann muss ich mir anschauen, was er hat, oder etwa nicht?« Mit funkelndem Blick forderte sie sie heraus, ihr zu widersprechen.

»Natürlich«, beschwichtigte Lissa. »Wir ziehen dich doch bloß ein wenig auf.«

»Aber, meine Liebe«, erinnerte Judith sie, »die Stichwunden sind schon älter, und vielleicht kann man da inzwischen gar nichts mehr machen. Jedenfalls ist er keine verwundete Kreatur, um die du dich kümmern musst.«

»Natürlich ist er das«, beharrte Lexi. »Ihr habt ihn nicht gesehen.«

»Werden wir aber bald«, meinte Blythe. »Die Männer kommen zurück, und dein Gavril ist mitten unter ihnen.«

Lexi stand auf und setzte langsam ihre Teetasse ab. Gavril bewegte sich mehr mit der Geschmeidigkeit eines Tänzers als eines Kämpfers wie Levi oder Thomas. Max zeigte sich der Welt einfach als zäher, harter Mann, mit dem anzulegen es sich jeder zweimal überlegte. Aber Gavril …

»Oh mein Gott«, flüsterte Judith und legte sich schützend eine Hand an die Kehle. »Und ich dachte immer, Levi sei angsteinflößend. Airiana, siehst du, was ich sehe?«

Airiana tätschelte beruhigend Judiths Hand. Sie sah die dunkle, gefährliche und extrem gewalttätige Aura, die Gavril Prakenskij umgab. Der Gedanke, dass er jemals mit ihrer kleinen, fragilen Lexi allein sein könnte, war erschreckend, ja geradezu entsetzlich. Was die Situation aber noch viel schlimmer machte, war die Tatsache, dass er mit seinen Brüdern kam, die alle sehr gefährliche Männer waren, und dennoch zeugte seine Ausstrahlung von einer Gewalttätigkeit, die die der anderen weit übertraf.

Gavril Prakenskij trug seine dunkle Aura so salopp wie andere Männer einen Mantel. Es hätte Airiana nicht überrascht, wenn er auch noch Hörner gehabt hätte. Er war der kälteste, härteste Mann, den sie je in ihrem Leben gesehen hatte.

Judith stupste sie an und zeigte mit dem Kinn auf Lexi. Auch die anderen Frauen waren verstummt und starrten auf den Neuankömmling, als sei es der Teufel persönlich, der da in Bluejeans und einem langen, flatternden Trenchcoat auf sie zukam.

»Er hat bestimmt eine Million Waffen in diesem Mantel«, murmelte Rikki. »Vielleicht sogar noch mehr. Er macht einem einfach nur Angst.«

Lexi schien sie nicht zu hören. Sie schien niemanden zu sehen außer Gavril. Sein dunkler Blick heftete sich an den ihren, und sie hatte das seltsame Gefühl, in ihn hineinzufallen. Sie mochte keine Fremden, fremde Männer schon gar nicht, aber er fühlte sich nicht so an. Niemand sonst sah den Schmerz in ihm, und das überraschte sie. Normalerweise waren Lissa und Airiana sehr gut darin, heilende Energien einzusetzen, wenn es notwendig war.

Doch das machte ihr nichts aus. Sie wollte zu ihm, seine Hand ergreifen und ihm einen Stuhl anbieten, damit er sich ausruhen konnte. Sie war ziemlich sicher, dass er seit Tagen nicht geschlafen hatte, und sie hasste die Erschöpfung, die sie aus ihm herausströmen spürte.

»Ist noch Tee da?«, fragte Levi, küsste Rikki flüchtig und ließ seine Hand in die ihre gleiten. »Tut mir leid, dass ich einen Tauchtag versäumen muss.«

»Oh nein, Rikki«, sagte Lexi sofort, »ich habe nicht bemerkt, dass ich dich vom Tauchen abhalte. Das tut mir wirklich leid. Ich hätte dich nicht anrufen sollen, Levi«, fügte sie hinzu. »Ich hätte auch nur Thomas und Max fragen können.«

Levi umarmte sie kurz, eine seltene Geste. »Du hast exakt das getan, was du tun solltest. Und Gavril sagte mir, du hast den Kick, den wir trainiert haben, eingesetzt wie ein Profi. Ich bin stolz auf dich.«

Gavril kam die Stufen herauf auf sie zu und blickte seinen Bruder finster an. Levi ließ sofort seinen Arm sinken und rückte von Lexi ab.

Gavril ignorierte die anderen, trat vor Lexi und ergriff ihre Hände. »Alles in Ordnung mit dir?«

Sie nickte. Sein Schmerz verursachte ihr Übelkeit. Sie konnte nicht verstehen, dass die anderen ihn nicht sahen oder fühlten. Dieser Schmerz war so heftig, dass er fast greifbar war. Sie konnte nicht umhin, Gavrils Arm zu streicheln und ihn stumm aufzufordern, sich zu setzen. Gavril ließ zu, dass Lexi ihn auf die Hollywoodschaukel drängte, obwohl er spürte, dass ihre Schwestern entsetzt darüber waren, wie nahe sie bei ihm stand. Und sie wären noch entsetzter gewesen, wenn sie erkannt hätten, was sie ihm bedeutete. Doch das war ihm gleichgültig. Nichts bedeutete ihm mehr als diese junge, so fragile und so gebrochene Frau, die aber ein Herz aus Gold hatte und ein Rückgrat aus Stahl, auch wenn sie das gar nicht wusste.

Er sah die Leidenschaft in ihrem Blick und erkannte, dass das sein größtes Plus bei ihr war. Sie würde beim ersten Anzeichen von Interesse seinerseits fliehen, sich aber zu ihm hingezogen fühlen, wenn sie glaubte, er bedürfe ihrer Hilfe.

Er sank auf die Schaukel und zog leicht an ihrer Hand, und sie setzte sich langsam, beinahe widerstrebend, zu ihm. Sie war es ganz klar nicht gewöhnt, bei einem Mann, noch dazu neben einem Fremden, zu sitzen, aber dennoch sorgte sie sich in diesem Moment mehr um ihn als um sich selbst, und er hatte keine Gewissensbisse, ihr Mitgefühl auszunutzen.

Ihre Schulter passte unter die seine. Sein Schenkel lag dicht an ihrem an. Er wollte die Augen schließen und sich ausruhen, einfach nur mit ihr auf der Hollywoodschaukel sitzen, etwas, das er noch nie in seinem Leben getan hatte, das zu tun ihm aber plötzlich als das Wichtigste auf der Welt erschien. Er ließ zu, dass sie seine Erschöpfung, sogar seinen Schmerz, fühlte, wiewohl er spürte, dass sie das ohnehin tat – dass sie viel mehr wahrnahm, als er es sich je von einem anderen menschlichen Wesen gewünscht hatte.

»Hast du Caine ins Krankenhaus gebracht?«, fragte Lexi.

Levi und Thomas tauschten einen langen Blick mit Max aus. Caine war wirklich nicht in der Verfassung gewesen, um noch in eine Klinik oder wohin auch immer gebracht zu werden. Er war bei ihrer Ankunft längst hinüber gewesen, und wahrscheinlich hatte er auch noch lange um seinen Tod gebettelt. Gavril war nicht einmal ins Schwitzen gekommen. Er war langsam aufgestanden und hatte sie angesehen, jedoch nicht mit den Augen eines Bruders, der sie lange nicht mehr gesehen hatte, sondern mit denen eines Killers, eines Mannes, der der Welt der Menschlichkeit längst verloren gegangen war.

»Tut mir leid, Süße«, sagte Thomas. »Na ja, vielleicht auch nicht. Er war schon tot, als wir dort ankamen.«

»Aber …« Sie wollte protestieren. »Er hat mich angeschrien, mich beschimpft. Er lebte …«

»Er ist verblutet, Lexi«, erklärte Max.

»Dann habe ich ihn *ermordet.*« Sie wollte mit den Händen ihr Gesicht bedecken, doch Gavril ergriff eine davon und legte sie sich auf die Brust.

»Notwehr ist nicht dasselbe wie Mord, *solnyshko moya*, und du hast in Notwehr gehandelt«, erklärte er. Er öffnete ihre Faust und drückte ihre Hand auf sein Herz.

Max tauschte einen raschen Blick mit seinen Brüdern aus. Gavril verwendete den sehr liebevollen russischen Ausdruck »meine Sonne«, ein ungewöhnliches Kosewort für eine Frau, die er eben erst kennengelernt hatte. »Es ist nicht anders als damals, als wir gegen die Männer kämpften, die Airiana wegholen wollten«, fügte Max hinzu. »Wir haben uns und die, die wir lieben, mit allen uns zur Verfügung stehenden Mitteln verteidigt.«

»Ich wollte, dass er stirbt«, räumte Lexi etwas vorschnell ein. »Ich habe die Fäuste zu hart in die Erde gerammt, weil ich ihn töten wollte.«

»Er war ein übler Schurke«, sagte Gavril. »Glaub mir, Lexi,

ich erkenne das Böse, wenn ich es sehe. Ich bin ihm oft genug in meinem Leben begegnet.«

Dies lenkte ihre Aufmerksamkeit sofort wieder auf ihn. Sie sah zu ihm hoch. »Du musst dich ausruhen. Du warst die ganze Nacht auf, nicht wahr?«

Er nickte. »Ich war lange unterwegs, um Ilja zu finden und euch alle zu besuchen. Sorbacov hat einen Killer auf Ilja angesetzt.«

»Damit habe ich nicht gerechnet«, sagte Levi.

Thomas schüttelte den Kopf. »Früher oder später wird einer von uns diesen Mann eliminieren müssen. Es gibt keinen Grund, Ilja zu verfolgen, außer purer Gehässigkeit.«

»Warum verwendest du deinen richtigen Namen?«, fragte Max. »Das ist ein Signal für Sorbacov. Das weißt du. Es sei denn, du tust das nur, weil wir hier unter uns sind.«

Gavril zuckte die Achseln. »Ich will, dass er weiß, wo ich mich aufhalte, wenn ich von hier weggehe. Sobald ich weit genug von euch weg bin, werde ich eine Fährte legen. Er wird jemanden auf mich ansetzen, und ich kann diese Leute von Ilja und dieser Farm weglocken.« Das war von Anfang an sein Plan gewesen. Aber nun war da Lexi. Was machte ein Mann wie er mit einer Frau wie ihr? Ganz gewiss hatte er nicht vor, sie aufzugeben oder gar Caines Sekte zu überlassen.

Lexi reagierte auf sein Eingeständnis mit einem unwillkürlichen Kopfschütteln. Er spürte einen Energiefunken von ihrem Handteller durch das Hemd direkt in sein Herz strömen.

»Nein.« Ein einziges Wort. Leise gesprochen. Einfach nur *nein*. Er war nicht einmal sicher, ob es außer ihm überhaupt jemand gehört hatte. Ihre grünen Augen wanderten über sein Gesicht, und sie schüttelte den Kopf.

Sein Herz reagierte, als hätte sie ihn elektrisiert. Gavril reagierte nie physisch auf irgendetwas oder -jemanden, es sei denn, er tat es vorsätzlich. Er hatte seinem Körper nicht erlaubt zu fühlen – doch der fast schmerzliche Reflex seines Herzens auf sie war einfach nicht zu leugnen.

Nie hatte er erwartet, sich einmal in einer solchen Lage zu befinden. Er brauchte einen Aktionsplan. Und dazu brauchte er einen klaren Kopf, doch jetzt war er erschöpft. Er hatte seit zweiundsiebzig Stunden nicht geschlafen und musste sich wenigstens für kurze Zeit einmal hinlegen. Er ließ Lexis Hand nicht los, legte nur die seine leicht auf ihre und presste ihre Handfläche sanft an sein Herz.

»Ich will nicht, dass ihr euch noch länger Sorgen macht, ihr könntet eure Farm verlieren«, sagte er und ließ die Lider sinken, als könne er sofort an Ort und Stelle einschlafen.

Was zum Teufel tust du?, fragte Levi. *Gavril, es kommt nicht in Frage, dass du mitten in dieser Gruppe einfach einschläfst. Spiel ihr nichts vor. Sie ist tabu. Keine Frau auf dieser Farm darf wofür auch immer benutzt werden.*

Scher dich zur Hölle, Lev. Er hob nicht den Blick, um seinen Bruder anzusehen. Seine Stimme sagte alles.

»Du kannst gern bei Rikki und mir bleiben!«, erklärte Levi laut und in einem so scharfen Ton, dass seine Brüder und die Frauen ihn ansahen.

Rikki sagte nichts, aber sie sah aus, als würde sie gleich in Ohnmacht fallen. Sie schaukelte vor und zurück und verknotete vor Nervosität die Finger ineinander. Fremde bereiteten ihr Probleme, vor allem, wenn sie zu ihr ins Haus kamen. Dass Levi sie nicht besänftigte oder seine Einladung zurücknahm, hatte etwas zu bedeuten.

»Levi«, sagte Lexi, »was in aller Welt ist los mit dir? Du weißt doch, dass das nicht klappen würde.«

Gavril blieb reglos, absolut still, und wartete.

»Vielleicht wäre es besser, wenn du zu uns kommst«, schlug Airiana vor. Sie legte sanft eine Hand auf die von Rikki und musterte Levi mit gerunzelter Stirn.

»Ihr habt vier Kinder«, hielt Lexi dagegen. »Da käme er nie zum Schlafen.«

Gavril ließ sie alle einfach weiter debattieren. Zumindest boten sie ihm an, auf der Farm zu bleiben. Er beobachtete seine Brüder aus zusammengekniffenen Augen. Alle drei wirkten gesund und glücklich. Alle drei freuten sich, ihn zu sehen, und dennoch wollten sie, dass er ging – weg von Lexi. Es war sehr klar, dass alle sie beschützten.

»Ist doch logisch, dass du bei uns wohnst«, warf Thomas ein. »Wir haben jede Menge Platz, nicht wahr, Judith?« Er legte seinen Arm um sie.

»Ja. Das wäre wunderbar. Natürlich solltest du bei uns bleiben, wir hätten dich gern bei uns«, sagte Judith, fast gequält.

Gavril drückte seinen Schenkel ein wenig fester an Lexis Bein. Ihre Sicherheit war nun seine Aufgabe, also würde er bei ihr Quartier beziehen und nirgendwo sonst. Er wartete ab und versuchte, ein leises Stöhnen zu unterdrücken, das sie veranlassen sollte, etwas zu unternehmen, doch dann würde Levi am Ende noch auf ihn schießen – eine amüsante Vorstellung.

»Das ist einfach albern«, erklärte Lexi. »Ich habe ein riesiges Haus mit jeder Menge Platz. Er braucht Ruhe, und ich fühle mich wesentlich sicherer, wenn er in meiner Nähe ist. Gavril, wenn du hierbleiben willst, dann bist du willkommen. Hier hast du viel Ruhe und kannst dich erholen.«

Er hatte den Schlafsack in der Ecke bereits bemerkt und war sich ziemlich sicher, dass sie die meisten Nächte auf der Veranda verbrachte und nicht im Haus. Sie stellte sich wohl vor, dass sie das Haus quasi einfach ihm überließ. Er ließ sie bei diesem Gedanken. »Wenn du dich dann sicherer fühlst«, sagte er und blickte ihr direkt in die Augen, »dann bleibe ich natürlich. Aber ich will dir keine Umstände machen. Eine Couch reicht mir.«

Levi schnaubte, und Max ließ ein tiefes Knurren vernehmen.

Gavril, sie ist sehr zerbrechlich, übermittelte Levi ihm noch einmal. *Was zum Teufel willst du?*

Was zum Teufel wollte er? Er wusste es nicht. Es kümmerte ihn nicht einmal. Er warf seinem Bruder einen harten Blick zu, der besagte, er solle sich zurückhalten. Er konnte Levi nicht zusichern, dass er Lexi in Ruhe lassen würde, weil er selbst nicht genau wusste, was er mit ihr tun würde. Er wusste lediglich, dass er sie nicht allein lassen konnte. Sie gehörte zu ihm, und nichts und niemand hatte je zu ihm gehört.

Mehr noch – es hatte ihn noch nie jemand so angesehen, wie sie es tat. Oder in ihn hineingesehen so wie sie. Ihre Sicherheit war nun seine höchste Priorität. Er hatte noch nie in seinem Leben etwas gehabt, worum er sich gesorgt hatte. Das war gefährlich. Er ließ sich nicht in Beschlag nehmen. Er hatte kein Zuhause und erwartete auch nicht, eines zu haben.

Sein Leben bestand aus Hotelzimmern und leeren Apartments. Er verwahrte überall Geld und Pässe für Notfälle und blieb nie lange an einem Ort. Auch wenn er noch so verletzt war, wechselte er alle paar Tage seinen Aufenthaltsort und hinterließ noch nicht einmal einen Fingerabdruck. Bis jetzt. Bis zu Lexi. Hier würde er Halt machen – zumindest für eine Weile.

Lexi stand abrupt auf und nahm die Sache nun selbst in die Hand. »Ich weiß, ihr habt alle zu tun. Wenn wir den Sheriff nicht rufen und ich nicht von hier wegmuss, dann sollten wir Gavril jetzt ausruhen lassen. Ich habe noch eine Menge Arbeit.«

Die anderen hatten keine Wahl. Airiana brachte das Teegeschirr ins Haus, und die Frauen schickten sich – wenngleich widerwillig – an zu gehen. Seine Brüder hatten sich nicht gerührt.

Ich brauche eine Antwort, Gavril. Sie gehört zur Familie.

Ich bin deine Familie. Und du weißt, du bewegst dich auf sehr dünnem Eis.

Levi hob die Achseln, tat aber sonst keinen Muckser, und

dafür bewunderte Gavril ihn. Levi war sehr klar, dass Gavril sie von seiner Position auf der Hollywoodschaukel aus alle leicht töten konnte, doch er zuckte mit keiner Wimper. Er beobachtete Gavril mit einem steten, wachen Blick.

Gavril zog fast gemächlich an Lexis Handgelenk, und sie drehte sich lächelnd zu ihm um. Unschuldig. Liebenswert. Die grünen Augen sanft und viel zu vertrauensselig. Sie hatte keine Ahnung, dass der Mann, der auf ihrer Schaukel leicht hin und her schwang, ein Monster war. Für sie war er ein kranker Vogel, und sie hatte sich vorgenommen, ihm Ruhe und Geborgenheit zu bieten. Er hielt ihre Hand vor sein Gesicht. Ihre kleine, graziöse Hand, die rau war von so viel Arbeit.

Gavril legte seinen Handteller an ihren, drückte so Energie in ihre Handfläche und spürte aus seinem tiefsten Inneren Kraft aufsteigen, aus dem Kern seines Wesens. Er war stark, äußerst stark, ebenso sein Geist, sein Wille, der Mann, zu dem er in der Hölle gemacht worden war. Elektrizität zuckte zwischen ihnen, Funken stoben um ihre Hände wie Glühwürmchen. Es traf Lexi voll, ein Schock, der ihr durch Mark und Bein ging.

»Nein«, sagten Levi und Thomas gleichzeitig. Max trat einen Schritt auf Gavril zu und hielt abrupt inne, als die Funken zwischen den Händen der beiden stoben.

Lexi zog jammernd ihre Hand zurück und presste sie fest an ihren Körper, als sei sie verletzt. »Du hast mich elektrisiert.« In ihrer Stimme lag eine Mischung aus Lachen und Weinen, die ihm sagte, dass es ihr mehr wehgetan hatte, als sie zugeben wollte.

Nun war es für sie alle zu spät. Gavril hatte keine Ahnung, warum er dem Zwang nachgegeben hatte, seinem Bruder auf diese Art und Weise eine Antwort zu geben. Er hatte nicht darüber nachgedacht, das Ganze weder überlegt noch geplant. Energie stieg von irgendwo tief in seinem Inneren auf. Dieses einmalige Geschenk, das nicht zurückgegeben werden konnte und auch nicht leichthin gegeben wurde.

Eine Verpflichtung. Ein Gelübde. Verbindliche Zeichen, tiefer als bis in die Knochen ins Fleisch eingeprägt, in seine und in ihre Seele gesenkt. Der Energietransfer eines Prakenskij zu der einen Frau, die er als die seine beanspruchte, der ein festes Band zwischen seiner und ihrer Seele schuf. Sie würden für immer aneinander gebunden sein.

»Lass mal sehen.« Er zog an Lexis Arm, bis sie ihm widerstrebend ihre Handfläche zeigte. Zufrieden begutachtete er das blasse Brandmal auf ihrem Handteller, zwei ineinander verschlungene Kreise unter der Haut, die sich der Neugier anderer bereits entzogen. Ein intimes, privates Zeichen, das für niemandes Blicke gedacht war als ihre.

Er musterte seine Brüder. Er wusste, was sie sahen, und das würde sie keinesfalls beruhigen. Er würde nicht vorgeben, ein anderer zu sein als der, der er war und was er war. Aber sie sollten seine Warnung besser ernst nehmen. Eine zweite würde er ihnen nicht geben, nicht mehr, nachdem sie nun Bescheid wussten.

Levi fluchte leise und wandte sich abrupt ab. Er war am längsten auf der Farm und liebte Lexi wie eine Schwester. Thomas schaute ihn finster an, sagte aber kein Wort. Er machte auf dem Absatz kehrt und stieg mit großen Schritten die Treppe hinunter.

Max stand da und sah ihn an. »Ich hoffe sehr, dass du weißt, was du tust, Gavril.«

Gavril scherte sich nicht um eine Antwort. Natürlich wusste er nicht, was zum Teufel er tat, er bewegte sich auf völligem Neuland, aber er würde es herausfinden. Er hatte Zeit. Ohne sich um Max zu kümmern, drückte er einen Kuss in Lexis Handteller.

»Tut mir leid, *solnyshko moya*, ich wollte dir nicht wehtun.«

»Lexi.« Levi zwang sie, ihn anzusehen. »Wenn du irgendetwas brauchst. Falls du Hilfe möchtest, ruf einfach an.«

Sie lächelte ihm zu. »Vielleicht bitte ich dich in ein, zwei Tagen, ob du kochen magst. Du kochst fantastisch, und ich bin auf dem Gebiet eher Mittelmaß.«

Sie begriff ganz eindeutig nicht die Gefahr, in der sie sich befand. Gavril bemerkte, dass sie noch immer unter dem Eindruck des zuvor Geschehenen stand. Er hatte diesen Vorfall bereits abgehakt und seine Gedanken von Caine und seinen Kumpanen freigemacht. Sie waren tot, und niemand würde je ihre Leichen finden, doch für Lexi war dieses Kapitel noch nicht abgeschlossen.

Levi schüttelte den Kopf und folgte widerstrebend den anderen.

Lexi schaute ihnen allen nach, und nun wurde ihr klar, dass ihr Sicherheitsnetz weg war und sie irgendwie, ohne zu wissen wie oder weshalb, darauf bestanden hatte, dass Gavril Prakenskij bei ihr blieb. Sie wandte sich von ihm ab, um einen Moment nachzudenken. Ihre Schwestern waren oft in ihrem Haus, sie gingen bei ihr ein und aus, und in letzter Zeit waren auch Airianas Kinder häufig bei ihr. Aber niemand blieb.

Sie verbrachte lange Stunden allein und war sich nicht sicher, ob sie wusste, wie sie, ohne unbeholfen zu wirken, mit jemandem sprechen sollte.

»Lexi.« Gavril sprach leise. »Wenn du nicht willst, dass ich bleibe, ich finde auch woanders etwas, wo ich schlafen kann. Ich bin nicht besonders wählerisch. Ich bin dir fremd. Du schuldest mir nichts, und ich möchte niemals, dass du dich unwohl fühlst.«

Sie drehte sich um und betrachtete ihn. Er sah müde aus, sehr müde. Und … einsam. Schmerz klebte an ihm wie eine zweite Haut. Der Schmerz war so stark, dass sie nicht verstand, wie Airiana oder Judith ihn nicht hatten sehen oder spüren können.

»Ich will nicht, dass du gehst, Gavril. Ich weiß, es ist ein bisschen komisch, weil wir uns ja nicht kennen, aber ich denke, damit kommen wir klar. Eines muss ich dir aber sagen.« Sie biss auf ihren Daumennagel, und ihre Blicke trafen sich.

Er spürte diesen Blick wie einen physischen Schlag. Es war schon fast erschreckend, wie sein Körper und sein Geist auf diese Frau reagierten. Er hatte keine Ahnung gehabt, dass er so auf eine Frau, auf ein anderes menschliches Wesen, reagieren konnte wie auf sie. Sie bewegte ihn. Sie bewegte die Erde unter seinen Füßen. Es hatte etwas sehr Befriedigendes zu wissen, dass er doch noch über einige menschliche Eigenschaften verfügte. Es mochten nicht viele sein, aber wenn etwas übrig war von seiner Seele, dann gehörte das dieser jungen Frau.

»Sag es mir, *solnyshko moya.*« Er sagte es zärtlich, schmeichelnd, so freundlich, wie er konnte. Noch nie hatte er jemandem gegenüber freundliche oder zärtliche Gefühle gehabt, er hatte nicht einmal gewusst, dass er zu solchen Gefühlen fähig war, doch nun spürte er, dass er genau so für sie empfand.

»Es tut mir leid, dass du diese Männer erschießen musstest. Ich weiß, du hast es getan, um mich zu retten. Du hattest keine Ahnung, wer ich bin. Ich habe dir nichts bedeutet, aber du hast sie trotzdem beide getötet, obwohl du dazu nicht verpflichtet warst. Das muss schrecklich für dich gewesen sein. Es tut mir leid, dass ich dich in diese Lage gebracht habe.« Ihr Bedauern sprudelte etwas hastig aus ihr heraus.

Er wusste nicht, was er ihr darauf antworten sollte. Sie meinte jedes Wort, wie sie es sagte, er konnte die Aufrichtigkeit in ihrer Stimme hören und sie ihr ansehen. Sie machte ihn sprachlos. Faszinierte ihn total. Sie stahl sich in sein Herz, und wohl auch in seine Seele.

»Levi hat mich gewarnt, die Farm zu verlassen, aber ich konnte einfach nicht anders«, fuhr sie fort. »Ich wollte mir dieses Land ansehen und herausfinden, was ich damit machen kann. Das war wirklich egoistisch und leichtsinnig von mir und hat dich in eine schreckliche Lage gebracht, und das tut mir sehr, sehr leid.«

Er verspürte den unerwarteten Drang, sie zu küssen. Ein Drang, der so stark war, dass er ihm fast nicht widerstehen konnte. Er war froh über seine vielen Jahre der Disziplin. Wenn er auch nur eine falsche Bewegung machte, würde Lexi Thompson wegrennen wie ein Kaninchen. Er hielt sich still, ließ seinen Blick über sie gleiten, ein Blick, der vereinnahmender war, als er es wollte. Sie trat ängstlich von einem Bein auf das andere, wartete darauf, dass er etwas sagte, und ließ anscheinend außer Acht, dass er nicht das Lamm war, für das sie ihn hielt.

»Ich werde dich nicht belügen, Lexi. Es hat mir absolut nichts ausgemacht, diese beiden Kerle zu erschießen. Das ist mein Job. Ich vernichte Schädlinge. Du bist lange genug mit meinen Brüdern zusammen, um zu wissen, was wir getan haben. Ich war ein paar Jahre länger in diesem Geschäft als sie. Fing bereits damit an, als ich vierzehn war. Denke also nicht, du hättest mich in eine schlimme Lage gebracht. Ich hatte die Wahl, und ganz ehrlich, es hat mir nichts ausgemacht. Immerhin waren sie im Begriff, dich zu töten.«

Ihre Miene verriet Erleichterung. In diesem Moment wurde ihm klar, was Levi ihm zu sagen versucht hatte. Lexi war im Alter von acht Jahren entführt und mit Gewalt gezwungen worden, sich zu unterwerfen. Man hatte ihre Familie ermordet. Alle, die sie geliebt hatte, waren ihr genommen worden, und sie hatte ein Leben in sklavischer Abhängigkeit von einem geisteskranken Kriminellen geführt. Sie war mehr als fragil.

Aus einem sicheren staatlichen Heim war sie dann auf die Farm gekommen. Sie kannte kein anderes Leben. Hier begann sie, sich selbst kennenzulernen und langsam Selbstwert und Selbstvertrauen zu gewinnen. Und nun kam er, und sie würde sich erneut verändern und anpassen müssen – was womöglich schwieriger für sie sein würde, als er gedacht hatte.

Gavril seufzte. Er konnte nicht ändern, wer er war. Er war so kaltblütig, wie ein Mann nur sein und sich trotzdem noch einen Menschen nennen konnte.

»Sehr nett von dir, dass du das sagst. Hast du Hunger? Willst du dich eine Zeitlang hinlegen? Ich kann zu meiner Arbeit zurück …«, bot sie mit scheu erbebender Stimme an.

Sie brauchte nicht zu ihrer Arbeit zurückgehen, nicht nach dem Schock dieses Morgens. Er fuhr sich durch die Haare. »Bleib bei mir. Ich habe lange Zeit mit niemandem geredet, und ich mag deine Stimme.«

Er fand sie tröstlich, ihre Stimme erinnerte ihn an wundervoll klingende Musik, die der Wind leise mit sich trug. Er streckte eine Hand nach ihr aus, aus Angst, dass ins Haus zu gehen zu intim sein könnte. Sie brauchte Fürsorge. Viel Fürsorge. Er ging die Dinge logisch und rational an, durchdachte alles gründlich, sodass er sich einem Problem oder einem Auftrag aus unterschiedlichen Blickwinkeln nähern konnte, und er war auf alles vorbereitet. Dies würde seine schwierigste und hoffentlich lohnendste Herausforderung werden.

Lexi befeuchtete sich die Lippen. »Ich bin nicht gut darin, mich mit jemandem zu unterhalten, ich hatte früher nie Gesellschaft. Zumindest nie jemanden, der nicht zur Familie gehörte.«

Er lächelte. »Aber irgendwie bin ich Familie.« Das Letzte, was er wollte, war, dass sie ihn als einen Bruder betrachtete. Er beging nicht den Fehler, nach ihrem Handgelenk zu greifen, auch wenn er es gekonnt hätte. Er wartete mit ausgestreckter Hand und ermunterte sie so, den ersten Schritt auf ihn und ihre Beziehung hin zu tun.

Lexi blickte fast sehnsüchtig auf die Beete mit Kräutern und Blumen, die ihr Haus umgaben. Dann legte sie plötzlich ihre

Hand in die seine und ließ sich wieder neben ihn auf die Hollywoodschaukel sinken.

Gavril schwang die Füße auf das Geländer der Veranda und schaute auf all die üppigen Pflanzen. So viele Farben. Kein Zweifel, dass sie ein Erdelement war. Niemand konnte so viele unterschiedliche Pflanzen so gut gedeihen lassen, wie es hier der Fall war. Der Weg zu ihrem Herzen lag direkt vor ihm. Sie liebte ihre Pflanzen, liebte die Farm. Alles, was sie war, steckte sie in ihr Zuhause.

»Es ist wunderschön hier.«

»Finde ich auch«, stimmte sie ihm hörbar angetan zu.

»Wer hilft dir? Ist doch eine Menge Arbeit, sich um so viel Land zu kümmern.« Er bemühte sich um einen beiläufigen Ton und sah sie nicht an, sondern studierte die Anlage der Farm und wünschte sich, das Haus wäre etwas günstiger positioniert. Als es gebaut worden war, waren seine Brüder ganz eindeutig noch nicht da gewesen, um sie zu beraten, wo es am besten errichtet werden sollte. Aber er würde es auch so noch um einiges sicherer machen können.

»Anfangs haben wir alle angepflanzt. Alle halfen mit, so gut sie konnten. Wir brauchten Geld, als wir anfingen, noch bevor die Farm Ertrag abwarf, deshalb begannen die anderen alle, außerhalb der Farm zu arbeiten.«

Er beobachtete sie mit zusammengekniffenen Augen von der Seite, und er hatte es auch wieder geschafft, ihre Hand zu halten. Lexi war sich dessen sehr bewusst, schien aber nicht zu wissen, wie sie sie ihm wieder entziehen konnte. Sie befeuchtete sich nervös die Lippen, rückte aber nicht von ihm weg. Er begann wie nebenbei, ganz leicht, ohne jede Bedrohlichkeit, Kreise auf ihren Handrücken zu zeichnen.

»Ich habe schon ein-, zweimal auf einer Farm gearbeitet.« Das entsprach absolut der Wahrheit. Beide Male hatte er den Landeigner ermordet, doch das spielte nicht wirklich eine Rolle.

Bei der einen hatte es sich um eine ziemlich große Opiumfarm gehandelt, deren Besitzer Sorbacov einmal zu oft in die Quere gekommen war. Bei der anderen war es um einen sehr erfolgreichen Auftragskiller gegangen, der es auf Sorbacov abgesehen hatte. Er hatte sich auf seiner riesigen, gut bewachten Farm sicher geglaubt. »Aber dort war es nicht so schön wie hier. Das hier ist ja fast schon ein Kunstwerk.«

Lexis Anspannung ließ ein wenig nach. »So sehe ich es auch manchmal, wie eine Leinwand, die darauf wartet, bemalt zu werden. Ich setze gern hier und da Farbtupfer, um die vielen Grüntöne deutlicher herauskommen zu lassen. Eigentlich ist Judith unsere Künstlerin, aber ich versuche es eben so – Schönheit mit lebenden Pflanzen zu schaffen.«

Sie sah ihm direkt in die Augen. Er spürte, wie ihre Hand zitterte, und seine todbringende Seite wurde sofort still, reglos, für alles empfänglich.

»Ist er wirklich tot? Caine? Ist er tot? Ich weiß nicht recht, ob ich es glauben kann. Fast mein ganzes Leben lang hatte ich entsetzliche Angst vor ihm. Zu hören, dass er tot ist, und es nicht zu sehen ...« Sie schüttelte den Kopf. »Er kam mir unbesiegbar vor. Vom Teufel beschützt. Ich wusste, dass er mich eines Tages finden würde. Es fällt mir schwer zu glauben, dass er jetzt wirklich tot ist.«

3.

Dies war der Augenblick, den Gavril gefürchtet hatte. Er hatte gewusst, dass Lexi nach Caine fragen würde. Wie auch nicht? Der Mann hatte alle ermordet, die sie geliebt hatte, und ihr Leben in einen Albtraum verwandelt. Sie konnte nicht glauben, dass er tot war, ohne die Leiche gesehen zu haben, doch genau das würde nicht geschehen. Er versuchte, sich eine für sie befriedigende Antwort auszudenken, eine, die nicht offenbaren würde, dass ein weiteres Monster neben ihr saß.

»Gavril? Ist Caine wirklich tot?«, fragte Lexi noch einmal. »Als ich von ihm wegging, war er noch sehr lebendig. Ich habe die schlimmen Dinge, die er mir zugeschrien hat, noch im Ohr. Ich muss die Wahrheit wissen.«

Die Wahrheit würde sie zu Tode ängstigen. Gavril verlagerte ein wenig sein Gewicht, genug, um seinen Schenkel an ihren zu schmiegen. Er hielt noch immer ihre Hand und zeichnete weiter tröstende Kreise darauf, zog die beiden ineinander verschlungenen Kreise nach, die sich auf ihrer Handinnenfläche gebildet hatten.

»Er ist tot, Lexi. Das versichere ich dir«, erklärte er unmissverständlich. Sein Blick traf ihren, ließ sie für einen kurzen Moment sehen, wer er war, was er sein konnte, wenn er nicht mit ihr auf der Hollywoodschaukel saß.

Ihre Augen weiteten sich vor Entsetzen. Sie sah seine wirkliche Natur. Und sie überraschte ihn abermals. Denn sie zuckte nicht zusammen oder rückte von ihm ab; sie musterte ihn nur weiter mit stetem Blick. »Hast du ihn getötet?«

Gavril zuckte die Achseln. »Er ist tot, reicht das nicht?« Es war unmöglich, ihren leuchtend grünen Augen auszuweichen. Sie war in der Tat ein erdverbundener Mensch, klar und konstant und störrisch. Sie war schön, zweifellos, doch er erkannte, dass es ihre Intelligenz war, die ihn anzog.

Sie sah ihn weiter an, ohne zu blinzeln, eine Augenbraue war nach oben gezogen.

»Ich werde dich nicht belügen«, fuhr er fort, und seine Stimme wurde leise und hart. »Vielleicht den Rest der Welt, aber nicht dich. Überlege dir also gut, ob du wirklich eine Antwort willst, bevor du mir eine Frage stellst.«

Er war das genaue Gegenteil von ihr. Ihre Kindheitserlebnisse waren einigermaßen vergleichbar, doch sie hatte einen ganz anderen Weg eingeschlagen als er. Sie hatte ihre Leidenschaften und ihre sanfteren Gefühle behalten, während man aus ihm jede Emotion herausgeprügelt hatte.

»Hast du ihn getötet?«, wiederholte sie.

»Ja.« Er würde sie nicht belügen. Er mochte die Wahrheit umgehen, er mochte intrigieren, um sie für sich zu gewinnen, aber er würde sie nicht anlügen. »Ich habe ihn getötet. Und nein, es hat mir nichts ausgemacht. Er war böse, und er hätte nie aufgehört, dir nachzustellen. Seine Beine waren gebrochen, und wir hätten ihn in eine Klinik bringen müssen, und du hättest noch einmal wegen eines Monsters dein Zuhause und deine Familie verloren. Er musste beseitigt werden.«

Lexi seufzte leise und überlegte, was sie sagen sollte. Gavril war sehr verloren, aber er wusste es nicht. Er war so sehr wie sie, so sehr in seiner Vergangenheit gefangen, von Monstern geformt und dann gezwungen worden, in einer zivilisierten Welt zu leben.

In Wahrheit hatte Gavril nie in einer zivilisierten Welt gelebt.

Er wusste nichts davon. Er hatte nie Gelegenheit gehabt, an einem Ort zu bleiben oder mit jemandem eine Beziehung aufzubauen, seine Brüder eingeschlossen. Jede Linie seines Gesichts zeugte von Müdigkeit und Schmerz. Er war ein starker Mann, durchtrainiert und muskulös, doch er bewegte sich fließend wie Wasser. Oder aber er war absolut reglos und still, wie eine große Raubkatze. So sah sie ihn. Wild. Ungezähmt.

Sie blickte auf ihre Hand, die in der seinen lag. Es gab eine Verbindung zwischen ihnen, vielleicht weil sie eine ähnliche Vergangenheit hatten und einander verstanden. Sie wusste instinktiv, dass Gavril sich ihr gegenüber anders verhielt als sonst. Er war normalerweise kein Mann, der Händchen haltend mit einer Frau auf einer Hollywoodschaukel saß. Normalerweise hätte er sich längst im Schatten verborgen und wäre verschwunden.

Er brauchte Hilfe. Das war wahrscheinlich seine einzige Chance auf irgendeine Art von einem Leben. Sie hatte auf der Farm Frieden gefunden und gelernt, einigen Leuten zu vertrauen und Bindungen mit ihnen einzugehen. Sie war hier glücklich. Ihre Vergangenheit hatte sie nicht losgelassen, doch das hatte dem Zauber der Verbindungen, die die sechs Frauen für sich geschaffen hatten, keinen Abbruch getan.

Sie biss sich auf die Lippe und betrachtete ihre Hand in der seinen. »Gavril, du weißt, dass es falsch ist zu töten, ja? Du weißt das.«

Er legte die Stirn in Falten, als würde er über ihre Aussage nachdenken. Sie war nicht überrascht, als er den Kopf schüttelte. »Nein. Ich denke, es gibt Leute, die verkorkst und böse sind, die durchs Leben gehen und andere verletzen. Ich denke, die sollte man nicht am Leben lassen.«

Was sollte sie darauf erwidern? Seine Welt war voller Gewalttätigkeit gewesen. Sein Job war, Zielpersonen aufzuspüren und zu eliminieren. Sie zweifelte, ob er auch nur eine Familie kannte und mochte. Er war nie lange genug an einem Ort, um Menschen wirklich kennenzulernen. Gute Menschen. In seiner Welt war jeder gewalttätig und verdorben und gierig.

»Trotzdem.« Wie konnte sie so viel Ablehnung in ein Wort legen, ohne dass es moralisierend klang? Oder selbstgerecht? »Jemandem das Leben zu nehmen, das sollte schwierig sein, Gavril.«

»Ich werde dir nicht erzählen, was ich in meinem Leben alles gesehen habe, aber ich habe wirklich bösen Menschen in die Augen geschaut und gewusst, dass es für sie keine Rettung gab. Caine war so ein Mann.«

»Ja, das war er. Aber wir dürfen nicht über Leben und Tod entscheiden«, erwiderte Lexi.

Er küsste mit einem Lächeln ihre Hand, und ihr Herz tat einen Sprung und pochte heftig. Sie wusste nicht recht, ob es auf sein Lächeln reagierte oder auf seinen zart hingehauchten Kuss.

Er war ein schöner Mann. Sein Gesicht war wie aus Marmor gemeißelt, ein Sinnbild der Männlichkeit. Die Augen einfach hinreißend, ein dunkles Mitternachtsblau, von dichten schwarzen Wimpern eingerahmt. Herrliches Haar, unbändige, dicke, glänzend schwarze Wellen mit Silberstreifen, die zu zähmen sie sehr versucht war.

Gavril blickte in Lexis Augen und bemerkte zum ersten Mal, dass sein Panzer einen Sprung hatte. Er trug diesen Panzer schon sein Leben lang; er war in der Hölle geschmiedet worden. Niemand kam an ihn heran. Niemand erreichte sein Inneres. Niemand konnte ihn berühren. Er kannte mehr Arten zu verletzen oder zu töten, als sich die meisten Menschen vorstellen konnten, und er konnte von einem Augenblick zum anderen verschwinden. Nicht aber hier. Nicht bei ihr.

Lexi sah ihn. Sie sah in ihn. Zum Teufel, wahrscheinlich kannte sie alle seine Geheimnisse. Wenn er bei klarem Verstand wäre, würde er sie töten, und das wäre es dann gewesen, aber sie sah ihn an mit ihren großen grünen Augen, einladend und voller Leidenschaft. Sie war viel zu unschuldig und naiv, um zu erkennen, was dieser Blick einem Mann wie ihm antun konnte.

»Ich könnte selbst eines dieser Monster sein, Lexi, von der Sorte, die nicht am Leben bleiben sollten. Ich habe mich das schon selbst mehrmals gefragt«, gestand er, und das war die reine Wahrheit und ein halbherziger Versuch, sie zu retten. »Ich urteile die ganze Zeit darüber, wer lebt und wer stirbt. Die Leute, hinter denen ich her bin, sind keine Menschen. Aber ich zweifle eben auch daran, ob ich einer bin.«

Sie tat, was er am wenigsten erwartete. Sie strich seine Haare zurück, ihre Finger glitten in einer Andeutung von Zärtlichkeit über seinen Kopf. Behutsam. Tröstlich. Eine kleine Geste, die ihm das Herz herausriss. Er spürte tatsächlich einen Schmerz und konnte nichts dagegen tun. Er presste die Hand, die er hielt, fest auf sein Herz. Es war zu spät. Sie hatte es. Es gehörte ihr.

Ein kleiner Akt der Gunst, und es war um ihn geschehen. Er wollte fluchen. Heulen. Kämpfen. Ein Teil von ihm machte sich zum Angriff bereit. Er war oft angeschossen, verletzt, verprügelt, gefoltert worden. Doch dies war viel schlimmer. Sie hatte ihn mit einer Berührung entwaffnet. Zerstört. Zugrunde gerichtet.

»Du bist einfach müde, Gavril. So wie mir ist auch dir alles, was dir wichtig war, weggenommen worden, sogar dein Herz. Und vielleicht sogar deine Seele.«

Er krümmte sich. Sie kam der Wahrheit viel zu nahe, und sie war ihm bereits unter die Haut gegangen, hatte sein Herz gestohlen, und nun sah sie in ihn hinein. Niemand tat das. Niemand. Er schützte sich jederzeit, doch ihre grünen Augen schauten durch seinen Panzer hindurch, und jetzt hatte sie auch noch ein Spotlight auf ihn gerichtet.

Seine Hand glitt über ihren Arm an ihre Kehle, die Finger

legten sich um ihren Hals. Sie war so klein. So verletzlich. Er spürte ihren Puls an seinem Handteller. Eine Bewegung, und sie würde tot sein. Es war so simpel. Um sich zu retten, musste er einfach nur ihre Kehle zudrücken. Es würde so leicht sein. Er könnte wieder in den Schatten zurückgleiten, in den Wind, und niemand würde ihn jemals finden. Niemand würde ihn je sehen.

Sie bewegte sich nicht. Rückte nicht von ihm weg. Ihre Augen hielten unbeirrt Kontakt mit den seinen. Wenn sie Gefahr oder sogar den Tod in seinem Blick sah – und dessen war er sich ganz sicher –, dann zuckte sie trotzdem mit keiner Wimper. Sie akzeptierte ihn, Gavril, einfach.

»Was zum Teufel ist los mit dir, Lexi? Hast du irgendeine Vorstellung davon, was ich bin?« Er presste die Frage zwischen den Zähnen hervor, hätte sie am liebsten geschüttelt. Sie war dem Tod so nahe, aber sie merkte es nicht – oder es war ihr gleichgültig. »Ich bin ein gottverdammtes Monster. Ich gehöre nicht in deine Nähe. Schau genau hin!«

Er war stark, enorm kräftig. Er war doppelt so groß wie sie, sein Griff reichte leicht um ihren zarten Hals. Sie hielt sich still, eine Hand lag auf seinem Herzen, die andere leicht auf seiner Schulter. Ihre unglaublichen grünen Augen lösten sich nicht ein einziges Mal von seinem Blick. In diesem Moment erkannte er, dass sie für ihn kämpfte.

Wieder schlüpfte ihre Hand in sein Haar, ihre Finger kämmten durch die widerspenstigen Strähnen. »Gavril, du warst gezwungen, für Monster zu arbeiten. Ich weiß, wie das ist. Ich weiß, wie es ist zu wissen, dass man die Welt oder die Menschen darin nie so sehen kann, wie es andere tun.«

Ihre Finger spielten mit seinem Haar, streichelten ihn, zähmten ihn mit sanfter Hand. Seine um ihre Kehle gelegte Hand demonstrierte Gewalt. Die ihre, die durch sein Haar strich, war beruhigend, liebkosend sogar. Er spürte Angst. Echte Angst.

Vor dem Tod hatte er nie Angst gehabt. Er hatte nichts zu verlieren. Sie hatten ihm alles, was ihm lieb und wert war, genommen. Doch sie bat ihn zu leben. Die Schatten zu verlassen, in denen er existiert hatte, und wirklich zu leben.

»Ich lebe sehr zurückgezogen auf dieser Farm. Ich habe meine Schwestern, die mich lieben und beschützen. Und das tun sie wirklich. Ohne sie könnte ich nicht überleben.«

Sein ganzes Wesen rebellierte gegen ihr Eingeständnis. Er reagierte sogar physisch auf ihre Worte. Sie *musste* überleben. Sie musste in seiner Welt sein. Er mochte zwar so kaputt sein, dass ihm nicht mehr zu helfen war, aber wenn er auch nur eine winzige Chance hatte, dann mit dieser Frau. In jedem Fall war sie mit ihm oder auch ohne ihn weit mehr wert für diese Welt, als er es war. Seine Hand glitt von ihrer Kehle wieder zurück zu ihrer Hand.

»Begehe nie den Fehler zu denken, wir wären gleich, Lexi«, warnte er sie. »Ich bin zu schrecklichen Dingen fähig. Du nicht.«

»Ich versuche es zu lernen«, räumte sie ein.

Er schüttelte den Kopf. »Du sollst sein, wer du bist. Es ist nicht nötig, irgendetwas zu lernen, außer sich zu verteidigen.«

»Levi sagte, jede Verteidigung ist ein Angriff.«

Sie rannte nicht weg, schrie nicht um Hilfe. Sie hatte ihn nicht einmal getadelt, obwohl sie gewusst hatte, was in ihm vorging, als er die Hand um ihre Kehle legte. Er hatte in ihren Augen gesehen, dass sie es wusste. Und sie hatte ihn nicht verdammt. »Levi hat recht, *solnyshko moya*, eine gute Verteidigung sollte auch ein Angriff sein.«

Sein Körper begann ihm zu signalisieren, dass es reichte. Der Schmerz ließ sich nur eine gewisse Zeit zurückdrängen. Er hatte den Schmerz, der seinen Körper jeden Tag, jede Sekunde quälte, vergessen, nur für eine Weile, nur während er mit ihr zusammen gewesen war. Nun kam er mit voller Kraft zurück, und Gavril konnte nichts tun, als es über sich ergehen zu lassen.

»Ich muss mich ein paar Minuten hinlegen.«

Er musste versuchen, einen Plan zu entwickeln, sich überlegen, wie er am besten vorging und was er mit Lexi machen sollte. Er hatte Angst um sie. Er verstand, weshalb Levi und die anderen sie so sehr in Schutz nahmen. Sie fürchtete den Tod ebenso wenig wie er. Man hatte ihr zu viel genommen, und sie war bereit, sich in Gefahr zu begeben, um ihm eine Chance zu geben.

Sie war nicht so naiv, wie er geglaubt hatte. Sie wusste, dass er ein wildes Tier war, fähig, sie zu vernichten, doch sie stand vor ihm mit ihren weit geöffneten, alles sehenden Augen und lud ihn zu sich ein. Lud ihn ein, das Schlimmste zu tun, das er tun konnte, und versprach, wortlos bereitzustehen, um ihn aufzufangen.

Niemand hatte je so etwas für ihn getan. Niemand. Sie demütigte ihn. Schockierte ihn. Er fürchtete, ihr völlig ausgeliefert zu sein – und sie hatte alle Macht, ob sie es wusste oder nicht.

»Natürlich. Komm ins Haus.«

Wieder wurde Lexi total nervös – dieses Mal allerdings nicht, weil sie einen Fremden einließ, sondern weil sie sich zu ihm hingezogen fühlte. Sie hatte sich noch nie zu einem Mann hingezogen gefühlt. Sie hatte das nicht einmal für möglich gehalten. Er war ebenso verloren, wie sie es war. Schlimmer noch vielleicht. Er war einen Weg gegangen, der ohne ihre Schwestern womöglich nur allzu leicht auch der ihre hätte werden können.

Er hatte daran gedacht, sie zu töten. Sie sah ihn, das verwundete Tier, das er vor allen verbarg, und er hatte so viel Angst gehabt, dass er tatsächlich überlegt hatte, sie anzugreifen. Genau wie es ein in die Ecke getriebenes, verwundetes Tier tat. Sie hatte stillgehalten, hatte für sie beide geatmet und seine Entscheidung akzeptiert. Darauf gewartet, wie er sich entschloss. Ob er zurück in die Schattenwelt gehen oder versuchen würde zu leben.

Gavril Prakenskij war ein Mann, für den zu kämpfen es sich lohnte. Er brauchte jemanden, der ihm eine Rettungsleine zuwarf. Alle sahen seine Gewalttätigkeit, aber offenbar niemand den Schmerz in ihm – oder seinen Wert. Nur sie. Sie identifizierte sich mit ihm.

Sie wusste, dass sich Gavril noch schlechter fühlen musste als sie, und das half ihr, sich mit Zuversicht in ihrem Haus zu bewegen, ihm die Bäder und die Schlafzimmer zu zeigen, damit er sich aussuchen konnte, wo er sich beim Schlafen am sichersten fühlen würde – wenn er denn wirklich schlafen konnte.

Lexi mochte weite, offene Räume, damit sie sehen konnte, was auf sie zukam. Anders als die Häuser der meisten ihrer Schwestern war ihres eingeschossig – sie wollte nicht im Obergeschoss ohne eine Fluchtmöglichkeit in der Falle sitzen. Das Haus war lang gezogen und dehnte sich von einem zentralen Wohnraum in alle Richtungen aus. Von diesem Zimmer führten große Bögen zu den anderen Räumlichkeiten.

Im Osten war die Küche. Lexi schaute beim Kochen oder Putzen gern aus den großen Fenstern über der Spüle hinaus auf den Wald im hinteren Teil des Grundstücks. Auf der Südseite lagen zwei Schlafzimmer, die sich über die Bögen zum großen Wohnraum öffneten. Im Westen befand sich ein großes Sonnenzimmer. Überall wuchsen Mengen von Pflanzen, und das Plätschern von Wasser war zu hören. Das große Schlafzimmer zeigte nach Norden.

Im hinteren Teil hatte das Haus einen großen Lichthof mit einem üppigen Regenwald, einem Dschungel voller Pflanzen, Wasser, das sich in einem kleinen Teich sammelte, und winzigen Vögeln, die von einer Pflanze zur nächsten huschten. Dieses Atrium führte zu einer großen Veranda, die die ganze Länge des Hauses einnahm. So etwas hatte Gavril noch nie gesehen. Das Geräusch des Wassers wirkte beruhigend, und die bis an die

Decke reichenden Pflanzen vermittelten ein Gefühl der Geborgenheit.

Ihre Möbel waren asiatisch, sie schufen eine Atmosphäre der Ruhe. Die vorherrschenden Farben waren Schwarz, Weiß und Rot. Lexi hoffte, Gavril würde sich in ihrem Zuhause wohlfühlen. Sie liebte jedes Einzelne ihrer Möbelstücke, besaß aber nicht allzu viele.

»Wo schläfst du?«, fragte Gavril. Er hatte in jedes der drei Schlafzimmer geschaut; keines schien wirklich benutzt zu werden. Ihr Haus war wunderschön und komfortabel, aber sie wohnte nicht darin. Sie lebte draußen, zwischen den Bäumen und den Pflanzen.

»Das Schlafzimmer nach Norden ist meines.«

»Hast du jemals darin geschlafen?«

Sie zog den Kopf ein und schaute lächelnd auf den Holzboden. »Das hat mich noch keiner gefragt. Nein. Noch nie.«

»Wo schläfst du?«, wiederholte er.

»Draußen. Auf der Veranda«, gestand sie.

»Deswegen also liegt dein Schlafsack da draußen.« Er musste sich bemühen, sie nicht zu berühren. »Da wird es nachts aber ziemlich kalt«, sagte er kopfschüttelnd.

Lexi lächelte ihn an. Ein Lächeln, das ihn innerlich dahinschmelzen ließ. Alles an ihr war für ihn eine neue Erfahrung. Je länger er in ihrer Gesellschaft war, desto mehr erfuhr er über sich selbst, mehr als er je gewusst hatte.

»Stimmt«, gab sie zu. »Aber draußen fühle ich mich sicher.«

»Wir werden schauen müssen, wie wir das ändern können.«

»Dann bleibst du also?«

Ihr Blick traf den seinen. Sein Handteller juckte. Sein Körper spannte sich an. Sie war einfach von innen heraus schön.

»Hast du denn keinen Funken Selbsterhaltungstrieb in dir?«, fragte er sie harsch.

Sie zuckte die Achseln, ihr Blick wandte sich von ihm ab.

Gavril verfluchte sich. Er hatte sie nicht verletzen wollen, aber was sie tat, trotz ihres Wissens über ihn, war einfach nur dumm. Oder aber sie wünschte sich den Tod.

Lexi wollte aus dem Zimmer gehen, doch er hielt sie am Handgelenk fest, bedacht darauf, ihr nicht wehzutun, obwohl er etwas ganz anderes fühlte.

»Das habe ich nicht so gemeint, wie es rauskam.«

Sie sah ihn an, und er meinte in ihren grünen Augen zu versinken. Er wusste nicht, wer von ihnen beiden der Gefangene war. Er hielt sie am Arm, ließ sie nicht gehen, und konnte sich selbst nicht von ihren Augen losreißen.

»Doch, das hast du. Bevormunde mich nicht, Gavril. Ich bin kein Hündchen, das du eben getreten hast. Ich bin eine erwachsene Frau und treffe meine eigenen Entscheidungen. Ich habe entschieden, dich hier bei mir bleiben zu lassen, weil ich mich selbst sehe, wenn ich dich ansehe. Ich habe hier eine Chance bekommen. Und diese Chance biete ich jetzt dir. Ergreife sie, oder lass es bleiben. Du hast die Wahl.«

Sie sahen einander lange an. Gavril merkte, dass er lächelte. Zum ersten Mal war sein Lächeln wirklich echt. »Du kannst gern glauben, dass das der einzige Grund ist. Das lasse ich dir auch eine kleine Weile durchgehen. Und wenn ich das nächste Mal deine Gefühle verletze, trete mich«, sagte er.

Sie hob das Kinn an. »Dabei würde ich mir wahrscheinlich den Zeh brechen.« Der Hauch eines Lächelns erschien auf ihrem Gesicht, es lenkte sein Augenmerk auf ihre Lippen. »Jedenfalls soll dir mein Beispiel zeigen, dass Gewalt nicht die Antwort ist.«

»Wenn ich bei dir bleibe, gibt es dann auch Regeln?« Jetzt war er einfach nur amüsiert. Er führte ein Leben ohne Kontakte mit anderen, er war sicher nicht zivilisiert, und er folgte auch keinen Regeln.

»Darüber habe ich schon ein wenig nachgedacht«, gab sie zu

und beobachtete, wie er das Zimmer durchschritt und einen Blick in den Schrank warf.

Das Schlafzimmer nach Norden war das größte, mit einem eigenen, sehr geräumigen Bad und einem riesigen begehbaren Kleiderschrank. Er schaute hinein. Sie hatte nicht eben viel Kleidung. Alte, ausgewaschene Jeans mit Löchern darin und weiche Flanellhemden schienen ihre bevorzugte Garderobe zu sein. Nun … vielleicht würde er das auch ändern. Wenigstens ein Kleid oder zwei in ihren Schrank hängen.

»Gavril.«

Lexi klang zögerlich, als wollte sie etwas sagen, sei aber zu schüchtern. Sie wurde etwas blass und biss auf ihrem Daumennagel herum.

Gavril zog sanft an ihrem Handgelenk, damit sie das Nagelbeißen aufhörte. »Es gibt nichts, worüber du mit mir nicht sprechen kannst. Hier sind nur wir. Wir beide. Sag es einfach.«

»Ich weiß, du hast Schmerzen. Ich sehe es dir an. Und ich habe gehört, dass du mehrere sehr schwere Stichwunden abbekommen hast.«

»Das ist lange her«, sagte er, bemüht zu verstehen, weshalb es ihr so schwerfiel zu sagen, was sie wollte.

»Ich weiß. Und manchmal, wenn eine Wunde zu alt ist, kann ich nichts mehr tun, aber gelegentlich kann ich ganz gut helfen.«

Er betrachtete sie genau von der Seite. Sie war jetzt wirklich verlegen. Ihr Gesicht war rot, und sie mied seinen Blick. Er fasste sie am Kinn und zwang sie, ihn anzusehen.

»Willst du mir sagen, du könntest meine Schmerzen vielleicht verringern? Obwohl jeder Arzt sagt, ich müsse damit leben und Medikamente nehmen, um klarzukommen?« Medikamente zu nehmen oder zu trinken kam für ihn absolut nicht in Frage. Das hätte seinen frühen, gewaltsamen Tod bedeutet.

Sie nickte. »Ich hoffe, ich kann es. Manchmal fühle ich, woher der Schmerz kommt, und kann die blockierte Nervenbahn freimachen oder den Schmerz umleiten. Aber du hast so starke Schmerzen, dass da mehr sein muss als eine chronische Entzündung.«

»Hauptsächlich Nervenschädigungen«, gab er zu.

»Ich glaube, da könnte ich wirklich etwas tun – ich würde es zumindest gerne versuchen.«

»Was macht dich denn so nervös?« Er ließ ihr Kinn nicht los und gestattete nicht, dass sie wegschaute.

Die Spitze ihrer Zunge berührte ihre Unterlippe. Die Wimpern verdeckten kurz die Augen, und dann atmete sie durch, als habe sie einen Entschluss gefasst.

»Ich muss mir deine Wunden ansehen. Meine Hände auf dich legen. Ich meine, auf deine blanke Haut.«

Sie war über und über rot. Gavril war sicher, wenn er ihre Kopfhaut sehen könnte, würde sogar diese rot sein.

»Ich will mich nicht an dich ranmachen. So etwas kann ich nicht … ich will dir nur helfen. Ich meine …« Wieder wanderte ihr Daumen in Richtung ihres Mundes.

Er fing ihre Hand ab. »Du willst sagen, dass du dich nicht über mich hermachen wirst, sobald ich nackt auf dem Bett liege.«

Er hatte noch nie jemanden geneckt, nicht seit seine Eltern ermordet worden waren, aber irgendwie konnte er nicht anders. Er hatte gemeint, längst vergessen zu haben, wie das ging, doch ihr Versuch, ihn zu überzeugen, dass sie ihn nicht verführen wollte, war einfach zu komisch.

Lexi räusperte sich. »Ja. Genau das wollte ich sagen.«

»Wieso glaubst du, dass du *das* nicht könntest?« Er stellte die Frage ohne einen Ton der Belustigung. Und er war sicher, dass es ihr bestimmt ganz gut gefallen würde, genau das zu tun – mit ihm. »Ich bin sehr gut, nur für den Fall, dass du es dir noch überlegst.« Er musste sie einfach hänseln.

Zuerst starrte sie ihn entsetzt an, dann lachte sie. »Sehr witzig. Aber ich hab es echt nicht vor.«

Er war ziemlich sicher, dass das exakt der Wahrheit entsprach, doch nun, nachdem er den Gedanken aufgebracht hatte, würde sie darüber nachdenken. Sex war für sie eindeutig ein Tabuthema, und das konnte er ihr nicht übel nehmen. Schließlich waren ihre ersten Erfahrungen ein Albtraum gewesen.

»Du willst also meinen Körper … äh … inspizieren, aus rein altruistischen Gründen. Nun, was soll ich machen?«

»Ich hole mir die Kräuter, die ich brauche, und ein paar Nadeln und Räucherwerk, und du kannst duschen und dich ins Bett legen. Es ist frisch bezogen. Ich schlafe nicht darin, aber ich wasche die Sachen jede Woche.«

Er schüttelte den Kopf. »Hast du eine Vorstellung, wie grotesk das ist? Du wäschst das Bettzeug jede Woche, aber du schläfst gar nicht darin?«

»Meine Schwestern kommen für gewöhnlich samstags zu mir, und so muss ich einfach nichts erklären. Sie würden sich sonst nur Sorgen machen und mich wieder zum Therapeuten schicken, aber ich habe mich mit der Situation arrangiert, so gut ich es eben kann. Ich will nicht andauernd darüber reden.« Lexi schlug die Daunendecke zurück; darunter kamen Laken aus Bambusstoff zum Vorschein.

Gavril wusste nicht, was er sagen sollte. Er wollte sie ihre Zauberkunst ausprobieren lassen, wusste aber, dass es nicht wirken würde. Alle Ärzte, die er aufgesucht hatte – in mehreren Ländern –, hatten ihm gesagt, es bestehe keine Hoffnung. Sein Körper sei zu sehr geschädigt. Aber dennoch … Sie hatte den Mut aufgebracht, ihm zu sagen, sie könne ihm vielleicht helfen, obwohl es sie schrecklich verlegen machte, ihn zu bitten, seinen Körper ansehen zu dürfen.

»Die Handtücher befinden sich in dem Regal. Dort sind auch Shampoo und Seife, und eine Zahnbürste findest du in der Schublade. Ich verlege sie immer«, erklärte Lexi.

Gavril sah sie fragend an und erwartete eine Erklärung. Sie

warf ihm ein kleines, rätselhaftes Lächeln zu, zuckte die Achseln und verließ den Raum. Er atmete tief durch. So viel hatte er schon lange mit niemandem mehr geredet. Und es war das erste Mal, dass er mit einem Menschen gesprochen hatte, den er für »gut« hielt.

Er zog sich langsam aus und versteckte einige seiner Waffen im Zimmer und unter dem Kissen. Seinen Mantel hängte er in den Schrank und stellte sicher, dass die Waffen und Munition darin nicht sichtbar waren. Er faltete seine Kleidung sorgfältig, legte sie neben dem Bett auf den Boden und eine Pistole unter das Hemd. Ein weiteres Messer und eine Schusswaffe verschwanden in seinen Stiefeln auf der anderen Seite des Betts.

Er vergewisserte sich, dass er von der Mitte der Matratze aus beide Seiten des Betts erreichen konnte. Bevor er die Dusche betrat, sah er sich das Zimmer samt Ein- und Ausgängen an und schätzte ab, wie man von draußen jeweils den Raum einsehen konnte. Er merkte sich alles im Raum, was als Waffe verwendbar war, einschließlich des Stifts und Papiers auf Lexis Schreibtisch.

Erst als er sicher war, jeden Zentimeter des Zimmers zu kennen, und sogar wusste, welche Bodenbretter knarzten, betrat er das Bad. Auch dieser Raum ließ ihre Vorliebe für asiatische Einrichtung erkennen. Die Duschkabine war geräumig, die Wanne ebenso. Es gefiel ihm, dass man alles sehen konnte, was auf einen zukam, und er fragte sich, ob Lexi den Raum genau deshalb so entworfen hatte.

Er drehte das Wasser an und schaute zur Tür, die er angelehnt gelassen hatte, um es sofort zu bemerken, wenn jemand das Zimmer betrat. Seine kleine Lieblingspistole war immer nur Zentimeter von seiner Hand entfernt. Ebenfalls in Reichweite auf dem Badetuch lagen drei Wurfmesser parat.

Er bemerkte, dass er sich in einer Dusche immer angreifbar fühlte. Er selbst stellte seine Zielpersonen oft im Badezimmer. Die meisten Menschen entspannten sich dort und glaubten, ganz für sich zu sein. Ganz bestimmt fühlte sich auch Lexi in einer Dusche verletzlich, vielleicht sogar immer, wenn sie im Bad war. Er wusste, weshalb sie ihre Zahnbürsten verlegte – sie putzte sich die Zähne nicht im Bad. Wahrscheinlich lief sie dabei draußen herum, wo sie jeden sah, der dem Haus nahe kam.

Caine hatte sie bestimmt im Badezimmer attackiert, in der Dusche. Er wollte, dass sie eingeschüchtert war, dass sie Angst hatte, er könne überall auftauchen. Er nahm ihr jegliche Sicherheit. Er hatte sie aus ihrem Zuhause entführt und Jahre später ihre Familie ermordet. So vermittelte er ihr, dass sie nirgendwo sicher war und niemand ihr Sicherheit gewährleisten konnte.

»Gavril? Ich komme rein, um alles bereitzulegen«, rief Lexi warnend.

Er überlegte zuerst, nackt hinauszugehen, doch dann stellte er das Wasser ab, rieb sich kurz trocken und wickelte sich ein Badetuch um die Hüften. Die kleine Pistole steckte er sich ins Kreuz, die Messer ließ er liegen.

»Ich warne dich, *solnyshko moya*, meine Vorderansicht ist nicht gerade die hübscheste.« Er hatte sich nie darum geschert, wie er aussah. Das Netz seiner Narben war ein schrecklicher Anblick, und es zwang ihn zu trainieren und das Gewebe zu dehnen, um im Ernstfall schnell und wendig zu sein. Er sagte sich, dass ihm das nichts ausmachte, und doch zögerte er für einen Moment. Niemand außer ihm hätte das bemerkt.

Er betrat das Zimmer mit ausdrucksloser Miene, beobachtete Lexi jedoch genau, als sie sich ihm zuwandte. Als sie seine Brust sah, entwich ihr ein leiser Atemstoß. Seine Eingeweide zogen sich zusammen. Sie kam sofort mit einem weichen Blick und Sorgenfalten im Gesicht auf ihn zu. Ihre Fingerspitzen wanderten zu den Narbenwülsten rechts von seinem Herzen.

»Die Klinge hat dein Herz erfasst. Ganz bestimmt. Wie in aller Welt hast du das überlebt? Niemand kann sich von solch einer Wunde wieder erholen.«

Fast hätte er ihre Hand weggezogen. Ihre Berührung jagte Feuersbrünste durch seine Blutbahnen. Sein Glied regte sich trotz der rigiden Kontrolle, die er sich auferlegte, und das war ihm noch *nie* passiert. Niemals. Und jetzt gleich zweimal.

Sie zeigte auf das Bett, offenbar ohne seine Männlichkeit zu bemerken. Das bekam seinem Ego nicht sonderlich. Er hatte befürchtet, sie zu ängstigen, und sie hatte nicht einmal nach unten geschaut. Nicht ein Mal. Er wusste es, denn er wandte den Blick nicht von ihr ab. Er hatte beschlossen, alles zwischen ihnen rein platonisch bleiben zu lassen, aber, seltsam, als sie ihn nicht anschaute, wollte er etwas ganz anderes.

»Weib«, knurrte er, verzweifelt über sich selbst. »Du kannst einen Mann in den Wahnsinn treiben!«

Sie blickte auf und sah ihm direkt in die Augen. »Tut mir leid. Aber es haut mich wirklich um, dass du das überlebt hast. Leg dich aufs Bett und entspanne dich einfach. Es dauert ein paar Minuten.«

Er schüttelte den Kopf. Hätte ihm jemand erzählt, dass er nackt auf einem Bett liegen würde, damit eine Frau seine alten Wunden »untersuchen« konnte, er hätte ihn schlicht für verrückt erklärt. Doch er ertappte sich dabei, dass er gehorsam ihren Anweisungen Folge leistete, das Laken hochzog und das Badetuch zur Seite schob und sich Zeit nahm, die Pistole unter das andere Kissen zu schieben.

Er schaute ihr zu, wie sie sich im Raum bewegte, Kerzen und Räucherstäbchen anzündete, und empfand das als wohltuend. Auf dem Nachttisch stand eine Schale mit Kräutern. Er fühlte sich irgendwie unwirklich, in einer märchenhaften Traumwelt befangen, in der es seiner Frau gefiel, ihn zu umsorgen.

Lexi kam zum Bett zurück, sie wirkte sehr konzentriert. Sie schob seine Haare aus der Stirn, eine kaum wahrnehmbare Geste, doch sie hätte ebenso gut ein brennendes Mal hinterlassen können, das durch Haut und Fleisch bis auf die Knochen ging. Sie ergriff Besitz von ihm, und er lag einfach nur da und ließ es geschehen.

Er zwang sich, nicht zu reagieren und absolut still zu liegen, während sie, den Blick auf seine Brust geheftet, auf das Bett kletterte. Sein Oberkörper war mit Narben übersät, doch darüber hatte er sich noch nie Gedanken gemacht. Auch am Rücken hatte er kaum noch eine unversehrte Stelle. Kniend beugte sie sich dicht über ihn.

Bei der ersten Berührung ihrer Hände wäre er fast vom Bett gesprungen. Sie hatte die Augen geschlossen, ihre Hände lagen leicht auf seiner Haut. Jeder Muskel seines Körpers spannte sich an. Jede Zelle reagierte auf ihre Berührung. Das Gefühl ihrer Haut an der seinen raubte ihm den Atem. Er hatte schon oft die Hand einer Frau auf seinem Körper gespürt, Liebkosungen, die ihn in Wallung bringen, erregen sollten, aber noch keine hatte bei ihm ausgelöst, was ihre Berührung vermochte.

Dabei wollte sie seine Lust gar nicht wecken. Lange, dunkle Wimpern hoben sich von ihrer hellen Haut ab; ihre Miene verriet nicht Sinnlichkeit, sondern Konzentration, doch sein Körper reagierte ganz natürlich auf ihre Berührung, erwachte unter ihren Fingern, dem Streicheln ihrer Handflächen zum Leben. Sein Herz schlug viel zu schnell, der Atem ging stoßweise. Hätte sie ihn angeschaut, sie hätte eine herbe Wollust in seinen Zügen gesehen, wiewohl sie von der ungeheuren Erregung, die ihn zu verzehren drohte, nichts spürte.

Er versuchte, die Empfindung wegzuatmen. Es war absurd, wie viel Lust ihre Berührung auslöste, obwohl sie nicht einmal versuchte, ihn zu erregen. Es war unlogisch und irrational, wie sehr er sie begehrte, wo derlei Dinge seinem Wesen doch völlig fremd waren. Er war immer logisch, emotionslos und distanziert. Doch sie stellte seine wohlgeordnete Welt völlig auf den Kopf.

Die Energie, die Lexi erzeugte, war so stark, dass Hitzewellen durch seinen ganzen Körper wogten, als sie seine Brust berührte. Immer wieder hielt sie inne, und dann erschien ein entzückendes kleines Stirnrunzeln auf ihrem Gesicht, das wieder verschwand, als sie gefunden hatte, wonach sie offenbar suchte.

Ihre Hände bewegten sich über die starken Muskeln seiner Brust, die drei Stichwunden dort, und glitten allmählich tiefer. Gavril biss die Zähne zusammen. Dies war schlimmer als das Training in seiner Jugendzeit, als sie Frauen schickten, die alles Mögliche mit seinem Körper anstellten, um ihn zu erregen. Wenn er darauf reagierte – oder auch nicht –, war er geschlagen worden, je nachdem, was zu tun man ihm befohlen hatte. Dabei war es nur um Kontrolle und Disziplin gegangen, und die hatte er gehabt – bis jetzt, bis zu Lexi.

Er hatte keine Chance, seine Körperreaktion zu beherrschen, als ihre Hände tiefer glitten, über seine Bauchmuskeln und die von Narbengewebe umgebenen vier Stichwunden dort. Hätte sie sich nicht so sehr konzentriert und die Augen geschlossen gehalten, sie wäre wahrscheinlich schreiend aus dem Zimmer gerannt.

Sein Schwanz war hart und dick und lang und stellte zunehmend drängende, schonungslose Forderungen. Gavrils zischender Atem übertönte sein Fluchen. Dieser Teil seiner Anatomie war zu eigenem Leben erwacht und hatte sich seiner Beherrschung völlig entzogen. Seine Hüften bewegten sich leicht unter der Decke im Versuch, das schmerzende Verlangen zwischen seinen Beinen zu verringern.

»Stillhalten, ich bin fast fertig«, flüsterte sie, ohne die Augen zu öffnen. »Ich glaube, ich habe es. Ich muss jedes Mal ein wenig daran arbeiten. Am schlimmsten ist es um dein Herz herum.«

Ihre Hände wanderten zur größten Stelle mit Narbengewebe. »Er muss das Messer gedreht haben, bevor er es wieder herauszog.«

Gavril erinnerte sich an diesen Moment. Die Klinge, die in seinen Körper eindrang, der Schmerz und die Beinahe-Lähmung, die ihn fast das Leben gekostet hatte. Seine Körperbeherrschung – in diesem Fall von Herz und Lunge – war so stark gewesen, dass er die Organfunktionen auf das Notwendigste beschränken konnte und es so vermied zu verbluten. Er hatte zwar sein Herz nicht selbst heilen können, konnte es jedoch unterstützen, bis er in eine Klinik kam.

Lexi öffnete die Augen. »Ich hoffe, ich kann die unterbrochenen Bahnen öffnen. Versuch einfach, dich zu entspannen. Ich befasse mich nur mit der Bahn gleich neben deinem Herzen. Diese erste Behandlung wird wahrscheinlich noch nicht viel bringen, aber einen Unterschied solltest du schon merken.«

Sie arbeitete mit den Akupunkturnadeln wie ein Profi. Er war im Lauf der Jahre mehrmals in China gewesen und hatte dort selbst Studien betrieben, daher erkannte er gute Arbeit. »Wo hast du das gelernt?«

Minutenlang glaubte er, sie würde ihm nicht antworten. Sie setzte die Nadeln sorgfältig. Er spürte jede, wenn sie ein Nervenende traf, das ihm unaufhörliche Schmerzen bereitete. Und dabei schien es, als würde sich Feuer durch die Blockaden fressen.

»Wir hatten eine Frau bei uns, eine Ärztin aus China. Ihr amerikanischer Mann war ein Mitglied der Sekte geworden, und sie konnte nicht mehr weggehen. Sie versuchte aber, mir zu helfen. Wir haben viel Zeit miteinander verbracht. Sie brachte mir ihr Wissen über Kräuter und verschiedene Heilmethoden bei. Ich konnte natürlich lesen, wir mussten ja jeden Tag die Bibel lesen, aber Mathe und andere Fächer wurden für jemanden wie mich nicht als wichtig erachtet …«

»Was heißt das, für jemanden wie dich?«

Wieder entstand ein Schweigen. Sie hantierte mit einer weiteren Nadel. Er spürte etwas Nasses auf seiner Brust, und sein Blick sprang von der Nadel zu ihrem Gesicht.

»Lexi, nicht. Weine nicht. Er ist deine Tränen nicht wert. Was immer er dir gesagt hat, was immer er dich genannt hat, nichts von alledem ist wahr.«

»Ich weiß. Ich weiß es. Es geht mir nur gerade alles ein bisschen nahe.« Sie zwang sich aufzublicken und lächelte mit tränennassen Augen. »Du brauchst Ruhe. Die Nadeln machen dich schläfrig. Ich komme in ungefähr vierzig Minuten zurück und entferne sie. Schieß nicht auf mich.«

»Ich würde nicht einmal daran denken. Erwürgen ist so viel persönlicher.«

Das brachte sie nun wirklich zum Grinsen.

»Bitte denk beim Einschlafen darüber nach, ob du nicht hierbleiben möchtest. Deine Brüder haben hier Frieden gefunden. Ich auch. Und ich glaube, du könntest das auch, Gavril, wenn du die Chance wahrnimmst. Keiner von uns hier hat sich ausgesucht, was uns zugestoßen ist, aber auf unsere Zukunft können wir Einfluss nehmen. Wir können wählen, wie wir leben wollen und mit wem.«

»Süße, niemand wird mir die Chance geben hierzubleiben. Ich kann von Glück reden, wenn ich mich auch nur eine halbe Stunde ausruhen kann, und ich kann nicht einmal sagen, dass ich es ihnen übel nehme.«

Sie machte abrupt kehrt und kam ans Bett zurück. »Was soll das heißen?«

»Glaubst du wirklich, dass dich deine Schwestern und meine Brüder dem Wolf überlassen? Sie sehen dich als Lämmchen, und sie wissen, was ich bin. Gerade jetzt beraten sie, wie sie mich am besten rausschmeißen können, ohne meine Gefühle zu verletzen – oder selbst verletzt zu werden.« Er lachte ein wenig, aber ohne jeden Humor. »Sie hätten wirklich ihre Meinung sagen sollen, bevor sie mich mit dir allein ließen.«

Sie lächelte. Es war die letzte Reaktion, die er erwartet hatte, denn dieses Lächeln war echt und voller Liebe. »Sind sie nicht wunderbar? Alle miteinander? Siehst du, Gavril, das ist genau das, was ich meine. Es spielt keine Rolle, ob die Welt um mich herum zusammenbricht oder nicht, oder ob ich einen schlechten Tag habe, sie sind für mich da. Immer. Es ist schön, das zu haben, und du brauchst das auch.«

Er wusste nicht recht, was er brauchte. Er wusste nur, dass er keine Gefühle hatte, wenn er von ihr weg war. Er spürte keine Emotion. Er hatte keine Ahnung, weshalb die Prakenskij-Verbindung bei einer Frau wie ihr funktioniert hatte, oder warum er in ihrer Gesellschaft ein besserer Mensch war, eher ein Mensch als eine Maschine. Doch bei ihr schienen seine Gefühle außer Kontrolle und beinahe überwältigend zu sein.

»Bleib hier. Bleib bei mir, in diesem Haus. Wenn du allein sein willst, kann ich so lange woanders hingehen.« Sie sah sich in ihrem Schlafzimmer um. »Sie haben mir ein Haus gebaut, weil sie mich lieben und dachten, ich brauche ein Zuhause.« Sie zeigte auf das Fenster und die Farm draußen. »Das ist mein Zuhause. Das und jeder, der hier auf dieser Farm lebt.«

»Lexi, du weißt überhaupt nicht, was du mir da anbietest.« War sie wahnsinnig? Sah sie ihn denn nicht? Konnte sie wirklich so blind sein, dass sie nicht verstand, wer und was er war, selbst nachdem er es ihr gesagt hatte?

»Natürlich habe ich eine Ahnung. Wenn du mich ansiehst, Gavril, was siehst du? Ein Kind?«

Zum Teufel, nein, er sah kein Kind, wiewohl er sich das fast wünschte. Dann müssten sie nicht dieses Gespräch führen, und sie würde in Sicherheit sein. »Ich sehe eine wunderschöne Frau mit Leidenschaft im Herzen, vielleicht hat sie sogar zu viel davon.«

Wieder lächelte sie, dieses Mal ganz für ihn. Wenn sie so lächelte, dessen war er sich ziemlich sicher, dann konnte sie ihn ruinieren, wenn diese Sache zwischen ihnen noch ein gutes Stück weiterging.

»Ich wusste, dass du mehr siehst als der Rest der Welt.« Es schien ihr sehr zu gefallen, dass er in sie hineinsehen konnte, obwohl er entsetzt war, dass sie ihn so klar erkannte.

»Es lag in deinem Blick, als du mich ansahst«, fuhr sie fort. »Ich weiß, dass ich kaputt bin. Ich weiß das. Aber das ist alles, was sie sehen. Sie sehen nicht, dass ich glücklich bin. Es ist okay für mich, dass ich kaputt bin. Ich habe schlimme Panikattacken, die ich hasse, aber ich stehe jeden Tag auf, tue meine Arbeit und befasse mich mit allem, was mir begegnet.«

»Du bist die Jüngste, also ist es nur natürlich, dass sie auf dich aufpassen. Und du passt ebenso auf Rikki auf, weil sie anders ist.«

»Wir achten aus verschiedenen Gründen aufeinander, sogar die Männer. Aber ich bin nicht halb so zerbrechlich, wie sie alle meinen. Ich gehe nicht in die Stadt, weil es mir da nicht gefällt, und nicht etwa, weil ich nicht kann. Wenn es sein muss, dann gehe ich. Was mein Haus betrifft, kann niemand bestimmen, wer hierbleibt und wer geht. Und ich entscheide mich dafür, dich bleiben zu lassen. Ich möchte, dass du dir wenigstens eine Chance für eine neue Erfahrung gibst, und sei es auch nur für einen Tag. Wegen des Schlafens brauchst du dich nicht zu sorgen. Ich setze mich auf die Veranda und passe auf, bis du aufwachst.«

Guter Gott, sie bot tatsächlich an, ihn zu bewachen. Gavril fühlte sich, als würde sie ihn in die Knie zwingen. Was zum Teufel sollte er mit einer Frau wie Lexi bloß anfangen? Sanfte Gefühle waren ihm fremd, und sie brauchte Fürsorge. Er würde bleiben, weil er bleiben *musste*, nicht weil es das Richtige war. Er konnte ihr Schutz bieten. Niemand würde ihr etwas tun, wenn er hier war. Das konnte er ihr geben.

»Ich bleibe eine Weile, ob es den anderen gefällt oder nicht. Caine fühlte sich bemüßigt, mir seine Sünden zu beichten, bevor er starb. Er hat mir gestanden, dass es einige Sektenmitglieder gibt, die wissen, dass du hier auf der Farm lebst.«

Sie wurde stocksteif und hielt sich am Türrahmen fest. »Wir haben Kinder hier. Airianas vier Kinder. Ihre Eltern wurden ermordet. Nicias Zwillingsschwester haben sie ebenfalls umgebracht. Nicia und Benito wurden beide …« Sie verstummte.

»Ihnen wird nichts geschehen. Sieh mich an, Lexi. Sieh dir an, wer ich bin.« Er wartete, bis ihr Blick den seinen traf. Er ließ sie den kaltblütigen Killer in ihm sehen. Sie rührte sich nicht, lief nicht weg. Sie sah ihn an, als sei er ein Engel, nicht ein Teufel. »Ich verspreche dir, ich werde nicht zulassen, dass dir oder diesen Kindern etwas zustößt. Ich gebe mein Wort nicht leichthin. Niemand wird an mir vorbei zu irgendeinem von euch durchkommen.«

Sie blickte lange in seine Augen, und langsam ließ ihre innere Anspannung nach. »Schlaf jetzt eine Weile, Gavril«, sagte sie und nickte. »Ich bin draußen auf der Veranda. Und niemand kommt an mir vorbei zu dir durch.«

Er hörte die Ehrlichkeit und Entschlossenheit in ihrer Stimme und hätte am liebsten geweint.

4.

Sag mir, warum du so sauer bist, Levi«, forderte Rikki. Aufgebracht fuhr sie sich durch das dichte, dunkelblonde, sonnenverwöhnte Haar.

»Ich weiß nicht, was du meinst«, wehrte Levi ab. Er hatte seine Frau noch nie angelogen, aber kaum war sein älterer Bruder ein paar Stunden auf der Farm, da wich er bereits ihrer Frage aus.

Der Blick, den sie ihm zuwarf, besagte, er solle ihr besser wahrheitsgemäß antworten. Sie mochte autistisch sein, aber sie war äußerst intelligent und kannte ihren Gatten sehr gut. Er hätte normalerweise nie jemanden in ihr Zuhause eingeladen, ohne zuvor mit ihr darüber zu sprechen – und schon gar nicht, um hier auch noch zu übernachten.

»Du wolltest nicht, dass Gavril bei Lexi bleibt. Ich will wissen weshalb«, insistierte Rikki. »Ich mag es nicht, wenn du mir etwas verheimlichst, vor allem, wenn ich klar sehen kann, dass du um Lexi besorgt bist.«

Levi blickte zu Thomas, der mit verschränkten Armen auf dem Geländer saß, neben ihm seine Frau Judith. Er sah beeindruckend aus, doch das half ihm jetzt nichts. Es war zu spät. Das hatte Gavril mehr als deutlich klargemacht.

»Ich weiß nicht, wie ich es erklären soll«, gab Levi zu. »Gavril ist mein Bruder.«

»Das sind Thomas und Max auch, aber bei denen hast du nicht so reagiert«, erwiderte Judith.

»Das ist nicht wahr«, stellte Thomas klar. »Das erste Mal, als ich ihn hier sah, drohte er, mir den Kopf abzuhauen, wenn ich dir etwas antäte.«

»Stimmt das?«, fragte Judith erfreut. »Das ist wirklich süß, Levi.«

Levi brummte. Thomas grinste.

»Nicht süß, Judith«, korrigierte Levi sie. »Du kannst mich doch nicht ›süß‹ nennen. Ich war bereit, ihm in den Arsch zu treten, das ist männlich, aber nicht süß. Inzwischen habe ich wohl komplett meinen Ruf eingebüßt.«

»Versuch nicht, vom Thema abzulenken«, meinte Lissa und schüttelte den Kopf, dass Funken aus ihren roten Haaren zu stieben schienen. »Was ist los mit deinem Bruder? Ihr seht es doch alle nicht gern, dass er hier ist. Und jetzt ist unsere kleine Schwester ganz allein mit ihm.«

Max schüttelte den Kopf. »Wir freuen uns, dass er hier ist. Ihr habt keine Ahnung, wie es ist, sich nach so vielen Jahren der Trennung wiederzusehen und sogar ein Gespräch miteinander zu führen.«

»Hast du doch gar nicht«, entgegnete Airiana. »Du hast nicht mit ihm geredet, zumindest nicht, als wir dabei waren.«

Die drei Männer tauschten Blicke aus, doch keiner erwiderte etwas.

»Als wir mit dieser Farm anfingen«, erklärte Blythe, »vereinbarten wir, einander immer die Wahrheit zu sagen und bei Problemen alles auszusprechen. Alle hatten bei allen Entscheidungen ein Mitspracherecht. Ihr seid zu uns gekommen und habt diese Regeln übernommen. Wir stehen füreinander ein. Natürlich ist euer Bruder hier willkommen, aber wenn ihr etwas wisst, das wir nicht wissen, oder wenn sich Lexi in irgendeiner Gefahr befindet, dann steht ihr in der Pflicht, uns das zu sagen.«

»Seine Aura ist sehr stark«, fügte Judith hinzu. »Und gewalttätig. Als Levi zu uns kam, hatte ich Angst um Rikki, weil Levis

Aura extrem dunkel zu sein schien, aber Gavrils ist noch extremer. Viel extremer.« Sie blickte Bestätigung suchend zu Airiana.

Diese ergriff Max' Hand und nickte. »Tut mir leid, dass ich das sagen muss, aber es ist so. Seine Aura war unglaublich dunkel. Ich konnte nichts darin sehen außer purer Gewalttätigkeit.«

»Er ist doch kein Psychopath!«, brauste Levi kurz auf, schüttelte dann aber gleich den Kopf. »Tut mir leid. Es ist nur so, dass … es ist für andere schwierig zu wissen, was wir durchgemacht haben, vor allem Gavril und Viktor, unsere älteren Brüder. Die hat es am schlimmsten erwischt.«

Rikki lehnte sich an Levi und strich über seinen Rücken, etwas, das sie in der Öffentlichkeit und sogar in Gegenwart ihrer Schwestern nur sehr selten tat. Für gewöhnlich war er es, der offen Zuneigung für sie demonstrierte. Sie war privat sehr liebevoll zu ihm, und so etwas wie diese kleine, in den Augen anderer ganz belanglose Geste empfand er als eine riesige Liebeserklärung.

Er drückte ihr einen Kuss auf den Handrücken. »Tut mir leid, Rikki. Ich hätte Gavril nicht zu uns einladen sollen. Ich wollte nicht, dass er wieder geht, aber auch nicht, dass er mit Lexi allein ist. Ich wusste einfach nicht, was ich machen sollte.«

Sie streichelte sanft sein Kinn und betrachtete ihn mit ihren tiefdunklen Augen. »Schon gut, Levi. Mir ist es lieber, du beschützt Lexi, als dass du dir Gedanken darüber machst, wie ich mit deinem Bruder in unserem Haus zurechtkomme. Das hätten wir schon hingekriegt. Glaubst du, sie ist in Gefahr?«

»Wegen Gavril?« Levi wusste nicht, was er denken sollte. Gavril hatte Lexi nach der Art der Prakenskijs zu seiner Frau erklärt und für sich beansprucht, doch die Frauen hatten recht: Sein Leben war von Gewalttätigkeit geprägt gewesen. Levi kannte ihn gar nicht wirklich. Wie konnte er den Frauen versichern, dass Lexi bei Gavril in Sicherheit war, wenn er es selbst nicht wusste?

»Ja, Levi«, beharrte Lissa. »Wegen Gavril.«

»Ich weiß es nicht.« Er musste ehrlich sein. Etwas hilflos schaute er zu seinen Brüdern.

Lissas Gemurmel klang wie ein Fluch; sie sprang von Rikkis Veranda. »Ich gehe zurück zu ihrem Haus. Wenn dieser Mann ihr auch nur ein Haar gekrümmt hat, dann bringe ich ihn eigenhändig um.«

»Lissa, warte«, warnte Max sie. »Gavril ist anders. Du kannst nicht auf ihn losgehen wie ein außer Kontrolle geratener Güterzug. Darauf wird er nicht reagieren. Er ist ein Schatten. Er hat von Caine erfahren, dass andere Sektenmitglieder Lexis Aufenthaltsort kennen. Gavril will sie offenbar vor diesen Leuten schützen. Wenn das der Fall ist, wird er nicht gehen, bis er das erledigt hat. Nichts, was du sagst oder tust, wird ihn umstimmen.«

»Und ganz ehrlich«, fügte Thomas hinzu, »du kannst ihn nicht töten. Du könntest nie Hand an ihn legen. Er wäre selbst für einen von uns ein echter Angstgegner. Was sage ich, sogar für uns alle drei. Wenn wir wüssten, dass Lexi in Schwierigkeiten ist, würden wir es tun, aber …«

»Er hat ihr sein Mal eingebrannt«, warf Levi abrupt ein. »Ich habe es gesehen. Handfläche auf Handfläche, vor meinen Augen, und mit voller Absicht, um mir zu sagen, ich soll mich zurückhalten.«

Es entstand ein Schweigen. Airiana, Judith und Rikki rieben ihre Handflächen an den Schenkeln. Blythe blickte alarmiert auf, und Lissa beobachtete sie stirnrunzelnd.

»Was wisst ihr alle, das ich nicht weiß? Was hat das zu bedeuten?«, fragte Lissa.

»Wir haben diese sonderbare Gabe schon seit Generationen in unserer Familie«, erklärte Thomas. Er ergriff Judiths Hand und rieb mit dem Daumen über die Innenfläche. Unter der Haut erschienen kurz zwei ineinander verschlungene Kreise und verschwanden dann wieder.

Lissa keuchte. Thomas drückte einen Kuss auf Judiths Handinnenfläche, genau auf die Stelle mit dem Zeichen.

»Ich habe auch eines«, fügte er hinzu. »Wir alle. Es geht nur mit *einer* Frau. Sobald sie ausgewählt ist und unsere Gabe sie akzeptiert, können wir unsere Verbindung mit ihr noch mehr festigen. Soweit mir bekannt ist, würde kein Prakenskij eine Frau wählen, sie an sich binden und dann verlassen. Dafür müsste er schon einen außergewöhnlich starken Grund haben.«

»Das hat er mit Lexi getan?«, fragte Lissa ungläubig. »Hat er eine Vorstellung davon, was sie durchgemacht hat? Sie wird sich zu Tode ängstigen. Sie ist doch zu keinerlei Beziehung imstande.«

»Ehrlich gesagt«, warf Max ein, »glaube ich, das ist Gavril ebenso wenig. So traumatisiert Lexi auch sein mag, ich versichere euch, Gavril ist es mindestens ebenso. Mein ältester Bruder Viktor und Gavril mussten die schlimmsten Sachen erleben. Die Zustände in ihrer Akademie waren brutal; wir in den anderen Schulen wussten alle, wie hart es dort zuging. Auch wir wurden verroht, aber schon der Gedanke, an eine der anderen Schulen geschickt zu werden, reichte, damit keiner so schnell aus der Reihe tanzte.«

»Das tut mir wirklich leid«, entgegnete Lissa, »aber deshalb kann er Lexi noch lange nicht zu etwas zwingen, das sie nicht will. Das hat sie in ihrem Leben schon so oft erlebt, dass sie das nicht noch einmal haben muss.«

»Was können wir tun?«, fragte Judith.

»Ich will meinem Bruder nicht sagen, dass er hier nicht willkommen ist«, erklärte Thomas. »Es sei denn, er tut etwas, das Lexi aus der Fassung bringt. Wir spekulieren hier alle, weil wir uns Sorgen machen, aber wir wissen gar nicht, was in ihrem Haus vor sich geht.«

»Dann müssen wir es eben herausfinden«, meinte Blythe. »Eine oder einer von uns muss zu ihr gehen und nachsehen.

Wenn wir alle gehen, sieht es aus, als würden wir Gavril irgendwie attackieren.«

»Ich kenne Lexi. Wenn sie denkt, dass wir es irgendwie auf ihn abgesehen haben, dann verteidigt sie ihn«, fügte Lissa hinzu. »Sie kann keiner Schnecke in ihrem Garten etwas zuleide tun, ganz zu schweigen von jemand, der in ihren Augen verwundet ist. Sie wird also für ihn kämpfen und nicht an die Konsequenzen für sich selbst denken.«

Alle sahen einander an. Airiana blickte kurz auf ihr Land. Jede von ihnen hatte fünf Morgen eigenes Ackerland innerhalb des Farmgeländes, und im Augenblick machte sie sich Gedanken darüber, was die Kinder wohl gerade machten. Sie traute es Benito zu, dass er sie alle bespitzelte.

»Ich gehe, wenn ihr einverstanden seid«, erbot sie sich und griff nach Max' Hand. »Aber Benito wird uns wohl folgen.«

»Lasst mich gehen«, schlug Blythe vor. »Wenn ich allein komme, werden sie mich nicht als Bedrohung empfinden. Ich kann ihnen etwas zu essen bringen. Levi, kannst du etwas für mich besorgen, Sandwiches zum Beispiel?«

»Keine Erdnussbutter«, warf Lissa ein, in Gedanken daran, was Rikki zu jeder Mahlzeit am liebsten aß.

»Hey! Ich esse nicht nur Erdnussbutter«, entrüstete sich diese. »Ich kann jetzt wirklich schon ein paar mehr Sachen essen, stimmt's, Levi?«

Er fuhr ihr durch die Haare. »Stimmt, und ich bin wirklich stolz auf dich. Ich sehe mal, was ich finde, Blythe. Das ist eine gute Idee.« Er ging in die Küche. Die Tür war normalerweise offen, nur das Fliegengitter nicht. So konnte er das Gespräch weiter verfolgen, während er ein Mittagessen zusammenstellte.

»Und dann rufst du uns an«, sagte Lissa besorgt zu Blythe. »Ich kann nämlich nicht arbeiten, bis ich weiß, dass sie in Sicherheit ist.«

»Ich glaube, Lexi ist gerade die am besten behütete Person auf dieser Farm«, meinte Max. »Gavril wird sie unter Einsatz seines Lebens beschützen. Wer ihn hat, der braucht uns alle nicht mehr. Er ist eine Ein-Mann-Armee.«

»Ich will nur nicht, dass er sie unter Druck setzt«, hielt Lissa ihm entgegen. »Was genau ist heute Morgen passiert? Lexi war so durcheinander, sie hat sehr geweint, als sie es uns erzählte.«

Thomas zuckte die Achseln. »Gavril kam auf die Farm, um uns zu besuchen, und dabei sah er Lexi. Er folgte ihr auf das andere Grundstück, aber er war zu Fuß, und sie hatte den kleinen Kombi. Als er sie entdeckte, griff einer der Männer sie gerade mit einem Messer an; den erschoss er zuerst, und dann den anderen, der ebenfalls bewaffnet war.«

»Aber nicht Caine«, sagte Judith.

»Caine war bereits in der Erdspalte gefangen. Lexi hatte den Kick eingesetzt, den wir trainiert haben; sie traf Caines Knie und Oberschenkel und konnte ihn so von sich abhalten. Dadurch hatte sie genügend Zeit, um eine Erdspalte zu öffnen. Er sank bis an die Schenkel ein, dann schloss sich der Spalt, und er saß fest«, erklärte Max.

»Aber er war nicht tot?«, hakte Lissa nach.

»Nicht gleich«, antwortete Thomas. »Er hat noch ein bisschen gelebt, so lange, dass er Gavril sagen konnte, dass andere Männer auf Lexi angesetzt sind.«

»Wieso sollte er Gavril das sagen?«, wollte Rikki wissen.

»Gavril meinte, er spürte ein Bedürfnis zu beichten«, antwortete Thomas in einem Ton, der besagte, dass das Gespräch in dieser Richtung nicht weitergehen würde.

Die Frauen tauschten einen langen, verstehenden Blick aus.

»Schaut euch jetzt nicht um«, warnte Max. »Wir werden nämlich beobachtet, aber dieses Mal ist es nicht Benito.«

Airiana lehnte sich lässig neben Max an das Geländer und versuchte, nicht zu lachen. »Nicia und Siena? Das sind doch Babys. Was in aller Welt tun die denn hier?«

»Sie haben Benitos Fernglas, und er ist nie weit von ihnen weg«, erklärte Max.

»Aber wenn die beiden hier sind, ist Lucia auch nicht weit«, meinte Airiana. »Sie lässt sie nicht aus den Augen, und das ist ihre erste offizielle, große Chance als Babysitterin. Ich habe ihr gesagt, ich bezahle sie, wenn sie ein, zwei Stunden auf die Kinder aufpasst, aber dass ich auf dem Grundstück sein würde, falls sie uns bräuchten.«

»Wo ist dieser kleine Teufel?«, fragte Max. »Er muss ganz in der Nähe sein.«

Airiana sah ihn von der Seite an. »Du willst doch wohl nicht sagen, dass unser Sohn ein Teufel ist. Er ist dir so ähnlich.«

»Genau das meine ich.«

»Wenn du ihn nicht sehen kannst«, sagte Blythe, »dann wird er wirklich wie du. Wann hast du jemals jemanden nicht entdeckt, der sich an dich heranschlich? Ich finde es herrlich, wie er dir nacheifert.«

»Sie sind jede Nacht in unserem Schlafzimmer«, maulte Max. »Alle vier. Die beiden kleinen Mädchen liegen bei uns im Bett, Lucia schläft auf Airianas Seite auf dem Boden und Benito auf meiner. Wir flüchten oft durch das obere Fenster zum Pavillon. Natürlich legen sie sich genau so hin, dass sie es möglichst mitkriegen, wenn wir versuchen, uns hinauszustehlen. Der Junge hat sogar schon probiert, uns zu folgen.«

Alle lachten.

»Wie ich sehe, kann ich von euch kein Mitgefühl erwarten«, meinte Max, ganz offenbar stolz auf Benitos aufblühende Fähigkeiten.

»Zu deinem Glück«, sagte Levi, der mit einem gefüllten Picknickkorb auf die Veranda zurückkam, »ist es nicht leicht, nahe an dieses Haus heranzukommen. Die Vegetation darum herum ist niedrig. Er kann uns also nicht belauscht haben, ohne dass wir ihn gesehen hätten.«

»Ich würde ihm durchaus so etwas wie eine Lauschvorrichtung zutrauen«, meinte Max und begutachtete stirnrunzelnd das Essen, das Levi Blythe reichte. »Ist das ein Picknickkorb? Ich meine, so ein richtiger? Mit Tellern und Besteck?«

»Ist auch ein kariertes Tischtuch dabei?«, fragte Thomas ganz unschuldig.

»Fahrt zur Hölle, ihr beide«, knurrte Levi und machte hinter Rikkis Rücken eine unfeine Geste. »Ihr seid doch nur neidisch, weil ich zivilisiert bin und weiß, was ein Picknickkorb ist!«

»Spricht irgendetwas gegen einen Picknickkorb?«, fragte Rikki scheinbar verwundert und drehte sich zu Levi um, als suche sie bei ihm nach einer Antwort.

Levi blickte seine Brüder finster an. »Das sind ungehobelte Trolle, Baby, natürlich spricht nichts gegen einen Picknickkorb.«

Er hatte den Korb definitiv nicht gekauft. Judith hatte ihn Rikki gegeben in dem Gedanken, sie könnte ihn vielleicht auf ihrem Boot gebrauchen, wenn sie zum Tauchen hinausfuhr. Rikki benutzte eine Kühlbox, doch sie mochte den Korb, weil er ein Geschenk war.

»Er ist auf dem Dach«, sagte Max plötzlich und schaute hinauf. »Benito, komm sofort da runter!«

»Das ist großartig«, bemerkte Levi. »Er hat es durch den ganzen offenen Garten geschafft und keinen von uns auf sich aufmerksam gemacht. Er wird richtig gut, Max.«

»Benito, ich warne dich. Du kommst jetzt sofort von diesem Dach herunter!«, wiederholte Max. »Airiana kriegt gleich einen Herzanfall!«

Airiana blickte erstaunt. Es war eindeutig Max, der sich um Benitos Sicherheit sorgte, doch sie widersprach ihm nicht. »Bitte, komm runter, Benito«, ermutigte sie den Jungen.

»Bist du von der anderen Seite des Hauses gekommen?«,

fragte ihn Levi, als Benito vom Hausdach auf die Überdachung der Veranda kletterte.

Noch ehe der Junge antworten konnte, zog Max ihn herunter und setzte ihn nicht gerade sanft neben sich. »Hör auf, Airiana Angst zu machen.«

»Tut mir leid, Airiana«, murmelte Benito mit strahlender Miene ob seiner Leistung. »Ich hab's geschafft, Max. Ich habe mich an euch herangeschlichen, an euch alle drei und die Frauen, und keiner hat mich bemerkt.«

»Du hast deine Schwestern als Köder benutzt, damit wir auf sie schauen, nicht wahr?«, meinte Thomas.

Benito nickte. »Max hat gesagt, man soll irgendeine naheliegende Ablenkung hernehmen. Ich wusste, das würde euch verraten, dass ich nicht weit weg war, aber wenn ihr nicht auf die Mädchen geachtet hättet, dann hättet ihr vielleicht mitgekriegt, wie ich mich dem Haus näherte.«

Max fuhr ihm vorsichtig durch die Haare. »Das hast du dir gut ausgedacht. Und wie bist du auf das Dach hinaufgekommen? Da ist doch gar nichts, woran man hochklettern kann.«

Er wusste, dass Levi keine Leiter in der Nähe des Hauses stehen hatte, und es gab auch keine Bäume, die der Junge hätte benutzen können.

»Rikki schläft immer bei offenem Fenster«, erklärte Benito wichtigtuerisch. »Ich habe es noch nie geschlossen gesehen, noch nicht ein Mal. Da bin ich einfach auf den Fenstersims gestiegen.«

Max musterte ihn mit zusammengekniffenen Augen. »So groß bist du nicht.«

Benito zuckte die Achseln, schaute aber etwas beklommen. »Ich bin hochgesprungen, habe den Balken erwischt und mich hinaufgezogen.«

Airiana stockte der Atem. »Benito, du hättest herunterfallen und dir etwas brechen können!«

»Ich weiß. Hab schon gemerkt, dass es nicht die schlaueste Idee war«, räumte er hastig ein. »Ich tu's auch nicht wieder. Ich wollte Max fragen, wie ich es besser hätte machen können, aber erst, wenn du weg bist.«

Max wandte sich mit einem Stöhnen von Airianas sich verfinsternder Miene ab.

»Erst, wenn ich weg bin? Worüber unterhaltet ihr euch eigentlich, wenn ich nicht dabei bin?«

»Männersachen«, antwortete Benito aufgeblasen. »Nichts für Frauenohren.«

Max legte eine Hand auf Benitos Mund und zog ihn zu sich. »So etwas darf man nicht sagen. Wie oft soll ich dir das noch erklären?«

Airiana schnitt Max eine Grimasse. »Ich verstehe, Benito. Wie oft habt ihr beiden denn solche kleinen Männergespräche?«

»Lucia!«, rief Max und gab den drei noch im Gebüsch versteckten Kindern ein Zeichen. »Jetzt wäre ein wirklich guter Zeitpunkt für euch, zu uns zu kommen.«

»Feigling!«, zischte Airiana und blinzelte ihren Schwestern zu.

»Ich sehe mal besser nach Lexi«, sagte Blythe und nahm den Picknickkorb. »Sobald ich mit ihr gesprochen habe und weiß, was Sache ist, rufe ich an.«

»Sie ist bei ihm in Sicherheit«, erklärte Max. »Ganz gewiss.«

»Wer ist bei wem in Sicherheit?«, wollte Benito wissen.

Blythe lachte. »Du hast alle Hände voll zu tun, Max.«

Siena, die Kleinste, lief zu Airiana und schlang die Ärmchen fest um ihre Beine; Nicia stürzte sich in Max' Umarmung. Lucia schlenderte hinter ihnen her. Mit ihren vierzehn Jahren wollte sie unbedingt erwachsener sein als ihre jüngeren Geschwister. Zwischen Benito und Max war eine Bindung entstanden, als Max den Jungen auf dem Schiff rettete, und dasselbe galt auch für Nicia. Siena fühlte sich zu Airiana hingezogen, doch Lucia hatte sich noch nicht wirklich entschieden.

Airiana wusste, dass Lucia bei ihnen bleiben wollte, doch sie hatte dem Mann vertraut, der sie verraten und an den Menschenhändlerring verkauft hatte. Sie war reservierter, beobachtete alle genau und blieb immer ganz in der Nähe ihrer Geschwister. Dies war das erste Mal, dass sie sich an einer von Benitos Spioniererereien beteiligt hatte.

Am wohlsten schien sich Lucia mit Airiana zu fühlen. Sie war gerne mit den anderen zusammen, blieb dabei aber immer still und wachsam. Airiana konnte es ihr nicht verdenken. Sie hatte noch kaum Gelegenheit gehabt, den Mord an ihren Eltern zu verarbeiten, als der Mann, der sich als ihr Onkel ausgab, die Kinder alle an Zuhälter und Menschenhändler verschacherte.

Wie sollte dieses erst vierzehnjährige Mädchen je wieder Vertrauen fassen? Oder gar lachen und Freude empfinden? Lucia versuchte es um ihrer kleinen Geschwister willen, aber mehr als einmal war sie völlig zusammengebrochen, als sie mit Airiana allein gewesen war.

Airiana hieß sie lächelnd willkommen und streckte ihr die Hand entgegen. »Lucia bringt mir bei, Pasta zu kochen, wie es ihre Mama gemacht hat. Ist das nicht großartig? Wenn ich es gelernt habe, dann gibt es ein großes Spaghetti-Essen für alle.«

Lucia nickte ein wenig schüchtern.

Judith bekam leuchtende Augen. »Das würde ich auch gerne lernen. Ich habe mir ein Kochbuch gekauft, bin aber überhaupt nicht damit zurechtgekommen. Habt ihr noch Platz für mich in der Küche? Ich muss heute nicht zur Arbeit, deshalb würde es mir prima passen.«

Lucia blickte zu Airiana auf. »Das kommt ganz auf dich an, Liebes«, sagte sie achselzuckend. »Wenn es dir mit Zuschauern schwerfällt, dann machen wir es nur zu zweit.«

Lucia schwieg einen Moment, dann blickte sie mit ihren sehr großen, dunklen Augen zu Judith auf. »Es wäre schön, wenn du mitmachen könntest. Wenn meine Mama Nudeln gemacht hat, waren wir immer eine große Gruppe Frauen, die alle zusammenarbeiteten. Das war schön.«

»Dann komme ich ganz bestimmt!«, versprach Judith.

»Ich möchte auch mitmachen«, meldete sich Lissa. »Wenn ihr wollt, kann ich frisches Sauerteigbrot zum Spaghetti-Essen beisteuern.«

»Sie hat es mich probieren lassen«, sagte Lucia zu Airiana. »Das Sauerteigbrot. Sie hat es für uns gemacht, als du mit Max weg warst.«

»Natürlich kann Lissa mitmachen«, erklärte Airiana.

Es gefiel Airiana, wenn Lissa mit Lucia zusammen war. Sie war leutselig und schien Kinder zu mögen. Zudem liebte sie Brettspiele und kam oft abends vorbei, um mit den Kleinen zu spielen. Sie konnte Benito, Nicia und Siena sogar zum Lachen bringen, nur Lucia lächelte kaum einmal. Airiana hoffte, wenn Lucia mit Lissa, einer hervorragenden Köchin, in der Küche arbeitete, dann würde sich Lucia vielleicht noch wohler fühlen.

Rikki schob Levi zu den Frauen hin. »Levi kann kochen. Er ist ein phantastischer Koch. Ich … ähh … muss mich heute Nachmittag mit meinem Tauchzeug beschäftigen, aber Levi könnte bei euch mitmachen.«

Alle wussten, dass Rikki nicht kochen konnte. Wenn Levi etwas essen wollte, musste er sich selbst in die Küche stellen. Ihr hätte ihre geliebte Erdnussbutter völlig ausgereicht.

»Er sieht gut aus in einer Schürze«, fügte Rikki hinzu.

Thomas und Max prusteten, die Frauen lachten lauthals. Benito zeigte auf ihn und brüllte vor Lachen.

Levi hob Rikki schwungvoll in die Höhe. »Weib, du läufst total aus dem Ruder. Wenn du so weitermachst, wirst bald du der Gehilfe auf dem Boot sein und ich der Taucher.«

»Wer's glaubt, wird selig.« Rikki schnaubte verächtlich. »Ich bin *immer* der Kapitän.«

»Und ein ziemlich schlauer obendrein, ich werde wohl noch

eine Weile mit dir herumschippern«, meinte Levi und stellte sie wieder auf ihre Füße, ohne sie jedoch aus seiner Umarmung zu entlassen. »Ich würde gerne lernen, Nudeln zu machen, Lucia, wenn du mich in deiner Küche haben willst.« Er verbeugte sich kurz vor ihr und ignorierte das schallende Gelächter Benitos und seiner Brüder.

Jetzt, zum ersten Mal, lächelte Lucia ein wenig, und sie machte vor Levi einen kleinen Knicks. »Du bist in meiner Küche sehr willkommen, Levi. Benito, du und deine beiden Freunde, ihr könnt heute Abend Fertignudeln essen. Keine frische Pasta für euch drei!«, schimpfte sie.

Die drei wurden sofort etwas ernster. »Aber hallo«, meinte Thomas. »Wir sollten das Ganze wohl nochmal überdenken. Also, ich sehe in einer Schürze auch ziemlich gut aus.«

»Stimmt das, Judith?«, fragte Airiana. »Ich kann mir Thomas nicht in der Küche vorstellen, und mit einer Schürze schon gar nicht.«

Judith betrachtete ihren Mann mit hochgezogenen Augenbrauen. »Du hast auch noch nie eine getragen, jedenfalls habe ich es nie gesehen.«

»Aber ich bin die ganze Zeit in der Küche«, führte Thomas an. »Das ist einer meiner Lieblingsplätze.«

»Lucia!« Benito legte in rapidem Italienisch los, offenbar in einem Versuch, sich herauszureden. In seiner Muttersprache war er am charmantesten, und er konnte ohne Weiteres auch seine Augen und sein gutes Aussehen einsetzen, um zu bekommen, was er wollte.

»Mach dich für uns beide stark«, erinnerte ihn Max.

Lucia warf die Hände in die Luft. »Also gut. Aber ihr hackt nicht mehr auf Levi herum! Es ist tapfer von ihm, dass er in meine Kochstunde kommt.«

»Ja, sehr, sehr tapfer«, pflichtete ihr Benito bei.

»Wann gibst du deine Stunde?«, wollte Blythe wissen. »Ich

bringe Lexi nur schnell etwas zu essen und rede vielleicht noch ein bisschen mit ihr. Wenn ich dann noch kommen darf, würde es mich freuen.«

»Wir dachten, so um eins anzufangen«, sagte Airiana mit einem Blick auf ihre Uhr. »Ich muss den Kindern noch ihr Mittagessen geben, und dann sind wir so weit.«

»Dann bin ich definitiv dabei«, erklärte Blythe.

Sie wollte gerade gehen, doch Lucia trat zu ihr. »Du … kannst auch Lexi einladen«, brachte sie schüchtern heraus.

»Sehr gerne, danke, Lucia«, erwiderte Blythe. »Das ist wirklich nett von dir, sie einzubeziehen. Lexi ist zu viel allein.«

Lucia merkte ganz einfach, dass Lexi Ähnliches durchgemacht hatte wie sie. Und es musste ihr aufgefallen sein, wie oft sie alle nach Lexi schauten.

Blythe winkte und machte sich zügig auf. Sie joggte jeden Tag einige Kilometer, deshalb stellte diese Entfernung keine Herausforderung für sie dar. Aber sie brauchte Zeit, um nachzudenken. Gavril Prakenskij gehörte zur Familie, daran war nicht zu rütteln. Seine Brüder würden verärgert reagieren, wenn man ihn aufforderte, die Farm zu verlassen, aber auch sie erkannten, dass er anders war als sie. Das beunruhigte Blythe.

Unbewusst fuhr sie mit einer Hand über ihren Oberschenkel. Zweifellos verlangte die Arbeit, die die Brüder über so viele Jahre getan hatten, ihren Tribut. Männer konnten sich so oder so entscheiden. Levi hatte sich ein anderes Leben gewünscht und seine Chance mit beiden Händen ergriffen, als er Rikki kennenlernte. Das Gleiche galt für Thomas. Max kannte sie noch nicht lange genug, um sagen zu können, wie er sich entschieden hatte. Er schien rauer zu sein als Thomas und Levi, aber wer ihn mit den Kindern und Airiana sah, konnte ihn nur für einen Familienmenschen halten.

Was also war anders an Gavril, dass seine Brüder sich um Lexi Sorgen machten? Blythe war sicher, wenn sie ihr Leben in

Gefahr gesehen hätten, dann hätten sie sie niemals mit diesem Mann allein gelassen. Lexis Beharren, dass Gavril bei ihr blieb, hatte Blythe etwas schockiert. Soweit sie sich erinnern konnte, war Lexi nie mit einem der Männer allein gewesen, nicht einmal mit denen, die sie als ihre Brüder akzeptiert hatte.

Wenn sie im Fitnessraum trainierten oder Selbstverteidigung übten, waren die Türen immer offen, und es war mindestens eine weitere Frau dabei. Blythe wusste, dass Lexi Thomas und Levi mochte. Max hatte sie erst vor Kurzem kennengelernt, doch sie akzeptierte ihn auf der Farm. Trotzdem hielt sie sich in der Regel von ihm fern. Levi fühlte sie sich wahrscheinlich näher als den anderen, aber selbst ihm gegenüber war sie zurückhaltend.

Blythe ging durch unterschiedlich bepflanzte Felder und kürzte so den Weg zu Lexis Haus ab. Sie war überrascht, wie viele Gemüsesorten sie zu sehen bekam. Für die Farm und das, was sie hervorbrachte, hatte sie sich bislang nicht allzu sehr interessiert.

Lexi saß in ihrer Hollywoodschaukel. Blythe winkte ihr zu und machte dann eine ausholende Geste. »Wie in aller Welt schaffst du denn das alles allein? Du brauchst Hilfe. Ich hatte ja keine Ahnung, dass die Farm so groß geworden ist!«

Lexi lächelte. »Ja, es läuft ganz gut. Aber du hast recht, allmählich wird es zu viel für mich. Ich habe viel gearbeitet, doch manchmal habe ich solche Rückenschmerzen, dass ich mich kaum mehr aufrichten kann.«

Blythe blieb stehen, die Stirn in Falten gelegt. »Das hättest du uns sagen sollen, Lexi. Du arbeitest zu schwer, wir müssen dir eine Hilfe besorgen.«

Sie stellte den Picknickkorb auf das Geländer und ließ sich in einen der großen, bequemen Sessel auf der Veranda sinken. Es war Lexi wichtig gewesen, eine große, geräumige und überdachte Rundum-Veranda zu haben. Wenn sie alle zu Besuch kamen, verbrachten sie hier mehr Zeit als im Haus.

»Levi schickt dir ein Mittagessen. Er dachte, nach diesem Morgen bist du vielleicht nicht unbedingt wild darauf zu kochen.«

»Das ist sehr aufmerksam von ihm«, sagte Lexi.

»Und bevor ich es vergesse, Lucia zeigt uns heute gegen eins bei Airiana, wie man frische Pasta macht. Sie hat mich extra gebeten, dich einzuladen. Das war ihr offenbar wichtig.«

Blythe studierte Lexis Miene. Sie hatte geweint, stumm geweint. Es war fast nie zu hören, wenn Lexi weinte. Blythe war sicher, dass Caine sie früher verprügelt hatte, wenn sie laut geworden war. Es brach ihr immer das Herz, wenn Lexi still vor sich hin weinte.

»Geht es dir gut? Dieser Morgen muss ja ein Albtraum für dich gewesen sein.«

Lexi nickte bedächtig. »Er hat natürlich alles wieder zurückgebracht. All die Erinnerungen, die ich so sehr zu vergessen versuche. Das heißt, ich schlage die Tür zu und sperre sie ein und bemühe mich, nicht mehr daran zu denken, aber es funktioniert einfach nicht. Irgendwie verfolgt mich dieser schreckliche Mann jede Nacht. Und jetzt hat er mir auch noch das Gefühl von Sicherheit hier auf der Farm genommen. Und schlimmer noch, ich mache mir Sorgen um euch alle.«

Blythe nickte. »Klar sorgst du dich um uns, nach allem, was deiner Familie passiert ist, Lexi. Das ist nur natürlich. Ich habe dasselbe bei Lucia beobachtet. Sie ist so traumatisiert, dass sie ihre Geschwister nicht aus den Augen lassen kann.«

»Die armen Kleinen. Ich hoffe, wir können ihnen hier ein wenig Frieden geben. Obwohl, jetzt ... wo Caine mich gefunden hat ... Ich weiß nicht, ob es fair ihnen gegenüber ist, wenn ich bleibe. Ich denke darüber viel nach. Ich will nicht weg, aber ich kann auch nicht egoistisch sein. Diese Kinder brauchen stabile Verhältnisse, und Max und Airiana werden sie ihnen geben. Und mit Levi und Thomas, denke ich, sind sie hier auch sicher.«

Blythe neigte sich zu Lexi. »Ist das der Grund, weshalb du wolltest, dass Gavril bei dir bleibt? Fühlst du dich mit ihm zusammen sicherer?«

Lexi war überrascht. »Nein. Nein, ich würde ihn nicht auf diese Art benützen wollen. Er hat genug mitgemacht, und es war ganz schlimm, dass er jemanden töten musste, um mir das Leben zu retten. Das ist schrecklich für mich, auch wenn er tut, als wäre das gar nichts gewesen. Aber es ist schrecklich, Blythe. Ein Leben zu nehmen ist immer schrecklich.«

Blythe nickte. »Das ist wahr. Mir tut es auch leid, dass er das tun musste, aber ich bin ihm dankbar dafür, dass er es getan hat. Mir ist es viel lieber, wenn du am Leben bist.«

Lexi lächelte. »Danke, Blythe. Ich bin auch dankbar.«

»Hast du ihn deshalb hier bei dir?«, hakte Blythe nach, und als Lexi die Stirn in Falten legte, fuhr sie fort: »Ich mache mir nur Sorgen, dass du dich damit unwohl fühlen könntest. Das tun wir alle. Wir wissen, dass du nicht gern mit Männern allein bist, und ich möchte nicht, dass du denkst, du musst ihn aufnehmen, wenn es dir lieber wäre, dass eine von uns ihm eine Bleibe gibt. Er könnte sogar im Gemeinschaftshaus unterkommen. Da könnten wir leicht ein Zimmer für ihn einrichten.«

Lexi schüttelte den Kopf. »Ich habe ihn nicht gebeten zu bleiben, weil ich mich ihm verpflichtet fühle, Blythe. Das würde ich nicht tun, du kennst mich doch. Ich will ihn hier haben, weil ich das Gefühl habe, dass er hier sein muss. Besser kann ich es nicht erklären. Ich sage ihm, dass er auch noch andere Optionen hat, und wenn er lieber ein anderes Angebot wahrnimmt oder für sich bleiben will – was durchaus sein kann –, dann rufe ich dich an.«

Blythe nickte, ohne den Blick von Lexi abzuwenden. »Du bist sicher, dass du es so machen willst?«

»Ja«, erwiderte Lexi bestimmt. »Ich hoffe, dass er, wenn er ausgeruht ist, bleiben will. Er hat schon einmal auf einer Farm gearbeitet.« Ihr Ton wurde etwas schwärmerisch. »Ich könnte seine Hilfe gebrauchen, vor allem, wenn er sich mit den Maschinen auskennt.«

»Ich dachte, dafür hatte sich Thomas angeboten.«

Lexi verdrehte die Augen. »Thomas kann Gemüse nicht von Blumen unterscheiden. Er würde ein Unkraut auch dann nicht erkennen, wenn es ihn anspringen und beißen würde. Und meinen Traktor lasse ich ihn ganz gewiss nicht anfassen.« Ein Lächeln huschte über ihr Gesicht. »Seit Benito hier ist, muss ich die Schlüssel die ganze Zeit mit mir herumtragen. Der Junge ist auf alles neugierig.«

»Ich sage Max, dass er mit ihm reden soll.«

»Max ist der einzige Mensch, auf den er hört. Wenn Gavril eine Weile bleibt, schaffe ich es dieses Jahr vielleicht, ohne jemanden einzustellen. Ich brauche mehr Geräte und jemanden, der verlässlich mitarbeitet, vor allem, wenn wir diesen anderen Grund dazubekommen. Und Lamas.«

»Du und deine Lamas!«

»Einen Hund will ich auch. Ich weiß, wir sollen über das alles abstimmen, aber ich bin hier viel allein. Ein Hund würde anschlagen, wenn jemand kommt.«

Blythe wusste nicht, wie sie wieder auf Gavril zu sprechen kommen konnte. Deshalb stand sie seufzend auf und gestand Lexi den Sieg bei dieser Unterhaltung zu. Sie hatte ihre jüngere Schwester nicht dazu bringen können, ihr zu verraten, weshalb sie wirklich wollte, dass Gavril bei ihr blieb, doch es war klar, dass sie entschlossen war, ihn in ihrem Haus wohnen zu lassen.

»Vergiss nicht den Pasta-Kurs um eins«, sagte Blythe. »Und genieße dein Mittagessen.«

»Ich weiß nicht, ob ich es schaffe, aber ich versuche es«, erwiderte Lexi. »Ich habe eine Menge Arbeit, und ich will sicherstellen, dass Gavril möglichst viel schlafen kann.«

»Er kann doch schlafen, solange du bei uns bist«, meinte

Blythe und machte sich mit einem fröhlichen Winken auf den Rückweg. Sie hatte ihr Bestes gegeben. So wie sie es verstand, ging es Lexi nicht nur gut, sondern sie stellte sich auch gegen alle Versuche, Gavril Prakenskij aus ihrem Haus oder von der Farm zu verjagen.

5.

Gavril lag da und lauschte den Stimmen auf der Veranda. Das Fenster war offen, er konnte das Gespräch also leicht verfolgen. Lexis Schwester war gekommen, um ihn von hier wegzuholen, aber irgendwie schaffte es Lexi, das Thema zu wechseln, ohne dass Blythe viel dagegen tun konnte. Er musste unwillkürlich grinsen, trotz des Schocks, der ihm zunächst in die Glieder gefahren war, und seiner Nervenenden, die sich brennend heiß anfühlten. Sie hatte Blythe nichts von seinen chronischen Schmerzen erzählt. Obwohl sie wusste, wie kaputt er körperlich war, hatte sie es mit keinem Wort erwähnt. Er machte sich nichts vor. Lexi hatte sich nicht auf den ersten Blick Hals über Kopf in ihn verliebt. Sie bemerkte ja kaum, dass er ein Mann war, sondern sah ihn eher als ein verwundetes Tier. Aber sie hatte seine Geheimnisse nicht preisgegeben.

Lexi war entschlossen, ihn zu retten. Sie war nicht so naiv zu glauben, dass sie ihn heilen könnte, doch sie wollte ihm zu so etwas wie Frieden verhelfen, und das erstaunte ihn. Noch nie hatte jemand für ihn getan, was sie gerade versuchte. In Gegenwart anderer fühlte er sich unwohl, nicht aber mit ihr.

Seltsamerweise war er ein paar Mal tatsächlich weggedöst. Der reine Wahnsinn in einer derart gefährlichen Lage. Er konnte nicht begreifen, weshalb er von allem, was mit Lexi zu tun hatte, so fasziniert war – aber so war es nun mal, und er musste damit fertigwerden.

Er bemerkte es sofort, als Lexi von der Veranda ins Haus kam. Sie machte kaum ein Geräusch, nur leise Fußtritte auf dem Holzboden waren hörbar, doch sein inneres Warnsystem verfolgte jede ihrer Bewegungen. Er wartete, sein Herz schlug ein wenig zu schnell, ein wenig zu laut.

Das war ein bisschen lächerlich angesichts dessen, dass er mit der Beherrschung seines Pulses und seines Atems ohne Weiteres fähig war, einen Lügendetektor zu überlisten. Er konnte seinen Herzschlag wie auch die Funktion jedes anderen Organs verlangsamen, hatte jede Körperfunktion vom Sexualtrieb bis zur Atmung unter Kontrolle. Doch Lexis Nähe stürzte ihn in völliges Chaos.

»Du bist zurück«, begrüßte er sie. Er hatte nicht bemerkt, wie sehr er sie sehen, sie in seiner Nähe fühlen wollte. Er war das Alleinsein gewohnt und hatte es immer bevorzugt, aber anscheinend war er plötzlich so verliebt in sie, dass er nicht von ihr getrennt sein wollte.

»Hast du einigermaßen schlafen können?«

Schon der Klang ihrer Stimme, der Blick ihrer schönen grünen Augen, der über sein Gesicht streifte und ihm vermittelte, es würde sie freuen, ihn anzusehen, reichten aus, um ihn unruhig, ja erregt werden zu lassen.

Sie kam geradewegs auf ihn zu, beugte sich über ihn und untersuchte seine Brust. Ihr Haar streifte seine Haut, weich wie Seide strich es über ihn hinweg. Eine nach der anderen entfernte sie die Nadeln. Jedes Mal wenn sie eine herauszog, legte sie eine Hand auf die Stelle und schloss für einen Moment die Augen.

»Du hast meine Frage nicht beantwortet, Gavril«, sagte sie. »Hast du einigermaßen schlafen können?«

Er antwortete wieder nicht, sondern wartete darauf, dass sie ihn ansah. Er wollte ihren Blick spüren. Jedes Mal wenn er eingedöst war, hatte er ihre Augen vor seinem geistigen Auge gesehen. Mitfühlend. Zart. In ihn hineinsehend. Ihn erkennend. Er musste wissen, ob das wirklich so war, oder ob das Räucherzeug und die Duftkerzen eine Art Halluzination bei ihm auslösten.

Lexi hob den Kopf nicht, doch ihr Blick traf den seinen. Er sah funkelnde Smaragde. Ein tiefes dunkles Grün, so dunkel wie der kühle Wald.

»Ein Mann würde töten, damit er von dir bemerkt wird.« Die Worte entglitten ihm, bevor er etwas dagegen tun konnte. Er wollte nicht, dass sie vor ihm weglief – oder erkannte, wie sehr er versuchte, einen Weg zu finden, damit sie sich in ihn verliebte.

Sie sah ihn lange an, blickte in seine Augen, als schaue sie in seine Seele und sähe, wie verletzlich er durch sie wurde. Langsam formten ihre Lippen ein Lächeln. »Na ja, das hast du ja schon getan, und ich habe dich definitiv bemerkt; du musst es also nicht noch einmal tun.«

Er empfand ihren scherzenden Ton wie ein Streicheln. »Ich habe geschlafen, danke. Aber jetzt, glaube ich, täte mir eine extra starke Tasse Kaffee gut.«

»Kamillentee. Mit Lavendel und Honig«, widersprach sie und entfernte weiter ihre Nadeln. »Ich weiß, dass du dich momentan wahrscheinlich recht unwohl fühlst. Diese Bahnen zu öffnen kann sehr schmerzlich sein. Ich dachte aber, da du Schmerzen gewohnt bist, kannst du sicher damit umgehen; wenn es also einige Sitzungen braucht, um sie wieder zum Funktionieren zu bringen, ohne dass sie wie jetzt verrücktspielen, dann ist es das wert.«

»Dir ist klar, dass meine Nerven geschädigt sind. Die Ärzte sagen, das ist nicht heilbar.« Er hielt ihren Pferdeschwanz fest. »Ich habe mir dazu in mehreren Ländern viele Meinungen eingeholt.«

»Mir ist sehr bewusst, dass sie geschädigt sind, Gavril. Ich habe die blockierten und lädierten Bahnen gespürt. Ich sage auch nicht, dass es garantiert funktionieren wird, aber normalerweise kann ich eine Schädigung, die ich fühle, auch beheben.« Sie nahm das Tablett mit den Nadeln und wollte sich von ihm abwenden, doch er hielt sie noch immer an ihrem Pferdeschwanz fest.

Lexi zog eine Braue nach oben. »Ich wette, du hast schon eine ganze Weile nichts mehr gegessen.«

»Ich bin es gewöhnt, für mich selbst zu sorgen.«

»Das ist gut, ich schaffe es nämlich kaum, mich selbst zu versorgen, aber für die nächsten paar Tage, bis wir diese Nervenbehandlung beendet haben, dachte ich, können wir vielleicht einen Kompromiss schließen.«

»Wie soll der aussehen?«

Wieder lächelte sie ihn an. Ihr Mund war wunderschön, die Lippen voll und weich, eine schreckliche Versuchung. »Du tust natürlich alles, was ich sage. Im Moment musst du meine Haare loslassen, damit ich den Tee machen und das Essen holen kann, das Levi uns geschickt hat.«

»Kannst du kochen? Ich könnte mir nämlich überlegen, mich von dir für ein paar Tage herumkommandieren zu lassen, wenn du kochen kannst.«

»Klar kann ich kochen. Und ich verwende immer frisches Biogemüse und -kräuter.« Sogar mit ihren funkelnden Augen brachte sie einen hochmütigen Blick zustande. »Glaube mir, alles zu tun, was ich dir sage, wird das Beste für dich sein. Ich bin eine sehr gute Köchin, auch wenn ich das meinen Schwestern nicht sage, damit sie mich gelegentlich nach einem harten Arbeitstag bekochen.«

»Ich habe nicht bemerkt, dass in deiner Küche viel gekocht wird«, meinte er vorsichtig. »Mich herumkommandieren zu lassen wird mir nicht leichtfallen. Deshalb muss ich wissen, dass das, was du sagst, auch stimmt.« Er zog an ihren Haaren, als würde er ihr Angebot überdenken.

»Was gibt es da zu überlegen? Ich steche jeden Tag Nadeln in dich und gebe dir alle möglichen Sachen zu trinken, ohne dir zu sagen, was es ist, kommandiere dich herum und bereite köstliche Mahlzeiten für dich zu. Ich überlasse dir sogar dieses Bett. Es ist das bequemste, das ich habe. Das allein ist schon ein riesiges Zugeständnis.«

»Du schläfst nie darin.«

»Genau. Es ist nagelneu, noch nie benutzt. Total bequem. Judith hat es besorgt. Bambus – keine ekligen Kreatürchen oder Pilze würden es wagen, an diese Matratze zu gehen. Du bist absolut sicher vor ihnen. Und ich passe auf dich auf, wenn du schläfst.«

»Das klingt wie ein wahr gewordener Traum. Echt. Wie könnte ein Mann da zögern?«

»Das ist noch nicht alles«, fuhr Lexi fort. Ihr Lächeln wurde breiter, es raubte ihm den Atem.

»Ich kann es kaum erwarten«, sagte er.

»Wenn es dir besser geht und du mir auf immer verbunden bist, weil ich so eine gute Heilerin bin, kannst du mit mir auf der Farm arbeiten. Vielleicht lasse ich dich sogar meinen Traktor fahren, auch wenn ich das nicht versprechen kann. Den liebe ich nämlich, und den darf nicht einfach jeder fahren.«

»Dein Plan wird immer besser«, erwiderte er. Er setzte sich auf. Das musste er. Denn sonst hätte das dünne Laken verraten, dass sein Körper schon wieder vehement aufgewühlt war. Sein Schwanz wurde allmählich wirklich zu einer Plage. Das verdammte Ding hatte beschlossen zu rebellieren und ein Eigenleben zu entwickeln. Es war sicher keine tolle Idee, eine riesige Erektion zur Schau zu stellen.

»Ja, nicht wahr? Wenn du saubere Klamotten hast, kann ich die waschen, die du getragen hast.« Sie zeigte auf seine ordentlich gefaltete Kleidung. »An deinem Hemd ist Blut. Ich verletze mich immer wieder mal, deshalb habe ich mit Blutflecken ziemlich viel Erfahrung.«

Stirnrunzelnd ließ er ihren Pferdeschwanz los. »Was meinst du damit, du verletzt dich?«

»Mit Werkzeugen. Ich schneide mich andauernd. Ich trage zwar Arbeitshandschuhe, aber manchmal stören die einfach.«

Es machte ihn nervös, wie nüchtern sie darüber sprach, sich zu verletzen. Jemand musste sich um *sie* kümmern und nicht umgekehrt. Er merkte, dass er sich über seine Brüder und die anderen Frauen auf der Farm ärgerte. Sie halfen Lexi ganz eindeutig nicht, profitierten aber sehr wohl von ihrer Arbeit.

»Hilft dir denn hier gar niemand?« Seine Stimme war hart, ein fordernder Ton, der sie unwillkürlich dazu veranlasste, sich von ihm abzuwenden.

»Doch, natürlich, wenn sie können. Aber sie arbeiten alle. Das habe ich dir doch schon gesagt. Nur bei der Ernte helfen alle mit.«

Wenn es darum ging, ihre Familie zu verteidigen, reagierte sie wirklich schnell. Was immer sie auch sagte, er musste sich mit seinen Meinungen über die anderen – über die er tatsächlich verärgert war – in Acht nehmen. Die Farm schien wirklich groß zu sein. Viel zu groß für eine Person.

»Das ist gut«, sagte er, um einen neutralen, fast munteren Ton bemüht. »Denn eine Farm dieser Größe braucht definitiv mehr als einen, der sie bewirtschaftet.« Er wollte nicht den Fehler begehen, ihr einzuheizen und sie zu zwingen, die anderen zu verteidigen. Er brauchte sie, damit sie ihn verteidigte.

»Ich habe nicht gern Fremde um mich«, gestand Lexi. »Die Farm ist sozusagen mein sicherer Hafen, und der Gedanke, dass sich jemand hier aufhält, den ich nicht kenne, beunruhigt mich. Ich denke immer, ich sollte eine Aushilfe einstellen, aber bis jetzt habe ich mich noch nicht dazu durchringen können. Auch die anderen haben bereits einige Male darüber gesprochen, wie es wäre, jemanden anzuheuern, aber ich schiebe die Entscheidung immer wieder hinaus.«

Sie klang ängstlich und ein wenig verschämt, als sei es feige von ihr, einen Fremden anzustellen. Doch der Gedanke, jemanden von außerhalb zu beschäftigen, gefiel auch ihm nicht. Er wollte nicht, dass ein anderer Mann neben ihr arbeitete.

»Dann sollten wir das wohl so stehen lassen«, meinte er und seufzte übertrieben, »und ich muss dein großzügiges Angebot annehmen und mich ein paar Tage von dir herumkommandieren lassen, damit ich dann deinen Traktor fahren darf.«

Seine Belohnung war ein Aufblitzen dieser unglaublich grünen Augen. Sie musterte ihn, und er hatte das Gefühl, als würde das Bett unter ihm nachgeben. Er hob das Laken so weit an, dass sein Körper ihr keine Angst einjagen konnte. Sie war einfach verdammt schön. Sie bewegte sich wie eine Sommerbrise. Er hatte nicht gewusst, dass es solche Frauen wirklich gab.

»Warum schaust du plötzlich so traurig?«, fragte sie mit besorgter Miene. Sie stellte das Tablett mit den Akupunkturnadeln auf den Schreibtisch und kam zu ihm zurück. »Was ist los, Gavril? Ich kommandiere dich nicht wirklich herum. Ich habe dich nur geneckt.«

»Das weiß ich.«

Wieder strichen ihre Finger durch sein Haar, über seinen Rücken, massierten seine Kopfhaut, eine wohltuende, tröstende Geste wie für ein Kind. Sie liebkoste das wilde Tier, zähmte es durch ihre Berührung.

»Was ist?«

Er fasste ihre Hand, damit sie sein Verlangen nicht weiter entflammen konnte. Mit vierzehn Jahren hatte er gelernt, diesen Teil seiner Anatomie zu beherrschen. Und noch immer hatte er auf dem Rücken und den Schenkeln Narben von den Bestrafungen, die die Folge gewesen waren, wenn er versagt hatte. All dieses Training, all diese Disziplin waren wie weggeblasen – und dabei versuchte sie noch nicht einmal, ihn zu verführen.

»Ich habe seit meiner Kindheit nicht mehr so viel Zeit mit einem anderen menschlichen Wesen verbracht.«

Sie presste die Lippen aufeinander, doch ihre waldgrünen Augen blieben unbeirrt. »Du musst keine Zeit mit mir verbringen, Gavril. Ich habe jede Menge zu tun, und ich kann mich auf meiner Veranda aufhalten. Wir haben außerdem ein Gemeinschaftshaus. Blythe hat davon gesprochen, dass du dort bleiben könntest, wenn du lieber allein sein möchtest.«

Er konnte nicht anders. Er brachte ihre Fingerspitzen an seinen Mund und biss zart hinein, schabte mit den Zähnen vor und zurück. Die Alternative wäre gewesen, sie zu küssen, und da schien diese kleine Geste für sie beide sicherer zu sein. Ihre Augen verdunkelten sich. Ihre Stirn legte sich leicht in Falten, doch sie entzog sich ihm nicht.

Er merkte, dass sie so etwas wie Verführung oder Vorspiel gar nicht kannte. Sie war ein Kind in den Händen eines Verbrechers gewesen, der sich nie Zeit für sie genommen und sie erst recht nicht geliebt hatte. Caine hatte sie benutzt, ohne sie je ihr eigenes sexuelles Verlangen spüren zu lassen. Gavril hatte zumindest schon früh zu spüren bekommen, dass Sex auch angenehm sein konnte. Er bezweifelte, dass Lexi das auch nur ahnte.

Es hatte ein paar Momente wie eben jetzt zwischen ihnen gegeben, in denen sich in ihren Augen etwas bewegt hatte, ein Aufflackern sexueller Verwirrung, als würde er in ihrem Körper eine Reaktion hervorrufen. Sie schaute ein wenig verängstigt, als wüsste sie nicht, was mit ihr geschah.

»Ich fühle mich hier schon wohl«, sagte Gavril. »Und ich bin gerne mit dir zusammen. Du beruhigst mich. Du strahlst etwas sehr Friedvolles aus. Ich bin noch nie zuvor geneckt worden. Ist dir klar, wie viel ich mit dir zum ersten Mal erlebe?«

Sie lächelte, und ihr Blick war wie ein Sonnenstrahl, der durch ein dichtes Blätterdach drang. Das ganze Gesicht und ihre weiche, makellose Haut hellten sich auf, die vollen, verführerischen Lippen traten deutlich hervor. Er musste seine Libido unter Kontrolle bringen, bevor er jede Chance bei ihr verspielte.

»Das freut mich.«

Er spürte etwas, eine Wahrnehmung, die ihn überkam. Sein Griff um ihre Hand wurde fester. »Lexi, ich will, dass du ins Badezimmer gehst und die Tür schließt. Einfach so. Geh einfach hinein, als würdest du zur Toilette gehen. Lächle mich weiter an. Keine Fragen.«

Sie schaute ängstlich, nickte jedoch. Dann berührte sie ganz leicht sein Gesicht, eine Geste, die ihm ein weiteres Mal unter die Haut ging.

»Es ist wahrscheinlich nichts, aber ich bleibe lieber wachsam«, fügte er leise hinzu.

Lexi fasste sich und folgte genau seinen Anweisungen. Sie bewegte sich gemächlich, als ob nichts wäre, für den Fall, dass jemand sie beobachtete.

Sobald sie die Tür geschlossen hatte, streifte Gavril seine Jeans über, schlüpfte in die Stiefel und versteckte die Waffen an den üblichen Plätzen, alles in einer einzigen, flüssigen Bewegung. Dann ging er mit lässigem Schritt an das offene Fenster. Seitlich davon, von außen nicht sichtbar, wartete er regungslos, geduldig ab, ein Messer in der Hand.

Alles war still. Sein Puls blieb exakt gleich, er veränderte sich nie. Das beherrschte er. Das war seine Welt. Hier hatte er die Kontrolle. Disziplin. Macht. Er verstand die Regeln.

Eine winzige Bewegung verriet ihm, dass sein Opfer unruhig wurde. Ein Schatten regte sich. Hielt inne. Gavril spannte sich nicht einmal an. Tief in seinem Inneren war er bereit zuzuschlagen, doch im Moment blieb er noch absolut still. Sein Verstand arbeitete gefasst, ohne Chaos oder Furcht. Er hatte alles unter Kontrolle.

Als in dem Fenster ein Kopf erschien, ging alles blitzschnell. Er packte ihn an den dichten, dunklen Haaren, zog ihn in den

Raum und presste die Klinge an den Hals. Dunkle Augen starrten zu ihm auf. Verstörte, angstvolle Kinderaugen.

»Was zum Teufel tust du hier?«, fragte Gavril barsch. »Wer hat dich geschickt?«

»Lexi!« Der Junge schrie ihren Namen.

Lexi stürzte aus dem Bad. Gavril, der dem Jungen noch immer das Messer an die Kehle hielt, schob sie hinter sich.

»Kennst du diesen Jungen?«, fragte er, den eisigen Blick auf ihn gerichtet, und ohne die Waffe abzusetzen. Seiner Erfahrung nach konnte ein Kind genauso gefährlich sein wie ein Erwachsener. Er selbst hatte mit vierzehn zum ersten Mal getötet.

»Lass ihn los. Das ist Benito, Max' Junge.« Lexi starrte auf das Messer und die dünne rote Linie, die sich längs der Klinge bildete. »Bitte, bring ihn nicht um.«

Gavril steckte das Messer weg und zog den Jungen nicht eben sanft ins Zimmer.

Mit einer Hand tastete er ihn ab, mit der anderen verhinderte er jede Bewegung seines Opfers. Im nächsten Moment hielt er eine Glock hoch, die der Junge im Hosenbund versteckt hatte.

»Was ist das? Hattest du vor, mich zu töten, Junge?« Gavril durchsuchte ihn nach weiteren Waffen. Er selbst trug bei seiner Arbeit nie nur eine. Und offenbar hielt es der Junge ebenso – in seinem Stiefel steckte noch ein riesiges Messer.

»Benito! Was hast du dir dabei bloß gedacht?« Entsetzt versuchte Lexi, um Gavril herumzukommen.

Er hielt sie zurück. »Bleib hinter mir, bis wir das geklärt haben. Es ist mir egal, wessen Kind er ist, wenn er mit einer Pistole und einem Messer daherkommt!«

»Er ist zwölf Jahre alt«, sagte Lexi. »Ein Kind!«

»Er ist kein Kind, wenn er bewaffnet ist.« Gavrils Hand glitt vom Haarschopf des Jungen zu seiner Kehle. »Du machst besser den Mund auf, Kleiner, denn ich kann dir das Genick so schnell brechen, wie ich dir die Kehle durchschneide. Hat man dich geschickt, um Lexi zu töten?«

»Oh, um Gottes willen!«, stieß Lexi ärgerlich hervor. »Das würde er nie tun. Er lebt mit Max hier auf der Farm!«

»Dann kann *er* mich ja überzeugen. Du bleibst hinter mir, Lexi, sonst muss ich diesem Kind wehtun. Wenn es um deine Sicherheit geht, gehe ich kein Risiko ein.«

»Bist du ihr Bodyguard?«, fragte Benito und verdrehte dabei vor Angst die Augen.

Doch er bewegte sich nicht einen Zentimeter, um wenigstens zu versuchen, Gavrils tödlichem Griff zu entkommen. Dafür gebührte ihm Anerkennung. Benito hatte Angst, aber er konnte trotzdem denken.

»Wenn du nicht gekommen bist, um Lexi oder mich zu töten, was zum Teufel wolltest du dann vor diesem Schlafzimmerfenster? Bist du ein Spanner oder so etwas?«

Benito schüttelte den Kopf, den Blick nur auf Lexi gerichtet. »Nein, Sir. Ich habe geübt.«

»Geübt? Was? Lexi Angst zu machen?«

Seine Stimme klang bedrohlich. Was tat dieser Junge? Hatte er auch nur eine Ahnung, wie nah er dem Tod gekommen war?

Lexi versuchte noch einmal, an Benito heranzukommen, um ihn zu trösten, doch Gavril drehte sich gerade so viel, dass er zwischen ihr und dem Jungen blieb. Sie legte eine Hand auf Gavrils Rücken, und für den Bruchteil einer Sekunde war ihm dieser Kontakt bewusster als alles andere.

»Er trainiert, uns alle zu beschützen. Sich unauffällig zu bewegen«, erklärte Lexi.

»Ist das wahr?«, fragte Gavril. Langsam ließ seine Hand von dem Jungen ab.

Benito griff sich an die Kehle, sah das Blut an seinen Fingern und nickte. »Ja, Sir«, antwortete er.

Gavril atmete langsam aus. Der Kleine hatte Mut, und auch

wenn er nervte, musste man ihn doch bewundern. Gavril beschloss, die Lage ohne Lexis Zutun zu klären. Dem Jungen musste man Angst einflößen – das hatte er bereits getan. Nun musste man ihm noch das Gefühl vermitteln, dass er aus dieser Erfahrung etwas lernen konnte.

»Lexi war gerade dabei, mir Tee zu machen, und wir wollten essen. Ich versorge jetzt den Schnitt an deiner Kehle, und dann setzen wir uns zusammen, und ich sage dir, was du falsch gemacht hast.«

Lexis Finger glitten über seinen nackten Rücken bis zur Tasche seiner Jeans. Er blickte über die Schulter zu ihr.

»Alles in Ordnung?«

»Ich hatte Angst«, gab sie zu. »Ich dachte wirklich, Caines Leute sind hinter mir her. Jetzt, wo ich weiß, dass alles gut ist, zittern meine Knie noch ein bisschen, glaube ich, aber es geht schon wieder. Wirklich.«

Am liebsten hätte er sich den Jungen noch einmal zur Brust genommen. »Das ist noch ein Grund, weshalb man nicht herumschleicht und den Leuten Angst einjagt. Jeder Mensch hat eine Geschichte. Und die willst du doch nicht noch schlimmer machen, oder?«

Benito schüttelte den Kopf. »Tut mir wirklich leid, Lexi.«

Lexi presste kurz ihr Gesicht an Gavrils bloßen Rücken, wo zuvor ihre Hand gelegen hatte. Genau über einer Reihe von Narben, verursacht durch eine Peitsche, die sein Fleisch aufgerissen hatte, als er noch ein Kind gewesen war. Gavril wollte sie in die Arme nehmen und trösten, doch er widerstand diesem Impuls.

»Es tut mir wirklich leid, Sir«, sagte Benito, und die Angst verschwand rasch aus seinen Zügen. »Und ich würde auch gerne wissen, was ich falsch gemacht habe. Ich meine, abgesehen davon, dass ich überhaupt hergekommen bin«, fügte er hastig hinzu.

Ohne sich umzudrehen, legte Gavril eine Hand auf Lexis

und drückte sie gegen seinen Hintern. »Versuch nie wieder, dich an mich heranzuschleichen. Niemals. Das ist gefährlich. Du hast großes Glück gehabt, dass ich in der Stimmung war, dir Fragen zu stellen. Sonst wärst du jetzt tot, und Max wäre hinter mir her. Verstehst du? Mit so etwas darf man nicht herumspielen. Wenn du etwas lernen willst, musst du erst einmal lernen zu unterscheiden, ob du spielst oder hinter jemandem wie mir her bist.«

Benito nickte mehrmals und zuckte ein wenig zusammen. Der Schnitt war nicht tief, aber er schmerzte dennoch.

Gavril spürte Lexis warmen Atem auf seiner Haut. Ihre Finger fuhren die vielen langen Narben auf seinem Rücken nach, eine kaum merkliche Bewegung, doch sein Körper reagierte so heftig darauf, dass sich sein Bauch verspannte.

»Hat Max dir nicht gesagt, du sollst dich von hier fernhalten?« Er erwischte ihre Hand und zog sie nach unten, weg von seiner nackten Haut. Wenn er klar denken wollte, dann musste sie aufhören. Das lenkte ihre Aufmerksamkeit jedoch wieder auf Benitos missliche Lage.

Gavril ließ sie nicht an den Jungen heran. Benito hatte etwas zu lernen, und ihn wie ein kleines Kind zu behandeln würde ihm nicht helfen. »Lexi, würdest du den Tee machen?«

Sie hielt einen Moment inne; offenbar überlegte sie, ob sie ihn die Situation ohne sie regeln lassen sollte oder nicht. Am Ende kapitulierte sie. »Benito, möchtest du auch einen?«

Etwas verängstigt, weil sie ihn mit Gavril allein ließ, schüttelte er den Kopf.

»Lexi, ich habe meine Tasche draußen vor dem Treibhaus gelassen, unter dem Gestrüpp an der westlichen Ecke. Ich möchte nicht, dass eins der Kinder sie findet. Darin ist auch saubere Wäsche. Würdest du sie mir holen? Ich kümmere mich derweil darum, dass sich diese Wunde nicht entzündet.«

Lexi musterte ihn lange und versuchte, seine eiskalte Miene

zu ergründen. »Wir schätzen Benito sehr, Gavril. Er tut alles, um unter den schwierigen Umständen hier als Mann anerkannt zu werden.«

Auch Gavril hatte mit schwierigen Umständen zu kämpfen gehabt. Er wollte das nicht als Entschuldigung gelten lassen. Der Kleine hatte sie ausspioniert – das war nicht hinnehmbar. Außerdem musste er lernen, dass ein derartiges Verhalten tödlich sein konnte.

»An der westlichen Ecke«, wiederholte er unnachgiebig.

»Siehst du. Ich wusste, dass du unsere Abmachung bei der ersten Gelegenheit vergessen würdest«, klagte sie.

Er hielt ihr Kinn fest und zwang ihre grünen Augen, ihn anzusehen. »Nur dieses eine Mal, *solnyshko moya*, während ich mich um deine Sicherheit bemühe.«

»Aber bring ihn nicht um und schlage ihn auch nicht. Ich will, dass er in guter Verfassung ist, wenn wir ihn Max und Airiana zurückbringen.«

Aus dem Augenwinkel sah Gavril, wie sich der Junge krümmte. Der Gedanke, dass Max und Airiana erfuhren, was er getan hatte, gefiel ihm offensichtlich nicht. »Das lässt mir viel Raum, Lexi.«

Sie blinzelte ihm zu. »Das ist mir durchaus klar. Sorge einfach nur dafür, dass er am Leben ist, wenn ich zurückkomme. Benito, du tust alles, was er sagt. Er ist nicht halb so geduldig wie Max!«

Sie warf Benito einen warnenden Blick zu und verließ mit dem Tablett mit den Nadeln das Zimmer. Gavril war ziemlich sicher, dass er sich in diesem Augenblick in sie verliebt hätte, wenn er dazu fähig gewesen wäre. Er hatte jedoch keine Ahnung, wie sich die Liebe anfühlte, deshalb verwarf er den Gedanken und wandte sich wieder Benito zu.

»Kümmern wir uns um deine Wunde.« Auf dem Weg zum Badezimmer blies er gleich ein paar Kerzen aus. Der Verbandkasten war unter dem Waschbecken. »Setz dich auf den Stuhl dort. Eine Schnittwunde lässt man nie unversorgt. Niemals. Manchmal sind die Keime auf der Klinge schlimmer als der Schnitt. Deshalb reinigt man sie immer so bald wie möglich.«

Benito setzte sich und starrte mit großen Augen auf Gavrils zahlreiche Narben. Von Verbrennungen und anderen Hautverletzungen bis zu Kugel- und Messerwunden war alles zu sehen, sogar Peitschenstriemen am Rücken und eine große Delle von einer Schrotladung. Am schlimmsten aber waren die Narben auf seiner Brust, die großen, runden Wülste, wo das Messer beim Herausziehen gedreht worden war.

»Ja, schau genau hin, Kleiner. Das ist nicht das schöne Leben. Du willst bestimmt nicht in dieses Geschäft einsteigen, bei dem du am Ende kein Leben und keine Familie hast, aber einen Körper wie meinen. Heb das Kinn an. Jetzt brennt es ein wenig.«

Gavril drückte ein Tuch mit Alkohol auf die blutende Wunde. Der Junge gab keinen Laut von sich. Tränen stiegen ihm in die Augen, doch er saß absolut still. Mit unfreiwilligem Respekt trug Gavril eine antibiotische Salbe auf und setzte sich dann Benito gegenüber.

»Ich bin Gavril. Gavril Prakenskij. Du bist Max' Junge?« Er verschränkte die Arme vor sich und streckte lässig die Beine aus. So konnte er mit den Armen leicht eine Attacke abwehren und mit den Füßen aus dieser Haltung heraus ohne Weiteres nach einem Ziel treten. Er mochte diese Position, denn sie täuschte völlige Entspanntheit vor.

Benito räusperte sich. »Er adoptiert uns. Meine Schwestern und mich.«

Gavril nickte bedächtig. »Wie ich hörte, habt ihr eure Eltern verloren.«

»Sie wurden umgebracht.« Benito spie die Worte beinahe aus; Wut kochte in ihm hoch.

»Schlimm. Das ist schlimm. Meine Eltern wurden auch ermordet. Du musst auf dich aufpassen, mein Junge. Dieses Brennen, das du in dir spürst, kann gefährlich sein und dich auf Wege bringen, die du nicht gehen willst. Max ist ein guter Mann. Er ist knallhart und kann einem Angst machen, aber er ist ein guter Mann. Wenn du auf ihn hörst, wirst du viel lernen.«

»Er hat mir gesagt, ich soll mich von hier fernhalten.«

»Aber du hast nicht auf ihn gehört. Warum nicht?«

»Heute Morgen ist etwas Schlimmes passiert, aber sie wollen es uns nicht sagen. Ich glaube, es ist Lexi passiert. Sie ist … wie wir. Sie kennt sich aus.«

»Und das macht sie zu einer von euch«, nahm Gavril den Gedanken des Jungen vorweg.

Benito nickte. »Wir wollten sicherstellen, dass es ihr gut geht. Wenn sie allein gewesen wäre, hätte ich sie gefragt, was passiert ist, und es dann meinen Schwestern gesagt. Lucia ist wirklich durcheinander, es geht ihr schlecht. Sie mag Lexi. Wir mögen sie alle.«

Gavril studierte die Miene des Jungen. Hinter dem Ganzen steckte mehr, als Benito zugeben wollte. Im Gedanken daran, dass er mit einem Kind sprach, noch dazu mit einem schwer traumatisierten, mäßigte er seinen Ton. »Du bist hergekommen, um sie zu beschützen, nicht wahr?«

Benito senkte den Kopf. »Ja.«

»Und deshalb hast du die Waffen mitgebracht, oder?«

Der Junge wand sich geradezu vor Unwohlsein. »Ja«, gab er zu, ohne aufzublicken.

Dieser Bursche war einmalig. Er konnte zu einem minderjährigen Mörder werden, wenn Max nicht aufpasste. »Weißt du denn, wie man sie richtig benutzt?«

»Max bringt es mir bei«, murmelte Benito.

»Dass du mich nicht anschaust, sagt mir, dass du weißt, wie falsch es war, diese Waffen an dich zu nehmen, Benito. Mit

Schusswaffen oder Messern herumzuspielen ist wirklich keine gute Idee. Die Menschen, die einem am Herzen liegen, zu beschützen ist eine ernstzunehmende Aufgabe. Da macht man keine dummen Sachen. Wenn du eine Waffe an dich nimmst, musst du genau wissen, was du tust. Dann bist du nämlich kein spielendes Kind mehr. Sobald du eine Pistole oder ein Messer in die Hand nimmst, bist du ein Mann und entscheidest als ein Mann, und diese Entscheidungen sollten richtig sein und so, dass du mit ihnen leben kannst.«

Gavril fühlte Lexis Kommen. Sie schritt leicht über die Erde, ein Teil der Natur. Er trug ihre Wesenheit in sich, er kannte ihre Art, sich zu bewegen, und wusste, wie sie sich anfühlte. Sobald sie in seiner Nähe war, spürte er sie, als seien sie zwei sich anziehende Magnete. Er fragte sich, ob es ihr ebenso ging.

Er wusste nicht sicher, inwieweit die Prakenskij-Verbindung Lexi sein Siegel aufdrückte oder sie an ihn band, aber er spürte die Verbundenheit mit ihr in jeder Zelle seines Körpers. Er wusste, er würde es immer spüren, wenn sie in seiner Nähe war. Und sie war auch nicht allein.

»Lexi kommt zurück, und jemand ist bei ihr«, sagte er.

Benitos Blick wurde so panisch, dass Gavril dachte, er werde gleich versuchen, durch das Fenster zu entwischen. »Es ist nicht Max«, beschwichtigte er ihn.

Die Erleichterung des Jungen war deutlich zu erkennen. Max' Meinung war ihm offenbar äußerst wichtig.

»Es tut mir wirklich leid«, sagte er noch einmal und fuhr sich mit zittriger Hand durch die Haare. »Wenn sie uns gesagt hätten, was passiert ist, und dass sie einen Bodyguard hat, wäre ich nicht gekommen.« Er brach abrupt ab und blickte zu Gavril auf. »Oder vielleicht wäre ich gekommen, aber nicht so heimlich.«

»Steck nie den Kopf in ein Fenster, so wie du es gemacht hast. Wenn dein Haarschopf vom Zimmer aus zu sehen ist, siehst du noch lange nicht, was drinnen vor sich geht.«

Benito nickte. Er rieb sich den Kopf, als spürte er noch, wie Gavril ihn an den Haaren gezogen hatte. »Erzählst du mir, was passiert ist? Airiana und Max sagen, wir wohnen jetzt hier, dies ist unser Zuhause. Aber sonst sagen sie uns nichts.«

»Ihr seid Kinder. Sie sind erwachsen und müssen schwierige Entscheidungen treffen.«

Benito zuckte die Achseln. »Ich fühle mich nicht wie ein Kind, und Lucia auch nicht. Wie sollen wir jemals wieder spielen wie andere Kinder, nach all dem, was mit uns geschehen ist? Wenn dies unser Zuhause und unsere Familie ist, müssen wir wissen, was los ist.«

»Ich glaube, die Erwachsenen wollen euch nach all dem, was sich zugetragen hat, das Gefühl geben, dass ihr hier sicher seid, Benito. Wenn sie mit euch über Probleme reden würden, die ihr nicht regeln könnt, wäre das keine Hilfe.«

»Mir ist es lieber, wenn ich weiß, was auf mich zukommt.«

Gavril seufzte. »Ich kann keinen Vertrauensbruch begehen. Alle Frauen hier haben durch Mord Menschen verloren, die sie liebten. Es liegt an Lexi, ob sie euch ihre Geschichte erzählt. Du möchtest doch auch nicht, dass Max und Airiana mir sagen, was euch auf diesem Schiff zugestoßen ist, oder?«

Benito wurde feuerrot. Seine Augen brannten vor Zorn, die Hände ballten sich zu Fäusten.

»Nur du kannst entscheiden, wem du genügend vertraust, um ihm etwas zu erzählen. Lexi wurde heute Morgen von ihrer Vergangenheit eingeholt. Sie ist sehr gereizt und durcheinander.«

»Ist sie in Gefahr?«

»Ich glaube schon, aber ich werde hierbleiben und für ihre Sicherheit sorgen. Wenn ich, Max und die anderen auf sie aufpassen, hat keiner eine echte Chance, ihr etwas anzutun«, sagte Gavril.

Lexi kam ins Haus und ging geradewegs in die Küche, vermutlich um den Tee zu kochen. Airiana klopfte an den Pfosten der Schlafzimmertür und betrachtete ihren auf Abwege geratenen Sohn mit einer Mischung aus Erleichterung und Zorn.

Benito stürzte auf sie zu, schlang die Arme um sie und vergrub das Gesicht an ihrer Schulter. Airiana strich ihm tröstend über die Haare und blickte zu Gavril, der langsam aufstand.

»Ist schon gut. Ich vertraue darauf, dass dir Gavril beigebracht hat, wie gefährlich es ist, andere Leute zu bespitzeln.« Mit ihrer freien Hand reichte sie Gavril seine Tasche.

»Benito hatte die besten Absichten«, erklärte er. »Er hat es vielleicht falsch angepackt, aber er kam hierher mit dem Vorsatz, Lexi zu beschützen. Seine Schwester Lucia ist anscheinend sehr besorgt. Sie wissen, dass etwas geschehen ist, und haben wohl schon dich oder Max gefragt, waren jedoch nicht zufrieden mit der Antwort. Und so beschlossen sie, es selbst herauszufinden.«

Gavril schlüpfte in ein frisches Hemd.

Airiana begutachtete die Wunde an Benitos Hals. »Warst du das?«

Gavril nickte. »Er hatte großes Glück, dass ich ihn nicht gleich getötet habe, als er den Kopf zum Fenster hereinsteckte.«

Airiana schloss kurz die Augen und holte tief Luft. »Du weißt, dass wir darüber mit Max reden müssen, Benito, ja? Wir haben keine Geheimnisse voreinander.«

Benitos Miene verdunkelte sich. »Haben wir schon. Ihr habt uns nicht gesagt, was heute Morgen mit Lexi war.«

»Weil es nicht an Airiana war, euch das zu sagen«, erklärte Gavril noch einmal, nun leicht gereizt. Er wiederholte sich nicht gern und mochte es auch nicht, wenn man Verantwortung von sich wies. »Wenn du etwas wissen willst, solltest du nicht erwarten, dass andere es ausplaudern. Sei ein Mann. Frag an der Quelle nach. Wenn Airiana es dir nicht sagen will, respektiere das, und tadle sie oder Max nicht dafür, dass sie über etwas Schweigen bewahren.«

»Du weißt, dass Max mit dir darüber reden will«, warnte Airiana.

Gavril seufzte. »Sag ihm, diskutieren ist nicht meine Stärke. Ich habe meine Meinung zu dem Thema abgegeben. Wenn er Fragen hat, kann er sich an Benito wenden. Ich vertraue darauf, dass der Junge euch nicht belügt. Er kann Max sagen, was vorgefallen ist, und Max kann ihm glauben.«

Es war unschwer zu erkennen, dass er von der Sache genug hatte. Sein warnender Ton war klar und unmissverständlich. Airiana schaute über die Schulter zu Lexi, die im Flur stand. Mit einem beharrlichen Blick versuchte sie, ihrer jüngsten Schwester ihre Sorge um sie zu vermitteln.

Lexi überging Airianas Verhalten und brach das Schweigen. »Der Tee ist fertig, falls jemand welchen will. Und Gavril, wir können draußen auf der Veranda essen.«

6.

Ich dachte, sie bleiben zum Essen«, sagte Gavril. Er lehnte sich in dem bequemen Stuhl auf der Veranda zurück, streckte die langen Beine von sich und schaute zufrieden Airiana und Benito nach, die zu deren an der Straße geparktem Wagen hinaufgingen.

Lexi verdrehte die Augen. »Wirklich? Ich glaube, wir sollten an deiner sozialen Kompetenz arbeiten.«

»Meine soziale Kompetenz ist hervorragend.« Er nippte vorsichtig an dem Tee, als glaube er, sie wolle ihn vielleicht vergiften. »Meine Sprache ist prägnant, und ich kann mich verständlich ausdrücken.«

»Wenn ich es nicht besser wüsste, würde ich denken, du hast die beiden mit voller Absicht verscheucht«, meinte Lexi.

Er lächelte ihr zu, ein gewolltes Wolfsgrinsen. »Ich kann mir nicht vorstellen, warum du so etwas denken solltest.«

Sie versuchte – vergeblich – ernst zu blicken. »Vielleicht weil du so selbstzufrieden dreinschaust.«

»Ich sage lediglich, dass ich über eine Wahnsinns-Sozialkompetenz verfüge.« Er nahm einen Bissen von einem Sandwich, kaute bedachtsam und wartete darauf, dass sie sich auf den Stuhl ihm gegenüber setzte. Das Essen stand auf dem Tischchen zwischen ihnen.

Lexi trank ihren Tee und beobachtete Gavril über den Rand der Tasse hinweg. Anderen kam er zäh und unbesiegbar vor –

das erkannte sie an der Art und Weise, wie sie ihn ansahen und mit ihm umgingen. Sie aber sah Schmerz in seinen Zügen und im dunklen Feuer seiner blauen Augen.

»Du bist zu vertrauensselig, Lexi«, sagte er plötzlich.

Sie wandte den Blick nicht von seinem Gesicht. Sie liebte es, ihn anzusehen, doch sie wusste nicht warum. Eigentlich hätte sie wie jeder andere Mensch verschüchtert sein sollen, insbesondere weil er einmal seine Hand um ihre Kehle gelegt und definitiv daran gedacht hatte, ihr Leben zu beenden. Ihr war nicht klar, woher sie wusste, dass er das im Sinn gehabt hatte, und auch nicht, weshalb sie ebenso sicher gewesen war, dass er es nicht tun würde.

»Weil ich hier mit dir zusammen sitze?« Seine Stimme liebte sie ganz besonders. Sein Ton hatte etwas Sinnliches, Intimes, das sie faszinierte, ja fesselte.

»Das, und du wärst dem Jungen sofort zu Hilfe geeilt, ohne auch nur daran zu denken, ihn nach Waffen abzusuchen. Drei Mal hast du ihm auch noch den Rücken zugewandt.«

»Er ist zwölf und traumatisiert.«

»Er hatte eine Pistole und ein Messer bei sich.« Gavril biss in sein Sandwich. »Bist du noch nie fanatischen Kindern begegnet? Noch niemals?«

Sie wusste, dass sie blass wurde, spürte, wie das Blut aus ihrem Gesicht entwich. Ihr Magen rebellierte. Zu viele Erinnerungen drängten sich in ihr an die Oberfläche. Einmal hatte sie sich einem Mädchen anvertraut, das sie für eine Freundin gehalten hatte. Sie hatten über ein Jahr lang zusammengearbeitet, und Lexi sagte ihr, dass sie Caine hasste. Das Mädchen hatte nichts Besseres zu tun gewusst, als zu ihm zu rennen und ihm zu eröffnen, seine »Frau« würde ihn verabscheuen und ihm den Tod wünschen.

»Doch.« Ihr Mund wurde trocken, und sie schmeckte Blut, ein schwacher, kupferartiger Geschmack, der sie manchmal auch in ihren Träumen heimsuchte. In den ersten Tagen nach ihrer Flucht hatte sie oft mit dieser schrecklichen Geschmackserinnerung zu kämpfen gehabt.

Gavrils Augen verdunkelten sich. Er beugte sich zu ihr und fixierte sie so, dass sie seinem Blick nicht ausweichen konnte. Sie hatte das Gefühl, er könne direkt in sie hineinblicken – und all das Hässliche sehen, das sie so verzweifelt zu verbergen suchte.

»Erzähl's mir.«

Lexi schüttelte den Kopf. So etwas erzählte sie niemandem. Keine Details. Damit war sie immer davongekommen, weil sie sich sagen konnte, dass sie im Zeugenschutzprogramm war und niemand etwas wissen konnte. Aber er blinzelte nicht einmal. Sein Schweigen war so zwingend wie seine Anordnungen.

»Die meisten Kinder im Lager waren so fanatisch wie ihre Eltern.« Sie befeuchtete die Lippen. Ihre Kehle fühlte sich an, als würde sie sich immer mehr zuschnüren; sie musste sich mehrmals räuspern. »Wenn man so dumm war, sich ihnen anzuvertrauen, gaben sie alles, was man sagte, an die Oberen weiter. Die Strafen waren schrecklich.«

Seine Miene blieb unverändert, aber irgendwie spürte sie bei ihren letzten Worten eine Wandlung in ihm. Zuvor war er entspannt dagesessen, hatte sein Sandwich gegessen und Fragen gestellt. Plötzlich aber war es in ihm dunkel. Sie sah es in seinen Augen.

»Welche Art von Strafen?«

»Darüber will ich nicht reden, Gavril. Ich stelle dir auch keine persönlichen Fragen, und zwar aus einem bestimmten Grund: Ich kann über das, was ich erlebt habe, nicht reden.«

»Mit niemandem geht das besser als mit mir.«

»Ich kenne dich nicht einmal.«

»Du kennst mich.« Er lehnte sich an das dicke Kissen zurück, ohne dass der Blick seiner dunkelblauen Augen von ihr abließ.

Dieser Blick war unnachgiebig, ja gnadenlos, und dieses Blau so dunkel, so intensiv, dass sie in den Nachthimmel zu fallen meinte. Wie konnte er so todbringend aussehen und gleichzeitig so attraktiv?

»Ich hielt sie für meine Freundin. Carla Shore. Sie war so alt wie ich, und wir hatten über ein Jahr lang zusammen gespielt und gearbeitet. Caine war gerne grob, und manchmal tat mir am nächsten Tag jede Bewegung weh. Ich sagte ihr, ich würde ihn hassen. Sie hat es ihm sofort gepetzt. Und natürlich ist es eine Sünde, seinen Ehemann zu hassen.«

Sie zuckte die Achseln, und ein Lächeln huschte über ihre Lippen. »Nach seinen Strafen hasste ich ihn noch mehr. Ich habe wie du Peitschenstriemen auf dem Rücken. Er hat mir den Kopf rasiert, mich vor allen anderen ausgezogen und ausgepeitscht.«

Lexi versuchte, möglichst sachlich zu bleiben, doch Gavril sah den Schmerz in ihren Augen und hörte ihn in ihrer Stimme. Sie hatte ihre Vergangenheit in sich eingeschlossen, weggesperrt, aber sie war nicht geheilt. Er jedoch ebenso wenig, obwohl er um einiges älter war.

»Ich würde sagen, unter diesen Umständen wäre es eine Sünde, den Mann nicht zu hassen. Der Kerl war kein Ehemann, der seine Frau wertschätzte, sondern ein von seiner Macht besessener Kinderschänder.« Er verschränkte die Arme, sicherheitshalber. Denn am liebsten hätte er etwas – oder jemanden – ausgelöscht.

Sie war so verdammt jung. Und von einer Lebendigkeit, die nicht einmal Caine mit all seiner Niedertracht hatte ausradieren können. Wieso hatte der Kerl sie nicht beschützen wollen? Caine wollte sie vernichten. Deshalb konnte er sie nicht aufgeben, musste ihr zwanghaft nachstellen. Er musste dieses Licht in ihr gesehen haben, und es hatte ihn offenbar jedes Mal wenn er in den Spiegel sah, krank gemacht. Er *musste* sie vernichten und war dazu nicht in der Lage gewesen. Was immer er ihr angetan hatte, sie war nicht so niederträchtig geworden, wie er es gewesen war.

»Ich wünschte, ich hätte meine vielen Prügel aus einem ebenso guten Grund abbekommen«, bekannte er, denn er musste ihr etwas zurückgeben, ihr seinerseits Vertrauen schenken. »Ich habe ganz schön dagegen angekämpft. Ich versuchte, die Schule zu verlassen und meine Brüder zu finden. Viktor und ich hatten meinem Vater versprochen, wir würden auf die anderen aufpassen. Die schlimmsten Prügel bezog ich, als ich es nicht schaffte, eine Erregung unter Kontrolle zu halten. Die Frau wurde bestraft, wenn sie mich nicht erregen konnte, und ich, wenn es ihr gelang. Kontrolle und Disziplin.« Er zuckte die Achseln.

»Das ist schrecklich. Warum haben sie das gemacht?«

»Damit wir lernten, jede Situation zu beherrschen. Sex wird für viele Dinge benutzt.« Er versuchte, so sachlich wie möglich zu klingen. »Er ist eine sehr effektive Waffe, Lexi.«

Sie lächelte matt. »Vielleicht sind wir uns ja ähnlicher, als du dachtest.«

Gavril konnte sich keine zwei unähnlicheren Menschen vorstellen. Er hatte sich die Schattenseite des Lebens zu eigen gemacht, eine zwielichtige, von Gewalt geprägte Welt. Sie hatte eine Familie gefunden, die sie vorbehaltlos lieben konnte.

»Die Ärztin, die dir Akupunktur beigebracht hat, was ist aus ihr geworden?«

Sie wurde sehr still. Ihre Miene erstarrte, die Teetasse entglitt ihren Fingern; er erwischte sie gerade noch, bevor sie auf den Tisch fiel. Heißer Tee ergoss sich über seine Hand, doch er spürte es kaum. Er ließ sie nicht aus den Augen.

Ihr innerlicher Schmerz war so heftig wie sein körperlicher – vielleicht noch heftiger. Er spürte jede Sekunde seines Lebens Schmerzen, begann aber eben zu entdecken, dass emotionaler Schmerz weitaus schlimmer war.

»Kurz bevor ich sechzehn wurde, beschloss ihr Mann, eine wesentlich jüngere Frau zu heiraten. Sie wollte das nicht. Man sagte ihr, sie müsse gehen. Aber niemand ging da einfach weg, Gavril. Niemand konnte die Gruppe verlassen. Das wussten wir alle. Es gab zu viele Geheimnisse. Sie packte, als würde sie gehen, mit erhobenem Haupt. Als sie mich zum Abschied küsste, trug sie mir auf, tapfer zu sein, und dann brachte Caine sie weg. Ein paar Wochen darauf, als er wieder einmal wütend auf mich war, sagte er mir, sie würde schreien und schreien, wenn er sie vergewaltigte. Er benutzte dieses Wort. Und sie sei überhaupt nicht tapfer.«

»Er bevorzugte doch Kinder. Wieso hat er sie überhaupt angefasst?«

»Es ging ihm vor allem um Macht. Und Sex bedeutete Macht für ihn. Er übte mit jedem möglichen Mittel Macht über die Menschen um ihn herum aus, mit brutaler Gewalt, Sex, Bestrafungen, Versprechungen eines Lebens im Jenseits. Das einzig Wichtige für ihn war Kontrolle.«

Sie hatte den Kerl gut durchschaut. Caine hatte sie alle beherrschen wollen. Er hatte Lexi immer wieder verletzt, um sie gefügig zu machen und ihre Kraft zu erschöpfen. Als sie sich von ihm losriss und er die Kontrolle über sie verloren hatte, versuchte er, diese wiederzugewinnen, indem er ihre Eltern ermordete.

Gavril musste ihr wieder etwas von sich anbieten. Er stellte die Tasse achtsam auf den Tisch. »Mit dieser Art von Kontrolle kenne ich mich aus. Zuerst schlagen sie dich und nehmen dir jegliche Würde. Sie isolieren dich, jagen dir Angst ein und fügen dir Schmerzen zu. Dann kommt die Drohung. Sie bedrohten meine Brüder – sie drohten, einen nach dem anderen vor meinen Augen zu foltern und zu töten, angefangen mit dem Kleinsten.«

Lexi schluckte schwer und blinzelte, aber sie war nicht mehr so bleich im Gesicht. »Ist das der Grund dafür, dass du mich tolerieren kannst, obwohl du sonst niemanden um dich herum haben willst?«, fragte sie.

Gavril nahm sich noch ein Sandwich. Er war viel hungriger, als er geglaubt hatte. »Hast du dich gefragt, weshalb es für mich okay ist, bei dir zu bleiben, obwohl du sonst niemanden um dich haben willst?«, konterte er.

Sie beugte sich zu ihm. »Ich bin der einzige Mensch, vor dem du wirklich Angst hast, Gavril. Warum bleibst du dann hier bei mir?«

Die Frau wusste auszuteilen. Doch er war stolz auf sie. Sie hatte die Gefahr erkannt, in der sie schwebte. Er war fasziniert von ihr, hypnotisiert von diesen Augen, die entweder funkelten wie der hellste Smaragd oder, wie jetzt, zu einem kühlen Waldgrün mutierten.

»Auf manche Fragen gibt es keine Antwort, *solnyshko moya*. Die Wahrheit ist, ich weiß es nicht. Ich mag deine Gesellschaft. Du beruhigst mich. Du faszinierst mich. Ich werde dich nicht belügen und sagen, ich fühle mich nicht zu dir hingezogen wie ein Mann zu einer Frau. Ich bin es. Das ist neu für mich – echte körperliche Anziehung. Du stellst meine Welt komplett auf den Kopf.«

Sie blinzelte heftig und sank an die Lehne zurück. »Du bist ein seltsamer Mann, Gavril. Ich hätte gedacht, du willst dich möglichst von mir fernhalten.«

»Genau das ist die Frage, nicht wahr? Warum tue ich das nicht? Ich hätte kehrtmachen sollen, sobald ich dich aus diesem Maisfeld kommen sah, aber zu diesem Zeitpunkt wusste ich bereits, dass ich verloren war.«

Lexi rieb sich die Handfläche, als würde sie jucken. Seine tat es. Nur seine Selbstdisziplin hielt ihn davon ab, sie zu berühren.

»Was hast du mit mir gemacht? Mit meiner Handfläche, als du mich elektrisiert hast?«

Er antwortete nicht. Seine Sünden holten ihn rasch ein, und er wollte nicht, dass sie vor ihm weglief. Er war ein Jäger; jemanden zu verfolgen war ihm angeboren.

»Das ist so ein Prakenskij-Ding, nicht wahr? Ich habe Rikki, Judith und Airiana gesehen, wie sie ihre Handflächen rieben, als ob sie jucken würden. Das kann kein Zufall sein. Ich weiß, wir sollten den Namen Prakenskij gar nicht kennen, aber ihr habt alle dieselben Augen. Was hast du mit mir gemacht?«

Dass er sie ohne ihre Zustimmung für sich beansprucht hatte, war ihm spätestens, seit er über ihr Leben und darüber, was Caine ihr angetan hatte, Bescheid wusste, zuwider. Sie musste diese Wahl treffen, nicht er. Doch sein Anspruch ließ sich nicht mehr zurücknehmen, und er hätte das auch nicht getan, wenn er es gekonnt hätte. Dazu war er zu egoistisch. Er wusste nicht, wohin das Ganze führen würde, so weit war er noch nicht, aber niemand würde ihr etwas antun.

»Gavril, du benutzt Schweigen so wie andere Worte.«

Sie presste den Daumen auf die Mitte ihres Handtellers. Er spürte es auf seiner Haut. Er drehte seine Handfläche nach oben, strich, ihr Gesicht vor seinem inneren Auge, liebkosend darüber und beobachtete sie dabei genau. Ihr Atem stockte, sie presste die Hand auf ihr Gesicht, bekam große Augen.

»Was hast du jetzt eben gemacht?«

»Es besteht eine Verbindung zwischen uns. Wenn du mich brauchst, kannst du mich durch diese Verbindung leicht zu dir rufen.« Das war eine Möglichkeit, es zu sehen, und sie entsprach absolut der Wahrheit. Er würde es sofort wissen, wenn sie in Schwierigkeiten war; sie musste nur die Mitte ihrer Handfläche berühren.

Lexi presste die Lippen aufeinander und schloss ihre Finger um ihre Handfläche, als wollte sie sie festhalten. Er verstand diese Geste und diese Reaktion nicht. Auch das kam selten vor. Er aß sein Sandwich auf und nahm einen Schluck Tee.

»Es geht um mehr als das, und du willst es mir nicht sagen.«

Er war froh über seine vielen Jahre der Disziplin. Seine Miene blieb unverändert. »Nein, ich will es dir nicht sagen. Ich hätte dir nicht einfach dieses Mal verpassen sollen. Ich habe keine Ahnung, warum ich diesem Zwang nicht widerstehen konnte. Das war falsch von mir, aber es ist nicht rückgängig zu machen, und ich kann noch nicht einmal behaupten, dass ich das möchte.«

Lexi blickte ihm weiter in die Augen. Er hatte nie ein Problem damit gehabt, jemandem in die Augen zu schauen. Nie. Doch ihr Blick sah weit mehr als andere, und hier zu sitzen, zu wissen, dass sie in ihn hineinschaute und Dinge sah, die er am Ende noch nicht einmal selbst über sich wusste, das war schwierig. Er tat es, weil sie diesen Blick in ihn hinein verdiente. Er hatte sie ohne ihre Zustimmung an sich gebunden, und sie musste wissen, was für eine Art Mann er war.

Sie schüttelte den Kopf. »Du hättest es nicht tun sollen.«

»Ich konnte mich nicht davon abhalten. Noch einmal, das ist das erste Mal für mich. Ich sitze hier vor dir und merke, wie nahe ich dran bin, Caine nachzuäffen.«

Ihr Kopfschütteln freute ihn, doch er wehrte ihre Erwiderung mit einer Geste ab. »Es ist wahr, mein Engel. Bei mir dreht sich alles um Kontrolle. Die Menschen um mich herum zu kontrollieren, meine Umgebung, alles in meiner Welt. Ich habe meinen Anspruch auf dich ohne deine Einwilligung geltend gemacht, und ich wusste, was ich tat.«

»Du sagtest, du konntest dich nicht davon abhalten, es sei ein Zwang gewesen, der stärker war als deine Disziplin und Beherrschung.«

»Also, zu was für einem Mann macht mich das, Lexi?«

»Zu einem sehr verwirrten.«

Sie legte den Kopf schief, das dicke, seidige Haar ihres Pferdeschwanzes fiel über ihre Schulter und erregte ihn erneut. Doch dieses Mal schaffte er es, sein heißes Blut zu bändigen, das ihm sofort in die Lenden schießen wollte, und den leidenschaftlichen Impuls zu unterdrücken – ein kleiner Triumph nur, aber immerhin.

»Wieso verwirrt?«

»Ich belüge dich auch nicht, Gavril. Ich habe noch nie einen Mann sexuell wahrgenommen, noch nie – bis ich dich getroffen habe. Ob ich dich attraktiv finde? Wie könnte es anders sein? Aber ich habe entsetzliche Angst vor einer Beziehung. Nicht nur vor einer sexuellen, sondern ganz allgemein. Ich könnte nie mit jemandem zusammen sein, der so dominant ist wie du. Du bist einschüchternd …«

»Ich schüchtere dich nicht ein.«

»Weil wir keine Beziehung haben. Ich kann keine haben. Ich weiß nichts über eine gute Beziehung zwischen einem Mann und einer Frau.« Ihr Eingeständnis kam etwas überstürzt, als wollte sie es rasch hinter sich bringen, als würde er sie ohnehin nicht verstehen.

»Ich kann auch keine Beziehung haben, Lexi«, erwiderte er. »Absolut nicht. Ich lebe allein, wie du auch, und habe das immer vorgezogen. Ich kann keine Beziehung zu jemandem herstellen. Du hast selbst gesagt, ich muss meine soziale Kompetenz verbessern. Woher zum Teufel sollte ich dann wissen, wie das geht, mit einer Frau zusammen zu sein? Du bist mein erster Versuch in Sachen zivilisierter Konversation, und ich habe schon jetzt einige Fehler gemacht.«

Sie lachte leise. »Du machst es gut, Gavril. Besser als du meinst.« Das Lächeln versiegte, ihr Blick wurde dunkel und ruhelos. »Ich will keine Angst vor dir haben. Ich will mich nicht davor fürchten, dass du versuchst, mich zu etwas zu zwingen, das ich nicht will.«

»Willst du, dass ich dich beruhige? Würdest du mir denn überhaupt glauben, nachdem ich dir mein Mal in die Hand eingebrannt habe?«

»Ja.«

»Ich würde dich nie zu etwas zwingen, Lexi, aber ich kann dir nicht versprechen, dass ich nicht versuchen werde, dir den Hof zu machen.« Wenn er ehrlich war, hatte er damit bereits angefangen.

»Das wird nicht funktionieren.«

Er zuckte die Achseln. »Vielleicht nicht. Ich habe keine Ahnung davon, wie man einer Frau den Hof macht. Ich glaube sogar, man macht das heute gar nicht mehr. Heute geht es nur mehr um Verführung und wie man eine Frau am schnellsten ins Bett bekommt.«

»Und das willst du nicht?« Ihr Blick streifte sein Gesicht.

Gavril musste lächeln. Dieser Blick verriet eine gewisse Enttäuschung. »Natürlich will ich das. Ich bin ein Mann, *solnyshko moya*, das ist doch offensichtlich. Trotzdem, egal ob man es heute noch macht oder nicht, ich denke, du verdienst jemanden, der dich umwirbt. Ich bin vielleicht völlig unfähig, aber ich werde mein Bestes tun.«

Lexi schüttelte den Kopf, doch ihr Blick war sanft, das perfekte Waldgrün, in das er sich inzwischen nur allzu gerne fallenlassen wollte. »Das ist wirklich total süß von dir, Gavril, dass du mir den Hof machen willst. Ich weiß nicht, ob das altmodisch ist oder nicht, denn ich war noch nie, noch nicht ein Mal in meinem Leben, mit einem Mann verabredet. Aber ich will dir nichts vormachen, ich weiß nur, dass ich keine Beziehung eingehen könnte, das würde mir zu viel Angst machen.«

Er hatte nicht gewusst, was er mit Lexi Thompson anfangen sollte, bis sie ihm die Geschichte ihrer Freundin, der chinesischen Ärztin, erzählt hatte. Jetzt war es ihm klar. Er würde bei ihr bleiben. Er würde sie verteidigen. Er würde sein Bestes tun, um denselben Weg zu beschreiten, den sie ging.

»Du hast keine Angst vor mir, Lexi, und das gibt mir mehr, als ich je in meinem Leben gehabt habe. Das nehme ich mir für jetzt, und dann werden wir sehen, wie es weitergeht.«

»Du schiebst die Leute absichtlich von dir weg, indem du ihnen Angst machst, so wie du es mit Airiana und Benito getan hast«, erklärte sie. »Andere könnten dir die gleiche Chance geben wie ich, wenn du sie ließest.«

»Ich habe dasselbe auch mit dir gemacht, aber du hast zu mir gestanden«, entgegnete Gavril. »Im Grunde habe ich mich dir gegenüber sogar noch schlimmer verhalten, aber du sitzt hier, wunderschön und ohne jede Angst.«

»Ich bin nicht wunderschön, aber danke trotzdem.« Lexi schenkte sich Tee nach.

»Klar bist du das. Anscheinend siehst du nicht gut. Aber ich sehe darüber hinweg, denn wir haben diesen Deal, und du wirst mich für ein paar Tage herumkommandieren.«

Sie lachte. Der Klang ihres Lachens war wie Musik, leise und melodisch.

»Wie stehst du zu Hunden?«, fragte Gavril und beobachtete sie dabei genau.

»Zu Hunden?«, fragte sie zurück und hielt mit ihrer Tasse inne. »Wer mag denn keine Hunde? Ich bin hier viel allein, deshalb hätte ich gern einen, aber alle anderen hier müssen damit einverstanden sein. Ich glaube, Lissa ist keine große Hundefreundin, allerdings nicht, weil sie keine Tiere mag. Ich vermute, sie wurde einmal gebissen, denn sehr ängstlich ist sie eigentlich nicht.«

»Ich liebe Hunde und habe seit meiner letzten Stichverletzung immer wieder mit welchen gearbeitet. Ich konnte meinen Job nicht machen, deshalb suchte ich mir einen abgeschiedenen Ort und nahm zwei Hunde mit. Sie sind wunderbar.«

»Hier? In den Vereinigten Staaten?«

»In Russland. Aber ich habe sie mitgebracht.«

»Wie hast du es geschafft, sie unbemerkt ins Land zu bringen? Ich nehme mal an, sie sind jetzt nicht irgendwo in Quarantäne?«

Sie wurde aufgeregt. Irgendwie brachte ihn der Gedanke, dass sie Tiere mochte, vor allem Hunde, dazu, sie noch mehr zu begehren. Er verfiel ihr rückhaltlos und ziemlich rasant, und das erschreckte ihn. Aber er wollte trotzdem bleiben. Sie hatte es ihm angeboten, und Lexi war keine Frau, die ein Angebot zurückzog. Daran konnten auch die anderen nichts ändern.

»Es gibt viele Mittel und Wege, in ein Land zu gelangen, Lexi, und über die Jahre habe ich einige Beziehungen geknüpft, die mir dabei helfen. Außerdem bin ich ziemlich fit, was den Papierkram anbelangt.«

»Im Moment klingst du ganz schön eingebildet. Wo ist der Hund?«

»Die Hunde«, korrigierte er. »Ich habe ein Zuchtpaar, und das Weibchen ist trächtig.«

Lexi beugte sich zu ihm. »Gavril, ich weiß, dass du hierhergekommen bist, um dich von deinen Brüdern zu verabschieden. Du hast deinen richtigen Namen benutzt. Du hast zugegeben, dass du die Killer, die auf euch angesetzt sind, von deinen Brüdern ablenken wolltest. Was hättest du denn mit diesen Hunden gemacht?«

Je mehr Zeit er mit ihr verbrachte, sah, wie sich ihr Gesicht veränderte und lebhafter wurde, vor allem, wenn sie daran dachte, wie er potenzielle Mörder von der Farm weglockte, desto klarer wurde ihm, wie viel sie ihm bereits jetzt bedeutete.

»Ich wollte, dass sie sicher sind«, gab er zu.

Lexi stellte abrupt ihre Teetasse ab. Einen Moment lang glaubte er, Tränen in ihren Augen zu sehen, doch sie schaute von ihm weg, hinaus auf die Farm.

»Was ist los, Lexi?«, fragte er leise. »Womit habe ich dich verärgert?« Über das Tischchen hinweg streichelte er ihren Schenkel. Er musste sie fühlen, wissen, was er falsch gemacht hatte.

Bei seiner Berührung versteifte sie sich. Er gab sich alle Mühe, die Geste nicht bedrohlich, sondern rein platonisch sein zu lassen, und wartete, bis sie wieder lockerer wurde. »Wenn du mir nicht sagst, was ich falsch mache, finde ich es nie heraus.«

»Ich will nur nicht, dass du dich mit Caine vergleichst. Tu das nie wieder.«

Sie sah ihm geradewegs ins Gesicht. Er spürte ihren Blick wie einen Dolch in seinem Herzen. Ihre Augen waren tränennass; einige Tröpfchen funkelten in ihren Wimpern, andere rollten über ihre Wangen. Er konnte nicht anders, er musste sie abwischen.

»Ich verstehe nicht.«

»Du bist bereit, dich für deine Familie zu opfern, aber zuvor musst du wissen, dass deine Hunde in guten Händen sind.« Sie schüttelte den Kopf. »Gavril, hast du auch nur die geringste Vorstellung davon, wie verloren du bist? Ich bin kaputt, und ich weiß es, aber deswegen schmeiße ich mein Leben noch lange nicht weg. Ich habe keine Angst vor dem Tod, und es ist auch nicht so, dass ich viel habe, für das es sich zu leben lohnt, aber das Leben ist nun einmal kostbar. Ein Geschenk. So viel habe ich gelernt. Aber du bist viel zu sehr bereit, es wegzuwerfen.«

»Ich habe auch nicht viel, wofür es sich zu leben lohnt, Lexi. Meine Brüder haben ein Leben hier. Das wusste ich. Ich war glücklich für sie. Ich möchte, dass sie es hier gut haben, aber das geht nicht, wenn dauernd ein Todesurteil über ihren Köpfen schwebt. Also wollte ich Sorbacov nachstellen, aber ich kam nie in seine Nähe oder die seines Sohnes. Doch sie müssen beide sterben, damit all dies aufhört.«

»Deine Brüder möchten nicht, dass du dich opferst, Gavril. Und ich will es auch nicht. Du bist noch viel kaputter als ich. Du siehst dich selbst überhaupt nicht.«

Er sank an seine Lehne zurück. »Du bestehst darauf, dass ich ein guter Mensch bin.«

»Ich weiß es. Gute Menschen kümmern sich darum, dass es

ihren Tieren gut geht. Gute Menschen retten Frauen, die sie nicht kennen.«

Er wusste nicht, was er ihr sagen sollte. Gute Menschen mordeten nicht für ihren Lebensunterhalt, doch daran wollte er sie nicht erinnern. Etwas, eine kleine Bewegung in der Luft, beunruhigte ihn. Er ließ den Blick über den Wald gleiten. Jemand war in ihrer Nähe, in Hörweite. Er oder sie ging so geschickt vor, dass die Luft dabei kaum bewegt wurde. Das musste ein Profi sein.

»Lexi«, sagte er leise.

Eine Frau tauchte aus dem Gestrüpp neben dem Weg auf; sie hüpfte ein paar Schritte, als ob sie ein Steinchen im Schuh hätte. Dann sank sie auf ein Knie, verschwand fast wieder aus der Sicht und zog sich den linken Schuh aus. Die Sonne ließ ihr üppiges feuerrotes Haar glänzen.

Lexi stand sofort auf. »Lissa!«, rief sie strahlend. »Geht's dir gut?«

Ein leises Lachen war die Antwort. »Ich habe die Abkürzung genommen und gerade einen Stein im Schuh gehabt. Ich wollte wissen, ob du zu dieser Kochstunde von Lucia gehst. Ich weiß, du hast heute schon einiges mitgemacht, aber sie hat eigens nach dir gefragt, und ich dachte auch, vielleicht hilft es dir, wenn du hingehst.«

Lissas Kopf tauchte über den Büschen auf. Gavril beobachtete sie unter halb geschlossenen Lidern hervor, mit bewusst ausdrucksloser Miene, doch plötzlich erregte sie seine Aufmerksamkeit. Etwas daran, wie sie sich bewegte, ließ ihn aufmerken.

»Wer ist sie?«, fragte er leise.

»Lissa Piner. Eine meiner Schwestern. Sie war vorhin schon mal hier.«

Er hatte sie natürlich gesehen, wie konnten einem diese roten Haare nicht auffallen? Aber er hatte sie nicht wirklich bemerkt. Nicht so wie jetzt. Nicht so, dass sein Warnsystem wie verrückt Alarm schlug.

»Was macht sie?«

»Sie ist Glasbläserin. Eine tolle Künstlerin.«

Lissa Piner mochte eine tolle Künstlerin sein, aber er hätte seinen letzten Dollar gewettet, dass sie noch weit mehr war.

»Wie lange kennst du sie schon?«, fuhr er fort, ohne die sich nähernde Frau aus den Augen zu lassen. Sie verursachte kein Geräusch. Sie war nicht nur gut zu Fuß, sondern es war mehr. Sie bewegte sich mit absoluter Anmut und in einem fließenden Rhythmus, der von einer Vertrautheit mit der Welt der Schatten zeugte. Sie hatte sein Alarmsystem ausgelöst, doch als sie Lexi ansah, wirkte sie sehr offen und vertrauenswürdig. Lissa schien Lexi aufrichtig zu lieben.

Gavril erkannte, dass diese Frauen genau wie seine Brüder alle Geheimnisse hatten, die auf der Farm jedoch keine Rolle zu spielen schienen. Sie akzeptierten einander so, wie sie waren, und hatten einen engen Familienverband gebildet, in dem Loyalität an erster Stelle stand. Zum ersten Mal spürte er den Wunsch, hier dazuzugehören.

Lexi trat an das Geländer, so dicht neben ihn, dass er ihren feinen Geruch nach Wald und Erde mitbekam – sauber und frisch, wie die Luft nach einem Gewitter.

»Ich kenne Lissa schon seit fünf Jahren«, antwortete sie. »Sie ist wundervoll.«

Auch Gavril stand auf. Er hatte plötzlich das Gefühl, Platz für sich zu brauchen. Hier waren zu viele Menschen mit zu vielen Geheimnissen, und alle vertrauten einander, nur er traute niemandem – ausgenommen Lexi –, und das war einfach unerklärbar.

Er trat etwas zurück, um mehr Raum für sich zu haben. Die Bedrohung, die er spürte, war vage, fast nicht vorhanden. Etwas an Lissa machte ihn nervös.

Sie kam die Treppe heraufgestürmt und fiel Lexi um den Hals, ohne Gavril erst einmal zu beachten. »Also ich finde, du siehst recht lebendig aus«, sagte sie grinsend und warf nun auch Gavril ein Lächeln zu. »Wir haben schon spekuliert, ob du sie um die Ecke bringen würdest oder nicht.«

»Ich habe widerstanden, obwohl sie mir einen Deal aufgezwungen hat, der besagt, dass sie mich herumkommandieren darf. Ich arbeite nämlich in Zukunft ganz offiziell mit ihr auf der Farm.« Er brachte sich bewusst in die Konversation ein und beobachtete dabei, wie Lissa auf seine Bemerkung reagierte.

Lissas Miene blieb unverändert offen und freundlich. Sie lächelte weiterhin, nur ihre Augen flackerten für den Bruchteil einer Sekunde – doch er entdeckte es. Sie beobachtete ihn wie ein Jäger eine große Raubkatze.

»Also, gehst du mit mir dahin?«, fragte sie Lexi, wandte den Blick jedoch nicht von Gavril ab.

»Ist es Lucia denn wirklich so wichtig?«

»Ja. Sie hat mehrmals gefragt, ob du kommst. Ich dachte, Gavril muss vielleicht schlafen, und wenn du nicht arbeitest wie die Verrückte, die du nun mal bist, könnte ich dich vielleicht überreden, bei dem Spaß mitzumachen. Für Lucia ist das wirklich gut. Sie ist noch sehr in Trauer und muss lernen, sich abzufinden. Hier mit uns allen zu leben ist neu und schwierig für sie.«

Lissa war gut. Das musste Gavril ihr lassen. Lexi mochte sie viel zu gern, um diese Einladung auszuschlagen. Wenn ein vierzehnjähriges Mädchen, das durch den Tod seiner Eltern und einer Schwester schwer traumatisiert war, sie brauchte, dann würde sie ihm helfen. Und Lissa hatte ihre Worte sehr sorgfältig gewählt. Es hatte sogar geklungen, als würde Lexi damit Gavril den so sehr benötigten Raum geben, um schlafen zu können.

»Ist das für dich in Ordnung?«, fragte Lexi ihn.

Er wusste, wie leicht er sich ihretwegen zum Narren machen konnte. Und er war alt genug, um zu wissen, dass er sich auf gefährlichem Terrain bewegte. Aber wenn sie ihn so ansah, mit diesen grünen Augen, diesem besorgten Blick, dann konnte er nicht umhin, noch tiefer zu fallen.

Niemand sorgte sich um ihn. Zumindest hatte er nichts dergleichen je bemerkt. »Das ist schon okay. Ich muss noch einiges tun. Wenn du mich brauchst, komme ich. Ich finde dich, egal was passiert. Du weißt, wie du mich rufen kannst.« Er ignorierte Lissas steten Blick und Lexis staunende Miene, als er versprach, er werde sie finden.

Lexi lächelte ihm zu und nickte. »Ich bin bei Airiana und Max. Weißt du, welches ihr Haus ist?«

Er hatte den Übersichtsplan der Farm schon studiert, noch bevor er hier angekommen war. Lev hatte ihm die entsprechenden Unterlagen geschickt, nachdem er Rikki gebeten hatte.

»Offenbar ist es Lucia wichtig, dass du dabei bist. Natürlich solltest du gehen«, sagte er ganz vernünftig, die Knoten ignorierend, die sich in seinem Bauch bildeten.

»Fühl dich einfach wie zu Hause. Ein bisschen zu schlafen könnte ganz gut sein, aber falls Benito seine Lektion aus irgendeinem Grund nicht gelernt hat, schneide ihm bitte nicht gleich die Kehle durch«, neckte sie ihn.

»Ich werde mein Bestes tun, um mich zu benehmen.« Nun, wo sie wirklich ging, merkte er, dass er sich dagegen sträubte, sie allein zu lassen.

»Süße, würdest du mir einen von deinen Pullovern leihen?«, fragte Lissa und rieb sich die Arme. »Ich habe nicht gedacht, dass es so kühl bleiben würde.«

Oh ja. Er hatte sich nicht geirrt, was Lissa Piner anbetraf. Sie hatte etwas zu sagen, und er wusste genau, was es sein würde.

»Klar, es dauert nur eine Minute.« Lexi sammelte das Teegeschirr und die Teller ein. »Ich stelle das hier in die Küche. Wenn du Hunger bekommst, kannst du die restlichen Sandwichs essen, die Levi gemacht hat.«

Er betrachtete sie eingehend und ohne seinen Anspruch auf

sie zu verbergen. Er wollte, dass sie ihm gehörte. Er war nervös und etwas verzweifelt, dass sie ihn verließ und zu ihrer Familie ging. Und sie würden wahrscheinlich ihr Bestes tun, sie dazu zu bewegen, dass sie ihn hinauswarf.

Kaum war Lexi im Haus verschwunden, wandte er sich Lissa zu. »Ich nehme an, du willst mir etwas sagen«, forderte er sie auf.

»Lexi ist ein besonderer Mensch. Wunderschön, innerlich wie äußerlich. Tu ihr nichts, Gavril. Ich weiß, du bist ein Prakenskij und knallhart, aber wenn du ihr etwas antust, dann kriegst du es mit mir zu tun.«

Lissa sprach leise, ruhig. Sie meinte, was sie sagte.

»Du sagst nicht, dass ich ihr fernbleiben soll.«

Sie schüttelte langsam den Kopf. »Ich glaube nicht, dass du das kannst. Mir ist sehr bewusst, dass zwischen deiner Familie und uns allen eine gewisse Verbindung besteht. Es kann kein Zufall sein, dass drei meiner Schwestern wahnsinnig in drei deiner Brüder verliebt sind. Ich sehe, wie du sie anschaust. Ich weiß, dass du auf Dauer hier sein wirst. Ich sage dir nur, sie ist erstaunlich, und ich will nicht, dass ihr etwas zustößt. Sie hat schon genug mitgemacht.«

»Warum hast du Caine nicht verfolgt?«, fragte er ruhig.

»Das hätte ich, aber ich wusste nicht, wer er war. Lexi war im Zeugenschutz und hat keine Namen preisgegeben. Ich versuchte, ihre Vergangenheit anhand alter Zeitungsartikel zusammenzufügen, aber ich war mir nicht sicher«, räumte Lissa ein.

»Ich glaube, wir verstehen einander perfekt«, erwiderte Gavril. »Ich kann dir garantieren, dass Lexi bei mir sicherer ist, als sie es ohne mich wäre, und ich habe nicht vor, sie jemals zu verletzen. Ich finde es gut, dass du gekommen bist und dass du dich um sie kümmerst.«

»Bleib jetzt nicht hier, falls du nicht vorhast, auf Dauer zu bleiben. Sie kann keine Verluste mehr ertragen.«

Gavril lächelte ihr zu. Die kleine, harte Lissa hatte etwas, das ihm gefiel. Sie spielte keine Spielchen. Sie wollte, dass Lexi sicher war, und sagte es ihm ins Gesicht. Sie sah ihm direkt in die Augen, und sie würde für ihre jüngste Schwester ganz klar ihr Leben riskieren. Einem Mann wie ihm Paroli zu bieten, das war nicht leicht. Er wusste, wie einschüchternd er war. Die Sache war nur – Lissa war keineswegs eingeschüchtert, und sie sah ihn als das, was er war. Anders als Lexi, die in ihn hineinsah, sah Lissa den kaltblütigen Killer.

»Ich bleibe.« Er sagte es nüchtern und in einem Tonfall, der keinen Zweifel aufkommen ließ.

»Mit Lexi muss man vorsichtig umgehen. Man muss sich mit ihr Zeit lassen.«

»Das ist mir bewusst«, sagte Gavril. »Ich bin vielleicht nicht sonderlich charmant oder intellektuell, aber bei mir ist sie sicher, Lissa. Und ich habe nicht die Absicht, ihr wehzutun. Das kann ich dir versprechen.«

»Dann reicht mir das.«

Lissa lächelte ihm zu, und er hatte das Gefühl, als habe er tatsächlich eine Verbündete gewonnen. Das kam unerwartet, und es berührte ihn mehr, als er es sich eingestehen wollte.

7.

Ilja Prakenskijs großes Anwesen erstreckte sich jenseits des Küsten-Highways weit in den Wald hinein. Massive Eisentore schützten den Eingang, und überall waren Überwachungskameras angebracht. Mit Joley Drake verheiratet zu sein, einem der Topstars im Musikgeschäft, erforderte immense Sicherheitsvorkehrungen, ganz zu schweigen vom dazu nötigen Geld.

Iljas Land grenzte an das von Sheriff Jonas Harrington und seiner Frau Hannah, die Joleys Schwester war. Beide Grundstücke waren sehr schön und stark bewaldet, das der Harringtons aber leichter zugänglich. Sie hatten dieselben Überwachungskameras – Gavril war sicher, dass Ilja bei deren Positionierung eine gewichtige Rolle gespielt hatte –, aber sie waren bei Weitem nicht so gut in Schuss, wie sie es hätten sein sollen.

Gavril betrat das Grundstück der Harringtons und kam durch den dichten Wald mühelos bis zur Rückseite von Iljas Anwesen voran. Er wusste, wie er Kameras meiden konnte, wo am ehesten mit einem Bewegungsmelder zu rechnen war und wie man diese aufspüren konnte.

Iljas Haus war spektakulär. Gavril stand im Schatten und bewunderte es; das riesige, ausgedehnte Gebäude musste an die tausend Quadratmeter haben – eine immense Aufgabe, eine derartige Wohnfläche zu schützen. Er schüttelte den Kopf. Ilja hatte keine Wachleute, ein weiterer Fehler – nicht dass sie gegen jemanden, den Sorbacov schickte, viel genutzt hätten, aber schon das Fehlen eines Mannes hätte Ilja alarmiert.

Er bewegte sich so, dass ihn die sich drehende Kamera nicht erfasste. Normalerweise hätte er heftige Schmerzen gehabt, und er spürte auch ein Brennen an den Nervenenden, doch was immer Lexi mit ihm angestellt hatte, es hatte den Schmerz für eine Weile gelindert. Bis zu diesem Moment hatte er ihn sogar fast vergessen; er war also für eine kurze Zeit bereits in den Hintergrund getreten.

Gavrils Herz zog sich zusammen bei dem Gedanken, dass sie ihm womöglich wirklich geholfen hatte, nachdem er so viele Jahre gelitten und längst schon alle Hoffnung aufgegeben hatte. Konnte das überhaupt möglich sein? Aber er hatte ja auch nicht gedacht, jemals einen friedvollen Platz zu finden. Oder eine Frau, bei der er bleiben und es wagen würde, mehr als eine oder zwei Nächte hintereinander zu schlafen.

Er wusste, dass Sorbacov sie alle verfolgen würde, aber gemeinsam waren sie stark. Uri Sorbacovs Vater Kostja hatte herausbekommen, wie man sie alle auf Linie halten konnte. Nicht mit Prügeln oder Folter, sondern mit der Drohung, einem ihrer Brüder etwas anzutun – vor allem Ilja. Sein Leben lang hatten Viktor und Gavril ihn zu behüten versucht. Zweimal hatte Gavril mehrere Männer beseitigt, als Ilja bei seiner Tätigkeit als Interpol-Agent in ihre Belange eingegriffen hatte. Und auch Viktor hatte das getan.

Gavril betrat das Haus durch das große, mit technischem Equipment überfüllte Studio. Hier konnte man Musikvideos und Tonaufnahmen produzieren. Er hatte eruiert, dass Joley hochschwanger war und niemand im oder in der Nähe des Studios sein würde.

Im Wohnbereich verhielt er sich umso vorsichtiger. Ilja war zu Hause. Gavril hatte beobachtet, wie er seine Frau bei den Harringtons abgesetzt hatte und dann wieder zurückgekommen war. Er wusste, dass er nicht entdeckt worden war, doch Iljas Instinkt musste ihn warnen. Als der siebte Sohn verfügte er über enorme Kräfte und sämtliche Gaben. Sie würden einander durch das Haus jagen, das Ilja natürlich besser kannte als er – auch wenn er die Pläne studiert hatte.

Gavril glitt in die geräumige Diele, die für sich schon ein Kunstwerk war. Beim Weitergehen fühlte er, wie auf einmal Stolz auf seinen Bruder in ihm aufstieg. Die Zimmer waren geräumig und offen, die Decken hoch. Er achtete bei jedem Schritt darauf, dass kein Bodenbrett knarzte.

Er war oft in Villen von steinreichen Leuten gewesen, doch Iljas zweigeschossiges, ausgedehntes, ja elegantes Zuhause war eine Klasse für sich. Von den Holzböden bis zum Edelstahl in der Küche war alles qualitativ hochwertig und funktional. Und alles war wunderschön.

Aber es war eindeutig von seiner Frau ausgewählt worden. Sicherheitstechnisch war es ein Albtraum, vom Standort bis zu den vielen Ein- und Ausgängen. Er würde nie in einem solchen Haus leben; das konnte er nicht. Die Wände hatten eine dezente Farbgebung, die Leuchten und Möbel in mehreren Räumen waren weiß. Eine winzige Bewegung ließ ihn aufmerken. Er glitt unter die Wendeltreppe und wartete dann reglos darauf, dass sein Bruder auf ihn zukam.

Ilja bewegte sich so dicht um die Treppe herum, dass er ihn hätte berühren können. In seiner Hand lag eine Pistole, doch Gavril konnte nichts anderes tun, als auf seinen Bruder zu starren – das Baby, das den Armen der Mutter entrissen worden war und nun lautlos durch das Haus schlich.

Ilja war ein gut aussehender Mann. Die Jahre hatten nicht so an ihm gezehrt wie an den anderen in der Familie, stellte Gavril erfreut fest. Hätte er Lexi nicht getroffen, es wäre ihm genug gewesen, Ilja in seinem Zuhause zu sehen, erwachsen, glücklich und gut versorgt.

Gavril wartete, bis Ilja an ihm vorbei war, und trat dann aus seinem Versteck heraus. »Leg ganz langsam die Waffe ab und dreh dich um. Ich bin dein Bruder und will dich nicht erschießen, aber wenn du nicht tust, was ich sage, tue ich es.« Seine Stimme war so ruhig wie seine Hand. Er log nicht; er war bereit, sofort auf Ilja zu feuern, ohne ihn jedoch tödlich zu verletzen.

Ilja blieb abrupt stehen, blieb aber entspannt und versteifte sich nicht. Gavril musste lächeln.

»Ich habe viele Brüder«, entgegnete er unaufgeregt. »Welcher bist du?«

»Gavril.« Er hatte nicht erwartet, vor Rührung fast sprachlos zu werden. Seine Stimme war heiser vor Emotionen. Er hatte sich gefreut, seine anderen Brüder zu treffen, war ebenso stolz auf sie, aber es war Ilja gewesen, um den er am meisten Angst gehabt hatte. Er war ein Baby gewesen, so klein, ohne eine Chance, seine Eltern oder seine Brüder kennenzulernen. Ihm fehlte der Anker, über den sie alle verfügten.

Einen Moment lang starrte er auf Iljas Hinterkopf und sah die verzweifelte Miene seiner Mutter, das Entsetzen und die Angst in ihren Augen, als das Kind ihren Armen entrissen und sie mit einem Kopfschuss ermordet wurde. Er und Viktor hatten versucht, dem Soldaten das Baby wegzunehmen, das er an sich genommen hatte. Doch sie wurden beide brutal mit einer Pistole niedergeschlagen. Die Narben hatten sie noch immer davon.

»Geh vorwärts, du weißt ja, wie es abläuft, ins Zimmer und zum Kamin. Mit dir in Kontakt zu kommen ist schwierig.«

»Meine Frau hat gerade ihre Tournee beendet.« Ilja legte seine Waffe sorgfältig auf den Kaminsims, drehte sich langsam, mit erhobenen Händen um und sah Gavril an. Er wirkte in etwa so verletzlich wie ein Tiger. »Wenn wir auf Tournee sind, bekomme ich nicht viele Nachrichten.«

Gavril glaubte nicht eine Sekunde daran, dass Ilja nicht mehr bewaffnet war. Höchstwahrscheinlich trug er noch einige Waffen am Körper. »Ich nehme meine Pistole jetzt herunter.« Er steckte sie ins Halfter, ohne seinen Bruder aus den Augen zu lassen.

Allerdings mehr, um sich an dessen Anblick zu erfreuen. Ilja war zu einem echten Prakenskij geworden, obwohl er fast von Geburt an von ihnen getrennt gewesen war. Seine Schultern waren breit, die Augen von einem durchdringenden Kristallblau. Und er besaß definitiv alle Gaben der Prakenskijs; Gavril spürte die Kraft in ihm. Er schien eiskalt und absolut selbstsicher zu sein.

»Das ist eine gute Idee. Ich möchte nicht, dass Joley hereinkommt und sich aufregt.«

»Joley ist bei ihrer Schwester Hannah«, stellte Gavril klar. »Das wird also nicht passieren.«

»Du hast deine Hausaufgaben gemacht.« Zum ersten Mal lächelte Ilja, als würde er Gavril tatsächlich für seinen Bruder halten.

Gavril wusste, dass er aussah wie ein Todesengel. Jahre der Arbeit im Schatten hinterließen ihre Spuren, aber zumindest an seinen Augen sollte der Junge ihn erkennen. »Na klar, hast du vielleicht etwas anderes erwartet?«

»Ich habe dich nie zuvor gesehen, zumindest nicht, dass ich mich erinnern würde, aber keiner meiner Brüder würde hierherkommen, ohne zu wissen, wo meine Frau ist. Einem Killer wäre das aber egal.« Ilja bedeutete ihm, auf einem Stuhl Platz zu nehmen. »Ich vermute, ich stehe auf einer Todesliste, denn sonst wärst du nicht gekommen.«

Gavril nickte. Ilja war ganz eindeutig nicht so erfreut über ihr Treffen wie er. Er seufzte schwer und kreidete seine Emotionen Lexi an. Ohne sie wäre er nach wie vor eiskalt. Er würde seine Nachricht überbringen und sich nichts weiter daraus machen, dass Ilja seine Gefühle nicht teilte.

»Uri Sorbacov will Präsident werden, da kann er nicht zulassen, dass die Sünden seines Vaters aufgedeckt werden. Jeder, der mit den Schulen in Zusammenhang steht, wird ins Visier genommen. Und was dich betrifft, hat man keine Mühe, dich zu finden«, erklärte Gavril leise, monoton und bemüht, kein Gefühl zu zeigen. Er wollte sich diesem Mann nicht verletzlich präsentieren, nicht jetzt.

Wieder und wieder hatte er sein Leben riskiert, damit sein jüngster Bruder ein möglichst normales Leben führen konnte. Es war ihm gelungen, und er wusste, dass das auch Viktor freuen würde. Ilja hatte keine Narben im Gesicht oder am Körper, und er war auch nicht von so vielen Morden gezeichnet. Darüber war Gavril froh, und das würde reichen müssen.

»Ich habe es fast erwartet«, sagte Ilja und musterte seinen Bruder genau. »Jetzt, wo ich dir richtig in die Augen sehen kann, hätte ich dich wohl auch in einer Menschenmenge erkannt. Aber ich erinnere mich wirklich nicht an allzu viel von euch allen.«

»Weißt du, dass Lev, Stefan und Maxim alle hier in Sea Haven leben?« Gavril beobachtete Ilja genau. Zwischen den Drakes, denen er sich zugehörig fühlte, und Lev Prakenskij gab es ein Problem. Gavril gefiel nicht, dass sich sein jüngster Bruder gegen die eigene Familie gestellt hatte.

»Jonas hat mir gesagt, dass sie in der Stadt sind. Ich hatte einen von ihnen erwartet, nicht dich.«

»Ich bin auch in der Stadt«, erwiderte Gavril. »Und ich werde bleiben. Und ich will kein Problem zwischen den Drakes und uns.« Er beugte sich zu Ilja, sein Blick war eisig. »Gibt es da ein Problem, Ilja?«

»Wegen Elle Drake?« Ilja zuckte die Achseln. »Lev hätte sie damals von Gratsos weggeholt, wenn er gekonnt hätte, und ich bin sicher, dass Elle das Gleiche sagt. Ob Jackson, ihr Mann, es dabei bewenden lässt oder nicht, wissen wir nicht, bis sie zurück sind.«

»Und wo stehst du bei alldem?«

»Ich wollte, dass Lev diese Yacht verlässt. Aber er blieb an Bord«, sagte Ilja. »Wieso fragst du?«

»Lexi Thompson«, antwortete Gavril. »Sie ist meine Frau. Ich werde sie beschützen bis zum letzten Atemzug.« Schon beim Aussprechen ihres Namens begann seine Hand zu jucken. Plötzlich hatte er das Gefühl, sie sehen zu müssen. Er hatte ihr sein Zeichen eingebrannt, doch er war ebenso gebrandmarkt wie sie. »Das sollst du wissen, falls es zu einer Entscheidung kommt, ihre Familie wegen Lev von hier zu vertreiben oder nicht. Wir sind eine Familie. Du gehörst zu uns.«

»Ich kenne keinen von euch«, wiederholte Ilja.

Gavril zuckte die Achseln. »Du kennst uns. In deinem Herzen weißt du, wer wir sind. Wenn die Zeit kommt, Ilja, dann tu das Richtige.«

Ilja seufzte. »Loyalität zur Familie zählt bei uns viel. Joley ist auch meine Familie. Und damit auch ihre Schwestern und deren Ehemänner.«

Zum ersten Mal sah Gavril deutlich den Konflikt seines jüngsten Bruders. Und tief in seinem Inneren verstand er ihn sogar. Ilja konnte nichts wissen von den Opfern, die sie gebracht hatten, um ihm sein jetziges Leben zu ermöglichen.

»Wir werden die Drakes schützen, genau wie uns, aber ich lasse nicht zu, dass Lev bedroht wird oder jemand versucht, Lexi ihr Zuhause wegzunehmen.«

»Die Drakes sind nicht so.«

»Vielleicht nicht, aber Lev wurde gewarnt, dass Elles Mann Jackson so sein könnte. Hab ein Auge auf ihn, Ilja. Das ist die einzige Warnung, die ich dir gebe.« Gavril meinte, was er sagte, und er ließ es Ilja merken. Ilja kannte gefährliche Männer. Gavril wollte vor seinem Bruder nicht verbergen, wer oder was er war. »Ich bin ein Phantom. Du weißt, was das bedeutet. Du kennst meinen Ruf.«

»Ich danke dir für die Warnung, Gavril, auch wenn es nicht nötig ist, mir eine zu geben. Ich weiß, wer du bist. Du hast einen gewissen Ruf in unserem Land, und da ich dein Bruder bin, habe ich immer Nachricht von dir erwartet.«

Der harte Knoten in Gavrils Bauch lockerte sich ein wenig. Dies war das erste Anzeichen dafür, dass Ilja anerkannte, ein Prakenskij zu sein, und dass seine Familie ihm etwas bedeutete.

»Wir haben uns auch über dich auf dem Laufenden gehalten. Du warst in Brüssel, hast den Pädophilenring verfolgt. Du kamst ihm zu nahe, und ich hörte ein Gerücht, dass Auftragsmörder auf dich angesetzt seien. Also flog ich nach Brüssel und eliminierte sie, als sie im Hotel auf dich losgehen wollten.«

»Das warst du? Wir haben nie herausgefunden, wer diese Leute beseitigt hat. Ich hatte bei meiner Arbeit ein paar Mal das Gefühl, einen Engel an meiner Seite zu haben. Warst du das auch in Montreal? Das war wirklich knapp damals. Ohne meinen Schutzengel wäre ich heute tot.«

»Das war Viktor. Er und wir anderen hielten so viel Kontakt, wie wir konnten«, sagte Gavril. Er wollte nicht, dass sein jüngerer Bruder dachte, er sei der Einzige gewesen, der sich um ihn gekümmert hatte.

»Aber keiner von euch ist an mich herangetreten.«

»Aus demselben Grund, aus dem du nicht nach uns gesucht hast. Sorbacov hätte es herausgefunden, und einer von uns wäre getötet worden.«

Ilja sank an die gepolsterte Lehne zurück. »Ich möchte alle meine Brüder besser kennenlernen. Weißt du, wo Viktor und Casimir sind? Sie sind die Einzigen, von denen man nichts weiß.«

»Viktor ist irgendwo unterwegs. Er ist komplett untergetaucht, hat sich noch nicht einmal zur Überprüfung unseres Notsystems gemeldet.«

Ilja bemerkte die Sorge in Gavrils Ton und blickte auf. »Glaubst du, er ist in Schwierigkeiten? Tot?«

Gavril schüttelte den Kopf. »Viktor zu töten wäre verdammt schwer. Da müsste schon ein Profi ran, und wer immer es fertigbrächte, würde früher oder später damit prahlen, weil er im Ruf stehen möchte, Viktor Prakenskij erledigt zu haben.«

»Und Casimir?«

»Das letzte Lebenszeichen von ihm kam aus Russland. Ich hoffe, er macht keine Dummheiten, wie etwa Sorbacov nachzustellen.«

»Jemand muss diesen Kerl und seinen Vater eliminieren«, meinte Ilja. »Das hätte ich schon längst tun sollen.«

Gavril runzelte die Stirn. Das Letzte, was er wollte, war, dass das Kind, das zu beschützen sie sich alle so sehr bemüht hatten, sich nun als Erwachsener in Gefahr begab. Schon damals, selbst noch Kinder, hatten Gavril und Viktor einen Deal mit Kostja Sorbacov gemacht. Sie würden kooperieren, falls Ilja einen anderen Job bekäme, einen, der ihn weniger kaputtmachen würde.

»Versuche das nicht, Ilja. Du hast eine Frau und bald ein Kind. Er kennt uns, unsere Gesichter, und er ist darauf vorbereitet. Er hat sich mit einer Armee umgeben. Ich habe keinen Zweifel, dass einer von uns sich einschleichen könnte, aber ich bezweifle, dass wir an ihn herankämen – und es wäre ein Himmelfahrtskommando.«

»Welchen Namen benutzt du?«

»Meinen richtigen. Ich kam hierher, um sie von euch allen abzulenken, und dann traf ich Lexi. Sie war … nicht Teil des Plans.« Gavril hielt wie in Abwehr die Hände vor sich. »Ich bin an so etwas nicht gewöhnt. Das Haus, die Dinge darin. Eine Frau. Ich weiß nicht, ob ich das alles kann, aber ich will es versuchen.«

»Sie ist die Jüngste, nicht wahr? Sie sind vor ungefähr fünf Jahren hierhergezogen, hat Joley mir erzählt. Die Farm gehört ihrer Cousine Blythe und ihnen.«

Gavril versuchte, diese Aussage einzuordnen. Sie ist die Jüngste. Sie war, an Jahren, beträchtlich jünger als er, aber nicht in ihrer Seele. Ilja war der Jüngste der Brüder, und er kam sicher nicht umhin, Gavril mit seinem Ruf als viel zu alt für jemanden wie Lexi zu betrachten.

Die Brüder waren wie die Orgelpfeifen einer nach dem anderen gekommen – zuerst Viktor, dann Gavril und danach Stefan. Casimir stand in der Mitte, gefolgt von Maxim, Lev und Ilja. Tatsächlich war Gavril nicht so viel älter als die anderen, doch er spürte jeden Riss in seiner Seele.

Er drückte seinen Daumen tief in das Mal in seiner Hand. Noch nie hatte er jemanden gebraucht. Er hatte immer allein gelebt und es vorgezogen, sich nur auf sich selbst zu verlassen. Jeder war ihm ein Feind gewesen. Angehörige bedeuteten Verpflichtung, Freunde ebenso. Lexi würde er niemals so sehen. Sie war ein Pfad zum Frieden. Vielleicht sogar zur Freiheit. Dennoch, jemanden zu brauchen war etwas völlig anderes, als jemanden zu wollen, und in diesem Moment meinte er sie zu brauchen, und das passte ihm absolut nicht.

»Ja.« Plötzlich merkte er, dass Ilja auf eine Antwort wartete. »Lexi ist die Jüngste. Sie bewirtschaftet die Farm, und ich werde ihr dabei helfen.«

Ilja schüttelte lächelnd den Kopf. »Du? Auf einer Farm?«

»Ich kann mit einem Traktor und auch den anderen Maschinen umgehen. Die Sicherheit wurde erhöht, und ich sehe zu, was ich selbst noch an Verbesserungen beitragen kann. Falls nötig, falls die Dinge sich zuspitzen, komm mit deiner Frau zu uns und bleibe, bis wir einen Weg gefunden haben, Sorbacov zu fassen und dies alles zu stoppen.« Er sah sich um. »Dieses Haus ist zu groß, und du bist der einzige Mann.«

»Was denkst du, wie viel Zeit ich habe, bis hier ein Killerkommando auftaucht?«

»Sorbacov wird als Erstes Leute von der Schule schicken. Er

wird keine Aufmerksamkeit auf sich lenken wollen. Wenn er ein Team auf dich ansetzen würde, wäre er ein Idiot. Deine Frau ist berühmt. Nein, er wird versuchen, die Schulabgänger gegeneinander auszuspielen in der Hoffnung, dass sie einander auslöschen. Wenn du dann nach den ersten paar Versuchen noch am Leben bist, wird er Teams schicken, die nicht auf ihn zurückverfolgt werden können.«

»Du meinst, ich kann bald mit ihm rechnen«, sagte Ilja.

»Ich musste Vorkehrungen treffen, um hierherzukommen. Das war nicht leicht. Ich benutzte einen Decknamen, bis ich in die Staaten kam, aber dann wollte ich Sorbacov wissen lassen, dass ich hier bin. Ich hoffte, das würde ihn von dir ablenken. Meine Papiere sind in Ordnung, und ich benutzte Kreditkarten und meinen Pass, beides nachverfolgbar. Er wird den Köder schlucken, denn er kann sich nicht zurückhalten. Er wird die Leute, die er auf dich angesetzt hat, verständigen, und sie werden zuerst mich aufs Korn nehmen.«

»Du beschützt mich noch immer.«

Gavril zuckte die Achseln. »Dich und die anderen. Das ist reine Gewohnheit. Ich hatte nichts, wofür es sich zu leben lohnte, Ilja. Du und die anderen schon.«

Ilja seufzte. »Aber ich bin erwachsen.«

»Das sehe ich. Du siehst gut aus.« Gavril sah sich in dem eleganten Zimmer um. »Bist du glücklich?«

»Mit Joley? Sie ist meine Welt. Das wird sie immer sein. Und ich freue mich riesig auf das Baby. Du hättest ihr Gesicht sehen sollen, als ich ihr sagte, Empfängnisverhütung kommt nicht in Frage.«

»Ich freue mich für dich. Wirklich. Verbessere deine Sicherheitsvorkehrungen, und lass es uns wissen, sobald du meinst, dass Sorbacovs Mann hier ist. Wir kommen.« Er würde über seinen jüngsten Bruder wachen, so gut er es konnte.

»Jonas Harrington ist mit Hannah Drake verheiratet und

wohnt nebenan«, erklärte Ilja unnötigerweise. »Er ist hier der Sheriff. Ich sage ihm, dass ich bald Besuch bekommen werde. Ich habe mich schon mehr als ein Mal auf ihn verlassen können.«

Gavril nickte. »Lev sagte mir, er ist ein guter Mann.«

»Also du und Lexi?«, fragte Ilja. »Lexi hält sich abseits. Manchmal verkauft sie auf dem Bauernmarkt, aber oft machen das die Frauen für sie, weil sie recht schüchtern ist.«

Gavril war bereits unruhig, er musste wieder zu Lexi. Auf dem Rückweg zur Farm musste er noch einen Zwischenstopp einlegen. Ilja spürte offenbar, dass Gavril aufbrechen wollte, und versuchte, ihn mit Smalltalk aufzuhalten. Das freute Gavril, auch wenn er sich sonst immer ärgerte, wenn seine Pläne hinausgezögert wurden.

»Es geht ihr gut auf der Farm.«

»Jonas sagte mir, die Frauen hätten in ihrem Leben alle traumatische Erlebnisse gehabt. Verlust von Angehörigen durch Mord und so.«

»Gut möglich, dass diese Frauen deshalb mit uns zusammen sein können, weil sie Ähnliches erlebt haben«, meinte Gavril. »Entweder das, oder das Universum schenkt uns nach so vielen Jahren, in denen wir nichts hatten, etwas ganz Wunderbares.«

Er stand auf. Er konnte nicht mehr länger bleiben. Seine Unruhe zwang ihn zu gehen, sie war zu stark, um sie zu ignorieren. »Es war schön, dich zu sehen, Ilja …« Er verstummte, bedeutete seinem Bruder mit einer Geste, still zu sein.

Ilja stellte keine Fragen, sondern holte eine Pistole aus seinem Stiefel. Gavril deutete zum südlichen Ende des Grundstücks. Wieder einmal überlegte er, weshalb er eine Gefahr spüren konnte. Als er Benito durch das Fenster hereingezogen hatte, war er achtsam gewesen, weil sich dieser Leben-oder-Tod-Reflex nicht eingestellt hatte, ebenso wenig bei Lissa. Doch nun war er voll da.

»Die sind anscheinend früher gekommen, als du dachtest«, murmelte Ilja.

»Sie sind noch nicht im Haus, aber ich spüre sie.« Gavril ging bereits zielsicher auf die Südseite des lang gestreckten Gebäudes zu, in Richtung der Küche.

Ilja hielt sich lautlos neben ihm. Gavril schüttelte den Kopf. »Sieh zu, dass deiner Frau nichts passiert. Ich mache das hier.«

»Joley ist in Sicherheit. Jonas ist bei ihr, und diese Killer werden nicht riskieren, sie zu töten, nicht wenn man sie auf Sorbacov zurückverfolgen könnte, das hast du selbst gesagt. Ich habe Jonas schon eine SMS geschrieben, dass er die Frauen und sein Baby in einen sicheren Raum bringen soll. Und mach dir keine Sorgen«, fügte Ilja hinzu, als Gavril ihm einen ärgerlichen Blick zuwarf, »er wird nicht kommen, um zu helfen. Er wird sich hüten. Sein Job ist, auf Joley und Hannah aufzupassen.«

»Ich hoffe nur, du hast recht, denn sie werden jeden auf dem Grundstück töten. Du weißt, wie sie vorgehen.«

Sie hatten die Küche erreicht. »Nicht hier raus«, warnte Ilja. »Riskiere es nicht, die Tür zu öffnen.« Er ging voran und griff in eine versteckte Aussparung hinter aufgehängten Töpfen und Pfannen. Ein Wandpaneel schob sich zur Seite. Er trat in einen schmalen Korridor.

»Ich hätte wissen sollen, dass du einen Geheimgang in dein Haus einbauen würdest.«

»Der war schon da. Aber er ist nicht in den Plänen eingezeichnet«, erklärte Ilja. »Der Erstbesitzer war ein Schmuggler. Er ließ sogar einen Tunnel bauen, der unter der Straße bis zum Meer verläuft. Er baute ihn mit Stahl und Beton; das Ding ist unglaublich. Es hat mehrere Notausgänge.«

»Schön. Du bist ein echter Prakenskij. An Lexis Haus muss ich noch viel verändern.«

»Ich war hier nicht glücklich, bis ich von den versteckten Fluren, Zimmern und Fluchtwegen erfuhr. Ein paar Kleinigkeiten habe ich noch hinzugefügt. Bargeld. Pässe. Neue Identitäten für uns.«

»Waffen«, riet Gavril.

»Ein ganzes Arsenal«, sagte Ilja. »Diese Farm hat wahrscheinlich genug, um ein paar Kriege zu führen.«

»Ich bin noch nicht lange genug dort, um zu wissen, wie es um das Gelände bestellt ist, auf dem Lexi und die anderen Frauen leben, aber unsere Brüder haben ihre Gaben mit denen der Frauen verbunden und eine Art Kraftfeld geschaffen. Ich habe es gespürt, sobald ich das Gelände betrat.«

Ilja öffnete vorsichtig eine Tür. Sie führte zu dem mit großen Pflanzen und Gebüsch umgebenen Pavillon. Auf einem schmalen Pfad kamen sie rasch durch das Laubwerk voran. Ilja signalisierte eine Weggabelung vor ihnen. Er ging nach links und gelangte auf einem Bogen zu einem Bachbett unweit des Zauns zwischen den beiden Grundstücken.

Gavril hielt sich rechts, ging in den Wald hinein und direkt auf die beiden Eindringlinge zu, deren Ziel das Haus war. Wie er und seine Brüder verstanden auch sie es, Kameras zu meiden. Er erkannte sie sofort. Der Ältere, Efrim Goraya, war mit ihm zusammen in einer oder zwei Nahkampfschulungen gewesen; der Jüngere, Georgij Yenotov, in einem Sprachkurs. Beide waren älter als er.

Gavril war in allen seinen Schulungen der Jüngste gewesen und hatte sich hervorgetan, zum Teil, weil seine Eltern ihre Genialität an die Kinder weitergegeben hatten, aber auch, weil er von Natur aus athletisch war und zudem auch noch über heilerische Fähigkeiten verfügte.

Der etwa fünf Jahre ältere Efrim war ein ruhiger Mensch gewesen, hatte aber im Kampfsport brilliert. Es hatte ihn aufgebracht, als Gavril ihn schließlich übertrumpfte und zum Topkämpfer wurde – bis er mitbekam, wie sehr Gavril unter seinen Lehrern zu leiden hatte. Einmal hatte er sich in Gavrils Schlafsaal eingeschlichen und ihm eine Salbe gegeben – eine der wenigen Gefälligkeiten, an die Gavril sich erinnern konnte.

Georgij Yenotov hätte nie auf eine solche Schule gehen dürfen. Gavril war fassungslos, dass er noch am Leben war. Er war ein untauglicher Schüler gewesen, unbeholfen und schwerfällig, und hatte sich lediglich in Sprachen hervorgetan. Er konnte einen Akzent perfekt imitieren, wenn er ihn nur einmal gehört hatte.

Gavril schob alles, was er an Menschlichem von den beiden wusste, beiseite und konzentrierte sich ausschließlich auf ihre kämpferischen Fähigkeiten. Georgij war insofern gefährlich, als er bei der ersten gefühlten Bedrohung seine automatische Waffe einsetzen und alles und jeden mit tausend Kugeln durchlöchern würde, ehe er davonlief.

Efrim war ruhig und unbeirrt, er verfügte über ein immenses Selbstvertrauen, und seine Spezialität war der Kampf von Mann zu Mann. Er hatte die Führung und wollte unauffällig vorgehen. Gavril hatte über die Jahre von einigen seiner Morde gehört. Alle waren zu Unfällen erklärt worden, und es überraschte ihn nicht, dass Uri Sorbacov ihn als Ersten geschickt hatte.

Efrims Spezialität war, eine Zielperson auszuschalten und es aussehen zu lassen wie einen natürlichen Tod, Suizid oder Unfall, selbst wenn dies bedeutete, dass auch einige Unschuldige daran glauben mussten. Gavril wusste, wenn Sorbacov ihm die Information gegeben hatte, dass er und seine Brüder in der Gegend waren, dann würde Efrim so rasch wie möglich zuschlagen und schnellstens wieder verschwinden.

Er verhielt sich absolut still. Natürlich hatte Sorbacov den Killern nichts gesagt. Denn dann wäre Georgij nicht gekommen. Efrim ja, aber nicht Georgij.

Gavril wartete im tiefen Schatten an einer Stelle, die die beiden auf ihrem Weg zur Küche passieren mussten. Mit Hilfe seiner Gabe verwischte er seine Konturen und wurde für das menschliche Auge unsichtbar – eins mit dem dichten Gebüsch um ihn herum. Er kauerte sich nieder und verharrte reglos, mit kontrolliertem Atem, sodass sich die Luft um ihn kaum bewegte.

Er hörte sie. Sie waren ein paar Meter voneinander entfernt, und sie hörten sich für ihn ein bisschen wie Elefanten an. Dreimal brach ein Zweig, und das Laub raschelte unter ihren Füßen. Dann gewahrte er einige Meter entfernt Ilja, der ihnen folgte. Er wollte seinen jüngeren Bruder nicht in der Nähe der automatischen Waffen sehen.

Eigentlich plante Gavril, zuerst Efrim zu töten, doch er wusste, wie Georgij dann reagieren würde. Er wartete mit dem Messer in der Hand, bis sie die Distanz zwischen ihnen verringert hatten. Als sie direkt auf ihn zukamen, schoss er Georgij zwischen die Augen und warf im selben Moment das Messer auf Efrim.

Georgij ging hart zu Boden. Das Messer bohrte sich in Efrims Arm und durchtrennte Muskel und Sehnen, sodass ihm die Pistole aus der Hand fiel. Efrim stürzte mit einem Fluch auf ihn zu, zog das Messer aus seinem Arm und warf es auf Gavril, genau als dieser und Ilja gleichzeitig schossen.

Gavril drehte sich beim Feuern; das Messer bohrte sich in seinen Bizeps. Ilja lief auf ihn zu, auf die beiden toten Killer starrend.

»Sie hatten keine Ahnung, dass du hier bist, oder?«, fragte er, den Blick nun auf die Wunde seines Bruders gerichtet und nicht mehr auf ihre Opfer.

»Nein. Sie hätten eigentlich vorsichtiger sein müssen. Sorbacov hat erwartet, dass du sie beide erledigst«, sagte Gavril. »Er benutzt uns für seine Schmutzarbeit. Und er weiß, dass wir die Leichen entsorgen werden.«

Zähneknirschend entfernte er sich von den Toten und passte auf, dass sein Blut nicht auf den Boden tropfte. »Es geht doch nichts darüber, vom eigenen Messer getroffen zu werden.« Er hatte vergessen, wie sehr es schmerzte, wenn eine scharfe Klinge Haut- und Muskelgewebe zerstörte wie ein glühendes Brandeisen.

Seine Miene blieb wie versteinert, als mit dem Schmerz auch die Erinnerungen hochkamen und ihn überfluteten. Sieben Mal war er durch ein Messer verletzt worden, und jedes Mal hatte der Angreifer es beim Herausziehen in der Wunde gedreht, um möglichst großen Schaden anzurichten.

»Gavril, an dieser Klinge war sein Blut dran.« Ilja blickte stirnrunzelnd auf Efrim. »Du weißt nicht, welche Krankheiten er eventuell gehabt hat. Das Mindeste wäre eine heftige Infektion, die du bekommen könntest.«

Wenn jemand über Infektionen durch Stichwunden Bescheid wusste, dann Gavril. Er hatte Monate lang intravenös Antibiotika eingeflößt bekommen, hatte einen alten Arzt aufsuchen müssen, dem er einmal einen Gefallen getan hatte, um an die Medikamente heranzukommen. Er war kaum imstande gewesen, sich zu bewegen, geschweige denn sich selbst zu versorgen. Es war reines Glück gewesen, dass ihn damals niemand aufgespürt hatte.

»Ich kümmere mich darum«, sagte Gavril grimmig. Der Gedanke an das, was ihm bevorstand, war nicht gerade angenehm.

Ilja wehrte mit einer Geste ab. »Libby Drake ist zu Hause. Sie ist eine exzellente Heilerin. Sie kommt bestimmt, wenn ich sie darum bitte.«

Gavril schüttelte den Kopf. »Wir müssen uns um diesen Mist hier kümmern. Und ich habe noch einiges zu tun.« Er musste zurück zu Lexi. Das war plötzlich das Wichtigste für ihn. Es war wie ein Zwang, der mit jeder Minute stärker wurde.

»Ich rufe Jonas an und melde ihm zwei Eindringlinge mit automatischen Waffen. Ich habe für meine Pistolen einen Schein.«

»Ich habe Georgij erschossen, und in Efrim steckt eine Kugel von mir«, erwiderte Gavril erschöpft. Er hatte für heute genug vom Töten. Er wollte zurück zu Lexi und ihre Hände auf seiner Haut spüren, ihren Geruch einatmen und wieder Frieden empfinden, wenigstens für eine Weile.

»Gib mir deine Waffe.« Ilja streckte ihm eine Hand entgegen. »Komm mit mir ins Haus. Ich kümmere mich um deine Wunde, und dann verschwindest du von hier. Ich rufe Jonas an.«

Gavril zögerte. Er wollte unter keinen Umständen Ärger mit der Polizei bekommen. Er wischte seine Fingerabdrücke von der Pistole und reichte sie Ilja.

»Dein Sheriff-Freund hat wahrscheinlich schon Verstärkung angefordert. Er muss die Schüsse doch gehört haben.« Gavril trat zurück. »Regle das, wie du es für richtig hältst, Ilja. Ich bin bei Lexi. Und komm mal vorbei, und besuche deine Brüder.«

Gavril zog die Klinge erst aus der Wunde, als er in seinem Wagen saß und den Erste-Hilfe-Kasten hervorgeholt hatte. Er hatte damit gewartet, um möglichst wenig Blut zu verlieren, aber mit dem Messer im Arm zu laufen war nicht einfach gewesen.

Er legte sich einen Druckverband an, atmete langsam und konzentrierte sich, bis der Schmerz so weit nachließ, dass er wieder funktionieren konnte.

Seine Hunde warteten auf ihn; es ließ sich nicht mehr lange hinauszögern, sie abzuholen. Sie waren gut trainiert, doch er wollte nicht riskieren, dass jemand sie zufällig entdeckte. Er konnte sich aber nur langsam bewegen. Die Wunde musste genäht werden. Das konnte er zwar auch selbst versuchen, allerdings war die Stelle schwer erreichbar, und er hatte das Gefühl, dass Lexi, wenn es um Wunden ging, sehr gut mit einer Nadel umgehen konnte.

Die beiden Tiere waren genau da, wo er sie zurückgelassen

hatte. Er rief sie zu sich und kraulte sie erst einmal ausgiebig. Es waren starke, einschüchternde Tiere, Russische Schwarze Terrier, eine treue und sehr wehrhafte Rasse.

Gavril hatte eine natürliche Begabung im Umgang mit Hunden, eines der vielen Talente, die er seinen Eltern verdankte. Er hatte einige Male mit dieser Rasse zu tun gehabt und war beeindruckt von ihrer hohen Intelligenz. Zudem waren diese Tiere ruhig und sehr selbstsicher und brauchten einen ebenso selbstbewussten Hundeführer.

Mit ihrem robusten Körperbau und ihren starken Muskeln waren Russische Schwarze Terrier hervorragende Wachhunde. Gavril glaubte, wenn irgendwo ein Hund gebraucht wurde, dann auf Lexis Farm. Diese beiden, Drago und Kiss, hatten ihm einmal das Leben gerettet.

Die Genesung war nach so vielen Stichverletzungen schrecklich gewesen. Er war nicht der Typ, der sich in einem Krankenhaus oder einer Reha-Klinik erholen konnte. Er hatte sich in den Bergen und Wäldern Russlands versteckt, sich aber zuvor noch diese beiden Hunde geholt. Beide Tiere waren jung gewesen und mussten täglich ausgeführt und trainiert werden. So hatte er sich gezwungen aufzustehen und sich zu bewegen, auch wenn er meinte, es würde ihn umbringen.

Die Hunde waren seine ständigen Begleiter gewesen; er hatte fast zwei Jahre nur mit ihnen verbracht und sie ausgebildet, bis sie unzertrennlich waren und einander vollkommen vertrauten. Fremden gegenüber war diese Rasse von Natur aus misstrauisch; er würde sie also langsam mit den Bewohnern der Farm bekannt machen müssen. Kiss war zum ersten Mal trächtig und würde nun bald Junge bekommen. Er musste sie nach Hause bringen und einen Ort finden, an dem sie ihre Kleinen zur Welt bringen konnte.

Gavril schaute zum x-ten Mal auf seine Uhr. Er musste nach Hause zu Lexi. Wem wollte er da etwas vormachen? Seine Unruhe hatte nichts mit seiner Wunde oder der trächtigen Kiss zu tun, sondern damit, dass er sie wiedersehen musste. Was war mit ihm geschehen, dass er von Lexi Thompson derart besessen war?

»Auf geht's, wir fahren zu unserem neuen Zuhause. Und dass ihr euch ja benehmt! Ich erwarte von euch beiden, dass ihr sie genauso beschützt wie mich.« Er hatte kaum Zweifel, dass sie es schaffen würde, die Hunde für sich einzunehmen, so wie sie es mit ihm geschafft hatte.

8.

Gavril war froh, etwas Zeit allein im Haus zu verbringen und die beiden Terrier an Lexis Geruch gewöhnen zu können. Sie war überall präsent; er versuchte, sie einzuatmen, in sich aufzunehmen, und während er in einem Sessel im Wohnzimmer versank, ließ er die Hunde ihr neues Zuhause erforschen. Vielleicht waren es die vielen Tage ohne Schlaf, oder der Blutverlust, möglicherweise auch die wiedererwachten Erinnerungen an all seine Stichwunden – jedenfalls fühlte er sich sehr schwach. Aber er musste Lexi ins Haus bringen, ohne in Ohnmacht zu fallen, sonst würden die Hunde sie niemals hereinlassen.

Er seufzte lang gezogen, streckte gemächlich die Beine von sich und betrachtete seinen Handteller, fuhr mit einem Finger darüber, und das Zeichen wurde sichtbar, zwei perfekte, ineinander verschlungene Kreise. Leise murmelte er ihren Namen und presste die Lippen auf das Mal in seiner Hand.

Komm nach Hause zu mir, mein Engel, ich brauche dich, flüsterte er in Gedanken, und er sehnte sich nach ihr mit jeder Zelle seines Körpers, jeder Faser seines Wesens.

Mit geschlossenen Augen ließ er seinen Körper den Schmerz in sich aufnehmen. Er konnte nicht gegen das Brennen seiner Nervenenden oder die schrecklichen Qualen in der Schulter und im Arm ankämpfen. Schmerz war ihm nicht fremd, aber selbst wenn er sich davon überwältigen ließ, hörte das Gefühl der Hoffnungslosigkeit nicht auf.

Gavril presste den Daumen fest auf die beiden Ringe und ließ die Augen zufallen. Er wusste nicht, wie lange er in einem Meer des Leids abgetaucht war, als die Hunde zu seinen Füßen plötzlich aufsprangen und bedrohlich knurrten. Er befahl ihnen, sich wieder still hinzulegen, und nahm die Waffe von der Lehne des Sessels.

Lexi stieß die Tür auf und stand da in der hereinbrechenden Dämmerung, die Haare zerzaust, als sei sie gerannt. Sie schaute kurz auf die Hunde und musterte dann Gavril, um zu sehen, wie schwer er verletzt war.

»Kann ich gefahrlos zu dir kommen?«

Bei dem Gefühl, das sie ihm gab, konnte er nicht umhin zu grinsen. Sie verfiel nicht in Angst, obwohl sie doch eine ihrer Panikattacken hätte bekommen sollen. Die großen Hunde richteten ihre Aufmerksamkeit sofort drohend auf sie, nur sein Befehl hielt sie davon ab, Lexi anzugreifen.

»Verhalte dich ganz ruhig. Ich bin gerade verletzlich, und das mögen sie nicht.«

»Das bin ich auch.« Sie blieb an der Tür stehen, bereit, sie wieder zuzuschlagen, falls sich die Hunde bewegten. »Und leg die Knarre weg. Du siehst nicht aus, als könntest du im Moment richtig damit umgehen, und am Ende geht sie noch ungewollt los.«

Er sah sie verwundert an. Die Waffe war für ihn wie eine Verlängerung seines Arms, sie lag so vertraut in seiner Hand, dass ihm dieser Fehler unmöglich passieren konnte. Doch er legte sie auf die Sessellehne, stand auf und stellte überrascht fest, wie schwach er sich fühlte. Er führte die Hunde ins Nebenzimmer. Zuerst wollten sie nicht, doch sie gehorchten, als er ihnen ein Handzeichen gab.

»Jetzt kannst du reinkommen«, sagte er und ließ sich wieder in den Sessel sinken. »Geh einfach nicht ins hintere Schlafzimmer.«

Lexi eilte auf ihn zu. »Lass mich deinen Arm ansehen. Da ist ja überall Blut.« Sie schob seinen Ärmel zurück. Der Verband war durchgeblutet. »Soll ich dich jedes Mal so auffinden, wenn ich dich allein lasse?«, meinte sie kopfschüttelnd.

Gavril lehnte sich mit geschlossenen Augen zurück. Ihre zarte Berührung tat ihm gut. Er spürte die Kraft, die sie durchströmte. Er hätte versuchen können, die Blutung zu stoppen, aber er war zu müde gewesen. Er wollte sich nicht bewegen. Ihre geschäftigen Vorbereitungen zur Versorgung seiner Wunde beruhigten ihn.

»Leider steckte die Klinge in einem anderen, bevor sie mich traf«, murmelte er, ohne die Augen zu öffnen. »Das macht die Sache doppelt gefährlich.« Der Gedanke an eine weitere schwere Infektion entmutigte ihn.

»Mach dir jetzt keine Sorgen über irgendetwas. Ruh dich einfach nur aus. Ehrlich, Gavril, ich weiß nicht, wie du so lange ohne mich am Leben bleiben konntest.«

Ihre Stimme strich leise über seine Haut, über seine Sinne; sie dämpfte den Schmerz, wie nichts sonst es konnte. Ihre Hände bewegten sich sicher und verströmten heilende Wärme, als sie den blutgetränkten Verband entfernte und die Wunde mit einer Desinfektionslösung reinigte. Das Brennen raubte ihm den Atem, er musste seinen Körper in eine meditative Trance zwingen und sich von dem Schmerz loslösen, eine Technik, die er schon oft eingesetzt hatte, um zu überleben.

Er bekam mit, wie Lexi die Wunde sorgfältig nähte. Ihr Geschick dabei überraschte ihn. Als sie fertig war und von ihm abrücken wollte, ergriff er ihr Handgelenk und zog sie zu sich.

»Wie hieß sie?«

»Wer?«

»Die Ärztin. Die Frau, die dir so viel beigebracht hat. Wie hieß sie?«

Er spürte, wie ein Zittern sie durchlief, doch er ließ sie nicht gehen. Er musste den Namen der Frau wissen, die sie behandelt hatte wie ein menschliches Wesen. Der Frau, die wusste, dass sie irgendwann weggeworfen würde, die aber einem traumatisierten Kind eine helfende Hand gereicht und alles gegeben hatte, was sie geben konnte.

»Daiyu Zhang. Sie hieß Daiyu Zhang.«

Lexis Stimme war tränenerstickt. Gavril fühlte tief mit ihr. Er presste ihren Handteller an seinen Mund und drückte Küsse darauf, als könne das die Jahre des Leidens von ihr wegnehmen.

»Es tut mir leid, Lexi. Sie war eine außergewöhnliche Frau. Ich hätte sie gerne kennengelernt.« Gavril formte ihre Hand zu einer Faust und liebkoste die Fingerknöchel mit seinen Lippen. »Falls wir je eine Beziehung haben und zusammenbleiben, und falls wir dann ein Kind haben, müssen wir sie ehren, indem wir ihm den Namen Daiyu geben.«

Lexi presste kurz die Lippen aufeinander, die Augen voller Tränen, die ihm wie funkelnde Edelsteine erschienen. »Es bedeutet schwarze Jade. Das hätte ihr gefallen, einem Kind ihren Namen zu geben. Sie wollte immer Kinder haben, konnte es aber nicht. Das war einer der Vorwände, weshalb ihr Mann sie loshaben wollte.«

»Hast du deshalb so viel schwarze Jade in deinem Haus? Ich habe in jedem Zimmer einen Jadestein bemerkt. Und bisher dachte ich, dass er einfach nur gut zu dem asiatischen Stil deiner Wohnungseinrichtung passt.«

»Sie sagte immer, die schwarze Jade sei ein Schutzstein. Und das war sie selbst auch, so lebte sie, ein menschlicher Schild gegen Zorn und Aggression. Sie sagte, der Stein sei wichtig, um diese Regungen abzuwehren, denn er bilde einen elementaren Energieschild gegen physische und psychische Angriffe. Und er kann auch als kraftvoller Heilstein verwendet werden.«

»Deshalb hast du das Haus damit angefüllt.«

»Mit ihr«, erwiderte Lexi und stand auf. »Ich füllte mein

Haus mit den Dingen, die sie mich gelehrt hat. Ich bin nach der Entführung nie mehr zur Schule gegangen. Ich hatte nicht die Chancen, die andere Kinder hatten. Sie war meine einzige Lehrerin. Die einzige Erwachsene, die sich für mich interessierte, ohne andere Interessen zu verfolgen. Sie war die einzige Person dort, die mich nie verriet.«

»Daiyu war also so etwas wie deine Mutter.«

Lexi nickte bedächtig. »Sie war alles, was ich hatte. Caine hat sie mir genommen, wie meine Familie auch.«

Gavril legte seinen unversehrten Arm um ihre Hüften und zog sie auf seinen Schoß. »Ich will dich nur trösten, sonst nichts. Du brichst mir gerade das Herz. Vielleicht brauche ich den Trost mehr als du, aber egal, setz dich einfach kurz auf meinen Schoß und lass mich dich halten.«

Gavril glaubte, sie würde sich wehren oder auf Abstand gehen. Ihm war sehr bewusst, dass niemand sie je so gehalten hatte wie er. Er ließ den Arm um sie gelegt und wartete geduldig ab, ohne sie zu zwingen oder Druck auf sie auszuüben. Langsam entspannte sie sich, und in diesem Augenblick fühlte er sich, als habe er das kostbarste Geschenk der Welt erhalten – ihr Vertrauen.

»Erzähl mir, wie eure Kochstunde war. Hat sich Lucia gefreut, dich zu sehen?« Er ließ sein Kinn auf ihren Kopf sinken und rieb es an ihrem dunkelroten seidigen Haar.

Ihre Finger vergruben sich in seinem Hemd. »Ja. Ihr Gesicht hellte sich auf, als ich mit Lissa kam. Levi war auch da, und er trug eine Schürze. Das rechne ich ihm hoch an, denn ich weiß, dass er es für Lucia getan hat.«

»Du magst Levi.«

»Sehr. Anfangs habe ich mich mit ihm nicht leichtgetan. Ich gehe normalerweise nicht auf Männer zu, aber er ist Rikki so ergeben, das sieht man einfach, und deshalb fühlte ich mich nicht von ihm bedroht. Er ist noch nicht so lang hier, aber er arbeitet, wo immer er gebraucht wird, und er fühlt sich jetzt schon als Teil von uns – wie ein großer Bruder, der auf uns aufpasst.«

»Das ist gut«, sagte Gavril. »Was ist mit Thomas?« Von Lev zu Levi, das war relativ einfach, weit schwieriger war für ihn die Wandlung von Stefan zu Thomas. Er würde sich an den neuen Namen erst noch gewöhnen müssen.

»Thomas ist reservierter als Levi. Er ist definitiv verrückt nach Judith, aber ich kenne ihn nicht so gut.«

Es fiel ihr nicht auf, dass sie ebenso reserviert war wie Thomas. Gavril lehnte sich wieder zurück, schloss die Augen und atmete ihren Duft ein. Sie würde sich für ihn immer anfühlen wie der Frieden, wie kühler Wald und die Erde nach einem Sommerregen. Rein und frisch. Sie verkörperte ein neues Leben. Nun, da er sich dazu entschlossen hatte, hielt er es mit beiden Händen fest.

Lexis Körperwärme verschmolz mit der seinen. Es war das erste Mal, dass er eine Frau auf dem Schoß hatte, nur um zärtlich zu ihr zu sein. Ihr einfach nur Geborgenheit zu schenken, ohne Wenn und Aber.

»Und Maxim?«

»Maxim.« Sie lächelte. Er sah es nicht, weil sie das Gesicht an seine Brust presste, hörte es jedoch an ihrer Stimme.

»Er ist unser *Mr. Tough Guy*, der Schlägertyp. Aber er wirkt nicht so einschüchternd auf alle wie du, denn er hat vier Schatten. Im Ernst, er kann keinen Schritt tun, ohne die vier Kinder um sich zu haben. Sie himmeln ihn alle an, als würde die Sonne mit ihm auf- und untergehen. Er versucht, so zu tun, als würde er das nicht mögen. Manchmal wird er sogar richtig ruppig, aber du solltest ihn mit ihnen zusammen sehen. Ein wunderbarer Anblick.«

»Du magst ihn also auch.«

»Ich kenne ihn nicht. Er ist erst seit ein paar Wochen hier, und hier sind inzwischen einige verrückte Sachen passiert.«

Gavril wartete schweigend ab.

»Ja, ich glaube, ich mag ihn. Wie kann man einen Mann nicht mögen, der für vier Kinder die Verantwortung übernimmt? Ich mag Thomas auch. Sie würden uns alle definitiv beschützen.« Sie blickte in sein Gesicht. »Erzähl mir von deinen Hunden.«

»Sie haben mir das Leben gerettet. Sie gaben mir einen Grund, morgens aufzustehen und meinen Körper zu bewegen, als er es nicht wollte. Sie sind die ersten richtigen Gefährten für mich, seit ich von meiner Familie getrennt wurde.« Es war ihm bis zu diesem Moment nicht klar gewesen, wie sehr er die beiden Tiere liebte. »Das Männchen heißt Drago und das Weibchen Kiss.«

»Kiss? Wie die Band Kiss?«

»Kiss, wie in dem Film ›Kiss of Death‹.«

»Oh.« Sie rutschte von seinem Schoß. »Du solltest uns miteinander bekannt machen. Du musst ins Bett. Die Sonne geht unter, und du hast mir noch immer nicht erzählt, was heute Nachmittag passiert ist.«

»Du hast nicht gefragt«, redete er sich heraus.

»Ich dachte, du sagst es mir einfach, aber darauf kann ich wohl lange warten.«

»Weil es nicht wichtig war«, konterte er.

»Ich glaube, du musst deine Meinung darüber, was du für wichtig hältst, ändern, Gavril. Wenn du total blutverschmiert heimkommst, mit einer Wunde, die mit an die fünfzig Stichen genäht werden muss, dann ist das wichtig.«

Sie hatte *heimkommst* gesagt. Er hätte gern gegrinst, doch sie hatte ihre Schullehrerinmiene aufgesetzt und hielt dieses Gespräch wohl für sehr ernst.

»Tut mir leid. Ja. Natürlich. Du hast recht. Ich hätte dir gleich sagen sollen, was passiert ist. Es war mehr ein Schusswechsel als eine Messerstecherei.« Ihr entsetzter Blick veranlasste ihn zu einer weiteren Erklärung. »Eigentlich war es gar kein großer Kampf.«

»Gavril Prakenskij, spuck es aus!« Sie stemmte die Hände in die Hüften. »Was genau ist passiert?«

Jetzt lachte er doch. »Ich bin nicht Benito.«

»Könntest du aber sein«, meinte sie. »Also?«

»Zwei Möchtegern-Killer waren hinter meinem jüngsten Bruder Ilja her.«

»Oh nein!« Sie griff sich voller Entsetzen an den Hals. »Geht es ihm gut? Und Joley?«

»Sie war bei ihrer Schwester. Er war bei mir.«

Lexi stand einfach nur da und starrte auf sein Gesicht hinab. Dann beugte sie sich zu ihm, umfasste es mit beiden Händen und sah ihm in die Augen. »Er war bei dir, das heißt natürlich, er ist okay. Natürlich hast du dich um die Sache gekümmert, Gavril. Aber eines Tages wirst du nicht mehr schnell genug sein und sterben. Das will ich nicht. Verstehst du mich? Ich will das nicht!«

»Wenn du mich weiter so anschaust, Lexi, dann muss ich dich vielleicht küssen, und dann hätten wir alle möglichen Probleme.«

Sie hörte nicht auf, ihn anzusehen, blinzelte aber mehrmals. »Ich weiß nicht, was diese Verbindung zwischen uns ist, Gavril, aber ich will dich nicht verlieren. Bitte tu mir den Gefallen, und pass ein bisschen besser auf dich auf.« Sie ließ die Hände sinken, bevor er ihr zu nahe kommen konnte, und trat stirnrunzelnd zurück. »Und küsse mich nie, weil ich dir leidtue. Ich bin nicht deine Schwester!«

Ein sehnsuchtsvolles Brennen erfasste seinen ganzen Körper. »Wenn du meine Schwester wärst, würde ich dich nicht küssen wollen. Du hast zu mir gesagt, du willst keine Angst haben, dass ich dich anmache, also habe ich dich höflich gewarnt. Du bist nicht gerade vernünftig.«

»Ich bin eine Frau«, entgegnete sie süffisant. »Ich muss nicht vernünftig sein. Du musst ab ins Bett, also iss etwas, und leg dich hin. Ich setze mich auf die Veranda und überlege mir inzwischen, was ich mit dir anfangen soll.«

»Ich muss dich mit den Hunden bekannt machen. Kiss ist trächtig, sie wird bald das erste Mal werfen. Ich will nicht, dass sie überfürsorglich wird und dich nicht mehr ins Haus lässt.«

»Ich bin auf der Veranda ganz glücklich. Sie kann das Haus haben. Du kochst doch ganz gut, oder? Wenn du wieder fit bist, kannst du für mich kochen und mir das Essen dann rausbringen.«

Wenn sie ihn neckte, war sie einfach unwiderstehlich, dann ließ sich das Glück, das ihn überkam, nicht mehr bremsen. »Du hast wirklich einen tollen Humor«, grinste er.

»Anscheinend. Also gut. Ich lerne deine Hunde kennen, aber wenn sie mich umbringen, bist du schuld.«

Das feine Zittern in ihrer Stimme verriet ihm, dass sie, nachdem seine Wunde versorgt war, nun kaum mehr Angst hatte. Zuvor hatte sie sich viel mehr Sorgen um ihn gemacht, und die Hunde waren nun einmal groß und einschüchternd.

Gavril hatte keine Lust aufzustehen und sie mit den Tieren bekannt zu machen. Er überlegte, genau hier zu schlafen, damit er sich nicht mehr bewegen musste. Sein Körper schmerzte, und seine Nervenenden brannten; er fühlte sich verbraucht und aufgezehrt. Doch da war sie, stand vor ihm, nervös und entschlossen und so schön, dass ihm das Herz wehtat.

Lexi ging zum Lichtschalter. Die Dämmerung war der Nacht gewichen und hatte die Schatten vertieft, mit denen er mehr vertraut war, in denen er sich besser fühlte.

»Nicht«, sagte er leise, »lass es aus.«

Er sah, wie sie tief durchatmete und dann nickte. »Sag mir nur, warum.«

»Wir können nach draußen sehen, wenn das Licht aus ist.

Wenn es an ist, ist jeder, der sich draußen aufhält, ein bisschen im Vorteil.«

»Ich kann die Rollos herunterlassen.«

»*Solnyshko moya*, du sagtest, du willst, dass ich bleibe. Ich weiß, es fühlt sich an, als würde ich das Heft in die Hand nehmen, aber ich muss wissen, dass wir sicher sind. Ich treffe Vorbereitungen. Ich verstecke überall im Haus Waffen, und ich weiß, das macht dir nichts, denn ich habe die deinen gefunden. Ich deponiere an verschiedenen Stellen Geld und Pässe für alle Fälle. Ich habe nie mehr als ein paar Nächte an einem Ort verbracht, bis ich in die Berge und Wälder ging, um mich von dem hier zu erholen.« Er zeigte auf seine alten Stichwunden. »Ich möchte hier sein. Auf dieser Farm. Mit dir. Ich habe eine Chance, hier etwas anderes zu finden. Sie mag nicht groß sein, aber ich möchte es versuchen. Ich brauche nur …« Er verstummte hilflos.

Gavril wusste absolut nicht, wie er sich irgendjemandem erklären sollte. Die Gespräche mit ihr waren die bisher längsten gewesen, die er je mit einem anderen menschlichen Wesen geführt hatte.

»Ist schon okay, Gavril, ich verstehe, wirklich. Und ich danke dir für all deine Hilfe in Sachen Sicherheit. Ich will mich auch in meinem Zuhause sicher fühlen, und das war bisher nicht so. Noch nie.« Sie zitterte und rieb sich über die Gänsehaut an ihren Armen. »Deine Hunde sind nur ein wenig einschüchternd, und sie sind schwarz. Im Dunkeln könnten sie wahrscheinlich bei jemandem einen Herzinfarkt auslösen.«

»Hast du Angst? Ich würde ihnen nicht erlauben, dir etwas anzutun.«

»Ein bisschen.«

»Eher würde ich sie erschießen, als zuzulassen, dass sie dir etwas tun. Und das heißt etwas, Lexi«, fügte er leise hinzu. »Denn ich verdanke ihnen mein Leben.«

»Sag mir, was ich tun soll.« Ihre Stimme zitterte, doch sie wirkte selbstbewusst.

Der Schmerz strahlte von seinem Bizeps zur Schulter aus, den Rücken hinunter und durch den ganzen Arm. Er musste sich bald hinlegen, das stand außer Frage, und er konnte nicht zulassen, dass die Hunde sie töteten, wenn sie sich im Haus bewegte.

Lexi wollte draußen schlafen, doch er hatte andere Pläne. Sie fühlte sich sicher auf der Veranda, wo sie alles sehen konnte, was auf sie zukam, doch mit ihm im Haus war es dort sicherer, und mit den Hunden und ihrem unglaublichen Geruchssinn und ihrem natürlichen Beschützerinstinkt konnte er sie besser verteidigen.

»Setz dich dort drüben hin. Ich bleibe stehen. Wenn du sitzt und ich stehe, stellst du für die Hunde keine Gefahr für mich dar.«

»Du fällst mir aber nicht hin, ja? Du schwankst nämlich ein bisschen. Ich habe wahrscheinlich ein Schmerzmittel irgendwo. Wenn nicht, kann ich Blythe anrufen, und sie verständigt Libby. Libby ist Ärztin, sie kann …«

»Ich nehme keine Schmerzmittel. Sie stumpfen die Sinne ab.«

»Gavril, mit solchen Schmerzen wirst du nicht so schnell wieder gesund.«

»Du wirst mich heilen. Ich spüre die Kraft in deinen Händen. Du schaffst das, Lexi, keine Sorge. Setz dich, und lass mich die Hunde hereinholen. Dann gehe ich ins Bett.«

»Haben sie schon gefressen?« Sie biss sich ängstlich auf die Lippe. Er konnte nicht umhin zu bemerken, wie voll und schön geschwungen ihr Mund war.

Lexi sank in einen Sessel, und er rief die Hunde zu sich und redete leise in seiner Muttersprache auf sie ein. Er sagte ihnen, sie sei eine Freundin; doch da er dieses Wort mangels Freunden noch nie benutzt hatte, änderte er es in *Kameradin* und stellte sie ihnen als ein Rudelmitglied vor.

Die Hunde liefen sofort zu Lexi und beschnüffelten sie. Ihr Geruch war an ihm und auch ansonsten überall. Sie gehörte dazu. Gavril sprach weiter mit leiser Stimme, aber mit bestimmendem Ton und streichelte die beiden immer wieder einmal, um ihnen zu versichern, dass alles bestens war. Dann sank er gegen die Lehne von Lexis Sessel, denn seine Beine wollten ihn nicht mehr tragen.

Sie legte einen Arm um ihn. »Du musst ins Bett.«

»Ruf sie bei ihren Namen. Lass sie an deiner Hand riechen. Wenn sie dich anstupsen, streichle sie, wenn nicht, rede einfach mit ihnen. Lass sie sich an deine Stimme gewöhnen.«

Lexi folgte seinen Anweisungen und seinem Beispiel. Sie sprach mit ruhiger, leiser Stimme zu den Tieren. Drago schnupperte an ihrer Hand, sah Gavril an, und als habe er verstanden, drückte er dann seinen Körper an Lexi. Sie strich über sein seidiges, welliges Fell und lächelte.

»Er ist wunderschön, Gavril.«

Das dachte auch Gavril. Das Männchen war stämmig, mit starken Knochen und kräftigem Köperbau. Auch Kiss war sehr schön, aber hochträchtig. Lexi beschäftigte sich geduldig mit dem Männchen und wartete darauf, dass das wesentlich argwöhnischere Weibchen sie akzeptierte. Sie nahm sich Zeit, sprach mit Drago und ließ sich von Kiss gründlich beschnuppern. Gavril atmete auf, als die Hündin schließlich zu erkennen gab, dass sie Lexi in ihrem Leben akzeptierte. Er ließ sie Kiss berühren, liebkosen, mit beiden Händen über den Bauch mit den Jungen streichen und machte diese Bewegungen mit, um sicherzustellen, dass Lexi voll und ganz von Kiss akzeptiert wurde.

»Wann bekommt sie ihre Jungen?«

»Sehr bald, jederzeit. Ich wollte sie hierherbringen in dem

Gedanken, sie bei meinen Brüdern zu lassen, damit sie gut versorgt sein würden.«

»Bevor du dein Leben geopfert hättest.« Lexi blickte ihn unter halb geschlossenen Lidern hervor an. »Und jetzt ab ins Bett mit dir.«

Er wollte lächeln, doch sie hatte wieder ihre Schullehrerinmiene aufgesetzt. Jedes Mal wenn sie von seinem ursprünglichen Plan sprachen, Sorbacovs Killer von seiner Familie abzulenken, bekam sie diesen Gesichtsausdruck. Und er begeisterte sich zunehmend dafür.

Gavril rief die Hunde zurück und stand langsam auf mit einem Gefühl, als würde eine Säge seinen rechten Arm bis zum Knochen durchtrennen. Lexi erhob sich mit ihm und stützte ihn. Er brauchte ihre Hilfe nicht, doch er mochte es, ihren Körper an seinem zu fühlen.

Er konnte nicht glauben, was sie ihn spüren ließ. Sein Leben lang war er von menschlichen Verbindungen abgeschnitten gewesen. Er hatte nie jemandem nahe sein wollen, hatte nie einen Weg gefunden, einer Frau genug zu vertrauen, um sich ihr gegenüber verletzlich zu zeigen. Doch als er Lexi zum ersten Mal sah, wusste er es sofort. Die Erde hatte unter seinen Füßen gebebt, und sein Herz war auf eine seltsame Weise zerschmolzen, sodass er verloren war, noch ehe er eine Chance zum Rückzug gehabt hatte.

Sie ließ ihn an der Badezimmertür zurück, und er hörte, wie sie sich im Schlafzimmer zu schaffen machte, Decken zurückschlug und einen Schlafplatz für die Hunde herrichtete. Es klang irgendwie tröstlich. Als er das Zimmer betrat, hatte er lediglich ein Handtuch um die Hüften. Er lehnte sich an die Tür und schaute zu, wie sie aus Decken ein Nest baute, vermutlich für Kiss.

Lexi schaute auf und wurde still. Er wusste, dass er sie mit seinen Blicken verschlang. Er fand sie wunderschön, alles an ihr, und besonders die Fürsorge, die sie seinen Tieren angedeihen ließ. Er hatte sie nicht auf die beiden vorbereitet, aber weil sie ihm gehörten, hatte sie sie willkommen geheißen.

»Danke, Lexi«, sagte er.

Lexi war unfähig, sich zu bewegen. Gavril lehnte an der Wand, ein Handtuch um die Hüften, sein von Schmerz gezeichneter Blick nahm sie besitzergreifend in sich auf. Noch nie hatte jemand sie so angesehen. Er betrachtete sie nicht wie sein Eigentum, sondern so, als würde sie zu ihm gehören und er sie begehren, wertschätzen und schön finden.

Sein Gesicht war vom Schmerz entstellt, die Linien darin tief eingegraben. Breite Schultern, eine muskelbepackte Brust, schlanke Taille und Hüften. Trotz seiner Verletzung wirkte er unbezwingbar. Er war von Kämpfen gezeichnet, und jetzt sah sie die Erschöpfung in jeder Kontur seines Körpers, doch das spielte keine Rolle. Sie fühlte sich völlig, bis zum Äußersten, von ihm eingenommen.

»Gavril, bitte geh zu Bett. Wenn du nicht gehst, setze ich mich direkt hier auf den Boden und fange an zu weinen.« Der Schmerz hatte ihn so sehr mitgenommen, dass er sich kaum mehr bewegen konnte, doch er schien es nicht akzeptieren zu wollen oder nicht zu wissen, wie er sich für eine Weile einfach einmal so gut es ging entspannen konnte. »Du hast die Hunde, und ich kann wirklich gut aufpassen. Ich schlafe auch nicht ein, das verspreche ich dir.«

Etwas an ihm zog sie magisch an. Er hatte etwas Tragisches an sich, ohne es zu wissen. Man musste ihn retten, doch auch das wusste er nicht. Er wirkte so einsam, wie er da stand. Und so kaputt, dass er nicht lieben konnte, ganz genau wie sie. Auch sie konnte es nicht. Vielleicht befanden sie sich ja beide in einer Art Überlebensmodus und wagten es nicht, jemanden an sich heranzulassen, denn wenn man sie noch einmal auseinanderriss, würde keiner von ihnen wieder heil werden.

»Ich möchte, dass du dich mit mir auf das Bett legst und einfach dableibst. Ich nehme das Laken, und du kannst die Decke haben, aber bleib bei mir.«

Sie schüttelte bereits den Kopf, eine automatische Reaktion. Sie schlief nicht in einem Bett, wo jemand durch das Fenster einsteigen und ihre kleine Schwester mit einem Messer bedrohen konnte. Der Gedanke verursachte ihr Atemprobleme.

Schnell wie der Blitz drückte er ihren Kopf nach unten, seine starke Hand an ihrem Nacken machte ihr bewusst, dass er ihr ohne Weiteres das Genick brechen konnte.

»Hast du solche Angst vor mir, dass du Panik bekommst bei dem Gedanken, mit mir auf einem Bett zu liegen? Sogar wenn ich dir garantiert habe, dass du bei mir absolut sicher bist?«

Es war kein Vorwurf in seinem Ton, es war lediglich eine leise Frage. Seine Präsenz half ihr, wieder Luft in die Lunge zu bekommen. Sie richtete sich kopfschüttelnd auf, ihr Herz hämmerte noch immer, das Blut jagte durch ihre Adern, aber sie konnte atmen.

»Es ist nicht deinetwegen, Gavril. Es tut mir leid, dass ich dich das glauben gemacht habe.« Sie blickte zum Fenster. Er war so omnipotent, und sie fühlte sich fragil und ein wenig hysterisch mit ihren Panikattacken. Sie beschloss, es ihm einfach zu sagen. Ihm klarzumachen, womit er es zu tun hatte.

»Er kam durch mein Schlafzimmerfenster. In unser Haus. Meine kleine Schwester schlief im Bett neben meinem und meine Eltern ein Stück den Flur hinunter. Ich hatte zwei ältere Brüder, deren Schlafzimmer meinem gegenüberlag. Sie hatten vor jedem der Zimmer Sektenmitglieder aufgestellt, und wenn ich nicht mit ihm gegangen wäre, hätten sie sie alle sofort umgebracht.« Sie presste ihre Finger fest an den Mund.

Gavril ergriff sanft ihre Hand und führte ihre Finger an seine Lippen. Er küsste ihre Fingerspitzen, als habe sie sie sich verbrannt. »Schäme dich nicht dafür, dass du nicht in einem Zimmer schlafen willst. Dieser grässliche Unmensch hat dir dein Gefühl für Sicherheit geraubt. Ein Zuhause sollte ein Zufluchtsort sein, ein Ort, dem niemals Gewalt angetan werden sollte. Er hat dir das genommen, und deshalb schläfst du jetzt auf deiner Veranda. Warum sollte dir das peinlich sein?«

»Sieh dich an. Auch in dein Zuhause sind Fremde eingedrungen. Sie rissen deine Familie auseinander wie Caine die meine. Aber du bist stark und hast keine Panikattacken …«

»Hör auf, dich niederzumachen.«

Seine Stimme riss an ihrem Herzen. Er hatte einen Tonfall, aus dem sie nicht wirklich schlau wurde. Seidenweich. Zärtlich.

»Schau dir dieses Zimmer an. Es ist eine Waffenkammer. An jedem denkbaren Platz sind Waffen versteckt, nicht nur in diesem Schlafzimmer, sondern im ganzen Haus. Ich habe zwei hervorragende Wachhunde mitgebracht. Ich habe vor, einen Schutzraum und einen Keller zu bauen, in dem wir noch mehr Waffen lagern können. Ich mache aus unserem Zuhause ein Fort, und dann wird es mir noch immer nicht reichen. Um dich zu schützen, Lexi, nehme ich Mühen in Kauf, die dich verrückt machen werden. Was ist der Unterschied zwischen uns? Nicht viel, wenn du mich fragst.«

Sie musste lächeln. Sie waren beide so kaputt, es war ein Drama, aber auch wunderbar. Sie war nicht allein, und er machte sich nichts aus ihren Panikattacken oder ihrem Unvermögen, die ganze Nacht im Schlafzimmer zu verbringen.

Er zog an ihrer Hand. »Du musst nicht hier schlafen. Leg dich nur mit mir hin. Ich muss dich neben mir spüren. Du gibst mir Mut.«

Lexi folgte ihm zum Bett, hauptsächlich weil die Finger um ihr Handgelenk nicht einen Augenblick von ihr abließen. Sein Griff war locker, aber stark.

»Ich glaube, du bist der mutigste Mensch, den ich kenne.«

Gavril schlüpfte unter das Laken, legte sorgfältig das Handtuch zusammen, versteckte eine Pistole darin und deponierte es auf dem Boden neben dem Bett. Er wusste, dass Lexi jede seiner Bewegungen genau beobachtete. Sie saß argwöhnisch auf der anderen Seite des Betts, als sei sie bereit, jeden Augenblick wegzurennen.

Beim Hinlegen zuckte er vor Schmerz zusammen, dennoch hatte es sich noch nie so gut angefühlt. Seine Finger legten sich wieder um ihren Arm, der Daumen strich über ihren Puls.

»Ich bin nicht mutig, Lexi. Ich lebe außerhalb der Gesellschaft, im Schatten, wo mich niemand sieht. Ich schleiche mich in Länder hinein und wieder aus ihnen heraus, bin ständig unterwegs, gehe keine Bindungen ein. Wie könnte das mutig sein?«

Sie wandte sich stirnrunzelnd ihm zu, zögerte zuerst und streckte sich dann neben ihm aus, den Kopf auf eine Hand gestützt. Ihr Blick glitt langsam über sein Gesicht, als versuchte sie, darin etwas zu ergründen.

»Gavril, du bist jetzt hier bei mir. Wie viel Mut hat es erfordert, hierzubleiben? Du hast sogar einen Moment lang daran gedacht, mich zu töten …«

»Nicht«, unterbrach er sie. »Ich wäre nie in der Lage gewesen, es zu tun.«

»Das weiß ich. Ich wusste es auch damals. Ich hatte und habe keine Angst vor dir.«

Sie strich ein paar Strähnen aus seinem Gesicht. Ihm stockte der Atem. Er wusste, es war ein kleines Wunder, dass sie ihn überhaupt berührte, von einer so intimen Geste ganz zu schweigen. Sie schien nicht einmal zu bemerken, dass sie es tat.

»Du bist bei mir sicher.« Das war sie. Was immer geschah, er würde sie beschützen, sogar vor ihm selbst. Doch das bedeutete noch lange nicht, dass er sie nicht an seine Nähe, seine Berührung gewöhnen wollte. Er wollte die eine Ausnahme in ihrem Leben sein. Mit allen anderen fühlte sie sich unwohl, und das passte ihm absolut. Er wollte, dass sie in seiner Gesellschaft entspannt war, dass sie lachte und das Gefühl hatte, in ihrem Haus sein und sich sicher fühlen zu können, solange sie mit ihm zusammen war.

»Lexi, leg deine Hände auf mich, eine auf meine Schulter, direkt über der Wunde, und eine darunter.« Er ließ vorsätzlich die Augen zufallen in dem Versuch, sich wie ein Mann zu geben, der nichts im Sinn hatte als den Schmerz in seiner Schulter. »Ich möchte ein kleines Experiment machen.«

Lexi zögerte nicht. Sie ging auf die Knie, beugte sich über ihn und rieb die Hände aneinander. Als Heilerin war sie ein Naturtalent. Gavril spürte die durch ihren Körper strömende Kraft. Er verfügte über viele Gaben, und eine davon war, dass er natürliche Kräfte oder mediale Fähigkeiten verstärken konnte.

Sie legte ihre Hände auf die Stellen, die er genannt hatte, fühlte mit geschlossenen Augen seinen Körper, die Nervenenden und die Entzündung, die sich um die Wunde herum entwickelte. Gavril löste den Gummi ihres Pferdeschwanzes, sodass ihr prächtiges Haar frei herabfiel.

Er kämmte mit den Fingern hindurch und schwelgte im Gefühl dieses dichten Seidenglanzes. Sie hatte wirklich schönes Haar. »Ich mag es, wenn deine Haare offen sind.«

»Beim Arbeiten ist es unpraktisch.«

»Wenn du im Haus bist, arbeitest du ja nicht«, konterte er. »Du könntest deinen Haargummi in der Tasche tragen und die Haare erst zusammenbinden, wenn du rausgehst.« Er musste die Augen öffnen und sie ansehen.

Wallendes Haar fiel ihr um Gesicht und Schultern, länger noch, als er gedacht hatte. Es sammelte sich auf seiner Haut, ein dunkles, kräftiges Rotbraun, mehr rot als braun, fast wie ein Glas dunklen Weins. Sein Körper regte sich, allen Bemühungen, entspannt zu bleiben, zum Trotz.

»Ich mag dein Haar, wenn es so lang ist.« Sein Ton wurde

leise, liebevoll; er wollte, dass seine Stimme sie liebkoste wie ihr Haar seine Haut.

»Das ist gut, denn ich werde es nie schneiden. Ich stutze die Enden, damit es gesund bleibt, mehr nicht.«

In ihrem Ton schwang ein leichter Trotz mit, ein Feuer, das sich durch ihre Hände auf seine Haut übertrug. Die Hitze breitete sich in seinem Körper aus, ein Brennen, das langsam stärker wurde und sich von Muskel zu Muskel fortzusetzen schien, siedend heiß in sein Blut überging und langsam jede Zelle seines Körpers erfasste. Sein Schwanz wurde groß und hart, eine wilde Pein, die diesen Augenblick noch intensiver machte.

Er fühlte sich – geliebt. Aber sie konnte ihn doch gar nicht lieben, sie hatte gar nicht die Zeit gehabt, sich in ihn zu verlieben … Dennoch – nie hatte ihn jemand so umsorgt wie sie. Niemand hatte seinen Körper je so erregt wie sie. Ihre Finger strichen über seine Haut, fanden verborgene Triggerpunkte, und er ließ sie an sich arbeiten, lag still und akzeptierte, dass es längst zu spät war, sich vor ihr zu retten.

Er wollte wieder die Augen schließen und einfach jede Berührung in sich aufnehmen, doch ihr Gesichtsausdruck war viel zu schön, um ihn sich entgehen zu lassen. Ihre Wimpern waren lang, die Lippen leicht geöffnet durch die völlige Konzentration auf seinen Körper, darauf, den Schmerz in seinem Arm zu lindern. Sie veränderte ihre Position, ihre Hand glitt um seinen Bizeps, darauf bedacht, nicht an die genähte Stelle zu kommen, doch ihr Handteller brannte heiß auf seiner Haut.

Ihre Brüste streiften seine Seite, und eine weitere Hitzewelle durchbrandete ihn. Gavril zwang sich, die Hände auf der Matratze liegen zu lassen. Er wusste genau, was er tun konnte, um sie zu verführen. Er war entsprechend ausgebildet worden und kannte sämtliche Wege, einer Frau Lust zu verschaffen, doch das wollte er weder für sie noch für sich. Er wollte, dass sie zu ihm kam. Plötzlich blickte sie ihn direkt an. Ihre wilden grünen

Augen trafen ihn wie ein Faustschlag. »Geht es dir besser? Glaubst du, du kannst jetzt schlafen?«

Er nickte langsam, hielt ihren Blick mit seinem fest. »Mach dich fertig fürs Bett, und leg dich einfach zu mir, bis ich wegdöse. Wenn du mich berührst, passiert etwas; die Nervenschmerzen lassen anscheinend nach. Ich weiß nicht, ob es so ist oder ob ich es mir nur einbilde, aber wie auch immer, du hast bisher am meisten zu meiner Genesung beigetragen.«

Sie atmete tief durch. Er hielt den Atem an. Beide warteten. Schließlich nickte sie und glitt vom Bett. Gavril sagte nichts mehr. Er meinte, die ganze Zeit über, die sie sich fertig machte, den Atem anzuhalten. Sie flocht ihr Haar und zog eine dünne Jogginghose und ein T-Shirt an. Als sie auf die Daunendecke glitt, eine Wolldecke hochzog und sich von ihm wegdrehte, wandte er sich ihr zu und legte seinen verwundeten Arm um ihre Taille.

Sie wurde steif. Er schmiegte seinen Körper an ihren und legte das Gesicht in ihren Nacken. »Ich verspreche dir, Lexi, ich werde dich nicht anmachen. Ich muss dich einfach nur halten. Ich kann dir auch ein Messer geben, wenn du dich dann sicherer fühlst.«

»Ich habe schon eine Pistole und ein Messer unter meinem Kissen.« In ihrer Stimme schwang ein Lachen mit, und ihre Anspannung verringerte sich etwas.

»Ach ja, stimmt. Habe ich ganz vergessen. Siehst du? Du kannst mich also erschießen, wenn ich mich nicht an mein Wort halte.«

»Glaube nicht, dass ich es nicht täte«, warnte sie ihn.

Er spürte ein Lachen in sich aufsteigen, und dass sie ihn diese Emotion fühlen lassen konnte, flößte ihm Respekt ein. Er hatte gewollt, dass sie sich entspannte und seine Gegenwart akzeptierte, dabei war es eher umgekehrt, und sie zähmte ihn.

»Ich weiß, dass du das tun würdest.«

»Es fängt an zu regnen.« Sie klang aufgeregt. »Hör auf den Regen. Rikki lässt Musik über die Farm regnen.«

Er lauschte dem Geräusch des Regens. An manchen Stellen fiel er sanft, an anderen wesentlich heftiger. Kraft pulsierte durch die Luft.

»Das ist Judith, sie unterstützt Rikki«, erklärte Lexi mit ehrfurchtsvollem Ton. »Sind sie nicht wundervoll? Rikki kann Wasser praktisch aus dem Nichts hervorbringen. Wenn wir am Verzweifeln sind, weil es zu trocken ist, kann Airiana uns die Wolken zuschieben. Und wenn der Regen zu heftig ist, kann Rikki ihn zum Wald umleiten, damit er unsere Ernten nicht zerstört.«

»Und du fühlst die Erde, den Boden. Du weißt, was er braucht und wann.«

Sie kuschelte sich tiefer ins Kissen. »Ja. Wir sind ein tolles Team.«

»Da passe ich ja prima dazu.«

Gegen Mitternacht schlief Lexi ein. Gavril hatte gewusst, dass sie erschöpft war und seine Körperwärme, das Rauschen des Regens und das bequeme Bett irgendwann obsiegen würden. Auch er gönnte es sich, ab und zu einzunicken, während ein Teil von ihm weiterhin die Umgebung ihres Hauses – er stellte es sich bereits als ihr gemeinsames Haus vor – überwachte. Gelegentlich kam ein Tier in die Nähe, aber kein Mensch, und er war froh über diese Atempause.

Um drei Uhr wachte er von einem Weinen auf. Drago und Kiss drängten sich an Lexis Seite des Betts, als wollten sie sie trösten. Gavrils Herz zog sich zusammen. Er hatte noch immer den Arm fest um sie gelegt, doch seine Hand war unter ihrem Hemd. Wie sie dahingekommen war, war ihm rätselhaft, aber Lexi war nicht von ihm weggerückt.

»Mein Engel, was ist los?«

Sie weinte weiter. Jetzt erst merkte er, dass sie fest schlief.

Warum die Tatsache, dass sie im Schlaf weinte, es so viel schlimmer machte, wusste er nicht. Er legte die gespreizten Finger auf ihren Bauch, als könne er dadurch ein Teil von ihr werden und die Dämonen vertreiben.

»Lexi, *solnyshko moya*, alles ist gut. Er ist für immer fort. Er kann dir und denen, die du liebst, nie mehr wehtun. Deine Schwestern sind sicher. Hörst du mich? Wach nur so weit auf, dass du weißt, du bist in Sicherheit.« Er flüsterte die Worte, ein Zauberer, der entschlossen war, ihre Albträume zu verjagen.

Als das nicht funktionierte, nahm er sie seufzend in die Arme und küsste ihren Handteller, blies warmen Atem darauf und stärkte ihre innige Verbindung damit noch mehr.

Ich bin hier bei dir, Lexi, und du bist sicher. Ich habe diesen Mann für dich getötet. Ich habe dafür gesorgt, dass er vor seinem Tod noch zu leiden hatte und mir sagte, wer deinen Aufenthaltsort noch kennt. Ich werde sie finden und töten, jeden Einzelnen von ihnen, bis ich weiß, dass du in Sicherheit bist. Er kommunizierte telepathisch mit ihr, was durch ihre besondere Verbindung und die Gaben möglich war, über die sie beide verfügten.

Er hat mit dem, was er dir angetan hat, geprahlt, und ich verlor die Beherrschung. Ich habe noch nie in meinem Leben die Beherrschung verloren. Ich schäme mich nicht dafür, aber es hat mich eine ganze Zeitlang aus der Fassung gebracht; unter anderem deshalb hatte ich auch meine Hand an deinem Hals. Du kannst mich hassen, wenn du willst, oder mich verachten, aber er ist weg. Ausgelöscht. Er kann nicht mehr zurückkommen.

Ihr Weinen ließ nach. Er spürte ihr Innehalten und wusste, dass sie ihn hörte. *Jetzt weißt du das Schlimmste über mich. Das Allerschlimmste. Du weißt, was sie aus mir gemacht haben, ein Monster, das zum Äußersten fähig ist. Ich habe Dinge getan, die nie wiedergutzumachen sind, und ich habe nichts dabei gefühlt. Ich habe ihn angeschaut und dabei nur dich gesehen – was er dir angetan hat.*

Er spürte eine sehr schwache Regung in sich. Ihr Denken, das an seines rührte. Sie hörte ganz zu weinen auf. Sie rückte nicht von ihm ab, wie es zu erwarten gewesen wäre, und schob auch die Hand auf ihrem Bauch nicht weg. Sie blieb sehr still, doch er wusste, dass sie ihm nun zuhörte.

Ich weiß nicht, welche Chance ich habe, ein zivilisierter Mensch zu werden, aber wenn es irgendeinen Weg gibt, dass ich dir etwas wert bin, dann möchte ich das erreichen.

Das hast du bereits.

Vier Worte. Das war alles, was nötig war, und sie hatte sein Herz in ihrer Hand.

9.

Gavril hatte das Frühstück bereits vorbereitet, als Lexi kurz nach halb sechs in die Küche gewankt kam. Er war angespannt und nervös, ein Wrack, ein Zustand, den er nicht kannte und den er absolut nicht haben wollte. Er hatte ihr allen Grund gegeben, ihn hinauszuwerfen. Die Gründe häuften sich inzwischen, und langsam konnte er nicht mehr verstehen, weshalb sie ihn überhaupt bei sich aufgenommen hatte.

Er hörte sie auf bloßen Füßen kommen, schaute auf und sah sie im Türrahmen stehen. Sie hatte geduscht, die feuchten Haare fielen in Wellen um ihr Gesicht; ihre kräftige Farbe erinnerte ihn an die Erde. In ihren alten, löchrigen Jeans und dem unvermeidlichen Flanellhemd, ohne Make-up und mit strahlender Haut wirkte sie jünger denn je – bis man in ihre Augen sah.

»Guten Morgen, Gavril.« Sie lächelte schmal und wandte ihre Aufmerksamkeit dann den Hunden zu, die in einer Ecke lagen. »Guten Morgen, Drago, Kiss, ich hoffe, euch geht es gut heute Morgen.«

Das war schlimmer, als wenn sie ihm eine Ohrfeige gegeben und gesagt hätte, er solle verschwinden. Er begriff sie nicht. Dabei konnte er sich sonst gut in andere Menschen hineinversetzen. Diese Gabe erhielt ihn am Leben, doch da stand sie, so schön, dass es wehtat, und er hatte keine Ahnung, was sie als Nächstes sagen oder tun würde.

»Sie waren heute Morgen schon draußen«, begann er. »Du hast keine Kaffeekanne, und Kaffee habe ich auch keinen gefunden, deshalb habe ich Tee gemacht.«

Ihre Miene hellte sich auf. »Tee ist perfekt. Ich trinke immer eine Tasse Tee vor der Arbeit. Mit Milch«, fügte sie hinzu, sobald er ihr einen Becher einschenkte.

Er hielt den Atem an, als sie ins Zimmer kam, direkt auf ihn zu, und nahm sich zusammen. Lexi legte beide Hände um den Becher, musterte Gavril, blickte ihm lange forschend in die Augen. Sie wägte wahrscheinlich sein Schicksal ab. Würde sie ihn zwingen zu gehen, weil er ein Monster war, ein hoffnungsloser Fall, oder … was?

Sie konnte sein Leben oder was ihm eingebläut und dann abverlangt worden war, unmöglich verstehen. Die Welten, in denen er unterwegs gewesen war, überforderten bei Weitem ihre Vorstellungskraft. Ihre tiefgrünen Augen wanderten über sein Gesicht, blickten in die seinen, und er wusste, dass sie ihn sah – nicht die Person, für die sie ihn gehalten hatte, einen gebrochenen, ihr so ähnlichen Menschen. Sie sah den Killer, den sie aus ihm gemacht und in die Welt hinausgeschickt hatten, um Anordnungen auszuführen.

Er hatte jeden Job erledigt und war abgestumpft, eine Überlebenstaktik, die er beherrschte, um ihn vor dem Irrsinn seines Lebens zu retten. Wie weit ging man, um eine Familie zu schützen? Seines Wissens hatte er nie einen Unschuldigen getötet. Jeden seiner Aufträge hatte er recherchiert und sein Leben auf der Schattenseite mit den Männern verbracht, die es nicht wagten, ihr Gesicht bei Tageslicht zu zeigen.

Lexi berührte zärtlich seine Wange, ihr Daumen strich kaum merklich über sein Gesicht. »Die ganze Zeit dachte ich, ich sei so kaputt, dass du irgendwann sagen würdest, ich sei ein hoffnungsloser Fall, Gavril. Aber du …« Sie schüttelte den Kopf und ließ die Hand sinken. »Ich glaube, du brauchst mich.«

Sie setzte sich auf einen Stuhl und nippte an ihrem Tee. »Ich habe heute Morgen jede Menge Arbeit. Gegen Mittag komme ich wieder und akupunktiere dich noch einmal. Bitte tu nichts, was die Wunde verschlimmern könnte. Wie fühlt sie sich an?«

»Als hätte mir jemand ein Messer in den Arm gerammt.« Er gab Eier und Kartoffelpuffer auf zwei Teller, garnierte sie mit frischen Erdbeeren und brachte sie zum Tisch. »Wenn ich nicht atme und mich nicht bewege, tut es nicht weh.« Er versuchte ein Grinsen, nur um zu sehen, ob er seine Miene verändern konnte, ohne dabei zu krepieren.

»Das ist gut«, meinte sie mit einem angedeuteten Lächeln. »Du kannst tatsächlich kochen. Sehr schön. Ich kann es auch, ziemlich gut sogar, aber ich habe nicht immer Lust dazu. Vielleicht können wir uns diese Arbeit teilen.«

»Vielleicht möchtest du erst probieren, anstatt das Essen auf dem Teller herumzuschieben«, meinte Gavril.

Seine Erleichterung war überwältigend. Er wollte sie nicht zeigen, doch seine Emotionen verzehrten ihn, er zitterte fast. Mit ausdrucksloser Miene setzte er sich ihr gegenüber und mimte den selbstbewussten, starken Mann, doch er erkannte sich selbst kaum wieder. Noch nie in seinem Leben hatte er sich so exponiert und verletzbar gefühlt.

»Wir müssen Kaffee besorgen. Und eine Kanne.«

»Daran habe ich noch nie gedacht. Ich trinke keinen Kaffee, außer meinen Schwestern kommt keiner hierher, und sie sind glücklich mit Tee, sogar Rikki, die eigentlich schwarzen Kaffee liebt. Neulich bat ich Judith, mir Schokolade mitzubringen, weil eines Tages Lucia kam und ich ihr nichts anbieten konnte.«

»Du hast nicht viel in deinen Schränken.«

Sie zuckte die Achseln. »Ich esse hauptsächlich, was ich anbaue, und hole es frisch vom Feld. Alle tun das. Wir haben aber einen gemeinsamen Lagerraum. Da könnte es Kaffee und auch eine Kanne geben. Wenn nicht, kann ich spätnachmittags in den Laden gehen.« Sie schaute auf ihre Uhr. »Bis dahin bin ich vielleicht fertig. Ich habe viel zu tun, weil ich gestern nichts geschafft habe. Aber es hat geregnet, da muss ich wenigstens nicht gießen.«

»Hast du keine automatische Bewässerung für deine Felder?«

»Für die meisten inzwischen schon. Ich habe auch eine für die jüngeren Obstbäume. Einiges wächst hier an der Küste einfach nicht gut.« Sie legte die Stirn in Falten und kaute nachdenklich. »Als wir die Farm kauften, gab es noch keine Bewässerungsanlage. Wir haben langsam, immer wenn wir Geld hatten, Systeme installiert, aber das ist teuer, und wir hatten nie große Überschüsse. Die Farm fängt gerade erst an, schwarze Zahlen zu schreiben; davor mussten die anderen immer Geld zuschießen.«

»Sie profitieren alle davon«, meinte Gavril. »Du leitest die Farm. Sie haben ihr eigenes Geld. Wirst du denn bezahlt?«

»Eigentlich trennen wir das Geld nicht wirklich. Wir steuern alle bei. Lissa macht für uns die Buchführung; wir müssen sparen. Wir besprechen alle zwei Monate unsere Finanzlage und was wir verbessern können. Jeder von uns bekommt monatlich einen bestimmten Betrag.«

»Und als meine Brüder kamen – halfen sie da nicht mit Geld aus?« Er konnte einen leisen, unheilvollen Ton in seiner Frage nicht verhindern.

Sie sah ihm in die Augen. »Natürlich taten sie das. Sie haben viel Geld in unsere Sicherheit investiert, und sie kaufen das angrenzende Land – noch einmal gut zweihundert Hektar. Es ist überwiegend Wald, aber ich will diesen Grund schon seit Längerem haben, deshalb freue ich mich ungeheuer darüber.«

Als sie aufstand, merkte er zum ersten Mal, dass auch sie nervös war. Sie wollte gehen, doch er erwischte gerade noch ihren Arm. Sie hielt abrupt inne, blickte aber stur geradeaus.

»Lexi, schau mich an«, bat er leise. Zärtlich. Er *empfand* Zärtlichkeit für sie. Wie auch nicht?

Sie drehte sich sehr langsam zu ihm um und sah ihn an. Tränen funkelten in ihren Augen, sie veränderten ihre Farbe von Waldgrün zu einem dunklen Smaragdton. Er zog sanft an ihr, und sie trat widerstrebend an seine Seite.

»Es tut mir leid, dass ich bin, was ich bin. Ich wünschte mir, für dich, ein besserer Mensch zu sein.«

Sie blinzelte die Tränen weg, doch eine lief ihr über die Wange. »Glaubst du wirklich, ich hätte ihm nie den Tod gewünscht? Ich habe mir eine Million Wege ausgedacht, ihn umzubringen. Ich wollte, dass er stirbt. Ich habe dafür gebetet.«

»Aber du hast ihn nicht getötet, Lexi«, erklärte er vorsichtig. »Ihm den Tod zu wünschen, das war unter den gegebenen Umständen ganz natürlich. Es macht dich aber nicht zu einem, wie ich es bin.«

»Ich habe ihn nicht getötet, weil ich zu feige war, nicht wegen meiner moralischen Überzeugung«, gestand sie. »In meinen Träumen habe ich ihn tausend Mal umgebracht. Ich ließ ihn leiden, wie er uns alle leiden ließ. Ich war nicht die Einzige, die sie dorthin brachten. Drei der Mädchen begingen Selbstmord. Eines starb bei der Geburt ihres Kindes. Hast du eine Ahnung, wie es ist, in Ketten gelegt in eine Kiste von der Größe eines kleinen Sargs gesperrt zu werden, so klein, dass du dich nicht bewegen kannst? Ich hasste ihn. Ich wollte seinen Tod, und ich hasste mich selbst dafür, dass ich zu schwach war, ihn zu töten.«

»Du bist nicht verantwortlich für den Tod dieser Mädchen«, erklärte er, plötzlich begreifend.

»Wenn nicht ich, wer dann? Ich war in seinem Haus. Ich habe sein Essen zubereitet. Ich hatte Zugang zu Messern, hätte ihn im Schlaf abstechen können. Aber ich hatte zu viel Angst, und deshalb sind diese Mädchen gestorben.«

»Lexi, das sollst du nicht glauben. Du warst ein Kind, und er hat dir alles genommen. Du hattest Glück, dass du selbst überlebt hast.«

»Und sie hatten weniger Glück. Meinst du, ich denke, es war falsch von dir, was du ihm angetan hast, Gavril? Ich wünschte, es wäre so. Ich wünschte, ich könnte zu Gericht sitzen und dir wie neulich noch einmal sagen, dass es falsch ist zu töten. Ich weiß ehrlich gesagt nicht, ob es das ist.«

Sie seufzte. »Als du kamst und ich dachte, ich hätte ihn mit Hilfe meiner Gabe getötet, war ich entsetzt, und ich weiß nicht einmal warum. Ich hätte jubeln sollen, aber stattdessen konnte ich nur daran denken, wie egoistisch ich war, dass ich ihn tötete, um mich zu schützen und nicht diese anderen Mädchen.«

»Du warst ein Kind, Lexi, ein kleines Mädchen, das mit seinen Freundinnen hätte spielen sollen, anstatt mit einem Monster leben zu müssen.«

Sie merkte nicht, dass Tränen über ihre Wangen flossen. Er wischte sie mit dem Daumen ab und hätte Caine am liebsten noch einmal umgebracht dafür, was diese Bestie ihr und so vielen anderen angetan hatte.

»Das spielt jetzt keine Rolle mehr, *solnyshko moya*, wir sind hier, und wir fangen neu an. Er ist fort und wird nie wieder einem Mädchen etwas antun.«

»Wenn ich ihn getötet hätte, Gavril, wenn ich einfach nur den Mut gefunden hätte, dann würden meine Eltern, meine Brüder und meine kleine Schwester noch leben. Aber ich hatte solche Angst, dass er mich dabei erwischt und in diese schreckliche Kiste sperrt. Ich habe es so oft versucht, aber ich konnte mich nicht dazu durchringen.«

Er nahm sie in die Arme und umfasste mit beiden Händen ihr Gesicht, suchte darin nach Zeichen von Furcht, nach irgendetwas, das ihm gesagt hätte, sich zurückhalten zu sollen. Doch er fand nichts als Sorge und Schmerz.

Gavril küsste ihre Augen, sachte, kleine Liebkosungen. Er folgte den Spuren ihrer Tränen zuerst auf einer, dann auf der anderen Wange, kostete sie. Seine Lippen berührten sanft ihre Mundwinkel, ihren Mund – die Andeutung eines Kusses –, ein Trost, keine Forderung. Beruhigung, nicht Erregung.

Er gab sich alle Mühe, zärtlicher zu sein, als er es je in seinem Leben gewesen war. Als er den Kopf anhob, schmiegte sie sich an ihn, schlang die Arme um seinen Nacken und presste ihr Gesicht an seine Schulter, die nicht verwundete Seite. Sogar in ihrer Verzweiflung war sie noch um ihn besorgt.

»Ich weiß, ich sollte das nicht zu dir sagen, Gavril. Ich weiß, dass es falsch von mir ist, aber ich danke dir. Es tut mir leid, dass du es tun musstest, denn ich weiß, dass du diese Last dein Leben lang tragen musst.«

Gavril wollte widersprechen, merkte aber dann, dass sie ihm alles sagen musste, so wie auch er ihr alles hatte gestehen müssen.

»Er hätte mich umgebracht, und trotz all des Trainierens mit Lissa und Levi fand ich noch immer nicht den Mut, ihn zu töten. Er lähmte mich. Ich erstarrte einfach. Ich fühlte mich wie ein erschrecktes Kind. Es tut mir so leid.« Sie blickte in seine Augen. »Ich wäre eine totale Heuchlerin, wenn ich dir sagen würde, wie falsch es war, was du getan hast. Du hast geschafft, was ich vor vielen Jahren schon hätte tun sollen.«

Kiss kam herüber und presste die Schnauze an Lexi, um sie zu trösten. Das wunderte ihn, denn die Weibchen dieser Rasse akzeptierten neue Beziehungen meist nicht so bereitwillig wie die generell eher unnahbaren Männchen. Lexi streichelte kurz das seidige Fell.

»Ist schon gut, Kiss«, murmelte sie. »Ich kann nur nicht aufhören zu weinen.«

Sie legte den Kopf wieder an Gavrils Schulter, und er befahl der Hündin, zurück in die Ecke zu gehen. Er schloss die Arme um Lexi, drückte sie an sich, verzehrte sich nach ihr. Er hatte in seinem Leben viele schlimme Dinge getan und mehr Qualen ertragen als die meisten ausgehalten hätten, aber hilflos zu sein, wenn die eine Person auf der Welt litt, die einem mehr bedeutete als alles sonst, das war wahrer Schmerz.

»Ich bleibe, Lexi. Wir bauen uns ein gemeinsames Leben auf. Wir werden einen Weg finden, wie wir zusammen eine glückliche Familie sein können. Du kennst meine schlimmsten Seiten und scheinst mich trotzdem akzeptieren zu können, wie ich bin. Ich werde mein Bestes tun, um dich glücklich zu machen. Das kann ich dir versprechen. Und ich weiß, dass ich dir Sicherheit geben kann.«

Wieder blickte sie in seine Augen. »Wirst du wirklich glücklich sein, eingesperrt auf einer Farm, nach all deinen Reisen? Mit einer Frau, die so kaputt ist, dass sie nicht weiß, ob sie mit einem Mann eine normale Beziehung eingehen kann?«

»Ich habe zwei Jahre allein in den Bergen und Wäldern Russlands gelebt. Ich habe mein ganzes Leben allein verbracht. Die Farm ist der perfekte Ort für einen Mann wie mich, der Abgeschiedenheit und Frieden braucht. Die Arbeit gefällt mir, und du bist die Art von Frau, der es nichts ausmachen würde, wenn ich Abstand bräuchte.« Er konnte sich nicht vorstellen, Abstand von ihr zu brauchen, aber wenn doch, würde sie nicht verärgert sein.

Lexi fuhr sich mit der Zunge über die Lippen. »Was tun wir hier? Diskutieren wir wirklich, ob wir eine echte Beziehung haben wollen? Wie ein Mann und eine Frau? Nicht nur als Zimmergenossen?«

»Wie ein *richtiger* Mann und eine *richtige* Frau?« Ein Lächeln machte sich auf seinen Zügen breit. So fühlte sich Glück an – einen Moment mit einem anderen menschlichen Wesen zu teilen, das zählte. Sie hatte ihm nun schon so viele erste Male geschenkt, dass er es kaum glauben konnte. »Ja, ich denke, das ist es, worüber wir reden, Lexi, aber ich will nicht, dass du in Panik verfällst.«

»Tue ich aber. Total. Ich würde dich enttäuschen, Gavril, und du verdienst so viel mehr, als ich dir jemals werde geben können. Ich bin eine gute Arbeiterin, und ich könnte ein guter Kumpel sein, aber eine Frau – dagegen sperrt sich bei mir alles.«

Er öffnete sanft ihre Hand. »Ich sehe die Panik in deinen Augen, *solnyshko moya*, aber sie ist wirklich grundlos. Wenn es mit uns als Mann und Frau etwas werden soll, dann wird es geschehen. Wir können als Kameraden leben, aber ehrlich gesagt, als Schwester werde ich dich nie sehen.« Er rieb mit dem Daumen über ihren Handteller und beobachtete sie, bemerkte, wie in diesen waldgrünen Augen eine Spur von Begehren aufflackerte.

Sie schnitt ihm eine Grimasse. »Ich glaube, du bist der sprichwörtliche Teufel in BlueJeans, der gekommen ist, um mich zu verführen.«

»Das siehst du richtig.« Er küsste ihren Handteller. »Ich sage es dir vielleicht besser, bevor du Angst bekommst, weil du letzte Nacht in deinem Bett geschlafen hast – aber ich war sehr, sehr gentlemanlike.«

Dieses Mal erreichte ihr Lächeln ihre Augen. »Das war meine allererste Nacht in meinem Bett. Und du warst wirklich der perfekte Gentleman.«

»Wo arbeitest du heute? Ich muss hier noch ein paar Dinge erledigen, dann komme ich nach.«

»Du wirst das Haus nicht mit Bomben oder etwas ähnlich Verrücktem ausrüsten, oder?«, fragte sie argwöhnisch.

Er musste unwillkürlich lachen. »Ich lade Levi und Rikki ein und mache sie mit den Hunden bekannt. Dann bitte ich Maxim und Airiana, mit den Kindern zu kommen. Ich muss sicherstellen, dass die beiden alle auf der Farm als Teil des Rudels akzeptieren, bevor Kiss ihre Jungen bekommt. Wie es aussieht, wird es schon bald so weit sein.«

»Wann denn ungefähr?«

»In etwa einer Woche, aber sie zeigt schon erste Anzeichen.

Ich will nicht, dass sie wegen der Jungen so beschützend wird, dass es ihr dann schwerfällt, die anderen zu akzeptieren. Es darf für die Kinder und deine Schwestern nicht zum Problem werden, uns zu besuchen.«

»Ich muss Lissa von ihnen erzählen«, meinte Lexi. »Sie hat ein bisschen Angst vor Hunden.«

»Du sagtest, sie ist gebissen worden?«

Lexi runzelte die Stirn. »Ich weiß nicht, ob sie das wirklich gesagt hat oder nicht, aber sie verhält sich zumindest so. Lissa hat eigentlich sonst kaum vor etwas Angst.«

»Kann ich mir vorstellen«, meinte Gavril.

»Was heißt das?«

»Nur dass sie eine Wilde ist«, antwortete er. »Hat sie beim Training schon mal einem meiner Brüder in den Hintern getreten?«

»Sie sagt, sie sind immer ein klein wenig schneller, aber irgendwann schafft sie es.«

Er nickte. »Warum lässt du nicht mich mit Lissa reden? Ich mag sie. Ich will sie nicht verstimmen. Sie scheint dir am nächsten zu stehen.«

Lexi trat achselzuckend zurück. »Ich liebe sie alle, aber Lissa weiß anscheinend, dass ich nicht das süße, fragile Kind bin, für das mich die anderen halten.«

»Du bist süß, Lexi, und ob du es dir eingestehen willst oder nicht, du bist auch fragil. Was nicht heißt, dass du nicht auch stark oder mutig sein kannst. Du bist beides. Und du hast dir den Frieden hier hart erkämpft. Du musst hierbleiben, auf der Farm, wo du dir ein Zuhause und ein Leben geschaffen hast. Deine Schwestern machen sich offenbar nur Sorgen, dass Rikki wegziehen muss, aber sie sollten sich auch um dich sorgen.«

»Ich könnte es tun.«

»Natürlich könntest du, aber das bedeutet nicht, dass du es solltest. Jedenfalls wird es nicht dazu kommen, also hör auf, dir darüber Gedanken zu machen. Ich habe mich mit Ilja verständigt. Ich denke, er wird sicherstellen, dass die Drakes uns akzeptieren. Schließlich sind wir alle eine Familie oder werden es bald sein.«

Sie warf ihm einen raschen Blick zu, fragte aber nicht, was er damit meinte. »Ich fahre jetzt raus und kümmere mich um das Salatfeld. Ich musste die ganze letzte Woche neu pflanzen und möchte jetzt damit fertig werden.«

»Küss mich.«

»Was?«

»Bevor du gehst, küss mich. Das ist doch so üblich, wenn die Frau des Herzens und der Seele eines Mannes das Haus verlässt, um zur Arbeit zu gehen? Da bin ich mir ziemlich sicher. Wenn du nicht weißt, wie das geht, dann können wir ja eine deiner Schwestern anrufen und fragen.«

Ihre Augen waren vor Schreck groß geworden, dazu dunkel vor Aufregung und vielleicht ein bisschen Angst. »Du würdest es nicht wagen.«

»Klar würde ich das.« Er bemühte sich, naiv zu klingen. »Wie sollen wir denn sonst etwas lernen?«

Lexi kam durch das Zimmer zu ihm zurück. Er konnte fast hören, wie heftig ihr Herz schlug. Ihr Atem ging ein wenig zu schnell, ihre Brüste hoben und senkten sich vor Unruhe. Sie stand lange vor ihm, starrte in sein Gesicht, die Hände hinter dem Rücken.

»Was ist, *dusha moya*?«, fragte er sanft. Sie wirkte so verloren, dass es ihm beinahe das Herz brach.

»Ich weiß nicht wie.«

Er runzelte die Stirn. »Was meinst du, du weißt nicht wie?«

»Er hat mich gezwungen, Dinge mit ihm zu tun, aber Küssen gehörte nicht dazu.«

Er hatte nie in seinem Leben einen Mann gehasst. Wenn er tötete, tat er es leidenschaftslos. Es war ein Job, den er ausführte und dann ging. Aber Caine … Der Mann hatte ein Kind entführt und auf die schlimmste Art missbraucht, ihm Würde und Menschsein genommen, um es total zu beherrschen. Er hatte diesem Kind, ihr, nicht eine Freundlichkeit erwiesen und nie versucht, sie auf die Brutalität all dessen vorzubereiten, was er ihr antun würde.

»Das ist gut. Es ist gut, dass der Kerl dich nicht einem widerlichen Anschein von Liebe ausgesetzt hat. Mir wurde das Küssen beigebracht. Wie einem gottverdammten Roboter, Lexi. Kein Gefühl, keine Absicht außer der, eine Frau scharfzumachen, um von ihr Informationen zu bekommen. Ich habe nie eine Frau geküsst, für die ich Zuneigung empfand.« Teufel auch, er hatte nie Zuneigung gefühlt – bis jetzt. »Ich schätze, das wird schon wieder ein erstes Mal, für uns beide.«

»Was ist, wenn ich es komplett falsch mache? Oder schlimmer? Ich versteife mich total, und dann wissen wir beide ganz gewiss, dass ich zum Küssen absolut unfähig bin?«

»Über was für einen Kuss reden wir eigentlich? Ich bin ja sehr dafür, dass wir irgendwann direkt zur Sache kommen, aber eigentlich wollte ich es langsam und viel sorgsamer angehen. Dich merken lassen, was für einen tollen Glückstreffer du gelandet hast. Immerhin komme ich mit einem Waffenarsenal, zwei super Wachhunden und Fähigkeiten, die nicht so schnell jemand für sich beanspruchen kann.«

Langsam wich die Furcht aus ihrer Miene und gab einem kleinen Lächeln Raum. »Du bist unmöglich, weißt du das? Ich wette, niemand sonst weiß, dass du Humor hast.«

»Es ist ein gut gehütetes Geheimnis, so gut, dass ich es nicht einmal selbst wusste.«

Sie brach in ein Lachen aus, das für ihn schöner klang als jede Musik, die er je gehört hatte.

»Komm hierher, Weib.« Er stand auf und zeigte vor sich auf den Boden. Sie gehorchte, und er ergriff ihr Kinn und küsste sie leicht auf den Mund. Zuerst blieb ihm das Herz fast stehen, dann pochte es wild. Er hatte vorgehabt, es damit bewenden zu lassen. Ein keuscher Kuss, nichts, um sie zu ängstigen, doch er konnte nicht aufhören.

Er zog sie an sich. Sein Mund streifte über ihren. Liebkosend. Zärtlich. Ihre Lippen bebten. Er fühlte das Auf und Ab ihrer Brüste an seinem Körper, zählte jeden ihrer Atemzüge. Seine Zunge glitt über ihre Lippen, bat um Einlass.

Dies ist etwas, das ich dir geben kann. Etwas, womit er *nichts zu schaffen hatte. Schenke dich mir, Lexi, begib dich in meine Obhut.*

Lexi wurde sehr still, ein ungezähmter Vogel, der sich zum Fliegen bereitmachte. Er spürte jeden Zentimeter ihres Körpers an seinen gepresst. Ihr Geruch umgab ihn, erreichte seine Lunge, erfüllte ihn. Er drängte sie nicht zu einer Entscheidung, doch er neckte ihre Unterlippe mit seinen Zähnen, seiner Zunge, kitzelte eher eine Reaktion aus ihr heraus, als sie zu fordern.

Seine Finger kraulten ihren Nacken, der Daumen strich sanft über eine Wange. Ihre Lider zuckten und schlossen sich dann. Ihre Lippen öffneten sich einen Spalt, forschend, vorsichtig, drang seine Zunge in ihren Mund. Sein Herz machte einen Sprung. Die Erde unter ihm schien sich zu bewegen. Die Welt versank, bis es nichts mehr gab außer ihr.

Er war sich aller Dinge, die sie betrafen, bewusst. Wie klein sie war. Wie fragil und zart im Vergleich zu ihm. Doch ihre Muskeln waren fest, die Rundungen weich, ihr Körper passte perfekt an seinen. Ihr Mund war honigsüß und heiß, wie er es nie gekannt hatte; nie würde er genug davon bekommen. Sein Blut pulsierte siedend durch die Adern, Begehren überwältigte ihn, erfasste seinen gesamten Körper.

Er war ein guter Verführer und noch besser beim Sex, eine geübte Kunst, die er bestens beherrschte. Gavril hatte gelernt, nie die Kontrolle zu verlieren. Er bewilligte seinem Körper Befriedigung, wenn es an der Zeit war, und natürlich war es immer lustvoll, aber allein sie zu küssen war anders als alles, was er bislang gekannt hatte. Sein Herz fing an, so wild zu pochen, als würde es gleich aus seiner Brust in die ihre hüpfen.

Er hatte seine Reaktionen gegenüber Frauen in der Gewalt, jede seiner Bewegungen war erprobt und vorsätzlich. Doch Lexi mit Vorsatz zu küssen war schlicht unmöglich. Noch nie hatte er so … gefühlt. Er konnte es nicht beschreiben. Er wusste lediglich, dass pure Emotion ihn überwältigte, ihn verzehrte, und dass dies vollkommen echt war. Sein Bauch verkrampfte sich, sein ganzer Körper brannte vor Verlangen.

Ihr Mund war schlicht und ergreifend ein Wunder. Himmlisch. Er hatte nie an den Himmel oder an Gott geglaubt – bis zu diesem Moment. Bis er ihn in ihr fand. Ihr Geschmack war unwiderstehlich, süchtig machend; er wusste, er würde nie genug von ihr kriegen, nie imstande sein, sie lange genug oder oft genug zu küssen, um sein Verlangen nach ihr zu stillen. Sie schmeckte wie die Liebe. Reine Liebe. Er glaubte nicht einmal an die Liebe, doch da war sie, in dieser kleinen Frau, die er in seinen Armen hielt.

Seine Leidenschaft für sie war echt. Es war nicht zu leugnen, dass sein Körper den ihren forderte; am liebsten hätte er gejubelt vor Freude, dass er eine wirkliche physische Reaktion auf eine Frau – seine Frau – zeigte. Sie hatte solche Angst gehabt, nicht reagieren zu können – und er, dass sein Training die Oberhand gewinnen würde.

Er küsste sie zärtlich, wieder und wieder, wollte gar nicht mehr Atem holen. Am liebsten hätte er geweint vor Glück, dass ihm ein solches Geschenk zuteilgeworden war.

Lexi stand sehr still in Gavrils Umarmung. Sie hatte sich nie vorstellen können, dass jemanden zu küssen so sein konnte. Sie hatte nie daran geglaubt, jemals geküsst zu werden, und wenn – sie war sicher gewesen, dass sie es nicht mögen würde.

Gavrils Mund war heiß und fühlte sich an, als würde er sie für sich fordern – nicht als Besitz, sondern als eine Frau, die es zu lieben und zu beschützen galt. Mehr noch, sie spürte sein echtes Verlangen. Wahres Begehren. Kein brutales, hässliches Benutzen ihres Körpers, sondern etwas so ganz anderes, dass ihr Tränen in die Augen stiegen, Tränen der Freude über diesen Moment mit ihm. Mit Gavril.

Sie hatte nie überlegt, wie ein richtiger Mann für die Frau seiner Wahl fühlte – was wahre Zuwendung war, die ihr sagte, dass ihre Freude, ihre Reaktion, ihm mehr bedeutete als seine eigene. Der Beweis dafür war die Art und Weise, wie er sie in den Armen hielt. Die Berührung seiner Hand an ihrem Nacken, der Daumen, der ihre Wange liebkoste. Seine Zunge, die ihren Mund so zärtlich erforschte, nicht forderte, ihr nichts abverlangte.

Sie hatte nicht damit gerechnet, dass er so zärtlich sein würde, und das entwaffnete sie mehr als alles andere. Sie spürte seine Reaktion auf sie, sein aufrichtiges Begehren, aber mehr noch spürte sie dieses Gefühl. Es erhob sich aus dem Nichts wie eine Flutwelle in ihr, um dem großen Gefühl in ihm zu entsprechen. Sie konnte es nicht benennen, wollte es nicht einmal fühlen, weil es sie zu verletzlich machte, aber sie wusste, dass auch er es fühlte.

Ihr wurde heiß. Ihre Brüste schmerzten. Sie spürte, wie sie zwischen den Beinen feucht wurde. All das wühlte sie so sehr auf, dass sie fast vor ihm zurückgezuckt wäre, doch sein zärtlicher Daumen und der Geschmack der Leidenschaft waren eine zu große Versuchung. Gavril öffnete ihr die Tür zu einer Welt, zu der zu gehören sie sich nie hatte vorstellen können. Es war beglückend und erschreckend zugleich.

Er musste genauso ängstlich sein wie sie. Wie sie hatte auch er alles verloren. Er wusste, wenn sie einmal zusammen waren, würden sie beide wieder verwundbar sein. Sie hatte nicht erwartet, ihrerseits mit Lust zu reagieren, doch er riskierte alles, und sie wollte ihm in nichts nachstehen.

Vorsichtig ließ sie, seinem Beispiel folgend, ihre Zunge an der seinen entlanggleiten. Sein Geschmack, wild, maskulin und erregend, explodierte in ihrem Mund, drang in ihr Blut ein und pulsierte in ihren Adern. Sämtliche Nervenenden ihres Körpers knisterten, als seien sie elektrisch geladen. Sie wusste, dies war Leidenschaft. Doch da war auch Liebe. Sie hatte bislang keine Liebe von einem Mann gekannt. Aber wie konnte das sein? Wie konnte Gavril Prakenskij eine derart kaputte Frau lieben? Er war … außergewöhnlich. Sie hatte nicht gewusst, wie außergewöhnlich, bis zu diesem Moment.

Lexi fand in diesem betörenden Gefühl, das sein Kuss in ihr auslöste, etwas, das sie nie wirklich gehabt hatte – Hoffnung auf eine Zukunft. Sie wusste nicht sicher, ob eine körperliche Beziehung möglich war, doch Gavril hatte ihr diesen Moment geschenkt, den ersten, zarten, erstaunlichen Kuss, der nicht aufhören wollte und ihr den Atem und ihr Denkvermögen raubte.

Ihr Verstand schien zu schmelzen, ihr Körper war brennend heiß. Gavril drängte sich in sie, gab ihr alles – schenkte ihr … sich selbst. Er küsste sie voller Emotion und Leidenschaft, so, als gäbe es nichts sonst auf der Welt; fegte sie hinaus aus der realen Welt von Gewalt und Ungewissheit und verwischte jede böse Erinnerung, die nie ihr Bewusstsein verlassen hatte, bis es nur mehr ihn gab und das Paradies puren Gefühls, seinen harten, starken Körper und das Versprechen, dass hier eine Zukunft für sie sein könnte.

Tränen erstickten sie, ließen sie nicht mehr atmen. Sie keuchte. Sofort hob er den Kopf, drückte seine Stirn an ihre und sog heftig Luft in sich ein. Seine Hände hielten ihre Arme, als würde er sich an eine Rettungsinsel klammern.

Gavril räusperte sich und versuchte herauszufinden, wann

sein Hirn so völlig abgeschaltet hatte. »Äh – das verändert wohl einiges.«

Sie presste mit einem zaghaften Lächeln die Finger auf ihre Lippen. »Ich weiß nicht, wie das gehen soll, aber es gibt einem Hoffnung, nicht wahr?«

»Ganz bestimmt. Jetzt muss nur noch der Boden aufhören zu beben und das Zimmer, sich zu drehen. Ich würde mich ja bewegen, aber es ist unmöglich, so viel geht hier um uns vor.« Er zog die Brauen zusammen. »Du spürst das auch, nicht wahr? Nicht nur ich?«

»Ich spüre es, weiß aber nicht recht, was es bedeutet.«

»Es bedeutet, wir haben definitiv eine Beziehung.« Er stöhnte ein wenig. »Du weißt, dass mit mir zu leben jetzt die Hölle sein wird.«

Einen Moment lang flackerte Angst in ihren Augen. Sie seufzte schwer und wartete, bis er geendet hatte.

Sein Finger strich über ihr Gesicht bis zum Kinn. »Du bist so ziemlich alles für mich, Lexi, das Einzige.«

Sie schüttelte stirnrunzelnd den Kopf, doch ehe sie sprechen konnte, legte er einen Finger auf ihren Mund. »Ich muss dir etwas sagen. Ich kenne meine Brüder kaum. Ich würde sie mit meinem Leben beschützen, aber sind sie imstande, mich von dem Leben zu befreien, das ich gehabt habe? Oder mich hier zu halten? Das sind sie nicht, Lexi. Wie denn auch?«

»Du liebst sie.«

»Ich weiß nicht, was Liebe ist, es sei denn, sie steht hier gerade vor mir. Ich halte zu ihnen. Jeder braucht einen Grund, um zu leben. Am Leben zu bleiben, um meine Brüder zu beschützen war ein guter Grund. Aber dann kamst du, und es zog mir voll den Boden unter den Füßen weg.«

»Gavril.«

Ihre Stimme war sanft. Sinnlich. Er hatte diesen Ton bisher nicht bemerkt. Ihre Stimme glitt über seine Haut, als würde sie ihn sanft berühren, griff in ihn hinein und packte sein Herz.

»Du liebst deine Hunde.«

»Ich kümmere mich um meine Hunde, und ich will, dass sie sicher sind, ich sorge mich sehr um sie, aber noch einmal, ich hätte sie bei meinen Brüdern gelassen. Ihretwegen wäre ich nicht geblieben. Ich bleibe deinetwegen. Ich habe nie in meinem Leben jemanden gebraucht oder gewollt, bis du kamst. Zwischen uns besteht eine Verbindung, vor der ich nicht einfach weglaufen kann. Und auch nicht will.«

»Kannst du dir vorstellen, welche Angst es macht, darüber nachzudenken?«

»Ja. Denn du machst mich verletzbar. Es war mir immer ziemlich egal, ob ich lebe oder sterbe. Aber du hast dich mir geschenkt, als du mich geküsst hast. Das musstest du nicht tun. Es gab keinen Grund dafür, aber du hast es getan. Ich habe es gespürt.«

Sie blinzelte heftig, und er sah, dass ihre Wimpern nass waren. »Du hast dich mir zuerst geschenkt. Wenn du alles riskieren wolltest, dann wollte ich das auch.«

»Ich werde zu deinem Schatten. Und wenn ich nicht bei dir sein kann, werden Drago und Kiss bei dir sein.« Er würde sie nicht belügen. Er war kein Glückstreffer. Es würde schwierig werden, mit ihm zu leben.

»Ich glaube, Kiss bleibt gleich mal hier im Haus.« Sie sah sich um, als würde sie jetzt erst bemerken, dass die Sonne aufgegangen war. »Ich bin spät dran. Deinetwegen. Ich muss gehen, Gavril.«

Widerstrebend trat er zurück, innerlich fluchend, dass er den Rest der Familie noch nicht mit den Hunden bekannt gemacht hatte. Er hätte ihr gerne Drago mitgegeben, doch das war zu gefährlich. Diese Tiere dachten eigenständig, was bedeutete, wenn Drago glaubte, dass Lexi in Gefahr war, würde er sie auch ohne ihre Zustimmung verteidigen.

Lexi stand da und sah ihn an. Er spürte ihren Blick körperlich und hätte sie am liebsten wieder in die Arme geschlossen.

»Danke, Gavril. Für diesen vollkommenen Moment. Ich habe mich ganz gefühlt. Ich fühlte mich weder schuldig, noch war ich von Sorgen erfüllt, und ich dachte auch nicht daran, was meiner Familie geschehen ist. Ich sah nur dich und fühlte nur, was ich wahrnahm. Du hast mir heute Morgen ein Geschenk gemacht, und ich werde es während meiner Arbeit für mich behalten. Ich werde heute Morgen an dich denken, nicht an ihn. Nicht daran, was er mir angetan oder weggenommen hat. Du weißt nicht, was du für mich getan hast.«

Er trat noch einmal zu ihr, umfasste ihr Kinn und blickte in das kühle Waldgrün ihrer Augen. »Ich weiß mehr, als du denkst, *solnyshko moya*, denn du hast dasselbe für mich getan. Ich hatte keine Ahnung, dass eine Frau fähig sein könnte, meine Vergangenheit derart auszumerzen.«

Sie bekam große Augen. »Eine Frau?«, fragte sie verwundert.

Er merkte, dass er lächelte. »*Die* Frau. Du. Es gibt keine andere. Ich war überall auf der Welt, aber als ich dich das erste Mal sah – als du aus dem Maisfeld kamst –, wusste ich, dass es um mich geschehen war. Ich hatte nie geglaubt, dass mir das einmal passieren würde.«

»Vielleicht passiert es ja auch gar nicht, Gavril«, meinte sie vorsichtig. »Ich habe keine Ahnung, ob ich mich wirklich in einer Beziehung wohl fühle oder einem Mann vertrauen kann, wie es für eine wirkliche, normale Beziehung erforderlich wäre.«

Sein Finger strich über ihre Wange. »Ich habe gute Neuigkeiten für dich, *solnyshko moya*, unsere Beziehung wird nie normal sein. Wir werden sie so gestalten, wie es für uns stimmig ist, nicht für andere. Und wir lassen uns dabei Zeit. Du hast mich geküsst. Das zeigt mir dein Vertrauen, und das reicht für den Moment.«

Sie nickte bedächtig. »Du weißt es nicht, Gavril, aber du bist wirklich ein außerordentlicher Mann.«

»Das denkst nur du. Geh jetzt auf dein Salatfeld; ich komme so bald wie möglich nach. Ich will zuerst mit Lissa reden, dann mit Airiana und Maxim. Die anderen können warten.«

»Draußen auf dem Feld bin ich sicher. Der Boden sagt mir, wenn sich jemand nähert. Ich werde nicht auf dem Traktor sitzen.«

Er verstand, was sie meinte. Sie war mit der Erde verbunden, ein Erdelement, und sie spürte eine sich nähernde Gefahr durch den Boden. Auf dem Traktor hatte sie diese Möglichkeit nicht. »Bisweilen musst du dich bei deiner Arbeit ganz allein auf der Farm sehr verletzbar gefühlt haben.«

Sie zuckte die Achseln. »Sie ist unser Zuhause. Ich verstehe mich darauf, Dinge anzubauen, aber ich gebe zu, manchmal habe ich mir einen Hund oder zwei gewünscht, die auf mich aufpassen.«

»Jetzt hast du die Hunde und mich.«

»Ich weiß nicht, was da besser ist«, scherzte sie.

Sein Antwortlächeln verblasste, als er sie das Haus verlassen sah. Sie schien den Sonnenschein mit sich zu nehmen. Er spürte die Kälte wieder in seine Adern eindringen. Schatten trieben ihn, sanken um ihn herum nieder. Die dunkelblauen Augen wurden eiskalt, und er war wieder der Mann, mit dem er weit mehr vertraut war.

10.

Lissa Piners Zuhause stand auf einem kleinen Hügel, von Bäumen umgeben, die aber zirka fünfzehn Meter von dem Gebäude entfernt waren. Unmittelbar am Haus hatte sie niedrige Sträucher, Blumen und Bodendecker gepflanzt. Alles sah gepflegt und dekorativ aus. Kunstobjekte aus Metall verschönerten die Szenerie; große, prächtige Skulpturen, die fast lebendig wirkten. Das Haus hatte zwei Etagen und eine rundum verlaufende Veranda, wie sie die Frauen alle bevorzugten. Auf den ersten Blick sah es aus wie das Heim einer Künstlerin. Gavril hatte sich nicht getäuscht.

Er studierte das Anwesen vom Schatten der gigantischen Mammutbäume aus. Es war ausgesprochen gut zu verteidigen. Kein heimlicher Angreifer konnte sich hinter irgendwelchem Bewuchs verstecken; mehrere Kameras und Bewegungsmelder waren installiert. Er hätte seinen letzten Dollar gewettet, dass es hier nicht nur ein ganzes Waffenlager gab, sondern gleich mehrere Fluchtwege, die auch eine oder mehrere dieser Plastiken mit einbezogen.

Aus Gewohnheit überprüfte er seine Lieblingswaffe, eine FN 45 Tactical. Sie war zielgenau und hatte ihn noch nie enttäuscht. Voll geladen, versteckte er sie in seiner Kleidung und bedeutete dann den Hunden zu bleiben.

Allein überquerte Gavril die offene Fläche bis zu Lissas Haus. Nach sechs Schritten wusste er, dass sie ihn bemerkt hatte; nach weiteren zehn erschien sie auf ihrer Veranda. Eine Hand, bestimmt mit einer Pistole, verbarg sie hinter einer der hölzernen Säulen, mit der anderen winkte sie ihm. Doch er zögerte nicht, sondern ging zielstrebig auf sie zu.

»Ist irgendetwas mit Lexi?«

Gavril sah die Furcht in ihrem Blick, auch wenn ihre Miene offen und freundlich blieb. Er schüttelte den Kopf. »Ich komme aus einem ganz anderen Grund. Lexi arbeitet auf ihrem Salatfeld. Sie sagte, sie muss mit dem Pflanzen fertig werden; sonst wäre sie mitgekommen.«

Lissa nickte. »Der Hubschrauber, der Airiana kidnappte, landete in ihrem Salatfeld und ruinierte es. Natürlich musste sie da alles neu pflanzen. Ich hätte ihr meine Hilfe anbieten sollen.«

Er hatte die Treppe erreicht, und sie musste einen Schritt zurücktreten. Ihre versteckte Hand verschwand für einen Moment hinter ihrem Rücken; bestimmt steckte sie ihre Waffe in den Bund ihrer Jeans.

»Störe ich irgendwie?« Er schaute durch das Fliegengitter ins Wohnzimmer, wo Landkarten und Broschüren auf dem Boden ausgebreitet lagen. »Ich hätte wohl vorher anrufen sollen, aber ich habe vergessen, nach deiner Nummer zu fragen.«

Sie zuckte die Achseln. »Ich plane eine Reise. Keine große Sache. Ich besuche gern andere Länder. Andere Architekturstile inspirieren mich. Ich liebe Museen und Kunstgalerien und verbinde Arbeit und Urlaub gerne. Drei meiner Klienten wollen Kronleuchter haben, das ist gutes Geld für die Farm.«

»Hast du zufällig Kaffee?« Er versuchte, so arglos wie möglich dreinzuschauen, doch ein rascher Blick von ihr sagte ihm, dass er damit nicht durchkam. »Lexi hat keinen.«

Sie nickte. »Komm herein. Bei mir schaut es im Moment ziemlich aus, aber wenn du nirgendwo drauftrittst und einen Sitzplatz findest, können wir Kaffee trinken und reden.«

»Wer hat dein Haus geplant?«, fragte er beim Hineingehen.

Sobald er ihr den Rücken zuwandte, spürte er zwischen den Schulterblättern ein Kribbeln. Er trat höflich zur Seite und ließ sie vorausgehen.

»Ich selbst. Ich habe viel Zeit darauf verwandt, das perfekte Heim für mich auszutüfteln. Ich arbeite viel mit Glas und Metall. Anfangs hatte ich keine Werkstatt, deshalb musste ich improvisieren. Ich benutzte einen Keller, bis ich im Ort bezahlbare Räumlichkeiten fand.«

Gavril sah sich langsam und sorgfältig um. Sie hatte wunderschöne, mundgeblasene Kristalllüster, dazu Gemälde und Skulpturen, die ein Vermögen wert waren. Einige der Bilder stammten zweifellos von Judith, doch sie besaß auch echte Meisterwerke.

Die Karten auf dem Boden waren hauptsächlich von St. Petersburg in Russland. Bücher, alle zum Thema russische Architektur, lagen verstreut umher.

»Du besuchst St. Petersburg?«

Sie machte keine Anstalten, die Bücher zu schließen oder die Karten wegzuräumen, ein Zeichen eines echten Profis. Sie schien völlig entspannt zu sein. »Ich will schon seit Langem ein paar russische Städte besuchen. Manche Gebäude dort sind so kunstvoll und wunderschön. Einer der an meinen Kronleuchtern interessierten Kunden lebt in St. Petersburg, eine Chance, die ich nicht verpassen will. Reisen ist eines meiner Hobbys. Ich war schon viel unterwegs und habe einige außergewöhnliche Dinge gesehen.«

»Sizilien?« Er deutete mit einem Kopfnicken auf die Fotosammlung an der Wand im Flur.

»Ich finde, Sizilien hat die schönsten Beispiele für barocke Kunst, die man finden kann. Gib mir eine Minute. Ich habe gerade frischen Kaffee gemacht. Nimmst du Milch und Zucker?«

Er schüttelte den Kopf. »Ich trinke ihn schwarz.«

Sie war locker. Lev, Stefan und Maxim hatten alle mit ihr zu tun gehabt, und sie waren sehr gut darin, Gefahr zu spüren, aber keinem von ihnen schien bewusst zu sein, was Lissa Piner war. Er studierte die Karten und Bücher.

Sie kam mit zwei Bechern Kaffee zurück, deutete auf einen Sessel und setzte sich in den gegenüber. Er war sich ziemlich sicher, dass in diesem zweiten Waffen versteckt waren.

»Was kann ich für dich tun, Gavril?« Ihr Blick ruhte auf seinem Gesicht.

»Ich habe zwei Hunde mitgebracht. Russische Schwarze Terrier. Kennst du die Rasse?« Sie war in den Vereinigten Staaten nicht sehr verbreitet, aber er war sicher, dass Lissa sowieso nicht aus den USA stammte.

Sie blinzelte nicht einmal. »Nicht wirklich.«

»Sie wurden in Russland gezüchtet, ursprünglich für das Militär. Sie haben einen starken Beschützerinstinkt, und mein Weibchen wird nun bald das erste Mal Junge bekommen. Ich wollte sie, während ich Sorbacovs Killer von hier abgelenkt hätte, bei meinen Brüdern lassen, aber Lexi hat mich überzeugt zu bleiben.«

Lissa nickte. »Das überrascht mich nicht. Die Farm ist schon voll von Prakenskijs. Da muss es eine Verbindung zwischen Elementen geben, die andere Elemente anzieht. Ich bin wirklich froh, dass du hier bist. Ich weiß ganz sicher, dass du sie beschützen wirst. Ich sehe es an deinen Augen. Ich wusste nur nicht genau, ob sie dich langfristig bleiben lassen würde.«

»Wie es aussieht, hat sie sich zu meinen Gunsten entschieden.«

»Das ist gut.« Sie lehnte sich offenbar entspannt zurück und betrachtete ihn über den Rand ihrer Tasse hinweg. »Erzähl mir von Sorbacov. Wer ist er, und warum will er euch alle töten?«

Ihre Frage überraschte ihn nicht; tatsächlich hatte er sogar darauf gewartet. »Das ist eine lange Geschichte.«

»Aber eine, die noch nicht vorbei ist. Er bedroht das Leben meiner Schwestern und ihrer Ehemänner. Er ist fähig, seine Killer hierherzuschicken, das hast du selbst gesagt. Ihr alle habt unglaubliche Fähigkeiten, was das Töten anbetrifft, aber keiner von euch hat ihn verfolgt. Wieso nicht?«

Gavril nippte an seinem Kaffee, musterte sie und überlegte, ob er ihr die Information geben sollte, nach der sie fragte. Lissa wartete geduldig ab.

Sie liebte Lexi. Sie stellte nicht in Frage, dass er bei ihrer jüngsten Schwester bleiben würde. Sie erwartete es nicht nur, sie wollte es sogar. »Während ich dir Details über unseren größten Feind gebe, sollte ich vielleicht die Hunde hereinbringen, damit du sie kennenlernst. Wenn ihr miteinander bekannt seid, liegen sie still in der Ecke, und wir können das ausdiskutieren.«

»Und sie werden mich nicht fressen, wenn ich zu Besuch komme.«

»Das ist der Plan. Lexi sagte mir, du bist etwas ängstlich mit Hunden. Du scheinst von allen Schwestern am meisten um ihre Sicherheit besorgt zu sein; deshalb denke ich, du hast wahrscheinlich nichts gegen sie.«

Lissa lächelte, jedoch ohne jeden Humor. »Ich hatte eine schlimme Erfahrung, die mich sehr geprägt hat. Eigentlich ist das dumm. In meiner Kindheit hatten wir nämlich selbst Hunde, aber unser Hundeführer verriet meine Familie. Das ist lange her.«

Er spürte den Unterschied in der Raumtemperatur fast unmittelbar. Die Wärme war subtil, aber sie war da. Lissa wirkte völlig ruhig, sie hatte die Hände entspannt um ihren Kaffeebecher gelegt, ihre Augen waren so kühl und klar wie immer, doch er wusste, er hatte sie an etwas erinnert, etwas bei ihr ausgelöst.

»Erzähl mir, was passiert ist.«

»Es spielt keine Rolle.«

»Du willst, dass ich dich wie eine Schwester behandle und dir Informationen gebe, die ich normalerweise nicht herausrücke. Erweise mir die gleiche Gefälligkeit. Ich weiß, dein wirklicher Name ist nicht Lissa Piner, und du stammst auch nicht aus diesem Land. Englisch ist nicht deine Muttersprache, wiewohl du akzentfrei sprichst. Ich weiß, du hast ganz ähnliche Dinge gemacht wie ich. Wenn du müde bist, schonst du etwas dein linkes Bein, auch wenn es deine Schnelligkeit nicht im Mindesten beeinträchtigt; es ist also eine alte Verletzung, die verheilt ist, aber ab und zu noch immer Schmerz bereitet.«

Sie starrten einander an, zwei Krieger, die sich fast augenblicklich erkannt hatten. Lissa nahm einen Schluck Kaffee.

»Dein Haus ist ein Fort, und du hast hier ein Arsenal an Waffen. Du bist in Nahkampf und Selbstverteidigung viel besser, als du vorgibst, und du bist bei diesen Frauen, weil du ein Familienmitglied durch Mord verloren hast. Wahrscheinlich hat dich das auf deinen Weg gebracht.«

Letzteres war größtenteils geraten, aber er war sich ziemlich sicher.

Lissa zuckte die Achseln. »Ich denke, du hast mich durchschaut, obwohl ich so sehr versucht habe, meine Spuren zu verwischen.«

»Nicht allzu sehr. Du brauchst Hilfe für dein nächstes Projekt, also hast du mich sehen lassen, was du mich sehen lassen wolltest.«

Sie lächelte zum ersten Mal. »Wie wahr.«

»Also, erzähl mir von den Hunden, die dich angegriffen haben. Es ist Lexi wichtig, dass du dich hier auf der Farm gut fühlst. Meine Hunde haben mir das Leben gerettet. Ich möchte nicht, dass sie dir Angst machen und du meinst, dich vor ihnen schützen zu müssen. Sie sind gute Wachhunde, und Kiss dürfte sechs bis zehn Junge bekommen. Wenn jede Familie wenigstens eines nimmt, gehen sie mit den Besitzern eine Bindung ein und beschützen das Haus und die Farm für jeden.«

»Das ist ein guter Plan, aber …« Lissa zog das linke Hosenbein hoch und zeigte ihm ihr Bein.

Die Narben sahen schrecklich aus. Vom Knie bis zum Knöchel trug sie die Spuren eines brutalen Überfalls. Gavril wartete, bis sie das Bein wieder zugedeckt hatte.

»Was ist passiert?«

»Mein Vater wurde in eine gewisse Familie hineingeboren. Ich sage nicht, dass er ein guter Mensch war, aber er war ein guter Vater. Ich war zu jung, um zu wissen, dass er mit Dingen zu tun hatte, die er lieber hätte lassen sollen, aber schon bei seinem Vater war es ebenso gewesen, und er tat eben, was die meisten Söhne taten – er stieg ins Familiengeschäft mit ein.«

Lissa stellte ihren Becher ab. Ihre Hände waren ruhig wie immer, doch ihre Augen verrieten Erregung. Ohne Zweifel stieg die Raumtemperatur noch einmal um ein oder zwei Grad an. Gavril spürte, wie sich Schweißperlen auf seiner Stirn bildeten.

»Ein Mann aus einer rivalisierenden Familie, die weit gefährlicher war als unsere – mehr Männer, mehr Territorium, mehr Geld –, war hinter meiner Mutter her, aber sie wies ihn ab. Ich hörte damals, wie sie es meinem Vater sagte.«

Sie versuchte, sich ungezwungen zu geben, doch ihr Ton wurde angespannter. Er rechnete damit, dass ihr Sessel jeden Moment in Flammen aufgehen konnte. Tatsächlich glühte inzwischen der ganze Raum, als würde die Morgensonne hereinscheinen.

»Er befahl meiner Mutter, rasch einen Koffer zu packen, wir wollten noch in dieser Nacht das Land verlassen. Er sagte ihr, der Mann sei psychotisch, und wir seien alle in Gefahr. Der Vater des Mannes würde ihn protegieren, und er werde sie verfolgen, weil sie ihn abgewiesen habe.«

Sie presste die Lippen zusammen, und zum ersten Mal sah er

ihre Hand zittern, als sie sich durch das leuchtend rote Haar fuhr.

»Norditalien«, riet er, um ihr etwas Zeit zu geben. »In Süditalien findet man rotes Haar nur selten, aber dafür im Norden, und deines ist nicht gefärbt.« Er betrachtete die helle Haut und das grellrote, üppige Haar und dazu die auffallend blauen Augen. Eine unvergessliche Kombination, nicht unbedingt ein Pluspunkt bei der Arbeit, der sie seiner Vermutung zufolge nachgegangen war.

»Ferrara. Eine wunderschöne Stadt. Wir hatten ein wunderbares Zuhause. Ich liebte es. Die viele klassische Architektur. Natürlich waren die ganze Zeit Männer da, Wachen, aber damals verstand ich nicht wirklich weshalb. Sie kamen, als wir aufbrachen, vier Autos voll. Sie verhinderten unsere Abreise und schnitten uns von den Männern ab, die uns beschützen sollten. Ich werde nie die Schüsse und den Geruch von Blut vergessen, als sie sie alle umbrachten. Unsere Bediensteten. Unsere Wachen. Sogar unseren Gärtner und seine Familie. Er hatte vier kleine Kinder.«

Gavril seufzte schwer. Er hörte die Schreie seiner Mutter und die des Babys. Seinen Vater, der seinen Söhnen zurief, dass er sie liebe und dass sie stark sein sollten, und ihnen das Versprechen abverlangte, die Jüngeren immer zu beschützen.

Er hatte in Russland gelebt, Lexi in Amerika und Lissa in Italien, und sie waren alle drei von Bewaffneten überfallen worden, Männern, die ihre Familien zerstört hatten. Kein Wunder, dass Lissa sich mit Lexi identifizierte und sich um sie kümmerte.

»Unser Hundeführer, ein Mann, der oft mit an unserem Tisch gesessen und sogar mit mir im Garten gespielt hatte, dem mein Vater vertraut hatte, hat uns in dieser Nacht verraten. Er arbeitete für die andere Familie und hetzte die Hunde auf uns. Einer erwischte mich und warf mich zu Boden. Ich konnte nicht mit meinen Eltern mithalten, und sie kamen beide zurück, um mir zu helfen. Mein Vater erschoss den Hund, aber es kamen noch mehr.«

»Mit dem kaputten Bein konntest du nicht mehr laufen.«

Sie schüttelte den Kopf. »Mein Vater befahl meiner Mutter wegzulaufen, aber es kamen noch mehr Hunde und rissen sie zu Boden. Auf dem Grundstück war ein Friedhof, und er sagte, ich solle mich in einer bestimmten Gruft verstecken, bis mein Onkel käme. Ich solle mein Bein einwickeln und dorthin humpeln. Er drückte mir eine große Tüte in die Hand, küsste mich und schob mich von sich fort. Ich tat, was er sagte.«

»Du hast gesehen, wie sie deine Eltern ermordeten.«

Sie nickte langsam. »Ich sah, wie die Männer lachten, als die Hunde sie zerfleischten. Ich werde ihre Gesichter nie vergessen. Nicht ein einziges.«

Er studierte ihre Miene. »Dein Onkel holte dich ab, und er war ein Auftragsmörder, nicht wahr? Er brachte dir bei zu überleben und sie zu jagen.«

»Jeden Einzelnen von ihnen.«

Ihr Ton hatte eine Endgültigkeit, die er nur bewundern konnte. Er stellte fest, dass er Lissa nicht nur achtete, sondern auch mochte.

»Jetzt verstehe ich, weshalb du nicht gerne Hunde auf dem Grundstück haben möchtest. Aber wenn du es wärst, die den Hund trainiert …«

»Ich wüsste nicht wie.«

»Ich würde dir helfen. Lass mich dich mit ihnen bekannt machen. Sie werden Lexi beschützen. Ich möchte mit ihnen zur Sicherheit der Farm beitragen. Ich weiß, wir können es schaffen, dass niemand in diese Farm eindringen kann, so groß sie auch sein mag. Wir müssen nur zuerst die Wohngebäude schützen und dann die Orte, wo gearbeitet wird, die Felder zum Beispiel.«

Lissa atmete schwer, ihre tiefblauen Augen wanderten über

sein Gesicht, als suchten sie etwas. Er wusste, dass er kein großartiger Anblick war.

»Erzähl mir zuerst, was mit deinem Arm passiert ist.«

»Sorbacov hatte ein paar Männer auf Ilja angesetzt, meinen jüngsten Bruder.«

»Ich weiß, wer er ist. Er kann sich selbst helfen.«

»Weiß Lexi, was dir passiert ist? Die anderen?«

»Sie wissen einiges – dass meine Familie umgebracht wurde etwa, aber nicht, was ich bin oder meinen richtigen Namen. Ich bin diese Person nicht mehr.«

Er zog erstaunt die Augenbrauen hoch. »Warum dann das Interesse an Sorbacov? Warum St. Petersburg?«

Sie zuckte erneut die Achseln. »Bring deine Hunde, aber du solltest besser nicht die Kontrolle über sie verlieren, denn sonst erschieße ich sie.«

Es war Gavril sehr wichtig, dass Lissa sah, wie gut man Hunde abrichten konnte und welche Vorteile seine Tiere für die Farm bieten würden. Er ging zur Tür und befahl sie mit einem Handzeichen herein. Seine Vergangenheit machte es ihm unmöglich, Lissa vollständig den Rücken zuzukehren, deshalb versuchte er, sich ihr höflich von der Seite zu präsentieren.

Drago und Kiss kamen angerannt und setzten sich direkt vor ihn, doch Drago blickte zu Lissa, nicht zu ihm. Er visierte bereits ein potenzielles Problem an.

»Du siehst, wie aufmerksam sie sind, aber Drago wartet ab, um zu sehen, ob du Freund oder Feind bist, weil ich bei dir bin«, erklärte Gavril leise und sachlich. Mit einem weiteren Handzeichen verbot er den Hunden, die Person in seiner Nähe anzugreifen, und führte sie dann bei Fuß ins Zimmer, damit sie Lissa kennen lernen konnten.

»Sie akzeptieren dich wesentlich besser, wenn du ihnen erlaubst, dich zu beschnuppern.«

»Ich sagte bereits, ich mache es.« Ihr Ton war angespannt,

aber sie hatte Nerven aus Stahl. Sie hielt den Hunden eine Hand entgegen, damit sie ihren Geruch aufnehmen konnten.

»Nenne sie bei ihren Namen, und wenn du dich sicher genug fühlst, streichle sie. Sie werden etwas reserviert sein, aber das ist in Ordnung.«

Lissa befolgte seine Anweisungen genauestens. Er bemerkte ihre Überraschung über das weiche, seidige Fell der Tiere. Beide ließen sich von ihr streicheln und nahmen sie in ihren Kreis auf, weil Gavril es ihnen befohlen hatte.

Gavril setzte sich wieder und winkte die Hunde zu sich. Erst jetzt beruhigte sich Lissa genug, um ihre Tasse wieder in die Hand zu nehmen. Er wusste, sie hatte eine Hand bei den Hunden gehabt und die andere an ihrer versteckten Waffe.

»Ich habe dir von meiner Familie erzählt. Ich würde von dir gern etwas über Sorbacov hören.«

»Dein Urlaub in St. Petersburg hat nichts mit ihm zu tun, oder? Denn er ist ständig von Sicherheitskräften umgeben. Sein Aufenthaltsort ist unangreifbar, sonst hätte einer von uns es längst probiert.«

»Ich mache Urlaub in St. Petersburg, um sicherzustellen, nicht in der Nähe der Farm oder von Sea Haven zu sein, nur für den Fall, dass noch einer deiner Brüder beschließt, hier aufzukreuzen. Das, und es bedeutet mehrere tausend Dollar für die Farm, wenn ich diesen Kunden an Land ziehen kann.« Sie legte das Kinn auf die Hand und stützte den Arm auf ihre Sessellehne. »Ist Sorbacov in St. Petersburg? Ich dachte, er lebt in Moskau.«

Gavril schüttelte den Kopf. »Nicht in Moskau. Zur Zeit ist er in St. Petersburg, um das Chaos seines Vaters zu beseitigen. Er hält sich bedeckt, hinter den Kulissen versucht er jedoch, Präsident zu werden.«

»Warum hasst er deine Familie so sehr?«

»Ich glaube ehrlich gesagt nicht, dass das persönliche Gründe hat. Zumindest nicht, bis Maxim verhinderte, dass er sich Airiana als seine eigene kleine Denkfabrik holte. Er kann es sich nicht leisten, dass die Experimente seines Vaters jemals bekannt werden, deshalb versucht er, die gesamte Killer-Spezialeinheit, die sein Vater schuf, sozusagen unter den Teppich zu kehren. Und dazu muss er alle, die die Schulen seines Vaters absolviert haben, eliminieren.«

»Wie wurde deine Familie da hineingezogen?«

»Mein Vater war ein sehr einflussreicher Mann. Er hatte viele Begabungen und war bei seinen politischen Gegnern gefürchtet. Damals stand das Land am Beginn von Unruhen. Alles lief im Untergrund ab, und einige Männer versuchten, einen Machtwechsel herbeizuführen. Einer von ihnen, ein gewisser Kostja Sorbacov, war im Aufstieg begriffen. Er achtete sehr darauf, sich immer im Hintergrund zu halten und anonym zu bleiben.«

»Also quasi die Macht hinter dem Thron.«

Gavril nickte. »Genau. Zu seinem Unglück waren einige sehr mächtige Männer ganz offen gegen den Kandidaten, den er favorisierte. Also ging er daran, sie systematisch zu vernichten. Eines Nachts brachen Soldaten in unser Haus ein. Wir wurden gefangen genommen, unsere Eltern ermordet. Sorbacov wollte nicht, dass wir zusammenblieben. Er befürchtete, wir würden zu stark und einander loyal sein, also wurden wir in verschiedene Städte und Schulen gebracht.«

»Die Killer-Schulen für Kinder. Ich habe von ihnen gehört, aber niemand wusste, ob sie tatsächlich existierten.«

»Er nannte uns Agenten. Ich war Agent Prakenskij. Wir hatten brutale Ausbilder und lernten alles von Sprachen bis Kunst, aber hauptsächlich, wie man mordet. Es war ... schwer, und die Bestrafungen für Misserfolg reichten von Prügeln bis zum Tod. Ein breites Spektrum.«

Lissa seufzte. »Ich hole dir noch einen Kaffee. Erzähl weiter.«

Mit einem Blick auf die Hunde straffte sie die Schultern und stand auf. Drago und Kiss beobachteten sie aufmerksam, rührten sich aber nicht vom Fleck.

»Da gibt es nicht allzu viel zu erzählen. Wir machten unsere Arbeit. Und dann wurde Sorbacovs Sohn erwachsen, und die Politik in Russland veränderte sich. Uri, sein Sohn, will nicht der Mann hinter den Kulissen sein. Er will das Land führen, aber das kann er nicht, solange irgendein Beweis für diese Schulen existiert, die Russland immer abstreitet. Also ging er daran, sämtliche Beweise für sie zu vernichten.«

Gavril nahm den Kaffee, den sie ihm reichte. »Bevor er das tat, gingen Uri und sein Vater nach St. Petersburg in ihr ›sicheres‹ Haus. Sie da kriegen zu wollen wäre Selbstmord. Das ist vielleicht später einmal möglich, aber derzeit rechnen sie damit und sind vorbereitet. Sie kennen die Gesichter und Identitäten von allen, die in den Schulen waren, und ihre Sicherheitskräfte halten nach diesen Leuten und auch nach Fremden Ausschau.«

Lissa schlug die Beine unter sich. »Du rätst mir also ab, Gavril, warum?«

»Eigentlich will ich mich gar nicht damit befassen«, räumte Gavril ein. »Ich bin eigentlich nicht so. Aber anscheinend habe ich durch Lexi meine Fähigkeit, auf Distanz zu gehen, verloren.« Er meinte es halb spaßig und halb ernst.

Lissa lachte. »Das sieht ihr ähnlich. Sie kann einen definitiv verzaubern und weiß es nicht einmal.« Ihr Lachen verstummte. »Du weißt, dass du es mit ihr nicht leicht haben wirst, nicht wahr?«

»Glaubst du, sie wird es mit mir leicht haben?«, konterte er und zeigte dann auf die Landkarten. »Du fährst also wirklich?«

»Irgendwann in den nächsten Wochen, sobald ich weiß, dass Lexi vor diesen Sektenmitgliedern sicher ist. Ich liebe es einfach, ab und zu wegzukommen. Es inspiriert mich.« Ein kleines Lächeln spielte um ihren Mund. »Ich meinte es ernst, als ich sagte, ich würde mich dort sicherer fühlen als hier. Ich bin keine Frau, die sich mit einem überheblichen Mann abfinden würde, und etwas anderes kann ich mir bei einem Prakenskij nicht vorstellen. Jetzt sind wir nur mehr zwei, Blythe und ich. Da gehe ich lieber kein Risiko ein.«

»Ich verstehe. Ich würde mich gern noch länger mit dir unterhalten, aber ich muss auch noch Airiana und die Kinder mit den Hunden bekannt machen. Benito spioniert anscheinend gern.«

»Stimmt«, sagte Lissa. »Ich habe ihn schon ein-, zweimal erwischt, als er sich in einem Baum versteckte. Er hat noch keinen Weg gefunden, unbemerkt über die Fläche zwischen dem Haus und den Bäumen zu kommen.«

Gavril stand lachend auf. »Wenigstens gibt er sich Mühe.«

»Ihre Eltern wurden ermordet, genau wie unsere. Eine kleine Schwester haben sie auch verloren. Maxim fürchtet, Benito könnte einen falschen Weg einschlagen. Niemand wünscht ihm das, also versuchen wir alle, seine Wut und Hilflosigkeit in so etwas wie eine Beschützerhaltung umzumodeln.« Sie zuckte die Achseln. »Wer weiß, ob das klappt?«

»Eines weiß ich ganz sicher, Lissa«, erklärte Gavril. »Diese Farm ist ein Ort der Heilung. Wenn es einen Platz gibt, wo dieser Junge sein Leben wieder auf die Reihe bekommt und etwas anderes wird als ein Killer, dann hier.«

»Das freut mich zu hören«, erwiderte Lissa. »Wir haben uns alle Mühe gegeben, uns ein neues Leben zu ermöglichen und nicht nur einen Ort des Friedens zu gestalten, sondern auch etwas Produktives zu schaffen.«

»Ich denke, das ist euch gelungen. Bevor du dich zu dieser Reise aufmachst, denk noch einmal darüber nach, und berücksichtige, was ich dir erzählt habe. Wenn du wirklich aufbrechen willst, kann ich dir die Pläne des Sorbacov-Anwesens und Informationen dazu geben. So viel, wie ich gern hätte, ist es nicht. Aber du musst mir versprechen, darüber nachzudenken.«

Lissa nickte. »Danke, Gavril. Und ich würde gern lernen, einen Hund so gut abzurichten, wie du es mit deinen gemacht hast. Aber sie machen mir tatsächlich Angst.«

»Ich glaube, du hast nicht vor vielem Angst, Lissa.« Er signaliserte den Hunden, zu ihm zu kommen.

»Täusch dich da mal nicht. Ich habe Angst vor Hunden, aber für die anderen lerne ich gern, sie zu überwinden.«

Sie hatte Gavril Prakenskij geküsst. Lexi schaute zum Himmel hinauf und erwartete, dass er einstürzte. Ein Wunder war geschehen, und niemand hatte es gesehen. Nicht dass sie wollte, dass jemand gesehen hätte, wie sie Gavril küsste, aber … Sie hatte ihn tatsächlich geküsst! Sie berührte ihre Lippen, lächelte andauernd und konnte anscheinend nicht mehr aufhören.

Sie wollte sich den Morgen nicht damit verderben, dass sie an irgendetwas dachte, was als Nächstes kam. Sie hatte einen Meilenstein erreicht, nein, mehr noch. Sie hatte tatsächlich einen Mann geküsst, ohne in Panik zu verfallen oder sich zu übergeben. Sie breitete die Arme aus und tanzte vor Glück, mitten in ihrem Salatfeld.

»Lexi?«

Lexi wirbelte herum, das Herz schlug ihr bis zum Hals, schlagartig war sie wieder in der Gegenwart, in der Realität, in ihrem Leben. Sie bekam keine Luft mehr. Adrenalin schoss durch ihren Körper, lähmte sie. Sie konnte das Mädchen nur anstarren, das hinter ihr erschienen war. Sekunden verstrichen, ehe die Panik nachließ und der Verstand ihr zugestand, es zu erkennen.

Lucia weinte, Tränen rollten über ihr kleines Gesicht. Sie sah so jung und verloren aus; Lexi schloss sie in ihre Arme und drückte sie an sich, ohne zu fragen, was geschehen war. Sie wusste es. Wie auch nicht?

Als Lucia schließlich Schluckauf bekam und versuchte, mit

dem Weinen aufzuhören, legte Lexi ihre Hände auf die Schultern der Kleinen. »Möchtest du zurück ins Haus, und ich mache Tee für uns? Dann können wir reden.«

»Ich kann heute Morgen einfach nicht aufhören zu weinen«, jammerte Lucia. »Ich wollte nicht, dass mich die Kleinen so sehen. Siena und Nicia sind immer am Boden zerstört, wenn ich weine. Ich kann einfach nicht aufhören, an meine kleine Schwester Sofia zu denken und wie sie leiden musste, bevor sie starb. Ich konnte nicht verhindern, dass sie sie mitnahmen. Ich habe es versucht, Lexi, aber sie schlugen mich nieder und schleiften sie hinaus.« Sie presste die Hände auf die Ohren. »Ich kann ihre Schreie nicht loswerden. So etwas habe ich noch nie gehört, so viel Angst. So ...« Sie verstummte und starrte mit ihren großen Augen hilflos auf Lexi.

Auch sie hatte geschrien, hatte andere Mädchen schreien gehört und wusste genau, was Lucia zu beschreiben versuchte. Sie nickte nachdenklich. »Es ist, als ob diese Schreie in deinem Kopf nie aufhören und dir keinen Augenblick Frieden geben würden. Und andererseits hast du Angst, sie könnten doch aufhören, weil das bedeuten würde, dass du vergisst, und dann kommen Gefühle der Schuld und Scham.«

Lucia nickte. »Manchmal kann ich es kaum aushalten, Lexi, und dann muss ich für die Mädchen scherzen und lachen. Benito versucht, nicht zu weinen, und er will mir nicht sagen, was sie mit ihm gemacht haben; es muss also sehr schlimm gewesen sein. Nicia weint im Schlaf und ruft nach Sofia. Airiana ist so gut zu uns; ich will nicht, dass sie noch mehr ertragen muss, wenn ich auch noch draufgehe, aber ich tue es. Ich fühle mich, als ob ich total auseinanderbrechen würde.«

Wieder begann sie zu weinen und presste sich eine Faust auf den Mund in dem Versuch, ihr herzzerreißendes Schluchzen zu unterdrücken. Lexi nahm sie nochmals in die Arme.

»Airiana sieht dich und deine Geschwister nicht als eine

Bürde, Lucia. Sie hat selbst auf schlimme Weise erfahren, wie es ist, jemanden zu verlieren, den man liebt. So wie ich auch. Ich habe meine Eltern, zwei Brüder und eine kleine Schwester verloren.«

»Warum? Ich verstehe nicht warum. Meine Eltern waren gute Menschen. Sie haben niemandem etwas getan. Das ergibt keinen Sinn für mich.«

»Liebes, das ergibt für niemanden einen Sinn. Schlechte Menschen gibt es überall auf der Welt. Ich habe keine Ahnung, was sie zu den Monstern macht, die sie sind, aber sie ruinieren Leben. Wir müssen uns dagegen wehren, dass sie auch unser Leben zerstören. Wir bilden hier zusammen eine neue Familie und lernen, ohne die Menschen, die wir lieben, zu leben, und mit den Narben, die wir abbekommen haben. Wir begehren auf und sind entschlossen.«

»Ich bin immer nur traurig. Mehr als traurig. Ich habe das Gefühl, etwas Schweres drückt mich nieder, und ich kann nichts dagegen tun.«

»Das ist der Kummer, Lucia, und den sollst du auch fühlen. Du hast deine Familie verloren. Bitte, lass dich von Airiana zu unserer Therapeutin bringen. Sie behandelt viele Menschen, die Angehörige durch Gewalt verloren haben. Ich weiß, sie kann dir helfen.«

»Ich fühle mich schuldig, weil ich mich an Airiana und Max klammere«, räumte Lucia kleinlaut ein. »Für Siena und Nicia ist das okay, sie sind noch Babys. Dieser schreckliche Mann ist über die kleine Nicia hergefallen. Sie spricht mit Airiana und Max, und das ist gut. Sie braucht das. Sie brauchen beide Eltern, und auch Benito, aber wenn ich merke, dass ich mich an Airiana und Max klammere, dann habe ich solche Angst, dass ich meine Mutter und meinen Vater verrate.«

Lexi legte einen Arm um sie, und sie machten sich auf den Weg zum Haus. »Deine Eltern würden wollen, dass du glücklich bist und geliebt wirst. Sie würden es wollen, dass Airiana und Max für euch da sind, dass sie euch lieb haben, sich um euch sorgen und euch beschützen. Wenn du sie dafür auch lieb hast, heißt das noch lange nicht, dass du deine Eltern weniger liebst. Verstehst du das?«

Lucia schüttelte schniefend den Kopf.

Lexi ging mit ihr weiter. Lucia schauderte immer wieder. Airiana hatte Lexi in der Kochstunde erzählt, sie mache sich Sorgen um Lucia, weil sie als die Älteste so sehr damit beschäftigt sei, sich um ihre kleineren Geschwister zu kümmern, dass sie sich mit ihren eigenen Traumata noch nicht wirklich befasst habe. Jetzt war Lucia überfordert, die Realität ihrer Lage traf sie voll und ganz.

»Man liebt Menschen auf unterschiedliche Weise. Du liebst deine Eltern, Lucia, und du liebst deine Geschwister. Wahrscheinlich hast du sogar mütterliche Gefühle für Nicia und Siena, stimmt's?«

Lucia nickte. »Ich wollte immer kleine Geschwister haben, und als sie dann kamen, tat ich, als sei ich ihre Mutter, vor allem bei den Zwillingen.« Sie schluchzte erneut.

Auf dem Weg zum Haus legte Lexi ihren Arm noch fester um die Taille des Mädchens. Sie war etwas verzweifelt und wusste nicht recht, was sie zu Lucia sagen sollte, gerade jetzt, wo diese ein paar hilfreiche Worte brauchte. Lexi fragte sich, ob sie für so etwas die richtige Person war.

»Natürlich«, sagte sie. »Das ist doch ganz natürlich, in deinem Alter so zu tun, als wären es deine Kinder. Die Mädchen lieben dich sehr, Lucia, aber das hat ihre Liebe für ihre Eltern nicht geschmälert. Und Airiana und Max zu akzeptieren und zu lieben schmälert deine Liebe für deine Eltern ebenso wenig. Bestimmt. So funktioniert die Liebe nicht.«

Lexi wusste nicht einmal, ob sie sich verständlich ausdrückte. Lucia weinte weiter, wenn auch leiser, und erinnerte sie an ihr eigenes schreckliches Leid – ein Leid, das so groß war, dass sie es kaum ausdrücken konnte.

»Bei Max fühle ich mich sicher«, sagte Lucia.

In ihrem Ton lag Schuld. Scham. Lexi runzelte die Stirn. Jetzt hatten sie einen heiklen Punkt erreicht. Sie musste herausfinden, was Lucia so bedrückte. Dieses Eingeständnis war ein wenig überstürzt gekommen, so als hätte sie ihr ihre Sünden gebeichtet.

Lexi schwieg, doch ihre Gedanken kreisten heftig um die mögliche Bedeutung von Lucias Worten. »Liebes, bist du zornig auf Max?«, fragte sie dann. »Auf dich? Oder auf deinen Vater?«

Sie hatte die Frage kaum ausgesprochen, da wusste sie, dass sie recht hatte. Lucia fühlte sich schuldig, weil sie zornig war, dass ihr Vater sie und ihre Geschwister nicht beschützt hatte. Sie war wütend auf sich selbst, weil sie so fühlte, und auf Max, weil sie spürte, dass er in der Lage war, sie zu beschützen – was ihr geliebter Vater nicht gekonnt hatte.

Die Antwort war eine neuerliche Tränenflut. Lexi blieb stehen und drückte Lucia an sich. »Es ist gut«, murmelte sie sanft. »Auch das ist natürlich. Der Zorn ist Teil der Trauer, er gehört zu ihr dazu. Max würde das verstehen, und dein Vater auch.«

Lucia schüttelte den Kopf. »Wie denn? Wie könnten sie das denn?«

»Max ist in einer Welt voller Brutalität aufgewachsen. Er hat jeden Tag in seinem Leben Männer gesehen wie die, die deine Eltern ermordeten. Er wurde ausgebildet, solche Leute zu verfolgen. Das war sein Job. Dein Vater lebte in einer völlig anderen Welt, Lucia. Du hattest Geld und Privilegien und hast gute Schulen besucht. Das war die Welt, in der dein Vater aufwuchs und die er kannte. Wie konnte er also die Gefahr sehen? Wie konnte er wissen, dass jemand ein derart abscheuliches Verbrechen gegen ihn und seine Familie plante?«

»Ich weiß. Ich weiß das. In meinem Herzen weiß ich das,

aber in meinem Kopf …« Lucia schmiegte sich einmal mehr stumm in Lexis Arme.

»Es ist in Ordnung zu fühlen, was du fühlst, Lucia«, sagte Lexi und strich ihr dabei über Haare und Rücken. Sie musste gegen einen Kloß in ihrer Kehle ankämpfen. »Ich habe mich ganz genauso gefühlt. Ich wollte ebenfalls, dass mein Vater mich beschützte, und fragte mich, wie er zulassen konnte, dass mir so etwas passierte. Es ist normal. Vom Kopf her wissen wir, dass sie nichts unternehmen konnten, aber es tut so weh, dass das Herz schmerzt und wir uns fragen warum.«

Es war wie eine Reinigung, einem anderen menschlichen Wesen einzugestehen, dass sie diese unverarbeiteten Gefühle ebenso intensiv spürte wie dieses Kind. Sie wusste besser als die meisten anderen Menschen, wie viel Schuld und Scham die kleine Lucia wegen solcher Gedanken fühlen musste, und verstand sie immer besser. Wie konnte es anders sein?

»Du hast dich auch so gefühlt, Lexi?«, fragte Lucia und sah sie mit großen Augen an. »Du sagst das nicht nur so? Du warst wütend auf deinen Vater?«

»Manchmal bin ich es heute noch«, gab Lexi zu. »Meistens bin ich realistisch und weiß, dass er nichts tun konnte, aber dann habe ich Albträume oder eine Panikattacke und bin wütend. Ich werde steif, kann mich nicht mehr bewegen, nicht atmen, und ich habe das Gefühl, schwach und ein Feigling zu sein. Dann werde ich richtig zornig. Meistens auf mich selbst, aber manchmal auch auf ihn.«

Lucia atmete tief. »Ich bin froh, dass du hier bist, Lexi.«

»Ich auch, Liebes. Gehen wir hinein und setzen Teewasser auf. Hast du Airiana gesagt, dass du heute Morgen zu mir kommst?«

Lucia nickte. »Sie sah … traurig aus. Ich weiß, sie wollte, dass ich mit ihr rede, aber ich sehe sie jeden Tag, und es würde mich belasten, wenn sie wüsste, wie zornig ich auf meinen Vater war.

Ich wollte auch Max nicht verletzen, und sie hätte ihm bestimmt gesagt, wie wütend ich auf ihn werde. Ihr Gesicht zu sehen machte mir nur noch mehr Schuldgefühle. Ich fühle die ganze Zeit nichts als Schuld und Scham.«

»Das war bei mir auch lange so, aber dann lernte ich Airiana und meine anderen Schwestern kennen. Sie haben mein Leben verändert und mir Frieden geschenkt. Und den werden wir auch für dich finden. Das dauert vielleicht ein wenig, Liebes, aber wir schaffen es.«

Lucia umarmte sie fest und lächelte dann mit Tränen in den Augen. »Ich lerne, Tee zu machen, so wie ihr ihn alle mögt. Lass es mich gleich einmal probieren.«

Lexi schaute ihr nach, als sie die Treppe zum Haus hinauflief, und wusste, dass sie ein paar Minuten allein sein musste.

11.

Gavril legte eine Hand auf Dragos Kopf und beobachtete, wie Lexi die kleine Lucia ins Haus brachte – sein Zuhause. Das Wort klang fremd für ihn, aber gleichzeitig auch beglückend. Nie hatte er gedacht, einmal ein ständiges Zuhause zu haben, und der Gedanke war beängstigend. Er war nie lange an einem Ort geblieben und wusste, dass er früher oder später rastlos werden würde. Er würde einen Weg finden müssen, damit umzugehen.

Lucia war so groß wie Lexi und wirkte wie ein schlaksiges Fohlen. Er fühlte sehr mit ihr – wieder etwas, das neu für ihn war. Dieser Ort, die Farm, veränderte ihn rascher, als er es für möglich gehalten hätte.

Gavril hatte eine Stunde mit Airiana und Max verbracht und besonders die Kinder mit seinen Hunden vertraut gemacht. Drago und Kiss blieben etwas reserviert, tolerierten jedoch die Aufmerksamkeit, die ihnen entgegengebracht wurde. Lucia hielt sich sehr zurück; als sie plötzlich aufstand und murmelte, sie gehe Lexi suchen, konnte er nicht umhin, kurz den Schmerz in Airianas Augen zu bemerken. Max ergriff tröstend ihre Hand.

Er warf Gavril einen Blick zu, der daraufhin nickte und dem Kind nach einigen Minuten folgte, um sicherzugehen, dass nichts passierte. Gavril wusste nicht, wie er mit dem Leid und dem Trauma des Mädchens umgehen sollte. Er konnte von

Glück reden, dass er mit Lexi nicht allzu viele Fehler gemacht hatte. Aber mit einem vierzehnjährigen Mädchen? Keine Chance.

Mit einem Seufzer drückte er den Daumen in seine Handfläche, um Lexi zu erreichen. *Kann ich zu dir? Weint sie noch?*

Es war still. Dann spürte er als Erstes ihre Wärme, als sie sich in seine Gedanken ergoss und ihn jede Einsamkeit vergessen ließ. Diese Vertrautheit raubte ihm den Atem und ließ ihn erschaudern. Er konnte ihren frischen Waldduft fast riechen, Moos und kühle Bäche sehen und den entstehenden Frieden spüren.

Ich könnte schon ein bisschen Hilfe mit ihr brauchen. Habe keine Ahnung, wie ich sie trösten soll.

Er hielt sich sehr still, bewegte keinen Muskel. *Das ist deine Abteilung. Du bist gut in solchen Sachen.*

Sie sandte einen kleinen, ärgerlichen Laut, der für seine Zukunft nichts Gutes verhieß. *Weil ich eine Frau bin? Ich habe keine Erfahrung mit Teenagern. Du bist älter und klüger.*

Na warte, das kriegst du zurück. Aber anstatt dich jetzt zu nerven, sollte ich mich vielleicht besser um das Salatfeld kümmern. Gab es da nicht noch einiges zu pflanzen?

Ist schon erledigt. Sei kein Feigling. Komm auf einen Tee zu uns. Ich habe Lucia schon gesagt, dass du auf dem Nachhauseweg bist. Sie rechnet mit dir.

Verräterisches Weib.

Es blieb ihm also nichts anderes übrig, als hinzugehen. Doch das war nicht wirklich schlimm, denn Lexi wartete auf ihn. Er musste sie sehen. Berühren. Die Obsession schien nur größer zu werden, je länger er bei ihr war.

Sie mag die Hunde. Wie hat Lissa reagiert?

Sehr tapfer, Lexi. Du wärst stolz auf sie gewesen. Sie wurde als Kind angefallen und ist nie darüber hinweggekommen. Sie hält es für eine gute Idee, wenn jede Familie auf der Farm einen Wachhund hat und wird einen der Welpen nehmen. Ich versprach, ihr beim Abrichten zu helfen.

Lexi erwartete ihn an der Treppe der Veranda, den Arm um die Säule geschlungen. Bei ihrem Anblick meinte er zu spüren, dass sich die Erde unter seinen Füßen bewegte. Er war kein Fantast, sondern eher ein Zyniker, doch seine überwältigenden Gefühle, wenn er ihr nahe war, ließen sich nicht leugnen.

Das Lächeln, mit dem sie ihn empfing, ließ sein Herz ein wenig hüpfen. Er küsste sie zärtlich. »Hallo. Ich habe dich vermisst.«

»Ich dich auch.« Sie klang etwas scheu.

Lexi berührte nur kurz sein Gesicht, aber ebenso gut hätte sie ihn brandmarken können. Er spürte, wie er in der sanften Kühle ihrer grünen Augen versank. Die Hunde drängten sich an sie und brachen den Zauber. Lexi streichelte sie, murmelte eine Begrüßung und sagte ihnen, dass Lucia im Haus sei.

»Ich komme mit einem Tablett«, rief Lucia. »Könnt ihr das Fliegengitter aufmachen?«

Gavril öffnete es und trat zwischen sie und die Hunde, als sie mit dem Teegeschirr erschien. Er lächelte ihr zu.

»Wie ich sehe, hast du Lexi gefunden.«

Lucia nickte. »Sie war auf dem Salatfeld. Gestern hatte sie ja gesagt, dass sie pflanzen muss.« Sie warf Gavril ein scheues Lächeln zu. »Sie hat getanzt. Ich glaube, es war ein uralter Regentanz.«

Lexi lachte, doch sie wurde auch ein wenig rot und wandte den Blick von ihm ab.

Was hast du wirklich gemacht? Ihre Reaktion machte ihn einfach nur neugierig.

Ich habe getanzt, weil du mich geküsst hast, und ich dich. Sie war absolut ehrlich.

Er setzte sich rasch in die Hollywoodschaukel, um nicht den Fehler zu begehen, sie gleich wieder mit Küssen zu überhäufen. Ihr Blick war weich, die Augen fast leuchtend, und er konnte nicht aufhören, auf ihren Mund zu schauen.

»Ich würde es ihr schon zutrauen, Lucia«, sagte er. »Sie liebt ihre Pflanzen. Sie spricht mit ihnen und singt ihnen vor.«

»Ich spreche mit ihnen, weil sie das mögen«, sagte Lexi. »Aber Singen könnte sie welken lassen.«

Lucia versuchte, sich erwachsen zu geben, und schenkte den Tee ein. Gavril war bemüht, nicht zu bemerken, dass ihre Augen vom Weinen geschwollen und rot waren.

»Mögen es Pflanzen, wenn man mit ihnen spricht?«, fragte Lucia neugierig. »Wirklich?«

Lexi nickte. »Ja. Sie reagieren auch auf Musik. Allerdings nicht auf mein Singen – okay, manchmal singe ich für sie, wenn niemand dabei ist. Aber ich spiele im Atrium oft klassische Musik, und die Pflanzen gedeihen gut.«

»Ich *liebe* dein Atrium«, bemerkte Lucia. »Das ist das Coolste, was ich je gesehen habe.«

»Gedeihen die Pflanzen wegen der Musik oder deinetwegen?«, fragte Gavril. Lucia hatte Milch in seine Tasse gegeben, weil Lexi ihren Tee mit Milch trank. Er bedankte sich und nahm einen Schluck.

»Vielleicht beides. Jedenfalls mögen sie positive Aufmerksamkeit.«

»Hast du das ernst gemeint, als du zu Airiana und Max sagtest, wir könnten ein Hündchen haben, Gavril?«, fragte Lucia.

Gavril bemerkte, dass sich Drago wieder an Lexis Beine drängte. Der Hund liebte sie ganz eindeutig. Und auch sie schien ihn sehr zu mögen; sie merkte nicht einmal, dass sie ihn streichelte. Kiss lag zu seinen Füßen, was ihn nicht überraschte. Sie hatte ihre Pflicht getan, einige Leute kennengelernt und wollte nun ihre Ruhe.

»Ja, das war mein Ernst. Magst du Hunde?«

Lucia nickte. »Diese Hunde sind groß und haben ein ganz weiches Fell. Es würde mir nichts ausmachen, wenn einer mit mir im Zimmer schlafen würde.«

Sie schläft im Zimmer von Airiana und Max, mit allen anderen Kindern, informierte Lexi ihn.

Im Haus klingelte das Telefon. Lexi reagierte nicht. »Das ist die Farmnummer. Die Leute geben Bestellungen ab«, erklärte sie. »Ich schreibe sie am Ende des Tages auf, das ist leichter. Wer direkt mit mir sprechen will, kann seine Nummer hinterlassen.«

Ihm war klar, dass sie nicht gerne telefonierte. »Das hört sich nach einem guten System an. Andernfalls kämst du vor lauter Telefonieren gar nicht mehr zum Arbeiten.«

»Genauso ist es«, bestätigte sie. »Lucia, der Tee ist hervorragend. Den hast du ganz toll hingekriegt.«

»Die Nudeln waren auch super«, meinte Gavril. »Sie haben mir wirklich geschmeckt. Lexi hat mir welche mitgebracht, und ich war echt überrascht.«

Lucia strahlte. »Das war das Rezept meiner Mutter. Ich habe immer mit ihr gekocht. Ich koche gern.«

»Kochst du auch jetzt bei dir zu Hause?«

»Manchmal frage ich Airiana, ob es ihr etwas ausmacht, und sie lässt mich immer. Und wenn sie kocht, helfe ich ihr.«

Kiss stand abrupt auf, jaulte ein wenig und lief unruhig umher, was Gavril aufmerksam werden ließ. Doch dann legte sie sich ebenso plötzlich in der Ecke neben Lexis Schlafsack wieder hin. Er blickte zu Lexi, die Kiss beobachtete, dann unvermittelt aufschaute und ihm zulächelte. Wieder ein erstes Mal. Einen solchen gemeinsamen, intimen Moment eines Paares hatte er einmal von ferne miterlebt – die Welt wurde ausgeschlossen, und es gab nur mehr die beiden, die sich vollkommen verstanden.

Sein Körper reagierte – nicht mit der aufbegehrenden Gequältheit, die er inzwischen gut kannte, sondern mit weit mehr – einer völligen Hingabe seiner selbst an diese Frau. Er spürte einen Austausch zwischen ihnen. Das Gefühl, das ihn überkam, in ihn eindrang, ließ sich nicht mit Worten beschreiben, und es war in mancher Hinsicht beängstigender als jeder Auftrag, den er je ausgeführt hatte.

Ich kann dich nicht verlieren, jetzt, wo ich dich gefunden habe. Er würde sie bis zum Äußersten beschützen, eiskalt und tödlich, immer ihr Schatten sein. Schon der bloße Gedanke, dass ihr irgendwie ein Leid zugefügt würde, konnte ihn in Rage bringen und ihm Bauchschmerzen machen.

Lexi warf ihm ein kleines Lächeln zu. *Vergiss nur nicht, wer der Boss ist.*

In ihrem Blick funkelte ein leiser Schalk, und schon lösten sich die Knoten in seinem Bauch etwas.

»Gavril, ich mag deine Hunde«, sagte Lucia und lenkte ihn damit von seinen Gedanken ab.

»Ich mag sie auch, Lucia«, antwortete er. »Ich war lange Zeit sehr krank, und sie halfen mir, aus dem Bett zu kommen und zu trainieren. Hunde sind mehr als Kameraden und Schoßtiere. Diese beiden waren über zwei Jahre lang meine einzige Familie. Und sie haben einen starken Beschützerinstinkt.«

»Ich wollte schon immer einen Hund«, gestand Lucia. »Aber mein Vater hatte oft Gäste und sagte, da wäre ein Hund nur im Weg.«

Gefährliches Gelände, Gavril. Pass auf, wie du ihr antwortest, warnte Lexi ihn. *Ihr Vater mag kein Tiernarr gewesen sein, aber er war ihr Vater.*

Sie hatte nicht ganz unrecht. Er wollte nichts sagen, was Lucia veranlassen konnte zu denken, er würde die Ansichten ihres Vaters nicht respektieren. Da sie ihn genau beobachtete, nickte er kaum merklich.

»Dein Vater hat insofern recht, als Hunde nicht für jede Familie geeignet sind. Und ein schlecht erzogener Hund kann alle möglichen Probleme verursachen. Wir leben auf einer Farm, und dies sind Hunde, die für uns, die wir hier leben, sehr hilfreich und sinnvoll sind.«

Wieder klingelte das Telefon, ein hoher, aufdringlicher Ton, der ihm unangenehm war, und das war immer ein schlechtes Zeichen. Wenn etwas derart Banales ihn störte, wusste er, dass er den Schmerz bald nicht mehr abblocken konnte. Es war nur eine Frage der Zeit, bis er das Brennen nicht mehr würde in Schach halten können.

Lexi hatte sein Unwohlsein bemerkt. »Tut mir leid wegen des Telefons. Es ist ein Werktag; normalerweise bin ich gar nicht im Haus und höre es nicht. Ich kann es leiser stellen.« *Du solltest dich eine Weile hinlegen. Ich komme, sobald Lucia weg ist, und behandle dich wieder, wenn du willst.*

Die Vorstellung, ihre Hände auf seiner Haut zu spüren, ließ ihn wohlig erschaudern. Ein heftiges Verlangen ergriff ihn. Er spürte ihren Geschmack im Mund, gewahrte ihren Geruch. Er schien sie regelrecht einzuatmen, sodass sie durch seine Blutbahn strömte und ihn erregte. Sie wurde zunehmend lebensnotwendig für ihn, und das so schnell und so gründlich, dass es ihn schockierte.

»Lucia, bringen wir das Teegeschirr ins Haus.« Lexi sah geflissentlich auf ihre Uhr. »Ich muss noch einiges tun, das ich nicht aufschieben kann.«

Lucia nickte und begann sofort mit dem Zusammenräumen. Sie schaute einige Male zu Kiss, die anscheinend schlief. »Glaubst du, dass sie die Jungen bald bekommt?«

Gavril nickte. »Ja. Bei großen Hunden dauert es ein wenig länger als bei kleinen; man kann den Tag nicht exakt vorhersagen. Aber sie ist unruhig und gibt kaum einen Laut von sich, deshalb denke ich, die Wehen werden heute Nacht oder morgen früh beginnen.«

Er fuhr sich durch die Haare, was Lexi sofort bemerkte, und er sah die Sorge in ihrem Blick, die zusammengepressten Lippen, die in Falten gelegte Stirn. Sein Herz reagierte darauf mit einem leichten Zucken, das er nicht registrieren wollte. Er presste eine Hand auf die Brust, etwas schmerzte ihn, eine unvertraute Emotion.

Der erste anbrandende Schmerz erschütterte ihn jedes Mal wieder; er kam gleich einer Welle und machte ihn nervös. In den beiden letzten Jahren hatte er gelernt, den Schmerz zu beherrschen, eine Übung, die die Kontrolle von Atem und Herz erforderte und das Brennen an den geschädigten Nervenenden stoppte, doch länger als ein paar Stunden konnte er es nicht durchhalten. Das war einer der Gründe, weshalb man ihn nicht mehr für fähig hielt, seine Arbeit zu tun.

Gavril.

Lexis Stimme flüsterte an seinen Nervenenden, dämpfte den Schmerz, linderte das Brennen. Er blickte auf in ihre Augen. Er konnte sich in diesen Augen für immer verlieren. Sie lockten ihn in die Kühle des Waldes wie ein Pfad in eine andere Welt.

Du kannst deine Arbeit tun. Oder du entscheidest, sie nicht zu tun. Das ist ein Unterschied.

Wie hatte sie seinen Gedanken aufschnappen können? *Ich bin müde,* solnyshko moya. *Ich denke, ich lege mich für ein paar Minuten hin. Wenn du kannst, komm mit mir herein.*

Sobald Lucia sicher zu Hause ist.

Er schloss die Augen und ließ den Kopf an die Lehne der Hollywoodschaukel sinken. Lexi gab ihm das Gefühl, ein eigenes Zuhause – und eine Frau – zu haben. Sie war eine Zauberin, eine Frau der Erde, die sich mit Anmut bewegte und ihre Umgebung mit üppigen Pflanzen füllte.

Mit einem besorgten Blick auf Gavril nahm sie das Tablett. Sie sah die verräterischen Falten, die tiefer in sein Gesicht eingegraben waren als sonst. Die Haut um seinen Mund war ein wenig weißer, als sei sie zu straff gespannt. Drago, der große Rüde, drängte sich näher an ihn, als wollte er ihm Schutz anbieten.

»Was ist mit ihm?«, fragte Lucia, als sie die Tassen ausspülte. »Ich sehe, dass er etwas hat.«

»Wirklich?« Lexi musterte sie sorgfältig. Gavril verstand es sehr gut, seine Verletzungen zu verbergen. »Wie denn?«

Lucia rieb sich stirnrunzelnd über der Augenbraue. »Seine Augen. Er macht mir ein bisschen Angst.«

»So wie Max?« Lexi wischte ein paar Seifenbläschen von Lucias Stirn.

Lucia schüttelte den Kopf. »Max macht einem nicht wirklich Angst, wenn man ihn ein bisschen kennt. Er ist anfangs irgendwie hart und brummt herum wie ein alter Bär, aber er wird nicht einmal laut.« Sie lächelte Lexi zu. »Max ist wirklich gut zu uns. Ich dachte zuerst nicht, dass ich ihn mögen würde, und ich wollte auch Airiana nicht mögen, weil …«

»Du das Gefühl hattest, deine Eltern zu verraten, wenn du die beiden liebst«, endete Lexi für sie.

Lucia nickte. »Aber ich glaubte auch, wenn ich sie liebe, dann werden sie uns auch noch weggenommen.« Sie seufzte tief. »Ich hatte damals einen Streit mit meinem Vater. An dem Tag, als meine Eltern starben. Weil ich einen Hund haben wollte. Ich hatte ihn tausendmal gebeten, und er hatte immer nein gesagt. Meine Mutter machte alles, was Vater ihr sagte, deshalb wusste ich, dass sie mir nicht helfen würde. Vor meinem Geburtstag versuchte ich monatelang, alle meine Aufgaben zu erfüllen, ohne zu klagen, weil er sagte, wenn ich verantwortungsvoll genug sei, würde ich ein Hündchen bekommen.«

»Du hast ihn um einen Hund zum Geburtstag gebeten, und er sagte nein«, kommentierte Lexi.

Lucia stellte langsam die letzte Teetasse auf die Spüle. »Ich war so wütend auf ihn. Ich nannte ihn einen Lügner. Er schickte mich auf mein Zimmer. Meine Mutter kam und wollte mit mir reden, aber ich war auch auf sie sauer, weil ich wusste, dass sie mich auch keinen Hund haben lassen wollte. Ich wandte mich von ihr ab. Sie waren beide fein angezogen und wollten ausgehen. Sie sahen so schön aus, aber ich habe es ihr nicht gesagt. Nicht einmal, dass ich sie liebe.«

Lexi umarmte Lucia. »Sie wusste es. Eltern wissen das. Deine Wut hat nichts mit ihrem Tod zu tun. Ein abscheulicher Mann hat das Auto manipuliert. *Er* ist schuld an ihrem Tod, nicht du. Und jetzt, da wette ich, sind sie, wo immer sie sind, glücklich, dass du da bist, wenn Kiss ihre Jungen bekommt, und du ihr mit ihnen hilfst.«

»Ich wollte Gavril noch fragen, ob ich mithelfen darf, aber er denkt am Ende, dass ich eine Nervensäge bin. Er sieht sehr beängstigend aus. Seine Augen sind kalt. Sie werden nur warm, wenn er dich anschaut.«

»Lucia, Gavril ist ein guter Mann. Er hat ganz schwere Zeiten durchgemacht und ist zurzeit verletzt. Du solltest versuchen, ihn kennenzulernen. Ich bin sicher, wenn Kiss ihre Jungen hat, wird er über deine Hilfe mehr als glücklich sein. Ich weiß, dass es wirklich wichtig ist, diese Tiere an uns zu gewöhnen. Wir zählen auf jeden, der uns hilft.«

Wieder klingelte das Telefon, ein Missklang, der Lexi zum Lachen brachte.

»Warum gehst du nie dran?«, fragte Lucia. »Es könnte doch wichtig sein.«

Lexi schüttelte den Kopf. »Das ist die Farmnummer. Meine Familie würde mich auf meinem Handy anrufen.«

Lucia lachte. »Diese Farmnummer klingelt die ganze Zeit. Macht es dich nicht verrückt, nicht dranzugehen?«

»Im Ernst, ich bin normalerweise nie zu Hause, wenn es klingelt. Wir verkaufen unser Gemüse an bestimmte Geschäfte und Privatkunden und spenden einiges der Tafel. Abends höre ich nur den Anrufbeantworter ab, schreibe die Bestellungen auf und lasse es dann gut sein. Ich muss nur selten wirklich mit jemandem reden.«

Lucias Lachen verschwand. »Ich will zurzeit auch mit niemandem reden. Ich wünschte, ich wäre erwachsen und könnte tun, was ich will. Airiana sagt, wir müssen alle mit dieser Therapeutin reden, die sie kennt. Benito passt das gar nicht.«

Lexi bemerkte die Sorge in Lucias Stimme. »Komm, ich bringe dich mit dem Auto nach Hause. Ich glaube, wir alle tolerieren Benitos Vorstellungen, was Männer und Frauen tun und welche Rollen sie haben. Niemand ärgert sich über ihn.«

»Gavril schon. Benito hat mir seinen Hals gezeigt.«

»Das war ein Unfall. Benito steckte den Kopf ins Fenster, und Gavril konnte nicht wissen, wer es war. Es hätte jemand sein können, der versuchte, mir etwas anzutun.«

»Ich glaube nicht, dass Gavril Unfälle passieren«, erwiderte Lucia clever. Sie stieg in den Wagen und schaute zur Veranda zurück, wo Gavril mit den Hunden saß.

»Da hast du wahrscheinlich recht«, räumte Lexi mit einem leichten Grinsen ein. »Er hat Benito nicht wirklich wehgetan, aber er hat ihm Angst eingejagt. Vielleicht wollte er etwas klarstellen. Ich weiß, dass er sich Sorgen um ihn macht. Eine Therapie wäre gut für den Jungen.« Sie ließ den Wagen an.

»Du meinst, wenn ich in Therapie gehe, ohne zu protestieren, dann geht Benito vielleicht auch.« Lucia hielt sich fest, während Lexi die enge Straße entlang zu Airianas Haus fuhr.

»Genau. Wusstest du, dass wir alle uns so kennengelernt haben? Meine Schwestern und ich? Wir gingen in eine Gruppentherapie für Frauen, die Angehörige durch Gewalt verloren haben. Die Therapeutin hat uns allen wirklich geholfen, einen Weg zu finden, um wieder glücklich zu werden. Ich kann nicht sagen, dass wir alle inzwischen frei von Schuldgefühlen oder anderen Problemen sind, aber der Punkt ist, wir haben einen Weg gefunden, wieder zu leben.«

Lucia biss sich auf die Lippe. »Ich will Airiana und Max nicht enttäuschen. Jemandem zu sagen, ich fühle mich schuldig, weil ich neue Eltern gefunden habe, das würde ihnen wirklich wehtun.«

Lexi fuhr bis fast zu den Stufen von Airianas Haus. »Nein, das würde es nicht. Airiana und Max wissen beide, wie es ist, sich schuldig zu fühlen, selbst wenn die Schuld unangebracht ist. Sie wollen, dass du glücklich wirst. Du brauchst jemanden, mit dem du offen über deine Gefühle reden kannst, Lucia. Deine Therapeutin wird ihnen nichts sagen, es sei denn, du willst es.«

Lucia lächelte unerwartet. »Danke, Lexi. Du gibst mir das Gefühl, geerdet zu sein. Ich bin froh, dass du hier bist.«

Lexi grinste zurück. »Ich wollte schon immer die Lieblingstante sein.«

»Das bist du!«, rief Lucia, sprang aus dem Wagen und rannte die Treppe hinauf.

Lexi sah Airiana am Fenster stehen und hinter ihr Max, der sie umarmte. Sie wirkte, als hätte sie geweint, winkte Lexi aber zu. Diese antwortete mit einer Kusshand. Es war bestimmt nicht leicht, sich vier Kinder ins Haus zu holen, die auch noch schwer traumatisiert waren, und mit ihnen eine Familie zu bilden. Sie war stolz auf ihre Schwester, die diese Entscheidung getroffen hatte.

In Gedanken an Airiana und Max fuhr Lexi zurück zu ihrem Haus. Airiana war sehr klug; sie hatte eine Stelle im Verteidigungsministerium, über die Lexi nicht allzu viel nachdenken wollte. Dennoch hatte Airiana darauf bestanden, von zu Hause aus arbeiten und so für die Kinder da sein zu können.

Der Wind trug den Geruch des Meeres herüber. Die Bäume wiegten sich leicht; ein Sturm zog auf. Lexi machte kehrt und fuhr zu ihren Feldern hinaus. Bei jedem blieb sie stehen, stieg aus und fühlte mit beiden Händen den Boden.

Von seinem Aussichtspunkt auf der kleinen Erhebung oberhalb der Felder beobachtete Gavril, wie Lexi von einem Feld zum nächsten fuhr. Bei jedem tat sie dasselbe; sie berührte für einige Minuten die Erde, so behutsam, als würde sie ein Kind anfassen. Er stellte sich vor, dass sie leise mit den Pflanzen redete und sie wegen des herannahenden Unwetters beruhigte.

Er war auf die Anhöhe gestiegen, um sie im Auge zu behalten. Er hatte es nicht lassen können. Der Schmerz und die Tatsache, dass sein Arm brannte wie Feuer, waren ihm gleichgültig; der Zwang, sie zu beschützen, war einfach zu stark gewesen. Nun freute es ihn, dass er ihr gefolgt war. Sie mit ihren Pflanzen kommunizieren zu sehen war es wert gewesen, hier heraufzurennen.

Sie glich einer schönen jungen Göttin, ihr Haar flatterte im Wind, ihre Bewegungen waren graziös, beinahe liebevoll. Die Erde schien sie willkommen zu heißen, die Pflanzen neigten sich ihr entgegen, anstatt sich dem Wind zu beugen. Sie berührte den Boden; spontan kauerte auch er nieder, legte die Hände auf die Erde und fühlte fast unmittelbar ihren Einfluss, eine ruhige, lindernde Wärme, die durch seine Handflächen drang.

Gavril spürte das Wasser in kleinen Adern unter der Erde fließen. Er spürte die Vielfalt der Minerale, die kleineren Insekten, Würmer, die die Krume mit Tunneln durchzogen und belüfteten. Er wusste, dass die Verbindung zwischen Lexis Handfläche und seiner ihn befähigte zu fühlen, was sie fühlte. Die Erde sprach zu ihr. Die Pflanzen murmelten leise, eine andere Sprache, doch er spürte ihre Energie auf Lexi gerichtet. Alles auf der Farm war mit Lexi verbunden – und er besonders.

Etwas widerwillig stand er auf und schaute noch einmal zu der Frau hinunter, die ihn so verzauberte. Sie bekam nichts dafür, doch sie schien auch nichts zu erwarten. Sie sah ihn als das, was er war, sowohl die äußere Schale als auch den inneren Kern, den er so sorgsam schützte, und sie akzeptierte ihn.

Selbst in seinen kühnsten Träumen hatte er nie damit gerechnet, so angenommen zu werden. Irgendwie hatte sie den Schlüssel zu seinen erstarrten Emotionen gefunden. Und das betraf nicht mehr nur Lexi. Er hatte sich richtig gefreut, seine Brüder zu sehen, vor allem den Jüngsten. Und er fand, dass er Lissa wirklich mochte. Die kleine Lucia ging ihm zu Herzen. Er war also doch nicht die kaltblütige Maschine, für die er sich gehalten hatte. Und das alles einer Frau wegen.

Er sah, dass sie im Gewächshaus war. Als Nächstes würde sie den Obstgarten aufsuchen und dann nach Hause kommen. Er begann, heimwärts zu joggen, und dieses Mal spürte sein Körper jeden holprigen Schritt. Trotzdem hätte er es sich nicht nehmen lassen wollen zu sehen, wie sie sich um ihre Pflanzen kümmerte.

Drago begrüßte ihn sofort, als er das Haus betrat, doch Kiss erwartete ihn nicht an der Tür. Sie war durch das Haus gelaufen und kam gerade zurück, konnte aber keine Ruhe finden. Er kraulte sie unter dem Kinn, sah ihr in die Augen und murmelte ihr besänftigend zu. Ihr erster Wurf stand bevor, und sie hatte Angst.

Wieder klingelte das Telefon; er spürte den Misston im ganzen Körper. Am liebsten hätte er das Ding aus der Wandhalterung gerissen. Er musste sich wirklich hinlegen. Auf dem Weg zum Schlafzimmer regte sich etwas in ihm. Das Bedürfnis, das Telefon wegzureißen, hatte nichts mit dem Schmerz zu tun, der durch seinen Körper pulsierte.

Er hatte Schmerzen schon vor langer Zeit akzeptiert und ließ nicht zu, dass sie seine Stimmung beeinflussten. Wenn sie zu stark wurden, entfernte er sich von allem, was ablenkte, und konzentrierte sich nur mehr darauf, den Schmerz unter Kontrolle zu bringen. Er drehte sich um und blickte zum Telefon.

Ohne weiteres Zögern nahm er den Hörer ab. »Harmony Farms.«

Ein kurzes, offenbar bestürztes Schweigen am anderen Ende,

als hätte der Anrufer nicht erwartet, dass abgehoben wurde – oder als hätte er mit einer Frau gerechnet.

»Ihr beherbergt Jezabel, ein sehr sehr schlimmes Weib. Das unschuldige Blut wird zusammen mit dem schuldigen vergossen werden«, erklärte eine Geisterstimme.

»Um Jezabel musst du dir keine Sorgen machen«, sagte Gavril leise. »Sondern um den Teufel, der bei ihr ist, denn der wartet schon auf dich.« Er legte auf, und im nächsten Moment stand Lexi im Raum.

Sie hatte es mitbekommen – ihr Gesicht war kreidebleich. Er hatte gewusst, dass sie kommen würde, doch er wollte ihr nichts verheimlichen, das passte nicht zu ihm. Er hatte sich dieser Frau verpflichtet und konnte ihr nichts vorenthalten, selbst wenn feststand, dass es sie aus der Fassung bringen würde. Zweifellos würde er ihr das Leben so manches Mal schwer machen, aber er würde ehrlich zu ihr sein.

»Caine hat da draußen ein paar Freunde.«

»Mir war klar, dass sie es waren, als du von Jezabel sprachst. So hatte er mich immer genannt, wenn er mich vor seiner Gemeinde bestrafte. Wer von ihnen hat angerufen?« Ihre Stimme bebte, doch sie setzte alles daran, sachlich zu klingen.

»Er war zu feige, seinen Namen zu nennen. Ein Mann. Tiefe Stimme. Er versuchte, hart zu klingen. Es hat ihn ein wenig verwirrt, dass ein Mann abhob.«

»Wahrscheinlich hat er schon ein- oder zweimal auf den Anrufbeantworter gesprochen«, meinte Lexi. Ihre Hände zitterten; sie versteckte sie hinter ihrem Rücken, als er es bemerkte.

»Würdest du ihn erkennen, wenn du seine Stimme hörst?«

»Nur wenn es jemand von unserer Farm war. Es gab jedoch mehr als eine. Da war ein Mann, den sie den Reverend nannten; mit ihm fing alles an. Er kam zu den verschiedenen Arbeitsfarmen und predigte. Meistens ›rettete‹ er die jüngeren Mädchen, indem er sie zum Sex zwang. Ich bin sicher, dass nach seinem Tod Caine und sein Bruder die Führung der Sekte übernahmen – oder von dem, was davon noch übrig war. Caines Bruder wurde verhaftet, aber sie hatten alle Stellvertreter und Vollstrecker. Dieser Mann könnte also sonst wer sein.«

Er winkte sie zu sich und zeigte auf die Stelle direkt vor ihm. Sie wirkte etwas verloren und sehr verletzlich. Mit ihrem blassen Gesicht, den großen Augen und den Händen, die nicht aufhören wollten zu zittern, zerriss sie ihm schier das Herz.

Lexi schritt langsam durch den Raum und stellte sich vor ihn. Gavril ließ sie nicht aus den Augen. »Ich sorge dafür, dass weder dir noch sonst jemandem auf der Farm irgendetwas zustößt«, versicherte er ihr.

Sie blinzelte; ihre Wimpern verbargen die waldgrünen Augen.

»Lexi, ich bin ein kaltblütiger Killer, das wissen wir beide. Ich bin nicht der harmlose nette Kerl von nebenan. Diese Leute, die hinter dir her sind, können von meinem Leben oder dem meiner Brüder keine Ahnung haben. Das sind Pädophile und Sexualstraftäter. Sie verprügeln Frauen und Kinder. Sie töten mitten in der Nacht hilflose Menschen, die in ihren Betten schlafen. Sie haben keine Vorstellung, was es heißt, es mit Männern zu tun zu haben, die praktisch von Geburt an zum Töten ausgebildet wurden.«

Er berührte ihre Lippen mit seinen. Sanft. Zart. Ohne Leidenschaft, auch wenn diese gleich dem Magma in einem Vulkan in ihm aufstieg.

»Denkst du, ich will dir andauernd zeigen, was ich bin? Jedes Mal wenn ich es wiederhole, habe ich Angst, dich zu verlieren, aber es ist mir wichtig, dass du dich sicher fühlst. Ich kann dir Sicherheit geben. Ich werde nie der süße Mann sein, der an Blumen und Pralinen denkt, oder an blumige Worte. Ich werde rauer sein, als wir es manchmal beide wollen, und ich werde Fehler machen, aber ich kann dir versprechen, absolut versprechen, dass jeder auf dieser Farm sicher ist. Das kann ich.«

Sie musterte ihn eine gefühlte Ewigkeit lang, so lang, dass er schließlich nicht mehr atmen konnte. Dann stellte sie sich auf die Zehenspitzen und berührte seine Lippen mit ihren. Eine Geste, so sanft und zart wie die seine, doch er spürte die Spur von Leidenschaft, schmeckte sie, als sie von ihm abließ.

»Mach dir keine Gedanken darüber, dass du mir zeigst, wer oder was du bist, Gavril. Ich will nicht, dass du etwas sein musst, was du nicht bist. Weder für mich noch für sonst jemanden. Ich fühle mich sicher bei dir, und das ist ein unermessliches Geschenk. Denn ich habe mich nicht mehr sicher gefühlt, seit ich zehn war.« Sie berührte sein Gesicht, verfolgte eine Linie bis zu seinem Kinn. »Du musst dich eine Weile hinlegen. Ich behandle dich gegen die Schmerzen.«

»Du bereitest das Zimmer vor, und ich setze mich mit meinen Brüdern in Verbindung und warne sie vor. Ich will, dass alle wachsam sind, bis diese Idioten loslegen.«

»Und ich rufe Blythe an«, sagte Lexi. »Sie kann Jonas Harrington kontaktieren. Ich bin sicher, er kann helfen.«

Alles in ihm sträubte sich dagegen, einen Gesetzeshüter einzuschalten, doch er nickte. »Kiss wird sehr bald ihre Jungen bekommen. Ihrem Verhalten nach könnte es heute Nacht oder morgen früh so weit sein.« Die Hündin hatte sich kurz an ihn geschmiegt und war dann weiter im Haus herumgewandert. Drago begleitete sie, ohne zu verstehen, weshalb sie nicht zur Ruhe kam.

Lexi ließ von ihm ab, bevor er sie küssen konnte – was er bei Gott gewollt hätte. Es tat weh, wie sehr er sie brauchte, sich nach dem Geschmack des kühlen, tiefen Waldes sehnte, der, er wusste es, ihn erwartete. Doch er musste achtsam sein, er musste sich Zeit mit ihr lassen und durfte sie nicht zu sehr drängen.

Er rief Lissa und seine Brüder an und ging dann ins Schlafzimmer, wo es bereits nach Räucherstäbchen und Aromatherapiekerzen roch. Sie hatte die Bettdecke aufgeschlagen, damit er sich ausziehen und leicht darunterschlüpfen konnte. Er lächelte, als er die Pistole noch unter dem Kissen liegen sah, wo er sie deponiert hatte. Aus Gewohnheit überprüfte er, ob sie noch geladen und funktionstüchtig war.

Lexi hatte ihr Tablett mit den Nadeln, Verbandszeug und einen Krug Wasser bereitgestellt. »Leg dich hin, Gavril. Ich will mir deinen Arm ansehen.«

Den Blick auf sie gerichtet, zog er die Stiefel aus, stand auf und streifte das Hemd über den Kopf. Sein Arm sträubte sich, doch Gavril ließ sich den Schmerz nicht anmerken. Lexi wandte den Blick nicht von ihm ab, selbst dann nicht, als er an den Hosenbund griff. Er wusste nicht, wie sehr ihm beim Versuch, den Gürtel zu öffnen, der Bizeps schmerzte.

Wortlos schob sie seine Hände zur Seite. Sein Herz machte einen Sprung. Ihr Blick traf den seinen. Ruhig. Schüchtern. Entschlossen. Er hob die Arme, um ihr zu signalisieren, dass er die Situation nicht ausnutzen werde. Doch der Schmerz in dem Muskel war so stark, dass er den Arm senken musste. Seine Hand streifte ihre Schulter und ihren bloßen Arm entlang; es war ein köstliches Gefühl.

Langsam und bedacht ging sie daran, seinen Gürtel und den Reißverschluss zu öffnen. So viel Beherrschung er auch in der Vergangenheit gezeigt hatte, in dieser Situation konnte er seinen Körper einfach nicht kontrollieren. Ihre Finger streiften den Stoff über seinem Schwanz, der immer mehr anschwoll; das Blut schien nur so in seinen Unterleib zu schießen.

Ohne zu zögern, zog sie ihm die Jeans gleich mitsamt der Unterhose von den Hüften. Er legte die Hände auf ihre Schultern, um nicht das Gleichgewicht zu verlieren, als er aus der Hose stieg. Lexi richtete sich langsam auf, seine Jeans in den Händen, den Blick nach unten auf den stattlichen Beweis seiner Liebeslust gerichtet.

Er hörte, wie sie rasch, keuchend, einatmete, während sie mit großen Augen auf seinen dicken, harten Schaft starrte, aus dem Tropfen herausperlten. Sie berührte seine Brust. Zögernd wanderten ihre Finger über seinen Bauch abwärts, an seine Narben. Sie trat noch näher zu ihm, und er spürte ihren warmen Atem an seinem Schwanz, der sofort noch steifer wurde, als er es selbst für möglich gehalten hätte.

»Du bringst mich noch um, Weib«, bekannte er leise und vollkommen ehrlich.

»Ich weiß nicht, ob ich dir je eine gute Geliebte sein kann, Gavril«, erwiderte sie, noch immer nicht aufblickend. »Du bist sehr … einschüchternd.«

Er umfasste ihren Hinterkopf, vergrub die Finger in ihrem seidigen Haar. »Ich verlange nichts von dir.«

»Das weiß ich, aber ich hoffe, dass mich meine Gefühle für dich eines Tages meine Ängste überwinden lassen.« Zum ersten Mal traf ihr Blick den seinen. »Ich hatte keine Panikattacke; das ist doch ein guter Start.«

12.

Gavril schaute hinab in ihre dunklen, grünen Augen, die so lebendig und so kühl waren, ansonsten ein Ort des Friedens, doch nun sah er Verlangen in ihnen glühen. Er beugte sich zu ihr und drückte vorsichtig einen Kuss auf ihre Lippen. Einen kleinen Kuss, nichts weiter. Er wagte es nicht, sie in die Arme zu nehmen. Noch nicht. Nicht solange sie noch nicht damit im Reinen war. Sie brauchte Zeit, und wenn es um Lexi ging, dann hatte er alle Geduld der Welt.

»Eines Tages, wenn du dazu bereit bist, möchte ich dich heiraten. Richtig heiraten. Vor unserer Familie und den Kindern und den Hunden. Hier auf der Farm, oder vielleicht in einer kleinen Kapelle, wenn dir das lieber ist. Ich kenne einen Priester, der uns trauen würde.«

Sie war nicht zurückgetreten, und so tat er, was sich gehörte und schlüpfte unter die Decke, auch wenn sich sein Körper anfühlte, als könne er jeden Moment explodieren.

»Derselbe Priester, der Judith und Thomas und Rikki und Levi getraut hat? Damals sind wir mitten in der Nacht nach San Francisco gefahren.«

»Wahrscheinlich. Er ist ein alter Freund, jemand, dem wir vertrauen können – also, soweit ich jemals jemandem vertraue.«

»Ist er wirklich ein Priester?« Lexi beugte sich über ihn und schaute ihm in die Augen.

Er hätte sich verletzlich fühlen sollen, doch er fühlte sich geschätzt und begehrt. Sie strich sein Haar zurück, ihre Finger verweilten einen Moment auf seinem Gesicht. »Er ist ein Priester. Er sagt, er habe viel wiedergutzumachen.«

»Ich finde dich unglaublich schön, Gavril. Ich sehe dich gern an.«

»Es freut mich, dass du mich attraktiv findest, auch wenn ich stellenweise ein wenig angeschlagen bin.«

»Ich weiß, es fällt dir nicht leicht, dass ich mich um dich kümmere, und ich weiß es zu würdigen, dass du mich versuchen lässt, deine Schmerzen zu lindern. Es tut mir weh, wenn ich sehe, wie sie dir ins Gesicht geschrieben sind, oder ich sie fühle, wenn ich dir nahe bin.«

»Wie die Farm. Die Erde. Du fühlst die Pflanzen, nicht wahr?«

Sie nickte bedächtig und entfernte dann den Verband an seinem Arm. »Ja. Ich bin mit ihnen verbunden, schon immer. Schon als kleines Mädchen habe ich mit den Pflanzen in unserem Haus gesprochen, und sie wuchsen wie wild und ganz verrückt. Meine Mutter sagte immer, wir hätten zu Hause einen Dschungel.«

»Wie dein Atrium, das voller Pflanzen ist. Manchmal fliegen dort auch Vögel herum.«

»Kanarienvögel. Sie lieben die Pflanzen.«

Sie hielt ihre Hände über die Wunde, und er spürte sofort die Wärme.

»Es heilt gut und viel schneller, als ich dachte. Das liegt an dir, nicht so sehr an mir. Du beherrschst deinen Körper besser als alle anderen Menschen, die ich kenne.«

»Das habe ich bei Mönchen in China gelernt. Sie waren zu unglaublichen Dingen fähig. Deshalb bin ich auch nicht verblutet, als ich meine vielen Stichwunden abbekam«, erklärte er.

»Ich wusste, dass du irgendetwas gemacht haben musstest. Diese Wunde an deinem Herzen hätte dich sonst getötet. Ich versuche jetzt wieder, die geschädigten Nervenbahnen zu öffnen. Ich weiß, das fühlt sich nicht gerade toll an, aber ich glaube, wenn wir dranbleiben, bist du am Ende die meisten Schmerzen los.«

Es war ihm fast egal, ob es funktionierte oder nicht. Er genoss es, wenn sie an ihm herumdokterte, ihn berührte und sorgenvoll anblickte. »Du hast noch nichts zu meinem Heiratsantrag gesagt.«

Sie brachte die erste Nadel an. »Ich dachte, dazu müsste ich nichts sagen. Es war ja nicht wirklich eine Frage, eher eine Feststellung.« Sie schloss die Augen, ließ ihre Hände über seinen Körper gleiten und über den großen Wülsten auf der Höhe seines Herzen verharren.

Gavril beobachtete aufmerksam ihr Gesicht, das tiefe Konzentration, das Wirken ihres Geistes und ihres Herzens und ihrer Gabe widerspiegelte. Zu dieser gehörte nicht zuletzt, dass sie sich selbst geben konnte. Sie war bereit, den Schmerz zu teilen, wenn es sein musste. Wenn er sehr still blieb und sein Bedürfnis nach ständiger Wachsamkeit losließ, wenn er so nach ihr griff wie sie nach ihm, dann verband er sich mit ihrer Gabe. Er spürte die heilende Wärme, die sie in ihn ergoss und so den Bahnen seiner geschädigten Nerven folgte und die Blockaden fand.

Ihre Freundin, die chinesische Ärztin, musste erstaunt gewesen sein, als sie Lexi das Akupunktieren beibrachte. Lexi musste schon beim ersten Mal, als Daiyu Zhang es ihr zeigte, exakt gearbeitet haben. Es fiel ihr leicht, die Bahnen zu visualisieren und die Blockaden zu »sehen«. Kein Wunder also, dass sie heilen konnte. Sie setzte Nadeln an mehreren Stellen auf seiner Brust wie bei der ersten Sitzung, fügte jedoch dieses Mal noch weitere hinzu.

Zweimal strichen ihre Hände über eine zweite Stichwunde, und Hitze wallte durch seinen Körper. Wieder strich sie seine

Haare zurück. »Schlaf jetzt, Gavril. Ich passe auf dich auf. Du brauchst eine halbe Stunde absolute Ruhe. Deine Brüder kümmern sich um jeden, der der Farm nahe kommt, und die Farm selbst warnt uns. Als Airiana zurückkam, haben wir eine Art Kraftfeld um uns herum aufgebaut.« Sie schnitt eine Grimasse. »Dich hat es natürlich hereingelassen.«

»Es hat mich ebenso erkannt wie euch. Ich bin ein Prakenskij wie meine Brüder auch. Natürlich erkennt es mich. Außerdem hat deine Farm wahrscheinlich erkannt, dass ich zu dir gehöre. Dein Partner bin. Der Mann, der dich heiraten wird.« Ihre Blicke trafen sich. »Wenn du mich haben willst.«

Sie befeuchtete sich die Lippen, wieder skeptisch. »Wenn ich weiß, dass ich dich glücklich machen kann, Gavril, dann sage ich ja, aber nicht vorher. Ich ruiniere nicht dein Leben, weil ich keine körperliche Beziehung haben kann. Ich bin schon mehr als ein bisschen dabei, mich in dich zu verlieben. Das weiß ich. Ich schäme mich nicht, es zuzugeben, aber das Gefühl allein reicht nicht. Ich muss auch in der Lage sein, es dir zu zeigen.«

»Ein bisschen?« Er ergriff ihre Hand. »Nur ein bisschen?«

»Ich sagte *mehr* als ein bisschen.«

»Ich bin es total. Ich bin verliebt mit Haut und Haaren, und du musst genauso verliebt sein wie ich.«

Sie seufzte etwas spöttisch. »Ich sehe mal, was ich tun kann. Schlaf jetzt. Ich lasse die Hunde ein paar Minuten hinaus, damit sie ihr Geschäft machen, und ich hoffe, Kiss findet den richtigen Platz, um ihre Jungen zu bekommen. Möglichst *nicht* auf einem der Betten.«

»Ist sie auf die Betten gesprungen? Das macht sie sicher nicht.«

»Nein, aber sie hat sich jeden anderen Platz im Haus angesehen, und ich vermute, die Betten sind als Nächstes dran. Schlaf jetzt. Ich scherze nicht, Gavril. Wenn du nicht schläfst, haue ich dir eine Pfanne auf den Kopf.«

Er versuchte, nicht zu lachen. Lachen schmerzte. Er lag auf dem Rücken, nur mit einer Decke über seinem nackten Körper und Nadeln in der Brust, und sie drohte ihm – mit einer Bratpfanne.

»Denk an mich, wenn ich schlafe, *solnyshko moya*, ich will nämlich von dir träumen.«

Lexi verließ lächelnd das Zimmer. Sie schloss die Tür nicht, weil sie wusste, dass er dagegen protestieren würde, und ging geradewegs in die Küche, um den Anrufbeantworter abzuhören. Vielleicht würde sie die Stimme ja erkennen. Dann konnte Jonas den Mann finden, bevor Gavril es tat. Sie wollte, dass Gavril die Chance bekam, ein normales, friedliches Leben zu führen.

Dreißig Nachrichten waren gespeichert, nur neun davon betrafen die Farm, die restlichen waren Drohungen. Nach mehrmaligem Anhören erkannte sie, dass es sich um sechs verschiedene Stimmen handelte. Eine davon war die eines gewissen Benjamin Frost. Er war ein Vollstrecker des Reverend gewesen und nicht aufgegriffen worden, als die Lager gestürmt wurden. Außerdem war er einer der brutalsten Anhänger gewesen; viele Chefs der anderen Lager hatten befürchtet, er habe zu viel Einfluss auf den Reverend.

Sie notierte den Namen und machte dazu fünf Fragezeichen auf dem Zettel. Als Kiss jaulte, drehte sie sich erschreckt um. Die Hündin schnupperte an der Tür. Lexi befürchtete, wenn sie Kiss hinausließ und diese draußen einen Platz fand, um ihre Jungen zu gebären, dann würde sie sie nicht mehr ins Haus zurückbringen.

»Also gut«, sagte sie laut, »aber du musst auf mich hören.«

Sie ging zur Küchentür hinaus und winkte den Hunden, ihr zu folgen. Der Wind hatte zugenommen, und es tröpfelte. Die Luft roch nach Salz und Meer. Riesige schwarze, graue und weiße Wolken zogen über den Himmel und bildeten große, sich drehende Türme.

»Beeilt euch!«, rief sie. »Gleich wird der Sturm loslegen, da wollt ihr bestimmt auch nicht draußen sein. Ihr werdet pitschnass!« Die Hunde hatten längeres, welliges Fell mit Haaren, die ihnen über die Augen hingen. Ihr Fell nahm viel Wasser auf; das wusste sie, weil sie es beide liebten, den Kopf in die Wasserschüssel zu stecken und sich dann zu schütteln, sodass die ganze Küche nass gespritzt wurde. Gavril hatte in jedes Zimmer ein paar kleine Handtücher gelegt, und inzwischen wusste sie, warum.

»Der Sturm kommt, beeilt euch, ihr zwei. Macht euer Geschäft!« Sie tat ihr Bestes, um gebieterisch zu klingen. Die großen Hunde schüchterten sie noch ein wenig ein, wenngleich Drago sie anscheinend sehr mochte und Kiss ihr allmählich leidtat.

Der Himmel hatte sich bereits verdunkelt, obwohl es erst später Nachmittag war. Lexi liebte Stürme. Sie saß gerne auf ihrer Veranda und sah zu, wie sie vom Meer herüberzogen. Rikki passte immer auf, dass die Felder nicht zu viel Wasser abbekamen, deshalb machte sie sich über Ernteschäden keine Sorgen, und sie mochte es, wie die Pflanzen auf den Regen reagierten.

Sie lief um das Haus, überrascht, dass die Hunde ihr folgten. Als sie die vordere Veranda betrat, taten sie es ihr nach.

»Er hat euch wohl gesagt, ihr sollt auf mich aufpassen, nicht wahr?«, fragte sie die beiden. »Und ich dachte, du hast mich einfach nur gern, Drago. Da hast du mich doch glatt für eine Weile zum Narren gehalten!«

Kiss jaulte erneut und begann, heftig zu hecheln. »Oh-oh. Ich glaube, du musst deinen Platz finden, kleine Mama«, meinte Lexi. Sie öffnete die Tür und signalisierte ihnen so, wie sie es bei Gavril gesehen hatte, hineinzugehen. Beide stupsten ihr Bein an, als wollten sie sie ins Haus schieben.

Lexi kraulte sie lachend unter dem Kinn. »Gut. Ich gehe zuerst hinein, aber ihr wisst, dass es ziemlich peinlich für mich ist, von euch beiden herumkommandiert zu werden. Das könnt ihr machen, wenn wir allein sind, aber nicht vor anderen Leuten. Es wird schon schlimm genug, wenn es Gavril wieder gut geht. Ich wette, er kommandiert mich auch gern herum.«

Sie schloss die Tür, und im nächsten Moment öffnete der Himmel seine Schleusen, und es goss in Strömen. Kiss lief schnurstracks den Flur hinunter auf das Schlafzimmer zu, in dem Gavril lag. Sie war nicht aufzuhalten. Sie wollte ganz eindeutig die Gesellschaft des Mannes, der sie aufgezogen hatte.

Lexi folgte ihr durch die offene Tür. Gavril schien zu schlafen, aber sie wusste, dass dem nicht so war. Er war bei ihrer Rückkehr ins Haus bestimmt aufgewacht, doch er hatte die Augen geschlossen. Er sah jünger aus – die Falten in seinem Gesicht waren nicht mehr so tief.

Lexi beobachtete, wie Kiss in den geöffneten begehbaren Schrank in der Ecke hineinlief, wo Gavril eine Wurfkiste gebaut hatte, die für sie und die Welpen groß genug war. Lexi hatte Decken, Laken und Handtücher ausgelegt in der Hoffnung, dass Kiss sie benutzen würde.

Kiss türmte die alten Handtücher und Laken zu einem bequemen Bett auf und ließ sich darauf nieder. Man konnte sie jetzt fast nicht mehr sehen, denn sie war in die dunkelste, hinterste Ecke gerutscht, doch Lexi hörte sie keuchen, als gehe es ihr nicht gut.

Sie ging zu Gavril und hielt die Hände über ihn, um zu fühlen, ob seine Nervenbahnen auf ihre Behandlung reagierten. Sie konnte nicht anders und versuchte gar nicht erst, den plötzlichen Impuls zu stoppen, ihm einen sanften Kuss auf den Mund zu drücken. Etwas an ihm zog sie einfach magisch an.

Er hatte wohl nicht viel vom Leben gehabt. Zusammen konnten sie etwas Gutes erreichen, dessen war sie sich sicher. Dennoch fürchtete sie, sie könnte am Ende diejenige sein, die es verhinderte. Mit ihren Ängsten. Ihrem Trauma. Sie waren beide kaputt, keine Frage. Bisher hatte sie immer gedacht, sie würde ihn retten. Das war bis zu diesem Moment sogar ihre Gewissheit gewesen. Doch nun sah sie in sein Gesicht und wusste, dass es umgekehrt war. Gavril rettete sie.

Er schlug die Lider auf, und sie starrte in seine erstaunlich dunkelblauen Augen. Es war ein wenig wie in die Nacht hineinzufallen. Er gab ihr das Bewusstsein, eine Frau zu sein, ein weibliches Wesen. Nie zuvor hatte sie sich so gefühlt. Ihr Körper war immer etwas gewesen, das sie verhüllte und worüber sie nicht nachdachte. Nun war sie sich ihrer schmerzenden Brüste und ihres Bauchkribbelns bewusst, der Wärme zwischen ihren Schenkeln. Schlimmer noch, sie war sich auch seiner Männlichkeit bewusst. Sie konnte nicht atmen, ohne ihn in sich aufzunehmen. Ihr Körper verzehrte sich nach diesem Mann. Sie war innerlich und äußerlich tot gewesen, und nun war sie plötzlich wieder lebendig. Es war erschreckend und beglückend zugleich. Dennoch wusste sie nicht, was sie tun sollte. Wenn sie die Retterin war, dann hatte sie ein Ziel und einen Vorsatz und konnte damit leben. Aber wenn er der Retter war …

Sie konnte nicht atmen. Bekam keine Luft. Der Raum drehte sich, ihre Beine wurden weich wie Gummi. Ihr Bauch verkrampfte sich, das Bedürfnis zu fliehen überwältigte sie. Sie sah sich um nach einem Ort, wohin sie rennen, sich verstecken konnte, aber sie war wie gelähmt. Ihr Herz schlug so heftig, so schnell, dass sie einen Infarkt befürchtete.

»Was ist los, *solnyshko moya*?« Er ergriff ihre Hand. »Du hast ja Tränen in den Augen.«

Sie musste ihm etwas antworten. Es musste Ehrlichkeit zwischen ihnen herrschen, und er war mehr als ehrlich gewesen und ein Risiko eingegangen, wo andere einfach gelogen hätten. Ihre Stimme bebte, es schien unmöglich, ein Wort herauszubekommen. »Deinetwegen, Gavril. Weil ich erkannt habe, dass ich es bin, die *dich* braucht.«

»Ich verstehe nicht, Lexi.«

»Du hast mich zu dir gezogen. Mit deinem Flüstern. Deiner leisen Stimme, und dann sind da noch meine widersprüchlichen Gefühle für dich.« Sie schloss die Augen, fühlte sich verloren. »Es ist fast, als hättest du mich herausgefordert, zu dir zu kommen. Ich kam dem Feuer immer näher, ich konnte mich nicht davon abhalten.« Ihre Beine waren im Begriff nachzugeben, gleich würde sie auf dem Boden liegen.

»Lexi, nimm die Nadeln heraus.« Es war ein Befehl. Gavril war nicht sicher, was geschehen war oder weshalb sie ihre seltsame Beziehung plötzlich in Frage stellte, aber er würde nicht zulassen, sie zu verlieren.

»Du hast nicht viel vom Leben gehabt. Und ich dachte die ganze Zeit über, ich könnte dir helfen. In deinem Leben etwas bewirken. Dir Frieden schenken, dir die Schmerzen nehmen und vielleicht ein besseres Leben geben. Etwas Besseres, als alle zwei Tage umzuziehen und nie jemandem zu vertrauen. Ich bat dich, bei mir zu bleiben.« Sie blickte hilflos um sich, das Zimmer drehte sich so schnell, dass sie befürchtete, in Ohnmacht zu fallen und sich ewig für ihre Unzulänglichkeit schämen zu müssen.

»Nimmst du dein Angebot zurück?« Sein Daumen glitt über ihr Handgelenk.

»Ich weiß nicht, wie es mir gerade geht.« Sie klang verloren. »Was kann ich dir denn schon geben? Was brauchst du von mir?«

»Nimm diese Nadeln heraus, Lexi. So kann ich mit dir nicht über etwas derart Wichtiges reden.«

»Ich weiß nicht mehr, was ich jetzt tun soll. Ich weiß nicht, was ich fühlen oder wie ich mich verhalten soll.«

Sie war völlig panisch. Er sah es an ihren Augen, hörte es an ihrem Atem. Er fluchte auf Russisch und begann, die Nadeln selbst herauszuziehen. Sie gab einen Laut von sich und versuchte, ihm zu helfen, aber ihre Hände zitterten so stark, dass sie die kleinen Nadeln kaum anfassen konnte.

Sobald er befreit war, setzte er sich auf und hielt sie zurück, als sie aus dem Zimmer laufen wollte. Dank seiner hervorragenden Reflexe erwischte er ihr Handgelenk und zog sie neben sich auf das Bett.

»Nein«, bestimmte er. »Du bleibst jetzt hier und redest mit mir. Was hat dich so in Panik versetzt? Du hast dich den Hunden gestellt, ohne mit einer Wimper zu zucken, und jetzt willst du dich im letzten Loch verkriechen.«

Lexi schüttelte den Kopf und versuchte verzweifelt, Luft zu bekommen. Er drückte ihren Kopf nach unten. »Du musst atmen, *solnyshko moya*, langsam Luft holen, dann kannst du mit mir reden.«

Sie versuchte es für ihn. Sie zitterte am ganzen Körper, aber sie bemühte sich, ihre Atmung zu kontrollieren. »Es ist deinetwegen, Gavril. Du bist so ein starker, mutiger Mann. Sieh dich an. Sieh dich genau an. Ich war überzeugt, dir helfen zu können – und dass du auf deine Weise genauso kaputt bist, wie ich es bin. Ich dachte, du brauchst mich, aber das stimmt nicht. Du brauchst niemanden, am allerwenigsten jemanden wie mich.«

»Wer zum Teufel redet dir das ein?«, fragte er herausfordernd und ließ sie ihren Kopf anheben. Er brauchte einen Feind, dem er die Schuld geben konnte. Nichts von dem, was sie sagte, ergab auch nur annähernd einen Sinn.

Sie schwieg und weigerte sich, ihn anzusehen. »Du hast keine Ahnung, richtig?«, fuhr Gavril fort. »Du hast keinen Schimmer, was du mir bedeutest. Nicht den geringsten.«

Unter langen Wimpern hervor erhaschte sie einen kurzen Blick von ihm und schüttelte rasch den Kopf.

»Du bist alles. Das bist du für mich. *Alles.*« Er wiederholte es in aller Deutlichkeit. »Du bist der einzige Mensch, der mir je wichtig genug war, um bleiben zu wollen. Sesshaft zu werden.

Du hast mein Leben gerettet. Ich wollte mich von meiner Familie verabschieden und dann sterben. Ich wusste, Sorbacov würde seine Killer auf mich hetzen, und früher oder später würden sie mich finden. Es war mir egal. Zu sterben machte mir absolut nichts aus, denn ich hatte nichts, wofür es sich zu leben lohnte. Aber dann hast du mir einen Grund gegeben.«

Sie schüttelte erneut den Kopf.

Gavril fasste ihr Kinn und zwang sie, ihn anzusehen. »Weißt du, warum du eine Panikattacke hast? Hast du's schon herausbekommen?«

»Das ist keine Panikattacke«, erwiderte sie kleinlaut.

»Natürlich ist es eine. Ich habe vom Heiraten gesprochen. Eine Ehe ist etwas Schreckliches für dich. Ketten. Diktatur. Und an wen genau würdest du dich da binden? An einen netten Mann? Einen süßen Kerl, der leicht unter die Fuchtel zu kriegen ist? Nein, einen Wolf hast du dir ins Haus geholt! Er sieht noch nicht mal aus wie ein Schaf! Natürlich kriegst du da eine Panikattacke. Die Ehe ist für dich doch alles Hässliche, was dir je widerfahren ist.«

Lexi blickte entsetzt. »Das ist nicht wahr.«

Sie klang nicht überzeugt. Sie klang schockiert und verängstigt, doch ihr Ton sagte ihm, dass er recht hatte.

»Klar ist es so, und deine Reaktion ist ganz natürlich. Caine hat dir dein Zuhause genommen und dich zu etwas gezwungen, das er Ehe nannte. Danach wurdest du Jahre lang von einem perversen, sadistischen Pädophilen missbraucht. Wie könnte das Wort da nicht bloßes Entsetzen in dir auslösen?«

Sie lehnte sich an ihn, als fände sie bei ihm Trost, ohne sich dessen jedoch wirklich bewusst zu sein. Er wollte sie auf seinen Schoß ziehen, doch ihr Körper war steif, ihr Puls hämmerte, ihr Atem ging stoßweise. Aber wenigstens dachte sie nach und hörte ihm zu.

»Ich fand es wunderschön, als Rikki und Judith heirateten«,

sagte sie halblaut. »Und ich freue mich sehr auf Airianas Hochzeit.«

»Sie sind nicht du. Wir sind schon verbunden. Und wir wissen beide, dass ich das ohne deine Einwilligung getan habe. Gewissermaßen genauso wie Caine dir eine Wahlmöglichkeit vorenthielt.«

»Nein!« Sie wirbelte herum. Die Panik war verschwunden; sie funkelte ihn an, die grünen Augen dunkel vor Zorn. »Du bist *in nichts* wie Caine. Vergleiche dich nie wieder mit ihm! Du achtest auf meine Gefühle und bist nett, und ich kann mir nicht vorstellen, dass du mir etwas antust.«

»Wirklich, Lexi? Ich hatte meine Hand an deiner Kehle.«

»Da wusste ich, dass du mir nichts tust, Gavril. Wenn ich bei dir bin, fühle ich mich sicher. Ich wollte dich von Anfang an auf der Farm behalten, weil ich dachte, dass dein Leben hier besser werden kann. Ich hatte das Gefühl, wir gehörten beide hierher.«

»Es sei denn, ich rede von Heirat.« Nun ließ er bewusst Humor anklingen.

Ein kurzes Schweigen folgte. Langsam tauchte ein widerwilliges Lächeln in ihrer Miene auf und verschwand wieder. »Ich denke, du könntest recht haben. Ich habe nicht darüber nachgedacht. Ich weiß, es war keine wirkliche Ehe. Eine Verbindung zwischen Mann und Frau sollte eine Partnerschaft sein. Ich weiß, dass Caine ein Sadist war. Ich war nicht der einzige Mensch, den er missbraucht hat.«

»Das ist alles gedacht, Lexi, nicht gefühlt. Man kann den ganzen Tag lang die Wahrheit rezitieren, aber Gefühle lassen sich nicht so leicht beherrschen.«

»Du beherrschst die deinen schon«, sagte sie.

Er schüttelte den Kopf. »Nicht wenn es um dich geht. Als du Panik bekamst und ich nicht wusste, was los war, dachte ich, ich könnte dich verlieren, und bekam ebenfalls Panik.«

»Nein, das stimmt nicht. Ich habe dich beobachtet. Deine Miene hat sich nicht verändert.«

»Wenn ich keine Emotionen zeige, heißt das nicht, dass ich nichts fühle, Lexi. Wenn es um dich geht, kannst du wetten, dass ich etwas fühle. Ich möchte nicht, dass du jemals denkst, ich würde dich nicht wertschätzen. Dir die Ehe anzubieten war meine Art, dir zu zeigen, wie sehr ich dich schätze, aber ich weiß, dass wir bereits verbunden sind. Wir müssen nicht in eine Kirche gehen und Gelübde aufsagen, um uns aneinander zu binden. Wenn du die Freiheit brauchst, die du jetzt hast, dann machen wir es eben so. Du musst vor allem wissen, dass du dich auf mich verlassen kannst, Lexi. Rede einfach mit mir, wenn sich etwas nicht richtig anfühlt für dich.«

»Ich habe nicht erkannt, dass es das war, was mich durcheinanderbrachte. Ich hatte von Anfang an das Gefühl, dass wir auf Augenhöhe waren. Dass ich dir etwas bieten konnte, was sonst niemand für dich hatte.«

»Was vollkommen der Wahrheit entspricht. Vollkommen. Mit einer anderen Frau würde ich hier nicht sitzen.«

»Das weißt du nicht. Vielleicht ist es einfach der richtige Zeitpunkt für dich, Gavril. Vielleicht warst du nur offen, weil deine Brüder …«

Er legte ihr seinen Finger auf den Mund. »Schau mich an. Ich bin kein junger Mann mehr. Ich habe die Welt gesehen. Ich hatte nie eine andere Frau und wollte auch keine. Du bist es. Die Einzige. Wir passen zusammen. Und es ist okay für mich, kaputt zu sein. Du bist es auch. Hier gibt es kein Richtig oder Falsch, *solnyshko moya*, sondern nur uns beide. Wir können unsere eigenen Regeln aufstellen.«

Lexi nickte. »Es tut mir leid, Gavril. Ich hatte keine Ahnung, dass das passieren würde. Das ist eine meiner schwersten Hypotheken aus meiner Zeit im Lager. Ich kann die Panikattacken anscheinend nicht stoppen und habe keine Ahnung, was sie auslöst. Das ist auch der Grund, weshalb ich die Farm so selten verlasse, weil ich Angst habe, dass es draußen passiert, in der Öffentlichkeit.«

»Glaubst du, dass ich dich wegen deiner Panikattacken weniger schätze?«

»*Ich* schätze mich weniger. Ich sollte in der Lage sein, sie zu beherrschen, aber ich kann es nicht, so sehr ich es auch versuche. Ich habe alles gelernt, was man dazu lernen kann, und schaffe es trotzdem nicht. Natürlich wollte ich nicht, dass du das entdeckst. Ich wollte, dass du glaubst, du bekommst eine ganz besondere Frau.«

Er lachte, er konnte nicht anders. »Lexi, du sprichst mit einem Mann, dessen Beruf das Töten von Menschen war. Ich bin eine Maschine, die mein Auftraggeber auf jemanden richtet und befiehlt, ihn zu beseitigen. Ich befolge diese Befehle. Ich denke nicht darüber nach, ich stelle keine Fragen. Es ist mir gleichgültig. Ich tue es einfach. Was glaubst du, was für eine Art Mann du bekommst? Verglichen mit meinen Mankos erscheint deine winzige Schwäche ein wenig trivial.«

Lexi schüttelte den Kopf. »Du bist nicht so. Das denkst du nur. Ich weiß, dass das nicht stimmt, denn du hast mir erzählt, dass alle deine Opfer schlechte Menschen waren, und das heißt, du hast jeweils Nachforschungen angestellt. Du hast dir nicht einfach nur eine Zielperson aufzeigen lassen. Jedenfalls kann ich neben diesem Mann auch noch den anderen sehen, jenen, den du sogar vor dir selbst verbirgst.«

»Dieser Mann kommt nicht oft zum Vorschein, Lexi. Eigentlich für niemanden außer für dich.« Gavril strich über ihr Haar. Ihr Pferdeschwanz musste verschwinden. Sie waren im Haus, und er wollte, dass sich all dieses üppige Haar über ihren Rücken ergoss wie ein Wasserfall.

»Er kommt auch zum Vorschein bei einer kleinen Vierzehnjährigen, die Hilfe braucht. Und bei zwei Russischen Schwarzen

Terriern. Und ich wette, er kommt auch bei deinen Brüdern zum Vorschein.«

»Mache mich nicht zu einem Heiligen. Das funktioniert nicht. Es ist mir wichtig, dass du immer ein korrektes Bild von mir hast, denn sonst wirst du eines Tages bitter enttäuscht sein, und das ist das Letzte, was ich möchte.«

»Keine Angst, Gavril Prakenskij. Ich werde nie einen Heiligen in dir sehen. Schon allein, dass du ein Prakenskij bist, verhindert das«, versicherte sie ihm mit einem halben Lachen. »Ich muss uns etwas zu essen machen.«

»Ich helfe dir. Ich brauche nur noch mein Hemd.«

»Vergiss die Hose nicht«, riet sie ihm. »Man weiß nie, wer vorbeikommt.« Sie ging zur Tür. »Der Sheriff zum Beispiel«, fügte sie hinzu und schlenderte hinaus.

Gavril starrte ihr hinterher und musste plötzlich lachen. Sie ängstigte ihn zu Tode und bog dann irgendwie alles wieder gerade, und zwar so gut, dass er darüber lachen konnte. Das ergab keinen Sinn für ihn. Er wusste nicht, wie er nach seinem wohlgeordneten Leben nun plötzlich Achterbahn fahren sollte, aber er war entschlossen, es zu tun. Diese Frau war alle Gefühlsturbulenzen wert.

Er zog sich an und schaute nach Kiss. Ihr Hecheln zeigte, dass sie bereits Wehen hatte. Er nahm ihren Kopf in beide Hände, sah sie an und redete ihr beruhigend zu. Wenn ihre Welpen kamen, würde er hier im Schrank sitzen, das war klar.

»Du bist wunderbar, Kiss«, sagte er leise. »Du wirst eine wunderbare Mutter, genau wie die Frau, die mich zurzeit ein bisschen in den Wahnsinn treibt. Wir werden uns um sie kümmern, wir beide, du und ich. Wir sorgen dafür, dass ihr Leben glücklich wird. Ja? Sie wird deine Babys lieben.«

Kiss leckte seine Hand. Sie zeigte ihre Zuneigung nicht allzu oft, und es freute ihn, dass sie es tat, trotz ihrer Verwirrung über das, was gerade mit ihr geschah.

Gavril stand auf und lief im Zimmer umher, überprüfte gewohnheitsmäßig seine Waffen und ging dann in die Küche zu Lexi. Sie holte gerade Gemüse aus dem Kühlschrank. Er lehnte sich lässig an den Türpfosten und verschränkte die Arme.

»Wer könnte denn vorbeikommen?«

»Ich bin sicher, du hast mich verstanden«, antwortete sie, während sie einige Salatköpfe wusch. »Jonas Harrington kommt und hört sich die verschiedenen Stimmen auf dem Anrufbeantworter an. Ich habe sie mir angehört, während du geschlafen hast.«

»Ohne mich.« Er fixierte sie.

»Du wusstest doch Bescheid. Es waren einfach nur mehrere Anrufe. Im Ernst, es war nicht nötig, dir diese ekelhaften Drohungen mit mir zusammen anzuhören.«

»Natürlich war es nötig. Das nennt man Unterstützung. Schließe mich nicht aus, bloß weil du glaubst, ich würde gleich wieder auf die Jagd gehen.«

Sie unterbrach das Zerpflücken der Salatblätter und sah ihm in die Augen. »Nicht ›würde‹, Gavril. Du wirst, und das weißt du. Ich will, dass du mit diesem Leben aufhörst. Ich will nicht der Grund dafür sein, dass du glaubst, du müsstest damit weitermachen.«

»Lexi, du wirst mich aus dieser Sache nicht heraushalten. Diese Leute meinen es ernst. Du weißt, wozu sie fähig sind. Glaubst du wirklich, ich würde sie dem Sheriff überlassen und denken, dass es das dann war?«

»Ich glaube, du solltest eine Chance haben, in Frieden zu leben, Gavril. Verbrecher zu jagen und zu töten ist nicht friedlich.«

»Für mich schon, vor allem wenn ich weiß, dass diese Leute nie mehr die Chance haben werden, dich oder irgendjemanden, den du liebst, zu fassen zu kriegen.«

Sie kam um die Kücheninsel herum direkt auf ihn zu. Ihr Blick war weicher und liebevoller, als er es zu verdienen glaubte.

»Gavril. Nein. Du musst aufhören.«

Sie hielt eine Hand direkt über eine der Narben auf seinem Bauch. Er spürte sofort die Wärme. Ihre Energie war stark. Er legte seine Hand auf ihre, drückte sie an sich und wünschte, sein Hemd wäre nicht im Weg und er hätte direkten Hautkontakt mit ihr.

»Wenn sie auf unser Grundstück kommen und wir uns verteidigen müssen, dann werden wir mit allen Mitteln gegen sie kämpfen, ja, aber du kannst nicht Jagd auf sie machen.« Ihre Hand schien durch die dünne Baumwolle seines Hemds hindurchzugehen; ihm wurde heiß, wo sie ihn berührte. »Lass Harrington das erledigen.«

Sie rührte ihn an, wie er es nie für möglich gehalten hatte. Er führte ihre Hand an seinen Mund und küsste sie. »*Solnyshko moya*, du verlangst etwas Unmögliches von mir. Ich bin nicht in der Lage, dir zu geben, was du möchtest. Ich bin ein Menschenjäger. Das ist mein Beruf.«

Sie schüttelte den Kopf. »Du bist mein Mann. Das bist du.«

Er umfasste mit beiden Händen ihr Gesicht und beugte sich zu ihr. Ihre Lippen waren weich und warm und schmolzen unter den seinen. Er küsste sie vorsichtig. Zart. Liebe flammte auf und ergriff ihn. Es gab keinen besseren Ort, als bei ihr zu sein. Ihr Mund war das Paradies. Heiß. Voller Leidenschaft.

Zuerst gab sie sich ihm zögernd hin. Scheu. Dann ließ sie sich gehen und akzeptierte einfach das Begehren, das in ihnen beiden aufkam. Funken sprangen zwischen ihnen über. Blitze zuckten durch ihre Adern. Fiebriges Verlangen wütete, als hätten sie beide Feuer gefangen.

Gavril zog sie in seine Arme und presste sie an sich. Er wollte sie in seinem Bett, nur mehr Haut und Hitze, ihren Mund, der sich über ihn bewegte und das drängende Verlangen befriedigte, das sich kaum noch ignorieren ließ.

»Ich liebe es, dass du dieses Leben mit mir teilen willst.

Ich will es auch, aber ich kann nicht jemand sein, der ich nicht bin, Lexi. Es geht nicht, dass jemand dich bedroht und ich mich im Hintergrund halte. Du weißt das, nicht wahr?«

Sie legte ihren Kopf an sein Herz. »Ich will nur für dich so viel Sicherheit, wie du es für mich willst. Kannst du das verstehen? Du kommst dir – und sogar auch mir – unbesiegbar vor, aber du bist es nicht. Du sagtest, ich sei alles für dich. Deine Welt. Der Grund dafür, dass du noch am Leben bist. Hast du schon mal daran gedacht, dass ich genauso für dich fühlen könnte?«

Das hatte er nicht. Er konnte sich nicht vorstellen, dass es das überwältigende Gefühl, das er für sie empfand, noch einmal geben könnte. Es erschien ihm schlicht unmöglich. »Ich bin dir so verbunden, Lexi, dass ich manchmal nicht richtig denken kann«, räumte er ein.

»Deinetwegen bekomme ich Panikattacken«, erinnerte sie ihn und entzog sich mit einem schmalen Lächeln seiner Umarmung. »Das sollte doch etwas zählen.«

Er folgte ihr zur Kücheninsel, wo sie einen Salat zubereitete. Dazu standen gekochte Eier und Aufschnitt in Schalen bereit. Geschickt schnitt sie Gurken und Tomaten auf, während er Schalotten klein hackte.

»Im Ernst, Lexi. Ich möchte, dass du mir sagst, wer diese Männer sind, die dich bedrohen. Ich weiß, dass du sie kennst.«

»Traurigerweise weiß ich, dass es dir wirklich ernst damit ist.« Seufzend streute sie frisch geröstete Brotwürfel auf den Salat. »Ich kann dich nicht aufhalten, aber du könntest daran denken, dass du hier in den Vereinigten Staaten keinen Schutz genießt, und wenn sie dich schnappen, landest du im Knast.«

»Hast du geglaubt, meine Regierung hätte mich jemals geschützt?« Gavril blickte erstaunt.

Sie gab Avocado in die Salatschüssel. »Hat sie nicht?«

»Natürlich nicht. Die Verantwortlichen hätten nie zugegeben, dass sie Killer auf Leute ansetzten. Keine Regierung wird zugeben, welche einzusetzen, um ihr unliebsame Persönlichkeiten zu eliminieren.«

»Warum hast du das alles dann nicht einfach hinter dir gelassen?«

Er zuckte die Achseln. »Mein jüngster Bruder Ilja arbeitete in der Öffentlichkeit. Er war Interpol-Agent, doch davor setzten sie ihn bei einigen kompromittierenden verdeckten Operationen ein und drohten dann, ihn zu enttarnen. Er wäre getötet worden. Als wir Jungen waren, vereinbarten Viktor und ich, alles zu tun, solange sie Ilja ein anständiges Leben ermöglichten. Meistens hat Sorbaçov sein Wort gehalten und wir unseres auch.«

»Also bist du ein ehrenhafter Mann.«

Sie stellte die Salatschüssel auf den Tisch, zusammen mit den verschiedenen anderen Schalen. Er brachte die Teller und das Besteck, und sie holte noch das Dressing.

»Ich habe versucht, ein Mann zu sein, auf den mein Vater stolz wäre«, sagte er.

Sie setzte sich lächelnd auf einen Stuhl. »Ich kann mir nicht vorstellen, dass er das nicht ist. Ich bin es jedenfalls. Ich denke, du bist außergewöhnlich. Wenn ich dich ansehe, kann ich es noch immer nicht glauben, dass du mir gegenübersitzt und sagst, du willst bei mir bleiben.«

»Trotz Panikattacken und so.« Er zog eine Augenbraue nach oben. »Ganz zu schweigen von den unglaublichen Küssen. Nach denen bin ich ganz verrückt.«

Sie lachte auf, die Sorge schwand aus ihrer Miene, doch dann, wieder ernst, sah sie ihm direkt in die Augen. »Vermutlich wirst du tun, was immer du für richtig hältst, aber versprich mir, dass du immer zu mir zurückkommst.«

»Nichts wird mich je davon abhalten, zu dir nach Hause zu kommen.«

»Ich lasse trotzdem Jonas Harrington die Stimmen anhören. Ich habe nur eine erkannt. Der Reverend hatte mehrere Lager eingerichtet, nicht nur das, in dem ich gefangen war. Die Polizei hat sie gestürmt, und viele der Schlüsselpersonen wurden verhaftet, aber nicht alle für schuldig befunden und verurteilt. Es kann sein, dass ich die anderen, die mich bedrohen, gar nicht kenne.«

Gavril zuckte die Achseln. »Ilja meinte, Harrington sei ein guter Mann und dass er mit einer Drake verheiratet sei. Ich vermute, es wird nicht schaden, ihn auf unserer Seite zu haben.«

»Ich muss morgen arbeiten. Ich habe nicht viel gemacht, außer mein Salatfeld neu anzupflanzen.«

»Dieser Sturm wird eine Weile anhalten.«

»Über Nacht, aber morgen werden wir einiges schaffen.« Sie verpflichtete ihn mit dem nach ihrer Meinung ernstesten Blick dazu. »Auch wenn es regnet.«

Für ihn waren ihre »ernsten« Augen wunderschön – ein kühles Moosgrün. »Trinken wir unseren Tee auf der Veranda, und nach dem Essen schauen wir dem Sturm zu«, schlug er vor.

Ihre Augen leuchteten auf, sie wurden zu funkelnden Smaragden. »Oh ja. Ich liebe Stürme.«

»Das musste wohl so kommen, dass Kiss gerade bei einem Sturm ihre Jungen bekommt, oder? Ich weiß, du schläfst nicht gern im Bett, aber vielleicht wäre es heute eine gute Idee, wenn du mit mir im Zimmer bleiben würdest. Falls etwas schiefgeht, könnten wir ihr dann rasch helfen.«

Es war ein Lotteriespiel, doch er brauchte einen guten Grund, um sie wieder ins Schlafzimmer zu bringen. Sie war offensichtlich an den Hunden interessiert, und sie war sehr mitfühlend. Sie sah ihn an, protestierte jedoch nicht. Gavril wusste, wenn er jetzt schwieg, würde er bekommen, was er wollte.

13.

Gavril lag da und hörte dem Sturm zu. Im Lauf der Nacht wurde der Regen wieder stärker. Der Wind heulte durch die Baumkronen, peitschte launisch Wasser an die Fenster und bog die Äste so stark, dass sie laut aneinander rieben.

Lexi war an ihn gekuschelt; nur ein Laken trennte ihre Körper. Sie lag auf der Seite, von ihm abgewandt, protestierte aber nicht, als er sich schützend an sie schmiegte und einen Arm um ihre Taille legte.

Er bekam jeden ihrer Atemzüge, jede Bewegung ihres Körpers mit. Ihr Haar hatte er geöffnet; es ergoss sich reich und üppig auf das Kopfkissen gleich kostbarer, rubinroter Seide, in die er immer wieder sein Gesicht vergraben musste. Schon beim Einatmen ihres Geruchs bekam er eine Erektion, eine stattliche, quälende Erinnerung daran, dass sein Körper sich zu regen begann, wann immer er ihr nahe war.

Ohne zu sprechen, lauschten sie beide der wilden Musik der Nacht. Gavril drängte sich noch dichter an sie, sodass die ganze Länge seines mächtig geschwollenen Glieds zwischen ihre Pobacken gepresst wurde. Er hörte sie keuchen, ein heiseres Ringen nach Luft, doch sie regte sich nicht.

Er wartete, bis die Spannung abklang, schob dann seine Hand unter ihr dünnes T-Shirt und legte sie auf ihren Brustkorb. Die Fingerspitzen berührten den Ansatz ihrer Brüste. Wieder versteifte sie sich ein wenig, protestierte aber nicht und schob ihn auch nicht weg. Er hielt sie, atmete langsam und gleichmäßig und gewöhnte sie daran, seine Berührung zu akzeptieren.

Gavril versuchte nicht, sein Verlangen nach ihr oder die Reaktion seines Körpers auf ihren zu verbergen. Wenn sie je eine körperliche Beziehung haben wollten, dann musste sie damit zurechtkommen, dass er sie berührte, ihren Körper begehrte, ja brauchte.

»Schläfst du immer im Pyjama?«, fragte er.

»Schläfst du immer nackt?«, konterte sie.

Er rieb mit den Knöcheln sanft an der Unterseite ihrer Brüste entlang. »Ja. Kleidung engt mich ein, und ich schlafe schon ohne nicht so leicht.«

Sie erwiderte nichts. Er spürte, dass sie sich noch mehr entspannte und sogar ihren Po an seinen Unterleib drückte und daran rieb, sicherlich eine unwillkürliche Reaktion, doch er musste die Augen schließen und warten, bis die in ihm aufwallende Hitze wieder abebbte. Kurzzeitig konnte er vor Begehren kaum mehr atmen.

»Er sagte, es sei falsch, nackt zu schlafen«, murmelte sie dann. »Mein Körper würde die Männer in Versuchung führen und sie von ihrem spirituellen Level herunterziehen. Ich musste mit dicken Joggingklamotten schlafen. Nur wenn er mich bestrafte, hatte ich nichts an.«

Gavril spürte, wie kalter Zorn zu einer Woge des Hasses auf Caine und seine widerlichen Freunde in ihm anschwoll.

»Mir ist es lieber, du verführst meinen Körper, mein Engel. Alles, was er dir erzählt hat, war gelogen. Lass ihn nicht einfach so in deinen Kopf hinein.«

»Gavril.« Sie drehte den Kopf und sah ihn an; dabei schoben sich ihre Brüste über seine Hand. Er umfasste das weiche Fleisch. Sie blinzelte ein paar Mal, widersprach aber nicht.

»Sag es mir, *laskovaya moya.*«

»Sie haben mich gebrandmarkt. Auf meinem Schenkel. Weit oben. Es lässt sich nicht entfernen.«

Gavril schloss kurz die Augen und begrub das Gesicht in ihrem Haar. Er hatte etwas Ähnliches gemacht, und es musste sie verletzt haben – eine schreckliche Erinnerung daran, dass Caine ihr die Freiheit geraubt hatte.

»Lexi.« Er hauchte ihren Namen. »Es tut mir so leid. Ich habe dir das auch angetan. Ich wusste das nicht. Ich weiß, es schmerzte, als ich mein Zeichen auf deine Hand machte. Ich hätte damit warten sollen. Ich hätte dich um deine Zustimmung bitten müssen.«

Er ergriff ihre Hand und drückte sie an seine Lippen. »Glaube mir, *solnyshko moya*, es tut mir so leid, dass ich es nicht in Worte fassen kann.« Je mehr er über Caine erfuhr, desto mehr fürchtete er, sie könnte zu viele Ähnlichkeiten sehen.

»Nein«, erwiderte sie leise. »Denk nicht so etwas. Ich muss dir das sagen. Ich brauche es, dass du hörst, was ich sage.«

Er schob die Hand wieder unter ihr Hemd. Er musste ihr nahe sein, mit ihr verbunden sein.

»Ich habe Narben. Auf dem Rücken und an der Innenseite der Schenkel. Sie sind hässlich.«

Am liebsten hätte er Caine noch einmal und noch viel langsamer getötet. Was er mit dieser Bestie gemacht hatte, dafür würde er nie Reue empfinden.

»Ich habe überall Narben, vorne und hinten, und es stört dich nicht.«

Sie drehte sich wieder um und kuschelte sich tiefer ins Kissen. Seine Hand umfasste ihre rechte Brust, die Spitze drückte an seinen Handteller.

»Das ist nicht dasselbe, das weißt du. Ein Mann sieht … *männlich* aus mit Narben. Eine Frau kann damit entsetzlich aussehen.«

Er lauschte dem Trommeln des Regens auf dem Dach und den an die Fensterscheiben prasselnden Tropfen und sog ihren

Duft ein. »Du bist für mich nicht hässlich, egal, wie viele Narben du hast, Lexi. Wenn es nur das ist, was dich davon abhält, nackt zu schlafen, dann zieh dich aus. Lass es mich sehen. Bringen wir es hinter uns, dann brauchst du dir darüber nie mehr Gedanken machen.«

Er spürte, wie sie tief einatmete. Da war noch mehr, und sie musste es loswerden. Er merkte, dass es ihr schwerfiel, aber auch, dass es ihr sehr wichtig war.

»Meine Brüste sind zu groß. Ich musste sie abbinden, weil …«

»Weil er auf Kinder stand und nicht auf Frauen. Du bist eine Frau, Lexi, kein Kind, und dein Körper ist schön. Zumindest für mich. Glaube mir, nicht ihm. Zieh dich aus, und fühle dich frei. Du schneidest dir nicht die Haare und weißt, dass sie schön sind. Zieh dich aus, und befreie dich von seinem Gift.«

Er massierte sanft ihre Brust, hätte sie am liebsten mit dem Mund liebkost, Stunde um Stunde mit ihren vollen Brüsten gespielt, ohne ihrer müde zu werden. Er fühlte die Reaktion ihres Körpers. Ihre Hüften bewegten sich fast unmerklich, verrieten ein rastloses Begehren, das sich aufbaute.

»Ich weiß nicht recht, ob ich mich bewegen will«, murmelte sie. Es klang scheu. Verlegen. Ehrlich.

Caine hatte ihren Körper nicht wirklich berührt. Sie hatte ihm gedient, nicht umgekehrt. Lexi hatte nie die Erfahrung gemacht, dass ein Mann sie erregte, wie Gavril es tat. Er rollte ihren Nippel zwischen den Fingern und zog sanft daran, bis er sie keuchen hörte. Sie setzte sich abrupt auf, schlang die Arme um sich und blickte verstört auf ihn hinab. Ihre Lippen waren leicht geöffnet, sie wirkte bestürzt.

»So berührt ein Mann eine Frau, die er liebt, Lexi«, sagte er, ohne sich zu bewegen. Er studierte ihr Gesicht. »Er liebt ihren Körper. Er verehrt sie. Der Grund, weshalb Sex haben oft Liebe machen genannt wird, ist, weil es das ist, was ein Mann tut – er zeigt ihr mit seinem Körper, wie sehr er sie liebt.«

Lexi nickte, die Fülle ihres Haars wogte um ihr Gesicht, und so saß sie auf der Bettkante, starrte durch das Fenster in die Nacht hinaus und seufzte tief. Er sah ihre Brüste sich heben und senken. Dann zog sie sich ganz langsam das Hemd über den Kopf.

Sein Atem strömte heftig aus. Ihr Brustkorb war klein und betonte die vollen Rundungen ihres Busens. Mit einem zweiten Ruck hatte sie das Hemd ausgezogen. Sie verbarg ihre Brüste nicht vor ihm, sondern drehte sich bewusst so, dass er ihren Rücken nicht zu sehen bekam.

»Weißt du, wie ein Mann seiner Frau noch zeigen kann, wie sehr er sie liebt?« Seine Stimme war leise geworden. Er zog sie auf das Bett; ihre Haare breiteten sich auf dem Kissen aus, die Brüste ragten empor. Seinem Mund entgegen, als er sich über sie beugte.

Seine Zunge schmeckte ihre weiche, rosige Haut, die ihn schier verrückt machte. Er leckte an ihrer üppigen Erhebung, fuhr mit der Zunge über die Brustwarze, bearbeitete sie sanft mit den Zähnen und nahm sie dann in den Mund. Mit der Hand liebkoste er die andere Brust, zog und rollte ihre Spitze, während seine Lippen weiter saugten.

Er spürte die Reaktion ihres Körpers, die Anspannung von der Brust bis zum Unterleib. Seine Hand glitt nach unten über ihren Bauch; er brauchte das Gefühl, sie zu besitzen, wenn sie sich unter ihm krümmte und ihre Haut heiß wurde. Ein leiser, erstickter Laut entwich ihrer Kehle, und er war sofort wachsam, bemüht, sich in der Faszination ihres Körpers nicht zu verlieren. Er hob den Kopf und sah sie an. Ihre Augen waren vor Panik geweitet.

Lexis Körper brannte wie bei einem Fieber. Ihre Brüste schmerzten und verlangten nach mehr. Elektrische Energie strömte von ihrem Busen bis in ihren weiblichsten Kern, ein heißer Zauber, von dessen Existenz sie nichts geahnt hatte. Dies war es, was »Liebe machen« bedeutete. Dies war das Gefühl höchsten und absoluten Verlangens. Lust. Ihr ganzer Körper fühlte sich an, als ginge er gleich in Flammen auf, und die Spannung tief in ihrem Inneren wuchs mehr und mehr an, bis sie beinahe laut nach Erlösung schrie.

Ihr Körper gehörte nicht mehr ihr. Sie gehörte ganz ihm. Sein Mund und seine Hände forderten sie, und noch ehe sie wusste, was sie erwarten sollte, war es bereits zu spät. Sie wollte mehr. Sie wollte seinen Mund und seine Hände für immer auf sich spüren ...

Ein Schluchzen stieg in ihr auf. Wenn er ihr solche Gefühle verschaffte, was würde er dann von ihr erwarten? Sie wusste es. Sie hatte solche Dinge tausendmal tun müssen, und bei dem Gedanken daran stieg ihr die Galle hoch. Sie konnte es nicht. Es ging einfach nicht. Sie würde nie in der Lage sein, Gavril ein derart wunderbares, aufregendes Geschenk zu machen. Sie versteifte sich, ihre Hände wanderten an seine Schulter.

Gavril ließ sofort von ihr ab, lächelte ihr zu, steckte die Strähnen, die über ihr Gesicht fielen, hinter ihr Ohr. »So sollte ein Mann seine Frau lieben, Lexi. Und das ist erst der Anfang.«

Sie starrte zu ihm auf, ihr Atem ging stoßweise. Sie war kurz vor einer weiteren Panikattacke; ihr Herz raste, und sie war außerstande, ihre Atmung zu beruhigen.

Seine Hände waren sanft, sie strichen liebevoll über ihr Haar, kleine Liebkosungen, die trösten, nicht erregen sollten.

»Habe ich dich erschreckt?« Seine Stimme war leise und ernst.

Lexi biss sich auf die Lippe; dann schüttelte sie den Kopf und schlug die Augen nieder. Sie musste etwas sagen und entschied sich für die Wahrheit. »*Ich* habe mich erschreckt. Ich habe mich noch nie so gefühlt.«

»Wie denn? Erzähl mir, wie du dich gefühlt hast.«

Sie fühlte sich verwirrter als je zuvor. Er war so verblüffend.

Wie konnte er sie so begehren, wo sie doch so kaputt war? »Heiß. Voller Verlangen. Begehren. Wirklich heiß. Mein Körper hat sich überhaupt nicht angefühlt, als würde er mir gehören.«

»War es ein gutes Gefühl?«

Sie nickte langsam, ihr Blick ruhte beharrlich auf seinem Gesicht, ihrem Anker in einem äußerst heftigen Sturm. Sie liebte sein Gesicht, überhaupt alles an ihm, und sie würde ihn vor sich selbst retten müssen. Ihr Herz tat weh.

Gavril lächelte über ihre ernste Miene. »Ich werde dich küssen, aber keine Panik. Nur ein Kuss, weil ich dich so hinreißend finde und dir nicht widerstehen kann.«

Er wartete nicht auf ihre Zustimmung, sondern tat es einfach. Dabei achtete er wieder darauf, ihr eine Reaktion zu entlocken, anstatt sie zu fordern, doch er war ein wenig aggressiver, schob seine Zunge in ihren Mund und kämpfte spielerisch mit ihr, drückte ihren Körper an sich und ließ nicht von ihr ab. Das Küssen lernte sie definitiv schnell, und wieder merkte er, wie er in eine andere Welt abdriftete – eine Welt der puren Gefühle.

Sex war für ihn immer Routine gewesen, alles war geplant und wurde entsprechend ausgeführt. Er diktierte seinem Körper, wann und was er zu fühlen hatte. Nicht so mit ihr. Mit ihr war alles neu und echt. Die Welt um ihn versank, es gab nur mehr das Gefühl ihres Körpers, der mit seinem verschmolz, Haut an Haut. Ihr Mund war das Paradies, ein Hort der Lust, der ihn außer sich brachte und jede andere Erfahrung, die er gemacht hatte, verdrängte.

Ihre Finger kämmten durch sein Haar, und sein Herz machte einen Sprung, sein Blut brandete heiß durch die Adern. Er küsste sie wieder und wieder, denn einmal war nicht genug, würde nie genug sein.

Gavril hob den Kopf und atmete durch, um wenigstens halbwegs wieder die Beherrschung über seinen Körper zu gewinnen.

Er genoss es, dass sie Jahre der Disziplin und des Trainings so leicht wegwischen konnte und es noch nicht einmal merkte.

»Du hast schon wieder Tränen in den Augen«, stellte er fest.

»Ich weiß. Du bist einfach so erstaunlich, Gavril. Ich glaube, es gibt keinen zweiten Mann wie dich auf der Welt. Ich denke nicht, dass ein anderer Mann aufhören würde, so wie du es tust, wenn sie anscheinend nicht mehr anders können, als weiterzumachen.« Sie atmete tief, schaudernd.

»Sie tun es, wenn sie ihre Partnerin lieben. Sie sollten mit ihr im Einklang sein. Zeig mir jetzt bitte deine Narben, damit du dir darüber nie mehr Gedanken zu machen brauchst.«

Sie versteifte sich. Ihr Blick wandte sich von ihm ab. »Das ist jetzt noch schwieriger. Ich möchte für dich perfekt sein.«

Lexi wollte weinen, bis das ganze Schlafzimmer von Tränen überflutet war. Sie konnte das einfach nicht. Es ging nicht. Er hatte ihre hässlichen Erinnerungen weggefegt und ihr einen Ort gezeigt, an dem sie noch nie gewesen war. Sie hatte keine Ahnung gehabt, dass eine Frau – oder ein Mann – so fühlen konnte. Gavril hatte ihren Körper so zärtlich erregt, und sie wusste, dass er selbst dabei ebenso erregt gewesen war. Nie würde sie in der Lage sein, dasselbe für ihn zu tun. Niemals. Bei diesem Gedanken hätte sie sich am liebsten übergeben.

Und wenn sie sich noch so oft sagte, es würde anders sein, weil es Gavril war, sie wusste einfach, dass sie es nicht konnte. Nun, da sie erkannte, wie groß sein Bedürfnis war, musste sie ihr Versagen eingestehen. Sie konnte ihm das einfach nicht antun – ihn an sich zu binden, obwohl sie ihn im Bett niemals würde befriedigen können.

Ihre Narben waren ihm gleichgültig, das wusste sie bereits. Sie schaute in seine Augen und sah, dass er sie mit all ihren Fehlern und Mängeln akzeptierte. Er wollte sie und verdiente doch so viel Besseres. So viel mehr. Sie würde ihre geliebte Farm verlassen müssen, weil er *sie* nicht verlassen würde. Sie wollte, dass er ein Zuhause hatte. Einen friedvollen Platz, wie sie ihn hier gefunden hatte, und das Mindeste, was sie tun konnte, war, diesen Platz an ihn weiterzugeben, selbst wenn sie nicht mit ihm zusammenbleiben konnte.

Ihre Kehle schnürte sich zu. Sie begehrte ihn so sehr, dass es nicht nur ihrem Körper wehtat, sondern auch ihrer Seele. Sie hatte nicht gewusst, dass es einen Mann wie Gavril gab. An ihren Vater erinnerte sie sich kaum. Caine hatte es geschafft, alle guten Erinnerungen auszulöschen, indem er ihr Geschichten erzählte, bis sie nicht mehr gewusst hatte, was wirklich war und was er erfunden hatte.

Lexi setzte sich langsam auf und rutschte ans Ende des Betts, drehte sich zögernd um und präsentierte ihm ihren Rücken. Ihr langes Haar fiel bis auf das Laken; er schob es vorsichtig zur Seite. Ein Netz aus Narben begann zwischen den Schulterblättern und reichte nach unten bis in die Hose ihres Schlafanzugs hinein.

Er hob sie mit beiden Händen auf die Füße, zog die Hose herunter und betrachtete die Narben auf ihrem Po und ihren Schenkeln. Sie spürte seine Finger fast wie eine Liebkosung, als er daran entlangfuhr.

Die Narben spielten jetzt keine Rolle. Sie fühlte ihr Versagen. Caine hatte am Ende doch noch gewonnen. Er hatte ihre Chance auf eine Beziehung mit einem liebevollen, fürsorglichen Mann ruiniert. Sie konnte ihre Ängste und die hässlichen Erinnerungen an Sex mit diesem Monster nicht überwinden. Sie würde Gavril nicht ein Halbleben mit ihr zumuten.

Abrupt bedeckte sie den Rücken mit ihrem Haar und stand auf. Sie konnte ihn nicht ansehen, konnte ihm nicht ihr Gesicht zeigen. Sie ging an die Kommode und holte Jeans und ein T-Shirt heraus. Unter der Treppe hatte sie eine Tasche bereitstehen, um im Notfall schnell wegzukommen.

»Ich setze mich ein paar Minuten auf die Veranda und beobachte das Ende des Sturms«, erklärte sie mit angespannter Stimme und verließ das Zimmer.

Sie wollte davonlaufen. Gavril sah sie an und wusste es sofort. Er sah ihre hängenden Schultern und wie sie den Kopf gesenkt hielt – doch ihr Gang war entschlossen. Lautlos glitt er aus dem Bett und sammelte seine Kleidung auf.

Er seufzte tief. Was war schiefgelaufen? Sie hatte exakt das gefühlt, was sie fühlen sollte. Er war nicht zu weit gegangen, er hatte sich nicht nur bemüht, ihr zu zeigen, wie wunderbar es zwischen einem Mann und einer Frau sein konnte, sondern wie er meinte, dass es sein sollte. Er hatte diese Erfahrung selbst nie gemacht; vielleicht hatte er es deshalb vermasselt, war zu schnell gewesen oder hatte versucht, sie zu rasch zu weit zu bringen.

Aus Gewohnheit steckte er eine Pistole in die Jeans und ein Messer in den Stiefel und folgte ihr. Sie hatte kein Licht angemacht – auch er tat es nicht. Ihm blieb nur wenig Zeit, hinter ihre Gedanken zu kommen. Wo war ihm ein Fehler unterlaufen?

Sie hatte zum ersten Mal echtes sexuelles Verlangen erlebt. Bis dahin hatte sie nicht gewusst, wie es war, echtes Begehren für ihren Partner zu empfinden. Sein Mund und seine Hände hatten ihren Körper zum Leben erweckt. Natürlich war sie erschreckt gewesen, aber sie war nicht in Panik verfallen, und auch nicht in Trauer – doch er hatte Kummer in ihren Augen gesehen. Kummer worüber?

Er ging durch die Küche, mied jedoch die Vorderseite des Hauses, wo sie ihren Schlafsack und eine »Fluchttasche« verwahrte. Und sie floh vor ihm, dessen war er sich sicher. Warum? Er schlüpfte zur Hintertür hinaus und umrundete das Haus, im Kopf ständig Fragen wälzend.

Lexi war eine großzügige und mitfühlende Frau. Sie hatte von Anfang an in der Gestalt des Killers den Menschen in ihm gesehen und sich um ihn bemüht, ihm einen Zufluchtsort geboten, obwohl sie wusste, wie gefährlich er war. Sie hatte keine Angst vor ihm. Sie hatte Angst *um* ihn. Jetzt wurde ihm alles klar. Sie glaubte nicht, ihn zufriedenstellen oder ihm zurückgeben zu können, was er ihr geben konnte.

Er begriff. Wie auch nicht? Was Caine von ihr verlangt hatte, war abstoßend und kriminell gewesen. Sie hatte entsetzliche Angst vor einer sexuellen Beziehung, aber sie hatte sich entschlossen, es zu versuchen – bis sie wirklich wusste, wie es sich anfühlte.

Regen fiel auf sein Gesicht, doch er bemerkte es kaum. Sein Jagdinstinkt war über viele Jahre geschärft worden; er wusste, sie würde ins Treibhaus gehen und ihren Schwestern Briefe schreiben. Sie würde nie ohne eine Erklärung einfach weggehen. Alles, was sie tun musste, war die Farm zu verlassen und beim Zeugenschutzprogramm anzurufen, und man würde sie abholen. Dann würde Lexi Thompson verschwinden, und irgendwo, weit weg, würde eine andere Frau geboren.

Jede Faser seines Körpers lehnte sich gegen diesen Gedanken auf. Sie brauchte nirgendwohin zu gehen. Er wusste, dass sie es schaffen konnten. Das Verlangen nach ihr war zu groß und zu impulsiv. Es ging dabei nicht nur um Sex, auch wenn er sich eingestehen musste, dass er eine körperliche Beziehung mit ihr haben wollte, dass der Drang stark war und von Dauer sein würde.

Lexi hatte ihn inzwischen gelehrt, dass Liebe freiwillig und ohne Gedanken an das eigene Selbst war. Sie hielt sich für einen hoffnungslosen Fall, dabei war er es, der einer Rettung bedurfte. Er konnte ohne sie nicht leben. Er hatte existiert, und sie hatte ein Halbleben geführt. Zusammen ergaben sie ein Ganzes. Er musste nur einen Weg finden, ihr das begreiflich zu machen.

Im Treibhaus angekommen, hörte er sofort ihr Weinen. Hier war es warm und etwas stickig; Pflanzen wuchsen groß und üppig, ein fast undurchdringlicher Dschungel. Er ging in Richtung der herzzerreißenden Laute. Sie saß auf dem Boden, mit dem Rücken zur Wand, der Kopf lag auf den angezogenen Knien, und sie weinte, als sei ihr Herz gebrochen.

Gavril beobachtete sie einen Moment und fühlte sich, als würden ihre Verzweiflung und ihr Elend ihn zerschmettern. Mit einem tiefen Seufzen blickte er auf seine Hände. Sie zitterten. Das war ihm noch nie passiert. Zu viel Emotion lähmte. Er durfte sich jetzt keinen Fehler erlauben, das wusste er. Dies war ein entscheidender Moment; zu viel stand auf dem Spiel.

Zwingen konnte er sie nicht, wiewohl er daran dachte, sie einzusperren, bis sie begreifen würde, dass sie zusammengehörten. Aber so ging es einfach nicht. Sie musste mit ihm zusammen sein *wollen*. Es musste ihre Entscheidung sein, nicht seine. Dies war der schwierigste Moment in seinem Leben. Er wollte sie nicht verlieren, denn wenn er sie jetzt verlor, dann würde alles verloren sein.

Er ging um die letzte Reihe Tomaten herum und blieb vor ihr stehen. Sie wusste, dass er da war, er spürte sogar, wie sie ihn plötzlich wahrnahm, aber sie blickte nicht auf. Gavril ließ sich dicht neben sie sinken, ohne sie jedoch zu berühren. Er wollte, dass sie seine Wärme zu spüren bekam, ihr aber nicht das Gefühl geben, sie zu nötigen, sich mit ihm zu verbinden. Diesen Schritt musste sie selbst tun.

»Ich möchte nicht, dass du gehst, Lexi. Ich möchte, dass du dich für mich entscheidest. Dass du bei mir bleibst. Ich weiß, ich bin kein großer Glückstreffer. Ich kenne meine Fehler. Aber ich brauche Verbindlichkeit von dir. Ich brauche das, Lexi. Keine Ehe, wenn du das nicht willst. Wenn du mir dein Wort gibst, reicht mir das.«

Sie reagierte nicht, weinte nur leise weiter. Er musste sich Mühe geben, die Hand nicht in ihrem Haar zu vergraben.

»Wir werden immer wieder Momente des Zweifelns erleben, aber wenn wir beide diese Verbindlichkeit haben, wissen wir auch immer, dass der andere sie mit uns durchsteht. Ich muss wissen, dass du zu mir stehst. Ich habe dieses riesige Loch tief in mir, das nur du ausfüllen kannst. Niemand sonst wird das je können. Keiner von uns beiden ist perfekt, aber ich weiß, zusammen sind wir ein Ganzes. Ich will, dass du dich für mich entscheidest, Lexi. Dass du dich mir schenkst. Ich werde dich immer lieben, das verspreche ich dir.«

Sie lehnte sich zurück und blickte ihn aus tränennassen Augen an. Sie sah so traurig aus, dass ihm das Herz wehtat.

»Du bist der einzige Grund, weshalb ich noch am Leben bin, Lexi. Gib uns nicht auf.«

Sie schloss kurz die Augen. »Ich kann dich nicht verlassen. Ich habe es versucht, aber ich kann es nicht. Ich weiß nicht warum. Ich weiß, dass das dir gegenüber unfair ist. Es ist ein egoistisches Bedürfnis, das ich nicht überwinden kann. Du bist wie eine Flamme, und ich bin die Motte, die darum herumschwirrt. Das ist nicht gut für dich, aber ich kann nicht aufhören. Ich fühle mich, als hättest du mich aufgeweckt, und jetzt kann ich nicht ohne dich leben. Ich kann nicht mehr die ganze Zeit allein sein, aber ich habe nichts, was ich dir geben kann.«

»Sollte das nicht eher ich entscheiden?«

»Ich weiß es nicht, Gavril. Ich spüre ein Bedürfnis, dich zu beschützen. Denn du wirst dich nicht selbst beschützen. Jemand muss nach dir schauen.«

»Dann geh nicht weg. Ich war auch noch nie verliebt, und es macht mir wie dir eine höllische Angst, aber ich weiß, dass es echt ist. Wenn ich dich berühre, dich küsse oder dich einfach nur anschaue, dann weiß ich, das, was ich fühle, ist echt, und das will ich nicht einfach gehen lassen.«

»Wie lange kann das anhalten, wenn ich dir nicht geben kann, was du mir heute Abend gegeben hast?«

Da war es. Er befand sich auf sehr unsicherem Boden. Ein Minenfeld. Lexi brauchte in ihrer Beziehung unbedingt Ebenbürtigkeit. Sie wollte nicht, dass er immer nur gab, und war absolut sicher, dass sie ihm nichts geben konnte.

»Meinst du, ich habe in all meinen Jahren als Agent nie eine Frau gehabt, die mir den Schwanz gelutscht hat?« Seine Stimme war so rau, dass sie zusammenzuckte, aber er konnte nicht anders. Emotionen konnten roh und schmerzhaft sein, viel schlimmer als physischer Schmerz.

»Das ist nicht, was ich von dir will, und das wird es auch nie sein. Ich will dich nicht in meinem Leben, damit ich deinen Körper benutzen kann. Ich bin ein guter Verführer, Lexi. Ich kann in eine Bar gehen, eine Frau aufreißen und sie benutzen, wenn ich das will. Aber ich will Liebe. Wenn du mich berührst, dann spüre ich Liebe in deinen Händen. Wenn du mich küsst, schmecke ich die Liebe. Ich habe keine Eile. Ich freue mich über all die ersten Male, die du mir geschenkt hast.«

»Du bist dir so sicher, Gavril.« Ihre Augen waren wieder sehr dunkel geworden. »Ich wäre gern so wie du, aber ich bin so durcheinander. Ich habe das Gefühl, mich mit dir im Kreis zu drehen. Ich weiß nicht, wie ich mich jetzt fühle. Ich will nicht, dass du mich jemals enttäuscht ansiehst.«

»Ich klammere mich an einen seidenen Faden, *solnyshko moya*.« Er zögerte. »Weißt du, was das bedeutet? *Solnyshko moya*? Es bedeutet ›meine Sonne‹. Das bist du für mich. Die Sonne. Die Welt. Alle hellen, guten Dinge dieser Welt sind hier in dieser kleinen Person vereint. Meine Welt war dunkel. Ich lebte im Schatten, und da gehörte ich auch hin. Ich war kein guter Mensch, bis ich dich fand. Du machst einen besseren Menschen aus mir. Ich kämpfe hier um mein Leben, Lexi. Ich brauche dich, um für mich zu kämpfen, nicht gegen mich.«

»Das tue ich, Gavril, wirklich. Ich möchte, dass du glücklich wirst. Du bist ein guter Mann, ob du es glaubst oder nicht. Ich will mir dich auch nicht mit einer anderen Frau vorstellen. *Ich* möchte mit dir zusammen sein, aber …« Sie verstummte.

Er ergriff ihre Hand und legte sie auf sein Herz. »Sag einfach ja, und hör auf, dir Gedanken darüber zu machen, ob es mit dem Sex klappt oder nicht. Ich versichere dir, dass wir diesbezüglich nichts vermissen werden. Wir *beide*. Es braucht nicht viel, um mich zu erregen, Lexi, denn du bist die erste und einzige Frau, die das einfach so kann, ohne mich auch nur zu berühren. Du hast keine Ahnung, was das für ein Aphrodisiakum ist. Wir kennen uns erst seit einigen Tagen. Gib dir Zeit.«

»Es ist ja nicht gerade so, dass ich bisher viel für dich tun konnte, Gavril«, meinte sie mit einem verweinten Lächeln.

»Du hast keine Vorstellung, was du mir geschenkt hast, Lexi. Bitte, sag es mir. Ich brauche die Worte, die Verbindlichkeit. Wenn du mir die gibst, weiß ich, dass du bleibst und wir für alles eine Lösung finden.«

Sie biss sich fest auf die Lippe. Er drückte ihre geballte Hand an seinen Mund und sah ihr in die Augen.

»Du machst dir solche Sorgen um den Sex. Aber das ist nichts im Vergleich zu allem anderen, was wir noch zu Wege bringen müssen, Dinge, an die du noch gar nicht gedacht hast.«

Sie sah ihn erstaunt an. »Was denn zum Beispiel?«

»Zum Beispiel meine Person. Wer und was ich bin. Glaubst du wirklich, dass sich der Wolf in ein Lamm verwandelt? Mit mir ist nicht leicht auszukommen, und ich bin sehr dominant. Ich werde Fehler machen und Erinnerungen auslösen. Ich muss mit dieser Angst leben, und sie ist wesentlich realer und besorgniserregender als die Frage, ob es mit dem Sex jedes Mal klappt.«

Seine Zähne schabten sanft über ihre Fingerkuppen. Sie blinzelte ein paar Mal und schüttelte dann mit einem angedeuteten Lächeln den Kopf.

»Du bist immer sehr behutsam mit mir, Gavril. Immer.«

»Weil du mich nicht wegen irgendetwas Wichtigem verärgert hast. Du weißt, ich werde diese Männer verfolgen und töten, einen nach dem anderen, wenn ich es muss, bis sie uns in Ruhe lassen. Darüber bist du nicht sonderlich glücklich, aber ich *muss* das tun. Es ist nicht so, dass ich das nur will, es ist ein Muss. Jeder, der dich bedroht, wird eliminiert, und du wirst jedes Mal dagegen sein.«

Mit einem leichten Seufzen lehnte sie den Kopf an seine Schulter. »Kann man sich zwei verkorkstere Menschen vorstellen? Im Ernst, Gavril. Was sollen wir bloß tun?«

»Bleib hier, und vertraue dich mir an. Wir arbeiten zusammen auf der Farm und lernen, miteinander zu lachen und uns zu lieben. Sosehr das für mich alles ein erstes Mal ist, ist es das auch für dich. Wir haben keinen Zeitdruck. Der Sex wird uns nicht zusammenschweißen, aber die Liebe. Wir müssen uns eine solide Basis aufbauen und von da aus arbeiten. Ich werde so wundervoll zu dir sein, dass du nie mehr daran denken wirst wegzulaufen.«

»Ich wollte dich nur *retten*, nicht vor dir weglaufen.«

»Das kommt aufs Gleiche heraus. Ich spiele nicht die Ich-brauche-dich-zum-Überleben-Karte aus – auch wenn es so ist. Tu mir das einfach nicht mehr an. Bleibe. Sag es. Schau mir in die Augen, und sag es mir. Gib mir dein Wort, dass du mit mir durch dick und dünn gehst.«

»Willst du mich wirklich? Nach allem, was du über mich weißt?«

»Du bist die Einzige, die mich ganz machen kann. Ich will dich mit jedem Atemzug meines Körpers. So sehr brauche ich dich, Lexi.«

Sie betrachtete ihn mit einem suchenden Blick ihrer grünen Augen. Der Regen prasselte auf das gläserne Dach. Der Wind heulte an den gläsernen Wänden. Gavril hielt den Atem an. Der dunkle, hässliche Ort in seinem Inneren, dieses dumpfe Loch, wartete darauf, ihn zu verschlucken.

Sie lächelte. »Dann, schätze ich, werden wir das alles zusammen herausfinden. Denn ich will mit dir zusammen sein, mehr als alles sonst.«

Er ließ den Atem ausströmen. Der dunkle, hässliche Ort schrumpfte, wich ihrem Licht, wagte es nicht, es mit ihr aufzunehmen. Nicht wenn sie ihn genug liebte, um zu versuchen, ihre Ängste zu überwinden. Nicht wenn sie ihn nicht verlassen konnte. Nicht wenn sie um ihn weinte.

Die Liebe war verdammt schmerzlich. Sie war in seine Knochen eingebrannt, in jede Faser seines Körpers. Es gab keinen Ausweg. Gavril wollte, dass sie ihn ebenso liebte wie er sie. Es musste keine Liebe wie im Bilderbuch sein. Sie waren beide heiß entflammt, nicht nur weil die Chemie zwischen ihnen stimmte, sondern auch, weil zwei kaputte Seelen ohne Hoffnung einen Weg fanden, ganz zu werden. Er würde sie beschützen mit allem, was er in einem Leben voller brutaler Lektionen gelernt hatte.

»Komm, *solnyshko moya*, lass uns wieder zurück ins Haus gehen. Kiss ging es nicht sonderlich gut, ich habe es an ihrer Atmung bemerkt. Gehen wir, um Wasser zu kochen, oder was immer man tut, wenn ein Hund kurz davor ist, Junge zu werfen.«

Sie ließ sich von ihm hochziehen, blieb aber dann abrupt stehen. »Warte. Du weißt nicht, wie du ihr helfen kannst?«

Er grinste. »Ich kenne tausend Arten, einen Menschen zu töten. Aber nicht, wie man Hunden oder sonst welchen Kreaturen beim Gebären hilft – ein wandelndes Lexikon bin ich nicht.«

Nun, nachdem die Krise überstanden war, fühlte er sich erleichtert und schwach. Eigentlich besaß er in allen Aspekten seines Lebens Selbstvertrauen, doch sie hatte es geschafft, dass er fast verzweifelt wäre. Er fühlte sich verletzlich und exponiert. Niemals würde er einem anderen Menschen erlauben können, ihn in einer derart schlechten Verfassung zu sehen.

Gavril zog sie zu sich, er musste sie an sich drücken. Sie

schmiegten sich aneinander, hielten einander fest, als hätten sie eine schreckliche Schlacht überlebt. Und er fühlte sich auch so, als habe er in einem Krieg gekämpft und sei siegreich, aber erschöpft daraus hervorgegangen. Er vergrub das Kinn in ihren Haaren.

»Tu mir das nie wieder an, Lexi. Ich weiß nicht, was ich dann mache. Ich weiß nicht, wie man fühlt. Für mich heißt es alles oder nichts. Du bist mein Alles.«

»Ich habe dir mein Wort gegeben.« Ihre Stimme war gedämpft, weil sie in sein Hemd hineinmurmelte.

Er merkte, dass sie so erschöpft war wie er. »Komm, *solnyshko moya*, es kann sein, dass wir eine lange Nacht vor uns haben. Schauen wir nach Kiss.«

Der Sturm hatte aufgehört; ein leichter Regen fiel, der den Himmel glänzend versilberte. Er legte seinen verletzten Arm um sie, denn er konnte mit beiden Händen gleich gut schießen oder ein Messer werfen. Wahrscheinlich hätte er sowieso kein Problem gehabt, weil seine Wunde fast verheilt war, doch er ging kein Risiko ein.

»Nachts ist die Farm so schön«, sagte Lexi. »Ich liebe es, einfach dazusitzen und mir all die Pflanzen anzusehen. Hier draußen kann ich atmen.« Und sie konnte Feinde sehen, die sich näherten.

»Ich denke gerade an Lucia«, meinte Gavril. »Sie war sehr an den Hunden interessiert. Es wäre unangenehm für Kiss, wenn Lucia bei der Geburt zuschauen würde, aber ich denke, wir könnten Kiss dazu bringen, Lucia in der Nähe der Welpen zu akzeptieren, damit sie helfen könnte, die Jungen an Menschen zu gewöhnen. Sie braucht eine Beschäftigung.«

Lexi schaute zu ihm auf und berührte sein Kinn. »Hörst du dir zu? Du sorgst dich um ein traumatisiertes Kind, das du noch kaum kennst. Du bist ein guter Mann, ob du es glaubst oder nicht.« Sie warf ihm ein Lächeln zu.

Nicht nur sein Herz reagierte, sondern sein ganzes Wesen. So weit war es mit ihm gekommen. Ein bisschen lächerlich für einen Mann wie ihn, aber zum Glück sah es ja niemand. Der Regen verschleierte seine Miene vor ihr. Es war schwer zuzugeben, wie ungeheuer fasziniert er von ihr war. Allein wie sie sich bewegte, ein Drehen ihres Kopfes, ein Lächeln und ein kurzer Blick ihrer grünen Augen, und schon war es um ihn geschehen.

»Gavril?« Ihre Hand glitt an seinem Arm hinab, ihre Finger verflochten sich mit seinen. »Ich möchte nicht, dass du denkst, ich bin vor dir weggelaufen oder wollte dich verlassen. So war es nicht. Ich denke, du verdienst so viel mehr, als du vielleicht bekommst. Zumindest dachte ich das, auch wenn es womöglich völlig falsch war. Ich wollte aus den richtigen Gründen weggehen.«

»Es gibt keine richtigen Gründe, Lexi«, entgegnete er mürrisch. »Die wird es nie geben. Rede einfach mit mir. Wir finden für alles eine Lösung. Wir werden nie wie andere Leute sein, aber das spielt keine Rolle. Wir haben unsere eigene Welt, und die Menschen, die uns lieben, werden das akzeptieren, was immer es auch ist.«

»Du gibst mir Selbstvertrauen«, sagte sie. »Außer wenn es um meine Pflanzen geht, habe ich davon nicht gerade viel. Vor allem nicht, wenn es darum geht, eine Frau zu sein.«

Sie gingen die Stufen zur Veranda hinauf. »Genau da solltest du am meisten Selbstvertrauen haben, *solnyshko moya.*«

Lexi stellte sich auf die Zehenspitzen und hauchte einen Kuss auf sein Kinn. »Weil ich dir etwas bedeute und du mich so ansiehst, deshalb gibst du mir Selbstvertrauen.«

Er öffnete die Tür. Drago und Kiss kamen angelaufen. »Sie mögen Menschen. Das sind keine Hofhunde, und niemand sollte je den Fehler begehen das zu denken, nur weil sie so groß sind.«

»Ich werde klarstellen müssen, dass Judith das weiß«, sagte Lexi. »Ihr Haus ist sehr schön, und sie ist eine akribische Hausfrau. Thomas wird einen haben wollen, aber sie wird sich dagegen sperren wegen der Größe. Du hast sie ihnen noch nicht gezeigt, oder?«

Er verneinte, streichelte beide Tiere und befühlte vorsichtig Kiss' Bauch. »Sie hat eindeutig Wehen. Sie sollte nicht auf den Beinen sein. Bringen wir sie zurück zu ihrer Kiste.«

»Es hat mich überrascht, dass du die Wurfkiste für sie gebaut hast«, sagte Lexi. »Ich habe alte Laken und Handtücher hineingelegt und sie in den dunkelsten Teil des Schranks geschoben. Er ist groß, da wird sie sich geschützt fühlen.«

»Sie bekommt ihren eigenen Raum mit den Welpen«, erklärte er. »Wo du keine Kleider drin aufbewahrst.«

Sie zuckte die Achseln. »Ich brauche nicht viele Klamotten. Ich arbeite die meiste Zeit, und abends sitze ich auf meiner Veranda oder besuche eine meiner Schwestern. Wenn ich zum Markt gehe, dann mit Arbeitskleidung.«

»Ich finde deine Arbeitskleidung toll.« Er setzte sich neben dem Schrank auf den Boden, Kiss legte sich hechelnd neben ihn.

»Du bleibst die ganze Nacht bei ihr, ja? Ich hole uns etwas zu trinken und wärme ein paar Handtücher an, nur für den Fall.«

»Das kann Stunden dauern«, warnte er sie. »Du wirst es bequem haben wollen.« Er stellte die Stiefel beiseite und legte seine Waffen daneben.

Sie lachte, eine leise Melodie, unerwartet und liebevoll, die sein Verlangen weckte. Es fühlte sich wunderbar an.

»Ich kann es nicht glauben, dass du immer eine Pistole griffbereit hast.«

Er zog das Messer aus dem Stiefel und zeigte es ihr. »Ich bin gern gut vorbereitet.«

»Du bist ein richtiger Pfadfinder.«

»Ich dachte eher ein Wolf.«

Er hörte ihr Lachen, als sie das Zimmer verließ, um die nötigen Sachen zu holen, damit sie die Nacht bei Kiss verbringen konnten.

Die Hündin brachte sechs Junge zur Welt – zwei Weibchen und vier Männchen. Es dauerte fast die ganze Nacht, und Gavril und Lexi blieben die ganze Zeit bei ihr. Zweimal legte Kiss den Kopf in Gavrils Schoß, und er streichelte und ermutigte sie und sagte ihr, wie großartig sie sei. Lexi war hingerissen. »Ich verstehe nicht, warum du dich nicht so sehen kannst wie ich«, meinte sie staunend.

»Dummes Mädchen. Ich verstehe nicht, warum du dich nicht so sehen kannst wie ich.« Er küsste sie. »Aber das macht nichts, solange du mich so sehen kannst.«

14.

Gavril öffnete die Augen und war sofort hellwach. Neben ihm lag Lexi, erschöpft, weil sie fast die ganze Nacht nicht geschlafen hatte. Er strich mit einer Hand über ihr Haar, mit der anderen holte er die Pistole unter seinem Kissen hervor. Nie hatte er gedacht, einmal so aufzuwachen, mit seiner Frau, die weich und warm an ihn geschmiegt war. Aber neben dem Gefühl der Liebe hatte sich auch sein Beschützerinstinkt geregt.

Lexi hatte gelacht und geweint, als die Welpen einer nach dem anderen zur Welt kamen, und ihn mit funkelnden Augen angesehen. Die Erfahrung der Geburt mit ihr zu teilen, etwas, das er noch nie erlebt hatte, brachte sie ihm noch näher. Jeder Augenblick mit ihr steigerte seine Gewissheit, dass sie zusammengehörten.

Dragos großer Kopf schob sich an ihn. Der Rüde stand neben dem Bett und blickte Gavril aufmerksam an.

»Ich spüre sie«, versicherte Gavril ihm leise und legte kurz eine Hand auf seinen Kopf als Zeichen, dass Drago seine Arbeit gut gemacht hatte. Dann winkte er ihn zur Tür und schlüpfte aus dem Bett.

Lexi drehte sich sofort um und öffnete die Augen. Furcht stand in ihrem Blick, als sie merkte, dass er sich rasch ankleidete und die Pistole bei sich hatte.

»Es ist alles in Ordnung«, versicherte er ihr hastig. »Wir haben nur Gesellschaft, das ist alles. Ich glaube, dein Sheriff und noch jemand, wahrscheinlich mein jüngster Bruder. Die anderen sind unterwegs.«

Sie setzte sich auf und zupfte ungeduldig an ihren Haaren. »Welche anderen?«

Sie sah wunderbar aus. Sexy. Ihre Augen waren groß und noch müde. Die Haare waren hinreißend, ein Wirrwarr aus kastanienbrauner Seide um ihr Gesicht, der sich in Wellen auf das Laken ergoss. Er spürte ein wildes Verlangen, wieder ins Bett zu kriechen und sie stundenlang zu lieben. Diese weiche Haut, dieser Schlafzimmerblick. Sie war einfach unwiderstehlich.

Er ging um das Bett herum und küsste sie sanft auf den Mund. »Meine anderen Brüder. Niemand kommt auf das Grundstück, ohne dass das Land uns alle warnt. Spürst du es nicht? Die Veränderung?«

»Als du kamst«, erklärte sie und schnitt ihm eine kleine Grimasse, »gab es auch keine Veränderung, die mich gewarnt hätte.«

»Bei mir hat sich die Erde bewegt, als ich dich zum ersten Mal sah«, erwiderte er wahrheitsgetreu. Er küsste sie noch einmal, dieses Mal etwas verlangender, seine Zunge glitt leicht über ihre Lippen. Er wollte sie schmecken, den kühlen Wald, der ihm Leidenschaft wie auch Frieden bedeuten konnte.

Seine Hand legte sich um ihren Hals, der Daumen drückte sanft ihr Kinn nach oben, und sein Mund verleitete den ihren, sich für ihn aufzutun. Ihre bebenden Lippen öffneten sich, als sie seine Schultern umfasste.

Da war es. Das Paradies. Wärme und Leidenschaft durchbrandeten ihn. Seine Begierde nach mehr wuchs, sein Verlangen wurde schier unstillbar. Niemals wieder würde er ohne diese Frau leben können – nun, da er wusste, wie das Leben mit ihr war, nun, da er ein Zuhause hatte, etwas, von dem er nicht gewusst hatte, dass er sich danach sehnte, bis er Lexi kennenlernte.

Er flüsterte ihren Namen und presste seine Stirn an ihre. »So also fühlt sich die Liebe an.« Seine Finger umschlossen besitzergreifend ihren Nacken, sein Daumen liebkoste ihre weiche Haut.

Lexis Lider flatterten, ihre Augen wurden tiefgrün. Ihr Mund formte sich zu einem Lächeln. »Du sagst die schönsten Sachen, Gavril. Du hättest Dichter werden sollen.«

Er küsste sacht ihre Augen, steckte seine Waffe in den Hosenbund und richtete sich auf. »Ich bin ein Dichter mit einem Messer und einer Pistole.«

Sie zog die Beine an und stützte das Kinn auf die Knie. Beobachtete ihn lächelnd. Liebkoste ihn mit ihrem Blick. »Du gehst jetzt da hinaus und spielst den großen Helden, nicht wahr?«

»Das habe ich vor, ja.« Er steckte ein Messer in seinen Stiefel. Es erforderte Disziplin, eine steinerne Miene zu bewahren, wenn er ihretwegen gerne gelacht hätte.

Sie brachte Spaß in sein Leben – wieder ein erstes Mal. Er freute sich auf jeden Augenblick in ihrer Gesellschaft. Er konnte die Welt mit neuen Augen sehen, nicht aus seiner abgestumpften, zynischen Perspektive. Sie hatte ihm ein Leben geschenkt. In einer dunklen Welt voller Gewalt zu existieren, das war kein Leben. Er hatte das gewusst, doch erst sie hatte ihn aus seiner Starre herausgerissen.

Es war ihm nicht klar gewesen, dass er der Rettung bedurfte, oder dass da ein riesiges Loch in ihm war, das gefüllt werden musste, um ihn zum Leben zu erwecken. Er wusste nicht recht, wie er zu diesem Glück gekommen war, aber er hatte vor, sie ihr Leben lang glücklich zu machen.

»Ich ziehe mich an und mache Kaffee. Ich habe von Airiana eine Kanne und Kaffeepulver mitgebracht.«

»Danke. Und wenn dieser Sheriff dich ärgert, schmeiße ich ihn raus, du brauchst mir bloß ein Zeichen zu geben.«

Ihr Lachen reizte seine Nervenenden, es schickte kleine Feuerpfeile über seine Haut und in seinen Bauch. »Alles an dir macht mich glücklich«, bekannte er. »Schon allein, deine Stimme zu hören. Dich anzusehen.«

Sie errötete; Komplimente war sie nicht gewöhnt. Er beschloss, ihr so viele wie möglich zu machen, ohne dabei wie ein liebestoller Idiot zu klingen. Dass sie dachte, an ihm wäre ein Dichter verloren gegangen, machte ihm nichts aus, solange niemand sonst das dachte.

»Geh jetzt, sonst werde ich noch so rot, dass es nie mehr weggeht«, sagte sie und winkte ihn fort.

Er ging lachend zum Schrank, um einen Blick auf Kiss und die Welpen zu werfen. »Sie muss bald ihr Geschäft machen. Ich gehe mit ihr hinten raus, sobald meine Brüder hier sind.«

Lexi presste die Lippen zusammen. »Im Ernst, Gavril, ich kann mit Jonas Harrington auch allein sein. Er ist ein guter Mann und ein Freund von uns.«

»Sicher. Ilja mag ihn auch, aber ich kenne ihn nicht, und er mich auch nicht. Meine Brüder kennen mich und wissen, wozu ich fähig bin. Sie lassen nicht zu, dass dir etwas zustößt.«

»Zum Beispiel, dass ich über den Teppich im Wohnzimmer stolpere und hinfalle?«

»Da ist kein Teppich. Wenn du stolperst und hinfällst, wird jemand dafür büßen.«

Sie verdrehte die Augen und winkte ihn noch einmal hinaus. »Gib mir ein paar Minuten, um zu duschen. Ich bin gleich wieder da.«

»Toll.« Er musste sie einfach necken. »Du wirst herauskommen und duften wie der frühe Morgen nach einem Regenschauer. Und das in einem geschlossenen Raum, von Männern umgeben. Ich werde mehr Pistolen brauchen als eine.«

Sie lachte leise. »Du bist unmöglich. Los jetzt. Ich glaube, sie sind bereits an der Tür.«

»Sie stehen noch auf dem Fußgängerweg. Ilja hat Angst, ich komme raus und schieße, deshalb ist er höflich und beschäftigt den Sheriff, bis die anderen aufkreuzen und ich hinausgehe, um sie zu begrüßen.«

»Du hast so einen miesen Ruf, Gavril.«

»Und absolut verdient.« Stolz schwang in seiner Stimme mit.

Vollkommen unbeeindruckt, warf sie ein Kissen nach ihm. Er hatte noch nie gescherzt; wenigstens konnte er sich nicht mehr daran erinnern. Glücklich sein war ihm fremd. Er bewegte sich gleich einem Roboter durch die Schatten. Dort gab es kein Lachen und ganz sicher keinen Spaß. Dort wachte man nicht morgens auf und freute sich auf den Tag.

Ihr leises, neckisches Lachen folgte ihm, als er zur Tür ging. Sie war wahrlich seine Sonne. Seine Welt. Sein Zuhause. Sie war in ihm, in seinem Körper, in seiner Seele. Wenn sie ihm zulächelte, wichen die Schatten seines anderen Lebens so weit zurück, dass er sie nicht mehr wahrnahm.

Er musste ihren mächtigen Einfluss auf ihn eindämmen, bevor er sich vor den anderen zum Idioten machte. Er wollte nicht verletzlich erscheinen, und Lexi zu lieben schloss alles mit ein. Die Männer, die jetzt kamen, waren sehr gute Menschenkenner. Lexi zu lieben machte ihn gegenüber Menschen wie ihnen vollkommen schutzlos.

»Vergiss nicht, die Hunde im Schlafzimmer eingesperrt zu lassen!« Seine Stimme klang nun brüsk, die Emotionen waren zu nah. »Sie werden nervös sein und die Jungen schützen wollen. Drago ist zwar sehr intelligent und bestens ausgebildet, aber dies ist eine neue Situation für uns.«

»Ich habe gehört, Hunde nehmen die Charakterzüge ihrer Besitzer an.« Sie blickte bewusst auf Drago. »Ich sehe die Ähnlichkeit in diesem fokussierten Blick auf Zielpersonen und dem Zähneblecken beim Lächeln.«

Gavril zeigte ihr die Zähne und ging dann, um den Sheriff zu empfangen. Er bewegte sich lautlos durch das Haus, um so wieder in die altgewohnte Rolle zu schlüpfen, die so viele Jahre sein

Leben gewesen war. Das fiel ihm nicht schwer; sie passte exakt auf ihn. Und es war auch leicht, beim Betreten der Veranda seine Gestalt etwas zu verwischen, Energie in mehrere Richtungen zu schicken und den Schutz der Säule zu erreichen, noch bevor der Sheriff und Ilja wussten, dass er bereits hier war.

»Ihr kommt früh«, begrüßte er sie.

Ilja drehte sich langsam zu ihm, lächelte und legte eine Hand auf Harringtons Schulter, eine Geste, die zeigen sollte, dass sie beide keine Waffe gezogen hatten und dass er mit dem Sheriff befreundet war.

»So früh nun auch wieder nicht«, widersprach Ilja. »Ist ja schon hell.«

»Gerade eben geworden«, meinte Harrington.

»Schon klar, du wärst natürlich lieber bei deinem Baby daheimgeblieben«, scherzte Ilja mit ihm, als sie den Weg zur Veranda heraufkamen.

Der Sheriff streckte Gavril die Hand entgegen, den Blick forschend auf ihn gerichtet. Sein Händedruck war fest, doch er versuchte nicht, mit seiner Kraft Eindruck zu schinden.

»Jonas Harrington«, sagte er lediglich.

»Gavril Prakenskij«, stellte sich Gavril vor und betrachtete den Sheriff genau.

Seine blauen Augen blitzten kurz auf. Ein Muskel an seinem Kinn zuckte, doch er blickte Ilja nicht einmal an. »Natürlich. Hätte ich wissen sollen.« Jetzt schaute er zu Ilja. »Kein Wunder, dass du heute Morgen so sehr darauf bestanden hast, mich zu begleiten.«

Ilja zuckte die Achseln, ohne eine Regung zu zeigen.

Gavril behielt den Sheriff im Blick, als nun Levi und dann auch Thomas auftauchten und sich zu ihnen gesellten. Max kam lässig um das Haus geschlendert.

»Sieht aus, als wäre ich in der Minderzahl«, witzelte Jonas. Er schien nicht verärgert, sondern sich vielmehr für Ilja zu freuen, dass die anderen kamen.

Gavril musste dem Mann Respekt zollen. Fünf Prakenskijs an einem Ort, das war mehr als einschüchternd, doch Harrington zuckte mit keiner Wimper. Es war sehr deutlich, dass er wusste, wer sie waren, obwohl sie alle unterschiedliche Identitäten benutzten.

Max, Thomas und Levi starrten auf ihren jüngsten Bruder.

Levi wirkte etwas sprachlos. »Du bist groß geworden«, sagte er. »Ich bin Lev. Hier bin ich Levi Hammond, und ich habe Rikki Sitmore geheiratet.«

Ilja gab ihm die Hand. »Die Seeigel-Taucherin.«

Levi nickte. »Kennst du sie?«

Er verneinte. »Rikki bleibt immer sehr für sich.«

Gavril achtete hauptsächlich auf den Sheriff, der sich umgedreht hatte und zusah, wie die Brüder sich einander bekannt machten. Er hatte Gavril komplett den Rücken zugewandt, und das sagte ihm, dass Harrington, der knallhart aussah, kein Agent war. Sonst hätte er einem Unbekannten niemals vertraut, nicht einmal wenn Ilja auf ihn aufpasste.

»Stefan.« Thomas war der Nächste. »Hier heiße ich Thomas. Thomas Vincent, und ich habe Judith Henderson geheiratet. Sie besitzt einen Kunstladen im Ort. Ich habe die Galerie gekauft.«

»Schön dich zu sehen«, sagte Ilja. »Ich bin mit Joley Drake verheiratet.«

»Ich lese die Klatschzeitungen im Lebensmittelladen«, sagte Thomas. Er stupste Levi an, und beide grinsten. »Du siehst wirklich hübsch aus.«

Ilja ließ ein tiefes Knurren vernehmen. Beide Brüder lachten über ihn.

Max streckte die Hand aus. »Maxim – Max. Airiana ist meine Verlobte.«

»Ihr habt die vier Kinder, von denen Jonas mir erzählt hat. Dein … Neffe und deine Nichten.«

»Stimmt.«

»Wie geht's den Kleinen?«, fragte Jonas.

»Sie müssen sich nach dem Verlust ihrer Eltern und einer Schwester erst zurechtfinden«, sagte Max. »Wir schicken sie in Therapie, aber es ist eben ein Prozess.« Er blickte in die Runde. »Benito verfolgt mich gern; dass keiner auf ihn schießt, wenn er sich an uns heranschleichen sollte.« Bei den letzten Worten fasste er besonders Gavril ins Auge.

Gavril zeigte seinem Bruder mit einem eisigen Blick die Zähne; dass Harrington sich plötzlich umdrehte und ihn dabei ertappte, kümmerte ihn nicht.

»Ich glaube, Benito hat Manieren gelernt«, meinte Levi mit einem kurzen Grinsen in Gavrils Richtung.

»Macht Angst, der Bengel, nicht wahr, Gavril?« scherzte Thomas.

Gavril warf ihm einen Blick zu und ging dann ins Haus. Die Tür ließ er offen, damit sie ihm folgen konnten, doch er behielt alle unmerklich im Auge. Vor allem den Sheriff, der neugierig hinter ihm herschaute, beobachtete er genau.

Drinnen bot Gavril ihnen mit einer bloßen Geste Stühle an, was zeigte, dass er sich in seiner Rolle als Gastgeber in Lexis Haus durchaus wohl fühlte. Er wollte nachdrücklich klarstellen, dass er nicht nur hier wohnte, sondern dass er hier zu Hause war.

Er nahm den Platz ein, von dem er das Zimmer am besten überblicken konnte. Ihm fiel auf, wie Levi sich umsah, ganz offenbar nach Lexi, und zweimal einen besorgten Blick mit Thomas austauschte. Er ließ sie ganz bewusst denken, dass der große böse Wolf das Lämmchen gefressen haben könnte, und war über Levis kühlen Blick nicht im Mindesten überrascht.

»Wo ist Lexi?«

»Sie wird gleich kommen«, erwiderte er. »Ilja erwähnte, deine Frau und du, ihr hättet gerade ein Baby bekommen, Jonas. Gratuliere.«

Jonas' Lächeln erreichte seine Augen nicht ganz. Er gab sich freundlich, doch dass alle Brüder hier waren, das machte ihn erkennbar argwöhnisch. »Ja. Sie ist wunderbar, vielen Dank.« Er blickte in die Runde, wohl wissend, dass diese Männer alle bestens ausgebildete Agenten waren. Fünf von ihnen, alle in einem Zimmer. Und alle Brüder. »Hätte jemand die Güte, mir zu sagen, was hier vorgeht? Ilja?«

Ilja zuckte die Achseln. »Wenn ich es wüsste, hätte ich es dir gesagt. Als ich hörte, dass du vorhattest, zu Lexi zu gehen, wollte ich mitkommen, aus naheliegenden Gründen.«

»Levi?«, fragte Jonas weiter.

Levi schüttelte den Kopf. »Wir haben ein Warnsystem auf dem Grundstück, und wenn jemand kommt, sehen wir alle nach. Ich hatte keine Ahnung, dass du kommst.«

Max nickte. »Airianas Arbeit könnte als Risiko betrachtet werden, und wir wollten klarstellen, dass alle, die auf der Farm leben, sicher sind. Wenn das System anschlägt, kommen wir alle gerannt. Wahrscheinlich weißt du mehr als wir.«

»Ich verstehe.« Jonas klang nicht überzeugt. »Lexi rief mich gestern Abend an und bat mich, heute Morgen zu ihr zu kommen. Sie sagte, es sei eine Drohung eingegangen, die auf dem Anrufbeantworter aufgezeichnet wurde«, berichtete er.

Gavril nickte langsam. »Ja. Ich habe einen der Anrufe entgegengenommen, weil ich dachte, es sei eine Bestellung, und der Mann am anderen Ende drohte mit schlimmen Folgen, falls wir Jezabel weiter beherbergten.« Er streckte lässig die Beine aus, als sei die ganze Sache belanglos.

Jonas zog erstaunt die Brauen hoch. »Kannte Lexi diese Person, oder weiß sie, warum eine der Frauen auf der Farm bedroht wird?«

Gavril hörte, wie Lexi aus dem Schlafzimmer kam und abrupt stehen blieb. Sie hatte Jonas' Frage gehört. Er stand sofort auf. »Entschuldigt mich. Ich hole sie. Levi, du kennst dich in einer Küche aus, würdest du Kaffee machen? Und Tee für Lexi? Unser Hund hat letzte Nacht Junge bekommen, deshalb waren wir sehr lang auf. Ich hatte heute Morgen noch keine Zeit, welchen zu machen.«

Levi schälte sich aus seinem Sessel. »Klar. Ich mache einen ganz guten Kaffee.«

Gavril nickte kurz und verließ gemessenen Schrittes das Zimmer, obwohl er am liebsten zu ihr gerannt wäre. Genau da, wo er es vermutete, fand er sie – am Boden, eine Faust im Mund und nach Atem ringend.

Er hob sie auf die Arme, ignorierte den plötzlichen Schmerz in seinem Bizeps und trug sie zur Rückseite des Hauses, weg von den anderen. Durch die Küche konnte er nicht gehen, weil er dorthin seinen Bruder geschickt hatte. Es blieb nur der Weg durch das Atrium. Er riss die Tür auf und brachte sie in den wilden Dschungel.

Lexi klammerte sich heftig atmend an ihn. Er sah sie an; sie wirkte verlegen und versuchte noch immer, gegen ihr Herzrasen und den flatternden Atem anzukämpfen.

»Wenn du nicht aufpasst, Frau«, sagte er streng, »dann machst du das Bild, an dem ich so hart gearbeitet habe, noch ganz kaputt.« Durch Laub und Blumen schritt er zur Veranda und registrierte dabei genau die kleinen, von Ast zu Ast flatternden Vögel.

Ein kleines Lachen entkam Lexi; sie vergrub das Gesicht an seiner Schulter. Ihr an seine Brust geschmiegter Körper entspannte sich ein wenig. Draußen auf der Veranda hüllte sie sofort Nebel ein.

»Atme tief ein, und schau dich um. Ich staune jedes Mal, wenn ich all die Pflanzen sehe. Sogar die Bäume sind gesund

und scheinen glücklich zu sein.« Er ließ sich auf einen großen Sessel mit Blick auf den Wald sinken und setzte sie auf seinen Schoß.

Lexi blickte gehorsam um sich, und er spürte sogleich, wie sich ihre Atmung veränderte. Sein Daumen strich liebkosend über ihren hämmernden Puls.

»Ich kann den Sheriff für dich abfertigen, wenn du willst, Lexi, aber ich glaube, dazu brauchst du mich gar nicht. Ich glaube, du kannst in dein Wohnzimmer gehen und ihm von diesen Männern – und Frauen – berichten, die eine Bedrohung für dich sind. Levi, Thomas und Max sind hier, zusammen mit Ilja. Du gehörst für sie zur Familie. Sie werden dich unter Einsatz ihres Lebens beschützen. Und ich bin schließlich auch noch da.«

Sie legte eine Hand an seine Wange und blickte ihn mit ihren waldgrünen Augen liebevoll an. »Ich habe keine Angst vor ihnen. Es sind nur Erinnerungen. Sie sind so schrecklich, es ist, als wäre ich immer noch dort, das Kind, das eingesperrt und geschlagen wird. Ich habe dieses herrliche Haus, meine wunderbaren Schwestern und dich. Ich bin normalerweise nicht deprimiert, aber es fühlt sich so an, wenn ich in Gedanken dorthin gehe.«

»Das kann ich verstehen. Ich erlaube mir auch nur selten, an früher zu denken, an meine brutale Ausbildung, als es keine Hoffnung und keinen Ausweg gab.« Er strich sanft über ihr Haar. »Aber jetzt sind wir hier und kümmern uns um all das gemeinsam«, erinnerte er sie. »Sogar um die Erinnerungen.«

Sie drückte das Gesicht an seine Brust. »Du machst das immer so gut – mir das Gefühl vermitteln, nicht allein zu sein. Ich schätze es, dass du mir deine Erfahrungen mitteilst. Nur sehr wenige Männer würden das tun.«

»Wir sitzen in einem Boot. Unser Weg, weißt du noch?«

Sie nickte. »Jetzt geht es schon wieder. Ich kann das machen.

Ich wusste, dass es mich eines Tages vielleicht einholen würde und bin froh, dass es jetzt passiert ist, mit dir und deinen Brüdern hier, anstatt dass ich allein versuchen muss, für die Sicherheit meiner Schwestern zu sorgen. Und jetzt haben wir auch noch die Kinder.«

Offenbar betrachteten alle Frauen und sogar seine Brüder die Kinder praktisch als Teil jedes Haushalts. Gavril begann, die Vernetzung der Farm zu begreifen und wie alle miteinander verbunden waren, damit ihre Familie funktionierte.

»Wir müssen wieder hinein. Ich fürchte, sonst kommt Drago noch durch die Tür und frisst den Sheriff auf, vor allem, wenn der anfängt, im Haus herumzulaufen und dich zu suchen. Ich glaube, sie denken alle, ich hätte dich eingesperrt oder gar deine Leiche irgendwo im Wald verscharrt und dein Haus übernommen.«

»Oh. Da fragt man sich doch glatt, wie sie auf solche Gedanken kommen könnten.« Sie lachte leise. »Das hat dir wirklich Spaß gemacht, da drinnen den bösen Wolf zu spielen, nicht wahr?«

»Wie meinst du das, ›zu spielen‹? Ich *bin* der große böse Wolf, und das wissen sie alle. Nur du nicht.«

Sie schlang lachend die Arme um seinen Hals. »Du bist ein Wolf, na gut, aber du gehörst mir, und ich finde, du bist erstaunlich.«

Ihre Lippen strichen über die seinen. Einmal. Zweimal. Sein Herz stolperte. Ihre Zunge neckte seinen Mund, bis er sich öffnete. Es kribbelte in seinem Bauch. Es war das erste Mal, dass sie die Initiative ergriff. Ihr Mund war paradiesisch; sich bei ihrem Kuss nicht zu vergessen war schlicht unmöglich. Lust übermannte ihn, das Blut jagte heiß durch seine Adern, seine Männlichkeit regte sich.

Seine Faust packte ihr seidiges Haar, zog sie zu sich, sein Mund ließ nicht locker, er forderte und gebot. Trotz seiner plötzlich aufbrandenden Aggression wandte sie sich nicht von ihm ab, verschmolz vielmehr mit ihm, erwiderte seinen Kuss, ergoss sich in ihn, gab sich ihm hin.

Diese so vertrauensvolle Reaktion kam völlig unerwartet, ja war schockierend für ihn. Seine Liebe für sie überflutete sein Herz, seinen Verstand, durchbrach seine Seele, bis er von Emotionen überwältigt war. Er bewegte sich mit Lexi auf unbekanntem Terrain, doch er wollte ihr Vertrauen mehr als alles andere.

Die Welt um ihn herum versank, es gab nur mehr die Frau in seinen Armen, die ihre Liebe in ihn ergoss wie ein geheimer kristallklarer Fluss, den nur sie zu erschaffen wusste. Sie löschte jegliche hässliche Erinnerung an Verderbtheit aus, die er in so vielen brutalen Jahren erlebt hatte. Sie war die Unschuld und alles Gute, das er geglaubt hatte nie kennenzulernen, und sie war hier, gehörte ihm, schenkte sich ihm.

Er küsste sie wieder und wieder, betört von der Lust, mit der sie reagierte. Sein Mund war fordernd, doch sie küsste ihn so ungestüm wie er sie, hielt sich in nichts zurück, drängte sich an ihn, heiß und wild, so sehr am Rande der Beherrschung, wie er selbst es war.

Er war es, der Einhalt gebieten musste. Die Leidenschaft hatte die Grenzen der Beherrschung bereits erreicht, sie loderte in ihnen beiden wie ein Feuersturm. Er hörte Donnergrollen in seinen Ohren, fühlte knisternde Hitze an allen Nervenenden, ein brennend heißes Verlangen, das durch seinen ganzen Körper raste und sich im Unterleib zentrierte.

»Lexi.« Er hauchte ihren Namen. »Du hast keine Ahnung, was du mir bedeutest.« Oder was sie mit ihm machte, aber das wollte er sie nicht wissen lassen – noch nicht.

Ihr Blick streifte über sein Gesicht; zum ersten Mal gewahrte er darin einen Anflug von Besitzanspruch, und dieser Blick schürte das Feuer in ihm noch mehr. Er hatte nicht gewusst, wie wichtig ihm dies war, hatte es noch nie in den Augen einer Frau gesehen. Von einer verführerischen Draufgängerin, ja – aber nicht aus Liebe.

»Gibst du wenigstens zu, dass wir uns kennen, wenn wir zu ihnen hineingehen?«, fragte sie mit einem verschmitzten Funkeln in den Augen.

»Das ist eine gute Frage«, erwiderte er gewollt gedankenschwer.

Sie lehnte sich plötzlich vor und biss ihn ins Ohrläppchen. Ein kleiner Schmerz, der ihm direkt zwischen die Beine schoss. Sie war gefährlich, eine sinnliche Frau, die nicht erkannte, wie verführerisch sie war. Sie war ausgelassen, und er konnte lediglich versuchen, seine sexuelle Reaktion zu unterdrücken.

»Aua!« Er rieb sich das Ohr. »Also schön, ich schätze, ich kann dir zunicken oder so, aber erwarte keine Küsse. Das geht nicht.«

Sie sah ihn erstaunt an. »Wirklich? Keinen einzigen? Nicht einmal einen geraubten?«

Sie machte einen Schmollmund, und sofort drängte es ihn wieder, sie zu küssen. »Du bist ein wirklich gefährliches Weib.« Er packte sie an den Armen und schob sie von sich. »Runter von meinem Schoß.«

Sie stieß einen halblauten Schrei aus und hielt sich an seinen Schultern fest. Er lachte und zog sie erneut an sich.

»Hör auf, mit dem Feuer zu spielen, *solnyshko moya*, wir haben Gäste und lassen sie gerade warten. Ich garantiere dir, sie suchen schon nach Vorwänden, um das Haus auf den Kopf zu stellen und herauszufinden, ob du noch lebst.«

»Das werden deine Brüder nicht denken.« Sie stellte sich zwischen seine Beine und legte die Hände auf seine Schultern. »Mach dir nicht solche Gedanken um deinen schlimmen Ruf. Sollte jemand je die Wahrheit über dich herauskriegen, dann verspreche ich, dich zu beschützen.« Sie küsste ihn auf die Stirn. »Du bist ein guter Mann, Gavril Prakenskij, und ich bin verrückt nach dir.«

Sie war noch längst nicht verrückt genug nach ihm, doch er würde jeden Tag dafür sorgen, dass sie allen Grund hatte, es zu werden. Sie bewegte ihn wie noch kein anderer Mensch in seinem Leben. Noch nie hatte er auch nur fünf Minuten allein mit einem anderen menschlichen Wesen verbracht, wenn es nicht absolut notwendig gewesen war. Doch mit ihr konnte er gar nicht genug Zeit verbringen – ein weiteres Zeichen dafür, wie weit es mit ihm gekommen war.

»Komm«, sagte er plötzlich. Er war zu sehr von Gefühlen überwältigt und musste ein paar Minuten abschalten. »Wir haben etwas zu tun.«

Sie nahm lächelnd seine ausgestreckte Hand, als wollte sie ihm aufhelfen. Ihre Finger verschränkten sich ineinander, und er überlegte, wie er die Hand elegant wieder zurückziehen konnte, bevor er zu seinen Brüdern kam.

Durch das Atrium gelangten sie wieder in den Hauptteil des Hauses. Auf dem Flur spürte er ein leises Beben ihres Körpers, doch er sah nur ihr Haar, das sie bis zur Taille bedeckte.

»Lexi, im Ernst, du musst das nicht tun«, murmelte er.

Sie ließ seine Hand los. »Natürlich muss ich das tun. Und du ebenso. Dir gefällt es auch nicht mehr als mir, du kannst nur deine Gefühle besser verstecken.«

Sie hatte absolut recht. Entweder er machte einen Fehler, oder sie war so sehr mit ihm verbunden und im Einklang, dass sie ihn schon jetzt bestens verstand. »Geh voraus. Ich bin direkt hinter dir.«

Lexi würde die Aufmerksamkeit von ihm abwenden, wenn sie voranging. Seine Brüder und der Sheriff würden ihr Augenmerk auf ihren Gesundheits- und Geisteszustand richten, anstatt zu beobachten, wie er sie ansah. Das würde ihm Zeit geben, wieder in seine alte Rolle zu schlüpfen.

Jonas Harrington stand auf, als Lexi eintrat. Gavrils Brüder folgten seinem Beispiel. Lexi verblüffte diese höfliche Geste ein wenig; sie drehte sich nervös zu Gavril um. Er unterdrückte ein Stöhnen, doch seine Miene blieb ausdruckslos, sogar als er mit einem Finger ihren Rücken hinabstrich, um sie zu stabilisieren.

Levi, Thomas und Max beobachteten ihn, nicht Lexi. Er hätte es wissen sollen. Er präsentierte ihnen seine steinerne Miene, hielt seine Hand jedoch weiter an Lexis Rücken, um sie zu erinnern, dass sie zusammen hier waren.

»Lexi, schön dich zu sehen«, sagte Jonas. »Viele Grüße von Hannah; du sollst mal vorbeischauen, um unser Baby kennenzulernen, wenn du Zeit hast. Sie wollte mitkommen, aber Libby riet ihr sich auszuruhen. Die Geburt war ein ziemlicher Stress.«

Gavril respektierte den Mann mehr und mehr, trotz seines Misstrauens ihm gegenüber. Er richtete persönliche Worte an Lexi, um ihr die Befangenheit zu nehmen. Sein Lächeln war echt, er sprach leise und klang aufrichtig. In einem Vernehmungszimmer würde er bestimmt ein harter Kontrahent sein.

Lexi trat nicht zurück; mit Gavrils Unterstützung reichte sie dem Sheriff tapfer die Hand. »Danke fürs Kommen.«

»Ich habe dir eine Tasse Tee gemacht, Lexi«, sagte Levi und trat zu ihr.

Auch Thomas kam näher, sodass sie von drei Prakenskij-Brüdern umgeben war, als sie Jonas die Hand schüttelte.

»Machen wir es uns doch einfach gemütlich«, schlug Gavril vor. »Lexi, warum setzt du dich nicht da drüben hin«, meinte er und deutete auf einen Sessel. *Nimm den gelb gestreiften, Lexi. Von dem daneben kann ich den Raum und das Fenster komplett überblicken.*

Lexi nickte und nahm mit ihrem Tee Platz, wo Gavril es ihr vorgeschlagen hatte. »Meine Gratulation zur Geburt deiner Tochter, Jonas. Ihr müsst wirklich glücklich sein, Hannah und du.«

»Sie ist wunderbar«, sagte Jonas. »Auch wenn sie die meiste

Zeit schläft. Ich halte sie trotzdem gerne in meinen Armen.« Er grinste einnehmend.

Ilja beugte sich zu Lexi. »Jemand hat dich bedroht? Kürzlich?« Sein Blick wanderte zu Gavril. Offenbar dachte er, dass dessen Anwesenheit der Grund für den Anruf gewesen sein könnte.

Lexi rückte ein wenig näher zu Gavril. Sie sah ihn nicht an, doch jeder im Raum bemerkte dieses kleine Zeichen der Bedrängnis und wusste, dass sie bei ihm Geborgenheit suchte. Um distanziert zu bleiben, nahm dieser davon Abstand, seine Hand auf die ihre zu legen. Seine Miene blieb steinern, der Blick kühl und verschleiert.

»Ja. Auf der Farmnummer.« Sie blickte zu Jonas. »Ich wurde mit acht Jahren entführt und in ein Lager gesperrt, in dem ein Mann, den alle Reverend nannten, mich mit einem seiner Stellvertreter verheiratete. Eigentlich war er einer der Vollstrecker dieser Sekte. Er war über vierzig und sehr grausam. Ich wurde auf der Farm gefangen gehalten und musste dort arbeiten, bis ich siebzehn war. Dann schaffte ich es zu fliehen. Das Lager wurde gestürmt, viele der Verantwortlichen verhaftet. Aus Rache ermordete die Sekte meine Familie. Ich war nicht zu Hause. Sie sind alle tot.«

Lexi blickte niemanden an, als sie die Geschichte erzählte, die sie sicher auch schon oft der Polizei und irgendwelchen Anwälten vorgetragen hatte. Sie schaute in ihre Teetasse, als sähe sie darin ihre Rettung. Ihre Stimme bebte nicht, aber sie sprach extrem leise.

Levi ballte eine Faust und starrte schweigend in Lexis Gesicht. Thomas fluchte halblaut. Max schlug voller Wut auf die Lehne der Couch. Jonas blieb absolut still, doch er ließ Lexi nicht aus den Augen.

Gavril konnte nicht mehr an sich halten. Er musste sie berühren. Sie blieb völlig reglos, als fürchte sie, bei der ersten

Bewegung zu zerbrechen. Sie wirkte fragil, verletzlich, und er hasste es, dass jemand sie so sehen konnte. Ihre Hände umklammerten die Tasse. Er presste zuerst einen Daumen auf seinen Handteller und strich dann sanft darüber.

Ihr Blick wanderte für einen Moment zu ihm und dann wieder zurück zu ihrer Teetasse.

»Um es kurz zu machen«, fuhr sie fort, »ich glaube, sie haben mich gefunden. Ich weiß nicht wie, aber sie wissen, dass ich hier auf der Farm bin. Und hinzu kommt, dass ich im Zeugenschutzprogramm bin und dort nicht anrufen will, weil ich mein Leben hier dann aufgeben muss.«

»Das wird nicht passieren«, erklärte Levi.

»Erzähl mir alles«, forderte Jonas sie auf, ohne auf Levis Bemerkung einzugehen.

»Caine, das ist der Mann, den ich heiraten musste, nannte mich Jezabel. Er nannte mich eine Hure und eine Lügnerin, eine schlechte Frau, der man nicht genügend trauen könne, um sie allein zu lassen. Alle aufgezeichneten Anrufer sagten, die Farm würde Jezabel beherbergen. Ich erkannte nur eine Stimme. Sie hatten mehrere Lager in verschiedenen Teilen des Landes, und wir wurden mehrmals verschickt. In jedem Lager gab es Vollstrecker, die Mitglieder wegen Regelverstößen oder angeblichen Fehlern bestraften. Sie töteten auch, wenn es ihnen befohlen wurde. Der Mann, dessen Stimme ich erkannte, arbeitete mit dem Reverend zusammen; er war einer seiner Vollstrecker.«

»Des Reverend RJ?« Ilja blickte zu Jonas. »Ist das derselbe Kerl, der hinter Joley her war? Er hat sie schikaniert und ihr nachgestellt.« Mit Blick auf Lexi fuhr er fort: »Er war hier, in Sea Haven. Wusstest du das? Hast du ihn gesehen?«

Lexi stellte vorsichtig ihre Tasse ab. Ihre Hände zitterten. Gavril schaute zu seinem jüngsten Bruder. *Achte auf deinen Ton. Du klingst ja beinahe beschuldigend.*

Ilja schüttelte den Kopf. »Lexi, tut mir leid, das kam jetzt falsch rüber. Ich wollte nicht andeuten, dass du irgendetwas hättest tun können, um den Reverend aufzuhalten.«

»Ich weiß, dass er hier war«, räumte sie leise ein. »Die ganze Welt wusste das. Es war überall im Fernsehen. Ich habe die Farm damals nie verlassen. Ich traute mich nicht. Wenn er oder einer seiner Männer mich gesehen hätte, wäre ich jetzt tot. Ich dachte daran wegzugehen, aber ich konnte es nicht. Ich hielt mich einfach versteckt, und als er starb, dachte ich, die Gefahr sei vorüber.«

»Wenn du damals zur Polizei gegangen wärst«, erklärte Jonas in freundlichem Ton, »hätten wir ihn vielleicht festnehmen und für seine Verbrechen verurteilen können.«

»Und die anderen Sektenmitglieder hätten meine Schwestern hier auf der Farm ermordet. Ich habe schon mal eine Familie verloren, ich wollte nicht noch eine verlieren«, erwiderte Lexi. »Sogar jetzt habe ich lange überlegt, ob ich dich anrufen soll oder nicht.«

»Warum hast du's getan?«, fragte Jonas.

»Wegen der Männer, die hier sitzen. Sie sind mir wichtig. Falls die Sekte versucht, mich oder meine Schwestern zu töten, sind sie es, die uns schützen, und ich will ihnen keine Schwierigkeiten bereiten.«

Max wandte sich Lexi zu. »Du hättest zu uns kommen sollen, Liebes. Wir haben hier ein Fort. Da Airiana zu Hause arbeitet, haben wir die Möglichkeit und die Genehmigung, jedem entgegenzutreten, der irgendjemanden von euch bedroht.«

Jonas schüttelte den Kopf. »Ihr habt keine Genehmigung, jemanden zu töten. Nicht hier in Sea Haven. Das wird nicht passieren.«

Max erwiderte nichts; er lehnte sich zurück und verschränkte die Arme vor der Brust.

Jonas fluchte. »Erzählt mir nicht, ihr vier Clowns würdet für die amerikanische Regierung arbeiten! Ihr seid russische Staatsbürger!«

»Nur Gavril«, korrigierte Levi ihn. »Im Moment. Aber das könnte sich ändern. Man kann nie wissen.«

»Überlasst das der Polizei«, warnte Jonas.

Levi zuckte die Achseln. »Wenn sie hierherkommen und irgendeinem von uns etwas antun wollen, haben wir das Recht, uns zu verteidigen.«

Jonas lehnte sich zurück und fixierte Lexi. »Hast du einen Namen für mich?«

»Frost. Benjamin Frost. Er ist ungefähr fünfundfünfzig und war bei der Armee. Ich glaube, er war auch einmal ein Söldner. Es heißt, der Reverend hätte ihn persönlich angeworben. Was immer diesen Männern gefiel, das bekamen sie von ihm. So hat er ihre Egos geschmiert, bis sie alles für ihn taten. Er schuf eine Welt, in der sie machen konnten, was sie wollten, ohne dafür belangt zu werden.«

»Wenn man also Sadist oder pädophil war, dann besorgte er die Frauen und Kinder und sogar das entsprechende Umfeld«, stellte Jonas fest.

Lexi schluckte. »Es fällt mir schwer, darüber zu reden. Ich weiß nicht, wie viele von ihnen noch übrig sind, aber die Vollstrecker und die Stellvertreter des Reverend waren die schlimmsten. Ich glaube, von den anderen waren nicht allzu viele gewalttätig. Das waren hauptsächlich Schafe, die denen nachliefen, die sie für stark hielten.«

»Als ihr alle mit Blythe die Farm gekauft habt«, fuhr Jonas fort, »ließ ich über dich Recherchen anstellen. Ich konnte absolut nichts über dich finden. Nichts. Ich fragte sogar einige Freunde, die weit bessere Aufklärungsquoten haben als ich, aber auch sie fanden nichts. Ich hätte an den Zeugenschutz denken müssen.«

Gavrils kühler Blick traf den Sheriff. »Natürlich musste sie, um zu überleben, ihre Identität verändern. Ich glaube, wir sind hier fertig. Sie hat euch alles gesagt, was sie weiß. Ich spiele euch die Stimmen vor, und ihr könnt die Aufnahme mitnehmen. Vielleicht findet ihr eine Möglichkeit, die anderen zu identifizieren.« Er stand auf und brach die Runde damit ab.

»Das Telefon ist im anderen Zimmer. *Solnyshko moya*, ich weiß, du trinkst deinen Tee morgens gern auf der Veranda. Du musst dir dieses gemeine Zeug nicht noch einmal anhören. Ich bringe den Sheriff selbst hin.« Er hielt ihr eine Hand entgegen.

Lexi ließ sich von ihm zur Tür bringen. Gavrils Brüder folgten Jonas und ihm in die Küche, wo sie sich die Drohanrufe anhörten.

15.

Lexi war in die altvertraute Arbeit der Pflege ihrer Pflanzen vertieft, die ihr immer wieder Trost spendete. Die Erde fühlte sich nährstoffreich an, und jedes Mal wenn sie die Hände tief hineinsteckte, spürte sie ihre intensive Verbindung mit der Farm.

Um sie herum trieben Nebelschleier durch die Bäume, grauer Dunst, der durch den Wald waberte. Sie hatte den Nebel und dieses Gefühl, dass er sie umgab wie ein schützender Umhang, immer geliebt. Die feinen Tröpfchen im Gesicht erinnerten sie daran, dass sie am Leben war. Sie zu spüren machte ihr noch immer Freude, auch wenn sie das nicht mehr so sehr brauchte wie früher – sie hatte jetzt Gavril, der ihr sehr das Gefühl gab, lebendig zu sein.

Die Erde rieselte sanft über ihre Hände und hieß sie willkommen. Aus dem grauen Dunstschleier sah Lexi langsam Lissa auftauchen. Sie schickte ihr ein Lächeln zur Begrüßung.

»Guten Morgen, Lissa. Du siehst toll aus wie immer.«

Lissa legte wortlos einen Arm um sie – eine für sie untypische Geste. Beunruhigt drückte Lexi sie, darauf bedacht, Lissas Kleidung nicht schmutzig zu machen.

»Was ist los?«

»Nichts, Liebes. Ich muss einfach nur mit dir reden, bevor die anderen kommen. Ich weiß, dass Ilja und Jonas bei dir aufgekreuzt sind und die Jungs sich alle zu einem großen Treffen versammelt haben, was vermutlich damit zu tun hatte, was vor ein paar Tagen passiert ist.«

Lexi sank wieder auf die Knie und drückte liebevoll Erde um ihre Pflanzen, obwohl das gar nicht nötig war; sie brauchte einfach nur Zeit. Den anderen Frauen fiel es leicht, ihre Gefühle zu offenbaren, sie umarmten einander und auch Lexi ganz selbstverständlich. Lissa hingegen schien immer etwas Raum zwischen sich und anderen zu brauchen. Es fiel ihr schwer, Zuneigung zu zeigen, auch wenn sie zu tiefen Gefühlen fähig war. Lexi war berührt und etwas beunruhigt.

»Du machst dir doch nicht etwa Sorgen um mich, oder?«

»Natürlich mache ich mir Sorgen um dich. Immerhin lässt du Gavril Prakenskij in dein Leben, und das, nachdem wir letztens erst über diese Männer gesprochen haben und darüber, dass wir uns ganz bestimmt nicht verlieben würden. Nun hast du dich verliebt. Mit Haut und Haaren.« Lissa klang neckisch, ihr Blick war jedoch ernst und besorgt.

»Das ließ sich nicht vermeiden«, räumte Lexi ein. »Er ist so nett und liebenswert. Ich weiß, er sieht furchterregend aus, aber das ist er nicht. Er erinnert mich ein bisschen an ein wildes Tier, ungezähmt und animalisch. Er braucht einfach nur jemanden, der sich um ihn kümmert.«

Lissa stöhnte. »Ein wildes Tier beißt, wenn es in die Ecke gedrängt wird. Wo hast du bloß diesen Unsinn her? Du solltest die härteste, zynischste, bitterste Frau der Welt sein, aber nein, du bist unsere süße, nette, freundliche Lexi. Ich kann verstehen, warum er gern mit dir zusammen ist, aber Lexi …« Sie verstummte, als diese den Kopf schüttelte.

»Ich bin nicht so. Tief in meinem Inneren, wo niemand hinsieht, bin ich nicht so.« Es war ein Geständnis, und sie hoffte, ihre Schwester würde es nicht übergehen.

Lissa musterte sie, berührte zart den langen Pferdeschwanz, zu dem Lexi auf dem Weg zur Arbeit ihr Haar zusammengefasst hatte. »Ich verstehe, Süße. Wirklich. Wie könntest du nicht wollen, dass die Leute, die dir alles, was dir lieb war, genommen haben, bestraft werden? Wenn sie so mächtig und unbesiegbar erscheinen und du im Vergleich dazu so unbedeutend, dann fühlst du dich machtlos. Dennoch kann Hass in einem entstehen wie auch das Bedürfnis nach Gerechtigkeit, trotz des Wissens, dass es sie nie geben wird.«

Lexi nickte. »Ich weiß, es ist nicht richtig und nicht anständig, so zu denken, aber selbst wenn Jonas diese Männer verhaftet, treten andere an ihre Stelle, und wie soll das Gefängnis eine wirkliche Bestrafung sein für das, was sie meiner Familie angetan haben? Wie können sie jemals dafür bezahlen, dass sie unschuldige Kinder und meine Eltern umgebracht haben?«

»Das können sie natürlich nicht«, erwiderte Lissa.

Lexi seufzte. »Trotzdem.«

»Was?«

»Ich habe auf der Farmnummer Drohungen bekommen und es Jonas gesagt. Es ist mir wichtig, dass Gavril die Chance bekommt, mit dem, was er getan hat, aufzuhören.«

Lissa schnappte nach Luft und presste sich eine Hand auf den Mund.

»Er kann in Frieden leben, Lissa, wenn er eine Chance bekommt.«

»Mach dir nichts vor, Liebes, er ist die Sorte Mann, die du nie verärgern willst.«

»Vielleicht. Aber um seinetwillen hoffe ich, dass du falschliegst. Jonas Harrington verlangte von Gavril und den anderen, alles der Polizei zu überlassen. Ich habe Gavril genau beobachtet. Er setzte seine undurchschaubare, steinerne Miene auf, aber er warf seinem jüngsten Bruder einen Blick zu – Ilja, der mit Joley Drake verheiratet ist. Iljas Nicken war kaum zu bemerken, aber ich weiß, es war eine Art Signal an Gavril.«

»Ich kann mir nicht vorstellen, dass Levi, Thomas und Max

diese Leute, die dich bedrohen, nicht verfolgen wollen würden, aber Ilja? Das überrascht mich, und zwar positiv.«

»Lissa, ich will nicht, dass sie alle wieder in ihr altes Leben verfallen. Sie sind hier, weil sie sich ändern wollen. Sie können nicht meinetwegen einfach wieder damit aufhören.«

»Baby, ich sage dir das nicht gerne, aber wir werden alle auf die Jagd gehen.«

»Wie meinst du das?« Lexi stand langsam auf und blickte hinter Lissa.

Aus dem Nebel tauchten ihre anderen Schwestern auf. Blythe, hoch gewachsen und gertenschlank, eine Schönheit, die immer sanft und feminin wirkte, sogar in ihren Sportsachen. Judith, eine große Frau japanischer Herkunft mit glattem, rabenschwarz glänzendem Haar. Airiana, die kleine Fee mit fast silbernem und platinfarbenem Haar, die neben ihren Schwestern kleiner denn je schien. Rikki, das Gesicht von dunklem Haar eingerahmt, autistisch, doch entschlossen, nach ihren eigenen Vorstellungen zu leben. Dies waren ihre Schwestern, zusammen mit Lissa, die Frauen, die sich zusammengefunden hatten, um einander zu helfen – die Frauen, die ihr das Leben gerettet hatten.

»Ah – oh. Ihr habt jetzt nicht vor, euch in mein Privatleben einzumischen, oder? Denn ich werde Gavril Prakenskij nicht aufgeben. Ich habe mich entschieden und behalte ihn«, begrüßte sie alle mit ihrem entschiedensten Ton.

Blythe lachte. »Du klingst, als sei er ein Hund oder so etwas. Nicht ein Mann.«

»Ein Mann?«, wiederholte Judith und warf Airiana einen raschen Blick zu. »Eher ein Bengal-Tiger.«

»Keine Bange, Süße, niemand will dir ausreden, mit Gavril zusammen zu sein. Du bist eine erwachsene Frau«, sagte Lissa. »Wenn du gern auf Messers Schneide lebst, dann liegt es uns fern, dich davon abzuhalten. Aber wir glauben, wir könnten diese Idioten finden und ihren Attacken ein Ende bereiten.«

Lexi schüttelte den Kopf. »Ihr begreift nicht, wie gefährlich sie sind. Ihr könnt euch nicht in ihre Nähe wagen.«

»Das war auch nicht der Plan«, sagte Blythe. »Wir dachten eher daran, eine Art biblische Antwort auf ihre Drohungen zu erschaffen.«

Airiana rieb sich die Arme. »Verdammt, ich habe mal wieder meinen Pullover vergessen. Ich musste mich wegen Benito aus dem Haus stehlen. Er ist inzwischen so schlimm wie Max und glaubt, die Frauen in seiner Familie brauchen immer Begleitschutz.«

»Vielleicht sollten wir das im Treibhaus besprechen«, schlug Lissa vor. »Für den nicht unwahrscheinlichen Fall, dass einer der Männer uns belauscht.«

»Gute Idee«, meinte Judith. »Thomas verliert beim Thema Personenschutz leicht die Selbstbeherrschung.«

»Oh, das kann ich mir bestens vorstellen«, sagte Rikki und verdrehte die Augen. »Levi ist manchmal so rechthaberisch, dass ich ihn schon mehr als einmal über Bord werfen musste.«

Bei der Vorstellung, dass Rikki ihren geliebten Levi ins Meer schubste, konnten Lexi und die anderen nur lachen. Sie zweifelten nicht daran, dass sie das auch schon getan hatte. »Also, ich habe noch keine Lösung gefunden. Ich hoffe, ihr habt eine.«

»Wir denken, das Problem meistern zu können«, erklärte Lissa, während sich alle zum Treibhaus aufmachten, »aber glaubt nicht, dass das die Männer davon abhalten wird, sie auch noch zu verfolgen.«

»Dein Gavril macht ihnen allen ein wenig Angst«, meinte Airiana. »Aber sie wollen das tun, weil sie dich lieben, Lexi. Du gehörst für sie zur Familie. Sie werden nie mehr zulassen, dass jemand ihnen ihre Familie wegnimmt. Das kannst du ihnen nicht verübeln.«

»Macht er dir keine Angst?«, fragte Blythe. »Nicht einmal ein klein wenig?«

Lexi verneinte kopfschüttelnd. »Er ist so nett und liebenswürdig zu mir, ich könnte niemals Angst vor ihm haben. Aber manchmal habe ich Angst *um* ihn. Du hättest ihn mit Lucia sehen sollen, Airiana. Er war so fürsorglich, und später fragte er sich, wie er sie mit den Welpen in Kontakt bringen könnte, um ihr zu helfen.«

»Mit Benito war er ziemlich schroff«, warf Airiana ein.

Lexi biss sich auf die Lippe. »Weil Benito eine Pistole bei sich hatte.«

»Das ist der einzige Grund, weshalb ich nicht auf Gavril sauer war und warum ich verhinderte, dass Max wütend wurde«, sagte Airiana. »Du warst gerade bedroht worden, und Gavril konnte nicht wissen, dass Benito zu uns allen gehört.«

Im Treibhaus spürten sie sofort eine wohlige Wärme. Sie trafen sich hier nur selten und setzten sich dann intuitiv immer in der Mitte in einem Kreis auf den Boden, verborgen zwischen den riesigen Blättern der dschungelartigen Vegetation.

»Kannst du eines ihrer Lager ausfindig machen, Lexi?«, fragte Blythe. »Weißt du, wo die Kerle, die dich bedroht haben, sind? Ich nehme an, in dem uns nächstgelegenen. Ich weiß, dass der Reverend mehr als eines in dieser Gegend eingerichtet hat.«

»Vielleicht«, antwortete Lexi ausweichend. »Warum?«

»Ich denke, sie haben dich ganz zufällig gefunden. Du bist fast immer auf der Farm und stehst auch nicht im Rampenlicht. Außer zum Wochenmarkt gehst du eigentlich nirgendwohin. Wenn also jemand, der dich kennt, dort eingekauft hat, dann wohnt er oder sie wahrscheinlich in der Nähe«, erwiderte Blythe.

Judith nickte. »Wir haben uns alles angeschaut, was du in den letzten Monaten gemacht hast, und außer auf dem Markt warst du nur noch auf Elle Drakes Hochzeit. Falls man dich dort gesehen hat, hätten sie dich aber nicht mit der Farm in Verbindung bringen können. Und wenn wir verfolgt worden wären, hätten wir es bemerkt. Glaube ich zumindest.«

»Ich war in einem Lager in den Bergen zwischen Booneville und Manchester. Das ist am Ende der Welt, und es wurde damals schwer bewacht. Es stand auf der Liste jener, die gestürmt werden sollten, aber die Polizei sagte mir, als sie dort ankamen, war es verlassen. Die ersten paar Razzien haben sich wahrscheinlich schnell herumgesprochen, und ich vermute, sie gaben es auf, um der Verhaftung zu entgehen«, erklärte Lexi. »Vielleicht benutzen sie es inzwischen wieder, aber es können nicht viele übrig sein.«

Ihre Schwestern tauschten erfreute Blicke aus.

Lissa tätschelte Lexis Knie. »Das ist perfekt. Berge. Das Meer. Super! Ein besseres Szenario könnten wir uns nicht denken.«

»Ihr habt Levi nichts gesagt, ja? Oder Gavril?«, fragte Rikki.

»Oder Jonas?«, schloss sich Blythe an.

Lexi schüttelte den Kopf. »Aber ich habe ihnen den Namen von einem der Vollstrecker des Reverend gegeben.«

»Das ist gut«, meinte Airiana. »Dann haben sie etwas zu tun, während wir unseren Plan in die Tat umsetzen.«

»Welchen Plan?«, wollte Lexi wissen.

»Na, da gibt es doch gewisse Bibelstellen, wo es um Plagen und Seuchen geht, nicht wahr?«, meldete sich Judith zu Wort. »Wir können ihnen geben, was sie verdienen.«

»Winde«, sagte Airiana.

»Feuer«, fügte Lissa hinzu.

»Wasser, große Mengen.« Rikki pfiff durch die Finger und grinste Lexi zu.

»Und Erde«, sagte Blythe. »Wir müssen nur dafür sorgen, dass sie denken, dass ihr Gott sie für ihren Irrglauben bestraft.«

Lexi biss sich auf die Lippe. »Das ist ein offensiver Plan«, stimmte sie zu, »und es würde mir mehr als alles andere gefallen, einmal in meinem Leben offensiv gegen sie vorzugehen. Das größte Problem, das ich sehe, ist, ihnen die richtige Botschaft zu vermitteln. Wer immer jetzt der Chef ist, wird sie wahrscheinlich anders interpretieren, sobald die Dinge ins Rollen kommen. Er wird sagen, sie müssen mich töten, oder ihr Gott wird sie weiter bestrafen.«

Judith lachte schallend. »Ich liebe dich, Lexi. Wirklich! Das siehst du als unser größtes Hindernis? Das wird eine Kleinigkeit sein im Vergleich damit, wie wir uns von unseren Männern loseisen, um das hinzukriegen. Glaubst du etwa, Gavril wird einverstanden sein, dass du die Farm ohne ihn verlässt?«

Lexi runzelte die Stirn. »Also solche Vorschriften lasse ich mir nun wirklich nicht von ihm machen. Ich tue immer noch, was ich will.«

Blythe beugte sich zu ihr. »Bis du ihn verärgerst. Süße, wenn du mit einem Mann wie Gavril zusammen sein willst, musst du realistisch sein. Wenn du die eine bist, wegen der ein Prakenskij sein früheres Leben aufgibt, glaubst du, dann lässt er dich einfach so in eine gefährliche Situation hineinlaufen? Nie und nimmer.«

»Also, anlügen werde ich ihn nicht. Wenn wir das tun, dann werde ich ehrlich sein«, erklärte Lexi stur. »Er ist ehrlich zu mir, und er bekommt von mir nichts als die strikte Wahrheit zu hören.«

»Schön«, stimmte Airiana zu. »Das sehe ich auch so, aber wir warnen dich, ohne eine Auseinandersetzung wird es nicht gehen.«

»Was glaubst du, wie er reagiert, wenn er herausfindet, dass du weißt, wo einige dieser Leute sind, und du es ihm nicht gesagt hast?«, fragte Lissa.

»Das weiß er bereits.« Lexi lächelte ihr zu. »Ich sah es in seinen Augen, als ich dem Sheriff den Namen von einem der Männer auf dem Band sagte. Ich bin sicher, er glaubt, dass er diese Information aus mir herauskriegt.«

»Also, wenn wir das wirklich machen«, sagte Lissa, »dann muss es in den nächsten Tagen geschehen. Ich habe eine Reise geplant; ihr wisst ja, dass ich ein paar Mal im Jahr wegfahre. Ich fliege nach Europa. Ich habe ein paar Termine mit Kunden, die sich für meine Kronleuchter interessieren, und ihr wisst, wie viel Geld sie einbringen. Ich muss diese Geschäfte unter Dach und Fach bringen. Es tut mir leid, aber ich wusste nicht, dass das alles passieren würde, sonst hätte ich die Reise verschoben. Aber jetzt sind schon alle Vorkehrungen getroffen.«

»Das ist ja phantastisch!«, meinte Judith. »Wohin genau fliegst du denn?«

»Nach Deutschland, dort besuche ich eine richtige Burg, und anschließend eine in Italien und zuletzt eine in Russland. Ich bin sehr gespannt darauf zu erfahren, was sie wollen. Ich habe ihnen meine Broschüre geschickt. Deutschland wird wahrscheinlich besonders aufregend, denn sie haben mich sogar eingeladen, in der Burg zu wohnen.«

»Wer hätte das gedacht, dass unser Geschäft in ein paar wenigen Jahren boomen und sogar international werden würde?«, bemerkte Judith.

»Blythe.« Rikki berührte sie am Arm. »Du hattest so recht, als du sagtest, dass wir gemeinsam stärker sind. Nicht nur emotional, sondern definitiv auch finanziell.«

Blythe lächelte. »Es war einfach ein großes Glück, dass wir uns kennengelernt haben.«

»Diese Farm ist ein Ort der Heilung«, sagte Airiana. »Ich hoffe, sie bewirkt bei den Kindern das Gleiche wie bei uns. Sie haben noch immer Albträume, was ich gut nachvollziehen kann.«

»Schlafen sie immer noch bei euch im Zimmer?«, fragte Rikki.

Airiana nickte. »Sie versuchen, in ihren Zimmern zu bleiben, aber dann kommen sie – eines nach dem anderen. Das stört uns aber nicht. Wir haben den Pavillon zu unserem Fluchtort gemacht.« Sie wandte sich Lexi zu. »Danke, dass du mit Lucia gesprochen hast. Was immer du gesagt hast, es hat geholfen. Sie kommt jetzt besser mit Max und mir zurecht.«

»Ich glaube, die kleinen Hunde können ihr auch helfen«, meinte Lexi. »Sie interessiert sich sehr für sie, und ich denke, wenn ihr das unterstützt, können sie von uns allen noch mehr annehmen.«

»Musste Gavril ausgerechnet den größten und furchterregendsten Hund der Welt Junge kriegen lassen?«, erregte sich Judith. »Gott! Thomas ist natürlich total begeistert. Für den könnte der Hund so groß sein wie ein Pferd. Aber mir graut schon, wenn ich mir vorstelle, dass einer von denen durch das ganze Haus rennt und alles umschmeißt.«

»Wie Benito?«, hielt Airiana schlau dagegen. »Er ist ja viel bei euch; ich kann kaum glauben, dass von euren Kunstschätzen nicht schon die Hälfte ramponiert ist.«

Judith lachte. »Er ist ziemlich verspielt. Und er hat Talent, Airiana, er malt gerne. Und für Restaurierungen konnte ich ihn auch schon interessieren.«

Ein Luftzug teilte die Blätter. Sie verstummten und tauschten Blicke aus. Es war nichts zu hören, doch sie wussten, dass sie nicht mehr allein waren. Gavril tauchte als Erster in dem Blättermeer auf, er stellte sich neben das Tomatenbeet und verschränkte die Arme vor der Brust. Es folgten Max, Thomas und Levi. Die Frauen waren eingekreist.

Thomas richtete seinen Blick auf Judith. »Ich habe den Eindruck, ihr sechs haltet einen kleinen Kriegsrat ohne uns ab. Was denkst du, Levi?«

Levi studierte die Miene seiner Frau. »Rikki, Süße, dass du mir nie Poker spielst. Du guckst so schuldig wie das personifizierte schlechte Gewissen.«

»Ich *fühle* mich aber nicht schuldig«, erklärte Rikki mit ihrem hochmütigsten Blick.

»Das ist zu schade, denn dann werde ich mit dir lang und

hart arbeiten müssen, bis du Schuld fühlst. Immer wenn du hinter dem Rücken deines Mannes Pläne schmiedest, solltest du sie spüren.«

Airiana schnaubte verächtlich. »So wie ihr vier, ja?«

Max sagte kein Wort, sondern fixierte sie lediglich, bis sie errötete.

»Im Ernst, Max, du heckst doch in jeder Minute irgendetwas aus.«

»Das macht ihr also«, sagte Thomas. »Sobald ich gemerkt habe, dass ihr alle sechs beisammen seid, wusste ich, dass ihr nichts Gutes im Schilde führt.«

»Was ist der Plan?«, fragte Levi.

»Er ist noch nicht ganz perfekt«, antwortete Blythe. »Aber wir dachten, wir lassen sie die biblischen Mächte spüren.«

Lexi bemerkte, dass Gavril sie anblickte. Er sagte nichts, doch sie fühlte dieses Gewicht, ein dunkles Versprechen, das sie erschaudern ließ. Sie hatte keine Angst vor ihm, aber er war dennoch einschüchternd. Plötzlich streckte er ihr eine Hand entgegen. Sein Blick war absolut unbeirrt und auf sie fokussiert, so als seien sie die einzigen Personen im Raum.

Der Zwang, seine Hand zu ergreifen, war stärker als ihr Widerstand dagegen. Aber es war mehr als das. Sie wusste, dass die anderen sie beobachteten. Sie konnte entweder seine Hand nehmen und die Beziehung vor den Augen ihrer Familie besiegeln – oder ihn verjagen. Doch das wollte sie ihm nicht antun. Also legte sie ihre Hand in seine und ließ zu, dass er sie in seine Arme zog.

Gavril kümmerte sich nicht darum, dass seine Brüder und ihre Schwestern es sahen. Er musste sie halten. Sie kannte die Art Männer, mit denen sie es zu tun hatten, besser als die anderen. Welchen Plan sie auch ausgeheckt hatten, er würde nicht realisiert werden ohne seinen Schutz und den seiner Brüder.

»Wir müssen nach Hause«, sagte er leise, aber eindeutig. »Der kleinste Welpe sieht nicht gut aus, und ich bin mir nicht sicher, was ihm fehlt. Komm bitte mit, und schau ihn dir an. Erzählen kannst du unterwegs.«

»Oh nein.« Lexi drehte sich sofort zu ihren Schwestern um und winkte ihnen. »Ich glaube, wir können das machen, vielleicht sogar, ohne jemandem zu schaden. Ihr erzählt es ihnen, und ich informiere Gavril.«

»Eine ausgezeichnete Idee«, sagte Gavril beim Hinausgehen. Er ließ seinen Arm um sie geschlungen. »Informiere mich.«

»Der Reverend schüchterte die Mitglieder seiner Sekte immer mit Bibelzitaten ein. Er predigte Hölle und Verdammnis. Wir sind alle mit den Elementen verbunden. Wir können diese gegen sie einsetzen. Wir müssen lediglich dafür sorgen, dass sie die ihnen geschickten Sintfluten, Erdbeben, Stürme und Feuersbrünste als Strafen dafür begreifen, dass sie mir drohen.«

»Ich verstehe.« Er schirmte sie im Gehen von dem Wind ab, der vom Meer her wehte. Es war kalt, und bei jedem Schritt wirbelte der Nebel um sie. Er dämpfte alle Geräusche und schuf die Illusion, in einer anderen Welt zu sein. Gavril hielt schützend seinen Arm um Lexi.

Sie schaute zu ihm auf. Er spürte, wie ihr Blick über ihn streifte. Es spielte keine Rolle, dass bei ihm Angst aufgekommen war, sobald er wusste, dass sie weg war und womöglich eigene Pläne gegen die Sekte verfolgte. Sie erweckte etwas Totes, Kaltes in ihm zum Leben. Niemand sonst konnte das so wie sie.

»Bist du sauer auf mich, Gavril?«

Sie klang wirklich verwirrt. Sie war weder trotzig gewesen noch hatte sie versucht, angesichts extremer Gefahr unabhängig zu sein. Er verstand nicht, weshalb sie nicht zuerst zu ihm gekommen war, und sie verstand nicht die schreckliche Angst, sie zu verlieren, die er nicht in den Griff bekam.

Verletzlichkeit war nicht seine Stärke. Lexi aber machte ihn mehr als verletzlich. Sie stellte seine Schwäche bloß.

»Gavril? Was ist?«

»Ich brauche etwas Zeit, um das alles zu verarbeiten«, sagte er langsam. »Ich habe nie gedacht, dass ich einmal so für eine Frau fühlen würde. Ich habe mich verdammt heftig in dich verliebt. Es ergibt keinen Sinn, und ich hinterfrage alles und habe nie Vertrauen in etwas, das ich nicht verstehe. Ich bin ein Zyniker, Lexi. Ich befasse mich mit Logik und Wahrscheinlichkeiten, nicht mit Emotionen. Ich habe nur selten Emotionen. So etwas hat in meinem Leben keinen Platz. Und dann kommst du daher.«

Sie presste das Gesicht an seine Brust. Er spürte die Berührung ihrer Wange wie einen elektrischen Schlag, glaubte fast, der Nebel werde von winzigen Funken erhellt. Wie sollte man ihr das erklären?

»Wenn ein Mann, der nichts gehabt hat, keine Zukunft, keine Hoffnung und niemanden, der für ihn da war, sich Hals über Kopf verliebt, dann braucht es eine Weile, sich daran zu gewöhnen.«

»Damit bist du nicht allein«, flüsterte sie.

»Ich weiß. Ich sehe, dass du auch am Kämpfen bist, aber wir müssen diese Dinge ausdiskutieren. Weißt du, deine Panikattacken – ich glaube, sie sind ansteckend. Wenn du dich außerhalb meines Blickfelds bewegst und ich nicht weiß, ob du in Sicherheit bist, kann ich nicht atmen.«

Sie schwieg einen Augenblick. Er wartete. Lexi war eine faire Frau, und mehr als das, sie war mitfühlend. Sie wusste um seinen inneren Kampf. Er glaubte an sie, an ihren Sinn für Fairness. Ihre Fürsorge. Für sie würde er immer an erster Stelle stehen – das war ihre Natur. Er hingegen war dominant. Er wusste, er würde immer Vorkehrungen treffen müssen, um sie nicht zu übervorteilen.

Lexi blickte in seine Augen. Ein solches Eingeständnis konnte einem Mann wie Gavril nicht leichtgefallen sein. Sie sah offenen Schmerz in seinen Gesichtszügen. Mehr noch, sie spürte seine Verwirrung und Irritation. Er begriff nicht, was mit ihm – mit ihnen beiden – vor sich ging, aber er tat sein Bestes, um es herauszufinden.

Er war kein Mann, der sich Ausreden erlaubte. Keinen Schmerz. Keine Verwundungen. Mit Sicherheit hatte er keine Panikattacken, auch wenn er das behauptete. Er funktionierte, ganz gleich, in welchem Zustand er war. Durch seine Gefühle für sie, die so intensiv waren und sich so schnell entwickelt hatten, war er auf unbekanntes Terrain gelangt, wo er sich nicht zurechtfand.

Da war Ehrlichkeit. Nackte Wahrheit. Er reagierte physisch, wenn er nicht wusste, wo sie war. »Ich wollte dich nicht beunruhigen, Gavril. Ich muss arbeiten. Die Farm ist ein schwerer Job, auch wenn ich mit der Erde verbunden bin. Wenn ich mich ärgere, tut es mir gut, die Hände hineinzustecken. Das ist Gewohnheit.«

»Ich hatte etwas Zeit zum Nachdenken. Ich weiß, es wird dir nicht leichtfallen, mir zu sagen, wohin du gehst. Du warst so lange unabhängig, und das Gefühl zu haben, jemandem Rede und Antwort stehen zu müssen, das wird … schwierig.« Er fuhr sich durch die Haare. »Wenn du mir sagst, wo du bist, verliere ich vielleicht mit der Zeit dieses Panikgefühl, wenn du weggehst.«

Gavril verachtete sich dafür, dass er so fühlte. Er hatte nicht damit gerechnet, dass er, nur weil sie ging, ohne ihm zu sagen wohin, derart irritiert reagieren würde. Aber er hatte es gewusst. Irgendwie hatte er gewusst, dass sie etwas ihr Vertrautes aufsuchen würde, nachdem der Sheriff sie befragt hatte; doch da war dieser Moment gewesen, als er die anderen auf die Veranda führte und feststellte, dass sie weg war.

Er wollte diesen Moment nicht noch einmal erleben. Es war ihm egal gewesen, ob seine Brüder seine Panik bemerkten oder nicht. Es hatte nur eines gezählt – sie zu finden, und zwar schnell.

»Es macht mir nichts aus, dir zu sagen, wohin ich gehe«, sagte Lexi. »Aber ich werde ehrlich mit dir sein. Ich werde etwas Zeit brauchen, bis ich es mir ganz angewöhnt habe. Meine Schwestern haben ihre eigenen Plätze. Wir sind nicht vierundzwanzig Stunden, sieben Tage die Woche zusammen. Ich bin es gewöhnt, allein zu sein und niemandem etwas erklären zu müssen. Ich vermute, dir wird es auch schwerfallen, mir sagen zu müssen, wohin du gehst und was du tust.«

Die Luft bewegte sich etwas leichter durch seine Lunge. Seine verengte Brust weitete sich. Sie hatte einfach etwas an sich, das ihn anrührte – das ein Verlangen, einen Hunger in ihm weckte, ein Getriebensein, das er nicht kannte. Er hatte nie an Himmel oder Hölle geglaubt – bis er sie traf. Sie stellte seine Welt auf den Kopf, und das hatte er bereits gewusst, als er sie zum ersten Mal sah. Sie war die eine.

»Lexi, ich will der perfekte Mann für dich sein. Ich will dir alles geben, was du je wolltest oder wovon du geträumt hast. Ich will, dass du jede Minute jedes Tages glücklich bist. Aber ich bin nicht perfekt, und ich weiß nicht, wie man eine Frau glücklich macht. Ich weiß, was für ein Mann ich bin – zu was für einem sie mich gemacht haben.«

Sie seufzte. »Gavril, ich weiß, du würdest mir nie wehtun. Das weiß ich einfach, ganz tief drinnen. Da gibt es keine Zweifel, und du solltest auch keine haben.«

Er blieb abrupt stehen, direkt vor der ersten Stufe zur Veranda. »Ich bezweifle nicht, dass ich dir nie wehtun würde.« Er strich über ihr Haar, das einmal mehr zum unvermeidlichen Pferdeschwanz zusammengebunden war. »Aber du kannst nicht einfach ignorieren, dass ich gewalttätig bin. Wenn ich bedroht werde, denke ich zuerst an Gewalt. Und wenn ich in dieser Verfassung bin, dann ist jeder in deinem Umfeld in Gefahr.«

Er wartete, hörte sein Herz hämmern, den Donner seines Pulsschlags in den Ohren. Sie blickte zu ihm auf, ihre kühlen grünen Augen ruhten lange suchend auf seinen Zügen. Er hatte dies nicht sagen wollen. Ein solches Eingeständnis war gegen seine Logik. Gegen seine Prinzipien. Gegen das, was er war, doch eine seiner größten Befürchtungen war unzweifelhaft, dass er einem unschuldigen Menschen bei dem Versuch, sie zu erreichen oder zu schützen, etwas antun könnte.

Sie hatte jedes Recht, ihn zu verdammen. Sie hatte in einer gewalttätigen Welt gelebt. Er fürchtete nichts mehr, als dass sie ihn mit Caine vergleichen könnte. Er wollte nicht, dass sie sich fühlte, als sei sie an ihn gefesselt. Oder dass er jeden ihrer Schritte diktierte. Aber er wusste nicht, wie er seine Ecken und Kanten glätten konnte.

Lexi legte eine Hand an seine Wange, eine seltsam zärtliche Geste, bei der sein Herz einen Sprung machte. »Daran habe ich nicht gedacht, Gavril, und das tut mir leid. Ich begreife nichts von dem, was zwischen uns geschehen ist, aber es ist klar, dass wir uns mit unseren Problemen befassen müssen. Eigentlich bin ich sogar froh, dass es nicht nur um mich geht.« Sie küsste ihn lächelnd auf das Kinn. »Wir schaffen das. Es ist nicht so schwer zu lernen, dir zu sagen, wohin ich gehe. Ich werde mir alle Mühe geben.«

Er hätte wissen sollen, dass sie so reagieren würde. Lexi war nicht egoistisch. Sie schaute hinter die Worte und in den Menschen hinein. Und was immer sie in ihm sah, danach urteilte sie. Er fühlte mehr Liebe für sie, als er für möglich gehalten hatte.

Abrupt stieg er die Stufen hinauf, unfähig, ihr zu erklären, was sie ihm bedeutete. Er nahm sie mit, weil er noch nicht von ihr ablassen konnte.

»Das mit dem Welpen habe ich nicht erfunden«, erklärte er, während er sie fast ins Haus drängte. Er war froh, das Thema wechseln zu können. »Schaust du ihn dir an?«

»Natürlich.« Sie eilte ins Schlafzimmer.

Gavril lehnte sich erst einmal an die Wand, um sich zu fassen. Er hatte viel mehr von einem Monster, als er gedacht hatte. Das war ihm klar geworden, als er aus der Küche gekommen war und sie nicht angetroffen hatte. Er hatte immer gewusst, dass er sich von dem, was einen Menschen ausmachte, ziemlich weit entfernt hatte. Schon vor Jahren hatte er eine Grenze überschritten, die kein Zurück mehr zuließ, doch er hatte einen Kodex, an den er sich hielt. Nur dieser bewahrte ihn davor, noch schlimmer zu werden als jene, die er verfolgte. Doch für *sie* hätte er ihn ohne jegliches Zögern gebrochen.

Liebe war für einen Mann wie ihn nicht nur schmerzlich, sondern verdammt gefährlich. Er glitt den Flur entlang zum Schlafzimmer, lehnte sich an den Türpfosten und beobachtete sie – nahm sie in sich auf wie ein liebestoller Idiot. Sie saß im Schneidersitz auf dem Boden und hielt das schwache Hündchen in den Händen. Gegen Drago, der unruhig die Schnauze an sie presste, wirkte sie fast zwergenhaft.

Gavril konnte die ihren Händen entströmende Wärme beinahe selbst spüren. Es war ein wundervolles Bild, wie sie dasaß, den Kopf gesenkt, vollkommen auf das schwache Tier konzentriert. Er wartete, beobachtete sie, seine Welt war wieder in Ordnung, weil sie in seiner Nähe war.

Langsam drehte sie sich zu ihm um. Sorge stand in ihrem Blick. »Ich glaube nicht, dass er kräftig genug ist, um richtig trinken zu können. Er kann nicht saugen. Würdest du Blythe anrufen und sie fragen, ob wir ein Glas Ziegenmilch bekommen? Vielleicht kann ich ihn mit einer Pipette füttern, bis er kräftig genug ist.«

»Blythe?«, fragte er verwundert.

»Ihre Nummer steht in meinem Adressbuch auf der Küchenanrichte. Kiss hat sehr viel Geduld. Ich habe versucht, den Kleinen zum Saugen zu bringen, und sie liegt da und leckt ihn immer wieder, um ihm Mut zu machen.« Sie hielt das Hundebaby hoch. »Wir müssen ihm einen Namen geben.«

Gavrils Herz stolperte. »*Solnyshko moya*, es ist besser, nicht zu viele Gefühle zu mobilisieren für den Fall, dass wir ihn verlieren. Er ist sehr schwach.«

»Ich weiß. Aber er braucht einen Namen. Einen, der Tapferkeit ausdrückt, denn er ist sehr am Kämpfen, Gavril.«

Er schüttelte den Kopf. Er wollte keinen Kummer für sie. »Ich komme gleich wieder. Ich rufe Blythe an und frage sie auch gleich, ob uns jemand Milchersatz bestellen kann. Und dann müssen wir noch über euren Plan gegen diese Sekte reden. Außerdem wüsste ich auch gern von dir, warum du mir nicht gesagt hast, dass du weißt, wo die Gruppe zu finden ist.«

Sie sah ihn über die Schulter hinweg an. Ein Bild so schön, dass er am liebsten geweint hätte, wenn er der Typ dafür gewesen wäre. Ihre Miene strahlte reine Zärtlichkeit aus. Echte Liebe. Sie war so schrecklich schön, dass ihm die Augen brannten und seine Kehle sich zuzuschnüren drohte. »Ich habe dich einfach nur vor dir selbst beschützt.«

Er musste sich von ihr abwenden. Ihre Fürsorge war viel zu entwaffnend. In solchen Momenten wusste er einfach nicht, was er tun oder sagen sollte. Mit jeder noch so brenzligen Situation wurde er fertig, nicht aber mit seiner Frau. Bei ihr war er schlichtweg verloren. Wie konnte man sich so sehr verlieben und trotzdem funktionieren? Er hatte keine Ahnung, aber es war belanglos. Er war nie glücklicher gewesen.

Blythe war überaus hilfsbereit; sie wollte Ziegenmilch oder Milchersatz bringen, sobald sie fündig geworden sei. Er ging zurück zu Lexi.

Sie saß in einem Sessel neben dem Schrank, hielt das Junge in den Armen und sah so traurig aus, dass ihm das Herz wehtat.

»Du hast recht, Lexi. Er braucht einen Namen. Ljutij. Wir

nennen ihn Ljutij. Das bedeutet *wild*. Er wird ein wilder Krieger und um sein Überleben kämpfen.«

Sie hielt den Welpen nah an ihrem Herzen, sorgfältig in eine weiche Decke eingewickelt. »Das ist ein perfekter Name, Gavril, danke.« Sie küsste den Kleinen auf den Kopf. »Ich bin sicher, dass er durchkommt. Seine Eltern sind beide tapfer und stark. Und so wird er auch.«

Gavril sank in den Sessel neben ihrem – jenen, den er links vom Fenster positioniert hatte, damit er hinaussehen konnte, ohne selbst gesehen zu werden. Seine Hand fühlte automatisch am Sitzkissen entlang nach dem Messer, das er dort versteckt hatte. Es war noch da.

»Erzähl mir von eurer Idee und dem ganzen Drumherum«, forderte er Lexi auf.

»Als Allererstes müssen wir feststellen, ob sie überhaupt dort sind. Die Polizei hat das Lager vor ein paar Jahren gestürmt, aber niemanden dort angetroffen. Es ist das uns nächstgelegene Lager, von dem ich weiß. Es wurde nie konfisziert, weil es der Sekte nicht gehörte. Das Grundstück war noch nicht überschrieben worden.«

»Ich kann es mir ansehen. Eine gute Vorbereitung ist alles«, erklärte Gavril auf ihren scharfen Blick hin. »Levi und Thomas können mich begleiten. Max kann hier aufpassen, solange wir auskundschaften, ob sich jemand dort aufhält und welche Sicherheitsmaßnahmen sie installiert haben.«

»Wenn wir sie in Zukunft von uns fernhalten können, ihnen tatsächlich Gottesfurcht einjagen und es schaffen, dass die meisten Mitglieder die Sekte verlassen, das wäre besser, als sie zu töten«, meinte Lexi.

Er stimmte ihr nicht zu, doch er musste wissen, mit wem und mit wie vielen sie es zu tun hatten und wer der gefährlichste Mann war. Falls sie auf Entführungsopfer wie Lexi treffen sollten, wollte er den Sheriff hinzuziehen, nachdem jegliche Beweise dafür, dass sich die Frauen – oder die Prakenskijs – dort aufgehalten hatten, beseitigt waren.

Gavril nickte. »Der erste Schritt ist natürlich, sich umzusehen und festzustellen, ob überhaupt jemand dort ist. Und der zweite?«

»Wir müssen einen Weg finden, um die Sekte glauben zu machen, dass alles Schlimme, das durch Naturgewalten eintritt, deswegen geschieht, weil ihre Führer gegen die Weisungen ihres Gottes verstoßen. Sie müssen sich jeden Abend zum Gebet versammeln. Das läuft meistens so ab, dass Vergehen aufgelistet werden und die Sünder um Vergebung bitten. Wir schicken Nebel ins Versammlungshaus und schreiben eine Botschaft in ihn hinein.« Sie zuckte die Achseln. »Etwas, das ein bisschen unheimlich ist und Angst macht. Dann fangen die Probleme an.«

Die Idee war eigentlich nicht schlecht, wenn man von den Vollstreckern absah. Sie würden Schwierigkeiten bereiten, doch das wollte er ihr nicht darlegen. Er hatte mit seinen Brüdern bereits Pläne, die sechs Männer aufzuspüren, die Lexi mit dem Tod gedroht hatten. Die Prakenskijs hatten vor, ihnen ein wenig aus ihrem Buch der Gerechtigkeit vorzulesen. So viel war gewiss.

16.

Noch nie in seinem Leben war Gavril so müde gewesen – und so zufrieden. Auf der Farm zu arbeiten bedeutete, den ganzen langen Tag inmitten von üppigem Grün und reicher Krume zu verbringen. Er stellte fest, dass ihm diese Arbeit effektiv Freude bereitete. Und er hätte es verstanden, wenn Lexi sich auch ohne ihre Verbindung zur Erde dazu hingezogen gefühlt hätte.

Sie waren beide ans Alleinsein gewöhnt. Seite an Seite mit ihr im Freien zu arbeiten, ohne etwas sagen zu müssen, abgesehen von einer gelegentlichen Frage, war tatsächlich erholsam. Das Land war ein Ort des Friedens für seinen Geist, und sein Körper entwickelte seltsame Schmerzen und Wehwehchen, die nichts mit Schuss- oder Stichwunden zu tun hatten.

Er und seine Brüder hatten sofort mit dem Auskundschaften des Lagers, in dem an die dreißig Männer, Frauen und Kinder lebten, begonnen. Sie hatten Kameras installiert, um ein Gefühl für den Tagesablauf dort zu bekommen. Gavril hatte sich nachts eingeschlichen und in einigen Gebäuden Aufnahmegeräte versteckt, auch in dem, wo die Versammlungen abgehalten wurden. Er wollte herausbekommen, wer die Rädelsführer waren.

Gavril war der Überzeugung, dass sie die Frauen schützen konnten, wenn diese die Anführer aus der Sekte fortjagten. Andererseits glaubte er nicht eine Sekunde lang, dass die sechs Männer danach nicht mehr hinter Lexi her sein würden. Und sollte er mit Hilfe einer Kamera- oder Tonaufzeichnung feststellen, dass jemand in das Lager verschleppt worden war, so würde er Lexi nicht versprechen, sich darum nicht auf seine Weise zu kümmern.

Nur mit einem Handtuch um die Hüften schritt er ruhelos im Zimmer auf und ab. Hätte er Alkohol getrunken, dann hätte er jetzt danach gegriffen. Es kam ihm vor, als säße er mit Lexi in einem Karussell und sie könnten beide nicht aussteigen. Sie drehten sich einfach nur weiter im Kreis, und sie war immer gerade außerhalb seiner Reichweite.

Er wollte sie nicht mit den Tricks verführen, die er gelernt hatte. Er wollte mit ihr schlafen, ihr zeigen, wie es zwischen einem Mann und einer Frau sein sollte, aber er hatte noch immer nicht mehr erreicht als Küsse und Berührungen. Der nächste Schritt würde von selbst kommen – oder gar nicht.

Er wusste, dass sie ihn begehrte; er sah es in ihren Augen und an ihrer Körpersprache. Aber sie schien den letzten Schritt einfach nicht tun zu können. Er teilte ihren Schmerz, nicht nur den körperlichen, sondern auch den seelischen – das Leid, das ihr in der Vergangenheit zugefügt worden war. So ein argloser Mensch, missbraucht von einem verkommenen Sadisten. Dieses abscheuliche Ekel hatte versucht, sie nach seinen hässlichen Vorstellungen zu verbiegen. Das war ihm nicht gelungen, aber trotzdem war sie noch immer eine Gefangene ihrer Vergangenheit, und Gavril wusste nicht, wie er sie befreien konnte.

Sie schien zu glauben, Gavril würde auf die Dinge, die Caine von ihr verlangt hatte, nicht verzichten können. Dieser Mann war ein Monster gewesen; er hatte sie nicht ein einziges Mal etwas anderes fühlen lassen als Ekel und Furcht.

Der Gedanke, Gavril zu berühren oder ihn zu schmecken, war schrecklich für sie. Sie sprach es nicht aus, doch er wusste, ihre größte Angst war, dass er im Verlauf ihrer Beziehung Dinge von ihr erwarten würde, die Caine ihr abverlangt hatte und die sie ihm deshalb nicht geben konnte; und sie befürchtete, dass er schließlich und endlich anderswo nach Befriedigung suchen würde.

Gavril raufte sich die Haare. Sie erkannte einfach nicht, dass er sich ein Leben ohne sie nicht mehr vorstellen konnte. Bevor er sie kannte, hatte er nicht gelebt. Das hatte er aus den letzten Wochen gelernt. Sie gab seinem Leben Sinn und Gestalt. Alles an ihr gefiel ihm, zog ihn an, sprach ihn an auf jeder Ebene. Warum konnte er keinen Weg finden, ihr näherzukommen? Ihr begreiflich zu machen, dass miteinander schlafen so viel mehr war als nur Sex. Dass es leidenschaftlich war, wunderschön, innig und einander anerkennend, nicht hässlich und verdorben.

Sex hatte er gehabt, viele Male und in allen möglichen Varianten. Er verführte Frauen, wann immer er wollte oder es brauchte. Man hatte ihm beigebracht, seinen Körper zu beherrschen, welche Techniken es gab und wie man eine Frau dazu brachte, mehr zu wollen. Und er hatte Spaß dabei gehabt. Doch was er für Lexi, mit Lexi, empfand, das war davon Welten entfernt. Sie zu berühren, zu küssen, hatte ihn den Unterschied zwischen Sex haben und Liebe machen gelehrt.

Ihr Duft kam durch die offene Badezimmertür zu ihm – ein frischer, reiner Waldgeruch, der auf ihn wirkte wie nichts sonst. Sie lag in der großen Badewanne, ihrem einzigen Luxus. Draußen vor dem Fenster rieselte ein sanfter Regen. Er machte den Kamin an, um das Zimmer aufzuwärmen, damit es für sie angenehm sein würde, wenn sie aus der heißen Wanne kam.

Er hatte nach dem Duschen absichtlich die Tür aufgelassen. Sein Arm war geheilt, und irgendwie schien die Akupunktur auch gegen die Nervenschädigung durch die alten Stichwunden zu helfen. Er sank auf seinen Sessel und versuchte, sich zu entspannen, doch sein Körper war knochenhart.

Die Geräusche ihrer gelegentlichen Bewegungen in der Badewanne wirkten beruhigend und gleichzeitig erregend auf ihn. Er mochte es, wenn er sie im Haus hörte. Er wusste dann immer genau, wo sie war, ob in der Küche oder auf der Veranda. In den letzten paar Nächten hatte sie nach der Beschäftigung mit dem kleinen Ljutij neben ihm im Bett geschlafen. Der Welpe schien nun kräftiger zu werden und hatte endlich bei seiner Mutter getrunken.

Kleine Schritte, genau wie bei Lexi.

Zwei Nächte in Folge hatte er neben ihr gelegen, grässlich erregt und mit der Angst, sein Körper könne bei jeder Bewegung bersten; sie aber war tatsächlich entspannt genug gewesen, um neben ihm einzuschlafen – nackt. Er überlegte, was er als Nächstes tun könnte. Sie vertraute ihm mehr und mehr, aber es wurde nun definitiv schwierig, sie nicht zu berühren. Er brauchte ihren Körper so sehr wie sie seinen – nur dass sie nicht wusste, warum sie zusehends ruhelos und gereizt wurde.

Noch einmal fuhr er sich durch die Haare. »Was zum Teufel soll ich bloß mit dir machen?«, flüsterte er.

Lexi saß im heißen Wasser und genoss, wie es die schmerzenden Glieder entspannte, doch die Wärme stillte nicht den endlosen Hunger, der durch ihre Blutbahnen geisterte. Mit jedem Moment in Gavrils Gesellschaft sehnte sie sich mehr nach ihm. Sie war es leid, sich vor der körperlichen Seite einer Beziehung zu ängstigen, doch sie konnte ihre Aversion dagegen, einen Mann zu berühren, nicht überwinden.

Sie schloss die Augen, um die Tränen zurückzuhalten, schlang die Arme um die angezogenen Knie und fühlte sich verletzlicher denn je. Je länger sie mit Gavril zusammen war, desto mehr erkannte sie, dass sie ihn nicht verlieren wollte. Er forderte nie etwas von ihr, doch es war klar, dass es schwierig für ihn wurde, neben ihr zu leben und zu arbeiten.

Ihr Körper verriet sie. Sie ertappte sich dabei, dass sie ihn beobachtete – wie er sich bewegte, die Kraft seiner Hände, wie er zärtlich die Welpen hielt und Kiss und Drago liebkoste. Sie kannte ihn durch und durch, merkte, wie sie ihn anstarrte, ihn in sich aufnahm, einsog. Sie war so verwirrt, dass sie nicht mehr wusste, wie sie fühlen sollte.

Verzweifelt bedeckte sie ihre Augen. Das warme Wasser liebkoste ihre Haut und machte sie sensibler denn je. Sie bemerkte, wie er nebenan auf und ab ging. Er gab ihr Sicherheit. Er gab ihr das Gefühl, schön und besonders zu sein. Sexy. Sinnlich. Alles, was sie nicht war.

Sie begehrte ihn, schlicht und einfach. Oder … ihr Körper begehrte den seinen. Ihr Herz wollte ihn. Ihr Verstand rebellierte und wies sie zurecht, sie werde ihn verlieren, wenn sie es versuchte – oder nicht versuchte. Sie schienen sich in einem sonderbaren Tanz umeinander zu drehen.

Er gab, und sie nahm. Sie hatte ein Halbleben gelebt, hatte auf ihrer sicheren kleinen Farm existiert, und er im Schatten. Nun waren sie zusammengekommen. Er war der Kaputte gewesen, das hatte sie so fest geglaubt, als sie ihn kennenlernte, aber irgendwie war das in Wirklichkeit die ganze Zeit über sie gewesen.

Wegen Caine hatte sie sich für ihren Körper, für sich selbst, geschämt. Er hatte ihr gesagt, wie schändlich sie sei, nichts als eine Versuchung für einen Mann, etwas, das man benutzte, wenn die Versuchung unwiderstehlich wurde. Er hatte sie gezwungen, Dinge mit ihm zu tun, und sie dann dafür geschlagen. Als sie in die Pubertät kam, hatte er sie als hässlich und ekelhaft beschimpft und gezwungen, ihren Körper abzubinden und stets zu verhüllen.

Tränen rollten über ihre Wangen. Caine hatte ihre Chance auf ein echtes Leben ruiniert. Sie würde nie normal sein. Sie wusste nicht einmal, was normal war. Sie hatte nicht viel vom Leben, so viel war sicher, und sie zog Gavril mit sich nach unten.

Gavril bot ihr… alles. Ohne Bedingungen. Ohne eine Gegenleistung zu verlangen. Was für eine Beziehung war das? Sie küsste ihn. Sie liebte es, ihn zu küssen. Aber bei jedem Kuss spürte sie das Verlangen und den Hunger in ihm. Er versuchte nie, das vor ihr zu verbergen. Mehr noch – sie spürte inzwischen das gleiche Verlangen nach ihm.

In Wahrheit war sie schon seit einigen Tagen in einem permanenten Erregungszustand und hatte keine Ahnung, was sie dagegen tun sollte. Zweimal war sie ins Treibhaus gegangen und hatte geweint. Sie dachte daran, sich von ihren Schwestern Ideen zu holen, aber dies war eine Sache zwischen ihnen beiden. Gavril und ihr.

Sie hatte nicht gewusst, dass sich ein Mensch so verzweifelt nach dem Körper eines anderen sehnen konnte. Nach seiner Berührung. Oder seinem Kuss. Nach seinen Händen. Sie rieb sich das Kinn an den Knien. Sie musste den Mut finden, ihn entweder gehen zu lassen oder den nächsten Schritt zu tun. Und bei Gott, ihn gehen lassen, das wollte sie nicht. Sie konnte nicht weiterhin nehmen, ohne ihm etwas zurückzugeben, aber sie wusste nicht, wie sie ihm das geben konnte, was er brauchte. Der Gedanke, ihn zu verlieren, entsetzte sie – er war unerträglich.

Sie schaute in den großen Spiegel, den Judith im Bad installiert hatte. Sie hatte damals nichts dagegen gesagt, sich aber auch nie von oben bis unten angesehen. Ein paar Mal hatte sie ihn sogar zugehängt.

Auf der Farm hatte sie beim Duschen auf Befehl von Caine immer ein Hemd überziehen müssen. Er hatte ihr eingebläut, sich nicht zu entblößen. Gavril aber wollte genau das Gegenteil. Er wollte, dass sie nackt schlief. Er freute sich über den Anblick ihres Körpers; Caine hatte ihre Figur angewidert, als sie erwachsen wurde. Für ihn musste sie sogar ihre Brüste abbinden, weil er sie für zu groß hielt.

Sie hatte Gavrils Wunsch, ohne Kleider zu schlafen, entsprochen, einerseits, weil es eines der wenigen Dinge war, die sie ihm geben konnte, andererseits aus Trotz gegen Caine.

Sie wusste nicht, was sie über ihren Körper denken sollte. Sie wusste, dass die Narben auf ihrem Rücken, Po und den Schenkeln hässlich waren. Manchmal schmerzten sie, wenn es kalt war. Es war ihr peinlicher gewesen, Gavril diese Narben zu zeigen als ihren großen Busen.

Natürlich hielt Gavril, anders als Caine, ihre Brüste nicht für zu groß. Sie legte die Hände darum. Vielleicht waren sie das wirklich nicht. In Gavrils Hände passten sie jedenfalls wunderbar.

Sie errötete und stand langsam auf. Wasser rann an ihrem Körper hinab. Dampf stieg auf und verschleierte ihr Spiegelbild etwas, doch sie konnte sich noch sehen.

Was sah Gavril, wenn er sie betrachtete? Sie wollte durch seine Augen sehen, nicht durch Caines. Vielleicht war das wirkliche Problem, dass sie versuchte, sich mit den Augen eines anderen zu sehen. Sie atmete tief und zwang sich, ihren Körper im Spiegel zu studieren.

Im Vergleich zu Gavril war sie nicht sehr groß. Ihr Haar war sogar nass wunderschön – das wusste sie. Nach ihrer Flucht hatte sie sich geschworen, es nie mehr zu schneiden, höchstens gelegentlich die Spitzen, um es gesund zu erhalten. Gavril liebte ihr Haar, sogar wenn sie es offen trug.

Ihre Brüste waren voll, rund und nicht im Mindesten schlaff. Caine, die Bestie, hatte sie als Kuheuter bezeichnet. Gavril war völlig anders. Er liebte es, ihre Brüste zu berühren, sie zu küssen, daran zu saugen und mit ihren Brustwarzen zu spielen.

Bei dem Gedanken, wie stark Gavrils Mund an ihren Brüsten saugte, errötete Lexi über und über. Sie griff sich an die Brustwarzen, so wie er es tat, und spürte, wie es zwischen ihren Beinen feucht und heiß wurde. Knisternde elektrische Energie strömte von ihrem Busen bis in ihren weiblichsten Kern. Erregende Funken tanzten ihre Schenkel auf und ab.

Schockiert ließ sie die Hände sinken und hätte sich beinahe wieder in die Wanne gesetzt, doch sie fasste sich. Nein, sie wollte sich nicht mehr Scham und Furcht geschlagen geben. Sie wollte frei sein von Caine und seinem hässlichen Einfluss. Sie war realistisch genug, um zu wissen, dass sie ihre Panikattacken nie ganz überwinden und er in ihren Albträumen erscheinen würde, aber sie wollte nicht, dass er ihr Leben bestimmte.

Gavril hatte den Mut aufgebracht, sein Leben zu ändern. Er konnte ihr mehr Lust und Freude bereiten, als sie für möglich gehalten hatte. Caine hatte sie auf jede erdenkliche Art verletzt, in der ein Mann eine Frau verletzen konnte. Gavrils Mund und Hände auf ihren Brüsten erregten sie mehr als alles, was sie bislang gekannt hatte. Er hatte ihren Körper für die Freuden erweckt, die ein Mann einer Frau bereiten konnte, und nichts für sich gefordert.

Gavrils Küsse waren unglaublich, ja sensationell. Caine hätte sie niemals geküsst. Er hatte gesagt, ihr Mund sei nur gut für einen Zweck.

Bedächtig ließ Lexi die Hände über ihren flachen Bauch gleiten und beobachtete sich dabei im Spiegel. Judith trug manchmal eine Goldkette um die Taille, und Lexi hatte schon mehr als einmal davon geträumt, auch einmal den Mut zu haben, so etwas zu tun. Sie wünschte sich eine mit Glöckchen, die bei jedem Schritt klingelten und sie an ihre Freiheit erinnerten, in den Feldern zu tanzen. Sie hatte noch nie den Mut aufgebracht, irgendwohin zu gehen, wo man so etwas bekam, weil sie sich immer geschämt hatte, ihren Körper zu zeigen.

Träume und Phantasien waren etwas ganz anderes als die Realität. Dieses Mal hatte sie alles zu verlieren. Gavril war es wert, um ihn zu kämpfen. Er kämpfte für sie mit jedem Atemzug. Sollte sie für ihn weniger tun? Er begehrte sie. Er hatte sie wieder und wieder gebeten, ihm zu vertrauen, sich ihm zu schenken.

Sie flüsterte seinen Namen, strich mit den Händen über ihre Schenkel und wieder zurück zu ihrem Unterleib. Sie liebte ihn; sie spürte diese Liebe wie eine Welle, die sich höher und höher in ihr erhob. Ihr Körper verlangte nach ihm. Sie begann, sich zu berühren, zog aber dann die Hand zurück, als habe sie sich verbrannt.

Erinnerungen stiegen auf, hässliche, entsetzliche Bilder, die ihr keine Ruhe ließen. Schmerz. Demütigung. Ekel und Scham. Sie sank langsam zurück ins Wasser und zog die Knie an, um sich so klein wie möglich zu machen. Tränen rannen über ihre Wangen und tropften in das dampfende Wasser. Sie bedeckte das Gesicht mit den Händen, nicht wissend, was sie tun sollte.

Sie spürte Gavrils Nähe. In ihren Gedanken. Eine Liebkosung. Zärtlich. Intim. Ihre Bauchmuskeln spannten sich an. Furcht lebte und atmete in ihr. Furcht – um ihn. Er würde sie nicht verlassen oder abschreiben. Sie musste einfach nur so tapfer sein wie er. Sie musste lediglich den Mut finden.

»*Solnyshko moya*, es reicht. Hör auf, dich da drin zu verstecken, und komm ins Bett.« Gavrils Stimme war leise; sie liebkoste ihre Haut, klang intim und behutsam – nahezu unwiderstehlich.

Lexi biss sich auf die Lippe. Sie versteckte sich. Vor ihm. Vor sich selbst. Vor dem, was sie war, und vor dem, was sie nicht war. Sobald er ihren Körper sah, würde er wissen, dass sie äußerst erregt war. Sie konnte nicht noch einmal eine Nacht neben ihm verbringen, Haut an Haut, mit seiner Erregtheit, die auf sie übergriff, bis sie fürchtete, vor Hitze zu vergehen.

»Ich bin zu müde, um rauszukommen. Ich glaube, ich schlafe gleich hier.« Es war eine Lüge. Ihr Tonfall verriet sie. Sie sprach mit dieser leisen, seidigen Stimme, die für Satin und Kerzenlicht bestimmt war. Eine Einladung. Nicht nur ihr Gesicht errötete, sondern ihr ganzer Körper.

Sie hörte, wie er sich bewegte, und schloss die Augen wie ein Kind, das seiner größten Furcht nicht ins Gesicht sehen will. Stille. Lange, herzzerreißende Stille. Lexi hob die Lider, und da war er. Seine breiten Schultern füllten den Türrahmen aus, die Augen, dunkelblau wie der Mitternachtshimmel, strichen verlangend über ihren Körper.

Sie schauderte, ihre Nippel wurden fest. Er war einfach schön, so lässig, wie er dort lehnte. Ein richtiger Mann. Deutlich hervortretende Muskeln. Stark und selbstbewusst. Alles, was sie nicht war. Er musste sie nicht berühren, damit sie ihn begehrte. Er sah sie einfach nur an mit seinen blauen Augen, und sie war verloren, seinem Zauber verfallen.

Hilflos blickte sie zu ihm. Aus dem Begehren wurde Sehnen. Begierde.

»Baby, komm einfach zu mir. Tu dir das nicht an.« Sein Flüstern glitt über ihren Körper wie Finger, die ihre Schenkel reizten.

Sie atmete tief. Gavril fühlte sich wohl in seiner Haut. Das Handtuch hing tief an seinen Hüften; sie wusste, dass er es nur als Zugeständnis an ihr Schamgefühl trug. Er war ein Mann, der Gefühle nur ungern zeigte, nackt aber absolut ungezwungen war.

Sie war entschlossen, ihn sich zu nehmen. Entschlossen, sich wie der Phönix aus der Asche zu erheben. Sie umklammerte den Rand der Wanne so fest, dass ihre Knöchel weiß wurden, stand langsam auf und zwang sich, nackt vor ihm zu stehen. Das Licht war gedämpft, doch es wurde auf ihrer nassen Haut reflektiert, von der dünne Dampfschwaden aufstiegen.

Sie erstarrte, sie konnte nicht mehr ausatmen und auch ihren verkrampften Griff an der Wanne nicht mehr lockern. »Gavril.«

Sie hauchte seinen Namen, wollte, dass er begriff, was sie zu tun versuchte – so nackt, wie sie war, zu ihm zu kommen.

Gavril hätte beinahe laut gestöhnt. Sie brachte ihn um mit ihrem Bedürfnis, ihm zu gefallen. Sie begriff nicht, dass er ein Leben lang auf sie warten würde. Sie klang sexy. Ängstlich. Unschuldig. Doch in ihrem Flüstern schwang ein beherzter Mut mit; es strich über seine Haut, erreichte sein tiefstes Inneres und krempelte ihn um.

Er nahm sich ein Badetuch und zog mit der anderen Hand den Stöpsel. Sie zitterte, ihr Blick klebte an seinem. Er fasste sie um die Taille und hob sie aus der Wanne.

Sie neigte sich von ihm weg. »Was tust du? Du wirst klatschnass. Und der Boden ebenso.« Sie schaffte es gerade noch, ihre Haare etwas über der Wanne auszuwringen.

Gavril stellte sie auf die Badematte und wickelte sie in ein Trockentuch. »Ich habe nichts an außer einem Handtuch. Ein bisschen Wasser hat noch niemandem geschadet.« Er begann, sie abzutrocknen, langsam und lustbetont zu massieren, ohne einen Körperteil auszulassen.

Lexi stand da wie erstarrt, eine Hand auf seiner Schulter. Er spürte, wie ihr ganzer Körper zitterte, gerade weil sie völlig reglos war. Sein Herz drohte zu bersten vor Liebe. Er war überwältigt, sie hingegen voller Angst. Und doch gab sie nicht auf.

Trotz des wohlig über ihren Körper reibenden Tuchs wurde sie von kleinen Schaudern geschüttelt. Gavril nahm sich Zeit und wärmte sie sanft auf. Das Trockentuch glitt weich über ihre Nippel und die Unterseite ihrer Brüste. Während er das Wasser von ihrem Brustkorb wischte, senkte er langsam, verführerisch das Gesicht auf ihre Brüste, gefasst auf ihren Protest. Da sie nicht reagierte, leckte er ihre Brustwarzen, blies warme Luft darüber und nahm schließlich eine Brust begierig in den Mund.

Sie gab einen kleinen Laut von sich, ein sanftes Stöhnen, und legte einen Arm um seinen Hals. Er vergaß für einen Moment, dass er sie abtrocknete, verlor sich in der puren Lust ihres weichen Körpers. Seine Zunge spielte mit ihrem Nippel, er zog sanft mit den Zähnen daran, saugte zuerst an dem einen, dann am anderen.

Du bist so tapfer, Lexi. Ich bin stolz auf dich. Er reizte ihre Brustwarze und sog sie tief in seinen Mund.

Ich weiß nicht, was ich tue.

Du zeigst mir, dass du mich liebst. Er konnte nicht anders als eine ganze Reihe von Küssen von ihren Brüsten bis zu ihrem Mund zu legen. Ihre Lippen und ihr ganzer Körper bebten, doch sie waren weich und warm und hießen die seinen willkommen.

Sie hatte keine Vorstellung davon, was es ihm bedeutete, dass sie ihren Mut zusammengenommen und sich ihm splitternackt in der Badewanne präsentiert hatte.

Trotz ihrer jahrelangen Gefangenschaft bei einem niederträchtigen Geistesgestörten war sie gesittet und graziös geblieben. Er fühlte sich privilegiert und beschämt zugleich, dass sie sich für ihn entschieden und sich so sehr bemüht hatte, ihre Ängste zu besiegen, um zu ihm zu kommen.

Er konnte sie ein Leben lang küssen. Und sie gab sich seinen Küssen vorbehaltlos hin. Nur widerstrebend ließ er von ihrem Mund ab, um sich wieder ihren Brüsten zu widmen.

Du bist so schön. Ich liebe deinen Körper. Du bist warm und so verdammt weich, Lexi. Wenn ich dich berühre, habe ich das Gefühl, den Weg nach Hause gefunden zu haben.

Wieder schlang sie ihren Arm um ihn und hielt ihn fest. Ihre langen, zuckenden Wimpern verbargen den Ausdruck ihrer Augen, doch das war unbedeutend. Er spürte sie in seinen Gedanken.

Du bist hier bei mir zu Hause.

Ihre Stimme war zaghaft. Schüchtern. Liebevoll. Sein Herz schnürte sich zusammen. Sie konnte ihn so leicht in die Knie zwingen und wusste noch nicht einmal, über welche Macht sie verfügte.

Du bist mein Zuhause. Du. Nicht ein Ort. Nur du. Wenn er sie seine Sonne nannte oder seinen Engel, dann meinte er es so.

Er zog eine Linie von Küssen über ihren Brustkorb, trocknete nebenbei mit dem Handtuch ein paar Tropfen ab und ließ seine Hände ihre Rundungen nachzeichnen.

Eines Tages kaufe ich dir ein bisschen Schmuck, mit dem ich spielen kann. Seine Zunge versenkte sich in ihren Nabel.

Ihr stockte der Atem. *Ich wollte schon immer eine feine Goldkette, mit Glöckchen daran.*

Sofort sah er sie, splitternackt vor dem offenen Kamin tanzend, nur mit diesem Kettchen um die Hüften. Das Blut donnerte ihm in den Ohren. Er ging in die Hocke, rieb mit dem Handtuch von ihrem Knöchel zur Wade hinauf, schob den Kopf zwischen ihre Schenkel und leckte das Wasser an deren Innenseite ab. Seine Haare strichen über ihre Beine, die Finger klammerten sich an ihre Hüften.

Lexi stützte sich mit beiden Händen an seinen Schultern ab. Sie bewegte sich nicht, noch wehrte sie sich. Seine Zunge wanderte nach oben, suchte die Tropfen zwischen ihren Schenkeln. Ihre Beine zitterten, und sie gab einen leisen, erstickten Laut von sich.

»Ich glaube, ich brauche heute Nacht einen Nachtisch, *solnyshko moya*«, murmelte er. »Hast du etwas dagegen?« Noch ehe sie antworten konnte, ließ er das Handtuch fallen und trug sie zum Bett.

»Ich weiß nicht, was das bedeutet«, antwortete sie. Ihr Blick traf den seinen und schweifte dann scheu ab. »Nicht genau.«

»Es bedeutet, ich möchte dich vernaschen wie Konfekt«, erklärte er mit beinahe knurrender Stimme. »Ich könnte dich mit Haut und Haaren auffressen und würde nie genug von dir bekommen.« Wieder bedeckte er ihre Lippen mit leidenschaftlichen Küssen. »Versuch es für mich. Wenn es dir nicht gefällt, hören wir auf.«

Er wollte sie wirklich verschlingen. Ihre weiche Haut zu berühren trieb ihn fast in den Wahnsinn. Ein Presslufthammer schien sich in seinen Kopf zu bohren, und das Blut pochte in seinen Adern vor schierer Verzweiflung – doch sie verdiente so viel mehr.

Lexi starrte wie hypnotisiert in Gavrils Gesicht. Verlangen stand darin gezeichnet, seine Augen unter halb geschlossenen Lidern hatten die Farbe der Mitternacht und waren so sehr von Begehren erfüllt, dass es ihr den Atem verschlug. Sie war entsetzt, wirklich entsetzt, doch sie konnte ihm und dem plötzlichen Bedürfnis, mehr über die absolute Lust zu erfahren, die er ihr bereiten konnte, nicht widerstehen. Sie schluckte schwer, als er das Laken, ihren einzigen Schutz, zur Seite zog. Als Nächstes kam sein Handtuch, und sie konnte nicht umhin, seine Männlichkeit zu erblicken. Er war einschüchternd, viel dicker und länger als in ihrer Erinnerung, erschreckend aus dieser Nähe. Doch die unendliche Zärtlichkeit seiner über ihren Körper gleitenden Hände entwaffnete sie vollkommen.

Sein Körper schob sich gleich einer Decke über ihren. Caine hatte ihr Gesicht von ihm weggedreht. Er hatte sie nicht ansehen wollen, wenn er sie sich nahm. Gavril blickte in ihre Augen und hielt sie sanft in seinen Armen. Sein Mund senkte sich auf ihren, und sie schmeckte Leidenschaft. Liebe.

Tränen brannten in ihren Augen. Sie konnte es nicht fassen, dass ein Mann so liebevoll zu ihr sein konnte. Noch nie hatte ihr jemand das Gefühl gegeben, attraktiv und schön und begehrenswert zu sein. Sie gab sich seinen Küssen hin und spürte, wie sich sein Körper an ihrem anfühlte. Er war hart. Muskulös. Heiß. Und überall.

Sie mochte es, dass sein Körper so ganz anders war als der ihre. Sie fühlte sich dadurch feminin und beschützt. Seine

Küsse riefen eine ungekannte Qual in ihrem Busen und Spannung zwischen ihren Beinen hervor. Sie klammerte sich an ihre Liebe für ihn, während er sie vom Mund bis zu den Brüsten mit Küssen überzog. Ihre Haut brannte, Flammen züngelten an ihr. Sie spürte, wie feuchte Hitze zwischen ihren Beinen aufkam.

Entspann dich, solnyshko moya, *vertrau darauf, dass ich gut zu dir bin.*

Sie vertraute ihm, doch es fiel ihr schwer, sich zu entspannen, denn ihr Körper fühlte sich so schwer und ungewohnt und … irgendwie verzweifelt an. Gavril löste ein tiefes Verlangen in ihr aus, doch ein Teil von ihr hatte Angst davor, wo es hinführen könnte.

Ich kann nicht atmen. Sie hatte keine Ahnung, dass eine Frau so fühlen konnte. Bedürftig. Hungrig. Unfähig, ihren Körper zu beherrschen. Sie wollte aufhören, sich zu bewegen, doch ihre Hüften hielten nicht still; sie fürchtete, sie würden aus Verlangen nach seinem Körper ein Eigenleben entwickeln.

Ich kann nicht atmen ohne dich.

Er flüsterte es in ihre Gedanken hinein. Seine Stimme fühlte sich an wie Samt, der über ihre heiße Haut glitt, zusammen mit Liebkosungen seiner Zunge und Hände. Seine Lippen umschlossen ihre Brustwarze, und wie sein Kuss war auch sein Mund nun aggressiver. Er saugte heftig und stimulierte sie mit Zähnen und Zunge.

Sie hörte sich stöhnen und reagierte mit Verblüffung. Es ging alles zu schnell – ihr Körper gehörte nicht ihr, sondern ihm. Er schien genau zu wissen, wo er sie berühren, wo er sie küssen musste, und seine kleinen Bisse ließen ihr Verlangen sogar noch anwachsen. Sie konnte keinen Atem schöpfen, wollte aber auch nicht, dass er aufhörte.

Ihre Brüste reagierten sensibel auf jede seiner Berührungen. Blitze zuckten wild durch ihre Blutbahnen, verbanden ihre Brüste mit ihrem weiblichen Kern. Ihr Puls donnerte in den

Ohren. Die Spannung zwischen ihren Beinen stieg unerbittlich an.

Lexi vergrub ihre Finger in seinem Haar und versuchte, sich zu beruhigen, denn sie fühlte sich, als würde sie jeden Moment zerbersten. Sie konnte tatsächlich nicht richtig Atem schöpfen.

Gavril? Sie brauchte Rückversicherung. Musste wissen, dass sie überleben würde. Sie wollte sich davor hüten zu denken, dass sie je wieder dieselbe sein würde. *Ist so viel Lust eine Sünde?* Wie konnte es keine sein?

Wenn es so ist, dann ziehe ich die Sünde jederzeit Hölle und Verdammnis vor. Er presste einen Kuss in das Tal zwischen ihren Brüsten.

Lexis Herz pochte wie wild. Seine dunklen Augen waren voller Lust, sie versprühten so viel wilde Begierde, dass sich ihre Scheide zusammenzog.

»Ich liebe dich, Lexi. Auf meine Art. So wie ein Mann eine Frau lieben soll. Ich erfreue mich an deinem Körper und drücke meine Gefühle für dich so aus, wie ich es am besten kann. Das ist meine Art der Liebe. Ich kann mir nicht vorstellen, dass wir nicht dafür bestimmt sind, einander zu lieben.«

Noch ehe sie antworten konnte, senkte er das Gesicht wieder auf sie und hielt ihren Körper mit seinem nieder. Die Kraft seiner Hände war enorm. Er schien am Rande seiner Beherrschung zu sein, rohe Sinnlichkeit stand in seinen Zügen. Sie hätte Angst vor ihm haben sollen, doch sie hatte mehr Angst vor sich selbst. Vor dem stetig und stark anwachsenden Verlangen in ihr.

Gavrils Küsse bahnten sich einen Weg zu ihrem Nabel, seine Zunge tauchte darin ein, und eine Hand glitt zwischen ihre Beine. Sie schrie auf, erschrak über ihre Stimme. Schon bei dieser simplen Berührung bäumte sie sich auf, und ihre Hüften zuckten. Es war ihr peinlich, dass sie nicht stillhalten konnte, dass ihr Körper sich wand vor Verlangen und einem Hunger, den sie nie gekannt hatte.

»Gavril?« Sie packte ihn an den Haaren, etwas anderes blieb ihr nicht mehr.

Er hob nicht den Kopf, sondern fuhr mit der Zunge ihren Bauch hinunter. *Entspanne dich einfach für mich, Lexi. Ich sorge für dich. Atme. Es wird dir gefallen, das verspreche ich dir.*

Seine Stimme besänftigte sie wie immer. Tief. Leise. So ruhig, als könnte nichts ihm etwas anhaben. *Ich kann nicht stillhalten,* gestand sie, froh über diese Möglichkeit der telepathischen Kommunikation. Sie wusste nicht, ob sie es ihm laut hätte gestehen können.

Seine Küsse bahnten sich ihren Weg zu den Löckchen, die ihre Scham beschützten. Er hauchte warme Luft darüber. *Du kannst dich bewegen, so viel du willst. Es gibt kein Richtig oder Falsch, nur Lust. Wenn sich etwas nicht gut anfühlt, machen wir es anders und finden heraus, was dir gefällt.*

Er würde aufhören, wenn ihr nicht gefiel, was immer er vorhatte. Er würde aufhören. Sie klammerte sich an dieses Versprechen. Gavril war stark und immer beherrscht. Er würde sie nirgendwohin mitnehmen, von wo sie sich nicht zurückziehen konnten, falls es notwendig würde. In diesem Moment liebte sie ihn erst recht.

Das ist wirklich, was du willst, Gavril? Sie hielt den Atem an, sie brauchte seine Antwort. Sie musste das wissen. Er zeigte ihr, was Liebe war. Sie wollte, dass er sie dorthin mitnahm, dass er ihr dasselbe Zutrauen gab. Sie hatte sich viel zu lange versteckt. Hatte nie gedacht, einmal Liebe zu erleben. Bis Gavril kam.

Sein Kopf schnellte nach oben, die halb geschlossenen Augen funkelten vor Verlangen. »Ich will das mehr, als du dir vorstellen kannst.« Seine Stimme war ein raues Knurren, es verbreitete sich über ihre Haut wie tausend harsche, leckende Zungen, sodass sie vor Erwartung schauderte. »Lass es mich haben.«

Wie konnte sie es ihm verwehren? Das wollte sie nicht. Sie wollte das Verbotene schmecken. Seine Hände trieben sie schon jetzt in den Wahnsinn. Ihr Körper bebte vor Verlangen. Sie wollte seinen Mund auf sich spüren. Sie wollte wissen, ob sie akzeptieren konnte, was er tat, und ihm geben konnte, was er wollte. Er gab ihr nicht das Gefühl, verderbt oder unmoralisch zu sein. Er gab ihr das Gefühl, schön und begehrt zu sein.

»Ich will alles von dir schmecken, Lexi. Ich will wissen, dass du mir gehörst.«

Seine Worte, sein Ton, sein Gesichtsausdruck, dieses dunkle Begehren – sie konnte alldem nicht mehr widerstehen. Sie neigte den Kopf, denn zu sprechen war unmöglich, wenn er sie so ansah. So begierig, als könnte er sie tatsächlich verschlingen.

Er öffnete mit den Händen ihre Schenkel. Sie konnte den Blick nicht von seinem Gesicht abwenden. Der Schein des Kaminfeuers tauchte ihre Körper in einen goldenen Glanz, und Schatten bewegten sich im Raum. Seltsamerweise blieb sein Gesicht im Dunkel, sogar wenn die Flammen über sie beide tanzten. Seine Züge waren harsch, fast entstellt vor Sinneslust, der Blick unter gesenkten Lidern hervor ganz auf sie konzentriert. Er sah sie an, als sei sie tatsächlich ein Festmahl und er am Verhungern.

Ihr Atem stockte, als seine Zunge in ihre Scheide schlüpfte. Sie schrie. Es war eine Lust jenseits all ihrer Vorstellung.

Gavril. Sie rief seinen Namen, ihr Atem ging plötzlich schnell und keuchend, ihre Hüften bäumten sich auf unter dem Blitzstrahl, der durch ihren Körper jagte.

Lexi, du schmeckst wie wilder Honig.

Seine Hände hielten ihre Schenkel auseinander, und er begann, sie zu lecken, wieder und wieder, eine Katze, die sich begierig über Sahne hermachte.

Die Luft strömte heiß aus ihrer Lunge. Er stürzte sie ins totale Chaos, ihr Verstand stand still, ihr Körper lechzte nach mehr. Feuer jagte durch ihre Adern, versengte sie von innen nach außen. Alle Muskeln spannten sich an, sämtliche Nervenenden sandten Feuerpfeile durch ihren Körper. Ihre Brüste schmerzten, der Bauch zuckte, tausend Schmetterlinge flogen auf. Das quälende Verlangen zwischen ihren Beinen wuchs an zu einem rasenden Pochen und Hämmern.

Du kannst nicht …

Ich kann. Er knurrte leise, wie ein Tiger, wenn man versuchte, ihm sein Fressen zu nehmen. *Ich habe ein Leben lang auf dich gewartet – darauf. Lass mich.*

Sie wusste nicht, ob sie das überstehen würde. Diese Lust war vollkommen unerwartet. Das Feuer zu heiß. Ihre Empfindungen drohten sie zu ersticken.

Sie konnte den Blick nicht von ihm nehmen. Sein Mund wurde ungestüm, seine Zunge tauchte in sie ein, wieder und wieder wie eine Biene in die Blüte, streifte über ihre empfindlichste Stelle, und dann saugte er daran.

Schreie wilder Lust brachen aus ihr heraus, sie meinte, vor hitziger Begierde zu verbrennen, seinen unersättlichen Mund, seine glühende Zunge nicht aushalten zu können.

Ich kann nicht. Mehr halte ich nicht aus.

Das ist noch lange nicht genug. Atme für mich. Entspanne dich. Das ist erst der Anfang. Ich will, dass du Liebe fühlst, Lexi. Fühle, wie sie dich umgibt und fortträgt. Meine Liebe.

Sie musste einen Weg finden, sich festzuhalten, denn das Zimmer drehte sich und die Wände wichen zurück. Sie konnte nicht in Panik verfallen, nicht jetzt, wo sie ihrem Ziel, sich ihm völlig zu ergeben, so nahe war. Mehr als alles wollte sie ihn wissen lassen, dass sie versuchen würde, alles für ihn zu tun.

Lexis Finger krallten sich in das Laken, sie hielt sich fest und versuchte zu atmen, während er leckte und schmeckte und saugte, als sei er besessen. Sie spürte, wie sich Spannung ansammelte, aufbaute. Es gab kein Loslassen, keinen Weg, den durch ihren Körper jagenden Schaudern und dem wilden, außer Kontrolle geratenden Verlangen Einhalt zu gebieten.

Gavril. Furcht lag in ihrer Stimme, kroch über ihren Rücken. Doch das schien das unerträgliche Verlangen zwischen ihren Beinen nur noch zu steigern. *Ich brauche …*

Gavril hob den Kopf, sein Blick liebestrunken und voller Begierde. »Mich. Nur mich, Lexi. Ich bin alles, was du brauchst.«

17.

Gavril kniete zwischen ihren gespreizten Schenkeln, nicht wirklich bereit, von ihr abzulassen, doch er merkte, dass sie ihm abhandenkam. Es war zu viel für sie, denn sie hatte diese Erfahrung noch nie gemacht. Er zog sie an ihrem Po zu sich und brachte seinen pulsierenden Schaft vor ihrem Eingang in Stellung. Sie war heiß und feucht und für ihn bereit, doch er wollte kein Risiko eingehen.

Es war schwierig zu denken, wenn einem das Blut durch die Adern raste und der Puls in den Ohren dröhnte. Er war hart am Rande seiner Beherrschung. Langsam versenkte er sich in ihre glühend heiße Scheide und beobachtete dabei genau ihr Gesicht. Ihre seidig weichen Muskeln legten sich um ihn und packten sofort kräftig zu, sodass die Reibung ihm zunehmend den Atem nahm. Er musste kämpfen, durfte nicht den Kopf verlieren und biss die Zähne zusammen, um nicht hart und in voller Länge einzudringen, wie sein Körper es forderte.

Ihre Augen weiteten sich vor Schreck, der Mund blieb offen. Er liebte es, wie sie ausgestreckt dalag, ihr Körper den seinen akzeptierte, ihn in sich aufnahm, wo er hingehörte. Diesen Augenblick hatte er sich so sehr für sie gewünscht. Er konnte sich nicht erinnern, dass er jemals in seinem Leben um Beherrschung hatte kämpfen müssen. Jetzt, wo er sie am meisten brauchte, versagte all sein Training.

Hitze und Feuer umgaben seinen Schaft, ein Brennen, das

Zupacken, Klammern und Umfassen einer seidigen Faust. Er atmete heftig, keuchend, warf den Kopf zurück und schloss für einen Moment die Augen, um die Situation so vollkommen wie möglich in sich aufzunehmen.

Er bewegte sich langsam, kämpfte gegen den Drang an, tief und hart zuzustoßen und den Weg ins Paradies möglichst rasch zu nehmen. So war Sex noch nie zuvor gewesen. Er hatte nicht einen Trick benutzt, keine Technik ausprobiert, er war einfach nur seinem Herzen gefolgt. Und er fühlte sich lebendiger und freute sich mehr als je zuvor in seinem Leben.

Sämtliche Nervenenden, geschädigt oder nicht, knisterten und brannten, bis die Lust den Schmerz überstieg. Sein früheres Leben verblich, je mehr er sich in ihr versenkte, und je heißer die Reibung wurde, umso mehr zerstreuten sich seine Erinnerungen, als habe es sie nie gegeben. Sie brachte ihn an einen Ort des Friedens, der Liebe, der absoluten Leidenschaft und Lust.

Zwischen zusammengebissenen Zähnen presste er seinen Atem heraus. *Sag mir, wie du dich fühlst. Tut dir etwas weh? Auch nur ein bisschen? Du musst es mir sagen.*

Er zählte seine Herzschläge, schaute in ihr Gesicht und sah die Leidenschaft in ihren Zügen. Begierde im Waldgrün ihrer Augen. Sie keuchte, atmete in kleinen, heftigen Stößen. Gerötete Haut, ein benommener Blick, ihr sich windender Körper und die ins Laken verkrallten Hände sagten ihm, dass es ihr kaum anders erging als ihm, aber er brauchte Gewissheit.

Erschreckt. Wundervoll. Ich weiß nicht, was ich fühle, aber ich will nicht, dass du aufhörst.

Wir hören nicht auf. Wir machen das zusammen. Ich lasse jetzt nur noch ein wenig mehr los.

Mehr? Ihr Atem ging in wilden Stößen. *Wie soll denn noch mehr gehen?*

Es geht immer noch mehr, versicherte er ihr.

Langsam zog er die Hüften zurück und stieß dann tief und

hart zu, vergrub sich ganz in ihr, ihrer betörenden Scheide, die glühend heiße Reibung jagte Schockwellen durch seinen Körper und einen wütenden Feuersturm, der außer Kontrolle zu geraten drohte.

Lexi klammerte sich an das Laken, warf wild den Kopf hin und her, während Gavril mit ihrem Körper spielte wie auf einem wundervollen Instrument. Jede seiner Bewegungen sandte Beben purer Lust durch sämtliche Fasern ihres Leibes. Einen klaren Gedanken zu fassen war unmöglich. Bei jedem seiner Stöße zuckten Dutzende von Blitzen durch ihren Körper und verwandelten ihn in einen Gewittersturm.

Sie meinte, Funken zu sehen, die um sie beide stieben, und war fasziniert davon, wie der Schein des Kaminfeuers auf Gavrils nackter Haut tanzte, auf seinen deutlich hervortretenden Muskeln, in seinen von Gefühlen aufgewühlten, sinnlichen Gesichtszügen. Er erinnerte an einen Krieger aus alter Zeit, gekommen, um sie sich zu nehmen, entschlossen, an ihrer Haut, ihrem Körper, ihrem Herz und ihrer Seele teilzuhaben. Diese Vorstellung steigerte ihre Lust noch mehr.

Er legte ihre Beine über seine Schultern, zog sie noch näher zu sich und begann, schnell und heftig zuzustoßen, ein goldener Presslufthammer, den sie tief und hart in ihrem Schoß spürte. Jeder Stoß löste brennend heiße, knisternde Blitze in ihr aus, steigerte ihre Ekstase, erhöhte die Spannung.

Gib dich mir hin.

Sie konnte diesem unaufhaltsamen Anstieg, höher und immer noch höher, nicht Einhalt gebieten. Die Anspannung nahm immer weiter zu. Sie konnte kaum mehr atmen. Kaum mehr denken. Sie wollte. Sie brauchte. Aber sie wusste nicht was. Es gab nur mehr Gavril und die Intensität ihrer vereinigten Körper.

Ein Feuerball durchbrauste sie, setzte jedes ihrer Nervenenden in Brand. Sie konnte nicht aufhören, sich zu bewegen, sie brauchte dringend … was?

Lass los, Lexi. Lass einfach los. Ich bin hier, mein Engel. Bei dir. In dir. Vertraue mir. Du musst dich mir ganz und gar schenken. Ich brauche dein Vertrauen.

Sie hatte Angst. Ihr Körper gehörte eigentlich nicht mehr ihr, er gehörte ihm. Wieder und wieder brandete er in sie hinein, Feuer dröhnte brennend heiß, und zuckende Blitze drohten sie zu vernichten. Sie konnte nicht atmen, nicht denken. Nichts konnte ihren Empfindungen Einhalt gebieten; sie schienen sie zu überfluten, zu ertränken. Es gab nur … Gavril.

Seine Stimme verlieh ihr den Mut, sich von ihrem Sinnesrausch mitreißen zu lassen. Sie spürte, wie der Zugriff seiner Hände fester wurde. Sein Schaft schwoll sogar noch mehr an, er dehnte sie geradezu aus. Die Reibung wurde stärker, heißer, die Lust wilder. Ihr entsetzter Blick traf seine dunkelblauen Augen. Sie sah Kraft. Liebe. Zärtlichkeit. Emotionen, die von seinem Begehren, seinem Verlangen nach ihr umschlossen waren.

Komm zu mir, dusha moya, *ganz und gar.*

Seine Stimme war so liebkosend, dass ihr Tränen in die Augen stiegen. Sie atmete tief durch und ließ los. Irgendwo ganz in ihrem Inneren begannen kleine Wirbel, die sich rasch und gewaltig ausbreiteten, bis sie das Gefühl hatte, eine gigantische Flutwelle würde durch sie rauschen, Woge um Woge nach unten in ihre Schenkel, hinauf in ihren Bauch und ihre Brüste. Ihr Körper presste sich wie ein Schraubstock um seinen, packte seinen Schaft, zog, drückte, nahm ihn sich.

Donner grollte in ihren Ohren. Das Blut jagte heiß und aberwitzig durch ihren Körper. Flammen leckten an ihrer Haut. Die Woge schien kein Ende zu nehmen, schüttelte sie durch, bis sie sich selbst schreien hörte, ein Schrei aus purem Schock und absoluter Freiheit. Gavrils heisere Stimme fiel mit ein.

Lexi beobachtete die ganze Zeit sein Gesicht, sie wollte – nein, musste – wissen, dass er fühlte, was sie fühlte. Er hatte ihr ein Geschenk gemacht, das nicht mit Gold aufzuwiegen war. Freiheit. Sie hatte geglaubt, frigide, hässlich, minderwertig zu sein. Durch ihn fühlte sie sich schön, leidenschaftlich und ihm ebenbürtig – eine geliebte und geachtete Partnerin.

»Weinst du, *solnyshko moya*? Hier gibt es keine Tränen. Das war zu schön für Tränen.«

Ganz langsam drehte Gavril den Kopf, küsste die Innenseite ihrer Schenkel und ließ sie dann sanft auf die Matratze gleiten. Bei jeder Bewegung erfassten ihren Körper starke Nachbeben.

Ihre Hände vergruben sich in seinem Haar. Ihr Herz schlug heftig und schnell unter seinem. Tränen liefen über ihre Wangen. Er berührte sanft eine mit der Fingerspitze und leckte die anderen auf.

»Das ist Liebe, Lexi. So zeige ich dir, was du mir bedeutest. So sollte die Liebe zwischen einem Mann und einer Frau sein.«

»Es ist wunderschön.«

»Es soll schön sein. Echt und natürlich. Ich finde dich wunderschön, und ich werde nie genug von dir haben.«

»Du bist wundervoll, Gavril. Alles an dir.« Sie berührte mit zitternden Fingern sein Gesicht. »Du hast keine Vorstellung davon, was du mir geschenkt hast.«

Er war noch immer steinhart. Ein Leben lang hatte er auf sie gewartet. Er sah sie an. Konnte eine Frau schöner sein? Er zweifelte daran. Ihr Haar umwogte sie, dunkel und glänzend rot im Feuerschein, wie der beste Wein. Ihr Gesicht war gerötet, die Lippen von seinen Küssen aufgequollen. In ihren Augen stand Verwirrung, ihr Blick streifte über ihn mit einem Ausdruck, von dem er nie geglaubt hätte, ihn jemals im Gesicht einer Frau zu sehen.

Um das plötzliche Aufwallen seiner Gefühle zu verbergen, senkte er den Kopf und nahm ihre rechte Brust in den Mund. Sie war noch immer empfindsam; kleine Nachbeben ließen ihren Körper erschaudern, und ihre Scheide zog sich um ihn zusammen, sodass er das Gefühl hatte, sein Schwanz würde noch härter und dicker.

»Das kann man nicht noch einmal machen, oder? Ich dachte …« Sie verstummte, als er noch einen langsamen, gemächlichen Stoß nachlieferte.

Er leckte an ihrem Nippel und hob den Kopf, um ihr zu verstehen zu geben, dass es weder für sie noch für ihn ein Zurück gab. »Ich werde nie genug davon haben, dich zu küssen oder zu halten oder mit dir zu schlafen. In dir zu sein ist mein heimliches Paradies, etwas, das alles Schlechte ausmerzen kann, das ich je gesehen oder getan habe.«

»Ich glaube, ich habe keinen vernünftigen Gedanken mehr im Kopf«, gab sie zu.

Der Schein des Feuers spielte auf ihrem Gesicht. Seine Nase liebkoste ihre Brust. »Ich will dich auf jede erdenkliche Art lieben, Lexi. Mit dir alle Lust der Welt erleben.«

»Wenn du mir noch mehr gibst, überlebe ich es am Ende nicht. Ich hatte jetzt schon ein bisschen Angst, wir könnten zu weit gehen.«

»Es gibt kein zu weit oder zu viel. Ich kann uns immer wieder zurückholen.« Er küsste ihre Kehle und die Seite ihres Halses. Er musste noch ein Zeichen auf ihr hinterlassen. Ihre Brüste wiesen einige auf, und zwei hatte sie an den Innenseiten der Schenkel, aber es war noch eines notwendig.

»Was machst du?«, fragte sie argwöhnisch.

»Ich sorge dafür, dass Benito und Lucia später etwas zu reden haben.« Er musste grinsen vor Freude. Noch nie in seinem Leben war er so glücklich und so befriedigt gewesen. Befriedigt, und dennoch bereit, diese Erfahrung so bald wie möglich zu wiederholen – sobald Lexi, ohne wund zu werden, dazu in der Lage war. Er konnte Stunden lang erregt bleiben, wofür er immer dankbar sein würde.

Er hielt sie fest und drehte sich, ohne sich von ihr zu lösen, sodass sie auf ihm lag. Sie keuchte und blickte überraschter denn je. Seine Hände drängten sie, sich aufzusetzen. Sein Schwanz dehnte ihre Scheide, als sie die Beine anzog, um rittlings auf ihm zu sitzen. Das Licht des Feuers flackerte sanft auf ihrer Haut, ihr Haar wallte wild um ihre Schultern und fiel wie dunkle Seide auf das Bett.

Er umfasste mit beiden Händen ihre Brüste. »Sieh dich an, Weib. Könntest du irgendwie noch schöner sein?«

»Das sagst du immer wieder.«

»Weil es die Wahrheit ist.« Und weil ihm wichtig war, dass sie ihm glaubte. Dass sie sich selbst so sah, wie er sie sah.

Sie blickte an ihrem Körper hinab – auf ihre Brüste, die in seinen Händen ruhten. Seine Daumen strichen liebkosend über die Nippel. Sie bekam große Augen, als sie die roten Flecken überall auf ihrem Busen sah, und errötete leicht.

»Ich kann nichts dafür, dass deine Haut so empfindlich ist.« Er steckte das Gesicht zwischen ihre Brüste und drückte sie zusammen. »Oder dass du so schön bist. Ich kann mich nur daran erfreuen.«

Er spürte, wie sich sein Glied in ihr regte. Ihr Körper spannte sich um ihn an, ein köstliches Gefühl, das sich überall in ihm ausbreitete. »Ich verliere mich total in deinem Körper, *solnyshko moya.* Ich weiß, ich könnte dich stundenlang lieben.«

Er lehnte sich zurück, seine Hände glitten auf ihre Hüften. »Reite mich, Lexi. Liebe mich im Sitzen.«

Seine Hände führten sie, hoben sie auf und nieder. Sein Schaft schwoll an, er wurde härter und die Reibung heftiger. »Genau so, *solnyshko moya*, mit diesem Rhythmus.«

»Du magst das wirklich, nicht wahr?«, fragte sie mit einem Lächeln. »Ich glaube, darin könnte ich gut werden.«

Sie hob ihren Körper langsam an, feste Muskeln rieben an seinem Schaft, ließ sich dann langsam absinken und spannte dabei ihre Scheidenmuskeln so stark an, dass er keuchen musste.

Aus halb geschlossenen Augen beobachtete er, wie sie die Kontrolle übernahm, wie ihr Körper über ihm auf und ab wogte. Sie schien sich in ihrer Bewegung zu verlieren, ihre Brüste wiegten sich, ihre Hand strich über seinen Bauch knapp über der Stelle, wo sich ihre Körper trafen.

Sie hatte noch nie seinen Schwanz berührt. Nicht ein einziges Mal. Er hatte ihre Finger noch nicht gespürt und auch nicht, welche Erregung sie ihm mit ihren Händen verschaffen konnte. Die Nähe ihrer Hand zu seinem Glied war ihm mehr als bewusst. Auch wenn sie ihn nie auf diese Weise berühren würde, würde es ihm nichts ausmachen, sie machte ihn ohnehin verrückt mit ihrem Körper, mit diesem langsamen, intensiven Auf und Ab.

Er biss die Zähne zusammen und kämpfte gegen den Drang an, die Führung zu übernehmen, Tempo und Reibung zu erhöhen. Lexi ließ sich Zeit, sie hatte den Kopf zurückgeworfen und wirkte völlig gesammelt. Er zog ihr Gesicht an den Haaren zu seinem heran, bis sie die Augen öffnete und ihn ansah.

Ohne von ihrem Haar abzulassen, presste er die Hände an ihre Brüste. »Bewege dich schneller, Lexi.«

Sie lächelte. Langsam. Neckend. Ihre grünen Augen leuchteten auf wie funkelnde Juwelen. »Willst du mir weismachen, dass dir das nicht gefällt? Du dehnst mich nämlich weiter, als ich es für möglich gehalten habe.« Sie hob ihren Körper an, ihre festen Muskeln glitten über seinen Schaft, zögerte einen Moment, gerade lang genug, dass sein Schwanz zuckte, und senkte sich dann wieder über ihn. »Bist du sicher? Weißt du ganz genau, was du willst?«

Er hatte nie gedacht, einmal eine Frau zu haben, schon gar nicht eine wie sie. Es schien ihr zu gefallen, die Kontrolle zu haben. Sie gab sich vorsätzlich aufreizend, quälte ihn mutwillig mit ihrer Verspieltheit. Sie machte Spaß. Sie brachte ihn zum Lachen. Noch nie war ihm im Leben etwas leichtergefallen, als sie zu lieben. Und dennoch machte es ihm Angst.

Er durfte sie nie verlieren. Nie mehr. Die Gefahr war, dass er sich zu sehr an sie hängte. Lexi brauchte Raum, um zu atmen. »*Solnyshko moya*, du treibst mich in den Wahnsinn.«

»Aber darum geht es doch, oder?« Sie lachte leise, beugte sich unerwartet vor, ihre Hände umrahmten sein Gesicht, ihr Mund fand seinen.

Ihr Kuss sprengte sein Herz. Ihre Scheide zog sich um ihn zusammen, sie war sengend heiß, ein seidiger Griff, der ihn kraftvoll festhielt. Er verlor sich in ihrem Mund, in ihrem Körper, seine Hände bewegten sich zu ihren weichen Lippen. Er übernahm die Kontrolle. Über ihren Körper. Ihren Mund. Er drang tief in sie ein, mit seiner Zuge, seinem Schwanz. Die Liebe ergoss sich, bis seine Kehle und seine Augen davon brannten, bis sein Körper zusammen mit ihrem in tausend Teile explodierte, himmelhoch flog, im freien Fall niederging, sicher in ihren Armen zur Ruhe kam. Er hielt sie fest, vergrub das Gesicht in ihrem Haar, sein Körper schauderte vor Lust, vor Verlangen, er fühlte sich wie in einem Traum.

»Danke, dass du mich gefunden hast«, flüsterte Lexi an seiner Schulter und verteilte dabei kleine Küsse über seine Haut – seine Narben.

»Danke, dass du mich gerettet hast«, erwiderte er, flüsternd. Er hielt sie lange in den Armen, noch immer mit ihr vereint.

Ein kleines Nachbeben schüttelte ihn, und er bewegte sich sanft in ihr.

Lexi lachte leise. »Im Ernst, Gavril. Du bringst uns noch beide um. Ich kann mich nicht bewegen. Ich glaube, ich werde nachher nicht laufen können.«

Widerstrebend löste er sich von ihr. »Bist du sicher? Ich glaube nämlich, ich könnte gleich noch einmal.« Er sagte es mehr, um sie lachen zu hören, ohne es wirklich ernst zu meinen. Er würde ein heißes Bad für sie bereiten müssen, damit sie nicht wund wurde.

»Außerdem ist es an der Zeit, Ljutij zu füttern. Und da du so viel Energie hast, wirst du in die Küche gehen müssen, um die Milch vorzubereiten.«

Er drehte sich um und drückte ihr einen Kuss auf den Rücken. »Wenn ich gehe und ihm die Flasche mache, wartest du dann auf mich? Ich will nicht, dass du einfach so verschwindest.«

»Ich kann mich nicht rühren, wie soll ich da verschwinden? Sie schob ihn halbherzig an. »Ich könnte vielleicht aus dem Fenster kriechen, aber das wäre zu umständlich.«

Sein Lächeln verblasste. »Lexi.« Er schob ihre exorbitante Mähne zurück, um ihr Gesicht sehen zu können. »Du bekommst jetzt keine Panik, weil wir miteinander geschlafen haben, ja?«

»Ich habe es nicht vor, Gavril«, erwiderte sie ernst. »Aber das heißt nicht, dass es nicht passiert.«

»Wenn ich mitten in der Nacht nach dir greife, bekommst du dann Panik?« Er beobachtete sie genau, denn er musste wissen, dass sie ihn willkommen heißen würde – dass sie ihm mit Leib und Seele vertraute.

»Ich weiß es nicht«, antwortete sie so wahrheitsgemäß wie möglich. »Ich weiß ehrlich gesagt nicht, was eine Panikattacke auslöst. Jetzt im Moment kann ich nur sagen, dass ich es liebe, wie du mich berührst. Ich liebe es, was du mit mir machst.« Sie wollte etwas sagen, hielt es aber zurück und wandte sich von ihm ab.

Gavril biss mit vollem Vorsatz in ihren wohlgeformten Hintern.

»Au!« Sie funkelte ihn wütend an. »Wofür war das denn?«

»Dafür, dass du mir etwas verschweigst, was dir wichtig ist. Spuck es aus, Lexi, auch wenn es dir peinlich ist.«

Sie befeuchtete sich die Lippen. »Musst du so gut darin sein, mich zu durchschauen?«

»Ja, denn du bist es nicht gewöhnt mitzuteilen, was du fühlst. Ich übrigens auch nicht, also müssen wir beide daran arbeiten.« Er strich über ihren Po, seine Finger fuhren sanft eine ihrer vielen Narben entlang. Er konnte nicht anders, er musste die Linie auch mit Küssen nachziehen.

»Wage es nicht, mich noch einmal zu beißen«, warnte sie ihn. »Oder ich schmeiße dich aus diesem Bett.«

Er lachte. »Du kannst es versuchen, mein Engel, aber du bist sehr klein und ich bin sehr groß, falls du das noch nicht gemerkt haben solltest.« Seine Hand massierte ihren Po mit sinnlichen Kreisbewegungen. »Sprich mit mir.«

Sie seufzte. »Ich wusste von Anfang an, dass du dich nicht ablenken lassen würdest. Ich kann nur fühlen, was ich fühle. Mein Körper, meine ich. Ich kann nicht sagen, was du fühlst. Wenn du …« Sie errötete und verstummte.

»Was?« Er zog fragend eine Braue nach oben. »Ich habe vieles mit dir gemacht. Dinge, die ich plane, so oft wie möglich zu machen. Du musst schon genauer werden.«

»Du machst es mir absichtlich schwer«, klagte sie.

»Ich versuche, dir zu zeigen, dass es keinen Grund gibt, sich wegen irgendetwas zwischen uns zu schämen. Wir gehören einander. Was wir tun, was wir miteinander teilen, das bleibt unter uns.«

Sie verdrehte die Augen, und er spreizte die Finger über ihren Po, über ihre herrlich schönen, festen Muskeln.

»Der gefällt mir immer besser.« Er fuhr mit der Zunge an einer der Narben entlang, kniff sie mit den Zähnen, und sie schrie erschreckt auf. »Also, sprich mit mir. Lenke mich ab, denn ich werde schon wieder steinhart.«

Ihr Blick wanderte zu seinem sich aufrichtenden Glied. Er umkreiste es mit einer Hand. »Das passiert, wenn ich dich anschaue. Wenn ich an dich denke. Dich ansehe, wenn du schläfst. Dich lachen höre.« Er grinste selbstbewusst. »Bei so ziemlich allem, was du tust, und erst recht, wenn du hier nackt vor mir liegst.«

Lexi biss sich auf die Lippe. Wegen seiner gemächlichen Po-Massage spürte sie tief in sich langsam schon wieder ein Brennen. Sie konnte nicht gut lügen, wenn er so mitteilsam war.

»Über was zu sprechen hat dir Angst gemacht?« Er wollte das Thema nicht fallenlassen. »Ich weiß, dass es wichtig war.«

»Was, wenn ich dich nie mit dem Mund befriedigen kann, so wie du mich?« Sie platzte damit heraus, es war eine ihrer schlimmsten Befürchtungen.

»Nie ist eine lange Zeit, Lexi«, erwiderte er behutsam.

»Ich weiß. Ich weiß, und du hast mir gesagt, ich soll mir keine Gedanken machen, aber ich weiß, dass das für Männer eine große Sache ist. Alle Frauen im Lager redeten darüber. Einige der älteren versuchten, mir zu helfen, aber mir wurde dabei übel.« Sie musste beichten, musste es aussprechen. »Er wurde immer wütend, wenn mir schlecht wurde, und er …« Sie unterbrach sich.

Sein Herz zog sich zusammen. Er musste nicht hören, was das Monster ihr angetan hatte, er sah den Beweis vor sich. »Ich sagte bereits, dass mir das nichts ausmacht.«

»Ich weiß, was du gesagt hast, Gavril, aber es macht *mir* etwas aus. Es macht mir etwas aus, dass ich dir nicht – alles geben kann.«

Wieder beugte er sich zu ihr; dieses Mal küsste er sie die ganze Wirbelsäule hinauf. »Du hast mir alles gegeben. Weißt du das noch nicht? Was wir haben, ist zu gut, um jemals daran zu denken, es aus so einem lächerlichen Grund wegzuwerfen.«

Lexi erwiderte nichts; der Blick ihrer großen grünen Augen streifte über sein Gesicht.

Er seufzte. »Weißt du noch, wie du mir Fragen gestellt hast, gleich nachdem wir uns kennengelernt hatten, und ich zu dir gesagt habe, du solltest mich nicht fragen, es sei denn, du willst die Wahrheit hören?«

Sie nickte mit ernster Miene.

»Was ich damals sagte, habe ich auch so gemeint. Ich werde dich nicht belügen. Zu viele Menschen haben das getan. Ich werde es nie tun. Manchmal, *solnyshko moya*, wirst du dir wünschen, dass ich es täte. Ich werde es dir sagen, wenn mich etwas stört.«

Sie blinzelte, sagte aber nichts. Er blieb stumm. Denn er wusste, dass sie ihm etwas Wichtiges mitteilen würde. Inzwischen kannte er dieses kleine Zögern, das natürliche Widerstreben, über ihre Vergangenheit zu sprechen. Sie wollte die Tür zu diesen Erinnerungen nicht aufstoßen, doch sie hatten ihr Leben geformt.

»Caine war wirklich pädophil. Du siehst, dass ich Kurven habe. Ich bekam schon mit ungefähr dreizehn Brüste und Hüften. Er konnte es nicht ertragen, mich anzusehen. Er wollte mich dann nicht einmal mehr für Sex benutzen. Nur, du weißt schon, dass ich Dinge mit ihm machte.«

Sie kniff die Lippen zusammen und schwieg. Gavril massierte erneut ihren Po in einem Versuch, sie zu trösten. Er wollte sie an seine Berührung gewöhnen. Wollte, dass sie nackt bei ihm lag, wenn sie sich geliebt hatten. Vor allem aber wollte er so sehr ihr Vertrauen gewinnen, dass sie ihm ihre Vergangenheit mitteilen konnte. Er blieb stumm, wissend, dass sie darum kämpfte weiterzusprechen, aber sie musste sich selbst dafür entscheiden.

»Er hätte mich weggegeben – ich weiß, dass er tausend Mal daran dachte –, aber unsere Farm war für die Kirche des Reverend eine Goldmine. Wir haben praktisch jedes Lager beliefert.«

»Und du warst damals natürlich schon diejenige, die die Pflanzen für sie wachsen ließ.« Wieder verteilte er Küsse entlang ihrer Wirbelsäule und streichelte die Fülle ihres wundervollen Haars, die sich über ihren Rücken ergoss.

Lexi nickte. »Er ließ mich hungern, damit ich dünn bliebe.

Er ließ mich nicht mehr als einmal am Tag essen, aber ich war ja den ganzen Tag auf dem Feld und konnte während der Arbeit Salat und Tomaten essen.«

»Und wenn er es herausfand?«

»Dann schlug er mich und sperrte mich tagelang in die Kiste. Dann bekam er Angst, dass ich sterben könnte. Das war eine Art Teufelskreis. Und dann kam dieser Mann. Benjamin Frost. Die rechte Hand des Reverend. Er sagte Caine, er würde mich ihm abnehmen. Caine würde ihm nicht einmal etwas zahlen müssen. Ich glaube, er vermutete, ich hätte irgendeine Gabe, aber Caine wusste, wenn ich ging, dann würde es mit der Farm bergab gehen. Das gute Gedeihen der Farm bedeutete für ihn Macht und Prestige. Beides wollte er nicht verlieren.«

»Und er konnte dich nicht brechen«, bemerkte Gavril eingedenk der hassverzerrten Miene, mit der Caine sie angestarrt hatte. Er hatte Lexi gesucht, um sein Schicksal wieder zu wenden, um sie dafür zu bestrafen, dass sie war, was er nie sein konnte. Gavril hatte im Lauf der Jahre viele Männer wie ihn zu sehen bekommen.

»Ich fühle mich aber gebrochen«, sagte Lexi mit gerunzelter Stirn. »Wenigstens war es bisher so. Jetzt, wo du hier bist, weiß ich nicht, was ich fühle.«

»Fühle dich schön. Feminin. Fühle dich so, als würdest du mir gehören, denn das tust du. Und ich gehöre dir. Das ist unsere Welt, Lexi, und diese Leute haben darin keinen Platz. Sie beherrschen dich nicht, und sie können auch nicht an dich herankommen. Ich stehe zwischen dir und ihnen, und so wird es immer sein. Darauf kannst du dich verlassen. Und auch darauf, dass ich in meinem Job sehr, sehr gut bin.«

»Wirst du Jonas Harrington die Männer verfolgen lassen, die hinter mir her sind?«

»Sicher. Er kann nach ihnen schauen, so viel er will, und warten, bis sie ein Verbrechen begehen, für das er sie einlochen kann. Aber nach ein paar Jahren werden sie natürlich wieder rauskommen.« Gavril klang selbstgefällig, das wusste er – zu selbstgefällig, aber für Leute wie Benjamin Frost war das Gefängnis einfach nur eine Drehtür. Frost wusste, wie man das System manipulierte, und wenn er es nicht konnte, dann hatte er andere, die sich um Zeugen kümmerten.

»Im Grunde geht es darum, wer ihn zuerst findet, nicht wahr? Und ich habe dir gesagt, wo du nach ihm suchen sollst«, meinte sie und rieb sich gedankenvoll das Kinn am Laken.

Er zuckte die Achseln. »Ihr Frauen wolltet die Chance haben, auf eure Art die Unschuldigen zu vertreiben. Dafür bin ich auch, und ich kann warten. Ich habe Augen und Ohren auf ihn gerichtet. Er wird mir nicht durch die Finger schlüpfen, nur weil ihr auf einen nebligen Tag warten müsst. Er kann sich nicht an uns heranschleichen. Du bist hier auf der Farm sicher. Der Nebel kommt noch früh genug.«

»Was ist, wenn Jonas ihn zuerst erwischt? Ilja könnte ihm sagen, wo sie sind.«

»Ilja ist mein Bruder. Er steht zu Jonas und den Drakes, ohne Zweifel, aber dies ist eine Familiensache. Wir sichern die Familie.«

»Was heißt das?«

»Das heißt, ich finde jeden, der eine Bedrohung für unsere Familie darstellt, und eliminiere ihn. Das ist es, was ich tue, Lexi. Ich stelle sicher, dass ich sie alle kriege, damit du und die anderen sicher sind.« Er küsste sie noch einmal auf den Rücken. »Ich bin gleich wieder da. Ich lasse dir nur ein heißes Bad einlaufen. Du musst dich ein paar Minuten ins warme Wasser legen, sonst wirst du wund. Du bist nämlich unglaublich eng, meine kleine Frau. Und ich bin ziemlich …«

Sie blickte ihn schelmisch an. »Dick?«

Er ging lachend ins Badezimmer, um das Wasser aufzudrehen. »Du schläfst mir doch nicht etwa ein, oder?«

»Doch. Lass mich in Ruhe. Füttere den Welpen. Ich bin k.o.«

»Du nimmst zuerst ein Bad, und dann kannst du schlafen.«

»Sei nicht so herrisch. Ich dachte, ich bin hier der Boss, war das nicht unsere Abmachung?«

Ihre schlaftrunkene Stimme machte ihn wahnsinnig. Wie sollte er ihr jemals widerstehen, wenn sie so sexy und verführerisch klang? »Wenn ich mich recht erinnere, bezog sich das auf unsere Zusammenarbeit auf der Farm. Da habe ich alles gemacht, was du sagtest. Darin bin ich Fachmann.«

Sie gab einen verächtlichen Laut von sich. Als er zurückkam, lag sie noch genauso da wie zuvor. »Wenn du nicht heiß badest, wirst du zu wund sein, um noch mal mit mir zu schlafen, und ich habe noch einiges mit dir vor.«

»Geh weg, ich bin zu müde, ich kann heute weder noch mal mit dir schlafen noch den Welpen füttern. Mach du das. Ich schlafe hier so, wie ich bin, also lass das Feuer an.«

Er drehte sie auf den Rücken und hob sie auf seine Arme. »Badezeit, *solnyshko moya*.«

»Du sagtest, das heißt ›meine Sonne‹. Vielleicht könnte ich jetzt einfach dein Mond sein. Und schlafen.« Sie schlang die Arme um seinen Nacken und legte den Kopf an seine Brust.

Er senkte sie in das heiße, dampfende Wasser.

Lexi blickte wohlig seufzend zu ihm auf. »Vielleicht war das doch eine gute Idee. Ich habe gar nicht gemerkt, dass ich so wund bin.«

Er küsste sie auf den Scheitel, von Emotionen überwältigt. »Ich werde mich immer gut um dich kümmern, Lexi. Ich habe noch nie zuvor eine Frau geliebt. Das ist eine neue Erfahrung für mich. Du bist die Einzige. Die eine.« Er wandte sich von ihr ab, seine Gefühle übermannten ihn. »Ich gebe dem Welpen seine Zusatznahrung, und du denkst die nächsten paar Minuten darüber nach, wie sehr ich dich liebe. Lass es auf dich wirken.«

Lexi starrte ihm nach, schockiert von seiner letzten Bemerkung. Er sprach von *Liebe.* Das Thema hatten sie schon einmal angeschnitten, als Gavril ihr den Unterschied zwischen Liebe machen und Sex haben erklärte, aber sie waren beide nicht sehr gut darin, dieses Gefühl auszudrücken.

Sie hätte ihm sagen sollen, dass sie ihn liebte. Sie hatte es ihm tatsächlich noch nicht gesagt und war sich nicht sicher, ob sie es konnte, ohne zu weinen. Nach der Ermordung ihrer Familie hatten ihre »Schwestern« ihr das Leben gerettet. Die Gruppentherapie war ihr letzter Ausweg gewesen, und ohne die Frauen, ihre Familie, die sie liebte, hätte sie diese schreckliche Zeit nicht überstanden. Aber Gavril …

Gavril hatte ihr ein Leben geschenkt, nicht nur eine Existenz. Lexi wusste nicht, was sie von seinem Plan bezüglich ihrer Sicherheit halten sollte. Sie war nicht gerade glücklich darüber, aber sie war es müde, immer Angst zu haben. Zu wissen, dass sie es nicht wagte, die Farm zu verlassen, weil jemand sie sehen könnte. Er war ein starker Mann, sie konnte sich auf ihn verlassen, und zweifellos würde er für ihre Sicherheit alles in seiner Macht Stehende tun.

Warum war Caine zurückgekommen? Warum bedrohte Benjamin Frost sie? Er hatte Caine nicht gemocht. Das hatte sie sogar als Kind schon erkannt. Caine war wichtigtuerisch und eitel gewesen. Er hatte sich für die oberste Autorität gehalten und Frost, der allen Angst machte, nicht gern um sich gehabt.

Je besser die Farm gedieh, desto mehr betrachtete Caine dies als sein Verdienst. Er wollte die Aufmerksamkeit des Reverend. Frost mutmaßte, dass Lexi etwas mit dem plötzlichen Produktionszuwachs der Farm zu tun hatte, wiewohl er nicht verstand warum. Als offensichtlich wurde, dass Caine sie nicht mehr haben wollte, schlug Frost ihm vor, er würde ihm ein junges Mädchen geben, wenn er dafür Lexi bekam.

Die Erinnerung an Frosts brutalen Blick jagte ihr einen

Schauder über den Rücken. Er hatte sie nicht vor Caine retten wollen, so viel war sicher. Sie hatte gelernt, mit ein paar Dingen durchzukommen, und sogar begonnen, ihre Flucht zu planen. Das Letzte, was sie wollte, war mit Frost zu gehen. Caine hatte sich, angeblich wegen der Heiligkeit der Ehe, geweigert, sie ihm zu geben. Das hielt ihn davon ab, sich eine neue Kindsbraut zu nehmen. Er musste sich entscheiden zwischen seiner sexuellen Verderbtheit und seinem Bedürfnis, vom Reverend als allmächtig gesehen zu werden.

»Du weinst ja.«

Lexi öffnete die Augen. Gavril war über ihr; er sah aus wie ein Racheengel – der gleichzeitig ihr Schutzengel war. Seine Stimme war harsch, seine Miene steinern. In seinen Armen lag Ljutij. Ihr Herz machte einen Sprung, als sie es bemerkte. Sie konnte sich vorstellen, dass er ein Kind ebenso sicher in den Armen hielt. Sie wusste, er würde dieses Hündchen nie fallen lassen, was auch geschah. Er war ein großer, starker Mann, doch dieses kleine Wesen war in seinen Armen vollkommen sicher.

»Ich weine nicht deinetwegen. Oder unseretwegen. Niemals, Gavril. Sondern wegen zu vieler Erinnerungen. Frost. Caine.« Sie schüttelte den Kopf. »Aber sie haben hier in unserem Zuhause keinen Platz. Ich will nicht, dass sie zwischen uns stehen.«

Sie stand auf, ließ das Wasser auslaufen und nahm das Trockentuch, das er ihr reichte. »Willst du Kinder?« Die Frage kam aus dem Nichts, schockierte sie selbst.

Ihn schien sie nicht im Mindesten aus der Bahn zu werfen. Er blinzelte nicht einmal. Er nahm sie einfach an der Hand und führte sie ins Schlafzimmer. Dort setzte er sich in einen Sessel und begann, den Welpen mit der Flasche zu füttern. Seit Ljutij die Milch seiner Mutter trank, akzeptierte er auch einen normalen Sauger.

»Daran hatte ich nie gedacht, Lexi. Ich und Vater? Wie sollte das gehen, wo ich doch nie eine Frau hatte? Eine, die ich mehr liebte als das Leben selbst? Ich habe nie wirklich darüber nachgedacht, bis Lucia herüberkam und ich euch beide sah, wie ihr die Köpfe zusammenstecktet, und das sah so perfekt und richtig aus.«

Er strich mit der Hand, in der er die Flasche hielt, über ihren Bauch. »Schau dich an. Frauen sind so ein Wunder. Ihre Fähigkeit, ein Kind sicher in sich zu tragen, macht mich einfach sprachlos.«

Seine Stimme ließ sie erbeben. Seine Augen wurden dunkel, Verlangen blitzte in ihnen.

»Ein gewisser Politiker, ein Freund von Sorbacov, beschloss, seine Frau zu töten. Sie war schwanger, und er hatte eine viel jüngere Geliebte. Ich weiß nicht, warum Sorbacov ihre Ermordung anordnete, aber als ich sie sah, wurde mir klar, dass an der Sache mehr war, als man mir gesagt hatte. Sie war keine Spionin. Sie war keine Bedrohung für unser Land. Ich forschte selbst nach. Heute leben sie und ihr Kind an einem sicheren Ort, weit weg von Sorbacov. Und sie muss sich nicht sorgen, dass ihr Mann sie verfolgen lässt.«

Lexi trat hinter seinen Sessel und umarmte ihn. Seine Erinnerungen waren um keinen Deut besser als die ihren. Sie wollte sie alle für ihn ausmerzen und etwas ganz anderes an ihre Stelle setzen. Lachen. Frieden. Ein Zuhause und eine Frau, die ihn liebte.

»Ich bin froh, dass du bei mir geblieben bist, Gavril«, flüsterte sie und streifte mit den Lippen sein Ohr. »Ich glaube, wir sind gut füreinander.«

18.

Heute Abend sind die Voraussetzungen perfekt«, erklärte Blythe und blickte auf die bergige Straße zurück. Sie hatten ihre Autos sorgfältig unter Bäumen geparkt, wo sie nicht zu sehen waren.

Levi, der mit Rikki auf der Heckklappe ihres Pick-ups saß, nickte. »Wir haben eine Menge Aufnahmen und wissen, dass das Hauptevent jeden Abend um acht stattfindet. Punkt acht sitzen alle im Gebäude. Wer es wagt, zu spät zu kommen, wird höllisch bestraft.«

Lexi schauderte. Gavril verzog keine Miene und sah sie nicht einmal an, doch er verlagerte sein Gewicht unmerklich näher zu ihr, und seine Hand glitt nach unten zu der ihren.

Wir nehmen sie auseinander, solnyshko moya, *dann haben sich die schlimmen Erinnerungen erübrigt.*

Lexi atmete tief durch. »Waren junge Bräute dort?«

»Wir haben keine gesehen«, antwortete Ilja. »Wir haben die Bänder sorgfältig angeschaut, Lexi. Dieses Lager scheint unabhängig von den anderen zu sein. Wenn es andere gibt, dann kooperiert diese Gruppe offenbar nicht mit ihnen.«

Alle elf, sechs Frauen und fünf Männer, drängten sich im Schutz der Bäume zusammen. Von der Straße aus waren sie und ihre vier Fahrzeuge nicht zu sehen. Bis zu Frosts Lager war es noch ein Stück Weg, doch um nicht entdeckt zu werden, mussten sie von hier aus zu Fuß gehen.

»Wie viele Vollstrecker?«, fragte Lissa.

»Sechs«, antwortete Gavril. »Sie hören alle auf Frost, das ist der, der Lexi auf dem Anrufbeantworter bedrohte.«

Lexi räusperte sich. Ihre Finger verkrampften sich ineinander. Gavril fluchte lautlos, denn seine Brüder bemerkten dieses Anzeichen von Nervosität. Er legte sacht eine Hand auf die ihre, um sie zu beruhigen.

»Frost hat nur mit dem Reverend zusammengearbeitet«, sagte Lexi mit gepresster Stimme. »Er fuhr von Lager zu Lager und gab den Leitern ihre Befehle. Niemand fällte eine Entscheidung ohne seine Zustimmung. Seine Strafen waren extrem brutal. Nicht einmal Caine wagte es, sich gegen ihn zu stellen, wiewohl er sich ihm widersetzte, als Frost ihn überreden wollte, mich ihm zu geben. Weil Caine angeblich mein Ehemann war, konnte Frost mich nicht einfach mitnehmen, obwohl mehrere Leiter ihn für den eigentlichen Sektenführer und den Reverend lediglich für seinen Strohmann hielten, der wegen seines Charismas gewählt worden war. Ob das stimmt oder nicht, weiß niemand genau.«

Max lief ruhelos hin und her. »Klar gefällt er sich in der Rolle des Anführers. Wenn er den Versammlungsraum betritt, herrscht absolute Stille.«

»Können wir vom Eingang des Lagers aus sehen, was in diesem Raum passiert?«, fragte Airiana.

»Da kommt man nicht hin«, erwiderte Thomas sofort.

»Noch nicht mal in die Nähe«, fügte Gavril hinzu.

Bevor eine der Frauen protestieren konnte, fuhr Thomas fort. »Frost hat eigene Überwachungskameras installiert. Wir haben sie auf der Karte um das Lager herum markiert. Aber der Kerl ist schlau. Die Nachtkameras hat er so aufgestellt, dass sie das Gelände um das Lager herum maximal erfassen.«

»Sie haben eindeutig nicht mehr so viel Geld und so viele Leute wie zu Zeiten des Reverend«, stellte Maxim fest.

»Genau deshalb, denke ich, haben sie sich so bemüht, Lexi zu finden«, sagte Gavril. »Ich glaube, die Sekte hat sich wegen der Verhaftungen, der Publicity und des Todes des Reverend aufgelöst. Das Geld war weg; man braucht aber Geld, um so eine Organisation zu managen. Lexi war eine Goldmine, die sie verloren haben. Es ging gar nicht darum, dass sie wieder jemandes Frau würde oder so etwas. Sie wollten mit ihrer Hilfe wieder eine Verbesserung ihrer Lage erreichen.«

Lexi schüttelte den Kopf. »Caine wollte mich töten. Und er befahl auch den anderen, mich umzubringen.«

»Erst nachdem du ihn in der Erdspalte sitzen hattest«, widersprach Gavril. »Sozusagen in der Hitze des Gefechts, und die anderen reagierten darauf. Das waren nur unbedeutende Mitläufer, auch wenn sie sich für noch so toll hielten. Und vergiss nicht, es waren allein Frost und Caine, die wussten, dass du Geld einbrachtest, niemand sonst.«

»Du hast also bares Geld für sie bedeutet«, fügte Levi hinzu. »Frost braucht für seine Operationen eine Tarnung. Wir haben entdeckt, dass er mit Waffen handelt und für seine Drogengeschäfte gute Beziehungen zum Nahen Osten unterhält. Er musste das Geld waschen und seiner Gemeinde und Außenstehenden ein gutes, sauberes Geschäft präsentieren. Ich schätze, ohne die charismatische Figur des Reverend und aufgrund der Razzien ging es ziemlich rasch bergab.«

»Er will also, dass Lexi für ihn die Landwirtschaft managt«, meinte Blythe. »Deshalb rufen sie an und versuchen, ihr Angst zu machen? Das ist doch verrückt.«

»Frost arbeitet mit Einschüchterung. Die meisten seiner Gemeindemitglieder fürchten ihn«, konterte Maxim. »Ich glaube, er ist so sehr daran gewöhnt, dass die Leute Angst vor ihm haben, dass er glaubte, wir würden ihm Lexi übergeben, oder sie würde solche Angst um uns haben, dass sie sich ihm ausliefern würde.«

»Er wird bald seine eigene Medizin zu schmecken bekommen«, sagte Lissa und klang dabei sehr zufrieden. »Wir brauchen einen Platz, von dem aus wir arbeiten können. Wo wir unser Ding alle zusammen durchziehen können. Mit Blythe und Judith als Verstärkung müssen wir aber aufpassen, dass wir es nicht übertreiben.«

Judith lachte. »Wir wollen ihnen schon richtig Angst einjagen. Wisst ihr noch, wie uns beim letzten Mal die Dinge aus dem Ruder liefen? Das war nicht schön für die anderen.«

Die Frauen lachten alle. Levi und Thomas tauschten verlegene Blicke aus.

»Ich habe eine geeignete Stelle für euch gefunden«, sagte Gavril. »Dort können wir euch schützen, und ihr habt einen guten Blick auf die Versammlungshalle. Aber ihr müsst ein Stück durch den Wald laufen.«

»Das ist kein Problem«, meinte Rikki. »Wir tragen warme, dunkle Sachen und haben gute Wanderstiefel. Dies ist nicht unser erstes Picknick.«

Airiana nickte. »Wir kennen uns aus, Gavril. Wir sehen aus wie nette Damen, aber in Wirklichkeit sind wir das gar nicht.«

Lissa drehte sich plötzlich um und blickte Gavril direkt ins Gesicht. Er kannte diesen Blick. Sie warnte ihn, dennoch über die anderen Frauen zu wachen. Sie mochten vorgeben, krasse Typen zu sein, aber keine von ihnen hatte den Killerinstinkt. Das war ihm klar, aber er nickte dennoch, nur um sie wissen zu lassen, dass er verstand, was sie ihm sagen wollte.

»Habt ihr die Namen der Vollstrecker herausgefunden?«, fragte Judith. »Wir müssen sie der Sekte als die Sünder präsentieren können. Als die sechs, auf die ihr Gott am meisten zornig ist.«

»Wir haben sie«, erwiderte Levi. »Und ihr seid alle sicher, dass ihr das tun wollt?«

Die Frauen nickten.

»Dies ist die Gelegenheit für diejenigen, die nicht mitmachen wollen, auszusteigen«, erklärte Blythe. »Wir wollen nicht, dass irgendjemand Schaden nimmt.«

Gavril schaute auf das Meer hinaus, über dem vor einer Weile noch eine dicke Nebelbank gelegen hatte. Während ihres Gesprächs hatte der Dunst das Land erreicht, einen grauen Schleier über den Berg gelegt und den Wald eingehüllt. Feuchtigkeit hing in der Luft.

Auf eine solche Nacht hatten die Frauen gewartet. Bald würde der Sturm hereinkommen, ziemlich genau zu der Zeit, wenn sie ihn brauchten. Es gefiel ihm nicht, dass sie einen Freund angerufen hatten, um auf die Kinder von Max und Airiana aufzupassen. Viel lieber wäre ihm gewesen, wenn dazu einer seiner Brüder auf der Farm geblieben wäre, aber das ging ihn nicht wirklich etwas an.

Airiana hatte versucht, Lucia und Benito zu überreden, zu einer Freundin zu gehen, doch sie hatten sich standhaft geweigert, ihren Zufluchtsort zu verlassen. Schließlich hatte Gavril das Problem gelöst, indem er Drago ins Spiel brachte. Er bewachte das Haus und ließ niemanden hinein außer dem Babysitter. Gavril hoffte, dass sie seine Warnung sehr ernst nahmen, und hatte die Verantwortung Lucia übertragen. Sie hörte immer aufmerksam zu, wenn sie über die Hunde sprachen, und sie wussten alle, wie sie in das sichere Zimmer kamen, falls etwas passieren sollte.

Für die Frauen bestand ein minimales Risiko. Das wusste er. Mit seinen Brüdern als Rückendeckung war es sogar noch geringer. Dennoch … er wollte nicht, dass Lexi dem Lager oder Benjamin Frost nahe kam. Von den auf Band aufgezeichneten Reden Frosts wussten sie, dass er seine Gemeinde ausschließlich mit Hilfe von Angst in Schach hielt. Seine eigenen Anhänger mochten ihn nicht. Sie wollten nicht einmal mit ihm in einem Raum sein; trotzdem wagte es nicht ein Einziger, ein Treffen oder gar das Lager zu verlassen.

Ilja hatte eruiert, dass Frost ein Army Ranger gewesen war und den Dienst verlassen musste, als er in Verdacht geriet, Waffen und Drogen aus dem Nahen Osten geschmuggelt zu haben. Er wurde nie verurteilt, weil die beiden Zeugen vergiftet worden waren, bevor sie ihre Aussage machen konnten. Frost war zu dieser Zeit in Haft gewesen und konnte diese Morde demnach nicht selbst verübt haben, doch niemand zweifelte daran, dass er sie in Auftrag gegeben hatte.

Er verlor seinen Rang und wurde unehrenhaft entlassen. Danach verließ er die Staaten und wurde Söldner. Innerhalb von drei Jahren starben der Chefermittler, der Staatsanwalt und der Richter durch Gift. Keine Spur führte zu Frost, doch Iljas Quelle sagte, alle glaubten, dass er dafür verantwortlich sei, man könne nur nichts beweisen.

Frost war keiner, der sich durch Geister oder Götter einschüchtern ließ. Er würde nicht kapitulieren, sondern Lexi eher noch skrupelloser verfolgen. Darüber mit den Frauen zu diskutieren war jedoch sinnlos. Gavril wusste, was er zu tun hatte, und er zögerte nicht. Männer wie Frost konnten selbst aus dem Gefängnis heraus operieren.

Auch die sechs Vollstrecker waren Exmilitärs. Frost hatte sie in der Armee oder in seiner Zeit als Söldner kennengelernt. Sie hatten eine nette Sache am Laufen, Frauen, so viele sie wollten, Männer zum Schikanieren und Herumkommandieren, keinen Job außer dem, furchterregend auszuschauen. Auch sie würden also nicht so leicht aufgeben.

Gavril hatte versucht, seinen Brüdern auszureden, ihm bei der Eliminierung von Lexis Bedrohung zu helfen. Es war seine Pflicht. Sein Problem. Er wusste, er konnte in das Lager eindringen und es verlassen, ohne entdeckt zu werden. Das hatte er schon mehrfach gemacht.

Er suchte keine Anerkennung auf Kosten anderer. Er zählte keine Opfer und schnitt keine Kerben in Holzpflöcke. Er bewegte sich im Schatten und brachte den Tod. Er schaute in den grauen Nebel, während sie um ihn herum leise sprachen.

»Wir gehen bewaffnet hinein«, informierte er die Frauen leise und vollkommen emotionslos. »Wenn wir euch sagen, etwas zu tun, tut es, ohne zu fragen. Wenn das Ganze den Bach runtergeht, dann dürfen wir keine Zeit verlieren, und dann müssen wir sicher sein, dass ihr mit uns zusammenarbeitet.«

Lissa sah zu ihren Schwestern. »Natürlich tun wir das. Sofort. Ohne zu fragen, richtig?«

Blythe nickte. »Ihr seid die Experten.«

»Aber Levi und Thomas wissen, dass wir uns schützen können, wenn es sein muss«, sagte Rikki. »Macht euch nicht solche Sorgen.«

Gavril sah Lexi nicht an. Er hatte nie zusammen mit anderen gearbeitet, sondern immer allein, und er war es gewohnt, allein zu agieren. »Lexi, du tust nur und ausschließlich, was ich dir sage.«

Er spürte, wie sie plötzlich den Kopf anhob. Ihren durchdringenden Blick. Sie wusste Bescheid. Sie war absolut auf einer Wellenlänge mit ihm. In Verbindung. Er presste seinen Daumen tief in den juckenden Handteller.

»Ich muss wissen, dass du sicher bist, verstehst du?« Er wandte sich ihr zu und ließ sie den Killer in ihm sehen. Zu lange war er dieses Phantom gewesen und wusste nicht, wie er damit aufhören konnte, nicht in einer Situation wie dieser.

Ihre grünen Augen trafen seinen Blick. Der sanfte Wald, der geheime Ort, wo er sich fallen lassen konnte und wo Frieden herrschte. Lexi ignorierte alle anderen, stellte sich direkt vor ihn und strich sanft über seine Wange. Ihre Berührung ging ihm durch Mark und Bein.

»Natürlich bin ich sicher, Gavril. Ich bin doch bei dir.«

Alles in ihm kam zur Ruhe. Er ergriff ihre Hand und liebkoste mit den Lippen ihre Fingerknöchel.

»Dann bringen wir es also hinter uns, ja?«, sagte er. »Die Autos sind für alle Fälle versteckt. Max, du gehst voran, ich am Ende. Wir müssen aufpassen, dass wir nicht zu laut sind.«

»Airiana und Max können Geräusche dämpfen«, sagte Lexi. »Sie sorgen dafür, dass uns niemand hört.«

Der Wald war kühl und feucht, der Nebel so dicht, dass selbst die Person vor einem nur schwer zu sehen war, doch Lexi war vollkommen selbstbewusst. Er beobachtete sie, war sich aber gleichzeitig jeglicher Gefahr bewusst, die auf sie lauern konnte. Die Nacht brach herein, was die Sicht noch mehr erschwerte, doch sie zögerte nicht im Mindesten. Ihre Hände streiften im Vorbeigehen die Blätter von Bäumen und Büschen.

Fast schien es ihm, als würden die Pflanzen nach ihr greifen, die Wedel der Farne, die hohen Büsche, sogar die Äste der Bäume. Ihr langes, dickes Haar war kunstvoll geflochten, wie offenbar nur Frauen es konnten. Er hatte sie beim Flechten beobachtet; sie war vor dem Spiegel gestanden, hatte aber nicht einmal hineingeschaut.

Gavril strich über ihren langen Zopf hinunter. Lexi lächelte ihm über die Schulter zu. Die Liebe war kompliziert, dachte er. Furchterregend. Verwunderlich. Die Liebe war eine Frau, die aus einem so gebrochenen und kaputten Mann, wie er es war, etwas weitaus Besseres machen konnte.

Sie drängten sich auf der kleinen Lichtung unterhalb des Baumkreises zusammen, von der aus man das Lager überblicken konnte. Gavril hatte diesen Platz ausgewählt, weil von hier aus auch jeder zu sehen war, der sich ihnen näherte. Das Wetter verhinderte, dass die Kugel eines Scharfschützen sie hier erreichte, auch die eines wirklich guten – und er war sicher, dass mindestens einer von Frosts Vollstreckern in seiner Militärzeit ein solcher gewesen war.

Es gab einige gute Möglichkeiten, vom Lager wegzulaufen.

Falls sie rasch verschwinden mussten, konnten sie in den Wald rennen, wo niemand sie sah. Aber trotzdem …

Bleib in meiner Nähe, Lexi.

Die Frauen bildeten einen Kreis, und die Männer bezogen Positionen, von denen aus sie sie schützen konnten. Max stellte den Bildschirm so in die Mitte des Kreises, dass der Empfang der Kamerasignale optimal war, formte dann einen Haufen aus Erde und Gras und drückte ihn hinein. Sofort erschien die Versammlungshalle darauf.

Mitglieder der Sekte schlenderten umher und sprachen leise, kaum verständlich miteinander.

»Kannst du den Ton besser hinkriegen?«, fragte Gavril. Er wollte, dass Frosts Reaktion deutlich erkennbar wurde.

»Einen Moment«, sagte Max.

»Rikki ist wirklich gut in solchen Sachen«, bemerkte Blythe. »Sie redet nicht darüber, aber wenn es um Elektronik geht, kann sie so ziemlich alles reparieren.«

»Das Problem könnte beim Mikro oder beim Receiver liegen«, erklärte Max über den Bildschirm gebeugt.

Rikki blickte über seine Schulter auf den Monitor.

Airiana bewegte in einem komplizierten Webmuster die Hände durch die Luft und trat so mit dem Nebel in Verbindung. Dann sandte sie ihn langsam aus; innerhalb des großen Schleiers begannen sich lange Schwaden den Berg hinunter zum Lager hinzuziehen. Sie ließ sie treiben, schob sie mit einer sanften Brise an, sodass dünne Streifen wie knochige Finger nach dem Gebäude griffen, in dem sich Frosts Zuhörer versammelten.

»Langsam«, mahnte Blythe. »Wir wollen nicht, dass das Wetter einen davon abhält hinzugehen.«

»Das hält niemanden ab. Zu diesen Treffen geht man sogar, wenn man krank oder kurz vor der Niederkunft ist. Niemand wagt es, sie zu versäumen«, klärte Lexi sie auf.

Ein Schauder erfasste sie, Erinnerungen, die zu nahe kamen.

Lexi wusste, dass sie einen Weg finden musste, sich ihrer Vergangenheit zu stellen und sie zu besiegen. Eine ihrer Gaben war ihre Verbindung mit der Erde. Sie hatte ihre Schwestern, die sie liebten und beschützten, ihr ein Zuhause gegeben hatten. Sie hatte Gavril, einen Mann, der sie liebte, obwohl sie ihm nicht alles geben konnte, was sie ihm gern gegeben hätte. Sie musste wieder spüren, dass sie Kraft hatte und ihr Leben selbst bestimmen konnte.

Sie wusste, dass Gavril ihr dieses Geschenk machte, obwohl er sie alle so weit wie möglich von Frost entfernt wissen wollte. Er war nicht einverstanden mit der Idee, die anderen bloß wegzuscheuchen. Seinetwegen brauchten sie nicht aus der Halle zu verschwinden. Er hätte die Vollstrecker und Frost einen nach dem anderen gejagt und die Gefahr für Lexi ohne jedes Drama beseitigt. Doch ihretwegen nahm er sich zurück und schenkte ihr diesen Moment.

Lexi wollte ihm die Macht der Frauen demonstrieren. Er hatte sie noch nie in Aktion gesehen. Er hatte keine Ahnung, wozu sie gemeinsam imstande waren, und das wollte sie ihm zeigen, damit er sich nicht so sehr um ihre Sicherheit sorgte. Sie wusste, dass er sie für zerbrechlich hielt. Das konnte sie weder ihm noch ihren Schwestern übel nehmen. Mit ihren dauernden Panikattacken wirkte sie nicht eben stark, doch sie verfügte über eine innere Stärke, die sie noch nie im Stich gelassen hatte.

Diese Stärke hatte sie Caines Bestrafungen und seinen Missbrauch überstehen lassen. Sie hatte ihr erlaubt, ihre Flucht zu planen, trotz des Wissens, dass er sie vielleicht töten würde, wenn er sie ertappte. Und sie hatte ihr geholfen, als sie erfuhr, dass Caine ihre gesamte Familie ermordet hatte.

Gavril umfasste mit beiden Händen ihr Gesicht. »Wir können immer noch nach Hause zurück, Lexi, wenn dich das an zu viel Schlimmes erinnert.«

Sie schüttelte den Kopf. »Ich will das machen, Gavril. Ich

glaube, dass es mir hilft. Ich habe versucht, sie mit Hilfe des Gesetzes zu belangen. Es hat nicht funktioniert. Ich hoffe, es gibt wenigstens den Desillusionierten unter ihnen die Gelegenheit auszusteigen, solange sie es noch können. Zu fliehen. Sie brauchen eine Chance.«

Er nickte mit zusammengebissenen Zähnen und eisigem Blick. Sie verstand diese Miene, aber er ließ sie dennoch gewähren, und dafür war sie ihm dankbar. Sie wollte nicht mit ihm darüber streiten. Das entsprach nicht ihrem Wesen, und sie wusste, wenn Gavril fest von etwas überzeugt war, dann gab er nicht nach. Aber sie musste dies auf jeden Fall tun.

»Wir haben den Ton«, verkündete Max. »Danke, Rikki. Das hat geholfen.«

»Alle setzen sich, Lexi«, berichtete Judith.

Lexi betrachtete aufmerksam das übertragene Bild. Sie konnte die Spannung beinahe spüren. Die Frauen sehr dicht neben ihren Männern – oder ganz weit weg, ein vielsagendes Zeichen, das sie aus den Tagen kannte, als sie dort gesessen und auf Caines Rede gewartet hatte.

Sie befeuchtete sich die Lippen. »Er lässt sie erst mal warten. In ungefähr vier Minuten wird er die Vollstrecker hineinschicken. Alle, die ein bisschen unruhig sind, werden dann sofort mucksmäuschenstill. Diese Männer gehen durch die Reihen und starren alle an. Manchmal bleiben sie vor einem stehen, aber sie sagen kein Wort.«

»Alles nur Einschüchterung«, bemerkte Levi angewidert.

Lexi konnte nicht aufhören, ihre Finger zu verdrehen. Sie wusste, das würde Gavril jetzt mehr verärgern als alles andere. Er wollte nicht, dass sie sich wegen Frost und dessen Drohungen quälte. Und wenn er sich zu sehr ärgerte, würde er sie einfach von hier wegtragen. Eigentlich hätte sie nicht so dankbar dafür sein sollen, dass sie sich auf seine Stärke und seinen Schutz vollkommen verlassen konnte, doch sie war es.

»Seine Vollstrecker sorgen dafür, dass ihre Waffen sichtbar sind.« Sie musste sich Mühe geben, um nicht mit zittriger Stimme zu sprechen. »Sie sagten uns, das täten sie, damit wir uns vor Außenstehenden beschützt fühlten, aber wir fühlten uns dadurch nur bedroht.«

Lissa legte ihr eine Hand auf die Schulter. »Darum ging es, nicht wahr?«

Lexi seufzte und ließ den Blick langsam über die Frauen schweifen. Jede von ihnen hatte Schlimmes erlebt – Morde an geliebten Menschen, für die sie sich schuldig wähnten –, genau wie sie. Trotzdem leisteten sie etwas. Sie passten alle sechs einfach zusammen und wurden dadurch ein Ganzes, das so viel mehr war. Sie spendeten einander Kraft. Einfach nur bei ihnen zu sein gab ihr den Mut, den sie brauchte, um dies durchzustehen.

»Vier Minuten«, sagte Levi. »Wie Roboter, Lexi, da sind sie.«

Jetzt sah Lexi Frosts Männer zum ersten Mal richtig. Sie kannte keinen von ihnen. »Sie müssen von anderen Lagern sein. Die Polizei sagte mir, es sind nicht mehr viele. Dass sie sich zerstreut haben, als die Verhaftungen begannen. Ich bin sicher, viele haben die Chance ergriffen, um zu verschwinden, weil sie desillusioniert waren, als die Lasterhaftigkeit des Reverend ans Licht kam.«

»Die da links« – Maxim zeigte auf drei, die in eindeutiger Drohgebärde den Seitengang herunterkamen – »waren alle mit Frost in der Armee. Sie halten zusammen. Diese drei waren die Verdächtigen bei den Morden an den Leuten, die gegen Frost ermittelten, als er in der Armee war. Sie quittierten den Dienst bald nach ihm und schlossen sich der Söldnertruppe an, für die er arbeitete.«

»Judith hat für euch alle die korrekte Schreibweise der Namen notiert«, fügte Thomas hinzu. »Halte sie einfach vor dich, Airiana, wenn du die Namen in den Nebel schreibst. Sie sollen schließlich nicht denken, dass ihr Gott nicht richtig buchstabieren kann.« Er grinste spöttisch.

»Die anderen drei rechts sind Freunde aus Frosts Söldnertagen«, erklärte Levi. »Keiner von ihnen ist verheiratet, aber der mit dem Bart hat mehrere Ehen hinter sich.«

Thomas nickte. »Zuletzt mit einer jungen Frau aus Afghanistan. Sie waren etwa zwei Jahre verheiratet, aber kaum jemand hat die Frau zu Gesicht bekommen. Die Nachbarn sagten, sie hätten nicht einmal bemerkt, dass sie nicht mehr bei ihm war, bis die Polizei Nachforschungen anstellte. Ihre Familie erkundigte sich nach ihr. Shelton Edwards behauptete, seine Frau sei nach Afghanistan zurückgegangen, und ihre Familie habe sich wahrscheinlich ihrer entledigt. Wahrscheinlicher ist wohl, dass er das getan hat.«

»Er war drei Mal verheiratet«, fügte Levi hinzu. »Alle drei Frauen waren aus dem Ausland, und alle drei verschwanden spurlos, als sie angeblich wieder nach Hause gingen. Keine Ehe dauerte länger als zwei Jahre.«

»Er ist ein sadistisches Schwein«, sagte Max. Es überraschte Lexi nicht, dass sich Frost mit Leuten wie Shelton Edwards umgab. Caine hatte es nicht anders gemacht. Es waren Männer, die Spaß an Gewalt hatten und andere gerne leiden sahen. Die Sekte bestand aus Männern und Frauen, die ihnen folgten, sie fürchteten und versuchten, ihnen zu gefallen. Diese Männer brauchten das, sie genossen die Macht, die sie über die anderen hatten, und verhöhnten und quälten sie oft nur deshalb, weil sie die Möglichkeit dazu hatten.

Sie studierte ihre Gesichter. Einige der Männer waren Singles. Wahrscheinlich hatte ihnen die Vorstellung gefallen, dass die Frauen der Sekte den Männern dienstbar waren. Wahrscheinlich waren ihnen junge, unschuldige Bräute versprochen worden, die jederzeit nach ihrer Pfeife tanzten.

Auch Familien waren vertreten. Sie erkannte, welche Männer

in einem falschen Glauben der Sekte beigetreten waren und ihre Entscheidung bitter bereuten, und welche glaubten, dass ihre Frauen nur auf der Welt waren, um ihnen jeden Wunsch zu erfüllen.

Das war ein Lieblingsthema des Reverend gewesen. Oft hatte er darüber mit biblischen Worten von Hölle und Verdammnis gepredigt, bis die Versammlungshalle kochte, mit der Faust auf die Kanzel gedonnert und die Frauen aufgerufen zu beichten, dass sie sich nicht angemessen um ihren Mann gekümmert hätten.

Die Ehemänner gaben ihren Führern Listen. Das wusste sie, weil Caine mit Freuden eine Verfehlung nach der anderen erfunden hatte. Fast bei jedem Treffen war sie gedemütigt und bestraft worden und musste ihren »Ehemann« um Vergebung anflehen. Lexi war sich nicht sicher, ob sie diese Prozedur auf dem Bildschirm mit ansehen konnte.

»Okay, jetzt kommt er«, berichtete Blythe. »Lexi, vielleicht möchtest du ihnen eine kleine Vorahnung geben. Nichts Großartiges. Wir wollen ja nicht, dass sie gleich aus dem Gebäude rennen.«

»Rikki, bring den Regen herein. Der Sturm ist noch draußen über dem Meer, aber du kannst mit Wolken und Feuchtigkeit arbeiten«, fügte Judith hinzu. »Wenn du so weit bist, gebe ich dir ein wenig Verstärkung.«

»Ich habe den Wind«, sagte Airiana. »Ich treibe den Regen und den Nebel direkt auf sie zu. Der Wind wird ein paar Worte sprechen.«

»Nicht zu viel Regen, Rikki«, sagte Blythe hastig, als sich die Wolken über dem Lager öffneten. »Wir brauchen den Nebel. Airiana, bring den Nebel ins Gebäude hinein, aber ganz langsam, damit zunächst niemandem etwas auffällt.«

Lexi sank auf die Erde und schob die Vegetation beiseite. Das Erdreich darunter war dunkel und fruchtbar. Sie steckte die

Hände tief hinein und spürte sofort ihre Verbindung, den Frieden, der sie immer überkam, wenn sie die Erde berührte.

Mit geschlossenen Augen konzentrierte sie sich und grub tiefer, um dieses Band noch zu verstärken, bis sie den Herzschlag der Erde fühlte. Die Wärme. Die Wasseradern unter der Oberfläche. Sie fühlte Feuer und Eis. Den Puls der Erde.

Langsam formte sie Fäuste und hielt Erde darin fest. Dann bewegte sie die Hände schnell vor und zurück und auf und ab. Nur Millimeter, doch das reichte, denn schon setzte tief unter ihr die Welle ein, dehnte sich aus und pflanzte sich in gerader Linie zur Versammlungshalle fort – ihrem Ziel.

»Jetzt der Nebel, Airiana«, instruierte Blythe. »Brauchst du Hilfe?«

»Ich hab's schon. Ich will, dass niemand etwas merkt, bis Lexis kleines Geschenk ankommt. Ich lasse ihn durch Luftschlitze, Spalten, unter Türen und durch offene Fenster eintreten. Das wird reichen.«

Alle starrten auf den Bildschirm. Lexi ließ die Hände tief in der Erde. Sie spürte den Impuls, die Zunahme der Geschwindigkeit, und dann wölbte sich die Erde unterhalb der Versammlungshalle, direkt unter Benjamin Frosts Füßen. Er stand breitbeinig da und starrte mit ernster Miene und stählernem Blick auf seine Herde.

Die Bodenbretter hoben sich ohne jede Vorwarnung und warfen ihn auf die Knie. Der Boden schwoll an, ihm entgegen, sodass er hart auf das Gesicht fiel. Eine atemlose Stille folgte. Niemand sonst hatte diese gut platzierte seismische Anomalität gespürt, niemand verstand, was vor sich ging.

Gavril legte eine Hand auf Lexis Schulter. »Einen besser gezielten Angriff hätte ich nicht führen können. Erstaunliche Technik.«

Sie konnte nicht umhin, stolz zu sein, doch noch mehr wog die schiere Freude, Frost vor seiner Gemeinde auf den Knien zu sehen. Von überallher drang nun Nebel in den Versammlungsraum ein, stieg aus dem Boden auf, kroch durch Fenster und Lüftungsschlitze, sogar durch Risse im Holz, waberte um Frost, bis er kaum mehr zu sehen war.

Ein kollektives Keuchen wurde hörbar, als die Versammlung in fassungslosem Staunen sah, wie der Nebel begann, Frosts Namen zu buchstabieren. Sogar die sechs Vollstrecker waren starr vor Schreck und blickten mit offenen Mündern auf das Geschehen. Immer wieder, von der Decke bis zum Boden, wurde derselbe Satz sichtbar.

Frost tut nicht Gottes heiliges Werk. Frost tut nicht Gottes heiliges Werk. Jedes Wort war deutlich geschrieben, in großen, grauen Lettern, sodass alle es sehen konnten.

Frost wollte aufstehen. Der Boden bebte, verschob sich, gab unter ihm nach. Dieses Mal spürten auch die Menschen im Gebäude die Erschütterung, wenn auch nur leicht. Frost hingegen fiel erneut vornüber, schlug mit dem Gesicht auf, seine Stirn krachte auf die Bodendielen.

Die Schrift glitt nach unten. Die Buchstaben senkten sich auf den Boden und bewegten sich die beiden Gangreihen entlang, auf die sechs Vollstrecker zu wie lebendige Wesen, wanden sich um sie, um ihre Knöchel und Handgelenke, aufwärts und um ihre Hälse, bis sie Mumien glichen, die mit grauen Bändern eingehüllt waren.

Die Männer standen derart unter Schock, dass sich keiner von ihnen regte. Sie starrten in die Luft, wo sich nun neue Lettern formten. Der Wind heulte Frosts Namen, ein schaurig hoher Ton, und überall um das Gebäude herum setzte nun der Regen ein, als würden die himmlischen Heerscharen um ihre verlorenen Seelen weinen.

Neue Sätze erschienen in der Luft. *Frost und seine Vollstrecker müssen bestraft werden. Frost und seine Vollstrecker müssen bestraft werden.* Wie der erste war auch dieser Satz in Blockbuchstaben geschrieben und wiederholte sich wieder und wieder, bis er auf dem Boden ankam, die Gänge entlang- und an den Vollstreckern hinaufkroch. Die nächste Sentenz war eine Liste mit Namen.

Strafe erwartet: Shelton Edwards. Gene Fielding. Daniel Forest. Trey Bridges. Ronald Howard. James Dawkins. Benjamin Frost. Strafe erwartet: Shelton Edwards. Gene Fielding. Daniel Forest. Trey Bridges. Ronald Howard. James Dawkins. Benjamin Frost.

Flammen erschienen in der Luft. Rot. Orange. Feuerzungen brannten über dem Namen eines jeden der zu Richtenden. Ein gespenstisches Glühen flimmerte durch den grauen Nebel. Feuergarben schossen durch den Raum, tanzten um die Männer in den beiden Gängen.

Shelton feuerte seine Waffe in die Wand aus Nebel und Flammen. Eine Frau schrie auf. Mehrere weinten.

»Es wird brenzlig da drinnen«, meinte Blythe. »Wir dürfen sie nicht in die Menge schießen lassen.«

»Ich hab's im Griff«, sagte Lexi selbstbewusst. Sie verschob den Boden unter beiden Seitengängen und traf ihr Ziel exakt. In einem Gewirr aus Armen und Beinen gingen die sechs Männer zu Boden. »Jetzt, Airiana, Lissa, Rikki. Mit mir zusammen.«

Hinaus. Hinaus. Hinaus. Der Nebel rollte die Buchstaben rasch aus, brachte die schockierte Menge auf die Beine. Anstatt den Weg durch die Gänge zu nehmen, wo die Vollstrecker waren, schoben sie ihre Klappstühle weg und stürzten auf die Hintertür zu.

Drei der Vollstrecker schafften es trotz des bebenden Bodens, auf die Füße zu kommen. Das letzte Sektenmitglied verließ das Gebäude. Sofort wurde der Wind stärker, schlug die Türen zu und hielt sie verschlossen.

Nun stöhnte der Wind die Namen der im Raum Verbliebenen, rüttelte an den Fenstern, und der Regen prasselte sintflutartig auf das Dach. Der Boden im Saal wölbte sich auf und fiel wieder in sich zusammen, wellte sich gleich einer Schlange, krachend splitterten die Dielen.

Die sieben Männer krochen auf die Ausgänge zu, während sich unter ihnen immer wieder die Erde auftat und die Wände sich zu weiten und zu verengen begannen, als würden sie atmen.

Gavril verfolgte gespannt, ja ehrfurchtsvoll, welche Macht die Frauen demonstrierten. Es war erkennbar, dass sie nicht zum ersten Mal zusammenarbeiteten. Jeder Schritt war klar und präzise. Sie führten ihre Attacke so aus, dass niemand zu Schaden kam. Die Mitglieder der Sekte, ja selbst Benjamin Frost, konnten nur glauben, dass Gott seine Hand im Spiel hatte. Wer oder was sonst sollte so etwas bewirken?

Er freute sich für Lexi und war stolz auf sie. Sie führte die seismischen Bewegungen exakt aus und traf perfekt ihre Ziele. Airiana gebot dem Wind und dem Nebel mit Leichtigkeit, und Lissa schaffte es irgendwie, Feuer aus der Elektrik des alten Gebäudes zu zaubern. Rikkis Regen donnerte ohrenbetäubend mit solcher Wucht auf das alte Dach, dass es zu splittern begann und Wasser eindrang.

Gavril beobachtete, wie sich Frost aufrappelte. Er versuchte, sich an einer Stuhllehne festzuhalten, doch das Metall glühte rotorange. Fluchend sprang er zurück, seine verbrannte Hand schützend, und fiel erneut zu Boden. Sämtliche Stühle im Raum begannen ominös zu glühen.

Die Vollstrecker schleppten sich dahin oder schafften es, sich aufzurappeln und die Ausgänge zu erreichen. Als sie sie öffnen wollten, heulte der Wind neuerlich auf wie eine schreckliche Todesfee und verweigerte ihnen, den Raum zu verlassen.

Edwards und Howard feuerten wie wild auf eine der Türen; die Kugeln hinterließen zahlreiche Löcher in dem dünnen Holz. Zwei ihrer Kollegen schossen zum Fenster hinaus, und sofort drang der Wind so heftig durch das gesplitterte Glas ein, dass sie zu Boden gerissen wurden. Es folgte der Regen, Wasser ergoss sich in die Halle, auch vom Dach, sogar aus dem Boden.

»Sie fliehen!«, berichtete Blythe triumphierend. »Die Leute werfen Koffer in ihre Autos und fahren weg, so schnell sie können. Ihr habt es geschafft. Frost hat keine Anhänger mehr!«

»Lasst ihnen Zeit zu verschwinden, bevor wir Frost herauslassen. Er wird so wütend sein, dass er versucht, sie umzubringen«, riet Lissa.

Gavril ließ Lexi nicht aus den Augen. Sie blickte gebannt auf den Bildschirm, auf den Mann, der so viel zu ihrem Elend beigetragen hatte. Ihre Hände drehten sich im Erdreich, und Frost wurde in die Luft geschleudert. Er schlug auf mehrere Stühle auf und blieb dann an der Wand liegen. Die Rednerkanzel krachte auf ihn.

Wasser bedeckte den Boden, spritzte mit jeder Bewegung der Erde hoch und formte starke Wellen. Der Wind fegte durch den Raum, drosch auf die Männer ein, schleuderte sie nach Lust und Laune hin und her. Über ihren Köpfen schlängelte sich knisternde Elektrizität durch die Luft, eine gefährliche Kombination mit dem vielen Wasser.

Gavril legte einen Arm auf Lexis Schulter. »Du bist hier fertig. Ihr habt erreicht, was ihr wolltet. Seine Gemeinde hat ihn verlassen. Er hat Angst, und seine Männer auch. Schaltet runter, und hört dann auf.«

»Ich bin noch nicht fertig. Keiner meiner Familie ist sicher, solange Frost und seine Leute am Leben sind. Das weißt du«, entgegnete Lexi.

Aus dem Augenwinkel sah er Lissa herüberschauen, die Stirn in Falten gelegt.

»Ich weiß, dass das nicht du bist, Lexi, und du wirst dir das nie verzeihen«, meinte Gavril vorsichtig. Er kauerte sich neben sie und umfasste ihre Handgelenke. »Der Rest ist mein Job, nicht der deine. Steh auf, *solnyshko moya*, und lass diese Sache hinter dir.«

Er sprach leise, aber sehr bestimmt, und war nicht bereit, ein Nein als Antwort zu akzeptieren. Lexi konnte in Notwehr töten, sie hatte es den Worten von Thomas und Max zufolge schon getan, aber es machte ihr schwer zu schaffen. Dies aber war etwas anderes. Sie würde es nie vergessen oder sich verzeihen, was immer sie jetzt auch dachte.

Er zog ihre Hände mit sanfter Gewalt aus der Erde, die sich daraufhin sofort beruhigte. Der Aufruhr verblieb in Lexi, wurde aber nicht mehr vom Boden reflektiert.

»Packt zusammen, Mädels!«, rief er über die Schulter.

Lissa gehorchte sofort. Rikki blickte zu Levi, der nickte. Airiana schloss sich an.

Gavril und Lexi standen auf. Er sah, dass sie wütend auf ihn war, aber sie sagte kein Wort. Das verhieß wohl nichts Gutes für ihn.

»Levi, bringst du mit Thomas die Frauen nach Hause? Ich habe hier noch zu tun.«

19.

Lexi wirbelte herum, ihre grünen Augen sprühten vor Zorn. »Du? Du hast noch etwas zu tun? Glaubst du wirklich, ich weiß nicht, was das heißt? Du hast kein Recht, mich aufzuhalten und dann zu tun, was immer du willst!«

»Lexi.« Gavril blickte auf den Bildschirm. Die Männer erholten sich rasch. Sie waren Profis und ließen sich nicht lange aus dem Konzept bringen. Sie würden sich zusammentun, versuchen herauszufinden, was geschehen war, und wenn Frost lange genug überlegte, dann würde ihm Lexi einfallen.

»Darüber reden wir zu Hause. Ich habe jetzt nicht viel Zeit. Geh mit Levi und Thomas.«

»Und wenn nicht?«

Er seufzte. »Dann werde ich dich richtig wütend auf mich machen, indem ich dich über meine Schulter werfe, zum Auto trage und nach Hause schicke. Und solltest du versuchen, aus dem Auto rauszukommen, würde ich es nicht unter meiner Würde finden, dich zu fesseln.«

Sie trat ihm voll ans Schienbein. Ehe er noch etwas sagen oder tun konnte, machte sie kehrt und marschierte zu den Wagen.

»Oha, Kumpel!« Levi versuchte nicht einmal, sein Grinsen zu verbergen. »Da hast du dir was eingebrockt. Heute Abend möchte ich nicht in deiner Haut stecken.«

Rikki funkelte ihn an. »Großer Macho, ja?« Sie stapfte hinter Lexi her und versuchte, sie einzuholen.

»Danke«, sagte Lissa ernst, bevor sie den beiden anderen Frauen folgte.

Blythe und Judith verabschiedeten sich ebenfalls und verschwanden in Richtung der Wagen im Wald.

Airiana umarmte Max und erwartete seinen Kuss. »Wehe dir, wenn du verletzt wirst.«

»Natürlich nicht«, versprach er. »Aber du weißt, dass wir hier keine Wahl haben.«

Sie nickte bedächtig. »Was immer geschieht, Jonas wird sich eingehend damit befassen. Also passt auf euch auf.«

»Beeil dich«, sagte Max. »Wir wollen sie kriegen, solange sie noch durcheinander sind.«

Thomas zog Airiana am Arm zur Seite. »Wir passen auf sie auf. Keine Sorge. Gehen wir, Airiana, überlassen wir das ihnen.«

Sie blickte Max lange an, dann ging sie mit Levi und Thomas in Richtung der Autos davon.

»Kümmert euch um die Kameras, bevor ihr zum Lager runterkommt«, wies Gavril seine Brüder an. »Und beeilt euch. Wir müssen sicherstellen, dass keiner entkommt und kein Beweis dafür gefunden wird, dass wir hier waren. Max, verwische hier alle Spuren und den Pfad, der hierherführt. Um die Fahrzeugspuren kümmern wir uns zum Schluss.«

»Alles klar, Gavril«, erwiderte Max.

Gavril machte sich auf den Weg zum Lager hinunter. Ein leises Geräusch linker Hand ließ ihn herumwirbeln und zur Waffe greifen.

Lexi stürzte aus den Bäumen hervor, schlug die Pistole beiseite und warf sich vehement in seine Arme. Er war kurz perplex und musste aufpassen, dass er die Waffe nicht auf sie richtete.

»Was ist los, mein Engel?« Er küsste sie auf die Augen.

»Ich bin noch immer sehr wütend auf dich«, zischte sie ihm auf Zehenspitzen stehend ins Ohr. »Aber du passt auf dich auf.

Ich will nicht einen Kratzer an dir sehen. Sonst werde ich noch wütender, und das wird dir nicht gefallen!«

Er bemerkte die Tränen in ihren Augen, und sein Herz machte einen Sprung. Hatten ihm seine Reaktionen auf sie bis vor Kurzem noch Sorge bereitet und er sich dadurch verletzlich gefühlt, so akzeptierte er nun einfach die Tatsache, dass sie seine Welt war. Er umfasste ihr Kinn und küsste sie.

Sie schmeckte nach Magie. Nach Leidenschaft und Liebe. Er umarmte sie und blickte ihr gerührt in die Augen.

»Nicht einen Kratzer«, wiederholte er. »Ich komme bald nach. Das hier wird nicht lange dauern.«

Sie sah ihn lange an, nickte dann und ging. Ein Stück weiter wartete Levi auf sie. Er gab seinem älteren Bruder mit einem Nicken zu verstehen, dass er dessen befehlenden Blick verstand.

Lexi würde jeden Schutz haben, den sie brauchte, und nachdem er gesehen hatte, wozu die Frauen fähig waren, hatte Gavril keinen Zweifel, dass sie sich notfalls auch selbst schützen konnten.

Er ging rasch weiter auf das Lager zu und zählte darauf, dass Max und Ilja die Kameras und sämtliche Aufnahmen zerstören würden. Zur Sicherheit machte er seine Gestalt schemenhaft, ohne jedoch seinen Schritt zu verlangsamen. Er wollte dies ein für alle Mal beenden.

Die Nachforschungen von Ilja und Jonas Harrington zeigten, dass die Gemeinde des Reverend nur mehr aus dieser letzten Gruppe bestanden hatte, die von Frost und seinen Vollstreckern zusammengehalten worden war. Die wenigen verbliebenen Anhänger waren wahrscheinlich Unbelehrbare gewesen, dazu höchstens ein oder zwei Neuzugänge. Frost hatte nicht das Charisma des Reverend; er konnte Menschen lediglich durch Angst in Schach halten. Nur mit Gewalt und Einschüchterung ließen sich aber nicht genügend Mitglieder rekrutieren.

Gavril hatte das Filmmaterial der winzigen Kameras, die er

installiert hatte, studiert. Darauf fand sich kein Hinweis, dass irgendeines der Sektenmitglieder etwas davon wusste, dass Frost es auf Lexi abgesehen hatte. Am wahrscheinlichsten war, dass er seinen Psychoterror in der Hoffnung eingesetzt hatte, die Frauen auf der Farm damit so sehr einschüchtern zu können, dass sie Lexi gezwungen hätten, ihren Zufluchtsort zu verlassen.

Frost kannte keine wahre Loyalität. Seine Dienste wurden bezahlt, wie auch die seiner Männer. Er konnte die Bande zwischen den sechs Frauen auf der Farm unmöglich verstehen. Und ebenso wenig die Entscheidung von Levi, Thomas, Max und nun auch Gavril, ihre Arbeit aufzugeben und in Ruhe mit diesen besonderen Frauen zu leben.

Sich vorsichtig umschauend, tauchten Shelton Edwards und Ronald Howard auf, beide mit Pistolen bewaffnet. Der Sturm schlug ihnen entgegen und trieb sie fast wieder ins Gebäude zurück. Dieses Mal war es Max, nicht Airiana, der das Element Wind rief.

Edwards klammerte sich verbissen an der Tür fest und suchte nach einem Ziel. Howard kniete, den Rücken zum Gebäude, und versuchte, sich gegen den Wind zu behaupten. Nebelschwaden wirbelten um sie, die alle Geräusche dämpften. Der Regen hatte aufgehört, doch das kalte, nasse Grau glich einer Decke, die Schlimmes erahnen ließ.

Gavril bewegte sich gleich einem Phantom durch den Dunst; lautlos wie der jagende Leopard in der Wildnis hielt er durch Gras und Schlamm direkt auf Shelton Edwards zu. Unmittelbar vor ihm tauchte er plötzlich auf, packte mit beiden Händen seinen Kopf und brach ihm mit einem Ruck das Genick, noch bevor sein Opfer begriff, wie ihm geschah. Nichts war zu hören außer einem lauten Krachen.

Howard richtete seine Waffe auf das Geräusch und feuerte mehrmals. Die Kugeln schlugen direkt in Shelton Edwards' Herz ein. Gavril ließ den Mann einfach zu Boden fallen, als seien die Schüsse die Todesursache gewesen. Der Genickbruch und die Einschüsse lagen zeitlich so dicht beieinander, dass auch ein Gerichtsmediziner nicht würde feststellen können, was zuerst geschehen war. Er nahm Edwards die Pistole ab.

»Shel? Shel, antworte mir!«, forderte Howard seinen Partner auf. Er trat einen Schritt auf ihn zu und steckte ein neues Magazin in seine Waffe.

Gavril verschmolz mit der Mauer hinter ihm. Howard trat noch einmal zwei Schritte vorwärts und wäre beinahe über die Leiche gestolpert.

»Verflucht, Shel!« Er wischte sich die Nässe aus dem Gesicht und kniete neben seinem Freund nieder.

»Was ist hier draußen los?« James Dawkins und Gene Fielding kamen aus dem Haus und trennten sich, sobald sie den dichten Nebel sahen, der eine ging nach links, der andere nach rechts.

Gavril kauerte sich unweit von Howard hinter einige Fässer. Von hier hatte er eine gute Feuerposition auf die beiden Männer. Mit Edwards' Pistole jagte er je einen Schuss in Dawkins' Kopf, Kehle und Herz.

Fielding erwiderte das Feuer, seine Kugeln schlugen in Howards Körper ein. Der brach mit einem entsetzten, wütenden Schrei zusammen, der abrupt von einem zweiten und dritten Treffer abgebrochen wurde. Gavril schoss Fielding ins Herz und lief dann zu dem Gebäude gegenüber der Versammlungshalle. An einer Ecke zog er sich auf das Dach hinauf und legte sich flach hin, den Blick auf die zerstörte Tür der Halle gerichtet.

Eine lange Stille folgte. Gavril verharrte völlig regungslos. Der Wind drehte sich, er kam jetzt aus der entgegengesetzten Richtung und brachte Schweißgeruch vom Gebäude mit. Daniel Forest näherte sich von links der Vorderseite des Gebäudes. Er musste sich durch einen schmalen Durchgang hindurchmanövrieren. Trey Bridges und Benjamin Frost kamen von rechts um die Versammlungshalle herum.

Gavril rollte nach links bis zum Rand des Daches und lauschte mit dem Gesicht nach oben auf Forest, der in seine Richtung lief. Ihm war sehr bewusst, wie die Zeit verstrich. Er musste diese Sache aussehen lassen, als wären die Männer aufeinander losgegangen. Und dazu war es nötig, die Zeit zwischen den Exekutionen auf ein Minimum zu reduzieren.

Max musste alle Kameras einsammeln, die sie aufgestellt hatten, gleichgültig, wie schwer sie zu finden waren. Zwei befanden sich in der Versammlungshalle, in der inzwischen Chaos herrschte. Er durfte keinen Beweis dafür hinterlassen, dass er dort gewesen war. Jonas Harrington war nicht dumm; wenn er das demolierte Lager und die herumliegenden Leichen sah, würde er natürlich sofort an die Prakenskij-Brüder denken.

Ein leises Trittgeräusch verriet Forests unmittelbare Nähe. Gavril wartete, bis er unter ihm vorbei war, und ließ sich dann lautlos hinter ihm auf die Erde fallen. Der Nebel hüllte ihn in eine nasse Decke. Er war dicker als gewöhnlich, wie direkt aus einem Albtraum.

Er wartete, bis Daniel Forest um die Ecke bog und auf Trey Bridges stieß, der soeben von der anderen Seite aufgetaucht war. Direkt hinter Forest stehend, feuerte Gavril in die Richtung von Bridges, hoch hinauf in den Wald, und versank dann wieder im Schatten. Bridges erwiderte das Feuer sofort und traf Forest mehrmals, der noch zwei Mal schoss, bevor er kollabierte. Er fiel fast auf Gavrils Füße, sah mit entsetzt geweiteten Augen zu ihm auf und versuchte, seine Pistole hochzureißen. Blut quoll ihm aus dem Mund und gurgelte in seinem Hals.

Gavril kauerte sich neben ihn und bemühte sich nicht einmal, dem Sterbenden die Waffe abzunehmen. Der Mann war bereits hinüber, er wusste es nur noch nicht. Bridges war verwundet worden, dessen war sich Gavril sicher. Je nachdem wie schwer, würde er sich nun entweder nicht von der Stelle bewegen, weil er nicht mehr in der Lage dazu war, in Deckung zu gehen, oder er würde auf das Dach klettern, wie Gavril es getan hatte.

Gavril wartete reglos. Er wurde eins mit seiner Umgebung, ein Phantom, das absolut lautlos kam und ging. Er atmete kaum. Sein Herzschlag wurde langsamer, sein Verstand weitete sich. Er spürte eine Bewegung im Nebel, etwas, das Luft verdrängte. Der Sterbende hustete, und noch mehr Blut strömte aus seinem Mund. Er starrte mit einem wirren Blick auf Gavril.

Es musste Benjamin Frost sein, der sich so selbstsicher näherte. Er bewegte sich langsam um die Vorderseite des Gebäudes herum, war ganz in der Nähe der anderen Leichen. Frost würde niemals, unter keinen Umständen, ohne Deckung Nachforschungen anstellen. Bridges musste also auf das Dach geklettert sein.

Gavril wartete reglos ab. Er hatte Geduld auf die harte Tour gelernt und wusste, dass der Erste, der sich bewegte, häufig einen raschen Tod fand. Bridges würde zu ihm kommen. Und Frost ebenso. Sie würden wissen wollen, was mit Forest los war – weshalb er auf sie gefeuert hatte.

Er fühlte absolut nichts. Seine Sinne arbeiteten auf Hochtouren, doch seine Gefühle waren abgeschaltet. Da war kein Hass. Keine Feindlichkeit. Nichts. Für ihn waren dies keine Menschen und würden nie welche sein. Wenn er auf diesen Abend zurückblickte, würde er sich an sie nicht als Menschen erinnern. Als Ungeziefer vielleicht, nicht aber als menschliche Wesen.

Ein leises Kratzen über ihm sagte ihm, dass Bridges auf der linken Seite des Dachs angekommen war und direkt oberhalb von ihm lag.

»Ich sehe rein gar nichts, Frost«, raunte Bridges in sein Funkgerät. »Nicht einmal Dans Leiche. Sie ist komplett vom Nebel verhüllt.«

»Hier drüben sind alle tot. Alle. Sieht aus, als hätten sie einander abgeknallt. Warte mal. Shels Genick ist gebrochen. Könnte passiert sein, als er zusammenbrach. Er ist voller Einschüsse, aber bleib wachsam.«

»Ich blute hier oben wie ein abgestochenes Schwein!«

»Ich komme zu dir. Aber erschieß mich um Gottes willen nicht. Lass die Augen offen und deine Fresse zu!«

»Hier ist kein Gott«, murmelte Bridges halblaut.

Da war kein Gott, aber der Tod, und er hatte noch nicht genug. Gavril schob sich direkt unter Bridges. Das Dach war aus Teerpappe und verfaultem Holz. Durch die bebende Erde und den heftigen Regen hatte es große Risse bekommen, durch die er sehen konnte.

Mit vorsichtigen Bewegungen nahm er Forests Messer an sich. Die Klinge war gut zwanzig Zentimeter lang und sehr scharf. Forests Augen weiteten sich. Er wollte etwas sagen, doch aus seinem Mund kam nur Blut.

Gavril war kein großer Freund langer Klingen, solange eine kurze, weniger auffällige ausreichte, doch in diesem Fall würde sie ihm gute Dienste leisten. Mit sehr langsamen Bewegungen ging er in die Hocke. Was jetzt kam, hatte er schon Hunderte Male durchexerziert, aber er nahm sich trotzdem Zeit, lauschte, versicherte sich genau des Ziels. Dann schnellte er blitzartig nach oben und jagte die Klinge durch die Dachpappe direkt ins Herz von Trey Bridges. Er ließ los, landete leise auf den Fußballen und bewegte sich dann ein Stück von den beiden Toten weg.

Gavril lauschte. Nichts war zu hören außer dem Geräusch von Forests gurgelndem Atem und einem Rasseln im Hals seines letzten Opfers. Eine Minute verstrich. Zwei. Blut begann stetig vom Dach auf den Boden zu tropfen, nur knapp einen Meter von Forest entfernt.

»Ich weiß, dass du da draußen bist!«, rief Benjamin Frost in einem fast freundlichen Ton. »Ist Bridges tot? Denn die anderen hast du ja garantiert erledigt.«

Frost versuchte sein Glück. Er musste Gavril zum Reden bringen, um herauszufinden, wo er war. Gavril hatte nie etwas davon gehalten, bei der Arbeit zu sprechen. Da gab es einfach nichts zu sagen. Frost hingegen predigte gern. Er benutzte seine Stimme, um andere einzuschüchtern. Er konnte nicht an sich halten, auch wenn niemand mehr seine Befehle entgegennahm.

»Du hast keine Ahnung, mit wem du es zu tun hast.« Jetzt probierte er es auf die ernste Tour, im Befehlston.

Gavril blieb unbeeindruckt. Ohne sich zu bewegen, bestimmte er Benjamins Position im Nebel. Frost entfernte sich von der Versammlungshalle. Er projizierte seine Stimme von seiner aktuellen Position weg – eine Taktik, die ihm offenbar einmal gute Dienste geleistet hatte.

»Ich hatte hier eine tolle Sache am Laufen. Wer immer du bist – du solltest mit mir zusammenarbeiten, nicht gegen mich. Hier gibt es Geld und Frauen. Was immer man dir bezahlt hat, es ist nichts verglichen mit dem, was du bei mir kriegen kannst.«

Im Schutz des Nebels kletterte Gavril wieder auf das Dach, lief gebückt auf die andere Seite und sprang auf das nächste Gebäude. Er landete leise, doch sein linker Fuß durchbrach das morsche Holz und riss ein Loch in das Dach. Sofort streckte er sich aus, um sein Gewicht zu verteilen. Es dauerte etwas, bis er den Fuß wieder frei bekam.

Dann robbte er bis an den Rand des Dachs und ließ sich auf die Erde fallen. Er wusste, dass er ein Geräusch verursacht hatte, als sein Fuß durch das dünne, verrottete Holz gebrochen war; selbst mit dem alles dämpfenden Nebel musste Benjamin ihn gehört haben. Er war Soldat und Söldner gewesen, und dass er noch am Leben war, zeigte, dass er sich mit Kampfsituationen auskannte.

Mehr als alles andere war Gavril die verstreichende Zeit bewusst. Er wollte nicht, dass Ilja und Max mit in den Kampf verwickelt wurden; das hatte er ihnen sehr deutlich klargemacht.

Sie waren das Aufräumteam, nichts weiter. Doch die Zeit war sein größter Feind. Jonas Harrington war hochintelligent; er würde herausfinden, dass Airiana und Max eine Babysitterin bestellt hatten, und zwei und zwei zusammenzählen – insbesondere, wenn zufällig jemand eine Schießerei gemeldet hatte.

Gavril glitt um die Rückseite des Gebäudes, auf den dichten Wald zu, der sich den ganzen Hang hinunter bis fast zum Ozean erstreckte. Wenn Benjamin Frost türmen wollte, würde er hierherlaufen. Hier war der Wald von vielen Pfaden durchzogen, die Gavril bei seinen Erkundungen entdeckt hatte. Irgendwo an der Straße, die am Lager vorbeiführte, musste Frost ein Fahrzeug stehen haben.

Wollte er aber nicht fliehen, dann würde er versuchen, in einem Halbkreis durch den Wald zu laufen, um so hinter Gavril zu kommen. Gavril schritt zügig voran und überlegte, wo es für Frost am günstigsten wäre, ihm aufzulauern. Der Mann kannte das Gelände wesentlich besser als er und würde sich einige Plätze aussuchen, wo er sich verteidigen konnte, falls er in die Enge getrieben wurde. Er war viel zu gerissen, um keine Fluchtmöglichkeit einzuplanen.

Dicker Nebel hing im Wald. Airiana, Max und Rikki hatten ihn vom Meer hereingerufen, deshalb war es auf dieser Seite des Lagers noch grauer als auf der anderen. Ohne Wind, der ihn aufgelöst hätte, blieb der feuchte Dunst in den Bäumen hängen.

Er hielt inne, kauerte nieder, um zu fühlen und zu lauschen, nach einer Bewegung im dichten Nebel zu schauen oder einem großen Fleck, wo das Grau lichter geworden war. Nichts war zu hören. Nichts regte sich. Gavril blickte nach oben zu den Baumkronen. Einige der Bäume waren alt und riesig, mit knorrigen Ästen, perfekt dafür geeignet, sich auf einen zu setzen und zu warten, bis jemand kam.

Es dauerte drei kostbare Sekunden, Frost zu entdecken, und Gavril war sich jeder einzelnen bewusst. Wenn Frost in einer

Baumkrone saß, hatte er keine Chance, es wie einen Unfall aussehen zu lassen. Dabei wollte er doch unbedingt vermeiden, dass Harrington einen konkreten Beweis dafür bekam, dass jemand anderes in das Geschehen im Lager eingegriffen hatte.

Mit einem halblauten Fluch auf den Lippen streckte er sich im nassen Gras aus. Von hier aus konnte er gut feuern, aber er würde Bridges' Pistole benutzen müssen, also eine Waffe, mit der er nicht vertraut war. Wenn er bei dieser Distanz auch nur um Haaresbreite danebentraf, konnte alles ruiniert sein. Gavril beschloss, statt auf den Kopf auf den Körper zu schießen, denn bei dieser Entfernung, dem Nebel und der unerprobten Waffe musste er ganz auf Nummer sicher gehen.

Er zielte sorgfältig und drückte ab. Frost zuckte zusammen, sank dann langsam vornüber und fiel auf die Erde. Gavril wartete etwas, bevor er zu seinem Opfer ging. Der Schuss war nicht tödlich gewesen. Die Pistole zog nach links. Aber wahrscheinlich hatte sich Frost bei dem Sturz einiges gebrochen.

Gavril hörte ihn fluchen, noch bevor er die Schleifspur erreichte. Ein Rinnsal aus Blut verlief im Laub von der Stelle, wo Frost aufgeschlagen war, bis dahin, wo er sich in Deckung geschleppt hatte. Er lehnte an einem Stamm, die Pistole in der Hand, die Brust blutbesudelt. Wie es aussah, hatte er sich bei dem Sturz einen Arm, einen Fußknöchel und womöglich auch das Kreuz gebrochen. Seine Haut war fahl, und er atmete schwer.

Als Gavril auf ihn zuschritt, spuckte Frost Blut. »Wer zum Teufel bist du?« Er hustete und spuckte noch mehr Blut.

Gavril antwortete nicht. Frost war am Sterben, das reichte ihm. Er wollte den Mann einfach nur aus Lexis Leben verbannt wissen. Wenn dieser Kerl der sogenannte »Kopf« der verderbten »Lehre« des Reverend gewesen war, dann ging es der Welt wesentlich besser ohne hin.

Er fluchte erneut und versuchte, seine Waffe zu erheben.

Gavril schoss ihm in den Hals und in ein Auge und wandte sich dann einfach ab von dem Mann, der Familien und jungen Frauen so viel Schlimmes zugefügt hatte.

Er fühlte sich plötzlich müde. Verbraucht. Er ging zu den anderen Leichen zurück und legte die Pistole neben Bridges' Hand. Es war keine perfekte Szene, sie hatte ein paar Schwachstellen, aber für jemand, der keine Ahnung hatte, dass die Prakenskij-Brüder die Hand im Spiel gehabt hatten, war sie plausibel genug.

Er wollte nach Hause. Zu ihr. Lexi. Es war ihm egal, ob sie wütend auf ihn war oder nicht. Sie war sein Zuhause. Er hatte dieses Kapitel seines Lebens beendet und freute sich auf das nächste mit ihr.

Er hatte keine Spuren hinterlassen, aber dennoch würde es besser sein, sich seiner Schuhe im Ozean zu entledigen. Alle Autos mussten sorgfältig gewaschen und dann durch den Wald gefahren werden, der die Farm umgab, sowie auf den unbefestigten Straßen auf dem Farmgelände selbst. Gründlichkeit war ihm wichtig – noch mehr, seit er Jonas Harrington kennengelernt hatte.

Ilja und Max trafen ihn da, wo sie den Pick-up geparkt hatten. Er kletterte in den Fond und lehnte sich zurück.

»Wir haben alle Kameras eingesammelt«, berichtete Max und setzte sich ans Steuer.

Ilja reichte Gavril eine Flasche Wasser. »Bist du verletzt?«

Er schüttelte den Kopf. »Nein, nur todmüde.«

Ilja nickte erleichtert. »Frost hatte jedes einzelne Haus verwanzt. Wir haben uns die Bänder angehört und konnten sie alle dalassen, damit Jonas sie findet.« In seinem Ton lag etwas Widerwille.

Ilja wollte Harrington eindeutig nicht hintergehen, und Gavril verstand ihn. Sie hielten zu jenen, die für sie Familie waren, und für Ilja war Harrington Familie.

»Wirst du damit leben können?«, fragte Gavril seinen jüngsten Bruder.

Ilja zuckte die Achseln. »Warum nicht? Das war Abschaum, der unsere Familie bedrohte.«

»Ich rede von Harrington.« Gavril beobachtete seinen Bruder aus halb geschlossenen Augen. Jede Nuance. Jedes Anzeichen.

Ilja war felsenfest. »Jonas ist ein guter Mann. Mein Freund. Fast wie ein Bruder. Aber das war notwendig, und er hat nun mal seinen Job. Er hätte uns vielleicht gedeckt, wenn ich ihn darum gebeten hätte, aber das hätte ihn einiges gekostet.«

»Er wird argwöhnisch sein«, meinte Max.

»Aber er wird mir keine Fragen stellen. Er wird mich nicht in eine Lage bringen, in der ich lügen muss«, stellte Ilja klar.

»Halt bei einer der Klippen an, damit wir unsere Schuhe loswerden können«, entschied Gavril.

»Das sind verdammt gute Bergschuhe«, jammerte Max. »Daran hätte ich selber denken sollen, aber ich glaube, Harrington wird eher einen Grund finden, in deinen Schrank zu schauen als in meinen.«

»Ich weiß nicht, Max«, sagte Ilja. »Er rauft sich wegen eurer vier Kinder ohnehin schon die Haare. Er weiß, dass sie von diesem Schiff kamen und dass du nicht mit ihnen verwandt bist, aber er kann es nicht beweisen. Sämtliche Papiere sind in Ordnung. Sobald er erkannt hatte, dass du ein Prakenskij bist, wusste er, dass du lügst wie gedruckt.«

Max bog auf den Highway 1 ein, und Gavril entspannte sich etwas mehr. Er freute sich darauf, nach Hause zu kommen. Auf die Farm. Zu Lexi.

»Da vorne ist eine Klippe, wo wir die Schuhe loswerden können«, sagte Max. »Levi und Rikki haben mir auf der Landkarte einige Plätze gezeigt, die man für so etwas nutzen kann.«

Ilja blickte ihn scharf an. »Nutzen wozu? Das Meer ist doch nicht deine persönliche Müllkippe.«

»Unsere Schuhe«, sagte Gavril, ohne die Augen zu öffnen. »Was glaubst du denn, was er meinte?« Er lachte leise.

»Sehr lustig. Er meinte keine Schuhe«, widersprach Ilja. »Da wir nur zu dritt sind – habt ihr etwas von Viktor oder Casimir gehört? Hat einer von euch ihnen mitgeteilt, dass wir alle hier sind?«

»Ich«, sagte Gavril. »Aber es hat keiner von ihnen geantwortet.«

»Viktor ist schon lange unerreichbar«, bemerkte Max. »Viel zu lange.«

»Casimir auch«, fügte Gavril hinzu. »Aber wenn sie umgekommen wären, hätten wir es erfahren. Dafür hätte Sorbacov sicher gesorgt.«

Max bog auf eine Piste ein, die zu den Klippen führte. Niemand war in der Nähe; sie konnten ihre Stiefel problemlos wechseln. Max füllte die verschmutzten mit Steinen, warf sie ins Meer und schaute zu, wie sie versanken. Hier gab es über mehrere Meilen keinen Strand, an den sie hätten angespült werden können.

»Wussten die Frauen eigentlich, dass sie ihre Schuhe auch entsorgen mussten?«, fragte Ilja lachend.

»Wer hätte gedacht, dass sie diesbezüglich alle widersprechen würden«, scherzte Max. »Na ja, nicht alle. Lissa hatte keine Einwände. Sie überzeugte die anderen davon, dass wir nicht völlig paranoid sind.«

»Sie ist anders als die anderen, nicht so verletzlich«, stellte Ilja fest.

»Ich würde nicht sagen, dass sie weniger verletzlich ist«, hielt Max dagegen. »Sie verbirgt es nur besser. Sie ist sehr eigenständig. Und verdammt gut mit jeder Waffe, mit der ich sie bekannt gemacht habe. Diese Frau hat was drauf.«

Gavril hielt die Augen geschlossen, doch er spürte den Blick seines Bruders im Spiegel. »Behalte die Augen auf der Straße«, erinnerte er ihn.

»Du weißt etwas über sie, nicht wahr?«, fragte Max.

»Da gibt es nicht viel zu wissen«, antwortete Ilja. »Jonas hat die Biographien aller Frauen überprüft, und im Ernst, sie ist sauber. Sie hat noch nicht einmal einen Strafzettel wegen Falschparkens.«

»Sie kennt sich gut mit Fitness aus. Neulich beim Kampftraining hätte sie mich beinahe fertiggemacht«, erzählte Max. »Aber dann hatte ich das Gefühl, dass sie sich zurücknahm. Ich kann es nicht beweisen, aber irgendwie denke ich, sie ist wesentlich fähiger, als sie zugibt. Levi und Thomas meinen das auch.«

»Möglich«, sagte Ilja. »Bei diesen Frauen ist doch alles möglich. Kein Wunder, dass sie es schaffen, mit euch zu leben. Irgendwie kommen die doch auch nicht besser mit der Realität klar als wir.«

»Sie kommen sehr gut klar«, erwiderte Gavril. »Alle sechs. Sie meistern ihr Dasein besser als jeder andere Mensch, den ich bisher in meinem Leben getroffen habe.«

Ein Schweigen folgte. Schließlich schüttelte Ilja den Kopf. »Dich hat es ja ganz schön erwischt, Gavril. Diese Frau hat dich völlig verwirrt.«

Max schnaubte etwas verächtlich, um seinen älteren Bruder zu verteidigen. »Und Joley Drake hat dich wohl nicht um ihren kleinen Finger gewickelt?«

Ilja zuckte die Achseln. »Ich sage ja nicht, dass das nicht in Ordnung ist, aber ich bin schockiert, dass Gavril – oder auch du, Max – dass ihr eine Frau gefunden habt, die euch dazu bringt, euch häuslich niederzulassen.«

»Da ist etwas dran«, gab Gavril zu. »Ich hätte nie geglaubt, dass das einmal passiert.«

»Ist es denn so?«, fragte Max, plötzlich ernüchtert. »Stimmt das, Gavril? Bei dir weiß ich immer nicht so recht. Du bist schwer zu durchschauen, sogar für mich.«

Gavril blieb lange stumm. Die beiden waren seine Brüder. Seine Familie. Sie hatten heute Abend ihr Leben für ihn riskiert.

Trotzdem kannte er sie nicht so gut, wie es ihm lieb gewesen wäre, vor allem, was Ilja betraf.

Er war es nicht gewohnt, irgendjemandem zu vertrauen, und Lexi war seine einzige Schwäche. Noch nie in seinem Leben hatte er jemanden gehabt, den er nicht im nächsten Moment verlassen konnte, ohne je wieder zurückzublicken. Das war nun unmöglich. Lexi … gehörte zu ihm. Er würde sie nie verlassen können.

Langsam ließ er die Luft ausströmen. So einen wunden Punkt einzugestehen widerstrebte ihm.

Ilja pfiff leise. »Oh Mann, den hat es ja noch viel schlimmer erwischt, als ich dachte.«

»Halt die Klappe, Kleiner!«, fauchte Gavril unwirsch. Er funkelte seinen jüngsten Bruder aus halb geöffneten Augen bedrohlich an. »Der Ozean ist eine riesige Müllkippe.«

Ilja und Max lachten schallend. Gavril schüttelte den Kopf über ihre Albernheiten, doch er konnte nicht leugnen, dass er sich heimlich freute, seine Brüder lachen zu hören und selber die Ursache ihrer Späße zu sein. Es gab ihm noch mehr das Gefühl, eine Familie und ein Zuhause zu haben.

»Ich lasse dich zuerst aussteigen, Gavril. Ilja hilft mir mit dem Pick-up. Vielleicht kannst du deine Frau ja doch noch besänftigen«, sagte Max grinsend, als sie durch die hintere Einfahrt auf die Farm fuhren.

Gavril nickte. »Danke. Euch beiden. Ich hätte die ganze Nacht gebraucht, um die Kameras zu finden und alles wegzuräumen. Ihr habt mir sehr geholfen.«

Lexi saß in der Hollywoodschaukel und ließ sich müßig hin und her schwingen. Wie immer war sie in der Dunkelheit allein und ohne Licht. Gavril fokussierte sich sofort auf sie. Jede Zelle seines Körpers. Jeder Herzschlag. Der Rest der Welt schien einfach von ihm abzufallen, bis es nur mehr sie für ihn gab.

Er stieg aus dem Wagen, ihre Blicke trafen sich, und dann

musterte sie ihn sorgfältig von Kopf bis Fuß. Es gab ihm das Gefühl, geliebt zu werden. Willkommen zu sein. Sie lächelte nicht, stand aber langsam auf und kam an die Treppe. Gavril wartete, bis der Pick-up wegfuhr und sie in der Dunkelheit allein waren.

Er stieg die Treppe hinauf und blieb auf der letzten Stufe stehen. So war sie zwar immer noch nicht gleichauf mit ihm, doch das spielte keine Rolle. Sie schlang ihre Arme um seinen Hals und drückte sich an ihn. Gavril umarmte sie fest und verharrte einfach in dieser Position.

»Ich habe mir Sorgen gemacht«, murmelte sie an seiner Schulter. »Große Sorgen.«

»Ich weiß, *solnyshko moya*. Es tut mir leid. Es ging nicht anders. Aber ich habe keinen Kratzer abbekommen. Nicht einen.«

Sie schaute ihm in die Augen. »Das ist gut. Andernfalls wäre ich so wütend geworden, das kannst du dir nicht vorstellen. Eigentlich bin ich ja immer noch ganz wütend auf dich.«

»Du hast mir ans Schienbein getreten«, stellte er nüchtern fest. Als intelligenter Mann wusste er, dass man nicht den Fehler beging zu lachen, wenn die Frau wütend war.

»Du hast mir gesagt, ich soll dich treten, wenn ich wütend auf dich bin, aber das ist nicht annähernd genug als Strafe. Du kannst mich nicht einfach herumkommandieren, Gavril.«

»Ich weiß, dass du das so empfindest, Lexi«, erwiderte er sachlich, umfasste ihr Gesicht mit beiden Händen und blickte ihr ernst in die Augen. »Aber das ist falsch.«

Sie wollte protestieren, doch er stoppte sie mit einem Kuss. Schon seit er aus dem Wagen gestiegen war, hatte er das Bedürfnis gespürt, sie zu küssen. Lexi mochte sagen, dass sie wütend auf ihn war, aber ihr Mund schmeckte nach Leidenschaft. Nach Liebe. Der Zauber war da, und er gönnte es sich, ihrer köstlichen Liebe für einen Moment zu frönen.

Langsam presste er seine Stirn an ihre und sah in ihre grünen

Augen. »Du kannst mir befehlen, wenn es um die Arbeit auf der Farm geht. Da weißt du Bescheid und bist von Natur aus der Chef, denn das ist dein Fachgebiet. Aber wenn es um Drohungen, Gewalt oder Gefahr geht, bin ich der Boss. Funktioniert eine Partnerschaft nicht so? Dass man sich jeweils auf die Stärken des anderen verlässt?«

Lexi blickte ihn finster an. »Als ich dich kennenlernte, warst du noch nicht so gut im Reden. Und jetzt bist du plötzlich super wortgewandt. Sehr zu meiner Enttäuschung hat das, was du sagst, ab und zu sogar Hand und Fuß.«

»Vielleicht, allerdings muss ich mir bei dir immer besonders viel Mühe geben, aber das macht nichts. Wie geht es den Welpen? Kümmert sich Kiss gut um sie?«

»Ja, und als ich nach Hause kam, schien der kleine Ljutij tatsächlich meine Stimme und meinen Geruch zu erkennen. Er kam auf mich zugewankt.«

»Und du hast ihn natürlich in den Arm genommen und ihm noch mehr Milchersatz gegeben.« Er öffnete die Tür. »Hast du schon gemerkt, dass er ein bisschen dick wird?«

»Wird er nicht«, widersprach Lexi. »Ich kann es nicht glauben, dass du das meinst.«

»Wenn du das nächste Mal im Dunkeln draußen sitzt, nimm Drago mit. Dazu sind sie da. Um dich zu beschützen.«

»Er ist lieber bei Kiss und den Kleinen.«

Drago begrüßte sie beide, presste sich an sie und hätte Lexi beinahe umgestoßen. Gavril tadelte den großen Rüden sanft, und auf ihrem Weg den Flur entlang zum Wäschezimmer war er vorsichtiger.

»Diese Hunde müssen mit Menschen zusammen sein, Lexi. Und es sind Wachhunde. Es ist ihr Job, dich zu beschützen. Ich will, dass er seine Arbeit jederzeit macht.«

»Drago und Kiss bewachen dich«, konterte sie. »Ljutij wird mich bewachen.«

»Willst du an jeder Regel, die ich zu deiner Sicherheit aufstelle, herumkritisieren?« Er zog sich aus und warf seine Sachen in die Waschmaschine. »Ihr habt eure Schuhe weggeworfen, nicht wahr? Und die Kleidung, die ihr heute Abend getragen habt, in die Waschmaschine gesteckt?«

»Ja, auf alle drei Fragen.«

Er war splitternackt, und sie lief nicht weg. Ihr Blick glitt liebevoll über seinen Körper, ihre Brüste hoben und senkten sich bei jedem Atemzug. Er spürte seine aufkommende Erregung, und auch ihr Augenmerk fiel sofort darauf.

Gavril hielt den Atem an, als sie die Hand öffnete und sie ihm tatsächlich ein paar Zentimeter entgegenstreckte. Es war nur eine minimale Geste, der sie sich zudem kaum bewusst schien, doch sein ganzer Körper schauderte bei der Vorstellung, dass sie ihn berühren, ihre Faust um ihn schließen, diesen letzten Teil von ihm für sich beanspruchen könnte.

Er blickte ihr offen ins Gesicht, die Hüfte an die Waschmaschine gelehnt, und sah sie so beiläufig an, wie er konnte. »Es erstaunt mich total, wie du es schaffst, mich scharfzumachen, ohne dass du es überhaupt versuchst.« Wie beiläufig umfasste er seinen stahlharten Schaft. »Schau dir an, was du mit mir machst – jedes Mal wieder.«

Sie schüttelte lächelnd den Kopf, ohne jedoch seinem Blick zu begegnen, und trat einen Schritt auf ihn zu. »Du schaust immer so einschüchternd aus, Gavril. Wenn ich dich so sehe, so hart und lang und dick, kommt es mir vor, als könntest du nie in mich hineinpassen.«

»Du bist für mich geschaffen, Lexi. Keine sonst. Ich passe perfekt in dich hinein.« Er strich über seine Erektion.

Noch einmal stockte ihr Atem, doch dieses Mal streckte sie die Hand in voller Absicht aus. Bevor ihre Finger seinen Schaft umfassten, sah sie ihn an, als ersuche sie ihn um seine Erlaubnis. Er bewegte sich nicht und sagte nichts. Sie musste selbst entscheiden. Ihre Hand legte sich um ihn, warm und weich, eine Berührung, die ihn fast in den Wahnsinn trieb. Er bekam weiche Knie, sein Herz pochte wild, das Blut dröhnte ihm in den Ohren, donnerte durch seine Adern. All das von einer einzigen, zaghaften Berührung.

Weil sie ihn liebte. Er hielt absolut still, er wagte nicht, sich zu bewegen. Seine Hüften wollten vorstoßen, ihn dieses seidige Gleiten durch ihre Faust spüren lassen, aber er wollte einen so vollkommenen Moment nicht mit Sex ruinieren.

»Du fühlst dich heiß an.« Sie blickte ihm wieder in die Augen. »Kennst du diesen Ausdruck, ›Samt über Stahl‹? So fühlst du dich an.«

Sie konnte ihn nur zu leicht um den Verstand bringen und wusste es nicht einmal. Sie hatte alle Macht – in ihren sanften Händen und ihrem vollkommenen Mund. In ihren waldgrünen Augen und ihren weiblichen Rundungen. Aber am meisten in der Art und Weise, wie sie ihn sah. Sie schaute in ihn und sah den Menschen, der er immer hätte sein sollen. Den Mann, der er war, wenn er mit ihr zusammen war.

Sie schluckte schwer und ließ ihn los, um über seiner ultrasensiblen Eichel zwei perlende Tröpfchen zu verreiben, und beobachtete, wie das dabei durch seinen Körper rasende Feuer ihn erschaudern ließ.

20.

Gavril bündelte Lexis dichtes Haar in seiner Faust. »Du hast es wieder zusammengebunden, dein wunderschönes Haar. Es muss offen sein.« Er nahm den Haargummi ab, brachte ihre Haare mit beiden Händen in Unordnung und ließ sie frei über ihre Schultern fallen.

»Was machst du da?«

Er grinste sie an, voll sinnlichem Schalk in den blauen Augen. »Vielleicht sollten wir deine Jogginghose ebenfalls waschen. Ich glaube, der kleine Ljutij hat sie schmutzig gemacht. Warum ziehst du dich nicht gleich hier aus? Ich kann dir helfen.«

»Wie fürsorglich von dir, Gavril«, bemerkte Lexi.

Sie leckte sich über die Lippen und zögerte nur einen kurzen Moment. Er wusste, wie schwer es für sie war, in der Liebe spontan zu sein, doch sie zog sich das weiche Sweatshirt über den Kopf. Ihr Blick verriet scheue Vorfreude und festen Mut. Für ihn war sie immer bereit, sich auf etwas einzulassen.

Nur wenige Männer hätten verstanden, was es sie gekostet hatte, seinen Schwanz auch nur für einen Moment in die Hand zu nehmen. Ihn so intim zu berühren. Doch ihm war klar, wie schwer es ihr gefallen war und dass sie es für ihn getan hatte, um ihm zu zeigen, dass sie ihn liebte und immer etwas für ihn ausprobieren würde.

Das Seltsame war, dass es ihm gar nicht wirklich etwas ausmachte, ob sie je so weit kommen würde, ihn in den Mund zu nehmen oder nicht. Worauf es ankam, war, dass sie ihn genug liebte, um kleine Schritte zu wagen.

Lexi trug keinen BH, und ihre weichen, an ihn drängenden Kurven waren mehr als verführerisch. Ihr Busen war perfekt geformt und ihr Brustkorb schmal; sie hatte eine schlanke Taille und weiblich ausladende Hüften, die ihn fast so verrückt machten wie ihre Brüste. Ein wunderschöner Körper. Zart umfasste er ihre Brüste, massierte und wiegte sie in seinen Händen. Er konnte nicht widerstehen, an ihren Nippeln zu ziehen und sie zwischen den Fingern zu rollen, nur um sie stöhnen zu hören und ihren benommenen Blick zu sehen.

»Ich bin ganz schön verrückt nach dir, Lexi Thompson«, gestand er ihr.

Sie lächelte und schob sich unwillkürlich noch dichter an ihn. »Das ist gut, Gavril Prakenskij, weil ich nämlich ohne dich nicht auskomme.«

Er ging in die Hocke und zog ihr die Hose bis an die Knöchel hinunter. Sie stieg, auf seine Schultern gestützt, mit einem leichten Zittern heraus und blickte etwas hilflos um sich. Er hatte das Licht eingeschaltet, als er ins Wäschezimmer gekommen war. Sie mochte kein helles Licht, wenn sie nackt und im Begriff war, ihn zu lieben. Er stand auf und machte es aus.

Der Raum war nicht völlig dunkel, doch sie blinzelte zu ihm auf. »Danke.«

»Ich sehe dich gerne an«, sagte er.

»Ich weiß. Ich dich auch, es ist nur, dass …« Sie verstummte mit einem kleinen Seufzen. »Ich hasse die Narben auf meinem Rücken und Po noch immer.«

Er grinste. »Dummes Mädchen, die sehe ich doch gar nicht, wenn du vor mir stehst.«

»Das weiß ich.« Sein Blick ließ sie erbeben, sie bekam eine Gänsehaut. »Aber ich weiß auch, dass sie da sind, und wenn ich nackt vor dir stehe, dann möchte ich mich schön fühlen.«

Er legte eine Hand an ihre Wange, rieb Strähnen seidigen Haars zwischen seinen Fingern. »Ich muss dir ganz eindeutig noch mehr zeigen, wie schön und perfekt ich dich finde.«

Sie schüttelte mit einem verstohlenen Lächeln den Kopf. »Du machst das schon fantastisch. Ich muss nur noch schaffen, es dir auch zu glauben.«

Er warf ihre Sachen in die Waschmaschine und schaltete sie ein. Das Wasser begann zu rauschen. Gavril zog Lexi an sich und drückte mit dem Daumen sanft ihr Gesicht nach oben.

»Ich muss dich küssen. Manchmal *muss* ich dich einfach küssen. Ich träume davon, dich zu küssen. Ob ich wach bin oder schlafe, ich träume davon, aber es gibt Zeiten, so wie jetzt, da ist es für mein Wohlbefinden einfach zwingend notwendig, dich zu küssen.«

Erstaunt und mit einem kleinen, neckischen Lächeln zog sie eine Augenbraue nach oben. »Ist das jetzt nicht ein ganz klein wenig übertrieben? Dass du Küsse für dein Wohlbefinden brauchst?«

»Nein, denn schließlich geht es um meine geistige Gesundheit.«

Ihr leises Lachen klang wie Musik in seinen Ohren; er spürte es im Bauch und bis in den Unterleib hinein.

»Lach mich nicht aus, Weib, wenn ich dir meine tiefsten Geheimnisse anvertraue.« Er beugte sich langsam zu ihr, bemerkte, wie ihre Augen glänzten vor Verlangen. Nach ihm. Es war ein unvergleichliches Gefühl, dieses Wallen des Blutes, wenn er spürte, dass sie ihn ebenso begehrte wie er sie.

Er küsste sie sanft, zart, legte sein Herz und seine Seele hinein. Er hatte sie mit seinen Befehlen verärgert, aber auch davon abgehalten, etwas zu tun, das sie bedauert hätte. Er würde nicht mehr an die Toten denken, aber sicher oft daran, wie wütend er sie auf ihn gemacht hatte. Gavril wusste, dass es so hatte kommen müssen, aber er würde bei ähnlichen Situationen immer versuchen herauszufinden, wie er besser damit umgehen konnte.

Ihre Lippen unter den seinen waren noch scheu, aber sehr empfänglich. Sie küsste ihn, folgte seinem Mund, schenkte ihm ihr Herz. Er bedeckte sie über und über mit Küssen, bis sie beide kaum mehr atmen konnten.

Er umfasste ihre Taille und setzte sie auf den Rand der Waschmaschine. »All die Arbeit heute Abend hat mich hungriger denn je gemacht.«

Lexi lachte. »Im Ernst, Gavril? Auf der Wachmaschine?«

»Wieso nicht? Könnte sich doch gut anfühlen, wenn sie zu vibrieren anfängt.«

»Na, bisher fühlt sie sich nur kalt an.«

Ihr Lachen war ansteckend. Sie brachte Spaß in sein Leben.

»Du hast immer was zu meckern.« Er nahm ein Handtuch aus dem Trockner und faltete es. »Stemm dich mit den Armen hoch.«

»Das ist jetzt kein Witz, oder?« Gehorsam hob sie den Po, damit er das Tuch darunterschieben konnte.

»Wenn die Maschine zu vibrieren anfängt und das Handtuch verrutscht – ich bin nicht schuld«, neckte er sie.

Lexi blickte ihn mit ihren kühlen grünen Augen an. Er wusste, er würde sich immer in ihnen verlieren – und er wollte es so. Gleich am Anfang ihrer Beziehung hatte sie ihm gesagt, er sei bei ihr sicher. Hatte ihm angeboten, ihn zu beschützen, wenn er schlief, und es auch so gemeint. Sie hatte ihm so viel mehr gegeben, als ihr überhaupt bewusst war.

Lexi glaubte, ihn zu brauchen, aber es war umgekehrt. Seine Welt war ein unerbittliches Dunkel gewesen. Er war nicht imstande gewesen, das Licht zu sehen, ganz zu schweigen davon, den Weg dorthin zu finden. Und nun hatte sie strahlende Helle über ihn ergossen und ihm das Licht eröffnet. Sie war wirklich seine Sonne.

Ihre Hand strich sanft über seine Wange. »Was ist los, Gavril?«

»Ich hätte nie gedacht, dass ich dich so verdammt lieben würde«, antwortete er. »Ich wusste nicht einmal, dass es so ein Gefühl gibt, und schon gar nicht, dass ich dazu in der Lage bin.«

Er hatte nicht gewusst, dass eine Frau einen Mann innerlich verändern konnte. Sie machte das Leben lebenswert. Mehr noch, sie hatte seinen Glauben an die Menschheit geweckt.

Ihr sanftes Lächeln spiegelte ihr wahres Wesen wider. Er legte eine Hand auf ihren Bauch, sodass sie sich strecken musste und nach hinten kippte. Zwischen ihren Schenkeln stehend, beugte er sich zu ihr, ließ seine Zunge mit ihren Brustwarzen spielen und liebkoste sie vorsichtig mit den Zähnen.

Seine Küsse bahnten sich einen Weg zu ihrem Nabel. Plötzlich blieb die Waschmaschine stehen. Lexi sah in Gavrils Augen. Dann begann die Maschine zu rütteln, und Lexi musste lachen. Es war Musik in seinen Ohren.

Gavril hatte Frauen verführt und sich von ihnen verführen lassen. Der Sex hatte Spaß gemacht, aber er war immer irgendwie emotionslos gewesen, war Schritt für Schritt einer Anleitung gefolgt. Mit Lexi zusammen zu sein war spontan und echte Freude, eine unvorhersehbare, magische Reise.

Er merkte, dass er mit ihr lachte, übermütig auf ihre Haut prustete und ihren Bauch bis zu den Schamhaaren mit Küssen übersäte.

Sie klammerte sich am Rand der Waschmaschine fest, ihr Lachen umschmeichelte ihn. Er liebte diesen Klang. Die Freude in ihr. Die Freude, die sie ihm schenkte. Wer wusste schon, dass Sex emotional und belustigend sein konnte. Und einfach unglaublich sinnlich.

Er kippte sie noch weiter nach hinten und legte ihre Beine über seine Schultern. »Ich muss sagen, *sladkaya moya*, du siehst so richtig zum Vernaschen aus.«

»Du bist so verrückt«, sagte sie. »Auf der Waschmaschine? Ich glaube, wir haben die Ladung darin verschoben oder so etwas. Sie schüttelt mich nämlich gehörig durch.«

Gavril grinste. »Das bin ich, ich schüttle dich durch.«

Er bückte sich, und seine Zunge glitt in ihre heiße Mitte, um an den Honig zu kommen, der dort wartete.

Aus ihrem Lachen wurde ein heftiges Keuchen und Stöhnen. Er schwelgte, ließ sich Zeit, genoss es, wie sich ihre Hüften aufbäumten und ihre Finger sich in seinen Haaren verkrampften, wie schließlich kleine Schreie aus ihr herausbrachen, als er sie auch noch mit Lippen und Zähnen bis zur Ekstase trieb.

Die Maschine begann einen neuen Waschzyklus, Gavril nahm Lexis Beine von seinen Schultern, holte mit dem Fuß einen Plastikkorb zu sich heran und stellte sich darauf. Mit einem Arm zog er Lexi noch etwas vor, damit er in ihre glitschige, heiße Scheide eindringen konnte.

»Wirklich? Du machst es wirklich auf der Waschmaschine? Ich falle gleich runter«, meinte sie. Doch ihre Stimme war heiser, und sie hatte diesen weichen, benommenen Blick.

»Du wirst nie irgendwo runterfallen, Lexi, weil ich immer da sein werde, um dich aufzufangen«, erwiderte er und bohrte sich tief in sie.

Ihre Augen weiteten sich. Ihr Mund blieb offen stehen. Die Luft strömte hörbar aus ihrer Lunge, und ihr Unterleib umklammerte ihn wie ein Schraubstock. Die Vibrationen der Maschine übertrugen sich von ihrem Körper auf seinen. Es war verrückt, genau wie sie gesagt hatte. Und ganz unerwartet sexy.

Wieder und wieder versenkte er sich in sie, während die Waschmaschine wackelte und Lexi sich darauf wand. Ihre kleinen Schreie verwandelten sich in eine herrliche Symphonie aus Keuchen, Japsen und dem bettelnden Schreien seines Namens. Er wollte, dass dieser Augenblick nie mehr aufhörte, konnte aber sein Tempo nicht verlangsamen. Das Gefühl war zu intensiv, ihr Körper zu fiebrig und sengend heiß. Bei jedem Stoß und Rückzug drückten und zogen ihre Muskeln an ihm und jagten Feuerstrahlen durch seinen ganzen Leib.

Sie warf den Kopf zurück, ihre langen Haare flogen um sie beide wie ein Cape. Ein Schrei entglitt ihrer Kehle, und ihre Beine klammerten sich in einem wilden Orgasmus um ihn, so heftig, dass sie beide fast erschraken. Ohne jede Vorwarnung brach die Leidenschaft aus ihr heraus, die auch ihn erfasste und mitriss.

Weiter und weiter tosten die Wogen, sie klammerten sich aneinander, während die Waschmaschine in den Schleudergang ging und die wilden Empfindungen, die ihre Körper durchströmten, noch einmal bis zum Höhepunkt steigerte.

»Wenn das noch besser wird, werden wir's am Ende nicht überleben«, keuchte Lexi schließlich, die grünen Augen fest auf sein Gesicht geheftet.

Gavril bemerkte eine Spur von Besessenheit in ihrem Blick, und sein Schwanz wollte gleich wieder zum Leben erwachen, obwohl sein Herz und seine Gedanken noch rasten. Er liebte diese Frau mit jeder Faser seines Wesens. Jeder Zelle seines Körpers.

Als könne sie seine Gedanken lesen, schlang Lexi ihre Arme um ihn und hielt ihn fest. »Ich bin so in dich verliebt, Gavril, ich weiß nicht, was ich tun würde, wenn ich dich verlöre«, gestand sie leise – so leise, dass es kaum zu hören war.

Gavril schloss die Augen und klammerte sich innerlich an ihr süßes Eingeständnis. Manchmal bedeutete Liebe wirklich Schmerz. Physisch. Emotional. Und wunderschön. Seine Augen brannten, seine Kehle war wie zugeschnürt, und der Mann, der er so viele leere Jahre lang gewesen war, griff nach der Frau, die sein Leben für immer verändert hatte. Alles in ihm gehörte ihr.

»Ich liebe dich auch, Lexi.« Worte schienen so unzureichend, um seine Gefühle für sie zu beschreiben.

Er wusste, sie hatten noch vieles durchzustehen. Sie würden ihren Weg noch finden müssen, aber er war sich nie in seinem Leben einer Sache so sicher gewesen wie der, dass Lexi und er einander gehörten – dass sie zusammengehörten.

»Gavril?« Lexi sah ihn fragend an.

Er wusste, er würde diesen Augen für immer erliegen. »Sag es mir.«

»Ich habe mir diese ganze Sache mit dem Heiraten noch einmal überlegt. Vor allem, falls ich schwanger werde. Ich verhüte ja schließlich nicht.« Sie errötete. »Ich hatte nie geglaubt, dass ich je Sex haben würde, und schon gar nicht, dass ich einmal schwanger werden könnte. Ich muss zugeben, der Gedanke, ein Kind von dir zu bekommen – es wäre wirklich ein Geschenk für mich. Ich hätte dir auch sagen sollen, dass ich nicht verhüte.«

»Ich habe nie daran gedacht, dass du verhüten könntest«, gab Gavril zu. »Ein Mann wie ich bedenkt solche Dinge, bevor er eine Frau berührt. In meinem Beruf ist es unerlässlich, mich selbst und meine Partnerin zu schützen. Ich will, dass du mein Baby bekommst. Ich gestehe, als ich befürchtete, du würdest mich verlassen, hoffte ich, du würdest schwanger sein und deshalb nicht gehen wollen.«

Lexi schüttelte den Kopf. »Ich will *dich*, Gavril. Du gibst mir das Gefühl, lebendig zu sein, du machst mich glücklich, und bei dir bin ich sehr, sehr sicher. Ich wäre gestorben vor Angst, wenn ich mit jemand anderem ein Kind auf die Welt gebracht hätte, aber bei dir weiß ich absolut, dass keiner eine Chance hat, uns etwas anzutun.«

Er hob sie von der Waschmaschine herunter. »Ich glaube, Wäsche waschen wird mir nie mehr etwas ausmachen«, meinte er.

Er küsste sie wieder und wieder, eingehend und ausgiebig. Er wusste, dass er noch ein Leben lang Zeit dazu hatte, aber er glaubte dennoch, nie genug von ihr zu bekommen.

Danksagungen

Ohne gelegentliche Hilfe kann man kein Buch schreiben. Ich möchte meinen wundervollen *power-hour*-Schwestern C. L. Wilson, Kathie Firzlaff, Susan Edwards und Karen Rose danken! Und natürlich auch Brian. Wie immer, Domini, vielen Dank für deine Hilfe, wenn ich *jetzt sofort* etwas zusätzlich recherchiert haben musste, und danke, Brian Feehan, für das Brainstorming, um auch in Krisenzeiten die Gehirnzellen zu aktivieren. Ihr seid alle die Besten!

An meine Leser

Gehen Sie bitte unbedingt auf *www.christinefeehan.com/members/*, melden Sie sich dort für meine PRIVATE Buchankündigungsliste an, und downloaden Sie sich *Dark Desserts* KOSTENLOS als E-Book. Werden Sie Mitglied meiner Community, und Sie erhalten Neuigkeiten aus erster Hand, nehmen an Buchbesprechungen teil, können Fragen stellen und mit mir chatten! Oder nehmen Sie unter Christine@christinefeehan.com per E-Mail Kontakt mit mir auf; ich freue mich sehr, von Ihnen zu hören. Gerne begrüße ich Sie auch bei meinem alljährlich am letzten Februar-Wochenende stattfindenden FAN-Event, einem exklusiven Wochenende mit einer begrenzten Zahl von Leserinnen und Lesern, um mit fantastischen Geschenken und jeder Menge Spaß zusammen eine schöne Zeit zu verbringen! Für mehr Infos siehe *www.fanconvention.net*.

Werkverzeichnis der im Heyne-Verlag von Christine Feehan erschienenen Titel

Bonusmaterial

Über die Autorin

Werkverzeichnis

HEYNE

Die Autorin

Christine Feehan ist Vollblutautorin. Sie kann sich ein Leben ohne Schreiben nicht vorstellen. Sie lebt in Kalifornien und ist mit einem romantischen Mann verheiratet, der sie immer wieder inspiriert. Sie haben insgesamt elf Kinder: ihre, seine und einige gemeinsame. Neben dem Schreiben, Lesen und dem Recherchieren für neue Bücher liebt sie Wandern, Camping, Rafting und Kampfsportarten (Karate, Selbstverteidigung).
Da Christine Feehan selbst in einer großen Familie mit zehn Schwestern und drei Brüdern aufgewachsen ist, wollte sie unbedingt über die Magie von Schwestern schreiben; das höchst lesenswerte Ergebnis ist die *Drake-Schwestern-Serie* mit sechs Romanen über die faszinierenden Drake-Schwestern und ihre übernatürlichen Gaben. Inzwischen gibt es auch die Fortsetzung dazu: die *Sea-Haven-Saga* um die sechs »Schwestern des Herzens«.
Christine Feehan hat aber auch eine Reihe von Dark Romances und Mystery-Romanen geschrieben; ihre neuesten Serien sind den *Schattengängern* und den *Leopardenmenschen* gewidmet.
In ihrer Jugend hat sie ihre Schwestern gezwungen, jedes ihrer Worte zu lesen, nun helfen ihr ihre Töchter, ihre Romane zu lesen und herauszugeben.
Christine Feehan ist seit Jahren auf allen großen amerikanischen Bestsellerlisten vertreten. Ihre Bücher wurden in viele Sprachen übersetzt, und sie bekam in den USA unzählige Preise und Auszeichnungen als Autorin.
Mehr über die Autorin und ihr Werk erfahren Sie unter:
www.christinefeehan.com

Werkverzeichnis

1. Die Drake-Schwestern

Die sieben Schwestern stammen aus der uralten und magischen Drake-Familie. Sarah, Kate, Abigail, Libby, Hannah, Joley und Elle stehen sich sehr nahe und helfen sich mit ihren übersinnlichen Kräften aus jeder Gefahr. Nach einer alten Prophezeiung muss jedoch erst die älteste Schwester den Mann ihres Lebens finden, bevor auch die anderen sich verlieben können.

Dämmerung des Herzens

(Magic in the Wind/The Twilight before Christmas)

Als Sarah den menschenscheuen Damon trifft, fühlt sie sich auf seltsame Weise zu ihm hingezogen. Doch er wird von schwer bewaffneten Männern verfolgt. Sarah kann zwar die Zukunft voraussehen, sie ist aber auf die magische Hilfe von Kate und ihren anderen Schwestern angewiesen, um die schattenhaften Wesen abzuwehren, die sie und ihre Familie bedrohen. Als Kate und ihr Jugendfreund Matt die alte Mühle von Sea Haven betreten, öffnet sich eine gefährliche Kluft im Erdboden.

Zauber der Wellen

(Oceans of Fire)

Abbey ist die dritte der sieben zauberkräftigen Drake-Schwestern. Sie kann die Menschen dazu bringen, die Wahrheit zu sagen. Abbey hatte Aleksandr, ihre große Liebe, vor Jahren verlassen, da sie sich von ihm verraten fühlte. Jetzt bittet er sie erneut um ihre Hilfe. Widerstrebend arbeitet sie mit ihm zusammen und gerät dabei in höchste Gefahr. Aleksandr kämpft um ihr Leben und um ihre Liebe.

Gezeiten der Sehnsucht

(Dangerous Tides)

Libby, die Heilerin unter den magischen Drake-Schwestern, schenkt dem reichen und unnahbaren Tyson nach einem Unglück das Leben wieder. Als er sich in seine Retterin verliebt, geraten die beiden immer wieder in lebensbedrohliche Situationen. Libby kann zwar einen schweren Unfall mit Hilfe ihrer Schwestern verhindern, aber dann kommt es zu einem offenen Mordanschlag. Wer steckt hinter diesen Angriffen auf Libby und Tyson?

Magie des Windes

(Safe Harbour)

Endlich scheint auch für Hannah, das schöne und erfolgreiche Model, das private Glück zum Greifen nah zu sein. Doch jetzt muss sie um ihr Leben fürchten: Bei einer Modenschau wird sie von einem Unbekannten mit einem Messer attackiert und schwer verletzt. Wenig später kommt es zu einem zweiten Mordversuch. Können die Schwestern Hannahs Leben retten?

Gesang des Meeres

(Turbulent Sea)

Die betörende Joley besitzt die magische Gabe, Menschen durch Gesang in ihren Bann zu ziehen. So wurde sie über Nacht zu einer der begehrtesten Rock-Sängerinnen des Showbusiness. Doch der Erfolg schafft ihr auch viele Feinde: Plötzlich muss sie um ihr Leben bangen und nur der geheimnisvolle Bodyguard Ilja Prakenskij kann sie retten. Joley verfällt dem bedrohlich attraktiven Mann – doch ist sie in seinen Armen wirklich sicher?

Sturm der Gefühle

(Hidden Currents)

Elle, die jüngste und geheimnisvollste der Drake-Schwestern, vereint in sich die magischen Gaben aller sieben Frauen, um sie wiederum an ihre sieben Töchter weiterzugeben. Allerdings verlässt ihr Traummann Jackson sie, da er sich dieser Aufgabe nicht gewachsen fühlt. Doch dann wird Elle von dem attraktiven, intelligenten und telepathisch begabten Milliardär Stavros gekidnappt. Stavros hat sich immer genommen, was er haben wollte. Wird er Elle wieder freigeben?

2. Die Sea-Haven-Saga

Gebieterin des Wassers

(Water Bound)

Lev Prakenskij hat die Erinnerung an sein bisheriges Leben verloren, als er von der Taucherin Rikki aus dem stürmischen Ozean gerettet wird. Die Herkunft seiner unzähligen Narben gibt Rätsel auf. Aber auch Rikki hat ein Geheimnis - und sie muss sich bald eine wachsende Zuneigung zu dem Unbekannten eingestehen. Doch die Liebenden werden sehr schnell von ihrer Vergangenheit eingeholt.

Hüterin der Seele

(Spirit Bound)

Seit Jahren wartet Judith, die Künstlerin unter den »Schwestern im Herzen«, auf den Mann, dem sie sich durch geheimnisvolle Bande verbunden weiß. Als Stefan Prakenskij nach Sea Haven kommt, fühlt sie ein Feuer in sich wie nie zuvor. Stefan ist gefährlich und leidenschaftlich, aber da taucht ein weiterer Mann auf, den Judith nicht abweisen kann. Nur einer der beiden wird den Kampf um ihre Liebe überleben.

Herrin des Windes

(Air Bound)

Airiana wurde als Kind in ein geheimes Trainingscamp gesteckt, weil die US-Regierung ihre übersinnlichen Fähigkeiten für eigene Zwecke einsetzen wollte. Jahre später kann sie fliehen, gerät jedoch kurz darauf in die Fänge einer Verbrecherclique und wird auf ein Schiff auf hoher See verschleppt. Ihre einzige Chance zu entkommen ist Maxim Prakenskij, der seine Gründe hat, Airiana zu helfen. Er ist jedoch nicht bereit, sich ihr zu öffnen, auch nicht, als die Leidenschaft zwischen ihnen immer heftiger wird.

Wächterin der Erde

(Earth Bound)

Gavril Prakenskij ist Auftragskiller. Er tötet schnell, effizient und erbarmungslos. Schwäche oder Gefühle kennt er nicht. Verführung gehört für ihn zum Geschäft. Doch alles ändert sich, als er die scheue Lexi erblickt. Er kann fühlen, dass sie für ihn bestimmt ist. In ihrem Inneren ebenso verletzt wie er, teilt sie den Wunsch nach einem Neuanfang. Doch dann wird Lexi von den Schatten ihrer Vergangenheit eingeholt.

3. Die Schattengänger

Sie sind die Schattengänger, eine Gruppe herausragender Kämpfer mit übersinnlichen Kräften, deren Begabungen von dem brillanten Wissenschaftler Dr. Peter Whitney verstärkt wurden. Sie wurden geschaffen, um geheime Missionen für die Regierung auszuführen, und das sind ihre atemberaubend übersinnlichen Abenteuer:

Jägerin der Dunkelheit

(Shadow Game)

Dr. Whitney soll aus den Schattengängern eine Truppe Elitesoldaten machen, doch das geheime Experiment gerät außer Kontrolle und etliche der Männer kommen auf mysteriöse Weise ums Leben. Ihr Anführer, Captain Ryland Miller, ahnt, dass er das nächste Opfer sein wird. Als Dr. Whitney ermordet wird, ist Millers letzte Hoffnung dessen junge, geniale Tochter Lily. Von der ersten Sekunde an sind sie wie voneinander gebannt – was keiner weiß: Auch Lily trägt übersinnliche Fähigkeiten in sich.

Spiel der Dämmerung

(Mind Game)

Fast ihr ganzes Leben hat die übersinnlich begabte Dahlia Le Blanc in der Abgeschiedenheit der Sümpfe Louisianas verbracht, doch als eines Tage bei einem ihrer Geheimeinsätze etwas schiefläuft, ist es damit vorbei, denn jetzt ist ihr ein Killerkommando auf den Fersen. Retten kann sie nur noch der geheimnisvolle Schattengänger Nicolas Trevane. Gemeinsam machen sie sich an die Verfolgung ihrer Feinde und entdecken dabei eine feurige Leidenschaft.

Tänzerin der Nacht

(Night Game)

Raoul »Gator« Fontenot, Mitglied der Schattengänger, kehrt zurück in seine Heimatstadt, um Iris »Flame« Johnson zu finden, die einst von Dr. Whitney zu Versuchen auserwählt wurde. Als Teenager entkam sie dem wahnsinnigen Wissenschaftler und ist seitdem auf der Flucht. Als Gator Flame zufällig trifft, folgt er ihr und rettet sie aus einer gefährlichen Lage. Zusammen mit ihren vereinten übersinnlichen Fähigkeiten machen sie sich schließlich auf, das mysteriöse Verschwinden einer jungen Sängerin aufzuklären.

Schattenschwestern

(Conspiracy Game)

Die junge Briony Jenkins ist nicht nur eine äußerst begabte Trapezkünstlerin, sie hat außerdem starke übersinnliche Fähigkeiten: Sie kann die Gefühle ihrer Mitmenschen spüren. Auf der Tournee ihrer Trapeztruppe in Afrika läuft sie dem Schattengänger Jack Norton in die Arme, der sie, selbst gerade erst einem Gefangenenlager entkommen, vor einer Rebellentruppe rettet. Die übersinnliche Anziehungskraft zwischen den beiden hat weitreichende Folgen und bringt nicht nur Briony in große Gefahr.

Düstere Sehnsucht

(Deadly Game)

Von klein auf wurde die übersinnlich begabte Mari Smith in Dr. Whitneys Labor festgehalten und zur Elitesoldatin ausgebildet. Dabei hat sie die Methoden des wahnsinnigen Wissenschaftlers nie infrage gestellt. Als sie bei einem Einsatz dem charismatischen Schattengänger Ken Norton in die Hände fällt, wird sie von ihrer Leidenschaft überwältigt. Mari beginnt zu begreifen, dass es auch ein Leben außerhalb der Kaserne gibt. Doch zuvor muss sie ihre Leidensgenossinnen aus Dr. Whitneys Klauen befreien.

Fesseln der Nacht

(Predatory Game)

Als der ehemalige Navy Offizier Jess Calhoun, an Körper und Seele von seiner dunklen Vergangenheit als Schattengänger gezeichnet, die geheimnisvolle Saber Wynter bei sich aufnimmt, steht sein Leben plötzlich Kopf: nicht nur, dass er sich der erotischen Ausstrahlung der jungen Frau nicht entziehen kann, sie schwebt auch noch in großer Gefahr. Während Saber den Kampf gegen die Dämonen ihrer Vergangenheit zu verlieren droht, muss Jess alles daransetzen, die Frau zu retten, die er liebt.

Magisches Spiel

(Murder Game)

Der Schattengänger Kaden Montague wird mit einer heiklen Mission betraut: Zwei gegnerische Gruppen liefern sich ein makaberes Wettrennen quer durch das ganze Land und hinterlassen dabei eine Spur von Leichen. Die Täter: angeblich Schattengänger. Nur Kaden ist in der Lage, die Wahrheit herauszufinden und dem mörderischen Spiel ein Ende zu bereiten, doch dazu benötigt er die Hilfe des talentierten Mediums Tansy Meadows, deren erotischer Ausstrahlung Kaden vom ersten Augenblick an verfällt …

Schicksalsbund

(Street Game)

Bei einem Routineeinsatz hat der kampferprobte Mack McKinley plötzlich ein schlechtes Gefühl. Sein Sonderkommando scheint in einen Hinterhalt geraten zu sein. Dann steht Mack unerwartet Jamie gegenüber, der Frau, der einst seine ganze Leidenschaft galt. Schon ein Blick aus Jamies Augen kann die Welt eines Mannes in ihren Grundfesten erschüttern. Vor Jahren hatten sie und Mack eine Beziehung, die so flüchtig wie elektrisierend war. Von einem auf den anderen Tag verschwand sie spurlos.

Im Bann des Jägers

(Ruthless Game)

Rose Patterson ist auf der Flucht vor einem Wahnsinnigen, der all ihre Gedanken und Albträume beherrscht. Und schlimmer noch: Er will nicht nur sie, sondern auch das ungeborene Kind, das sie unter ihrem Herzen trägt. In ihrer Verzweiflung weiß Rose kaum noch, wem sie trauen kann. Bis sie Kane Cannon wiedertrifft, ihr einstiger Schattengänger-Gefährte – und der Vater ihres Kindes. Die Leidenschaft, die sie miteinander verband, entflammt rasch wieder. Kane würde für Rose alles opfern, sogar sein Leben.

Spiel der Finsternis

(Samurai Game)

Als ein gefährlicher Diktator die Macht an sich reißen will, sehen sich die in alle Winde zerstreuten Schattengänger mit ihrer bislang schwierigsten Aufgabe konfrontiert: Sie müssen ihn ausschalten und erwählen zwei aus ihrer Mitte, die gleichermaßen von Leidenschaft und Rachegelüsten getrieben sind. Zwei, die nichts mehr zu verlieren haben – außer ihrem Leben und ihrer Liebe zueinander.

Geliebte der Dunkelheit

(Viper Game)

Schattengänger Wyatt Fontenot ist ein Mann von geradezu tödlicher Schnelligkeit und Präzision. Ein Mann, den die verführerische Pepper gerade dringend an ihrer Seite braucht, denn die drei kleinen Mädchen, die sich in ihrer Obhut befinden, schweben in höchster Gefahr.
Kann Wyatt Pepper und ihren Schützlingen helfen? Und können Wyatt und Pepper der ebenso magischen wie verbotenen Anziehungskraft, die sie aufeinander ausüben, widerstehen?

4. Die Leopardenmenschen

Wilde Magie

(Fever)

Die schöne Rachael Lospostros ist auf der Flucht vor ihrer eigenen Vergangenheit und hofft, in den grünen Tiefen des Dschungels Schutz zu finden. Dort stößt sie auf Rio Santana, einen wilden Eingeborenen, der sie jedoch für einen Feind hält. Im Kampf wird Rachael schwer verletzt, aber anstatt sie zu töten, pflegt Rio die sinnliche Fremde hingebungsvoll gesund.

Magisches Feuer

(Burning Wild)

Der Milliardär Jake Bannaconni hat eine schwere Kindheit hinter sich: Nachdem er die Erwartungen seiner Eltern, seine magischen Fähigkeiten zu nutzen, nicht erfüllen kann, vereinsamt er zunehmend. Was seine Eltern jedoch nicht wissen: Jake verbirgt seine Gabe bewusst vor ihnen. Als es zu einem dramatischen Autounfall kommt und er der schönen Emma begegnet, verfällt er der jungen Witwe und öffnet zum ersten Mal einer anderen Person sein Herz …

Wildes Begehren

(Wild Fire)

Der charismatische Leopardenmensch Conner Vega kehrt in den Regenwald Panamas zurück, um der skrupellosen Drogenbaronin Imelda Cortez das Handwerk zu legen. Doch die verführerische Verbrecherin ist nicht die einzige Herausforderung, die im Dickicht des Dschungels wartet, denn Conner trifft Isabeau Chandler wieder – die Frau, die er einst schmählich betrog.

Feuer der Wildnis

(Savage Nature)

Ein düsteres Geheimnis liegt über Sarias Familie: Ihre Brüder durchstreifen nachts als »Geisterkatzen« die Sümpfe von Louisiana. Und auch Sarias eigene Verwandlung steht kurz bevor – doch davon will Saria nichts wissen. Erst als sie dem charismatischen Drake begegnet, kann sie ihr Erbe nicht mehr länger leugnen. Denn er erkennt sofort die Gestaltwandlerin in ihr – und die ihm bestimmte Gefährtin.

Dunkle Liebe

(Leopard's Prey)

Der Cop Remy Boudreaux liebt seinen Job, noch mehr liebt Remy allerdings die Bayous, die üppig wuchernde Sumpflandschaft rund um New Orleans. Nur hier kann er dem Leoparden in sich ungehindert freien Lauf lassen. Während einer Ermittlung begegnet er eines Abends der geheimnisvollen Jazzsängerin Bijou, einer Frau von geradezu betörender Sinnlichkeit. Remy erkennt sofort die Gestaltwandlerin in ihr – und seine Seelenverwandte. Doch Bijou hat keine Ahnung von der Leopardin, die sich in ihr verbirgt …